À Michael Pakenham,
pour l'ouverture de la chasse !
Amitiés.

Jean-Jacques J. Paul

« Ôte-moi d'un doute... »

L'énigme Corneille – Molière

Jean-Paul Goujon Jean-Jacques Lefrère

# « ÔTE-MOI D'UN DOUTE... »

## L'énigme Corneille – Molière

Fayard

Pour Olivier Roussel.

# Avant-propos

Notre propos n'est pas d'attaquer Molière, ni encore moins d'asséner à son sujet des conclusions aussi sévères que définitives. Nous présentons simplement les résultats d'une enquête critique portant à la fois sur Molière et sur Corneille. Exprimer des doutes et non des certitudes, tel est le but de ce livre. Nous croyons en effet qu'il est tout à fait abusif de présenter le débat en ces termes : « Corneille a-t-il écrit les pièces de Molière ? » Ou même : « Corneille a-t-il écrit les chefs-d'œuvre de Molière ? » Encore plus absurde serait de prétendre : « Molière n'a jamais écrit une ligne. » Corneille a simplement pu collaborer à certaines pièces que l'on attribue aujourd'hui à Molière. Il n'en demeure pas moins que l'œuvre de Molière pose quelques difficultés, pour ne pas dire plus, et qu'il en va peut-être de même de celle de Corneille.

En 2006 est parue la savante étude d'un professeur en Sorbonne, qui tendrait à démontrer que Louise Labé n'est pas l'auteur des œuvres publiées sous son nom, lesquelles seraient le fait d'un groupe de poètes de l'époque[1] : pourtant, le livre ne semble pas avoir été accueilli de manière hostile[2], alors que la moindre retouche opérée sur la figure et sur l'œuvre de Molière prend, aux yeux de certains, l'allure d'un véritable sacrilège.

La « thèse » de Pierre Louÿs, selon laquelle un certain nombre de comédies de Molière auraient été écrites par Corneille, a toujours soulevé un véritable tollé, dominé par des clameurs d'indignation. Certains, se refusant même à en prendre connaissance, ont invoqué l'inanité d'autres thèses tout aussi iconoclastes : le théâtre de Shakespeare serait du philosophe Francis Bacon ou d'un grand seigneur anglais soucieux de garder l'incognito, *Les Lettres de mon moulin* d'Alphonse Daudet auraient été écrites par son ami Paul Arène, etc.

Ce débat Corneille-Molière, qui est né plus de deux siècles après la disparition des deux protagonistes, où le fanatisme démonstratif des uns s'est heurté à l'intransigeance paresseuse des autres, où les premiers, dits « Louÿsiens », se sont prétendus victimes d'un complot universel, d'une conspiration du silence, et où les seconds, dits « Moliéristes », se sont, ayant le nombre pour eux, drapés dans ce manteau d'idées reçues qui fait les plus belles certitudes, ce débat, disons-nous, n'a le plus souvent été que le combat d'un parti pris contre un autre. Depuis presque un siècle, les deux camps n'ont fait, en somme, qu'échanger des affirmations aussi arrogantes que péremptoires.

Nous avons donc tenu à considérer tous les éléments du débat, qui, pour les matériaux, peuvent se résumer ainsi : d'une part, l'œuvre de Molière et celle de Corneille, accompagnées de la bibliographie biographique et critique afférente sur chaque auteur, d'autre part, le dossier de notes, en grande partie inédit, rassemblé par Pierre Louÿs et qui, dans les récentes polémiques sur le sujet, s'est trouvé sciemment ignoré de la plupart des protagonistes. Car les uns comme les autres partaient d'une certitude : les premiers tenaient que Molière avait bel et bien écrit chaque ligne, chaque vers, de ce qu'il a signé, les autres étaient convaincus qu'il n'en était rien et que nombre de pièces de lui sont à restituer entièrement et exclusivement à Corneille.

Nous croyons qu'il faut se méfier de solutions aussi tranchées, qui n'ont que l'avantage de satisfaire ceux qui les énoncent. L'Histoire littéraire est un domaine souvent incertain et qui, pour une époque aussi lointaine que le XVII^e siècle, comporte bien des « points obscurs ». Il ne s'agit pas pour autant de céder à l'attrait facile du mystère, mais de reconnaître objectivement que, comme nous le montrent d'ailleurs les biographies de l'un et de l'autre, la vie de Molière et celle de Corneille gardent encore, et sans doute pour longtemps, de persistantes zones d'ombre. Qui expliquera, par exemple, ce qui s'est réellement passé à Rouen au cours de ces six mois de 1658 durant lesquels Molière y séjourna avec la troupe de Madeleine Béjart ? Est-il réellement inconcevable qu'il ait pu y nouer des relations privilégiées avec Corneille, qui demeurait dans cette ville ? Quant à *Psyché*, pièce dont il est établi qu'elle bénéficia de la collaboration de Pierre Corneille n'ouvre-t-elle pas l'hypothèse d'autres collaborations entre Molière et les deux frères Corneille ? Que l'on puisse au moins se poser la question.

Par ailleurs, notre enquête ne devait pas porter sur le seul Molière, mais englober également Corneille. De là, cette mise en parallèle de leurs carrières et de leurs œuvres à laquelle nous nous sommes livrés tout au long du deuxième chapitre. Une telle démarche nous a paru s'imposer, du fait que, si Molière est loin d'être un inconnu du grand public, il en va bien autrement de Corneille. Celui-ci continue en effet à pâtir d'une fâcheuse réputation, dont l'origine est sans doute à rechercher dans l'enseignement des collèges et des lycées. Évoquer son œuvre et sa figure, c'est, trop souvent, faire surgir un personnage antipathique et froid, auteur de tragédies aujourd'hui couvertes de poussière, et dont on retient tout juste *Le Cid, Cinna, Horace* et *Polyeucte*. Corneille, professeur de morale, champion du patriotisme et du devoir : c'est oublier qu'il est aussi l'auteur de comédies qui ne sont nullement périssables, et que son œuvre est bien plus diverse, sinon plus surprenante, qu'on ne le croit généralement.

Qu'on nous comprenne bien : nous ne cherchons pas, comme l'ont fait certains, à élever exclusivement Corneille aux dépens de Molière en rabaissant celui-ci, mais au contraire à restituer au premier sa véritable physionomie. Car ce serait fausser le débat que de faire de Corneille un simple repoussoir, dont les caractéristiques parfaitement académiques interdiraient tout parallèle avec le génie comique de Molière. On ne peut donc que refuser le diptyque trop manichéen, et surtout trop commode, qui donnerait à Molière le prix de l'admiration universelle, et à Corneille une réputation d'ennui et de boursouflure. Certains spécialistes rétorqueront : mais tout cela, on le savait déjà ! Les spécialistes, oui, sans doute, mais le grand public ? Et qui peut aujourd'hui se targuer d'avoir lu tout Corneille et tout Molière ?

Signalons également que nous avons été frappés par les fortes réticences qui se manifestent dès que l'on cherche, non pas à contester Molière, mais à soumettre sa vie et son œuvre à un simple examen critique. Toucher à Molière semble un véritable crime, et le moindre doute paraît tenir de l'hérésie. Cela ne date point d'hier : voici plus d'un siècle, le *Grand Dictionnaire universel du XIXe siècle* de Pierre Larousse déclarait péremptoirement à son sujet : « Ce grand poète est universellement reconnu aujourd'hui comme la plus haute expression du comique dans tous les temps et tous les pays[3]. » Même si l'on peut considérer à bon droit certaines pièces de Molière comme de véritables chefs-d'œuvre, on s'étonnera longtemps que les « Moliéristes » se refusent à admettre que plusieurs comédies de lui présentent de curieuses disparités de ton, et plus encore, que sa production, prise dans son ensemble, se caractérise par de singulières inégalités, notamment dans sa qualité littéraire. Nous l'avons dit, de telles constatations, même exprimées avec prudence, soulèvent infailliblement des résistances. Qu'il ne soit pas interdit de chercher à savoir pourquoi : c'est ce que nous avons essayé de déterminer dans un chapitre intitulé « Autopsie des résistances ».

Une autre partie de notre enquête concerne la thèse de Louÿs elle-même. Elle est généralement ignorée, ou très mal connue, de ceux-là mêmes qui l'évoquent pour la rejeter sans recours. Nous avons donc tenté d'en prendre connaissance de la manière la plus exhaustive. La quête n'était pas aisée, car Louÿs ne publia à l'époque qu'une faible partie de son argumentation et de ses conclusions, réservant le reste pour ses notes, lesquelles furent, après sa mort, dispersées à tous vents. Néanmoins, nous avons pu, après de longues recherches, obtenir communication de l'essentiel de ce dossier, même s'il n'est pas absolument complet. Nous nous sommes ensuite astreints à le résumer le plus objectivement possible, en transcrivant divers textes, souvent inédits. Un tel travail n'avait jamais été fait, alors qu'il aurait dû être le préalable de tout le débat. Car c'est bien Louÿs qui a, le premier, levé le lièvre. Cependant, face à ses affirmations, parfois tranchantes, la prudence s'imposait et nous sommes loin d'avoir accepté de confiance toutes ses conclusions. Pour autant, nous ne pensons pas que tout ce qu'il a écrit sur le sujet soit à rejeter. Certains de ses arguments sont même, on le verra, des plus troublants, notamment en ce qui concerne le style.

Toutefois, pour ne pas accorder aux dires de Louÿs une position trop privilégiée, nous en avons fait précéder l'exposition et l'examen par deux chapitres présentant, l'un, ce que l'on pourrait appeler la genèse du problème, l'autre, les éléments du débat.

Précisons que nous avons toujours privilégié la consultation des publications de l'époque dans leur édition originale, sans pour autant reproduire de principe les particularités orthographiques ou typographiques des textes du XVII^e^ siècle. Nous avons, la plupart du temps, modernisé l'orthographe et la ponctuation, considérant qu'il n'était pas indispensable d'imprimer systématiquement « estoient » pour « étaient ».

## Notes

1. Mireille Huchon, *Louise Labé. Une créature de papier*, Droz, 2006.

2. Marc Fumaroli, « Louise Labé, une géniale imposture », *Le Monde des Livres* du 12 mai 2006.

3. Pierre Larousse, *Grand Dictionnaire universel du* XIXe *siècle*, 1874, tome XI, p. 402.

CHAPITRE PREMIER

# Histoire d'un soupçon

## IL Y EUT AU MOINS *UNE* COLLABORATION

Relevons d'emblée un fait important : la collaboration entre Corneille et Molière est indéniable et dûment attestée pour une pièce : la tragédie-ballet *Psyché*, qui fut représentée pour la première fois aux Tuileries, le 17 janvier 1671. Elle fut imprimée la même année, sous le nom de Molière, mais un « Avis du libraire » placé en tête du volume précisait que Corneille avait versifié une bonne partie de la pièce. Aujourd'hui, le premier venu peut constater que *Psyché* figure à la fois dans le « Pléiade » de Corneille et dans celui de Molière[1], et nul ne peut nier que tous deux ont ainsi collaboré au moins une fois. Y a-t-il eu d'autres cas ? Tel est ce que nous nous proposons d'examiner. Mentionnons au passage que, de tous les champs de la littérature, le théâtre est celui où le phénomène de la collaboration a été le plus fréquent. Sans parler du XVIIe siècle, il y eut au cours du XIXe siècle de véritables chefs d'atelier pour la confection de vaudevilles. Labiche n'a pratiquement pas écrit une seule pièce sans le concours d'au moins un collaborateur[2]...

De l'Avis du libraire de *Psyché*, on retiendra aussi que Corneille n'a pas revendiqué la co-paternité d'une œuvre qu'il avait pourtant presque entièrement versifiée. Il existe donc au moins une pièce de lui – partiellement de lui – qu'il n'a pas signée. Louÿs proposera une explication sur laquelle nous reviendrons :

> Corneille ne dit rien [...] de *Psyché*, qui n'a jamais figuré dans son théâtre édité par lui-même, ni du vivant de Molière, ni après la mort de Molière.
> Donc Corneille ne tenait pas à être nommé puisqu'il n'a pas repris la pièce. Molière seul a voulu le nommer.
> Pourquoi ?
> Pourquoi Corneille n'a-t-il pas signé la plupart de ses comédies ?
> Pour toutes les raisons – *Le Cid*, *Horace*, *Cinna*, *Pompée* avaient fait de lui le grand Corneille.
> La Comédie était un genre inférieur – Aucune des pièces qu'il fit signer par Molière ne pouvait le grandir en 1660 comme elles le grandissent à nos yeux[3].

À l'époque, et qu'elle fût avouée ou non, une collaboration comme celle de Corneille et de Molière pour *Psyché* n'avait rien d'anormal, ni d'exceptionnel, ni de rédhibitoire. Il faut ensuite attendre 1825 pour que soit évoqué, de manière tout anecdotique, le rôle de Corneille dans *Psyché*.

### UNE CURIOSITÉ CHARLES X

Le 29 juin 1825, « jour anniversaire de la fête du grand Corneille », fut en effet représentée à Rouen une comédie en un acte et en vers d'un certain Bruleboeuf-Letournan, *Racine chez Corneille ou la lecture de Psyché*[4]. Pièce curieuse, en ce qu'elle nous montre Corneille comme seul auteur de *Psyché*, mais s'effaçant par générosité derrière Molière. La scène se passe à Paris, en 1670, dans la maison occupée par Pierre et Thomas Corneille. La pièce s'ouvre sur un monologue du premier, « seul, à son bureau, tenant à la main le manuscrit de *Psyché* qu'il achève » :

> Oui, *Psyché* doit, au gré de mon âme charmée,
> De ce bon Poquelin servir la renommée.
> Je n'ai fait que les vers !... trop heureux, seulement,
> Si du plan qu'il traça mon vers est l'ornement.
> Notre auguste monarque avait dit à Molière :
> « Mais à quand donc *Psyché* ? – Sire, j'ai tant à faire...
> – Hé bien, soit », dit Louis : « Je la veux... dans huit jours.
> Molière embarrassé m'appelle à son secours.
> [...]
> Le Roi sera content ; huit jours, un opéra !
> J'ai mis plus de deux ans à composer *Cinna*.
> Racine, Despréaux, dites que je sommeille ;
> Je suis, à soixante ans, toujours le grand Corneille.

Dans la scène suivante, Molière, « qui n'a cesse de feuilleter le manuscrit [de *Psyché*] », s'adresse à Corneille :

Vous êtes un ami… sublime. Un pareil trait !…
Ma *Psyché* !… C'est la vôtre, au moins. N'allez pas croire
Que je veuille un moment vous en ravir la gloire.
Vous m'avez obligé, le Prince le saura ;
D'ailleurs, en vous lisant il vous reconnaîtra ;
Et là, de son génie, en s'immolant aux Grâces,
Le grand Corneille encore aura laissé des traces.

CORNEILLE.
Le roi vous en dira son avis. Entre nous,
Si l'ouvrage le touche, il est digne de vous ;
Ne me nommez donc pas. S'il déplaît, au contraire,
J'en veux être l'auteur ; nommez-moi seul, Molière.

MOLIÈRE.
Quel homme !

CORNEILLE.
Ai-je assez fait pour la postérité ?

MOLIÈRE.
Je le crois.

CORNEILLE.
Voyez donc ma générosité !
Que me fera de plus ou de moins cet ouvrage ?
S'il tombe, on concevra cette chute, à mon âge ;
Au vôtre, quel malheur !… *Psyché* doit réussir,
De succès en succès Molière doit courir.

Dans une autre scène, Molière lit des passages de *Psyché*, sans dire de qui sont ces vers, à une assemblée composée des frères Corneille, de Boileau, de Racine et de La Fontaine :

BOILEAU, *à Molière.*
Poquelin, sans plus de mystère,
Quel est ?

RACINE.
Quel est le nom, Molière
De cet auteur charmant, gracieux, ingénu ?

BOILEAU, *bas à Racine.*
Vous n'écrivez pas mieux.

RACINE.
Je reste confondu.

BOILEAU, *à Molière.*
Nommez donc cet auteur.

RACINE, *de même.*
Oui.
La Fontaine, *à part, surprenant un geste d'intelligence entre Molière et Corneille.*
Serait-ce ?... peut-être

MOLIÈRE, *regardant Corneille.*
Il est facile à reconnaître.

CORNEILLE, *bas à Molière.*
Comme il est convenu, nommez-vous seul.

MOLIÈRE, *bas à Thomas.*
Non pas !

*(Aux deux frères)*
Jouissons de leur embarras.

RACINE, *cherchant.*
Facile ?

BOILEAU, *de même.*
Je m'y perds.

LA FONTAINE, *à Corneille.*
Mais c'est à s'y méprendre,
Votre style... ou le mien ? *(On rit.)*

BOILEAU
Cher Molière, allons donc !
Êtes-vous cet auteur ?

RACINE.
C'est trop nous faire attendre.

MOLIÈRE.
*Psyché* devant le Roi paraîtra sous mon nom,
Mais je ne l'ai pas faite.

BOILEAU.
Expliquez-vous ?

CORNEILLE.
Eh ! non,
Messieurs, c'est assez vous en dire ;

Molière a voulu rire,
Cet ouvrage est le sien.

MOLIÈRE, *désignant Corneille.*
Vous en voyez l'auteur !
Comment le méconnaître à tant de modestie ?
Je restitue à son brillant génie
*Psyché*, dont vainement il veut me faire honneur.

## PETIT INTERMÈDE ICONOGRAPHIQUE

Curieusement, cette collaboration – avérée – entre Corneille et Molière pour *Psyché* fournira, en 1873, le sujet d'un tableau significativement intitulé *Une collaboration*. Cette peinture est due à Jean-Louis Gérôme (1824-1904), artiste très célèbre en son temps et que l'on commence à redécouvrir aujourd'hui[5]. Exposée au Salon de 1874, la toile (48 x 67 cm) avait déjà été acquise, auprès du fameux marchand parisien Adolphe Goupil, par le millionnaire new-yorkais Alexander Turney Stewart, pour la coquette somme de trente mille francs-or, et elle figura en bonne place dans la galerie personnelle de celui-ci[6]. Cette étonnante composition, que l'on trouvera reproduite en couverture du présent ouvrage, représente, chacun assis à un bout d'une grande table, Molière jeune écoutant attentivement un Corneille âgé en train de lui lire un manuscrit : celui de *Psyché*, évidemment. La scène se situerait donc au tout début de janvier 1671.

Il est intéressant de noter que Gérôme prit, pour sujet de deux autres toiles, d'autres collaborations – supposées, celles-ci – de Molière, lequel y est représenté de façon identique, assis à une table avec un autre écrivain : *Boileau et Molière* (vers 1890) et *La Fontaine et Molière* (même époque)[7]. L'artiste semble avoir été obsédé par la figure de Molière, puisqu'il avait déjà peint, en 1862, un *Louis XIV et Molière*[8] dont le succès au Salon fut tel qu'il en exécuta peu après une réplique : les deux toiles furent ensuite vendues très cher, la cote de Gérôme étant alors fort élevée. Tout cela alimenta une légende autour de la figure de Molière et de ses « collaborateurs », légende amplement propagée par les nombreuses reproductions qui furent faites, de 1874 à 1909, d'*Une collaboration* et des tableaux analogues, par la photographie, la gravure au burin, la photogravure et la « carte-album[9] ».

## Les « points obscurs » et les « points cachés » de Loiseleur et de Bouquet

*Les Points obscurs de la vie de Molière* : tel est le titre d'un gros livre publié en 1877 par Jules Loiseleur. Celui-ci n'envisage jamais la moindre possibilité de collaboration entre Molière et Corneille. Il pose cependant le problème de « l'extrême rareté des autographes d'un homme qui a tant écrit », et surtout de celle de ses lettres. Il appelle à son secours l'invraisemblable explication de Paul Lacroix, selon laquelle les confesseurs et les syndics de la librairie auraient, jusqu'en 1789, poursuivi et détruit toute trace des libres-penseurs et des contestataires ! Autre énormité, due cette fois-ci à Loiseleur lui-même : si Molière n'a jamais satirisé les avocats dans ses pièces, c'est parce que cela avait été déjà fait à merveille par Racine dans *Les Plaideurs*. C'est oublier que cette pièce est de 1668 et que Molière jouait ses comédies satiriques depuis au moins dix ans. Plus intéressante est la remarque qu'il fait à propos de Pierre-Louis Roederer, lequel, dans son *Mémoire pour servir à l'histoire de la société polie en France*[10], avait voulu réhabiliter les Précieuses : « Molière, à son avis, n'eût pas osé traduire sur le théâtre pour les bafouer, des personnes aussi respectables par le rang et le mérite que l'étaient les habituées de l'Hôtel de Rambouillet. » Effectivement, en 1658, Molière était inconnu à Paris, et on ne voit pas très bien comment il eût pu connaître les dames de l'Hôtel de Rambouillet.

Au milieu de son livre, Loiseleur déclare de Molière : « Son histoire ne présente plus guère d'autres obscurités que celles qui planent encore sur son mariage avec Armande Béjart, sur les causes réelles de leur mésintelligence, et sur la part de responsabilité qui revient à l'un et à l'autre dans ce malheur domestique. » Toute la seconde partie de l'ouvrage est consacrée à la femme de Molière, afin de savoir si elle le trompait ou non, etc. Ces longues mises au point, très documentées, étaient sans doute nécessaires en 1877. Aujourd'hui, elles sont dépourvues d'intérêt. Louÿs notait déjà :

> Loiseleur, un des rares Moliéristes qui ait abordé la critique des sources, a divisé en 312 questions difficultueuses les *Points obscurs de la vie de Molière*.
>
> Douze mystères suffisent à prouver un dieu. Trois cents de plus... c'est beaucoup pour une religion et c'est trop pour une signature.
>
> D'ailleurs les véritables Points obscurs ne sont pas ceux que Loiseleur avoue, mais ceux qu'il tait[11].

Onze ans plus tard, c'était au tour de Corneille de faire l'objet d'une semblable enquête. En 1888, François Bouquet publiait chez Hachette un volume assez imposant, intitulé *Points obscurs et nouveaux de la vie de Pierre Corneille. Étude historique et critique avec pièces justificatives*. L'ouvrage, solide et bien documenté, a le mérite de dissiper certaines légendes, notamment celle d'un Corneille mort dans la misère. Bouquet cite par ailleurs un propos étonnant de Corneille à Boileau : « Je suis saoul de gloire et affamé d'argent[12]. » Surtout, il admet comme une certitude la rencontre entre Molière et Corneille à Rouen en 1658, par déduction d'un passage d'une lettre de Thomas Corneille à l'abbé de Pure en date du 10 mai 1658. Cette lettre, souligne-t-il, « fournit la seule preuve authentique des rapports de Molière, à Rouen, avec les deux Corneille ».

Cette rencontre des deux écrivains avait été longuement étudiée auparavant par Bouquet dans un article, puis dans un livre. L'article, intitulé « Molière et sa troupe à Rouen (1658) », avait paru dans la *Revue de la Normandie* de mars 1865 :

> De ce séjour à Rouen il résulta des rapports d'intimité entre Corneille et Molière, et le vieux poète trouva un appui dans Molière, lors de sa lutte contre son jeune rival, Racine. Il fit jouer sur son théâtre les pièces de Corneille que la troupe du Marais ne pouvait plus, et que l'Hôtel de Bourgogne ne voulait plus jouer[13].

Bouquet allait plus loin encore dans son livre *La Troupe de Molière et les deux Corneille à Rouen en 1658*[14], où il affirmait que les rapports de Molière avec les frères Corneille devaient en réalité remonter à 1643, date du premier passage de Molière dans cette ville.

## UN CANULAR : *LOUIS XIV EST MOLIÈRE*

En 1919, le futur grand avocat Maurice Garçon publia à compte d'auteur, chez l'éditeur Figuière, une plaquette anonyme signée XX, intitulée *Sous le masque de Molière. Louis XIV est Molière*, « traduit de l'anglais par J.M. ». Dans son esprit, il s'agissait là d'une simple mystification, destinée à ridiculiser le fameux débat qu'il y avait alors, en France et en Angleterre, autour de Shakespeare, en qui certains ne voulaient voir qu'un simple prête-nom de Bacon, de Rutland ou de Derby. Le titre même était une allusion ironique aux deux volumes publiés en 1918-1919, chez Payot, par Abel Lefranc :

*Sous le masque de « William Shakespeare » : William Stanley, VI^e comte de Derby.* Dans une lettre à Henry Poulaille, Maurice Garçon précisera que la plaquette avait paru avant les articles de Louÿs et que, lorsqu'il put enfin lire ceux-ci, il se divertit à adresser à l'auteur « des lettres d'injures expédiées par le prétendu auteur anglais[15]... » La plaquette fut, indique-t-il, attribuée par la rumeur publique à divers écrivains, dont Marcel Boulanger et Édouard Champion. Elle eut malgré tout un certain écho, puisque, dans un article sur Molière paru dans *Le Monde illustré* du 8 novembre 1919 (« L'Énigme de Molière »), l'historien Georges Lenotre en parla longuement.

La thèse de Garçon était plus que simple : les audaces des comédies de Molière, leurs traits satiriques, l'absence d'allusions personnelles et surtout la faveur incompréhensible dont avait joui, auprès du monarque, le comédien-auteur, seule personne jamais invitée à s'asseoir à sa table – tout cela s'expliquait parfaitement s'il avait été le prête-nom de Louis XIV. Sous ce déguisement, le roi se serait amusé à satisfaire ses petites rancunes, notamment contre les médecins ou contre tel ambassadeur turc, et à se moquer des cocus qu'il faisait parmi ses courtisans. Comme le remarquait Lenotre, « l'auteur semble lui-même s'amuser le premier de son étrange paradoxe », et il suffisait de lire cette plaquette de trente-deux pages pour voir qu'il s'agissait de ce que les Anglais appellent un *hoax*. Cependant, Garçon devait s'en divertir encore trente-quatre ans plus tard, puisqu'en 1953, il n'hésita pas à la rééditer chez Fayard, sous le même titre, mais cette fois sous son propre nom. Son texte était précédé d'une préface dans laquelle il confessait sa mystification et évoquait les travaux de Louÿs comme une autre mystification[16]...

Cinq ans avant la plaquette de Garçon, un écrivain remarquable, qui était aussi un extraordinaire critique, avait fait de Corneille un portrait annonçant étrangement celui qu'en fera Louÿs. Il s'agit d'André Suarès, auteur de ces lignes pertinentes qui nous serviront de transition pour venir à la thèse de Louÿs :

> Vous pensez voir un sage conseiller de Rouen, ou quelque avocat à la table de marbre, tout de noir vêtu, le rabat blanc sous le menton, mi de robe et mi d'Église. [...] Ores, levez un peu ce masque roide d'alexandrins ; secouez ces vêtements noirs de robin sans faste et sans prestige.
>
> Voici un homme affamé de puissance et de domination. C'est le plus fier républicain à l'antique : fier, c'est féroce ; et république, l'état idéal où règne la toute vertu.

Une âme folle d'absolu, et follement indépendante ; ivre de soi, comme si elle était seule au monde ; rebelle à tout sentiment, et même à l'humanité ; docile uniquement aux devoirs qu'elle se forge, les plus rares et les plus difficiles ; capable de tout sacrifier à la joie de se vaincre [...]. Un Brutus, doublé d'un Caton, déguisé en bourgeois marguillier de sa paroisse. S'il traduit l'*Imitation*, le moine mystique du couvent à Kempis est chargé en pape tonnant de la solitude, en pontife maxime qui médite *urbi et orbi*. Corneille soutient cette gageure, d'une *Imitation* héroïque. [...] Le héros à la Corneille est ivre de soi-même. Et Corneille est ivre de son héros[17].

## Pierre Louÿs

Le véritable « créateur » du problème Corneille-Molière, celui qui, le premier, avança la thèse de la collaboration de l'un aux pièces de l'autre, ce fut l'écrivain Pierre Louÿs (1870-1925). Passionné par le sujet, il avait entrepris de gigantesques recherches et pris plusieurs milliers de pages de notes, comptant publier un ou plusieurs ouvrages à ce propos. Malheureusement, pour des raisons que nous allons voir, il se découragea et refusa de faire paraître ses conclusions et son argumentation. La plus grande partie de ses notes est restée inédite, et nous avons choisi d'en publier les pages les plus représentatives. Avant tout, il convient d'épingler un fait, patent et indiscutable : aucun des nombreux contradicteurs actuels de Louÿs ne s'est donné la peine de lire les sept articles publiés par lui en 1919. Pour cette raison, nous les avons reproduits en totalité afin qu'il ne soit plus possible aux contradicteurs de Louÿs et de sa thèse de continuer à fournir régulièrement des matériaux pour une future anthologie de la mauvaise foi. Certains d'entre eux ne cherchèrent-ils pas à présenter un Louÿs ignare et primaire, qui n'aurait lu que les quatre ou cinq pièces de Corneille au programme des lycées et des collèges ? Bien malin qui pourra prouver qu'il connaissait moins bien l'œuvre de Corneille que ses adversaires passés et présents.

Pierre Louÿs.

Louÿs ne fut pas un aimable amateur qui se serait laissé entraîner par une marotte, comme ceux qui s'attachent obstinément à déchiffrer l'énigme du Masque de fer ou celle de Mayerling. Son érudition était vaste, ses lectures étendues et variées, et il connaissait admirablement l'histoire littéraire. De plus, c'était un poète, doté de surprenantes intuitions et qui savait appréhender la chair même des livres et l'esprit de leurs auteurs. En fait, le problème Corneille-Molière constituait pour lui l'aboutissement logique de sa *Poëtique* de 1916 et de ses longues recherches sur la création littéraire. À ses yeux, il ne s'agissait pas seulement de discuter la paternité de certaines comédies de Molière, mais d'effectuer aussi une vaste enquête sur la poétique, l'art des vers, l'art dramatique, la littérature, l'histoire et la société – enquête qui ne se limitait nullement au XVIIe siècle et embrassait toute la littérature française, de Ronsard à Hugo. En un mot, c'étaient les secrets de la création littéraire elle-même qu'entendait interroger Louÿs. Vingt ou trente ans de lectures réellement encyclopédiques et de pratique de l'écriture sous toutes ses formes l'avaient mis en possession d'une érudition sans égale, alliée à une connaissance intime des plus obscurs arcanes de la poésie. Qui, parmi les plus savants contradicteurs de Louÿs, pourrait se flatter aujourd'hui de telles connaissances littéraires et historiques ?

Avant d'exposer la thèse de Louÿs, il convient de retracer la polémique que suscita, à la fin de 1919, la série de sept articles qu'il publia principalement dans la grande presse. Cette polémique fut déclenchée par un entrefilet, en apparence innocent, paru dans l'*Intermédiaire des chercheurs et curieux* du 10-30 août 1919, volume LXXX, colonne 52. Le titre, qui semblait prudent, visait en fait à semer le doute :

*Corneille est-il l'auteur d'Amphitryon ?* – Molière ne fut rien moins que poète. Aucun art n'était à sa portée, hors celui de la mise en scène : le dos à dos de Gros René, le trio de Dorine.

Est-il permis de soutenir que la maîtrise verbale d'*Amphitryon* n'était pas même intelligible pour Molière et que cette écriture est de Corneille ?

P. L. – s.

Il y eut quelques réactions. Un lecteur qui signait « Un vieux Bibliophile » déclara que Molière était un excellent poète et qu'il avait d'ailleurs pris soin d'indiquer ses collaborateurs pour *Psyché*. Un autre, qui signait « Ibère », allait dans le même sens et demandait finement « pourquoi Chapelain, par exemple, ou Richelieu, n'auraient-ils pas écrit les tragédies de Corneille[18] ? » Henry Lyonnet évoqua le cas d'un certain Anatole Lorquin, qui écrivit en 1900 un livre pour expliquer que le Masque de fer n'était autre que Molière, mort à la Bastille en 1703 ! Plus sérieusement, un certain H.C.M. avoua qu'il ne retrouvait pas du tout l'écriture de Corneille dans les pièces signées Molière[19]...

Publié dans une revue spécialisée, que seuls lisaient les érudits et les historiens, l'article de l'*Intermédiaire* n'avait pas touché le grand public. Décidant de s'adresser à celui-ci, Louÿs envoya un long article au *Temps*, quotidien très lu à l'époque, qui le publia dans son numéro du 16 octobre 1919. Intitulé « L'Auteur d'*Amphitryon* », ce texte est résolument iconoclaste. Rabaissant Molière et exaltant Corneille, il contient un point capital de l'argumentation de Louÿs, qui est le pacte secret de collaboration qu'auraient passé Corneille et Molière, lors du long séjour du second à Rouen en 1658 :

La dispute d'une comédie entre Corneille et Molière est une si grave entreprise que j'ai tardé plusieurs années avant de m'y résoudre.

Il est évident que Pierre Corneille domine toute la vie de Molière, qu'il a collaboré à plusieurs de ses pièces, et que l'une d'elles, *Amphitryon*, est tout entière de sa plume, si l'on néglige quelques « interruptions » très faciles à détacher et quelques rares fragments de scènes.

Ce n'est pas le style de Corneille, c'est la signature de Molière qui a besoin de preuves. [...]

Je me borne à comparer la chronologie de Corneille et celle de Molière, et cela me suffit pour que les « points obscurs » deviennent parfois lumineux. [...]

En 1643, Molière, acteur, va jouer en province pour la première fois.

Il joue Corneille.

Et la première ville où il va, est Rouen, la ville de Corneille.

Cette année 1643, Corneille (outre *Polyeucte* et *Pompée*) fait jouer *Le Menteur*.

Désormais, jusqu'à l'année même de sa mort et pendant les trente ans qui séparent 1643 de 1673, Molière jouera Corneille sans interruption. Ce détail passe inaperçu dans les biographies de Molière. [...]

Qu'ils seraient heureux les Moliéristes, s'ils possédaient dix lignes de Molière sur le sujet d'*Amphitryon*, à la date de 1650 ! Ce serait pour eux la preuve irréfutable.

On a bien dix lignes de Molière datées de 1650, mais ce ne sont que deux reçus, et chacun d'eux prouve qu'à 28 ans, Molière ignorait encore comment s'accordent les participes passés.

Un auteur qui écrit « accordéz » pour « accordées » et « ordonnées » pour « ordonnés » est incapable d'écrire et même d'entendre un alexandrin. Il ne sait pas où sont les muettes, où respire le vers de Corneille. [...]

Molière, en 1658, n'a pas fait encore imprimer une ligne et n'a rien écrit que nous possédions.

Il n'existe pas.

La presse fit ses choux gras des affirmations de Louÿs, en refusant de les prendre au sérieux : « Le mystificateur nous apprend que Corneille domine toute la vie de Molière », indiqua *Le Pays* du 17 octobre. Le sujet tenait tellement à cœur à Louÿs qu'il accepta de recevoir un reporter de *Comœdia* pour exposer plus librement son point de vue. Le 19 octobre, trois jours après l'article du *Temps*, l'interview parut dans *Comœdia*. Les propos de Louÿs n'étaient pas de nature à calmer les esprits :

– La biographie de Molière est la seule vie de grand homme entièrement inexplicable. Comment, voici un auteur illustre qui sait à peine lire et écrire ! Et l'on ne remarque pas, lorsqu'il fait imprimer sa première pièce à 38 ans, qu'il vient de vivre, à Rouen, six mois dans l'intimité du grand Corneille, séduit par l'activité et l'intelligence du comédien. [...]

– On a écrit l'histoire de Molière comme on eût écrit celle de Saint Denis ! On a obéi à une foi aveugle que se transmettent les générations ! Il faudrait pourtant convenir que nous n'avons *absolument rien* de la main de Molière, pas un manuscrit, pas une page, pas une ligne, hors les deux reçus de 1650 que salit une faute d'orthographe. Il n'y a pas d'exemple qu'un grand écrivain disparaisse ainsi, sans laisser d'autres traces. Nous avons des écrits, nous avons des lettres de Corneille. [...]

La polémique ne fit que croître. Louÿs enfonça le clou en signant dans *Le Temps* du 24 octobre un nouvel article, « Corneille le Grand » :

[...] Et maintenant, Messieurs les Moliéristes seraient bien bons de ne pas m'offrir leurs documents.

Je les ai.

Que signifie cette « défense » de Molière ? Je n'attaque pas Molière homme de théâtre.

Molière est le meilleur homme de théâtre qu'il y ait eu en France avant Beaumarchais.

Mais il y a deux textes dans *L'Imposteur*. Il y a deux textes dans la scène admirable d'Elmire et de Tartuffe. Les grands couplets de *Tartuffe* sont presque entièrement du texte premier. Tel quatrain qui n'en est pas se détache comme un noyau de pêche du premier couplet, dont il dénature la pensée…

Piqué au jeu, Louÿs décida de répliquer à un de ses contradicteurs, un certain Pierre Massoni. Ce nouvel article, plus bref, parut dans *Comœdia* du 24 octobre sous le titre « Avant de parler » :

[…] Le pianoteur qui ne comprendra jamais pourquoi J.-S. Bach serait fou de colère s'il pouvait lire l'*Ave Maria* de Gounod, ne comprendra pas non plus pourquoi, dans une page de Corneille, quatre vers de Molière apparaissent encastrés comme un noyau que l'on crache dans le fruit incomparable d'une telle poésie. […] Je suis certain que toute l'histoire du théâtre français sera connue pour la première fois quand vous comparerez jour par jour la chronologie des deux Corneille et de Molière. […] Où voyez-vous que Pierre Corneille ait accepté les termes de la préface de *Psyché* ? Quelle édition de *Psyché* a signée Corneille ? Qui vous dit qu'il n'a pas fait plus ? ou moins ? ou autre chose que ce que lui attribue l'avis du libraire moliériste ?

Les partisans de Molière ayant protesté de nouveau avec véhémence, Louÿs publia dans *Comœdia* du lendemain un texte percutant, aussi bref que péremptoire, « *Les Femmes savantes* », où il mettait en parallèle, dans cette pièce, des vers qui, selon lui, sont indubitablement de Corneille et d'autres qui n'appartiennent qu'à Molière. Deux jours plus tard, dans *Comœdia* du 29 octobre, il revint à l'attaque avec un article encore plus bref que le précédent, « Alceste qui fut Alceste » :

Pour la cinquième fois, je répète simplement :

Il y a deux textes dans *Le Misanthrope* ; deux textes dans *L'Imposteur.*

Et dans toutes les comédies de Molière.

Le texte premier est de Pierre Corneille.

Qu'Alceste soit l'auteur d'Alceste, cela ne fait aucun doute.

Mais vous n'entendez rien de ce qu'il articule et vous ne ressentez pas ce dont il frémit, si vous croyez qu'Alceste, jamais, ait eu la pensée de jouer Alceste.

Le déchaînement de la polémique poussa Louÿs à exposer plus longuement certains de ses arguments, et à en avancer d'autres. Le 7 novembre, il répliqua, toujours dans *Comœdia*, par un long texte extraordinairement passionné, « *L'Imposteur* de Corneille et *le Tartuffe* de Molière » :

> [...] Les Cornéliens comprennent ce qui échappe à Molière lui-même, comme je vais avoir l'honneur de le dire à Messieurs les Moliéristes : – Damis est le premier rôle du drame.
>
> Damis dit à Orgon : « Je suis Rodrigue de toute mon âme et je ne veux pas d'un père tel que toi. » Il fait tout pour élever à lui le père et la mère qui le conçurent. Et par Damis nous comprenons pourquoi Rodrigue relève l'honneur de son père et puis ne veut même pas que son père l'embrasse.
>
> [...] Rodrigue, Damis, Polyeucte, Alceste, ne furent qu'un seul cœur humain. Puisqu'on a prétendu que cette recherche était un « jeu », croyez que je joue ici mon œuvre et mon nom, et que je ne perdrai pas.
>
> Et tout ce qui embourbe notre journalisme, tout ce qui est la vase, le crapaud, l'éternelle bassesse humaine, tout cela m'a crié en bavant : « Des preuves ! des preuves ! »
>
> L'un d'eux fait cette trouvaille : « Il a lu Corneille et Molière ! Voilà tout. »
>
> Mot admirable ! Et qui donc connaissez-vous qui puisse faire serment d'avoir lu Corneille depuis le premier mot de Mélite jusqu'au dernier de Suréna.
>
> Le premier est : JE.
>
> Le dernier : VENGÉE.
>
> JE ! C'est tout ce que signa Corneille, de 1629 à 1674.
>
> VENGÉE ! Quand Molière fut mort, Corneille publia cette dernière tragédie et l'acheva par le mot VENGÉE.

Après une longue et méticuleuse analyse de certains vers, que nous donnerons dans un chapitre ultérieur, Louÿs poursuivait ainsi :

> Molière s'en moquait bien. Il semble n'avoir rien compris à *Tartuffe*, sinon que cela finissait par un mariage. [...]
>
> Mais il y a vingt mille vers de Corneille que bientôt on ne pourra plus signer Molière. Les poètes comprendront sans peine que l'auteur de *Sganarelle* n'ait pas écrit sitôt après, à quarante ans, *L'École des femmes*. On n'apprend à l'âge d'Arnolphe ni le violon, ni la danse de ballet, ni la virtuosité suprême du vers et du style cornéliens. [...]
>
> J'ai dit qu'en 1658, six mois durant, Corneille avait instruit Molière.
>
> Voici la suite.
>
> En 1660, Corneille supprime de ses œuvres et jamais plus il ne réimprimera la préface de 1643 où il déclarait sa prédilection irrésistible pour la comédie.

La même année, Molière fait imprimer sa première pièce – la première vengeance de Corneille contre les précieuses.

En 1662, Corneille se résout à faire jouer enfin « Le Drame de sa vie », c'est-à-dire presque tout ce que Molière signa. – Il le fera dans un secret absolu : mais s'il donne Agnès au théâtre et même s'il ne signe point, il lui faut quitter Rouen, à jamais.

Il déménage. – Quatre dates vous diront pourquoi :

> 7 octobre 1662. Corneille quitte Rouen pour Paris et redevient le voisin de Molière.
> 21 novembre. Achevé d'imprimer de *L'Étourdi.*
> 24 novembre. Achevé d'imprimer du *Dépit Amoureux.*
> 26 décembre. Première représentation de *L'École des femmes.*

Est-ce clair, quatre dates ?

Le dernier article de Louÿs, « Les Deux Textes de *Psyché* », parut dans *Comœdia* du 9 novembre :

Jamais Corneille n'a signé une ligne de *Psyché.* Les erreurs historiques sont lourdes à déraciner quand elles masquent de leurs feuilles un homme de géante stature.

Si, dans la préface de *Psyché*, « M. Corneille l'aîné » dont le père avait été anobli est cité par « M. de Molière » qui lui prend sa particule, Molière n'a soumis cette page ni à Corneille, ni surtout à Racine, qui disait « M. de Corneille ».

Corneille n'a pas signé non plus *Amphitryon*, mais tout *Amphitryon* est de sa main. [...]

Pour lui-même, M. de Molière réclame le premier acte de *Psyché.* Le début tout au moins est de Molière.

> Il est des maux, ma sœur, que le silence aigrit,
> Laissons, laissons parler mon chagrin et le vôtre,
> Et de nos cœurs l'un à l'autre
> Exhalons le cuisant dépit :
> Nous nous voyons sœurs d'infortune,
> Et la vôtre et la mienne ont un si grand rapport,
> Que nous pouvons mêler toutes les deux en une.

Sept vers d'un pareil langage, c'est tout ce que je puis copier ce soir pour la Comédie-Française. [...] Je le demande à tous ceux qui entendront, ce soir, *Psyché.* Je le demande aux femmes, aux poètes : Ne sentez-vous pas là deux âmes et deux styles sans contact ?

C'est sur cette question inquiète que s'acheva, par la force des choses, ce que publia Louÿs sur cette affaire qui lui tenait tant à cœur. Pourquoi s'arrêta-t-il en si bon chemin ? Simplement parce qu'il avait été écœuré de cette levée de boucliers contre lui, et parce qu'il considérait comme dérisoires les arguments qu'on lui opposait. Il est regrettable qu'il n'ait pas publié le reste de son dossier, qui était considérable : se taire, c'était laisser la partie belle à ses adversaires, qui pouvaient proclamer hautement que la mystification avait fait long feu et qu'il n'y avait rien de sérieux dans son dossier. N'avait-il pas voulu recommencer le coup de Bilitis, cette poétesse contemporaine de Sapho dont il s'était effectivement diverti à publier, en 1895, les prétendues chansons, en réalité écrites par lui[20] ?

*LE CAS DE J.-B. POQUELIN, DIT MOLIÈRE*

**Les moliéristes répondent à M. Pierre Louÿs**

**M. Maurice Donnay n'imagine pas que « *Le Misanthrope* » puisse avoir deux auteurs**

**A la Comédie-Française, M. Couët est incisif, M. Truffier plaisante et M. Jeannidès est silencieux**

La thèse de M. Pierre Louys a soulevé une émotion considérable parmi les moliéristes. Émotion d'autant plus profonde qu'on sait ab- emprunts aux Italiens, aux Espagnols, à Scarron, à Régnier ; aux *Nouvelles*

Article paru dans *Comœdia* du 23 octobre 1919.

Les articles de Louÿs avaient en tout cas déclenché un véritable tollé, et l'on rapporte qu'il reçut des centaines de lettres d'insultes. La presse ne fut pas en reste. Dès le 23 octobre, la première page de *Comœdia* était consacrée à des répliques, sous le titre « Les Molié-ristes répondent à M. Pierre Louÿs ». Le feu était ouvert par Jules Couët, bibliothécaire de la Comédie-Française, qui reprochait à

Louÿs d'avoir fait de Molière un ignorant sans études et sachant « à peine lire et écrire ». Il a calomnié Molière, ajoutait-il, et est allé plus loin que tous les ennemis de celui-ci : « Personne, jusqu'ici, n'avait osé lui contester la propriété d'une œuvre qui est attestée par les approbations, les privilèges, les éditions, le témoignage des contemporains. » Autre preuve : le fameux registre de La Grange, que le bibliothécaire exhibait péremptoirement au reporter (nous verrons plus loin ce qu'il y a lieu de penser de la valeur documentaire de ce registre). Jules Truffier, lui, déclarait d'abord : « Il faut des preuves, que diable ! Il faut prouver. » Puis, à propos des mauvais vers de Molière soulignés par Louÿs :

> Mais ces mauvais vers sont très défendables. Corneille en a fait de pires. Et pourquoi, s'il vous plaît, Corneille n'aurait-il fait de faibles vers que dans son œuvre propre ; et pourquoi ne s'en serait-il jamais glissé un mauvais dans les pièces qu'il offrait à Molière ? Ah ! voyez-vous, il y a là des choses impossibles à croire.

Maurice Donnay adopta une position plus prudente. Il reconnaissait le sérieux et les capacités de Louÿs, mais se refusait à le suivre : « Il y a, dans des comédies telles que *Tartuffe* et *Le Misanthrope*, une compréhension de l'âme féminine qui est loin d'être cornélienne. » Il admettait la présence « dans la vie de Molière de nombreux points obscurs », mais ne comprenait pas comment un tel secret aurait pu être gardé : « Il me paraît également invraisemblable que l'orgueilleux auteur du *Cid* n'ait jamais revendiqué sa part de gloire dont l'honnête Molière ait accepté de porter hypocritement jusqu'au bout la trompeuse auréole. » À ce dernier argument, on a vu que Louÿs avait répondu dans son article du 7 novembre.

Le lendemain paraissait, dans *Le Monde illustré*, le long article de Georges Lenotre, « L'Énigme de Molière ». Il ne méprisait pas la thèse de Louÿs, mais voulait nuancer : « Ses arguments sont troublants, il n'y faut point contester ; osera-t-on insinuer qu'ils ne sont que des arguments et que, en matière d'histoire, des preuves seraient préférées ? » Il constatait cependant que la vie de Molière restait un mystère :

> Pour quelle raison, par exemple, *La Gazette de France*, qui nomme très souvent les écrivains en vogue, mentionne leurs succès et cite leurs œuvres, n'imprime-t-elle *jamais* le nom de Molière ? En février 1673 elle annonce, avec grand luxe de détails éplorés, la mort du P. Lalemant, prieur de Sainte-Geneviève, de M. de Mesmes, conseiller du Roi, et elle néglige de signaler que la France vient de perdre celui que Boileau proclamait « le plus rare des

> écrivains du siècle ». [...] Et non seulement ses productions théâtrales ont disparu, mais aussi toutes les lettres innombrables, qu'il écrivit, indubitablement, au cours de son existence. [...] Il n'en reste RIEN ! Molière écrivait au Roi : ses placets sont imprimés en tête de ses pièces : au frontispice de *Tartuffe*, on en trouve trois, que l'auteur de la comédie subversive traça certainement de sa main. Que sont devenus les originaux ? Qui eut l'audace de les prendre dans les archives royales ? – et pour les détruire !

Bien plus paradoxal était l'article d'Henry Bidou, « Molière et Corneille », paru dans la *Revue critique des idées et des livres* du 10 janvier 1920. Tout en faisant semblant, au début, d'adopter la thèse de Louÿs, il ne tardait pas à faire preuve d'ironie, en montrant qu'il existe de fortes ressemblances de style entre Corneille jeune et Molière jeune, et que celles que l'on peut constater dans les grandes comédies du second prouvent seulement que « Molière se serait diverti jusqu'à la fin à pasticher son vieil ami, qui n'y aurait rien vu ». Indigné par cette argumentation, Louÿs ébaucha une dure réplique, qu'il intitula « L'Estourdy ou M. Bidou », mais ne la mena jamais à terme.

La réaction la plus notable aux articles de Louÿs reste cependant un long texte du bibliographe Pierre-Paul Plan, qui parut dans le *Mercure de France* du 16 décembre 1919. Article souvent fort verbeux – il occupait trente-trois pleines pages de la revue – et qui se centrait uniquement sur certains points. De surcroît, l'auteur y reconnaissait qu'il n'avait lu que le premier article et l'interview de Louÿs, et qu'il ne voulait pas tenir compte du second article, qui ne modifiait point ses opinions (sic). Il commençait par ironiser sur ce qu'il appelait l'« étrange opinion » de Louÿs et, se refusant pour sa part à croire qu'il y ait encore des secrets de ce genre dans la vie de Molière, écrivait paradoxalement : « J'oserai même soutenir que nous en savons peut-être beaucoup plus sur Molière que sur Corneille[21] » – affirmation que Louÿs eût probablement, mais pour d'autres raisons, contresignée. Plus loin, il justifiait ce propos en s'appuyant sur l'autorité du livre d'Eudore Soulié, *Recherches sur Molière et sa famille*, paru en 1863 (il eût été cependant facile de lui répliquer que l'ouvrage en question n'apportait aucune lumière sur la vie proprement littéraire de Molière).

Plan insistait sur un autre point : « Molière fut un homme d'une parfaite droiture, généreux, délicat, honnête homme dans toute l'étendue et dans les deux sens du terme. [...] il m'est *a priori* impossible [...] d'admettre qu'il se soit prêté à l'imposture qu'on vient de me signaler. » Autre argument de Plan : comment Molière aurait-il osé dédier *Amphitryon* au Grand Condé si la pièce n'était pas de lui ?

À propos de la fameuse quittance de Pézenas du 24 février 1656, où Louÿs avait relevé une faute d'orthographe assez fâcheuse pour un homme de lettres, Plan adoptait une attitude pour le moins contradictoire. D'une part, il tentait de justifier cette orthographe défectueuse en faisant appel à Vaugelas, lequel citait des cas analogues à son époque (1665), et d'autre part, il n'hésitait pas à émettre l'opinion que certains éléments permettaient de « mettre en doute l'authenticité » de cet autographe (une opinion qui rejoint, comme on le verra, celle d'experts actuels). Quant au pacte conclu entre Corneille et Molière à Rouen en 1658, Plan refusait d'y croire et pensait que le long séjour du second dans cette ville est facile à expliquer si l'on s'en tient « à la tradition transmise par La Grange, ami et membre de la troupe de Molière, qui nous dit qu'il se rendit à Rouen pour se rapprocher de la capitale, et qu'il fit, pendant ce séjour, de fréquents voyages secrets à Paris, pour préparer ses voies ». Pour finir, Plan remarquait qu'une collaboration Corneille-Molière choquait « comme une inconvenance à l'égard de Corneille, car elle ferait supposer chez lui une vanité honteuse des plus ridicules, un sot penchant aux basses et sournoises fourberies à la manière boche [sic], qui n'est pas du tout la manière du grand Corneille ».

Louÿs aurait eu beau jeu de rétorquer que le caractère de Corneille n'était peut-être pas aussi serein et modéré qu'il l'imaginait. Il n'en fit rien et, dans la réplique qu'il publia dans le *Mercure* du 15 février, préféra rappeler ironiquement la leçon de bibliographie rabelaisienne qu'il avait donnée à Plan en 1913[22]. Il s'étonna aussi, non sans raison, que Plan n'ait eu connaissance que de deux des sept articles, et d'une interview dont les termes n'avaient pas été revus par l'auteur. Il soulignait surtout que, loin d'avoir publié toute sa thèse, il n'en avait « pas même donné la préface ». Il ne se souciait donc pas – et c'est dommage pour nous – de répondre en détail à son contradicteur : « Il est plus facile de relever les vieilles références que de lire, annoter soi-même, comparer, oser en secret une hypothèse et la taire, jusqu'au jour patient où, maître du sujet et sachant la valeur d'un mot, l'un de ceux qui ont le culte des morts peut écrire sous un nom le mot : certitude. » Il est évident qu'à cette époque, Louÿs avait pris en dégoût tout débat public et voulait fuir toute polémique ouverte.

Pourtant, après la publication de son dernier article, celui du 9 novembre 1919, Louÿs avait continué de travailler à ses recherches avec la même ardeur. Au fond, il ne tenait pas véritablement à la publication du reste de son dossier, et ce pour une raison très personnelle, que d'aucuns pourraient trouver déconcertante : tout simplement parce que ce fut toujours son attitude que de faire des recherches érudites sans songer autrement à les publier. La publication lui apparaissait comme un élément secondaire, parce qu'elle aurait occupé un temps qu'il préférait employer à poursuivre ces mêmes recherches. Avec les années, le chercheur avait ainsi pris chez Louÿs la place de l'écrivain, et l'on sait combien, durant la seconde moitié de sa vie (1901-1925), il publia peu. Le problème Corneille-Molière ne l'en obsédait pas moins, au point qu'en avril 1920, il songea à publier son dossier, déclarant dans une note inédite : « Il ne me paraît plus permis de persévérer à me taire[23]. » Mais il préféra, durant toute cette année 1920, continuer ces recherches qui l'entraînaient de plus en plus loin. À son vieil ami Valéry, il écrivit, le 9 octobre 1920, qu'il venait de travailler soixante-sept heures (sic) d'affilée sans se coucher, ce qui lui avait permis de faire d'importantes découvertes nouvelles[24]. Même ardeur au printemps 1921 : il annonçait à Claude Farrère qu'il avait écrit « trois cents pages depuis moins d'un mois[25] ».

En dépit des encouragements de ses amis Farrère, Lebey et Sandre, Louÿs ne donna pas suite à son projet de publication. Dans les années 1950, Henry Poulaille – dont nous reparlerons bientôt – eut l'occasion de consulter l'ensemble de ses notes inédites sur l'affaire Corneille-Molière : il y en avait, précisera-t-il, « toute une armoire[26] ». De ces milliers de pages manuscrites restées inédites, une faible partie devait être publiée, principalement par les soins de Frédéric Lachèvre. Nous avons pu, de notre côté, recueillir la copie d'une grosse partie de ce dossier, mais bien des feuillets ont été dispersés dans des collections particulières, où ils ne sont pas toujours accessibles[27].

## FRÉDÉRIC LACHÈVRE

Ancien banquier devenu bibliophile, puis grand bibliographe de la poésie française ancienne, Frédéric Lachèvre (1855-1943) fut le correspondant et l'ami de Louÿs de 1903 à 1921. Ce fut donc tout naturellement que Louÿs en vint à lui confier ses découvertes et les cheminements de ses recherches sur l'affaire Corneille-Molière[28]. Il le fit au milieu de la polémique causée par la publication de ses sept articles. Le 20 novembre 1919, Louÿs écrivait à Lachèvre pour lui confier sa certitude que Corneille, et non Charles Sorel, était le véritable auteur du *Francion*, étonnant roman picaresque publié anonymement en 1622[29]. Lachèvre fut impressionné par l'argumentation de Louÿs, dont il avait en grande révérence les connaissances, qu'il avait pu, depuis de nombreuses années, mettre à l'épreuve pour ses propres travaux. Il lui répondit ainsi :

> Quoi qu'il arrive de votre campagne Molière-Corneille et Sorel-Corneille, il est un fait acquis, c'est la mise en pleine lumière de l'immense génie de Corneille, et grâce à vous ce résultat considérable est déjà obtenu. Je ne fais aucune réserve sur le fond de votre thèse, car, à mes yeux, vous êtes la compétence même en ces matières, mais il faut compter avec le parti-pris et surtout avec le mysticisme des esprits, autrement dit avec cet état particulier de l'intellect, qui fait que les raisons les plus décisives glissent sans laisser de traces ; il semble que les gens ne comprennent pas, qu'on leur parle une langue étrangère qu'ils ignorent. Vous le voyez tous les jours en politique comme en littérature. Vous ne convaincrez donc que les esprits non prévenus et un très petit nombre de Moliéristes, car Molière est un Dieu pour eux et un Dieu ne se discute pas ! La lutte sera non moins vive pour *Francion* et cependant la paternité de Sorel est plus que douteuse[30]...

Louÿs continua, nous l'avons vu, ses recherches pour lui seul, et ce ne fut qu'en 1921 qu'il revint sur le sujet dans ses lettres à Lachèvre, lui révélant notamment qu'il avait trouvé la clef de *Polyeucte* dans l'affaire des Possédées de Louviers. Puis, en mai 1921, sa correspondance avec Lachèvre s'interrompit aussi brusquement que définitivement. Que s'était-il passé ? Avait-il perçu quelques réticences chez son interlocuteur ? Celui-ci avait-il peine à le suivre ? Nous ne savons. Toujours est-il qu'en 1938, lorsqu'il publia des notes inédites de Louÿs sur l'affaire Corneille-Molière, Lachèvre n'hésita pas à parler de son « envoûtement [...] à propos de Corneille[31] ». C'était assez dire qu'il était loin d'adhérer entièrement à la thèse de celui-ci. Il marquait d'ailleurs nettement ses réserves : « Conclure de ce contact [la rencontre rouennaise de 1658] que Molière se serait fait le prête-nom de Corneille pour quelques-unes des comédies de ce dernier, c'est aller au-delà de la vraisemblance... » Lachèvre ajoutait cependant : « bien que l'activité de Corneille ait cessé presque en même temps que la disparition de Molière. Curieuse coïncidence[32] ! » Il faisait également cette importante concession : « Sans l'ombre d'un doute, Corneille a largement participé à *Amphitryon*. »

Lachèvre avait dû éprouver une grande perplexité lorsque Louÿs lui avait exposé ses conclusions sur l'œuvre anonyme et pseudonyme de Corneille et tout ce qu'il restituait à ce dernier : non seulement *Francion*, mais quantité de pamphlets, de mazarinades, de poésies et d'écrits divers. Il crut donc nécessaire, tout en reconnaissant le « sens aigu de la vraie poésie française » dont faisait preuve Louÿs, de conclure sa présentation des notes de celui-ci par ces lignes sévères : « Est-il utile de continuer cet exposé plutôt pénible de l'erreur passagère d'un grand écrivain et qui confirmerait inutilement la thèse de l'envoûtement ? Ce mot suffit et dit ce qu'il veut dire. »

Les notes inédites de Louÿs que Lachèvre donna dans *Broutilles* – un titre, peu flatteur, choisi par celui-ci – sont évidemment partielles et ne représentent qu'une infime partie du dossier. On y trouve des pages plus ou moins développées sur « L'Éducation de Corneille », « Le Style et le vers de Corneille », « Le Théâtre de Corneille », « Corneille et Fouquet », « Corneille et Balzac », « La Prose de Corneille », « La Prose de Molière », ainsi qu'un certain nombre de notes diverses. Tiré à deux cents exemplaires imprimés à compte d'auteur, le livre ne fut pas mis en librairie et ne suscita pas d'échos.

En 1933, Lachèvre publia chez Giraud-Badin un gros recueil d'articles et d'études de lui, intitulé *Nouvelles Glanes bibliographiques et littéraires*. Il y reproduisit une partie des notes inédites de Louÿs sur *Francion*, mais adopta une position bizarre : d'abord, faisant sienne l'opinion de Louÿs, il déclarait que ce roman n'avait pas été écrit par Sorel mais par Corneille[33], puis donnait plus loin d'autres notes de Louÿs sur le sujet, en marquant cette fois-ci son désaccord : « Nous sommes en face d'un phénomène d'envoûtement incontestable[34]. »

En fait, on peut se demander si Lachèvre, pourtant en excellents termes avec les héritiers de Louÿs[35], avait bien eu accès à la totalité du dossier Corneille-Molière constitué par l'écrivain. Le grand désordre et la négligence avec laquelle, dès 1925, ces héritiers commencèrent à disperser les papiers de Louÿs, en feraient douter. Toujours est-il que, lorsque, en 1937, Lachèvre reçut communication de ce qu'on lui présentait comme « le dossier Corneille-Molière », il fut déçu : « De tout ce que vous m'avez envoyé, écrivit-il à Serrières, je n'ai pu tirer que *quelques pages*, ce n'est pas suffisant pour faire un *volume*[36]. » Or nous savons que Louÿs avait au moins rédigé plus de trois cents pages et que, vers 1950, Poulaille avait pu constater par lui-même que le fameux dossier emplissait toute une armoire.

La publication des *Nouvelles Glanes bibliographiques et littéraires* de Lachèvre suscita un article d'Émile Henriot dans *Le Temps* du 21 novembre 1933, significativement intitulé « L'Affaire Corneille et Pierre Louÿs ». Par ce seul titre, Henriot indiquait que, pour lui, Louÿs avait fait reposer la majeure partie de sa thèse sur Corneille : « Persuadé que l'auteur du *Cid* et de *Polyeucte* était un bien plus vaste génie qu'on ne le supposait depuis trois siècles qu'on l'admire, il voyait Corneille partout. Et les deux questions Molière-Corneille et Corneille-*Francion* n'étaient pour lui, entre autres, que deux faces de l'énorme affaire Corneille qu'il envisageait. » Henriot admettait cependant la valeur des remarques stylistiques et de versification énoncées par Louÿs, sans pour autant accepter le reste de la thèse, où il ne voyait que « conviction diffuse et multiforme » :

> Ses rapprochements sont intéressants, et témoignent que Louÿs s'entendait à merveille en fait de technique, mais ils ne prouvent que des détails et n'emportent pas la conviction. C'est tout au plus si, pour la sonorité de certains vers, on peut admettre, à mon avis, que Corneille a pu collaborer secrètement à la versification de quelques pièces de Molière. Mais on n'en mettrait pas la main au feu.

Plus indulgente avait été, dans *L'Action française* du 7 juin 1925, la réaction de Charles Maurras, qui, à la mort de Louÿs, avait considéré avec une attention non hostile les articles publiés par celui-ci en 1919 : « [Louÿs] interprétait la résistance du public par des coalitions d'académiciens et d'universitaires. Mais, quelque extrémité que lui dictât son goût violent et doux du paradoxe, sa tranquille passion de l'inattendu, Pierre Louÿs soutenait la thèse un peu folle avec une science, une ingéniosité, une subtilité presque magiques. »

## Elizabeth M. Fraser

En 1947, une universitaire écossaise, Elizabeth M. Fraser, apporta un élément nouveau au dossier. Dans *Les Nouvelles littéraires* du 14 mars 1946, elle publia un article intitulé « Une pièce inédite de Corneille », où elle restituait à cet auteur une « comédie pastorale » anonyme, *Alidor ou l'Indifférend* (sic), dont elle avait découvert le manuscrit d'époque à la National Library of Scotland d'Edimbourg[37]. Pour elle, il n'y avait pas de doute : la pièce était du jeune Corneille et devait être contemporaine de *Mélite*, c'est-à-dire de 1633. Elle y voyait en effet de nombreuses similitudes avec les premières comédies de cet auteur : « Cette similitude d'expression se fait surtout remarquer entre *Alidor* et *Mélite*, mais entre le manuscrit et *Clitandre* et, à un degré moindre, les quatre comédies suivantes de Corneille : *La Veuve*, *La Galerie du Palais*, *La Suivante* et *La Place Royale*, il y a aussi des ressemblances frappantes de vocabulaire, de locution de style et de pensée. »

Les révélations d'Elizabeth Fraser provoquèrent un article de François Rostand, « Corneille et l'imitation de soi », paru dans *Le Figaro littéraire* du 10 août 1946. La présence, dans *Alidor*, de vers ou d'hémistiches appartenant à des pièces signées Corneille lui semblait une preuve importante en faveur de l'attribution à ce dernier. « Car, soulignait-il, il n'est pas *une seule pièce* de Corneille où l'on ne puisse reconnaître, à peine modifiés, plusieurs hémistiches et plusieurs vers de ses autres pièces. Dans son théâtre, en effet, Corneille pratiquait l'“imitation de soi” d'une façon tout particulièrement frappante : trente-cinq vers repris textuellement, plus de deux cent cinquante vers et environ cinq cents hémistiches nettement imités, sans compter des ressemblances de coupe et de rythme, des répétitions, d'antithèses, etc. » Il s'agissait là d'un argument non négligeable, et que l'on trouvera repris plus loin par Poulaille.

Deux ans plus tard, nouvelle découverte d'Elizabeth Frazer : une tragédie anonyme, *La Mort de Solon*, dont le manuscrit était conservé à la Bibliothèque nationale de France. Cette fois-ci, la chercheuse écossaise publia d'emblée le texte de la pièce, sous la forme d'un petit volume intitulé *La Mort de Solon. Pièce attribuée par Elizabeth M. Fraser à Corneille*[38]. Dans une longue introduction, elle datait la pièce du « début de la décade[39] 1650 » et détaillait longuement les raisons linguistiques, stylistiques et psychologiques, qui, selon elle, permettaient de restituer cette pièce à Corneille. Une phrase de son avant-propos allait mettre le feu aux poudres. À la lumière de ses recherches, déclarait-elle, elle espérait « prouver que Corneille a écrit toute l'œuvre de Molière, toute l'œuvre de Charles Sorel, toute l'œuvre du satirique Jacques Du Lorens, toute l'œuvre du gazetier Charles Robinet », et ajoutait : « De crainte d'être accusée de manie, ou d'envoûtement, comme celui qui a le premier énoncé la théorie de la paternité cornélienne de l'œuvre moliéresque, Pierre Louÿs, je publie d'abord un ouvrage dont la provenance est claire[40]. » C'était aller encore plus loin que Louÿs.

La réplique ne se fit pas attendre. Dans son feuilleton théâtral du *Monde* du 12 août 1949, Robert Kemp émit de fortes réserves sur *La*

*Mort de Solon* et exprima surtout son scepticisme total sur l'attribution à Corneille du théâtre de Molière. Dans le numéro du 8 septembre du même journal, Elizabeth Fraser, rectifiant certains points de détail de l'article de Kemp, déclarait qu'elle avait passé « une année entière » à étudier le texte d'*Alidor* et s'excusait au passage de n'avoir pas su que *La Mort de Solon* avait en fait été publiée, comme pièce anonyme, en 1784 dans la « Petite Bibliothèque des théâtres », distraction qui lui avait été reprochée. La polémique s'envenima avec un article de Maurice Rat, paru dans *Le Figaro littéraire* du 3 décembre 1949, et dont le titre indique bien le contenu virulent : « Sur Corneille vivant l'hurluberlu pullule ». Le critique reprochait violemment à Mlle Fraser d'exceller par « la témérité, l'affirmation gratuite et l'ignorance encyclopédique ». Il égratignait en passant « deux écrivains dont l'esprit critique n'était point le fort [sic] et qui n'avaient pas la goutte à l'imaginative, Pierre Louÿs et Frédéric Lachèvre ». Autres aménités : « Si Molière n'avait été qu'un prête-nom, Chapelain, le roi, Boileau, La Fontaine l'auraient su ; et l'on n'eût point attendu, pour ébruiter la chose, les élucubrations d'un poète fatigué [sic], d'un érudit coutumier de l'erreur et d'une étudiante présomptueuse. » Rat déclarait ensuite que les traits d'écriture et de style soulignés par Elizabeth Fraser ne prouvaient rien du tout et se retrouvaient chez nombre d'écrivains de l'époque.

Elizabeth Fraser trouva un autre contradicteur dans le vétéran Georges Mongrédien, qui déclara que « la thèse Pierre Louÿs-Fraser » obligeait à admettre que Louis XIV et Boileau auraient été dupés, et que Baron, Grimarest, Donneau de Visé, Racine et tant d'autres se seraient tus. « J'attendrai, conclut Mongrédien, une réponse à ces questions pour faire relier en veau Molière sous le nom de Corneille. Comme dit le bon peuple de Paris, si Corneille avait écrit les comédies de Molière, ça se saurait[41] ! »

Ensuite, le silence. Probablement choquée par cette levée de boucliers, Elizabeth Fraser ne publia plus rien, du moins à notre connaissance[42].

## Henry Poulaille

Un écrivain allait néanmoins, dans les années 1950, prendre la relève. Après Louÿs, le romancier Henry Poulaille (1896-1980) fut certainement celui qui se consacra le plus à « l'affaire Corneille-Molière ». Il y passa de longues années, accumula les documents et les notes, et publia sur le sujet deux ouvrages qui ne constituent qu'une partie de son argumentation : la suite, pourtant annoncée, ne vint jamais. Ce ne fut pas en poète et en styliste, comme Louÿs, que Poulaille avait scruté les textes de Corneille et de Molière, mais plutôt en chercheur indépendant, et sans être spécialement versé dans l'étude du XVII$^{e}$ siècle.

Cela commença par une véritable provocation. En 1951, chez l'éditeur Amiot-Dumont, Poulaille publia un livre dont le titre sonnait comme un défi : « Pierre Corneille, *Tartuffe ou la comédie de l'Hypocrite* ». Sa conviction, qui reprenait les conclusions d'une étude de Gustave Michaut, était que le premier *Tartuffe*, joué en 1664, était bien « une pièce complète en ses trois actes » et s'achevait sur le triomphe de Tartuffe. Selon lui, l'examen de la version en cinq actes amenait à conclure que « ce n'est pas le même auteur qui a pu écrire les trois premiers actes et ceux qui suivent ». Il contestait ainsi la fameuse mention, qu'il considérait comme une interpolation postérieure, du registre de La Grange selon laquelle on avait, à Versailles, le 12 mai 1664, joué « trois actes du *Tartuffe* qui estoient les 3 premiers[43] ». Dans une introduction de 142 pages, Poulaille discutait longuement les témoignages sur les diverses représentations de *Tartuffe*, surtout la première de 1664 et celle du 5 août 1667 en cinq actes. Quant au texte même de la pièce, il montrait que, d'une version à l'autre, certaines répliques avaient été mises dans la bouche d'autres personnages. Comment rattacher le *Tartuffe* primitif à Corneille ? Poulaille, qui n'était pas très précis sur ce point, invoquait un argument intéressant, déjà avancé par Brunetière : *Tartuffe* est, par rapport à la religion, l'exact inverse de *Polyeucte*. Cet argument avait aussi été utilisé par Louÿs dans son article « *L'Imposteur* de Corneille et *Le Tartuffe* de Molière », où on pouvait lire : « Les poètes, cornéliens par la race, et tous les Cornéliens, tous, tous, comprennent que Tartuffe et Polyeucte sont les

Henry Poulaille.

deux pôles du même cerveau et que, seul, le martyre dévisage le fourbe. » Les deux pièces seraient donc un de ces « exercices de l'esprit » selon la méthode de Loyola, chère à Corneille, ancien élève des Jésuites de Rouen.

Suivait le texte restitué à Corneille : une pièce en trois actes, composée des trois premiers actes que nous connaissons et auxquels Poulaille avait ajouté certaines scènes de l'acte IV. Par ailleurs, certaines répliques changeaient de personnage, avec une note justificative, par exemple à la page 169 : « Ces répliques sont, au théâtre et dans les éditions de *Tartuffe*, dans la bouche de Dorine. On ne peut nier qu'elles soient mieux placées dans celle du beau-frère d'Orgon. » Ou bien des vers jugés trop faibles ou incohérents étaient supprimés. Par exemple, au vers 1016 : « Nous sautons ici cinq lignes qui sont un béquet de Molière qui brise l'intérêt de la scène. » D'autres passages, enfin, étaient déplacés, soit en avant, soit en arrière. Par exemple, page 149, à la note 1 : « Cette tirade dans le texte courant est dans la scène V. » Étaient rejetés en appendice tous les passages attribuables à Molière. Le tout formait un texte étrangement hybride, qui, selon Poulaille, devait être extrêmement proche du premier *Tartuffe*, celui de 1664, qui était complet en trois actes.

Dans son livre, Poulaille annonçait comme « à paraître » deux ouvrages de lui, sous le titre général de *Corneille sous le masque de Molière* : « *I. Panoramique de la question. II. Les Preuves dans l'œuvre.* » Il est assurément dommage qu'il n'ait pas publié d'abord ces deux ouvrages, dont l'argumentation eût utilement servi les affirmations émises dans son édition de *Tartuffe* sous le nom de Corneille. Surtout, Poulaille disposait – nous le savons à présent – de la copie d'une importante partie du dossier de Louÿs : il est évident qu'il eût été mieux inspiré en éditant d'abord ce dossier. Il n'en fut malheureusement rien, et seul un volume intitulé *Corneille sous le masque de Molière* parut en 1957, chez Grasset. Les lecteurs de son *Tartuffe* avaient ainsi dû patienter six années pour pouvoir accéder à l'argumentation qui sous-tendait cette singulière édition, et encore ne leur donnait-on pas la totalité de cette argumentation.

Extrêmement touffu, *Corneille sous le masque de Molière* est un gros ouvrage compact de près de quatre cents pages. La démonstration de Poulaille ne va pas sans quelque confusion. Son livre entasse petits chapitres sur petits chapitres, sans beaucoup d'ordre et en multipliant les digressions (par exemple les plagiats de Corneille dans *Le Cid*, les relations Perrin-Lully, etc.). L'auteur fait appel en passant à un tas de critiques, qu'il cite longuement (La Harpe,

Faguet, Marmontel, Brunetière, Menard, Lacour, Baluffe, etc.). À la fin de son ouvrage, emporté par son talent de romancier, il n'hésite pas à reconstituer le dialogue qu'auraient pu tenir Corneille et Molière lors de leur rencontre à Rouen en 1658 ! Sur le fond de l'affaire, il reprend quelques arguments de Louÿs : on ne sait presque rien de la vie de Molière, tout est légende. S'attelant alors à un « Essai de biographie véridique de Molière », il détruit les fables sur Gassendi, Chapelle, le prince de Conti, la licence de droit obtenue à Orléans, la pauvreté des Poquelin, Molière improvisateur, etc. Même traitement pour « l'énigme des papiers de Molière » et tout ce qu'on en a raconté. Il souligne aussi les invraisemblances visibles dans certains passages de *Tartuffe*, de *Dom Juan* et de *L'Avare*. Tout un chapitre est même consacré à « Molière anagramme de Corneille », avec une démonstration assez singulière, venant d'un artiste allemand (sic), démonstration selon laquelle CORNEILLE M[ajus = l'Aîné] donne : C N L + MOLIÈRE...

Curieusement, ce n'est que dans la seconde moitié, et surtout dans les dernières pages de son livre, que Poulaille aborde la question du pacte de 1658 entre Corneille et Molière. Il constate que Corneille, qui s'était tu après la chute de *Pertharite* (1652) et avait abandonné la comédie depuis 1643, revient au théâtre avec *Œdipe* en 1659, date qui coïncide avec les débuts de Molière dans la grande comédie. La raison fondamentale du pacte, pense-t-il, fut double, à la fois l'argent et le temps :

> Corneille avait de grosses charges et il était sans le sou. Molière avait des rentes et, par son théâtre, des rentrées certaines, donc de l'argent. L'auteur du *Cid* était doué d'une extraordinaire facilité de travail et avait du temps. Molière avait son théâtre à remplir, des ordres à exécuter. Molière avait-il beaucoup de temps ? C'est douteux, et non moins douteux qu'il eût la facilité de travail qu'on lui a prêtée. Or son patron était le roi, et « le roi n'aimait pas à attendre ». C'est l'auteur de *L'Impromptu de Versailles* qui nous l'a confessé lui-même.

Explication plausible – nous y reviendrons –, à condition de nuancer : il faudrait supposer que cette question d'argent ne devint fondamentale que quelques années après la rencontre de 1658. Car Corneille n'était pas vraiment « sans le sou[44] », et ce ne fut qu'après son séjour à Rouen que Molière cessa d'être inconnu et bénéficia de la faveur royale. Certaines remarques de Poulaille ne sont cependant pas inintéressantes. Il souligne ainsi que c'est Voltaire qui est responsable, par ses fameux *Commentaires*, de la mauvaise réputation de Corneille et de la palme donnée à Molière :

> Grâce à Voltaire, on campa un Pierre Corneille, auteur de quatre ou cinq chefs-d'œuvre et de près de trente pièces verbeuses et vides. Corneille n'ayant plus ainsi droit de cité que par cinq tragédies valables, Racine n'en ayant composé qu'une dizaine, M. Tartuffe de Voltaire [sic] devenait donc le plus grand auteur dramatique français.

De même, les répétitions de vers ou d'hémistiches, trait caractéristique du style de Corneille, réduiraient à néant l'argument selon lequel les citations de ses œuvres repérées dans des pièces de Molière prouveraient que ce n'est pas Corneille qui les a écrites : ce dernier aimait au contraire se répéter lui-même. Pour le reste, il est souvent difficile de suivre l'auteur dans son argumentation, tant celle-ci manque d'ordre. Certes, ce livre devait être suivi d'un autre qui aurait reproduit le dossier de Louÿs. La lecture de son *Corneille sous le masque de Molière* montre que Poulaille n'a pas voulu y reprendre les arguments de Louÿs, qu'il réservait pour un prochain volume. Aussi son livre est-il un peu boiteux, et sans conclusions clairement énoncées. On peut cependant en déduire, par divers passages, les pièces que Poulaille attribuait à Corneille : *Tartuffe*, *Dom Juan*, *L'Avare*, *Le Misanthrope*, *Les Femmes savantes*, *Les Précieuses ridicules*, *L'École des femmes*, *La Critique de L'École des femmes*, *Amphitryon*, *Mélicerte*, *Dom Garcie de Navarre*, *Les Amants magnifiques*, *L'Amour médecin* et *L'Étourdi*.

*Corneille sous le masque de Molière* annonçait même, comme « en attente de publication », une suite sous forme de deux volumes : *Qui est Molière. Expertise du Théâtre signé Molière, pièce par pièce* et *Pierre Louÿs : Dossier Corneille-Molière.* Cette suite ne vint jamais. Fut-elle refusée par Grasset ? Poulaille se lassa-t-il ? Voici une vingtaine d'années, l'un de nous put acquérir, chez un libraire parisien, un double au carbone (371 pages) de la dactylographie correspondant au second volume annoncé. Le document est surtout précieux parce qu'il donne la transcription de quantité de notes inédites de Louÿs, dont les originaux autographes ont été depuis dispersés à tous vents. On y voit aussi que Poulaille avait l'intention de faire précéder les notes de Louÿs d'un long texte de son cru, intitulé *Observations sur la réfutation de la thèse Louÿs par M. P.-P. Plan.*

Dans ce texte, Poulaille répète certains arguments de Louÿs, qui ne s'était pas, lui, soucié de répondre en détail à Plan : il y eut bien, en 1658, un pacte secret entre Molière et Corneille. L'un devint le prête-nom du second, qui eût couru trop de risques – nous verrons pourquoi – si certaines pièces de lui, comme *Tartuffe*, eussent porté sa signature. Le témoignage de La Grange sur Molière à Rouen est nul, car La Grange n'entra dans la troupe qu'en 1659. On ne comprend pas pourquoi, en 1658, Molière vint habiter Rouen et non Paris, puisque c'était Paris qui l'intéressait au premier chef. Corneille aurait-il eu un surcroît de travail en versifiant pour Molière ? Mais il resta sept années sans faire représenter la moindre pièce (1653-1658 et 1661). Comment expliquer que, dans *Les Précieuses ridicules*, Molière ait attaqué aussi violemment les Précieuses, alors qu'il ne les connaissait pas ? Corneille, lui, avait gardé un ressentiment tenace de l'échec de sa lecture de *Polyeucte* à l'Hôtel de Rambouillet. Poulaille se sépare cependant de Louÿs sur un point :

> Louÿs a laissé courir son imagination et il a vu en Molière un élève de Corneille, alors qu'il n'y eut vraisemblablement qu'un pacte d'affaires entre les deux hommes. L'image d'un Corneille modelant l'acteur Poquelin en auteur est attrayante mais inacceptable. C'est chercher midi à quatorze heures, et Corneille n'était pas homme à ne pas traiter les choses plus simplement. Il devait moins se préoccuper de faire de Molière un chef-d'œuvre de son pouce que de l'utiliser pour faire de l'argent avec des textes qui dormaient, et dont certains lui eussent fait courir trop de risques s'il avait tenté de les présenter lui-même. [...] Il ne fit que se servir de l'acteur comme prête-nom et pour tirer bénéfice de manuscrits dont il n'eût rien pu faire[45].

Les théories de Poulaille – et, en passant, celles d'Elizabeth Fraser – trouvèrent un écho favorable dans un long article de René-Louis Doyon, « Molière, Panacée universitaire », publié dans les numéros d'automne 1957 et de mars 1958 de sa petite revue *Les Livrets du mandarin*. Doyon s'avoue d'abord choqué qu'un homme comme Louÿs, « qui avait des connaissances prestigieuses en philologie, en métrique, au point d'éclairer l'histoire littéraire et de déterminer la nature d'un texte par sa construction, son rythme, son vocabulaire, soit jugé par des professionnels d'une décevante superficialité, soit contesté par des plumitifs sans importance et des spécialistes sans culture de l'analyse théâtrale, qu'il soit injurié par des acteurs psittacistes ». Doyon s'attache ensuite à montrer que Molière est, en France, une véritable religion, sous l'égide de l'Université : « Molière est devenu peu à peu un rationaliste, élève de Gassendi (qu'il n'a jamais vu), un révolutionnaire avant la lettre, un anti-religieux, sceptique puis athée ». Rien d'étonnant, donc, dans les vives réactions qui suivirent les articles de Louÿs : « Pierre Louÿs a commis ce lèse-croyance, il a montré les lacunes, il a analysé et filtré les produits, il a démontré une mécanique agencée sans méthode. » Considérant ensuite la vie de Molière, Doyon s'étonne, tout comme Louÿs, du sujet même des *Précieuses ridicules* :

> Quoi ? un acteur qui n'a joué que des mascarades, a tout à coup commis un chef-d'œuvre d'observation critique, une peinture précise du milieu parisien qu'il n'a pas pu fréquenter ? Voyons ! [...] Et comment expliqueriez-vous que Molière qui n'avait encore aucun commerce avec ces dames déjà assagies et passées plus près du Louvre, ait pu peindre, stigmatiser, ridiculiser cette coterie ? Il ne peut pas, si l'œuvre lui appartient, en avoir eu seul l'idée, le matériau ; a-t-il eu le temps, lui l'errant, d'écrire cette pièce assez importante, d'en distribuer les rôles, d'en jouer un et d'assurer la mise en scène et l'interprétation ? Un nom ne s'impose-t-il pas ?

Tout comme Louÿs encore, il se montre surpris des incohérences de certains passages de *Tartuffe*, qu'il cite, puis suggère que ce fut sans doute Armande Béjart qui fit disparaître les papiers de son mari et détruisit « les manuscrits où l'on pouvait trouver la preuve que les textes étaient d'une autre main et pouvaient compter dans son hoirie ». Enfin, il réplique à l'objection selon laquelle Molière, qui avait souvent joué du Corneille, se serait ainsi imprégné de son style : « [...] vous vous réduisez à dire : sans doute Molière savait Corneille par cœur, à quoi nous vous répondons : Corneille ne savait rien, n'avait rien à savoir de Molière. »

Tel ne fut pas l'avis d'André Lebois, qui éreinta le livre de Poulaille dans un article[46]. Jugeant, non sans quelque raison, cet ouvrage encombré « d'une masse de commentaires oiseux, de citations trop longues, de redites, de sarcasmes », il constatait que Poulaille allait beaucoup plus loin que Louÿs : « Corneille aurait vendu à Molière toutes les comédies écrites par lui depuis *La Suite du Menteur*, et qu'il gardait en tiroir, y compris *L'Amour médecin* qui serait de 1643. » Quant aux vers signés Molière où Louÿs et Poulaille voyaient la patte de Corneille, Lebois répliquait : « Oublie-t-on que Molière acteur savait par cœur les vers de Corneille, et ceux de ses autres contemporains notoires ? Ne pouvait-il, quand Tartuffe est démasqué, pasticher Corneille sans recourir au vieux poète ? » Et il concluait : « Toute la partie critique du livre de Poulaille est d'une faiblesse déconcertante. »

## Pascal Pia

En 1957, la thèse de Louÿs fut évoquée à deux reprises par Pascal Pia dans ses chroniques hebdomadaires de *Carrefour*. Immense érudit, esprit critique des plus aiguisés, des mieux informés aussi, Pia n'était certes pas le premier venu. Il connaissait fort bien à la fois Louÿs et le XVII^e siècle, et avait par ailleurs fréquenté Lachèvre. Ayant évidemment lu tout ce qui avait été publié sur le dossier Corneille-Molière de Louÿs, il ne faisait pas de difficultés pour reconnaître que certains éléments en étaient « troublants ». Le 2 mai 1957, rendant compte du dernier volume de la monumentale *Histoire de la littérature française au XVII^e siècle* d'Antoine Adam, il notait que l'auteur « déplore que les travaux des Moliéristes n'aient fait aucun progrès depuis un demi-siècle », et poursuivait en ces termes :

> Aussi ne m'expliqué-je pas son rigoureux silence sur les hypothèses de Pierre Louÿs touchant la part décisive que Corneille aurait eue à la composition d'*Amphitryon* et d'autres pièces de Molière. Je sais bien que Pierre Louÿs n'a jamais été un des favoris de l'Université, où la mystification de Bilitis avait fait quelques victimes, mais rien ne permet de penser que M. Adam soit de ces censeurs boutonnés jusqu'au col et pour qui tout travail littéraire est nul et non avenu qui ne porte pas l'estampille d'une faculté. [...] Pour moi, je persiste à croire qu'il est dommage qu'effrayé par les cris de putois que venaient de provoquer en 1919 ses articles du *Temps*, Pierre Louÿs ait renoncé alors à poursuivre la démonstration qu'il avait annoncée. Ce que l'on connaît du dossier constitué par lui sur le théâtre de Molière et la vie de Corneille montre que tous les éléments n'en étaient pas à rejeter. [...]
>
> Il est possible que sa dévotion cornélienne ait entraîné Pierre Louÿs à faire largesse à son dieu de biens qui appartiennent effectivement à Molière, mais les arguments invoqués à l'appui de ces attributions et puisés les uns dans la biographie, d'autres dans la stylistique, d'autres encore dans des rapprochements de textes, méritaient au moins d'être examinés par des spécialistes[47]...

Pia eut l'occasion de revenir plus longuement sur le sujet quelques mois plus tard, en consacrant tout un article au *Corneille sous le masque de Molière* de Poulaille. Article assez mitigé, où il ne se prive pas de relever les insuffisances de cet ouvrage, mais où il répète sa conviction que les thèses de Louÿs ne doivent pas toutes être rejetées en bloc. « Personne, souligne-t-il, n'eût été capable de rivaliser avec Louÿs dans la connaissance de la littérature du XVII^e siècle. » Cependant, le livre de Poulaille souffre à ses yeux d'une grave erreur : celle d'être paru avant le dossier de Louÿs, qu'il se borne à annoncer comme étant en préparation (et qui, nous le savons aujourd'hui, ne devait jamais être édité). Au lieu de cela, Poulaille « discourt, et même bavarde », procédant souvent « par affirmations péremptoires ». Pia s'empresse d'ajouter : « C'est sans plaisir que j'écris cela, car depuis longtemps je suis loin de penser que tout est faux de ce que disait Louÿs. Pour *Amphitryon* par exemple, je n'ai pas le sentiment que Louÿs se soit trompé en avançant que Corneille y a eu au moins autant de part qu'à la composition de *Psyché.* » Il souligne ensuite que la vie de Molière reste très mal connue et que le plus sage serait de reconnaître notre ignorance à cet égard :

> Mieux vaut, me semble-t-il, savoir qu'on ne sait quasi rien de la vie de Molière jusqu'à trente-six ans, qu'on ignore tout des conditions dans lesquelles furent composées les pièces publiées sous son nom, et ne pas s'attacher plus longtemps au personnage tout de fabrication que nous ont légué des biographes qui ne l'avaient pas fréquenté et des commentateurs qui, d'âge en âge, se sont répétés sans prendre toujours soin de lire attentivement ce qu'ils admiraient de confiance[48].

Tout comme Louÿs, Pia avait été frappé par des détails bizarres concernant *Psyché* et *Dom Juan* :

> Il est certain, en tout cas, que les contemporains de Molière ont su que la plus grande partie de *Psyché* était due à Corneille, mais, chose bizarre, cela ne leur a été dit qu'avec timidité, et après un temps d'hésitation. M. Poulaille relève que *Psyché* ne fut d'abord jouée que sous les noms de Molière pour le texte et de Lully pour la musique. La contribution de Corneille fut seulement révélée dans l'édition de l'ouvrage, et encore ne glissa-t-on cette confidence que dans un « avis du libraire » qui restituait pourtant à Corneille les trois quarts de cette *Psyché.* Sur le titre ne s'inscrivait toujours que le nom de Molière.
>
> M. Poulaille note également que lorsque Thomas Corneille, frère cadet du grand Corneille et comme celui-ci auteur de théâtre, publia son adaptation en vers du *Festin de Pierre*, il la fit précéder de trente lignes où, au lieu de nommer Molière, dont il était censé avoir transposé le *Dom Juan*, il se contenta d'évoquer « le célèbre auteur *sous le nom duquel* la pièce a déjà été représentée en prose ». *Sous le nom duquel* (c'est moi qui souligne) : le moins que l'on puisse dire d'une telle façon de s'exprimer, c'est qu'elle paraît bien réticente. Aussi ne saurait-on s'étonner que M. Poulaille veuille y découvrir un argument de plus en faveur de la cause qui lui tient à cœur. Si Corneille a mis du sien dans *Dom Juan ou Le Festin de Pierre*, nul à part Molière et lui n'était mieux placé pour le savoir que son frère Thomas, qui vivait à ses côtés.

Pia souhaitait que, pour tâcher de résoudre la question, « on renonçât et aux mépris faciles et à l'intempérance des mots ». Il terminait par une observation malicieuse et qui, malheureusement, reste valable cinquante ans après :

> De fait, le parti pris moliériste ne me paraît pas moins absolu dans l'Université que le parti pris cornélien chez M. Poulaille. J'ai eu la curiosité de me reporter à une édition savante d'*Amphitryon*, publiée en 1946. Non seulement le professeur qui l'a établie n'y fait aucune allusion à l'attribution proposée par Pierre Louÿs, mais il ne mentionne même pas les textes de Louÿs dans une bibliographie où sont en revanche complaisamment énumérés maints ouvrages scolaires dont la lecture n'apprend rien.

Nous avons tenu à citer un peu longuement des extraits de ces deux articles de Pia, car ils représentent, intellectuellement, un cas très rare dans toute cette histoire : un point de vue extrêmement honnête et informé, ces deux adjectifs complémentaires étant ici essentiels.

## Hippolyte Wouters et Christine de Ville de Goyet

Publié en 1988 à Bruxelles et réédité chez Complexe en 1990, le petit livre d'Hippolyte Wouters et Christine de Ville de Goyet, *Molière ou l'auteur imaginaire ?*, constituait une bonne exposition du problème. Il avait également le double mérite d'être infiniment plus clair que le gros pavé embrouillé de Poulaille, et de reproduire des notes inédites de Louÿs. De surcroît, l'essentiel des arguments de ces deux derniers s'y trouvait reproduit. Les auteurs insistaient avec raison sur les aspects inconnus de Corneille, dont l'« existence privée n'est pas plus connue que celle de Molière[49] », et soulignaient le côté farce primaire des premières productions signées Molière : « Une lecture du *Médecin volant* est à ce propos instructive. » Pour eux, *Les Précieuses ridicules* comme *Les Femmes savantes* « apparaissent bien davantage comme des règlements de comptes de Corneille que de Molière » – ce qu'avait déjà noté Louÿs.

Suivent divers textes inédits de Louÿs, sur l'humiliante lecture de *Polyeucte* chez les Précieuses, sur les dédicaces d'*Amphitryon* au Grand Condé et de *L'École des femmes* à Madame. En guise de conclusion, Hippolyte Wouters et Christine de Ville de Goyet résument ainsi le problème Molière :

Pourquoi ce génie soudain et tardif ? Pourquoi ce séjour de six mois à Rouen ? Pourquoi ces incroyables inégalités de style au sein des mêmes pièces ? Pourquoi tant de pièces en si peu de temps pour un homme si occupé ? Pourquoi et comment la disparition de tous ses manuscrits et documents ?

En appendice, le lecteur découvre un « résumé du livre en préparation de François Vergnaud », qui fait rebondir l'affaire... Avant d'examiner la thèse de celui-ci, il est à noter que la Comédie-Française comme la Sorbonne haussèrent les épaules devant *Molière ou l'auteur imaginaire ?*. Serge Doubrovsky déclara péremptoirement : « Je connais mal les thèses de Pierre Louÿs, d'Henry Poulaille et des auteurs de l'ouvrage qui relance aujourd'hui cette affaire, mais je dois avouer que je n'ai pas envie de les examiner tant elles me paraissent irrecevables. » Encore plus concis se montra Robert Garapon : « Toute cette histoire n'est qu'une élucubration. » Dans un article du *Figaro littéraire* du 14 mai 1990 (« La Contre-expertise des spécialistes »), Alfred Simon renchérit, parlant d'un « serpent de mer » et de « quelques pauvres arguments, qui ne résistent guère à l'examen ».

## François Vergnaud

François Vergnaud est – il n'est point indiscret de le dire – le pseudonyme d'un ethnologue niçois. Ses travaux posent un étrange problème : voici près de vingt ans qu'il annonce régulièrement que ses recherches, commencées en 1976, sont « sur le point d'être publiées ». En 1988, en appendice au livre d'Hippolyte Wouters et de Christine de Ville de Goyet, il assurait de son livre « en préparation » qu'il paraîtrait « en décembre 1988 ». Nous sommes en 2006, et il n'est toujours pas paru.

Les arguments de François Vergnaud sont assez disparates. Certains sont d'ordre pratique : ainsi le fait que Molière, dont on connaît assez bien l'emploi du temps après 1658, n'aurait pas eu la possibilité matérielle d'écrire sa trentaine de pièces, dont une en cinq jours. D'autres sont d'ordre linguistique : François Vergnaud a, par exemple, fait un test en prenant une cinquantaine de vers de Corneille, et la même quantité de vers de Molière. Personne n'ayant pu en trouver l'auteur, il en a conclu : « Cela ne démontre-t-il pas de la façon la plus nette, et encore une fois malgré tous les préjugés, qu'il n'existe qu'un *seul* auteur ? » Cet argument, « linguistique » si l'on veut, se heurte à une objection facile et immédiate, car on sait que la langue littéraire de la seconde moitié du XVII^e^ siècle, fortement épurée sous Malherbe et d'autres, se caractérise par un lexique très réduit (on connaît, à cet égard, le cas d'un Racine). Autrement dit, ce lexique est souvent le même chez des auteurs différents. Si l'on entrait dans un ordinateur les tragédies de Racine et les romans de Mme de La Fayette, on obtiendrait peut-être de curieuses similitudes. Tel est aussi, nous le verrons bientôt, ce que l'on peut objecter aux relevés informatiques établis par Dominique Labbé.

Toujours dans les « preuves » linguistiques, François Vergnaud a relevé des erreurs inexplicables et des barbarismes dans les textes en occitan figurant dans certaines pièces de Molière. Selon lui, il est impossible d'attribuer cela à Molière, qui avait longtemps séjourné en Occitanie… et parlait donc occitan. Dans *Monsieur de Pourceaugnac*, Lucette utilise l'expression « donner la main » pour « épouser », et Corneille est le seul qui ait jamais utilisé cet hispanisme, lequel n'existe pas en languedocien. C'est omettre que, dans la liste des personnages de la pièce, Lucette est expressément qualifiée de « feinte Gasconne » et non de Languedocienne. De plus, on imagine mal Corneille mettant en scène des paysans d'opéra-comique avec un tel langage, destiné uniquement à faire rire les spectateurs. François Vergnaud voit aussi dans les pièces de Molière quelques « normandismes », comme certains patronymes spécifiquement normands (Guillaume, Dimanche, Herpin), ou encore l'utilisation, dans *Le Bourgeois gentilhomme*, du mot *pimpesouée* (femme légère), qui existait uniquement en Normandie[50].

Un autre argument de François Vergnaud est que les pièces signées Molière attestent une connaissance profonde de la littérature pieuse et religieuse, et notamment de « plusieurs œuvres inédites de théologiens espagnols pratiquement inconnues en France, sauf par Corneille, grand praticien de cette littérature ». D'abord, que signifie ici « inédites » ? Si elles étaient restées manuscrites, on voit mal comment Corneille eût pu les connaître. Ou faut-il entendre « inédites en France » ? Si Corneille a en effet pratiqué la littérature religieuse de son temps, en particulier pour sa traduction de *L'Imitation*, il reste à démontrer qu'il aurait pu se procurer des œuvres religieuses en espagnol, afin de les lire dans le texte, ce qui, toutefois, n'est peut-être pas absolument impossible. Par ailleurs, toujours selon François Vergnaud, les pièces de Molière prouvent une curieuse familiarité avec « des œuvres plus que confidentielles publiées ou parfois seulement représentées au théâtre à Rouen ». Il donne comme exemple *Le Campagnard* de Gillet de la Tessonerie, publié en 1657 et qui, à l'en croire, aurait eu son influence dans *L'École des maris*[51]. C'est ne pas tenir compte que Molière a séjourné en 1658, durant six mois, à Rouen et qu'il a fort bien pu voir ou lire la pièce de Gillet. Il est en tout cas difficile de suivre cet exégète lorsqu'il s'en tire par cette pirouette aussi surprenante qu'imprévue : « On voit très bien l'auteur du *Campagnard* aller porter son ouvrage à son concitoyen Corneille. »

François Vergnaud distingue par ailleurs des références communes à Corneille et à Molière : Aristote, Horace, l'Arménie, sans préciser que les deux premiers faisaient partie du bagage de tout homme cultivé de l'époque, et que la dernière avait été mise à la mode en 1653 par le *Dom Japhet d'Arménie* de Scarron. Il épingle ensuite un passage du *Malade imaginaire* qui « reprend quelques lignes de Cicéron presque inconnues, *Post reditum ad Quirites*[52] ». Presque inconnues ? En 1988, peut-être, mais au XVIIe siècle, Cicéron était au programme de tous les collèges d'Europe. Enfin, François Vergnaud reprend certains arguments de Louÿs, qui sont sans doute moins fragiles : le cas de Molière est unique, s'agissant d'un auteur qui reste d'abord douze ans sans écrire, puis compose sa première pièce à trente ans et, en moins de quinze années, produit une trentaine de pièces. Même considération pour la psychologie de Corneille, dramaturge qui ne respecte ni la religion ni le roi, comme le montrent divers passages de ses pièces.

On le voit, le raisonnement de ce chercheur – du moins tel qu'il a été exposé dans le livre d'Hippolyte Wouters[53] et Christine de Ville de Goyet – s'appuie sur des arguments épars, parfois discutables, et ne semble pas sous-tendu par une connaissance réelle de l'histoire littéraire, et même de l'Histoire tout court.

### Dominique Labbé

On pourrait prononcer le même jugement, en plus appuyé encore, à propos des travaux de Dominique Labbé, professeur de sociologie à l'Institut d'Études politiques de Grenoble[54]. Ceux-ci n'en ont pas moins eu, durant l'année 2003, une répercussion médiatique importante, avec des journaux et des gazettes disputant à l'envi de l'« Affaire Corneille-Molière ». Les travaux de ce chercheur bénéficiaient en effet du prestige de l'informatique, qui leur donnait une espèce de caution scientifique, du moins aux yeux du « grand public ». Néanmoins, le livre de Dominique Labbé, *Corneille dans l'ombre de Molière*, commence plutôt mal : par une contre-vérité. Sa toute première phrase est en effet : « L'auteur de deux comédies *aujourd'hui pratiquement oubliées*[55] – *Le Menteur* et la *Suite du Menteur* [...][56] ». *Le Menteur* est si peu oublié qu'il a été joué en 2005 et en 2006 à la Comédie-Française, et à plusieurs reprises dans d'autres salles ces dernières années. Dominique Labbé semble par ailleurs ignorer toutes les autres comédies de Corneille. Autre énormité : « un nommé d'Aubignac », qui transforme en un simple inconnu le grand théoricien du théâtre classique de son siècle. La suite est un bavardage impétueux, où l'auteur croit nécessaire d'informer au passage son lecteur que sa première publication portait sur « la sémiotique des timbres postaux soviétiques ». On constate, en poursuivant, que les pages 33 à 75 et 85 à 103 n'ont strictement aucun rapport avec le sujet, leur seule fonction semblant être de développer ce qui aurait dû n'être qu'un article d'une dizaine de pages. Sur les 124 pages du livre, 62 (soit la moitié) sont sans intérêt sur l'affaire Corneille-Molière.

Venons-en à ce qui est présenté comme la grande nouveauté de cet essai, et qui en garantirait le caractère scientifique : la confrontation, grâce à un logiciel d'analyse lexicale, des textes respectifs des œuvres de Corneille et de Molière. La méthode est simple : une comparaison systématique du vocabulaire des comédies de Corneille avec celui des comédies signées Molière, en déterminant chaque fois ce que Dominique Labbé appelle la « distance intertextuelle », laquelle mesure la proximité lexicale de deux textes à l'aide d'un nombre compris entre 0 et 1. Si l'indice de cette distance varie entre 0 et 0,2, il « désigne avec certitude un auteur unique ». Entre 0,20 et 0,25, « il est pratiquement certain que l'auteur est le même ». Le détail des calculs avait fait l'objet d'un article paru auparavant dans une revue scientifique anglo-saxonne[57]. Résultat général dans le cas qui nous intéresse : « Une quinzaine de pièces de Molière se regroupent ainsi, à des distances si faibles les unes des autres que l'hypothèse d'un auteur unique est bien confirmée. » Corneille aurait ainsi écrit *L'Étourdi*, *Le Dépit amoureux*, *Sganarelle*, *Dom Garcie de Navarre*, *L'École des maris*, *Les Fâcheux*, *L'École des femmes*, *La Princesse d'Élide*, *Tartuffe*, *Dom Juan*, *Le Misanthrope*, *Mélicerte*, *Amphitryon*, *L'Avare*, *Psyché*, ainsi que « l'essentiel » du *Bourgeois gentilhomme* et du *Malade imaginaire*.

Dominique Labbé évoque en passant la thèse de Louÿs, mais ne semble pas très informé, car il écrit que celui-ci a exposé ses opinions dans « une lettre à une revue d'art dramatique [sic], puis un article de presse et un certain nombre de lettres » (un article seulement, alors que Louÿs en avait publié sept !). Autre remarque : l'auteur a fondé son étude sur « les versions numérisées des 65 pièces de Molière et de Corneille[58] ». Il ne serait pas sans intérêt de savoir quel est le texte que reproduisent ces versions numérisées : personne ne semble avoir été retenu par ce point de détail, qui a pourtant son importance. Il en est un autre, que Dominique Labbé semble avoir oublié, et que nous avons déjà évoqué : la faible étendue du lexique des grands écrivains du XVIIe siècle.

Les remous engendrés dans les médias par le livre de Dominique Labbé ont été considérables. Dans la presse, comme on pouvait s'y attendre, cela n'alla pas toujours sans approximations. Un article du *Point* spécifia que Louÿs avait publié « un article » sur Corneille-Molière et qu'il avait auparavant « fait passer son poème [sic], *La Chanson de Bilitis* [sic] pour une traduction d'une œuvre grecque[59] ». Certains lexicologues affirmèrent cependant que Labbé était allé trop loin et que ses conclusions étaient « probablement hâtives », comme le déclara Charles Muller, tandis que Pierre Lafon affirmait sans ambages : « La méthode de Labbé, c'est du bricolage, un faux scoop pour se faire connaître[60]. » Ainsi, après avoir été démenti par les spécialistes du théâtre, Dominique Labbé fut tout aussi peu soutenu par ses confrères lexicologues.

Professeur à la Sorbonne et spécialiste du théâtre du XVIIe siècle, Georges Forestier contre-attaqua en pulvérisant toutes les affirmations de Dominique Labbé, d'abord dans un article publié en revue[61], puis dans un texte diffusé sur Internet[62], sous le titre « Dossier Corneille-Molière ou d'un vrai canular à une fausse découverte scientifique ». Tout le monde en prit pour son grade, de Poulaille, traité d'« érudit amateur », à Louÿs, « poète dilettante et érudit, auteur lui-même d'une célèbre supercherie littéraire », et dont n'était, là aussi, évoqué qu'un seul article, celui de *Comœdia* du 7 novembre 1919. L'argumentation de Georges Forestier développait plusieurs éléments, dont nous placerons les contre-arguments entre parenthèses.

Premier point : il n'y a pas d'énigme, « c'est Louÿs qui a inventé cette histoire et en a fait une énigme » (un des buts de notre livre est au contraire de montrer qu'il y en a une). Deuxième point : nul, même les plus virulents ennemis de Molière parmi ses contemporains, n'a jamais évoqué cette prétendue affaire, alors que la vie de

Molière « a été si extraordinairement publique » (publique ? Après 1658, oui, mais avant ? Comme nous l'avons dit, le XVIIe siècle est loin de nous être vraiment connu, et il suffit de lire honnêtement une biographie de Molière – sans penser, bien entendu, à la thèse de Louÿs – pour constater que son existence présente quantité de « trous » et de « points obscurs » : il est étrange que la plupart des spécialistes de Molière s'obstinent à nier ce fait). Troisième point : la collaboration avouée de Corneille et de Molière pour *Psyché* ne prouve rien, car elle fut « publiquement annoncée et expliquée par des raisons toutes particulières » (elle constitue tout de même un précédent, et rien, dans l'Avis du libraire tel qu'il est formulé, n'implique qu'il s'agit de la toute première collaboration de Corneille à une œuvre de Molière). Quatrième point : l'absence de tout document écrit de la main de Molière, dont Georges Forestier assure qu'il en va de même pour tous ses contemporains (va pour les manuscrits des œuvres, mais non pour les lettres : on en connaît une vingtaine de Corneille, et presque neuf fois plus de Racine). Cinquième point : on prétend qu'il n'y a pas d'exemple d'auteur s'improvisant ainsi à quarante ans. Mais Molière ne s'est pas improvisé : il a au contraire progressé par « tâtonnements » d'une pièce à l'autre (admettons, mais cela n'explique pas l'abîme qu'il y a entre *Sganarelle* et *L'École des femmes*, entre le même *Sganarelle* et *Tartuffe*, entre *Le Misanthrope* et *George Dandin*). Sixième point : la prétendue « impossibilité matérielle, pour Molière, d'écrire autant de pièces en si peu de temps ». Les grandes pièces de Molière ne sont pas si nombreuses, les autres étant assez courtes. Corneille, de son côté, « n'a qu'une seule fois dépassé le rythme d'une pièce par an » (Georges Forestier semble oublier qu'entre août 1642 et décembre 1643, Corneille avait fait représenter quatre pièces nouvelles). Septième point : le séjour de Molière à Rouen en 1658 n'a, selon Georges Forestier, rien apporté de décisif dans la production de l'écrivain (mais on ne connaît rien des versions primitives de pièces comme *L'Étourdi* qui furent jouées avant cette date). Huitième point : « L'auteur des "farces" ne pourrait pas avoir été l'auteur de *Tartuffe*, *Dom Juan* ou du *Misanthrope* ? », mais la structure même de *Tartuffe* « repose sur un schéma issu de la farce » (à cela, on peut répondre que cette structure est moins curieuse que déconcertante, avec son dénouement invraisemblable et auquel le spectateur a grand mal à comprendre quelque chose). Neuvième point : pourquoi Corneille aurait-il voulu écrire en secret des comédies dans son âge mûr ? (mais la tragédie était le genre noble, ce qui explique qu'il n'ait plus signé que des tragédies ou des comédies héroïques). Dixième point : la légende de la pauvreté de Corneille, qui aurait « eu besoin de revenus supplémentaires » (il est exact que Corneille n'a pas vécu dans la gêne et n'est pas mort pauvre : il n'en avait pas moins d'importants besoins d'argent, pour des raisons familiales).

Les remarques faites ensuite par Georges Forestier sur l'identité du registre de langue chez Corneille et Molière, et les contraintes de vocabulaire impliquées par la rime, sont tout à fait pertinentes. Il est également indéniable que le lexique est le même pour quantité de dramaturges du XVIIe siècle, et que « les différences entre les uns et les autres [...] ne tiennent pas au choix des mots, mais à leur disposition et au rythme du vers (question de rhétorique et non de lexique) ». Autant de réalités linguistiques et historiques que la méthode de Dominique Labbé ne considère pas, ce qui en constitue le point le plus faible. Et il n'est pas non plus difficile à son contradicteur de montrer ce qu'a de foncièrement erronée la négation, par ce chercheur, de « l'opposition entre prose et vers ». Sur ces derniers aspects, on ne peut que suivre Georges Forestier : la méthode de Labbé a le grave inconvénient de faire totalement abstraction des genres littéraires, de la spécificité respective de la poésie et de la prose, et de l'histoire de la langue, c'est-à-dire de tout ce qui constitue l'histoire littéraire ! Si un texte est d'abord un ensemble de mots, on ne saurait pour autant ne le considérer que sous ce seul aspect et l'engouffrer, sans autre forme de procès, dans un ordinateur faisant office de moulinette. C'est dans ce sens que Georges Forestier utilise, pour clore son article, un dernier argument : « [...] les comédies de Corneille reposent sur une esthétique totalement étrangère à l'esthétique moliéresque ». Oui, mais l'esthétique des vingt-huit pièces signées Molière est-elle bien toujours la même ? On aurait du mal à assimiler sous ce rapport *L'Étourdi* et *Sganarelle*, *L'Avare* et *Le Misanthrope*, *La Comtesse d'Escarbagnas* et *Dom Juan*, *Tartuffe* et *Le Bourgeois gentilhomme*...

Une question qui reste cependant en suspens est celle de l'écart pouvant exister entre les comédies de Molière et celles de Thomas Corneille, d'ailleurs peu explorées. Il en va de même pour la différence qui peut séparer les pièces de Pierre Corneille et celles de son frère. Louÿs ne voyait-il pas dans l'*Ariane* (1672) de celui-ci, une pièce de premier ordre[63] et qui, selon lui, devait presque tout à son frère aîné ? Bref, il manque encore à ce débat – qui est loin d'être clos – ce que les scientifiques appellent des « contrôles positifs » et des « contrôles négatifs » en nombre suffisant : sans eux, le résultat d'une telle méthode est ininterprétable, sans valeur. Si, par exemple, Dominique Labbé avait trouvé un lien Corneille-Molière fort, en mêlant leurs pièces avec celles d'une dizaine d'auteurs contemporains, alors il en irait bien autrement. Mais, en fait, il ne cherchait à prouver que ce qu'il avait supposé préalablement, et sa méthode devenait aveugle. D'autre part, il nous semble que, plutôt que celui du lexique, l'argument du « style » proprement dit serait sans doute bien plus convaincant : c'est précisément, on le verra, l'argument le plus solide, le moins irréfutable de la thèse de Pierre Louÿs.

## André Le Gall

On doit rendre cette justice à la biographie de Corneille par André Le Gall, parue en 1997 chez Flammarion : l'auteur s'est efforcé de rendre sensibles la passion et l'individualisme qui gouvernent tout le théâtre de l'écrivain. « Idolâtre de soi et seulement de soi », le héros cornélien est montré dans une attitude de défi constant. Pour le reste, André Le Gall ne rejette pas par principe toute possibilité de collaboration entre Corneille et Molière, mais il prend soin d'écarter tout débat sur la thèse de Louÿs, reprise par Poulaille : « On n'essaiera pas même de résumer le débat : tout un livre n'y suffirait pas. » À cette phrase se trouve attachée une note qui renvoie... au texte de François Vergnaud inclus dans le livre d'Hippolyte Wouters et de Christine de Ville de Goyet ! Autant dire que l'auteur ne cite ni les sept articles de Louÿs, ni ce qui a été publié des notes de celui-ci, pas plus que les deux ouvrages de Poulaille, ensemble de textes dont il n'a, de toute évidence, rien lu. Il n'empêche que le biographe marque bien que c'est « à partir du milieu des années 1660 qu'un rapprochement, qui sera durable, s'opère » entre Corneille et Molière. D'*Attila* à *Psyché*, en passant par les reprises de pièces du premier par la troupe du second, « ce sont là des activités qui impliquent de la part de ceux qu'elles associent rencontres, discussions, corrections, réécritures, appréciation du jeu des acteurs, une véritable intimité dont témoigne la présence de Corneille à dîner chez Molière. Les faits suggèrent ici une proximité entre les deux hommes de théâtre sans qu'on sache s'il faut prononcer le mot d'amitié ».

Sa conclusion est, chose rare et à signaler, assez mitigée. Il indique d'abord que « l'hypothèse d'un Corneille écrivant secrètement sous le nom de Molière, sans que nulle trace n'en subsiste, relève du fantasme littéraire et on exclura totalement cette hypothèse du champ de l'enquête. On tiendra que les proximités que l'analyse des textes permet de relever entre les deux théâtres s'expliquent par le caractère fondateur de celui de Corneille par rapport à celui de Molière, par le fait que Molière, comédien et directeur d'acteurs, était imprégné par les vers de Corneille ». Puis, à ces arguments, déjà employés, nous l'avons vu, par d'autres contradicteurs, il apporte un important correctif :

> En revanche, les exemples de *Psyché* et du *Festin de Pierre* laissent ouverte l'hypothèse d'autres collaborations entre Molière et les Corneille, qu'il n'aurait pas été jugé utile de signaler au public. Il n'est pas inconcevable que Molière ait confié ses manuscrits à Corneille afin qu'il y jette un œil. Corneille a pu proposer des modifications, revoir la versification. Molière pouvait trouver dans cette lecture experte une sécurité que l'urgence dans laquelle il travaillait ne lui procurait pas. Cette hypothèse-là, purement hypothétique mais conforme à la nature des liens qui peuvent se tisser entre un auteur et son metteur en scène, n'ôte en rien à Molière la paternité de ses œuvres.

Reste à savoir quelle fut la part de ces « collaborations » de Corneille. À cette question, André Le Gall répond un peu plus loin, à propos de *Psyché*, dont les parties attribuées à Corneille sont clairement définies dans l'édition de 1682 des œuvres de Molière : « Le caractère explicite de cette attribution montre combien il est hasardeux de supposer d'autres collaborations de même ampleur, et qui, d'un commun accord, seraient restées inavouées. »

**Roger Duchêne**

Publiée en 1998, la biographie de Molière par Roger Duchêne constitue actuellement la somme la plus complète sur cet écrivain[64]. Elle fait la synthèse des recherches modernes, aussi bien pour la biographie que pour la critique de l'œuvre. L'effort d'objectivité y est grand, et Roger Duchêne ne dissimule pas certains côtés déconcertants ou médiocres du caractère de Molière. Il en profite aussi pour détruire de nombreuses légendes colportées par foule de Moliéristes (Molière condisciple du prince de Conti, ses prétendus rapports avec Gassendi, Molière avocat, son voyage de 1642 en Languedoc, etc.) et pour souligner les nombreuses inconnues de son existence (ses études, l'origine de sa vocation de comédien, etc.). Nous reviendrons sur les observations que fait le biographe sur les singulières bizarreries des représentations de *Tartuffe*, et sur l'inexplicable audace dont fit preuve Molière en enchaînant avec *Dom Juan*. Venons-en à l'évocation de la thèse de Louÿs, telle que l'auteur la présente à l'occasion du séjour de Molière à Rouen en 1658. Faut-il s'étonner si cette thèse est instantanément pulvérisée ? Elle est qualifiée de « tissu d'inventions, d'approximations et d'erreurs qui ne convainquent que ceux qui aiment le sensationnel et se laissent emporter par l'imagination et l'éloquence d'un auteur de romans ». Le seul argument sérieux, ajoute le biographe, est « le silence de Pierre Corneille, qui n'a rien donné pour le théâtre après *Pertharite* (fin 1651) », mais Molière, fait-il remarquer, « n'a pas donné de comédie pendant le silence de Corneille ».

Quant au long séjour à Rouen de 1658, Roger Duchêne l'explique par le projet d'alliance de sa troupe avec celle du Marais, projet qui avorta et aurait valu à Molière l'hostilité des deux frères Corneille. Toutefois, sur les rapports éventuels de Molière et de Pierre Corneille, le biographe en est réduit à noter : « Des éventuelles rencontres des deux hommes on ne sait rien. » Cependant, il y avait aussi cette Marquise du Parc que Corneille courtisa en lui adressant des stances restées fameuses. Duchêne ne voit là qu'un simple jeu littéraire, point nécessairement sincère : « Ils montrent seulement qu'une actrice de la troupe de Molière a fréquenté le grand Corneille autrement qu'au théâtre, qu'elle a tenu son rôle dans un échange galant [...]. »

La lecture des notes qui terminent la biographie de Duchêne permet de faire une constatation assez curieuse : n'y est donnée aucune référence des sept articles de Louÿs ni des plaquettes publiées par Lachèvre. Les trois brefs extraits de Louÿs cités dans l'ouvrage sont, de toute évidence, reproduits de seconde main et donnés sans aucune indication de provenance. De Poulaille, Duchêne ne mentionne en tout et pour tout qu'un simple article de revue, passant sous silence ses deux livres sur le sujet. Une fortuite ironie, pour finir : dans la même note, l'auteur mentionne rapidement la brochure anonyme de 1919, *Louis XIV est Molière*, mais sans aucun commentaire, ce qui laisse à penser qu'il ignore que l'auteur en est Maurice Garçon, et ne soupçonne pas qu'il s'agit d'une mystification.

Plus généralement, si l'on examine les récentes biographies de Molière comme les arguments des divers acteurs de ce que l'on peut appeler « la querelle Labbé », il saute aux yeux que nul, parmi tous ces gens, ne s'est donné la peine de lire les travaux de Louÿs. *Et nunc erudimini…* Pour ce chapitre, le mot de la fin revient à Paul Valéry, qui écrivait à l'époque :

> Pierre Louÿs est plus ferme que jamais dans sa nouveauté. Cette hydre n'a encore qu'une tête, mais quelle tête. On y trouve une conviction, une lucidité, une connaissance de son affaire qui m'impressionnent. [...] Le voici donc qui lit Corneille comme jamais personne encore ne l'a su lire. [...] Quoi qu'il en soit, s'il n'arrive pas à changer le meilleur de Molière en du Corneille, je crois bien qu'il fait de Corneille un auteur à ce point renouvelé qu'il en paraît nouveau. Je ne serais point étonné si, son travail d'ensemble publié, il en résultait pour notre poétique, des effets importants et infiniment souhaitables[65]...

## Notes

1. L'éditeur de ces deux Pléiade est le même spécialiste du XVIIe siècle, feu Georges Couton, qui n'y évoque pas une seule fois la thèse de Louÿs et semble même ne s'être jamais posé la question.

2. Michel Lafon, Benoît Peeters, *Nous est un autre*, Flammarion, 2006, p. 99.

3. Copie dactylographiée, Fonds Henry Poulaille, Cachan.

4. Publiée en plaquette : Paris, Delaforest, libraire, et chez l'auteur, 1825.

5. Sur Gérôme, voir : Gerald M. Ackerman, *La Vie et l'œuvre de Jean-Léon Gérôme*, ACR Éditions, 1986 ; Hélène Laffont-Couturier, *Gérôme*, Herscher, 1998 ; [collectif], *Gérôme et Goupil. Art et entreprise*, Réunion des Musées nationaux, 2000.

6. *Gérôme et Goupil. Art et entreprise*, cit., p. 37 et 38. Le tableau se trouve aujourd'hui dans une collection particulière.

7. Le premier tableau est perdu ; le second se trouve actuellement à l'Ackland Art Museum, University of North Carolina, Chapel Hill, États-Unis.

8. Actuellement à la Malden Public Library, Massachusetts, États-Unis.

9. Autant dire que l'on pourrait écrire d'*Une collaboration* ce qu'Émile Zola, en 1867, déclarait de *Louis XIV et Molière* : « Évidemment, M. Gérôme travaille pour la maison Goupil, il fait un tableau pour que ce tableau soit reproduit par la photographie et la gravure, et se vende à des milliers d'exemplaires. [...] Il n'y a pas de salon en province où ne soit pendue une gravure représentant le *Duel au sortir d'un bal masqué* ou *Louis XIV et Molière* [...] », in : « Nos peintres au Champ de Mars » (1867), *Écrits sur l'art*, Gallimard, 1991, p. 184.

10. Pierre-Louis Roederer, *Mémoire pour servir à l'histoire de la société polie en France*, F. Didot frères, 1835.

11. Texte inédit. Copie dactylographiée, Fonds Poulaille.

12. Le propos est rapporté par Brossette en 1716, dans son commentaire de Boileau.

13. Mentionnons par ailleurs que, dans l'ouvrage très complet de Jules Taschereau, *Histoire de la vie et des ouvrages de P. Corneille* (seconde édition augmentée, P. Jannet, 1855), il n'est point fait état de rencontres entre Corneille et Molière à Rouen en 1658, quoique l'auteur insiste sur les relations du premier avec Marquise du Parc (p. 163-165 et 336-337).

14. Claudin, 1880.

15. Maurice Garçon, lettre inédite à Henry Poulaille, 23 mai 1951 (copie dactylographiée, Fonds Poulaille).

16. Ajoutons qu'il y avait eu en 1887 un amusant précédent, qui semble ne jamais avoir été signalé : dans son *Livre de Caliban*, paru chez Lemerre, au chapitre « Comme quoi Molière n'a jamais existé », Émile Bergerat imagine que les pièces de Molière ont été écrites... par un frère secret de Louis XIV : « Mon quadrisaïeul, celui-là même dont il est question dans le *Festin ridicule* de Boileau, et qui, de son état, fut maître-queux éminent et sut régaler les honnêtes gens avec de la bonne cuisine, a laissé des mémoires inédits que je possède, et par lesquels il est démontré qu'il connaissait beaucoup Molière et le voyait fréquemment à Versailles. Je détache de ces Mémoires la page suivante : / "Ce n'est un secret pour personne que Molière n'est pas l'auteur des comédies représentées sous son nom. Le brave garçon n'est même pas capable de signer ce nom dont on l'a affublé. Ah ! ses autographes seront rares ! Quand il a à parler au Roy, il trace une croix sur un papier, et le Roy, qui ne s'y trompe pas, fait aussitôt mettre un couvert de plus à déjeuner. Ces déjeuners entre sa Majesté et le comédien sont fréquents, et, chaque fois qu'ils ont lieu, Louis XIV remet à Molière un manuscrit noué avec une faveur bleue. / "Parfois c'est le

*Médecin malgré lui*, souvent l'*École des femmes* et quelquefois le fameux *Tartuffe*. Et l'on s'occupe de distribuer les rôles. Molière ne sait jamais ce que le Roy lui donne ; car, d'abord, il n'y connaît rien, étant directeur de théâtre ; mais ce qu'il y a de plus curieux, c'est qu'il ignore quel est le véritable auteur des pièces qu'il signe. Il m'a raconté lui-même que, le jour où il reçut le *Tartuffe* des mains royales, Sa Majesté, étant allée s'assurer que les portes étaient bien closes, était revenue sur la pointe des pieds, et s'était écriée en renversant légèrement sa perruque : / "– Pour celle-ci, Jean-Baptiste, c'est du nanan ! J'en ai ri toute la nuit avec ma chère Maintenon !" / "Et comme Poquelin demeurait béant de la familiarité de Louis XIV, le Roy-Soleil avait ajouté ces paroles significatives pour tout autre plus instruit que mon pauvre camarade : / "– Quel talent il a, cet animal-là ! Avouez que j'ai eu un rude nez de le faire enfermer à la Bastille. Il aurait découragé tous ses contemporains, et mon siècle était flambé. / "Le Roy parlait du véritable auteur du *Tartuffe* et des autres comédies, c'est-à-dire du *propre frère de Sa Majesté !...*" »

17. André Suarès, *Essais*, NRf, 1914, p. 29-32.

18. *Intermédiaire des chercheurs et curieux*, 10-30 septembre 1919.

19. *Intermédiaire des chercheurs et curieux*, 10-30 octobre 1919.

20. La même mésaventure était arrivée à Louÿs en 1907, lorsqu'il avait tenté, sans succès, de publier des extraits des fameux *Manuscrits Legrand*, qu'il avait décryptés. Or il ne s'agissait nullement d'une mystification, comme l'ont montré les travaux de Paul-Ursin Dumont (*Le Cercle amoureux* d'Henry Legrand, Gallimard, 1979 ; Henry Legrand, *Adèle Adèle Adèle*, Christian Bourgois, 1979).

21. Pierre-Paul Plan, « Molière et Corneille », *Mercure de France*, 16 décembre 1919, p. 605.

22. Pierre Louÿs, « Lettre », *Mercure de France*, 15 février 1920, p. 273-274. De cette réplique, on connaît de nombreux brouillons et ébauches autographes inédits, qui montrent que Louÿs y mit un soin particulier, même si, en dernière instance, il jugea préférable de ne pas répondre en détail à son contradicteur. Celui-ci lui répliqua d'ailleurs, mais de manière toute personnelle et sans aborder la question Corneille-Molière (« Lettre ouverte à M. Pierre Louÿs », *Mercure de France*, 1er mars 1920, p. 565-566). La polémique entre les deux hommes s'arrêta là.

23. Note inédite (ancienne collection Sickles).

24. André Gide, Pierre Louÿs, Paul Valéry, *Correspondance à trois voix*, Gallimard, 2004, p. 1458.

25. Lettre à Claude Farrère, s.d. (Jean-Paul Goujon, *Pierre Louÿs*, Fayard, 2002, p. 748).

26. Henry Poulaille, lettre inédite à William Théry, 9 février 1979 (collection Jean-Paul Goujon).

27. À titre d'exemple, mentionnons un dossier dont nous avons pu heureusement obtenir copie d'une large partie. Le n° 686 d'un catalogue de la librairie Coulet-Faure de 1974 était « L'affaire Corneille-Molière. Manuscrit autographe [...]. Environ 300 pages in-4 ». La notice présentait ainsi cet ensemble : « Les idées développées et réunies dans ce dossier représentent l'étude, souvent fragmentaire, qui devait servir à l'élaboration finale de sa thèse. Le problème est posé et résolu avec la minutie habituelle de l'écrivain et selon un plan où l'on peut grosso-modo distinguer : / – La biographie des deux hommes, leurs rencontres. / – L'historique des pièces. / – L'étude du style et de la poétique de chacun. / Chaque partie subdivisée en bien des chapitres (sans ordre) et appuyé de dates, faits précis et citations destinés à étayer sa certitude. / Le dossier se présente sous la forme de feuille volantes, réunies par chapitre, une quarantaine environ. Nous résumerons brièvement leur contenu : / – Adresse au lecteur. / – Parallèle Corneille-Molière : rapprochement chronologique

de leurs rencontres et de leurs activités. Mise au point concernant l'œuvre de chacun d'eux. / – Conséquence des pseudonymats : Corneille a donné ses plus beaux vers à n'importe qui (ex. *Mlle de Razilly et sa Prosopopée des morts*). / – Préfaces : diverses ébauches... notes – "Pourquoi Corneille n'a-t-il pas signé la plupart de ses comédies ?". / – Textes appartenant à des œuvres signées Corneille : ces textes prouvent que Corneille se souciait fort peu de signer ses œuvres. / – Corneille et Racine – Racine et Corneille. *Les Plaideurs* – la préface de *Britannicus*. Racine ne se doutait pas que Corneille fût "le plus grand". / – Qu'est-ce que le Moliérisme ? / – Les imprécations de Curiace. Étude de quelques vers. – prodigieuse habileté de Corneille. / – Pourquoi Corneille ne dit rien d'*Amphitryon* : il n'a rien dit non plus de *Psyché* ; c'est Molière qui en parle. / – La mort de Molière : détails et contradictions – qu'en sait-on en fait ? / – Molière – sa dédicace à Madame (*École des femmes*) : étude de cette dédicace qui démontre sa maladresse insigne : "on est pas en peine sans doute comme il faut faire pour vous louer..." / – Le symbolisme de Corneille : exemple par *Surena*. Comment découvrir qu'en 7 lignes, Corneille plaçant ses lecteurs devant l'énigme de ses personnages mythiques, permet de comprendre sans difficulté *Corneille-Surena*, entre ces deux ennemies : *Euridyce-poésie* et *Palmis-Renommée*. / – Chapelain – Tartuffe. Une canaille : Chapelain. Mise au point concernant la famille Le Hardy de la Treusse et Jeanne Corbière, prétendue amie de Ronsard. / – L'origine de Trissotin ou les encouragements d'une Précieuse. Lecture de *Polyeucte*. Mme de Rambouillet invitant Corneille à ne pas "se décourager", se tourne vers l'abbé Cotin et le prie de lire quelques vers... / – Qui est Vadius ? Apostrophe aux Moliéristes : *Vadius* : Guez de Balzac. / – *Les Femmes savantes* : commentaires sur le sujet. *Clitandre-Corneille* fait un portrait de *Trissotin-Cotin*. Écriture magistrale. Étude des deux textes qui composent la pièce. L'un, magistrat ; l'autre, inintelligible. / "Nous serons par nos lois, les juges des ouvrages / Par nos lois, prose et vers, tout nous sera soumis / Nul n'aura de l'esprit, hors nous et nos amis", / suivis de / "Nous chercherons partout à trouver à redire / Et ne verrons que nous qui sache (sic) bien écrire..." / – Les Moliéristes et les Précieuses. / – Textes primitifs : avant 1640 ; 1640-1650 ; 1650-1661 ; 1662-1672. / – *L'École des femmes*. Exemples pris au rôle d'Arnolphe prouvant que ce personnage parle tantôt comme le maître, tantôt comme le valet. / – Le miracle Molière : Molière fait son premier vers à 39 ans : "Si je ne vous lui vois faire fort bon visage". Il écrit à quarante ans *l'Estourdi*. Il existe des prodiges de précocité mais aucun cas d'un homme apprenant à quarante ans : style, vers ayant la perfection de l'*Estourdi*, identité constant des meilleurs vers de Molière et de ceux de Corneille. / – Le Moliériste devant l'œuvre de Molière : le témoin à décharge dit vrai ; le témoin à charge ment. / – Un dialogue de *L'École des femmes* : Agnès et Psyché parlent le même langage. / – Histoire de *L'Estourdi* (45 jours après l'arrivée à Paris de Corneille). / – Corneille en voyage. / – Théories et baraguoin de M. Lanson dans son livre sur Corneille. / – *Le Cid – L'Illusion comique* ; thèse proposée. Influence de *L'Illusion comique* sur la comédie du XIX^e siècle ; ses rapports avec Molière. / – Conséquences des 150 jours de 1658. 1) Molière se transporte à Paris qu'il ne quittera plus. 2) Ses débuts : il ne joue que des pièces de Corneille. 3) Auteur inédit, il joue *l'Estourdi* et *le Dépit amoureux*, pièces qui viennent de Rouen (imprimées seulement en 1663). 4) Corneille donne *Œdipe* à l'Hôtel de Bourgogne (premier retour depuis six ans). 5) Corneille a quitté le Théâtre par dégoût des Précieuses ; en novembre, Molière signe et joue les *Précieuses* après avoir joué *Cinna*. 6) En 1658, Corneille est l'auteur le plus illustre, le moins contesté. Molière n'a rien écrit. La préface des *Précieuses* est catégorique à ce sujet. / – Situation en 1665 : le Grand Corneille – Molière interprète obscur de Corneille – Racine (25 ans) ; *la Thébaïde*. / – Les médecins de Corneille. Réponse à une interpellation. /

– Considérations sur Corneille, M. Dorchain et Jules Simon. – Le nom de Lemperrière. / – *Dircé* – *Œdipe.* / – *L'Imposteur et le Festin de Pierre* ou Tartuffe et don Juan, 664-1665, "joués sous le nom de Molière". Les témoins. Préface de Thomas Corneille – le sous-entendu d'*Amphitryon.* / – Comment il faut lire Corneille. 1) Tout ce qu'il dit, inscrit sa volonté, son théâtre vit dans le présent. 2) Poète satyrique, impie et révolutionnaire. Croit en lui-même. 3) Drame cornélien prend sa force en lui-même ; dédoublement de la personnalité, lutte du cœur et de l'âme. 4) Ne connaît qu'un devoir : le respect de soi-même. Demande toutes libertés pour l'homme. 5) Aime l'amour ; haute idée de la poésie. / – Corneille allitérateur. Le premier après Homère. Science d'écrire en dissimulant l'effort. / – "Très" et "comme" à la rime. Un rondeau signé Corneille. / – Comment les gens cherchent l'introuvable et ne voient pas ce qui crève les yeux. / – Sentiment du Cid sur l'Académie. Lettre de Corneille, 23 décembre 1637. / – Simple méthode pour découvrir toute l'histoire de *Polyeucte* ; sept conditions à remplir. Résolutions du problème : l'Affaire de Louviers, 2 mars 1643 (religieuses possédées). Félix = Mathieu de Lemperrière ; Pauline = Marie de Lemperrière ; Polyeucte = Corneille. Dix ans de lutte contre son beau-père, sa femme, sa famille et l'Église. / – Comment dégoûte-t-on les élèves de la tragédie classique. / – Confrontation des chronologies Corneille-Molière. Comment Molière devint célèbre après 6 mois de conversation avec Corneille. Conséquences chez Corneille de cette "conversation". Le mot de Racine : "M. de Corneille, même dans la comédie était inimitable", écrase Molière. / – Éducation de Corneille : enfance, études, Corneille et les héros (histoire du véritable combat du Cid). / – *Nicomède*, 1651 (préface). / – La statue de Corneille (Racine). / – Divers – Citations. »

28. Pierre Louÿs, *Lettres à Frédéric Lachèvre (1907-1921)*, s.e., 1926, et *Supplément (1919-1921)*, s.e., 1929.

29. *Lettres à Frédéric Lachèvre*, *cit.*, p. 106-110.

30. Lettre inédite de Frédéric Lachèvre à Pierre Louÿs, 30 novembre 1919 (copie dactylographiée, collection Éric Walbecq).

31. Lachèvre y revint dans sa plaquette *Un second cas d'envoûtement littéraire. M. Antoine Adam et Théophile, auteur de « Francion » ?* (Margraff, 1937), où il déclare : « Comme Pierre Louÿs, le noble écrivain et le sagace bibliophile, dans les dernières années de sa vie, s'est trouvé envoûté par Corneille [...]. »

32. Pierre Louÿs, *Broutilles*, 40, rue Beaujon, s.d., p. 62.

33. Frédéric Lachèvre, *Nouvelles Glanes bibliographiques et littéraires*, Giraud-Badin, 1933, p. 93-108.

34. Observons que, dans ces notes, il en est une où se trouvent cités deux extraits de *Francion* où Louÿs voit la source d'un passage du *Malade imaginaire* et d'un passage de *L'Avare.*

35. Comme le montre sa correspondance inédite avec Georges Serrières, 1927-1940 (copie dactylographiée, collection Éric Walbecq).

36. Frédéric Lachèvre, lettre inédite à Georges Serrières, 22 octobre 193[?] (copie dactylographiée, collection Éric Walbecq).

37. Elizabeth Fraser, « *Alidor*, An Unknown Early Work By Pierre Corneille », *Modern Language Review*, vol. 41, n° 2, april 1946, p. 144-154.

38. Chez l'éditeur, 10, rue Sainte-Anne, Paris-I^er^, 1949.

39. Sic pour décennie.

40. Elizabeth Fraser, *La Mort de Solon*, Chez l'éditeur, 1949, p. 10-11.

41. Article dont nous n'avons pas retrouvé la référence et que nous citons d'après une dactylographie faite par Poulaille (Archives Poulaille, Cachan).

42. Elle avait auparavant publié, en 1934, aux Belles-Lettres, sa thèse de doctorat, *Le Renouveau religieux d'après le roman français de 1886 à 1914.*

43. P. Corneille, *Tartuffe ou la comédie de l'Hypocrite*, présenté et préfacé par Henry Poulaille, Amiot-Dumont, 1951, p. 14.

44. Voir : François Bouquet, *Points obscurs et nouveaux de la vie de Pierre Corneille, cit.*, p. 150-153 et 266.

45. Copie dactylographiée par Poulaille, p. 115 et 155.

46. André Lebois, « Henry Poulaille : *Corneille sous le masque de Molière* », *Entretiens sur les Lettres et les Arts*, n° 9, printemps 1957, p. 39-42.

47. Pascal Pia, « Un siècle en cinq volumes », *Carrefour*, 2 mai 1957.

48. Article paru dans *Carrefour* du 4 septembre 1957 (« Molière, cet inconnu »), et repris dans : Pascal Pia, *Feuilletons littéraires*, tome I, Fayard, 1999, p. 202-203.

49. Hippolyte Wouters et Christine de Ville de Goyet, *Molière ou l'auteur imaginaire ?*, Éditions DSC, 1988, p. 26.

50. En réalité, « pimpesouée » signifierait plutôt « femme affectée et ridicule » et semblerait un mot utilisé dans l'Ouest : Molière aurait donc pu l'entendre durant l'un de ses deux séjours à Rouen.

51. Ou plutôt *Le Sicilien* ?

52. Sic pour *Ad Quirites post reditum.*

53. Signalons qu'Hippolyte Wouters est l'auteur d'une pièce sur le sujet, intitulée *Le Destin de Pierre*, qui fut jouée en 1997 à l'Hôtel Astoria de Bruxelles. Le dramaturge Pascal Bancou utilisa également cette thèse dans sa pièce *L'Imposture comique*, créée en septembre 2000 au Théâtre de la Huchette. La collaboration Molière-Corneille a également fait l'objet d'un roman, riche en dialogues, *L'Ami du genre humain*, de Frédéric Lenormand, paru en 1993 chez Robert Laffont.

54. Dominique Labbé, *Corneille dans l'ombre de Molière*, Les Impressions Nouvelles, Paris-Bruxelles, 2003.

55. Nous soulignons.

56. Nous soulignons.

57. Cyril et Dominique Labbé, « Inter-Textual Distance and Authorship Attribution. Corneille and Molière », *Journal of Quantitative Linguistics*, 8-3, December 2001, p. 213-231.

58. Selon un article de Frédéric Lewino (« Corneille-Molière. L'affaire rebondit », *Le Point*, 11 avril 2003).

59. Frédéric Lewino, art. cit.

60. Frédéric Lewino, art. cit.

61. Georges Forestier, « Corneille-Molière et le nouvel alchimiste », *Journal des trois théâtres*, n° 7, juin 2003.

62. Adresse du site : www.crht.org.html/corneille-moliere.html.

63. À noter que cette tragédie versifiée passe pour avoir été écrite en quarante jours : rapidité d'écriture qui n'est pas sans rappeler celle de Corneille pour certaines pièces.

64. Nous achevions le présent livre lorsque nous avons appris le décès de Roger Duchêne, survenu en avril 2006.

65. Paul Valéry, lettre inédite à X., 1919 (vente d'autographes, Hôtel Drouot, 1er juillet 1968, M. Castaing exp., n° 180).

CHAPITRE II

# Deux hommes et deux œuvres ?

Il faut en répéter le constat : l'Histoire littéraire du XVII^e siècle est très mal connue. Quand on ignore jusqu'à la date exacte de la première représentation du *Cid*, quand on ne sait rien des circonstances dans lesquelles fut levée l'interdiction d'une pièce comme *Tartuffe,* quand on n'a aucune certitude sur la date de mariage de Corneille (« en cette année 1641 sans doute », note simplement Georges Couton[1]), prétendre éclaircir les relations de deux auteurs qui avaient tout intérêt à laisser dans l'ombre une éventuelle collaboration est à coup sûr une gageure. À en croire ses biographes, l'existence de Corneille fut toute de platitude et de linéarité, mais cette vie sédentaire, sans épisode majeur, sans grandes péripéties, coexista avec une aventure spirituelle profonde, mouvementée, toute de passion, sur laquelle on ne sait que très peu de choses, seulement ce que les écrits littéraires de l'auteur et sa maigre correspondance retrouvée laissent transparaître. En sait-on davantage sur Molière, homme public s'il en fut ? Rien n'est moins sûr. On ignore pratiquement tout de son existence jusqu'à l'âge de trente-six ans, et le personnage que ses biographes nous ont décrit – auteur génial, acteur comique hors pair, directeur de troupe brillant, époux malheureux d'Armande, comédien dévoué à son art jusqu'à la mort – a inspiré à la postérité une sympathie qu'il ne mérita peut-être que jusqu'à un certain point. Il suffit de lire une biographie de Molière pour constater que divers faits de sa vie ne nous sont connus que par les gazettes rimées rédigées au jour le jour par un Loret ou un Robinet : sans elles, on en ignorerait tout. Les sources d'information sur la vie et la carrière de Jean-Baptiste Poquelin dit Molière se cantonnent pratiquement à trois textes documentaires : le « registre » du comédien La Grange, la préface de l'édition de 1682 des œuvres complètes, et la première biographie historique, celle que publia en 1705 – trente-deux ans après la mort de Molière – Jean-Leonor Le Gallois, seigneur de Grimarest. Encore la fiabilité de ces trois sources sacrées est-elle, comme on va le voir, toute relative.

## LE « REGISTRE » DE LA GRANGE : UN DOCUMENT RÉDIGÉ APRÈS COUP

D'après la plupart des biographes de Molière – et ils ont été nombreux au cours des deux derniers siècles –, le comédien Charles Varlet, dit La Grange (du nom de sa mère), qui rejoignit la troupe un an après l'installation définitive de celle-ci à Paris, plus précisément à Pâques 1659, aurait consigné au jour le jour, dans un registre, les faits essentiels relatifs au fonctionnement de la compagnie : composition de la troupe au début de chaque saison, titres des pièces jouées, date des représentations, arrivées et départs de comédiens, recettes engrangées, parts perçues par les comédiens et les auteurs, événements personnels (la naissance de l'enfant d'une comédienne, un mariage, le décès d'un membre de la troupe), etc. Ce « registre », que La Grange tint jusqu'au 31 août 1685 (il reste vingt-cinq pages blanches, sur lesquelles il y aurait eu de la place pour encore une année et demi), est intitulé *Extraict des receptes et des affaires de la Comédie, depuis Pasques de l'année 1659, apartenant au S^r^ De La Grange, l'un des Comédiens du Roy*, et se présente comme un petit in-quarto aux douze cahiers de papier vergé filigrané protégés par une couverture en parchemin. Ce document mythique, qui est souvent présenté par les Comédiens Français comme la plus précieuse relique de leur « Patron » – avec la prétendue chaise du *Malade imaginaire* – « nous éclaire de façon continue sur la vie quotidienne de la troupe pendant les quinze brillantes saisons semées de chefs d'œuvre par le génie de Molière[2] ». Resté longtemps dans la famille de celui qui l'avait rédigé, ce document fut vendu en 1785, par une descendante du comédien Achille Varlet de Verneuil, frère aîné de La Grange, à la Comédie-Française, qui le conserve désormais dans sa Bibliothèque-Musée du Palais-Royal, où il est consultable sur autorisation[3].

CHARLES VARLET
SIEUR DE LA GRANGE

Le registre de La Grange est aujourd'hui considéré comme le « seul document authentique et contemporain » par toute la critique, qui a ignoré, volontairement ou non[4], le résultat des recherches d'Heinrich Morf, publiées en Allemagne dans les années 1920 : ce dernier avait montré que ledit registre avait été rédigé après coup, au cours de la seconde moitié des années 1680, c'est-à-dire près de quinze ans après la mort de Molière, à travers la compilation d'un autre registre – celui de la compagnie – aujourd'hui perdu[5]. Le document n'est-il pas intitulé, par son auteur même, « Extraict » ? Son écriture est d'ailleurs très uniforme, attestant que l'ensemble a été écrit d'un trait, et non au jour le jour sur une période de près de vingt-cinq ans. Tel est bien ce qui ressort de l'examen attentif que nous avons pu faire de l'original, que nous avons tenu à vérifier. Ajoutons qu'il ne serait peut-être pas inutile qu'un expert en écritures anciennes se penche à son tour sur le document pour nous dire si le registre a bien été rédigé par un scripteur de la fin du XVIIe siècle. N'en disons pas davantage.

Un demi-siècle avant Morf, l'article « Molière » du *Dictionnaire critique de biographie et d'histoire* d'Auguste Jal, paru en 1867, affirmait déjà que La Grange « écrivit son mémorial assez longtemps après la mort de son ami », et, dans sa volumineuse *Iconographie moliéresque* parue en 1876, le pourtant imprécis et fantaisiste Paul Lacroix – plus connu sous le pseudonyme de Bibliophile Jacob – se demandait aussi si le registre en question, au lieu d'avoir été « fait au jour le jour, comme on l'a cru », n'avait pas été rempli « bien postérieurement aux dates de ce journal de théâtre ».

Une telle rédaction après coup dévalorise sensiblement ce document prétendument écrit « en direct » et sur lequel les biographes de Molière se sont appuyés avec une confiance absolue[6]. Les rares spécialistes ayant accordé un instant d'attention à ce problème l'ont écarté aussitôt, en arguant que les deux autres registres de comédiens de la troupe, celui de La Thorillière et celui d'Hubert, confirmaient les dates du registre de La Grange. Cependant, outre le fait que ces deux registres ne portent que sur des années relativement tardives et des périodes courtes et très ciblées – avril 1663-janvier 1665 pour le registre de La Thorillière, avril 1672-mars 1673 pour celui d'Hubert –, outre aussi le fait qu'une rédaction après coup et nécessairement fondée sur un ou plusieurs documents d'époque inclut forcément des événements et des dates réelles, on ne saurait lui accorder la confiance que mériterait un registre rempli réellement au quotidien. Car ce registre rédigé sur le tard peut contenir des événements qui n'ont eu d'autres sources que la mémoire de son rédacteur ou les souvenirs qui lui ont été rapportés, avec leur fragilité inhérente. Le 21 août 1669, La Grange note ainsi, à propos d'une « visite » – c'est-à-dire d'une représentation privée donnée en dehors du théâtre – de *Tartuffe* chez Mlle de Luxembourg : « [...] ce mesme jour le père de M. de Molière est mort ». Or Jean Poquelin n'est pas mort le 21 août, mais le 19 février 1669. Et comment La Grange aurait-il pu écrire « au jour le jour », à propos de la même pièce, que les trois actes qui en furent donnés en mai 1664 « estoient les 3 premiers » s'il n'avait su que l'œuvre devait en fin de compte en compter cinq ?

## La préface de l'édition de 1682 des œuvres de Molière

Après le registre de La Grange, la deuxième référence biographique importante des Moliéristes est la préface de l'édition de 1682 des œuvres de Molière, dont la rédaction est généralement attribuée au même La Grange et à un certain Jean Vivot (1613-1690), ami de Molière[7], issu comme lui d'une famille de marchands fortunés et qui avait une charge de Contrôleur d'offices de la Maison du Roi (on sait si peu sur lui que les trois siècles qui suivirent imprimèrent le plus souvent son nom « Vinot »). Dans sa *Nouvelle Vie de l'auteur* contenue dans le premier tome de l'édition des *Œuvres de M. de Molière* parue à Amsterdam en 1725, Bruzen de La Martinière indique pourtant que cette courte biographie, placée en tête de l'édition de 1682, aurait été rédigée par un comédien et auteur du nom de Marcel[8], peut-être le même auquel on doit une comédie satirique en cinq actes et en vers, *Le Mariage sans mariage*, dont Molière est la cible et qui fut jouée en 1671 au Théâtre du Marais.

Quel qu'en soit l'auteur, cette biographie de 1682 contient diverses assertions que les chercheurs ultérieurs n'ont pas confirmées. Ainsi ce passage : « Il fit ses humanités au collège de Clermont ; et, comme il eut l'avantage de suivre feu Monsieur le prince de Conti dans toutes ses classes, la vivacité d'esprit qui le distinguait de tous les autres lui fit acquérir l'estime et les bonnes grâces de ce prince qui l'a toujours honoré de sa bienveillance et de sa protection. » Or Poquelin, dont on doute très fort qu'il mit jamais les pieds au collège de Clermont (actuel lycée Louis-Le-Grand), était l'aîné du prince de Conti de sept ans, et affirmer que ce dernier lui fut toujours favorable est une contre-vérité : à la suite d'une conversion religieuse qui le détourna brusquement des choses du théâtre, l'ancien frondeur libertin écrivait, le 16 mai 1657, à l'abbé de Ciron : « Il y a des comédiens ici qui portaient mon nom autrefois : je leur ai fait dire de le quitter, et vous croyez bien que je n'ai garde de les aller voir. » Et en décembre 1666 parut, posthume, un *Traité de la comédie et des spectacles selon la tradition de l'église*, où le prince condamnait sans réserve le théâtre et dénonçait l'effet néfaste d'une comédie comme *L'École des femmes* (il ne fut pas plus favorable à un certain *Festin de Pierre*, qualifié d'« école d'athéisme ouverte »). Mais cette préface de 1682 pèche surtout par la manière dont elle présente les événements et les caractères : certains faits essentiels, que l'auteur ou les auteurs ne pouvaient ignorer, sont passés sous silence ou rapportés sous un jour qui n'est pas celui de la vérité, tant la volonté hagiographique ou la bienveillance outrancière y sont manifestes.

## *La Vie de Mr. de Molière* de Grimarest

La troisième et dernière source biographique majeure est *La Vie de Mr. de Molière* de Grimarest, qui date de 1705[9]. Si l'auteur n'avait pu recueillir les souvenirs d'Armande Béjart, morte en 1700, ni ceux de La Grange, mort en 1692, il avait toutefois interrogé Racine et la fille de Molière, mais son récit s'appuie essentiellement sur le témoignage de l'acteur Michel Baron, devenu une célébrité, qui ne connut cependant Molière que pendant les cinq dernières années de sa vie, certes de manière intime. Mais la reconnaissance qu'éprouvait Baron envers l'homme qui s'était montré pour lui un véritable père était telle qu'il eut à cœur de le présenter sous un jour des plus flatteurs : il ne confia donc à Grimarest que ce qui pouvait être à l'honneur de son maître.

Cette *Vie de Mr. de Molière* eut beau paraître avec une *Approbation* de Fontenelle – à défaut d'avoir celle d'un neveu de Molière, Grimarest avait sollicité un neveu de Corneille[10] –, Nicolas Boileau, qui avait été un des amis les plus proches du comédien disparu, se montra très critique sur elle. Il s'en ouvrit dans une lettre du 12 mars 1706 à son ami Brossette : « Pour ce qui est de la *Vie de Molière*, franchement ce n'est pas un ouvrage qui mérite qu'on en parle ; il est fait par un homme qui ne savait rien de la vie de Molière, et il se trompe dans tout, ne sachant pas même les faits que tout le monde sait. » Boileau ne s'est malheureusement pas chargé d'écrire ces faits que, selon lui, « tout le monde », en son temps, savait. Il est vrai que Grimarest – et cela est assez singulier – n'avait pas fait appel à son témoignage, ce dont Boileau s'offusquait peut-être (à moins qu'il ait refusé d'apporter son témoignage, pour des raisons qu'il garda pour lui). Jean-Baptiste Rousseau, qui travaillait avec le même Brossette à une édition des œuvres de Molière qui ne parut jamais, lui confiait un jugement analogue dans une lettre du 24 mars 1731 : « [le témoignage] de notre cher Baron peut être fort bon à certains égards, mais vous l'avez connu et vous savez que le talent qu'il avait de peindre emportait quelquefois son imagination au-delà des bornes du vrai. L'auteur de la prétendue *Vie de Molière* a trop consulté notre ami et trop peu sa raison, et pour avoir sans discernement transporté sur le papier toutes les bagatelles fausses ou vraies qu'il lui avait ouï conter sans avoir pu y transporter les agréments avec lesquels il les racontait, il a fait d'un seul coup un des plus faux et des plus ennuyeux romans qui aient jamais paru. » Par la suite, les biographes de Molière ont dénoncé en chœur le manque de fiabilité de la biographie de Grimarest, ce qui ne les a pas empêchés de bâtir les leurs avec ses dires et, du même coup, de prêter foi à plus d'une fable.

Trente ans après la parution de cette *Vie de Mr. de Molière*, Voltaire se montra aussi sévère sur ce livre, qu'il pilla lui aussi allègrement. Ce dénigrement et ce démarquage seront d'ailleurs l'apanage des biographes ultérieurs, et il en résultera que plusieurs éléments de l'étude de Grimarest, bien qu'ils aient été contredits par des recherches d'archives, font désormais partie de la légende de Molière : la scolarité brillante et les humanités du jeune Poquelin (on en ignore tout), les leçons du philosophe Gassendi, le réseau de relations tissé sur les bancs du collège et mis à profit dans la carrière théâtrale (rien ne l'atteste), les études de droit à Orléans pour se faire recevoir avocat (aucune archive ne fait état de cette formation juridique, qui n'a pour elle que l'avantage d'expliquer les nombreuses références au Droit dans l'œuvre de Molière), le voyage en Languedoc effectué en 1642 dans le sillage de Louis XIII et de la Cour, Jean-Baptiste remplaçant à cette occasion son père dans sa charge de tapissier du roi, invention qui avait le mérite de placer le futur Molière en repérage dans la région où évoluerait plus tard la troupe à laquelle il appartiendrait.

### PAMPHLETS ET ARCHIVES

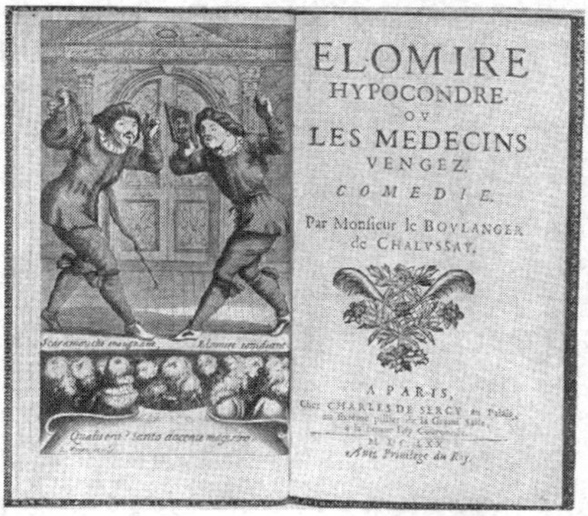


À côté – et à l'opposé – de ces deux récits hagiographiques que sont la préface de l'édition de 1682 et l'ouvrage de Grimarest, les biographes ont puisé leur savoir dans des textes parus du vivant de Molière et qui s'en prenaient à sa personnalité, à sa vie privée et à son passé : la comédie en cinq actes et en vers *Élomire hypocondre ou les Médecins vengés*, pamphlet haineux dans lequel l'honneur du corps médical n'était pas véritablement en jeu, fut composé par un certain Le Boulanger de Chalussay, qui avait un lien de parenté avec Molière et en savait manifestement long sur sa vie et sa carrière. Cette pièce, où le comédien figure sous le nom anagrammatique et transparent d'Élomire[11], ne fut probablement jamais jouée, mais fut publiée en janvier 1670. Molière en fit aussitôt interdire la diffusion (comme l'atteste l'édition suivante[12]). La vengeance de la Faculté n'étant qu'un prétexte, *Élomire hypocondre* contient les précisions les plus vachardes parues sur Molière de son vivant : peut-être les plus réelles aussi, car la malveillance n'exclut pas l'exactitude. C'est pour le moins un écho de ce que les ennemis de Molière faisaient courir sur son compte, et le contenu de cette pièce a été largement utilisé par les biographes, tant les détails donnés sont précis et vraisemblables. Il y eut aussi, au moment de la querelle de *L'École des femmes*, une série de pièces qui attaquèrent Molière de manière plus ou moins vive, plus ou moins personnelle, comme *Le Portrait du peintre*[13] *ou la Contre-critique de l'École des femmes* d'Edme Boursault, ou *L'Impromptu de l'Hôtel de Condé* d'Antoine Montfleury.

En revanche, les travaux d'érudition entrepris lors des siècles suivants, s'ils ont mis à jour une flopée d'actes notariés ou de documents officiels portant la signature de Poquelin ou celle de Molière, n'ont quasiment rien révélé sur le personnage qu'il fut, qu'il s'agisse du livre de Jules Loiseleur paru en 1877, de celui de Madeleine Jurgens et d'Élisabeth Maxfield-Miller, *Les Points obscurs de la vie de Molière. Cent ans de recherches sur Molière*, publié en 1963, ou encore de l'*Inventaire raisonné des autographes de Molière, avec fac-similés de tous les autographes dont on possède encore l'original ou la reproduction figurée (1643-1967)*, paru quatre ans plus tard. Cruelle déception, pour nous, que la lecture attentive du second ouvrage : malgré ses 855 pages bien compactes, il n'apporte aucune lumière sur la vie littéraire de Molière ou sur son œuvre. Ce ne sont qu'actes notariés, baux, obligations, actes d'état-civil, quittances et inventaires après décès.

## Corneille et Molière en 1643

Né à Rouen le 6 juin 1606, Corneille avait fait ses études au collège des Jésuites de sa ville natale. En 1624, à dix-huit ans, il avait obtenu une licence en droit et avait été reçu avocat. C'était l'année où Richelieu était arrivé au pouvoir en qualité de premier ministre de Louis XIII. Quatre ans plus tard, le père de Corneille avait acheté à son fils une charge d'avocat du Roi à la Table de marbre, créée pour juger les délits portant sur les Eaux et Forêts et sur les affaires de navigation. Mais la vraie passion de Pierre Corneille était la littérature : en 1629, profitant du passage à Rouen de la troupe de Mondory, il avait remis à ce dernier sa pièce *Mélite ou les Fausses Lettres.* Cette comédie, qui avait obtenu du succès à Paris, avait fait connaître le nom de son auteur à la Cour. Corneille avait vingt-trois ans. La tragi-comédie[14] *Clitandre ou l'Innocence délivrée* avait été créée en 1630 ou 1631. Avaient suivi cinq comédies, *La Veuve ou le traître trahi* (1631), *La Galerie du Palais ou l'Amie rivale* (1632), *La Place royale ou l'Amoureux extravagant* (1633), *La Suivante* (1634) et *L'Illusion comique* (1635). *Médée*, première tragédie de l'auteur, avait été créée par la troupe du Théâtre de l'Hôtel de Bourgogne en 1635.

Au cours de la seconde quinzaine de juin 1633, Louis XIII, Richelieu et la Cour avaient séjourné à Forges-les-Eaux, en Normandie, sous prétexte de renforcer une fertilité royale vacillante : une pièce de Corneille semble y avoir été jouée par la troupe de Mondory[15]. En 1634, Corneille avait été un des cinq auteurs produisant, pour le compte du Cardinal – grand amateur de théâtre – des pièces sur des canevas établis par leur maître. Il aurait ainsi mis en vers le troisième acte de *La Comédie des Tuileries*[16], les quatre autres versificateurs étant Boisrobert, Colletet, De l'Estoile et Rotrou. La pièce avait été représentée devant le roi et la Cour en mars 1635, et le Cardinal avait pensionné son collaborateur pour 1500 livres[17]. Mais Corneille, dont le manque de souplesse avait déplu au Cardinal, avait été rapidement écarté du groupe et ne collabora pas à *La Grande Pastorale*, pièce du « groupe » créée en 1637 et dont le texte est perdu.

Dans les tout premiers jours de 1637 avait eu lieu la première du *Cid*. La pièce avait obtenu un tel triomphe que le nom de Corneille était devenu célèbre dans tout le pays et même hors des frontières. Il avait trente-et-un ans. En mars, Louis XIII avait décerné un titre de noblesse à l'auteur de ce chef-d'œuvre. Par bienséance, les lettres d'anoblissement avaient été adressées au père de Corneille, lequel était mort peu après. *Le Cid* avait cependant subi des attaques violentes de la part de confrères jaloux : ce fut la première grande querelle littéraire française. Corneille avait eu le soutien d'Anne d'Autriche, mais Richelieu, dont *La Grande Pastorale* et *L'Aveugle de Smyrne*[18], créés peu après *Le Cid*, n'avaient pas été de grands succès, avait attisé la polémique. Blessé dans son orgueil, Corneille n'avait pas fait jouer d'autre pièce pendant trois ans : *Horace* avait été cependant créé en janvier 1640, en présence de Richelieu, lequel, s'il avait combattu *Le Cid*, avait toujours fait verser sa pension à son auteur. *Horace* avait été joué en mai au Théâtre du Marais, avec Floridor comme interprète principal.

En février ou mars 1641, Corneille avait épousé Marie de Lampérière, fille du lieutenant particulier des Andelys. Le couple devait avoir trois filles et quatre garçons : Marie (1642-1627), Pierre (1643-1698), François (vers 1644-1674), Marguerite (vers 1650), Charles (*circa* 1652-1665), Madeleine (1655), Thomas (1656). En 1642, *Cinna ou la Clémence d'Auguste* avait obtenu un grand succès. La mort du Cardinal, survenue le 4 décembre, avait fait perdre à l'auteur sa pension, mais l'avait délivré d'une autorité ombrageuse et redoutable.

En 1643, Corneille avait trente-sept ans. Sa tragédie *Polyeucte, martyr*, avait été créée en janvier au Théâtre de l'Hôtel de Bourgogne. L'édition de la pièce était dédiée à la reine. Louis XIII étant mort le 14 mai, Anne d'Autriche était devenue régente du royaume et avait maintenu Mazarin, successeur de Richelieu, à la tête du gouvernement. Vers la fin de l'année, Mazarin avait accordé une pension de deux mille livres à Corneille, qui lui avait adressé en retour le traditionnel *Remerciement*. L'édition de *La Mort de Pompée*, pièce créée pendant l'hiver 1643-1644 au Théâtre du Marais, fut dédiée à ce bienfaiteur.

En cette année 1643, Jean-Baptiste Poquelin avait vingt-et-un ans. Il était né à Paris, le 15 janvier 1622, dans une famille bourgeoise aisée du quartier des Halles. Son père, Jean Poquelin, était marchand tapissier et avait acquis en 1631, de son frère Nicolas qui voulait s'en démettre, la charge de « Valet de chambre tapissier ordinaire du Roi », qui lui valut le titre d'écuyer : il était ainsi chargé de la fourniture et de l'entretien des meubles et décorations des demeures royales. Le jeune Jean-Baptiste avait perdu sa mère en 1632 et son père s'était remarié l'année suivante (pour redevenir veuf peu d'années après). On ignore tout de sa scolarité. En 1637, Poquelin père avait obtenu, pour son fils aîné, la survivance de sa charge de tapissier et de valet de chambre du roi, mais l'intéressé y avait renoncé officiellement en janvier 1643. On ne sait rien non plus de la naissance de sa vocation théâtrale. Il avait rencontré l'actrice Madeleine Béjart, son aînée de cinq ans, fondatrice et directrice d'un groupe de comédiens assez pompeusement appelé « L'Illustre Théâtre ». Madeleine avait une petite fille, prénommée Armande, née en 1641, dont le père passait pour être le baron Esprit Rémond de Modène, chambellan du frère de Louis XIII, Gaston d'Orléans, lequel avait accepté de prendre la troupe sous sa protection, sans doute pour donner satisfaction à son chambellan. Les comédiens de l'Illustre Théâtre avaient accueilli le jeune Poquelin, qui n'avait aucune expérience de la scène, mais qui apportait des fonds (Poquelin père, qui avait de la fortune, versa à plusieurs reprises des sommes importantes à son fils). Le contrat de société de l'Illustre Théâtre, constitué, entre autres, de plusieurs membres de la famille Béjart, fut signé le 30 juin de cette année 1643, devant notaire, par les comédiens de la troupe : la signature de Jean-Baptiste Poquelin figure sur le document.

L'Illustre Théâtre avait prévu de s'installer au Jeu de paume des Métayers, sur la rive gauche, dans le faubourg Saint-Germain (dans l'actuelle rue Mazarine), et un bail de location avait été signé le 12 septembre pour une durée de trois ans. Pendant les travaux d'aménagement – le futur théâtre ne devant ouvrir que le 1er janvier suivant –, la troupe s'était rendue à Rouen, où vivait celui qui était considéré comme le plus grand dramaturge de son époque et qui venait de faire triompher son *Cinna* au Théâtre du Marais l'année précédente et son *Polyeucte* au Théâtre de l'Hôtel de Bourgogne en janvier.

## Le premier séjour de Poquelin dans la ville de Corneille : Rouen, 1643

Ce déplacement à Rouen était le premier de l'Illustre Théâtre en province, et il devait rester unique. Quelle en fut la raison ? On peut en avancer deux : en attendant l'aménagement de sa salle parisienne, la troupe voulait peut-être profiter de l'affluence qu'attirait à Rouen la foire Saint-Romain pour y donner quelques représentations. À cette manifestation annuelle, qui se tenait du 23 octobre au 23 novembre, se rendaient beaucoup de Normands, venus faire leurs emplettes d'hiver, et nombreux étaient les théâtres ambulants qui s'y rendaient aussi. Un autre but de la troupe de l'Illustre Théâtre pouvait être de montrer son talent à Corneille et d'obtenir de lui l'honneur de jouer sa prochaine pièce à son retour dans la capitale. Mais ce n'est là qu'hypothèse, car on ne sait strictement rien des échanges éventuels que purent avoir le dramaturge et les membres de l'Illustre Théâtre, qui n'avait d'ailleurs d'illustre que le nom. Il serait cependant étonnant qu'une troupe séjournant en Normandie en 1643 n'ait pas cherché à entrer en relations avec le plus célèbre Rouennais du temps, qui était surtout le plus glorieux auteur dramatique du temps.

Il n'en reste pas moins qu'en dehors de sa date, on ne dispose d'aucun renseignement sur ce premier séjour de Jean-Baptiste

Poquelin à Rouen. Nous disons Poquelin et non Molière, car le pseudonyme n'apparaît, aux yeux de l'Histoire, qu'en juin de l'année suivante : la signature « De Moliere » – sans accent mais avec une particule – figure pour la première fois, et en tête de liste, sur un acte daté du 28 juin 1644[19], passé chez le notaire parisien Levasseur et portant sur l'engagement, dans l'Illustre Théâtre, du danseur Daniel Mallet, « demeurant ordinairement à la ville de Rouen[20] ».

Ce nom d'emprunt, comme on sait, a gardé le mystère de son origine. Grimarest lui-même, qui avait pourtant interrogé des proches de Molière, le constatait déjà : « [...] lorsqu'on lui a demandé ce qui l'avait engagé à prendre celui-là plutôt qu'un autre, jamais il n'en a voulu dire la raison, même à ses meilleurs amis. » Notons à ce propos que les Moliéristes n'ont pas ménagé leurs méninges pour déceler le sens caché de ce nom de scène et de plume. Leurs explications ont été parfois poétiquement farfelues : les comédiens du temps optant souvent pour des noms du domaine de la botanique ou de la nature – Des Œillets, Montfleury, Hautefeuille, Champmeslé, Beaupré, Bellerose, Floridor, etc. –, Poquelin aurait choisi de se faire appeler Molière, c'est-à-dire *Mots-lierre* ! Le clan louÿsien n'y est pas allé non plus de main morte pour élucider la signification secrète, s'il y en eut une, du nom du comédien et auteur : ce serait Corneille qui aurait suggéré à Poquelin de prendre comme pseudonyme une conjugaison de *moliérer*, verbe qui était déjà tombé en désuétude du temps des intéressés (mais Corneille était naturellement « féru de vieux français »). Ce verbe signifiant *légitimer*, Poquelin aurait été le *légitimé* (sic) du grand Corneille[21]. D'autres ont vu dans le nom de Molière un anagramme boiteux (très boiteux) de Corneille. Plus récemment, un exégète prétendait, sans donner la moindre preuve de ses dires, que Molière était le nom de jeune fille d'une arrière-grand-mère de Corneille[22]...

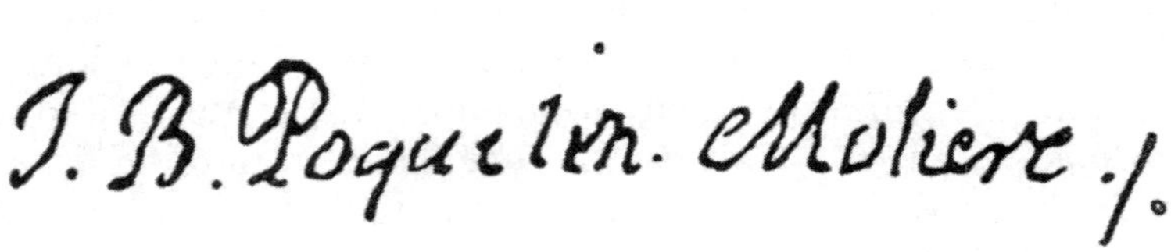

Signature de Jean-Baptiste Poquelin Molière
sur l'acte de baptême de Jeanne Prévost, 20 novembre 1661.

Revenons sur le séjour de la troupe Béjart dans la ville de Corneille, pour reconnaître que tout ce que l'on en sait, c'est qu'il eut lieu au moment où l'Illustre Théâtre s'apprêtait à tenter sa première installation dans un théâtre parisien. Le 3 novembre, M^e^ Cavé, notaire rouennais ayant son étude rue de l'Estrade, recevait une procuration des comédiens « associés pour faire la comédie sous le titre de l'Illustre Théâtre », afin de contraindre les propriétaires du Jeu de Paume des Métayers à activer les réparations qu'ils s'étaient engagées à faire en leur local et de mettre la salle en état pour que les comédiens puissent y « jouer à leur retour[23] ». Or M^e^ Cavé était le notaire de Corneille[24].

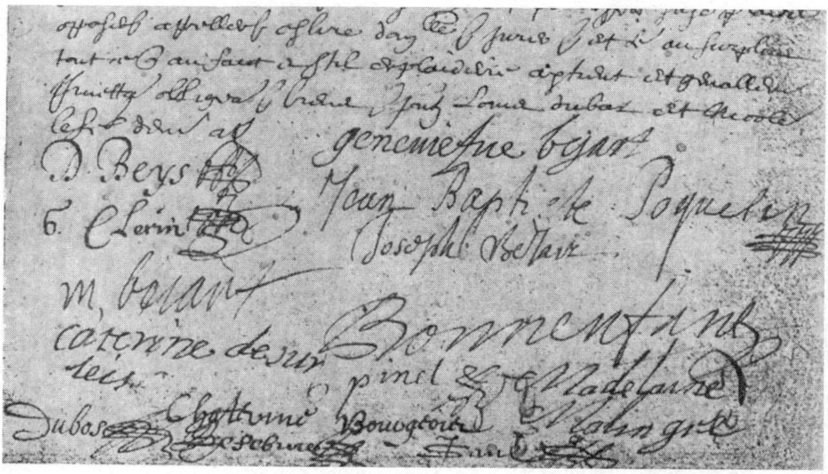

Signatures des comédiens de la troupe de Madeleine Béjart
sur une procuration faite à Rouen le 3 novembre 1643.

Le 1^er^ janvier 1644, la troupe de l'Illustre Théâtre donnait sa première représentation parisienne dans la salle du Jeu de paume des Métayers. Elle n'y créa aucune pièce de Corneille, qui restait fidèle au Théâtre du Marais : sa *Mort de Pompée* y fut donnée à la fin 1643 – à peu près dans le même temps où l'Illustre Théâtre regagnait la capitale –, et sa comédie *Le Menteur* y fut jouée en ce mois de janvier 1644[25]. En fait, la troupe de Madeleine Béjart était venue à Rouen quinze ans trop tard : c'est grâce à *Mélite*, la comédie que Corneille lui avait donnée en 1629, que la jeune troupe de Mondory, après son retour de Rouen, avait pu s'établir au théâtre du Marais, et entrer en concurrence avec le Théâtre de l'Hôtel de Bourgogne, qui était jusqu'alors le seul de la capitale. Il allait, on va le voir, manquer une *Mélite* à l'Illustre Théâtre pour réussir son entreprise.

Bonaventure et Abraham Elzevier, éditeurs de Leyde, avaient-ils entendu parler de cet « Illustre Théâtre » lorsqu'ils publièrent en 1644-1645, sans la participation ni l'accord de l'auteur, une première édition collective réunissant les cinq premières tragédies de Corneille – *Le Cid, Polyeucte, Cinna, La Mort de Pompée* et *Horace* – sous le titre de... *L'Illustre Théâtre* ?

## Un comédien nomade et un auteur sédentaire : quinze années passent

Au cours de l'année 1644, la troupe de Madeleine Béjart donna des représentations à Paris, jouant des pièces imprimées d'auteurs contemporains, mais le succès ne vint pas. En raison de difficultés d'argent, le bail du Jeu de paume des Métayers fut résilié le 19 décembre (Poquelin, responsable financier apparent, signa seul), et l'Illustre Théâtre passa un nouveau bail pour emménager au Jeu de paume de la Croix-Noire, rue des Barrés, au port Saint-Paul, sur la rive droite (aujourd'hui quai des Célestins, dans le quartier de l'Arsenal). Mais il fit définitivement faillite l'année suivante et dut fermer ses portes. Molière fut emprisonné pour dettes au Châtelet, comme seul répondant des obligations souscrites par la troupe. Libéré au bout de quelques jours – son père ayant donné sa caution auprès des créanciers –, il quitta Paris et, avec d'autres membres de la compagnie de Madeleine Béjart, rejoignit à Bordeaux la troupe itinérante du comédien Charles Dufresne, que protégeait le duc d'Épernon. Les années suivantes, cette troupe allait jouer dans diverses villes, notamment dans le sud du pays : Toulouse, Albi, Carcassonne, Agen, Cadillac, Narbonne, Grenoble, Lyon, Pézenas, Avignon, Bordeaux, Nîmes, Orange, etc. À son répertoire, des tragédies, notamment de Corneille, et des farces. De ces dernières, on en a conservé deux, *La Jalousie du Barbouillé* et *Le Médecin volant*, composées sur des arguments de comédies italiennes, et dont on ne sait si Molière est véritablement l'auteur[26].

Armand de Bourbon, prince de Conti.

En 1653, s'étant rendue à Pézenas à l'occasion d'une réunion des États du Languedoc, la troupe rencontra le prince de Conti, frère du Grand Condé et nouveau gouverneur de Guyenne, qui lui accorda sa protection. Elle devint la « Troupe de Monseigneur le prince de Conti » – lequel allait lui retirer son parrainage quelque temps plus tard. À ce que l'on en sait, *L'Étourdi ou les Contretemps,* première comédie de Molière – et sa seule pièce comptant plus de deux mille vers –, aurait été créée, en 1655, à Lyon. En décembre de l'année suivante, une autre comédie de Molière, en cinq actes et en vers, *Le Dépit amoureux*, aurait été créée à Béziers, pendant les États de Languedoc qui siégeaient dans cette ville. Après le carnaval de 1658, Madeleine Béjart et les membres de sa troupe quittèrent Grenoble pour se rendre à Rouen, où Corneille, qui avait alors cinquante-deux ans, résidait toujours.

L'auteur du *Cid* ne s'était pas endormi sur sa gloire depuis quinze ans. En janvier 1644, quelques semaines après le départ de Normandie de l'Illustre Théâtre, le Théâtre du Marais avait créé son *Menteur*, qui avait remporté un vif succès. La même année, sa tragédie *Rodogune, princesse des Parthes* avait été représentée à l'Hôtel de Bourgogne et très bien accueillie par le public (le texte parut avec une épître dédicatoire au Grand Condé, admirateur des œuvres de Corneille). Avec *La Suite du Menteur*, créée au même Théâtre du Marais, l'auteur avait cherché à exploiter le succès de la pièce-mère, mais sans le retrouver : cette comédie, qui fut un échec, devait être la dernière signée par Corneille, qui n'allait plus livrer désormais que des tragédies : *Théodore, vierge et martyre*, jouée en 1645 à l'Hôtel de Bourgogne, et *Héraclius, empereur d'Orient*, en 1646, dans le même théâtre. La première avait été un four (elle n'eut que cinq représentations), et la seconde n'avait pas été un succès. Au cours des trois années suivantes, Corneille n'avait donné aucune tragédie nouvelle.

En 1650, le procureur des États de Normandie ayant été destitué et emprisonné à la suite de l'arrestation des princes frondeurs, sa fonction avait été confiée à Corneille, qui avait dû vendre sa charge d'avocat du roi à la Table de marbre afin d'occuper ce nouveau poste. L'année suivante, ayant vu la libération des princes, le précédent titulaire avait récupéré sa charge et Corneille avait dû céder sa place. Par la suite, il n'allait plus exercer de fonction publique. De surcroît, en disgrâce auprès de Mazarin, il avait perdu sa pension. L'année 1650 avait cependant marqué son retour au théâtre avec un *Andromède* qui introduisait le vers libre sur la scène. Cette tragédie à « machines » – c'est-à-dire à grand spectacle – avait été composée trois ans plus tôt sur une requête de Mazarin : ce grand amateur d'opéra avait demandé à Corneille, soit au plus grand poète français, d'en composer les vers. La pièce avait triomphé au Théâtre du Petit-Bourbon – les machines animées du décorateur vénitien Giacomo Torelli ayant été vivement appréciées par le public – et Corneille avait reçu 2 400 livres du commanditaire. Le dramaturge avait eu beaucoup moins de réussite avec une comédie héroïque représentée fin 1649, *Dom Sanche d'Aragon*. En 1651, il avait encore donné une tragédie, *Nicomède*. L'année suivante, un *Pertharite, roi des Lombards*, qui avait été, dès la première représentation, un échec total. Dans la préface de l'édition de cette dernière œuvre, parue en avril 1653, l'auteur semblait décidé à renoncer à l'art qui lui avait valu la gloire : « La mauvaise réception que le public a faite à cet ouvrage m'avertit qu'il est temps que je sonne la retraite [...]. Il vaut mieux que je prenne congé de moi-même avant que d'attendre qu'on me le donne tout à fait ; il est juste qu'après vingt années de travail je commence à m'apercevoir que je deviens trop vieux pour être encore à la mode. » L'homme était cependant trop avisé pour s'enfermer dans une telle déclaration et se ménageait une sortie : « non que j'en fasse une résolution si forte qu'elle ne se puisse rompre ». Corneille n'allait plus, en tout cas, donner de tragédie pendant sept années, jusqu'en 1659. Depuis l'été 1656, il travaillait cependant à une nouvelle « pièce à machines », *La Conquête de la Toison d'or*, qu'il avait promise à un grand amateur de théâtre, le très fortuné marquis de Sourdéac, pour la créer en son château de Neubourg, en Normandie. Il s'était aussi lancé dans une entreprise de longue haleine : la traduction du latin en vers français de *De Imitatione Christi* de Thomas a Kempis, chanoine flamand du XIVe siècle. Les treize mille vers de son adaptation commencèrent à paraître à partir de 1651, et le dernier volume fut mis en librairie en 1656. La vente de cette édition de *L'Imitation de Jésus-Christ*, qui eut un succès extraordinaire, apporta des gains importants à Corneille : bien davantage que la plus lucrative de ses pièces. « Je lui ai ouï dire [...] que son *Imitation* lui avait valu plus que la meilleure de ses comédies, et qu'il avait reconnu, par le gain considérable qu'il y a fait, que Dieu n'est jamais ingrat envers ceux qui travaillent pour lui », aurait, selon Guéret, déclaré l'heureux traducteur[27].

Telle était la situation de Pierre Corneille en 1658, quand débarqua à Rouen une troupe qui interprétait depuis plusieurs années, dans des villes du sud de la France, ses tragédies et ses comédies, que l'impression en volume mettait à la libre disposition de tous les comédiens désireux de les jouer.

## Le second séjour à Rouen de la troupe de Madeleine Béjart (avril-octobre 1658)

En 1658, après treize années d'activité en province, principalement dans le Midi, Madeleine Béjart, Molière et leurs compagnons traversèrent la France à destination de Rouen, où ils allaient demeurer jusqu'en octobre, époque de leur installation définitive à Paris. Le schéma de 1643 se reproduisit ainsi à l'identique : un séjour prolongé dans la ville de Corneille – ce n'était plus cette fois pour profiter de la foire Saint-Romain, qui ne s'ouvrait que fin octobre –, puis l'aventure des tréteaux parisiens.

Les biographes de Molière ont toujours donné fort peu de précisions et encore moins d'explications sur ce séjour rouennais de la troupe à laquelle il appartenait : il dura pourtant six mois[28], et constitua la dernière étape de la longue période de pérégrinations en province. Faute de témoignage, faute de documents, quelques exégètes ont recouru à l'invention pure pour élucider ce semestre normand qui constitue le trait d'union temporel entre les deux parties de la carrière de l'auteur-acteur : « Ayant perdu la protection du prince de Conti, la troupe trouve celle du gouverneur de Normandie[29] ». D'autres ont émis des hypothèses assez hasardeuses : « Pourquoi le détour par Rouen ? Parce que, si la troupe remporte des succès à Rouen, la proximité fera que l'écho en retentira à Paris[30]. » Il faut donc revenir à l'incontournable « Avis au lecteur » de l'édition posthume de 1682, lequel donne, sur ce séjour de 1658 à Rouen, des indications bien succinctes :

> En 1658, ses amis lui conseillèrent de s'approcher de Paris en faisant venir sa troupe dans une ville voisine : c'était le moyen de profiter du crédit que son

> mérite lui avait acquis auprès de plusieurs personnes de considération, qui, s'intéressant à sa gloire, lui avaient promis de l'introduire à la Cour. Il avait passé le carnaval à Grenoble, d'où il partit après Pâques, et vint s'établir à Rouen. Il y séjourna pendant l'été ; et après quelques voyages qu'il fit à Paris secrètement, il eut l'avantage de faire agréer ses services et ceux de ses camarades à Monsieur, frère unique de Sa Majesté, qui, lui ayant accordé sa protection et le titre de sa troupe, le présenta en cette qualité au Roi et à la Reine mère.
>
> Ses compagnons, qu'il avait laissés à Rouen, en partirent aussitôt ; et le 24 octobre 1658, cette troupe commença de paraître devant Leurs Majestés et toute la Cour, sur un théâtre que le Roi avait fait dresser dans la salle des Gardes du vieux Louvre.

De manière significative, ce texte ne mentionne même pas la présence à Rouen de Corneille, qui, au moment où paraissait ce texte, avait encore deux années à vivre[31]. Quant à Grimarest, en 1705, il ne fera que reprendre les indications de l'édition de 1682 :

> Molière quitta donc le Languedoc avec sa troupe : mais il s'arrêta à Grenoble, où il joua pendant tout le Carnaval. Après quoi, ces comédiens vinrent à Rouen, afin qu'étant plus à portée de Paris, leur mérite s'y répandît plus aisément. Pendant ce séjour, qui dura tout l'été, Molière fit plusieurs voyages à Paris, pour se préparer une entrée chez Monsieur, qui, lui ayant accordé sa protection, eut la bonté de le présenter au Roi et à la Reine-Mère.

Ainsi, à en croire les premiers biographes – que les suivants ont repris en écho –, le séjour de la troupe à Rouen avait pour but de préparer l'installation à Paris. Des allers-retours que Molière aurait effectués entre les deux villes, La Grange précise qu'ils se firent « secrètement », mais ne spécifie pas la raison de cette discrétion. Outre le fait que Molière n'était pas encore officiellement chef de troupe – il ne le deviendra que l'année suivante –, on peut s'interroger sur les raisons de ce secret. Le comédien craignit-il les manœuvres adverses d'une des deux grandes compagnies théâtrales parisiennes ayant pignon sur rue, celle du Marais ou celle de l'Hôtel de Bourgogne[32] ? Dans ses *Nouvelles nouvelles* parues en 1663 – donc très peu d'années après les événements et du vivant de tous les protagonistes –, Donneau de Visé évoque, sans donner malheureusement de détails, les contacts qu'avait pris Molière à Paris : « Comme il avait de l'esprit, et qu'il savait ce qu'il fallait faire pour réussir, il n'ouvrit son théâtre qu'après avoir rendu plusieurs visites et brigué quantité d'approbateurs. »

Le seul document d'époque concernant le séjour de la troupe à Rouen et ses préparatifs pour prendre pied à Paris est une lettre d'un personnage qu'il est temps de faire entrer en scène : Thomas Corneille, frère cadet de Pierre. Né le 24 août 1625 à Rouen, il était plus jeune de dix-neuf ans et avait suivi également ses études chez les Jésuites de Rouen. Son frère aîné avait été son tuteur après la mort de leur père. Thomas Corneille était allé étudier le droit à Caen et avait été reçu licencié en droit en 1646. Puis il était revenu vivre en sa ville natale, dans une maison contiguë à celle de son frère. Devenu comme lui auteur de théâtre, il avait fait représenter sa première pièce – une comédie en cinq actes et en vers, imitée de l'espagnol, *Les Engagements du hasard* – à l'Hôtel de Bourgogne, où elle avait été bien accueillie. Son *Feint astrologue* avait été créé en 1648. Bien qu'il ait été reçu avocat au Parlement de Rouen en octobre 1649, il devait plaider aussi peu que son frère et se consacrer comme lui à la littérature, en particulier au théâtre. En juillet 1650, il avait épousé Marguerite de Lampérière, qui était déjà sa belle-sœur. Sa tragi-comédie *Timocrate,* dédiée au duc de Guise, avait remporté un triomphe, en novembre 1656, au Théâtre du Marais : quatre-vingts représentations à la suite, ce qui n'arriva pas souvent dans le siècle. Le roi, venu voir la pièce au Théâtre du Marais, avait félicité l'auteur, mais quelques envieux avaient cru percevoir divers emprunts aux tragédies du glorieux frère aîné.

Le 19 mai 1658, Thomas Corneille adressait à son ami l'abbé Michel de Pure cette lettre qui atteste des contacts entre les deux Corneille et la troupe de Madeleine Béjart durant le séjour de celle-ci à Rouen :

> Nous attendons ici les deux beautés que vous croyez devoir disputer cet hiver d'éclat avec la sienne [= la beauté de la comédienne Le Baron]. Du moins ai-je remarqué en Mademoiselle Béjart grande envie de jouer cet hiver à Paris ; et je ne doute point qu'au sortir d'ici cette troupe n'y aille passer le reste de l'année. Je voudrais qu'elle voulût faire alliance avec le Marais : elle en pourrait changer les destinées. Je ne sais si le temps pourra faire ce miracle.

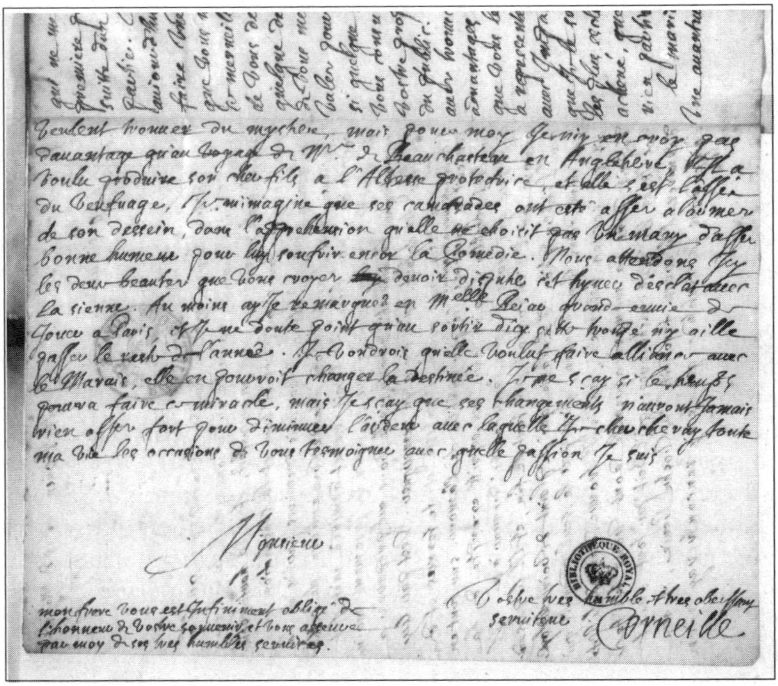

Lettre de Thomas Corneille à l'abbé de Pure, 19 mai 1659.

Il n'y a pas lieu de s'étonner que Thomas Corneille ne cite pas le nom de Molière, lequel ne pouvait qu'être un parfait inconnu pour son correspondant, qui habitait Paris : depuis plus de dix ans, le comédien avait quitté une capitale où il n'avait jadis eu aucune réussite dans l'exercice de son art, et, pour le Rouennais Thomas Corneille, la troupe débarquée dans sa ville était avant tout celle de la Béjart, toujours chef de troupe à cette époque.

Le vœu d'alliance avec la troupe du Marais que formulait Thomas Corneille ne devait pas être réalisé – du moins avant de nombreuses années. Situé rue Vieille-du-Temple, ce théâtre, où avaient été créés la plupart des pièces de Corneille aîné et le *Timocrate* de Corneille cadet, bénéficiait du soutien d'Henri de Guise, qui était également le protecteur des deux frères. Il traversait une passe difficile : à la suite de la défection de plusieurs comédiens, il avait dû fermer ses portes à Pâques de l'année précédente et n'avait tou-

Les deux maisons des frères Corneille à Rouen, rue de la Pie.

jours pas repris son activité quand la troupe de Madeleine Béjart arriva à Rouen.

Le projet évoqué dans la lettre à l'abbé de Pure avait pourtant eu un temps quelque consistance, car, le 12 juillet, Madeleine Béjart signait à Rouen un acte – qui devait rester sans suite – par lequel le comte Louis Redon de Talhouet lui cédait, pour dix-huit mois, son bail de location du Jeu de paume des Marais, à Paris. Sans qu'on en sache la raison, le projet d'alliance de la troupe Béjart et de la troupe du Marais n'aboutit pas. Quelques biographes ont soutenu – supposition pure – que l'échec de ce projet avait valu à Molière l'hostilité durable des deux Corneille, et que la brouille aurait duré plusieurs années, jusqu'à une réconciliation, sur le dos de Racine, vers 1666. Rien ne corrobore cela, bien au contraire : dès son arrivée à Paris, Molière et ses compagnons jouèrent du Corneille en abondance et ne cessèrent de le faire au cours des années suivantes. Corneille n'aurait pu l'empêcher, c'est vrai, mais la constance avec laquelle la troupe de Molière joua les pièces du Rouennais est peu compatible avec une fâcherie entre eux.

Catherine de Brie dans le rôle d'Agnès des *Femmes savantes*. Lithographie d'Hippolyte Lacomte.

Dans sa lettre à Michel de Pure, Thomas Corneille indique que, s'il a pu recueillir des confidences de Madeleine Béjart sur ses projets parisiens, il attend surtout la venue de « deux beautés » de sa troupe. Car les comédiens de la compagnie Béjart n'étaient pas tous venus à Rouen en même temps. Molière lui-même n'était peut-être pas encore dans la ville quand le cadet des Corneille écrivit sa lettre. Cependant, une fois reconstituée en pays normand, la troupe donna naturellement des représentations des pièces des Corneille. Les deux frères y assistèrent et fréquentèrent ce groupe de comédiens. S'ils ne l'avaient fait, ils n'auraient pas remarqué les deux ravissantes actrices, véritables atouts de charme de la compagnie, dont fait mention Thomas Corneille dans sa missive à l'abbé. L'une était Catherine de Brie. Née Catherine Leclerc, elle avait trente-huit ans et avait épousé un acteur de la troupe, Edme Wilquin, dit de Brie. Elle devait être assez belle, car elle n'était plus tout à fait une jeune fille – elle joua jusqu'à soixante-cinq ans l'Agnès des *Femmes savantes*, rôle qu'elle avait créé – lorsqu'un admirateur composa sur elle ce quatrain :

Il faut qu'elle ait été charmante
Puisque aujourd'hui, malgré les ans,
À peine des attraits naissants
Égalent sa beauté mourante.

La seconde « beauté » était la jeune – vingt-et-un ans – et très jolie Marquise du Parc, qui avait rejoint la troupe en 1653, en même temps que son époux. Née Marquise Thérèse de Gorla – mais n'ayant de marquise que le prénom –, elle s'était mariée à Lyon, le 23 février 1653, avec le comédien René Berthelot, dit Du Parc pour les tragédies, dit Gros-René pour les farces (l'embonpoint de ce farceur très connu en son temps était aussi remarquable que la grâce et la beauté de son épouse). Tous les contemporains se sont extasiés devant la splendide Marquise du Parc, dont une *Lettre sur la vie et les ouvrages de Molière, et sur les comédiens de son temps*, parue dans le *Mercure de France* en mai 1740, rapporte qu'elle « était belle et bien faite, et dansait très bien ; elle brillait aux Ballets du roi dans les danses hautes ; elle faisait certaines caprioles [sic] remarquables, car on voyait ses jambes et partie de ses cuisses par le moyen de sa jupe fendue des deux côtés, avec des bas de soie, attachés au haut d'une petite culotte. » Les deux Corneille furent sensibles au charme de la belle comédienne au point de lui consacrer des poèmes. L'aîné composa pour elle de belles stances, à la fois galantes et amères, qui sont restées célèbres :

Marquise, si mon visage
A quelques traits un peu vieux,
Souvenez-vous qu'à mon âge
Vous ne vaudrez guère mieux.

Le temps aux plus belles choses
Se plaît à faire un affront :
Il saura faner vos roses
Comme il a ridé mon front.

Le même cours des planètes
Règle nos jours et nos nuits :
On m'a vu ce que vous êtes ;
Vous serez ce que je suis.

Ce poème a d'ailleurs divisé les spécialistes de Corneille en deux camps : ceux qui voient dans ces vers un simple jeu littéraire, et ceux qui y devinent la passion d'un quinquagénaire pour une jeune et fringante actrice. Le 9 juillet, Corneille aîné se livrait encore à ce jeu de cour en composant un *Sonnet perdu au jeu*, gage rimé dont il lui fallait s'acquitter, et recopiait pour l'abbé de Pure ce badinage qu'on a tout lieu de croire adressé à Marquise. « Je vous envoie, lui écrivait-il, un méchant sonnet que je perdis hier au jeu contre une femme dont le visage et la voix valent bien quelque chose » :

Je chéris ma défaite, et mon destin m'est doux,
Beauté, charme puissant des yeux et des oreilles,
Et je n'ai point regret qu'une heure auprès de vous
Me coûte en votre absence et des soins et des veilles.

Se voir ainsi vaincu par vos rares merveilles,
C'est un malheur commode à faire cent jaloux :
Et le cœur ne soupire en des pertes pareilles,
Que pour baiser la main qui fait de si grands coups...

En octobre, quand la troupe de Madeleine Béjart quitta Rouen pour Paris, Corneille composa une nouvelle poésie, *Sur le départ de Madame la Marquise de B.A.T.* – initiales qui gardent encore aujourd'hui leur secret :

Allez, belle Marquise, allez en d'autres lieux
Semer les doux périls qui naissent de vos yeux
[...]
Marquise, apprenez-moi l'art de vous oublier.
[...]
J'aime, mais en aimant je n'ai point la bassesse
D'aimer jusqu'aux mépris de l'objet qui me blesse,
Ma flamme se dissipe à la moindre rigueur ;
Non qu'enfin mon amour prétende cœur pour cœur ;
Je vois mes cheveux gris, je sais que les années
Laissent peu de mérite aux âmes les mieux nées,
Que les plus beaux talents des plus rares esprits,
Quand les corps sont usés, perdent bien de leur prix.

Les trois poésies dont nous venons de citer des extraits parurent dans le *Recueil de Sercy* en 1660[33], année au cours de laquelle Corneille composa un nouveau madrigal, *Pour une dame qui représentait la Nuit en la comédie d'Endymion* : il faut en conclure qu'il avait assisté à la représentation que la troupe de Molière avait donnée, le 25 juin de cette année-là, d'une pièce de Gabriel Gilbert, *Les Amours de Diane et d'Endymion*, qui avait été créée à l'Hôtel de Bourgogne en 1657 (à moins que la troupe de Molière ait déjà joué la pièce à Rouen en 1658, ce qui n'est pas impossible puisqu'elle fut imprimée pendant cette période). Marquise y jouait le rôle de la Nuit, dans une tunique que l'on se plaît à imaginer un peu plus fendue que le voulait l'usage du temps, tandis que celui de la Lune était assuré par la mûre Madeleine Béjart. La préférence de Corneille était manifeste :

Ténébreuse déesse, un œil bien éclairé
Dans tes obscurités eût cherché sa fortune,
Et je n'en connais point qui n'eût tôt préféré
Les ombres de la Nuit aux clartés de la Lune.

Un autre texte de l'époque atteste des relations de Corneille avec des actrices de la troupe de Madeleine Béjart, texte dont on peut s'étonner qu'aucun biographe ou critique n'ait jamais fait état. En 1660, c'est-à-dire en même temps que le *Recueil de Sercy* et deux ans après le séjour de Molière à Rouen, paraissait anonymement, sans nom d'éditeur et sous la seule rubrique de Paris, un *Petit Recueil de poésies choisies non encore imprimées*, probablement sorti de quelque presse normande[34]. Or, dans ce recueil, on trouve, aux pages 53-55, la pièce *Sur le départ de Mademoiselle la Marquise de C. A. B.* (sic) et, curieusement, ces vers sont immédiatement suivis d'une poésie également non signée, intitulée *A la mesme, pour la très-belle Mademoiselle Cataut de Brie* – l'autre « beauté » de la lettre de Thomas Corneille. En 1882, le catalogue Rochebillière attribuera cette pièce à Pierre Corneille, ce qui est en effet très vraisemblable. Ce sont des vers assez enflammés, bien plus que ceux adressés à Marquise. Comme ils n'ont jamais été republiés depuis 1660 et qu'ils se trouvent dans un recueil aussi rare qu'inaccessible, nous les transcrivons intégralement :

Adorable Cataut, dont mon ame est éprise,
Je ne vous nomme point, belle Iris, ny Marquise,
Je suis trop glorieux de me voir dans vos fers,
Pour vouloir déguiser vostre nom dans mes vers
Oüy divine Cataut, faite comme vous estes
C'est trop d'honneur pour moy, de grossir vos conquestes
Et je fais vanité du nom de mon vainqueur,
Car j'aime en Cavalier, & non pas en Autheur :
Sitost que vos beaux yeux m'ont sommé de me rendre,
J'ay trouvé du plaisir à ne me point deffendre,
L'impatient désir de soûpirer pour vous,
A fait aller mon cœur au devant de vos coups
Et toute la raison qui combattoit ma flamme
Par l'ordre de l'Amour asorty de mon ame,
Regnez-y ma Cataut, tousjours absolument,
Vous y trouverez tout soûmis aveuglement :
Si le moindre souhait choquoit vostre puissance
Je le ferois mourir, mesme dés sa naissance,
Je ne seray jamais de ces amans prudens
Dont la rare maxime, est d'estre indépendans,
Qui, quand un bel objet leur donne dans veuë,
Songent à recoupvrer leur liberté perduë,
Trai[t]ent l'Amour d'un mal douloureux à souffrir,
Employent tous leurs soins afin de s'en guerir,

Cherchent dans leur Iris ce qui leur peut déplaire,
Et se donnent exprés un sujet de colere :
Moy je n'imite point ces trop sages esprits,
Je ne voudray jamais de repos à ce prix,
Mes liens me sont chers, j'ayme ma servitude,
L'empire de Cataut n'a pour moy rien de rude
Quand je la servirois sans en esperer rien,
Le bien de la servir est un assez grand bien :
Cependant comme j'ayme avecque violence,
Il ne me picque pas de tant de continence,
De ces Amants d'Iris, le feu trop épuré,
Ne le seroit pas tant, s'il n'estoit moderé,
L'amour a bien parler n'est qu'une simpathie
Quand le plaisir charnel n'est pas de la partie.
Des grandes passions les aimables transports,
Aussi bien que sur l'ame, agissent sur le corps,
Ailleurs que dans le cœur, la flamme veut paroistre,
Le plus profond respect ne peut estre le maistre,
Ce tyran fait sur moy des efforts superflus,
En l'estat où je suis je ne l'escoute plus,
Ne pouvant approuver la modeste methode
De ces galands discrets, dont je suis l'antipode
De mes brûlans soûpirs l'impetueuse ardeur,
Vous demande humblement la derniere faveur,
Souffrez qu'évanoüy sur vostre belle bouche
Mon brasier amoureux vous échauffe & vous touche,
Que je vous fasse dire en ce plaisant moment,
(Il n'est pas tousjours bon d'aimer si chastement :)
Ainsi comme nos corps, nos deux ames unies,
Gousteront, ma Cataut, des douceurs infinies.

Outre sa situation même dans un recueil collectif, la référence initiale à Marquise, les vers, le style, la versification, l'ardeur passionnée qu'on y sent, cette espèce de faconde amoureuse, tout cela plaide en effet en faveur de l'attribution à Corneille. Il faudrait alors admettre que ce poème extrêmement sensuel – qui donne le sentiment que l'auteur espère réussir dans son entreprise – serait une sorte d'exutoire du dépit éprouvé par Corneille devant les sentiments sans espoir qu'il vouait à Marquise du Parc[35]. Quel contraste, en effet, avec la longue élégie inspirée par celle-ci dans le *Recueil de Sercy*, où la passion se fait plus résignée :

Je ne demande point que sensible à mon feu,
L'assurance du vôtre en couronne l'aveu ;
Je ne demande point qu'à mes vœux favorable
Vous vous montriez amante en vous montrant aimable,
Et que par un transport qui n'examine rien,
Le don de votre cœur suive l'offre du mien.
Quoi qu'on ait fait pour vous de grand et d'insigne,
C'est un prix glorieux dont on n'est jamais digne,
Et que ma passion me faisant désirer,
L'excès de mes défauts me défend d'espérer...

La maison de Corneille à Rouen, rue de la Pie. Gravure de Félix-Jean Gauchard, d'après un dessin d'Hubert Clerget.

Si ce poème est donc, comme il semble, de Pierre Corneille, on voit que celui-ci avait diverses raisons de s'intéresser à la troupe de Molière – et trois poésies coup sur coup autour de deux actrices, cela fait beaucoup[36]. Tout ceci montre qu'entre les discussions avec ces comédiens qui comptaient jouer ses pièces à Paris et ses galanteries à deux actrices de la troupe, Corneille avait des raisons de fréquenter Molière et ses compagnons. Ces derniers s'étaient installés au Jeu de paume des Braques, au bas de la rue du Vieux-Palais, à l'angle de la rue Herbière, et à quelques pas de l'étroite rue de la Pie où habitaient les Corneille[37]. Une troupe comme celle qui débarqua à Rouen en avril 1658 ne pouvait qu'attirer l'attention et l'intérêt des deux frères, auteurs dramatiques l'un et l'autre, d'autant qu'au cours des années précédentes, la compagnie que dirigeait Madeleine Béjart avait certainement acquis une bonne réputation parmi les troupes qui jouaient en province.

**Le « pacte secret »**

Pierre Louÿs était convaincu que les échanges entre Corneille et Molière à Rouen les avaient conduits à passer ensemble un « pacte secret ». Cette expression, souvent reprise par les tenants de sa thèse, est bien solennelle, et il conviendrait probablement mieux de parler d'un accord entre un auteur et un acteur, que l'un et l'autre avaient de bonnes raisons de ne pas étaler au grand jour : Molière créerait et signerait des pièces auxquelles Corneille ne voulait pas ou ne pouvait pas associer son glorieux nom.

Molière prête-nom de Corneille : nous y reviendrons largement par la suite, tout en faisant d'emblée remarquer qu'une telle « collaboration », si elle fut effective, ne fut pas nécessairement établie de manière définitive lors de la rencontre rouennaise de 1658. Une coopération a pu être progressivement instaurée, et appliquée en pointillés. Quelle pouvait être la motivation d'un tel accord ? Car pour que le grand Corneille accordât son appui, son génie et son temps à un comédien totalement inconnu à Paris et à une compagnie de province spécialisée dans la farce et la comédie, il fallait des enjeux d'importance.

La raison d'argent a été invoquée. Si Corneille n'a, contrairement à une légende tenace, connu la pauvreté à aucun moment de sa vie, il eut toujours des besoins financiers pour pourvoir à ses charges de famille[38], car la gloire et la reconnaissance nationale dont il jouissait ne lui avaient pas procuré pour autant une immense fortune. En 1650, il avait vendu sa charge d'avocat à la Table de marbre et avait été destitué l'année suivante de son poste de procureur des États de Normandie ; en 1652, l'échec de *Pertharite* l'avait privé des revenus que lui avaient valus ses précédentes pièces. Les années suivantes, seul le grand succès de vente de sa traduction de *L'Imitation de Jésus-Christ* avait été une manne importante. S'il avait été et, dans une certaine mesure, demeurait un des auteurs dramatiques les plus joués, ses tragédies, une fois publiées, tombaient dans le « domaine public[39] » : toute troupe pouvait les représenter sans demander son accord ni débourser la moindre pistole de droits – que l'on appelait alors des « présents » des comédiens aux auteurs. Tel n'était pas le cas quand elles étaient encore inédites en volume. Corneille n'en avait pas moins intérêt à ce que ses œuvres fussent jouées le plus largement possible, et l'ouverture à Paris d'un nouveau théâtre dont les comédiens avaient à cœur de représenter ses pièces ne pouvait que lui convenir.

Une chose est sûre : si Corneille eut sa part dans quelques pièces signées Molière, il eut en retour quelque avantage financier dont rien n'a filtré[40]. Car le plus glorieux des auteurs dramatiques normands semble avoir aimé l'argent. On lui fit même une réputation d'âpreté au gain, entretenue par un Tallemant des Réaux dans ses *Historiettes* (« C'est un grand avare. [...] En vérité, il a plus d'avarice que d'ambition, et pourvu qu'il tire de ses pièces bien de l'argent, il ne se tourmente guère du reste »), par un Bordelon dans ses *Diversités curieuses* (« Il ne juge de la bonté de sa pièce que par l'argent qui lui en revient ») et même par Boileau, qui admirait pourtant grandement Corneille, mais qui, dans son *Art poétique*, s'indignait de la vente de ses pièces à des libraires :

> Travaillez pour la gloire et qu'un sordide gain
> Ne soit jamais l'objet d'un illustre écrivain.
> Je sais qu'un noble esprit peut sans honte et sans crime
> Tirer de son travail un tribut légitime :
> Mais je ne puis souffrir ces auteurs renommés,
> Qui, dégoûtés de gloire, et d'argent affamés,
> Mettent leur Apollon aux gages d'un libraire,
> Et font d'un art divin un métier mercenaire.

Corneille avait toujours su tirer d'avantageuses ressources pécuniaires de ses pièces, tant en les vendant à des troupes de théâtre qu'en cédant leur texte à des libraires – on ne les appelait pas encore des éditeurs – de la capitale. L'auteur du *Cid* semble avoir été habile à gérer ses intérêts : « Le théâtre est un fief dont les rentes sont bonnes », déclare à Pridamant le magicien Alcandre dans la cinquième scène de l'acte V de *L'Illusion comique*. En 1643, pour trouver de nouveaux revenus, Corneille avait même sollicité des lettres patentes pour que les troupes de théâtre voulant interpréter ses trois œuvres les plus récentes, *Cinna*, *Polyeucte* et *La Mort de Pompée*, fussent contraintes d'obtenir son accord sous peine « de dix mille livres d'amende et de tous dépenses, dommages et intérêts ». Cette prérogative, qui n'était en rien dans la coutume du temps, n'avait pas été agréée par le Conseil privé du roi. La même année, Corneille, qui s'en était remis jusqu'alors à des libraires parisiens comme François Targa et Augustin Courbé, avait décidé d'éditer ses pièces à ses frais, en prenant un « privilège » à son nom (c'est-à-dire une autorisation exclusive pour publier un livre), et d'en confier désormais l'impression à l'atelier rouennais de Laurent Maurry. Depuis, il ne recourait aux libraires parisiens que pour la vente des exemplaires qu'il avait fait imprimer dans sa ville, en leur rétrocédant le privilège qu'il avait eu soin de se faire délivrer à lui-même.

En outre, la plupart des épîtres dédicatoires de ses pièces étaient rien de moins qu'intéressées, et il était d'usage que les dédicataires témoignassent leur reconnaissance par une « libéralité ». Pour *Cinna,* Corneille avait reçu de M. de Montauron, président des finances au bureau de Montauban, une gratification de deux mille livres. La dédicace de *La Mort de Pompée* avait remercié Mazarin d'une libéralité accordée quelques semaines plus tôt. Celle d'*Œdipe* allait rendre hommage à Fouquet, mécène qui lui donnerait une appréciable gratification pour sa pièce, avant de la transformer en pension. S'il faut en croire les dires de son grand ennemi l'abbé d'Aubignac dans sa *Troisième Dissertation concernant le poëme dramatique en forme de Remarques : sur la tragédie de M. Corneille intitulée L'Œdipe* (1663), Corneille aurait composé cette pièce pour des raisons financières, et le fait est que, selon toute apparence, ce fut ce mécénat qui tira le dramaturge d'un silence qui durait depuis six années. D'Aubignac dénonçait ainsi la cupidité du personnage : « Corneille a repris ses esprits et sa voix à l'éclat de l'or qu'un grand ministre du temps a fait briller dans l'obscurité de sa retraite, la couleur et le son de ce beau métal l'ont réveillé et remis sur le Théâtre. » Et dans sa *Quatrième Dissertation concernant le poëme dramatique servant de réponse aux calomnies de M. Corneille*, parue également en 1663, d'Aubignac brandit le même grief : « Mais parlez franchement, M. de Corneille, n'êtes-vous point un peu trop vain et trop sensible à l'argent, de faire un si grand bruit dans votre défense de la gratification que vous avez reçue du Roi ? » Il n'était pourtant rien de plus naturel de la part d'un auteur qui vivait exclusivement du rapport de ses pièces et des faveurs royales.

De ce qui précède, on peut inférer que l'éventuelle collaboration de Corneille à quelques pièces de Molière n'eut sûrement pas pour cadre le plus désintéressé des bénévolats, mais le dramaturge qui écrivit *Médée* pouvait trouver d'autres avantages dans cette collaboration avec un comédien et auteur qui s'était acquis, en peu de temps, la protection du roi lui-même. Une protection qui allait lui permettre de faire jouer des pièces aussi provocantes, par ce qu'elles dénonçaient, que *Tartuffe* ou *Dom Juan*. Corneille, qui ne bénéficiait pas d'une telle faveur auprès du monarque et qui, répétons-le, tenait une bonne partie de ses revenus de la pension royale, aurait eu grandement à perdre en associant publiquement son nom à des pièces aussi risquées. S'il fut son prête-nom, Molière apporta à Corneille une liberté d'expression dont il n'aurait pu user autrement. Nous y reviendrons, mais constatons dès à présent que la première pièce importante que Molière donna à Paris fut *Les Précieuses ridicules*, c'est-à-dire une comédie satirique qui moquait des dames envers lesquelles Corneille ruminait de longue date une certaine rancœur, car elles l'avaient autrefois humilié : les Précieuses de l'Hôtel de Rambouillet. Sous couvert d'anonymat, Corneille aurait ainsi réglé quelques vieux comptes.

Au-delà de l'intérêt financier, au-delà de la liberté d'expression à travers un homme de paille bien vu du roi, un troisième élément a été avancé pour expliquer l'hypothétique accord qui aurait lié les deux hommes : celui que toute l'Europe considérait, depuis vingt ans, comme le plus grand auteur dramatique du siècle pouvait-il sans déchoir produire des comédies, aussi éloignées de la farce fussent-elles ? Une question d'image, en quelque sorte. Décennie après décennie, le siècle restait sensible à la hiérarchie des genres de théâtre : la tragédie était le genre noble par excellence – au même titre que le poème épique –, la farce relevait du registre le plus bas, la comédie se situait entre les deux. Le grand Corneille, l'homme qui avait écrit *Le Cid,* pouvait-il signer, sans entacher sa réputation d'auteur tragique, qui était immense, des comédies faisant rire le parterre ? Pouvait-il donner dans un genre qui était infiniment moins à l'honneur que la tragédie ?

À vrai dire, l'argument apparaît peu probant : Corneille, dont les premières œuvres jouées avaient été des comédies, n'avait pas craint de faire représenter sous son nom – et de publier – deux comédies, *Le Menteur* et *La Suite du Menteur*, respectivement six et huit ans après la création du *Cid*. Il est cependant exact qu'après *La Suite du Menteur*, c'est-à-dire après 1644, il ne donna plus aucune comédie sous son nom. Au cours des trois décennies qui suivirent, il ne fit plus représenter que des tragédies, dont la dernière, en 1674, fut *Suréna, général des Parthes*.

## L'installation de la troupe de Madeleine Béjart à Paris (octobre 1658)

Indépendamment de l'intuition de Louÿs sur une intervention de Corneille dans la composition de certaines œuvres de Molière, il n'a jamais été établi dans quelle mesure Corneille avait pu aider la troupe de Madeleine Béjart à s'installer à Paris. Car ses relations à la Cour, notamment auprès de la reine-mère Anne d'Autriche et de son entourage, lui permettaient incontestablement d'intercéder en faveur d'une troupe qui s'apprêtait à représenter ses œuvres dans un théâtre de la capitale.

La préface de l'édition de 1682 ne précise pas – par discrétion, ou parce qu'ils étaient encore de ce monde – l'identité des « amis » qui avaient donné à Molière le conseil de « s'approcher de Paris », ni celle des « personnes de considération » qui lui avaient promis de « l'introduire à la Cour ». Comme il est évident que la troupe Béjart bénéficia d'emblée de hautes protections, pour réussir ainsi à se produire si rapidement devant Louis XIV et la reine-mère, les biographes de Molière se sont toujours demandé qui avait facilité son introduction auprès de la famille royale. Le nom du peintre Mignard, rencontré en Avignon, a été avancé, car il avait ses entrées à la Cour, ainsi que celui du poète Tristan L'Hermite, qui était apparenté à Madeleine Béjart. Mais c'est peut-être chercher loin de Rouen, au cours de ces six mois de l'année 1658, un intercesseur potentiel qui était précisément dans cette ville, et dont la troupe jouait ou répétait les tragédies. Corneille, nous l'avons dit, était en faveur auprès de la reine-mère, à laquelle il avait dédié *Polyeucte* (elle aimait le théâtre et admirait ses pièces). Il était encore plus proche du duc de Guise, son protecteur depuis des années, qui lui accordait son amitié. Dans une lettre du 25 avril 1662 à l'abbé de Pure, Corneille fait état de son action pour aider la carrière d'une jeune actrice nommée Marotte, sur laquelle il a dit « beaucoup de bien à M. de Guise, quand il fut question, vers la mi-carême, de la faire entrer au Marais ». Ce qu'il fera en 1662 pour une jeune comédienne, Corneille n'a-t-il pu le faire en 1658 pour la troupe qui voulait jouer ses pièces à Paris ? C'est peut-être aussi le moment de rappeler que Madeleine Béjart avait eu pour amant Esprit Rémond de Modène, père présumé d'Armande, et que Modène était un proche du duc de Guise…

Nicolas Fouquet.

Au moment de l'installation de la troupe Béjart à Paris, en octobre 1658, Corneille se rendit lui aussi dans la capitale. Il fut à cette occasion présenté au richissime Fouquet, qui avait été nommé Surintendant des Finances par Mazarin en 1653. L'intermédiaire fut Paul Pellisson, jeune avocat venu de Castres, que le Surintendant avait engagé comme secrétaire, et qui était une relation personnelle de Corneille. En mars, Fouquet, grand protecteur des Arts et des Lettres, avait accordé à Corneille une pension de mille livres. Thomas Corneille, dont *La Mort de l'empereur Commode*, créée quelques mois plus tôt au Théâtre du Marais, était déjà dédiée à Fouquet, avait été gratifié de la même libéralité. Fouquet ayant incité les deux frères à composer une nouvelle œuvre, Corneille aîné avait adressé une pièce en vers à son bienfaiteur dans laquelle il lui demandait de choisir un sujet pour sa tragédie. Fouquet en avait suggéré trois. Pierre Corneille choisit *Œdipe*, et son frère *Camma*. Ces deux pièces allaient rencontrer un triomphe sur la scène de l'Hôtel de Bourgogne, la première en janvier 1659, la seconde en janvier 1661.

Le déplacement de Corneille à Paris en octobre 1658 s'explique ainsi par la rencontre avec Fouquet, mais cet échange avec le Surintendant fut-il le seul but du voyage ? Corneille a pu présenter Molière à quelque puissant du royaume ou jouer de ses relations pour l'aider dans son entreprise. Ce n'est là, bien sûr, qu'hypothèse. On se fourvoierait en tout cas en soutenant – comme l'ont fait certains Louÿsiens – que Molière fut pour quelque chose dans le retour de Corneille au théâtre après un silence de plusieurs années et l'annonce de sa retraite d'auteur dramatique dans la préface de *Pertharite* : c'est à Fouquet et à ses « libéralités » que la littérature dramatique française doit *Œdipe*[41]. Corneille semble d'ailleurs être allé vite en besogne : selon la préface de l'édition du texte, la composition de cette tragédie fut « un ouvrage de deux mois » : octobre et novembre 1658, sans doute.

L'hypothèse d'une intervention de Corneille auprès de la reine-mère en faveur de la troupe de Madeleine Béjart n'est pas corroborée par la préface de l'édition de 1682. Selon son ou ses auteurs, le premier appui royal dont bénéficia officiellement la troupe à son arrivée à Paris ne fut pas celui de la reine-mère, mais celui de « Monsieur, frère unique de Sa Majesté, qui, lui ayant accordé sa protection et le titre de sa troupe, le présenta en cette qualité au Roi et à la Reine mère ». La compagnie théâtrale de Madeleine Béjart, qui avait eu en 1643 la protection de Gaston d'Orléans, frère de Louis XIII, avait désormais celle de Philippe d'Anjou, duc d'Orléans, frère cadet et unique de Louis XIV, et devenait la troupe du second personnage du royaume, lequel avait alors à peine dix-huit ans.

D'après le registre de La Grange (qui n'appartenait pas encore à la compagnie à ce moment-là), la première représentation devant le roi eut lieu le 24 octobre 1658 – c'est-à-dire très peu de jours après le départ de Rouen –, sur une scène improvisée de la Salle des gardes du Vieux-Louvre, appelée par la suite Salle des cariatides. Les pièces jouées furent le *Nicomède* de Corneille et une farce en prose, *Le Docteur amoureux*, dont le texte est perdu. Molière en était-il l'auteur ? Selon l'« Avis au lecteur » de l'édition de 1682, ce *Docteur amoureux* était l'un « de ces petits divertissements qui lui avaient acquis quelque réputation, et dont il régalait les provinces ». Mais le même texte précise que « cette comédie, qui ne contenait qu'un acte, et quelques autres de cette nature, n'ont point été imprimées : il les avait faites sur quelques idées plaisantes sans y avoir mis la dernière main ». La toute première pièce *de* Molière jouée à Paris pose déjà le problème : elle est *de* lui, mais il n'y a pas mis « la dernière main »...

Le Théâtre du Petit-Bourbon.

Quoi qu'il en ait été, à en croire cette préface de l'édition de 1682, la faveur du roi aurait été immédiate et due à la réussite du comédien dans le rôle principal du *Docteur amoureux* : « Monsieur de Molière faisait le Docteur ; et la manière dont il s'acquitta de ce personnage le mit dans une si grande estime, que Sa Majesté donna ses ordres pour établir sa troupe à Paris. La salle du Petit-Bourbon lui fut accordée pour y représenter la comédie alternativement avec les comédiens italiens. » Grimarest donne un peu plus de détails sur cette représentation du 24 octobre 1658, qui semble n'avoir eu aucun écho à l'époque (les gazetiers n'y firent aucune allusion) :

Ces comédiens eurent l'honneur de représenter la pièce de *Nicomède* devant leurs Majestés au mois d'octobre 1658. Leur début fut heureux ; et les actrices surtout furent trouvées bonnes. Mais comme Molière sentait bien que sa troupe ne l'emporterait pas pour le sérieux sur celle de l'Hôtel de Bourgogne, après la pièce il s'avança sur le théâtre, et fit un remerciement à sa Majesté, et la supplia d'agréer qu'il lui donnât un des petits divertissements, qui lui avaient acquis un peu de réputation dans les Provinces. En quoi il comptait bien réussir, parce qu'il avait accoutumé sa troupe à jouer sur le champ de petites comédies, à la manière des Italiens. Il en avait deux entre autres, que tout le monde en Languedoc, jusqu'aux personnes les plus sérieuses, ne se lassaient point de voir représenter. C'étaient les *Trois Docteurs rivaux*, et le *Maître d'école*, qui étaient entièrement dans le goût italien.

Le Roi parut satisfait du compliment de Molière, qui l'avait travaillé avec soin ; et sa Majesté voulut bien qu'il lui donnât la première de ces deux petites pièces, qui eut un succès favorable. Le jeu de ces comédiens fut d'autant plus goûté que depuis quelque temps on ne jouait plus que des pièces sérieuses à l'Hôtel de Bourgogne : le plaisir des petites comédies était perdu.

Le divertissement que cette troupe venait de donner à Sa Majesté lui ayant plu, elle voulut qu'elle s'établît à Paris : et pour faciliter cet établissement, le Roi eut la bonté de donner le Petit Bourbon à ces comédiens, pour jouer alternativement avec les Italiens.

De même que l'on ne sait rien des circonstances qui ouvrirent les portes du Louvre à cette troupe de comédiens venue de province, quelques spécialistes de Molière admettent aujourd'hui que les « miraculeuses conséquences » de la représentation donnée devant le roi, le 24 octobre 1658, ne sont qu'une légende. Ce n'est pas le cas de tous : « Absolument conquis » par *Le Docteur amoureux*, « Louis XIV félicite Molière et, dès le lendemain, lui accorde la Salle du Petit-Bourbon, attenant au Louvre », affirme Georges Bordonove dans sa biographie[42]. Roger Duchêne, en revanche, restait sceptique :

> Il est invraisemblable que [...] la troupe soit arrivée à Paris sans savoir où elle jouerait, et qu'elle ait obtenu une salle à cause d'une farce ajoutée *in extremis* au programme. La venue de la troupe de Molière à Paris, sous la protection de Monsieur, s'inscrit dans un projet global qui comportait l'assurance d'un local convenable. [...] le frère du roi souhaitait avoir sa troupe. Pour lui faire plaisir, Louis XIV avait accordé à cette troupe le moyen d'exister. [...] Le 30 juin [1660], en présence de Le Tellier, l'un des deux ministres chez lesquels il était allé jouer quelques mois plus tôt, il reconnaît avoir reçu sur les fonds de l'Épargne « 500 livres tournois dont Sa Majesté lui a fait don pour lui donner moyen de supporter les frais et dépenses qui lui [sic] convient de faire en cette ville de Paris où il est venu par son commandement pour le plaisir et la récréation de Sadite Majesté, et ce pour les six premiers mois de ladite année ». À en croire ce reçu, qui paraît authentique, Molière serait dès cette époque pensionné par le roi qui aurait eu l'initiative de son retour dans la capitale, Monsieur n'étant que son protecteur apparent[43].

Il est fort possible que Louis XIV ait beaucoup plus apprécié la farce du *Docteur amoureux* que la tragédie de Corneille – tels étaient ses goûts en matière de théâtre –, mais les choses ne se passèrent peut-être pas tout à fait comme La Grange et Grimarest l'ont raconté. Certes, la troupe devint bien celle de Monsieur et fut autorisée à donner des représentations dans cette salle du Petit-Bourbon qui était contiguë au Louvre (sur l'emplacement de l'actuelle cour carrée du Louvre), en alternance avec la troupe des comédiens italiens du célèbre Scaramouche[44], mais il est acquis que cette promotion avait été soigneusement préparée, au cours des mois précédents, par l'intervention des « personnes de considération » dont parlait l'auteur de la préface de 1682. Il est tentant de prononcer ici le nom de Corneille, car les premières tragédies que donna la troupe de Monsieur dans les semaines qui suivirent son installation au Petit-Bourbon furent toutes des pièces de lui – *Nicomède*, *Héraclius*,

*Rodogune*, *Le Cid*, *Cinna*, *La Mort de Pompée* –, sans parler du *Rodogune* joué au Louvre lors de la première prestation à Paris. L'année suivante, la troupe allait interpréter d'autres pièces de Corneille (*Horace*, *Rodogune, Cinna, Le Menteur*, *La Mort de Pompée* et *Heraclius*) et de son frère, comme *Jodelet prince* et *Dom Bertrand.*

Ce que Corneille n'avait probablement pas prévu, c'est que la nouvelle troupe parisienne qui allait interpréter ses pièces ne rencontrerait pas, tant s'en faut, le succès avec elles : au Petit-Bourbon, ses tragédies furent un échec complet. Dans sa fielleuse comédie *Élomire hypocondre*, publiée une dizaine d'années plus tard, Le Boulanger de Chalussay montre qu'il était bien renseigné à la fois sur les œuvres de Corneille jouées par la troupe de Madeleine Béjart à ses débuts dans la capitale et sur l'accueil que le public avait réservé à ces représentations. Après le récit du premier fiasco parisien de Molière et de ses compagnons – celui de l'Illustre Théâtre –, après l'évocation de leurs années en province, voici comment Le Boulanger de Chalussay faisait conter par son Élomire les premiers temps de la seconde tentative de Molière à Paris :

> Enfin, dix ans entiers coulèrent de la sorte,
> Mais au bout de ce temps la troupe fut si forte,
> Qu'avec raison je crus pouvoir dedans Paris
> Me venger hautement de ses sanglants mépris.
> Nous y revînmes donc, sûrs d'y faire merveille,
> Après avoir appris l'un et l'autre Corneille ;
> Et tel était déjà le bruit de mon renom,
> Qu'on nous donna d'abord la salle de Bourbon.
> Là, par *Heraclius,* nous ouvrons un théâtre,
> Où je crois tout charmer et tout rendre idolâtre ;
> Mais, hélas, qui l'eût cru, par un contraire effet,
> Loin que tout fût charmé, tout fut mal satisfait ;
> Et par ce coup d'essai, que je croyais de maître,
> Je me vis en état de n'oser plus paraître.
> Je prends cœur, toutefois, et d'un air glorieux,
> J'affiche, je harangue et fais tout de mon mieux.
> Mais inutilement je tentai la fortune
> Après *Heraclius*, on siffla *Rodogune* ;
> *Cinna* le fut de même, et *Le Cid* tout charmant
> Reçut avec *Pompée* un pareil traitement.

Pourtant, pour aussi informé qu'il ait été, Le Boulanger de Chalussay ne paraît pas avoir eu connaissance des interventions des

« personnes de qualité » en faveur de la future « Troupe de Monsieur », sans quoi il ne se serait sans doute pas privé de rimer sur leur compte quelque insinuation sarcastique. Selon lui, Molière ne dut qu'au « bruit de [s]on renom » d'obtenir la jouissance partielle de la salle du Petit-Bourbon. Un renom de comédien et d'auteur de « petits divertissements », presque un renom de farceur.

## *L'Étourdi* et *Le Dépit amoureux*, premières réussites de Molière (novembre-décembre 1658)

Au moment de l'installation de la troupe de Madeleine Béjart à Paris, les deux principaux théâtres de la capitale étaient celui de l'Hôtel de Bourgogne, où jouait la troupe du roi – les « Grands Comédiens », comme on les désignait – et qui était surtout réputé dans la tragédie, et le Théâtre du Marais, qui était spécialisé dans les pièces à machines.

L'ESTOURDY
OU LES
CONTRE TEMPS.
COMEDIE.
Representée pour la premiere fois à Paris, sur le Theâtre du Petit Bourbon, au mois de Novembre 1658.
Par la Troupe de Monsieur Frere Unique du Roy.
Tome I. A

Le 3 novembre 1658, la troupe de Monsieur donna sa première représentation publique avec une pièce en vers, *L'Étourdi ou les contretemps,* qui attira beaucoup de monde dans la salle du Petit-Bourbon, au point de rester à l'affiche pendant trois mois. Dans la foulée, elle joua *Le Dépit amoureux*, comédie en cinq actes et en vers, qui obtint aussi un grand succès. Le texte de ces deux pièces ne sera publié qu'en novembre 1662, avec le millésime de 1663. *Élomire hypocondre* présente ainsi la réussite de ces deux œuvres qui permirent à la troupe de se rétablir après l'échec des représentations des tragédies de Corneille :

> Dans ce terrible affront, ne sachant où m'en prendre,
> Je me vis mille fois sur le point de me pendre ;
> Mais d'un coup d'*Étourdi* que causa mon transport,
> Où je devais périr, je rencontrai le port :
> Je veux dire qu'au lieu des pièces de Corneille,
> Je jouai *L'Étourdi*, qui fut une merveille :

Car à peine on eut oui mon plaisant baragouin,
Vu mon habit, ma toque, et ma barbe et ma fraise,
Que tous les spectateurs furent transportés d'aise,
Et qu'on vit sur leurs fronts s'effacer ces froideurs
Qui nous auraient causé tant et tant de malheurs.
Du parterre au théâtre, et du théâtre aux loges,
La voix de cent échos fait cent fois mes éloges,
Et cette même voix demande incessamment,
Pendant trois mois entiers, ce divertissement.
Nous le donnons autant, et sans qu'on s'en rebute,
Et sans que cette pièce approche de sa chute.
Mon *Dépit amoureux* suivit ce frère aîné,
Et ce charmant cadet fut aussi fortuné.

*L'Étourdi*, comédie en vers, n'est pas une simple farce. Selon La Grange, elle fut présentée comme nouvelle à Paris, mais elle aurait été en réalité jouée pour la première fois, à Lyon, quelques années plus tôt. La création dans cette ville n'est signalée que par le seul La Grange : on ne sait rien sur elle, et sa date elle-même n'est pas sûre, car La Grange donne deux indications contradictoires. On lit dans son registre : « Cette pièce de théâtre a été représentée pour la première fois à Lyon l'an 1655 », et la préface de 1682 spécifie que Molière « vint à Lyon en 1653, et ce fut là qu'il exposa au public sa première comédie ; c'est celle de *L'Étourdi* » (à vrai dire, ce passage ne dit pas expressément que la pièce fut « exposée » en 1653, mais que l'événement eut Lyon pour cadre). Dans ses *Nouvelles nouvelles* de 1663, Donneau de Visé mentionnait déjà cette création de *L'Étourdi* – et du *Dépit amoureux* – en province :

> [Molière] fit des farces qui réussirent un peu plus que des farces, et qui furent un peu plus estimées dans toutes les villes que celles que les autres comédiens jouaient. Ensuite il voulut faire une pièce en cinq actes, et les Italiens ne lui plaisant pas seulement dans leur jeu, mais encore dans leurs comédies, il en fit une qu'il tira de plusieurs des leurs, à laquelle il donna pour titre *L'Étourdi ou les Contretemps*. Ensuite il fit le *Dépit amoureux* [...] et après avoir fait jouer ces deux pièces à la campagne[45], il voulut les faire voir à Paris, où il emmena sa troupe.

Si la représentation à Lyon d'une pièce intitulée *L'Étourdi* par la troupe de Madeleine Béjart ne semble pas à remettre en cause, on ignore si son texte était identique à celui qui fut joué à Paris en novembre 1658 par la troupe de Monsieur. Louÿs voyait dans

*L'Étourdi* une pièce de Molière réécrite par Corneille en 1658, et l'ardeur de ce dernier à la mettre en vers ou à en parfaire la versification n'aurait pas été étrangère au fait que Marquise du Parc devait y tenir un des rôles principaux. C'est un fait qu'on ne s'explique que difficilement la facture des vers de *L'Étourdi* si on la rapproche de la prose fade et vulgaire du *Médecin volant*. En 1731, le poète Jean-Baptiste Rousseau, qui venait de déterrer cette dernière farce en même temps que celle de *La Jalousie du Barbouillé*, ne se montrait pas outrageusement sévère lorsqu'il écrivait à Brossette que ces deux piécettes n'étaient « que des canevas remplis grossièrement par quelqu'un qui n'a jamais su écrire[46] ».

Sauf erreur, Louÿs n'a pas évoqué un autre versificateur possible de *L'Étourdi* : le poète et compositeur Charles Coypeau Dassoucy (ou D'Assoucy), qui avait rencontré Molière et les Béjart à Lyon en 1655[47], les accompagnant même quelques mois dans leurs pérégrinations de Lyon à Avignon, d'Avignon à Pézenas, et de Pézenas à Narbonne, où il les quitta pour aller à Marseille[48]. Il a lui-même fait part de cette rencontre dans ses *Aventures* parues en 1677, où il ne fait malheureusement aucune allusion à un *Étourdi* joué autrefois à Lyon par la troupe qu'il accompagnait. Aurait-il mis en vers français, pour cette troupe, l'original italien de *L'Étourdi* ? Rapprochement curieux, Dassoucy avait collaboré avec Corneille, lorsque ce dernier composait son *Andromède*, pour la musique de la pièce[49] : alliance inattendue entre ce notable unanimement admiré pour son génie littéraire et ce bohème libertin qui ne faisait pas mystère de son homosexualité – « hérétique, non en fait de religion, mais en fait d'amour », disait-on de lui – et se qualifiait lui-même d'« empereur du burlesque ».

Charles Coypeau Dassoucy.

Comme pour *L'Étourdi*, on s'est demandé si la version du *Dépit amoureux* jouée à Paris en décembre 1658 était la même que celle qui, selon le registre de La Grange et l'Avis au lecteur de l'édition des œuvres de 1682, aurait été donnée en décembre 1656 à Béziers, où les États du Languedoc étaient réunis. La question, à vrai dire, a toutes chances de rester à jamais sans réponse.

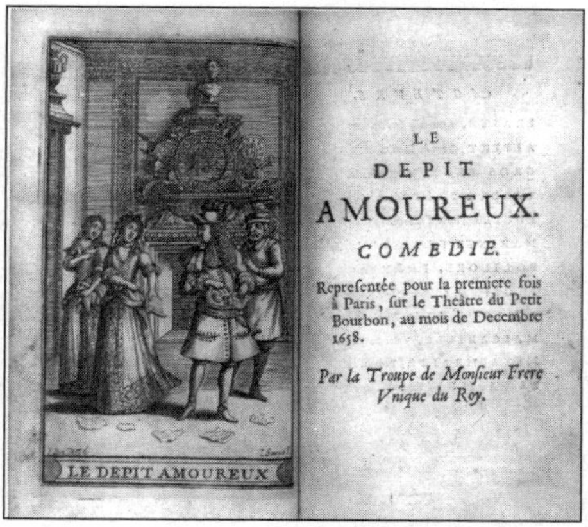


Lorsqu'il fit paraître la pièce, en novembre 1662, le libraire Quinet inséra une épître dédicatoire à Hourlier, sieur de Méricourt, conseiller du roi et lieutenant général civil et criminel au Baillage du Palais à Paris : il y spécifiait que cette comédie, qui avait « reçu les applaudissements de toute la France », lui paraissait digne de lui être « offerte » car elle était « de l'Auteur le plus approuvé de ce siècle ». Molière, auteur « le plus approuvé » de son siècle en 1662 ? À cette date, quatre pièces de lui avaient été imprimées : *Les Précieuses ridicules*, *Sganarelle ou le Cocu imaginaire, L'École des maris* et *Les Fâcheux*. Louÿs faisait remarquer que ce petit ensemble ne justifiait pas vraiment la plus forte « approbation » du siècle, et se demandait s'il ne fallait pas lire à travers les lignes que cet auteur si grandement « approuvé » par son époque était un autre que le signataire du *Dépit amoureux*, autrement dit Corneille. Pourtant, le volume portait bien le nom de Molière à la fois sur la page de titre et dans le texte du privilège du roi reproduit à la suite de l'Épître… En réalité, le mot « approuvé » s'entendait, au XVIIe siècle, au sens d'« applaudi[50] » – et applaudi, Molière l'avait particulièrement été au cours des dernières années, comme auteur des comédies qu'il avait fait jouer sous son nom.

Auteur « le plus approuvé de son siècle », du moins dans le registre de la comédie, Molière l'était sans doute également aux yeux du jeune Jean Donneau de Visé, lequel, en février 1663 – peu de mois après la publication du *Dépit amoureux* – s'en prenait, dans ses *Nouvelles nouvelles*, à l'auteur de la toute récente *École des femmes*, mais admettait sa grande notoriété :

> Je dirai d'abord que si son esprit ne l'avait pas rendu un des plus illustres du siècle, je serais ridicule de vous en entretenir aussi longtemps, et aussi sérieusement que je vais faire, et que je mériterais d'être raillé ; mais comme il peut passer pour le Térence de notre siècle, qu'il est grand auteur, et grand comédien, lorsqu'il joue ses pièces, et que ceux qui ont excellé en ces deux choses ont toujours eu place en l'histoire, je puis bien vous entretenir de celui dont l'on s'entretient presque dans toute l'Europe […].

Corneille, n'était-il donc plus l'auteur le plus « approuvé de ce siècle » ? La même année, toujours dans ses *Nouvelles nouvelles*, Donneau de Visé lui rendait hommage comme le « plus fameux des auteurs français » et, dans son *Mémoire des Gens de lettres célèbres en France*, Pierre Costar allait le présenter comme « le premier poète du monde pour le théâtre ». De Donneau de Visé encore, citons cette comparaison entre Corneille et Molière, que l'un et l'autre purent lire dans sa *Lettre sur les affaires du théâtre*, écrite en réplique à *La Critique de L'École des femmes* :

> Si pour bien représenter des héros et entrer dans leur caractère, il faut être capable d'avoir leurs pensées, je vous laisse à deviner les belles qualités que l'on doit avoir pour bien dépeindre des personnes ridicules. Il est aisé de connaître par toutes ces choses qu'il y a au Parnasse mille places vides entre le divin Corneille, et le comique Élomire, et que l'on ne peut les comparer en rien : puisque pour ses ouvrages, le premier est plus qu'un Dieu, et le second est auprès de lui, moins qu'un homme ; et qu'il est plus glorieux de se faire admirer par des ouvrages solides, que de faire rire par des grimaces, des Turlupinades, de grandes perruques, et de grands canons. Le nom de Monsieur de Corneille, que nous pouvons justement appeler la gloire de la France, est adoré dans toute l'Europe, et comme il a travaillé pour la postérité, tout le monde publie hautement qu'il mérite de l'encens et des statues. Ses copies sont plus estimées que les originaux qu'Élomire nous veut faire passer pour des chefs d'œuvre beaucoup plus difficiles que des ouvrages sérieux.
>
> Lorsqu'il dit qu'il les peint d'après nature il confesse qu'il n'y met rien du sien, ce qui ne le doit pas tant faire admirer qu'il s'imagine.

Mais revenons au début de l'année 1659, où la troupe de Monsieur continuait à attirer le public aux représentations de *L'Étourdi* et du *Dépit amoureux*. Corneille faisait, au même moment, déplacer les foules à l'Hôtel de Bourgogne, dont les comédiens jouaient, depuis le 24 janvier, l'*Œdipe* que Fouquet lui avait commandé. Il n'avait pas confié cette dernière œuvre à la troupe de Madeleine Béjart, mais aux comédiens de l'Hôtel de Bourgogne, qui avaient la réputation d'être les meilleurs tragédiens de la place de Paris. En mars, ce fut le Théâtre du Marais qui reprit la pièce. La troupe de Monsieur, dont Molière devint le chef à Pâques, ne donna pas et ne donnera jamais cette tragédie, alors qu'elle allait jouer à nouveau, en avril et en mai, toute une série de pièces de Corneille : *Horace*, *Rodogune, Cinna, Le Menteur*, *La Mort de Pompée* – gros échec : trois représentations seulement –, ainsi qu'*Heraclius*, ce drame à l'intrigue si compliquée, proche de l'imbroglio. Il est vrai qu'on aurait mal compris qu'après l'échec de la première série de représentations de ses pièces par la troupe du Petit-Bourbon, Corneille ait confié à celle-ci la création de la première tragédie nouvelle qu'il livrait depuis sept ans. Son soutien à la troupe de Madeleine Béjart dans son implantation parisienne n'alla pas jusque là.

En revanche, il est possible que Corneille n'ait pas été totalement étranger à l'arrivée, dans la troupe, du vétéran Jodelet, farceur célèbre entré au Marais en… 1610 et passé à l'Hôtel de Bourgogne en 1634[51]. Il est surprenant que cette célébrité au crépuscule de sa carrière ait quitté une scène parisienne renommée pour rejoindre une troupe beaucoup moins prestigieuse et qui n'était dans la capitale que depuis quelques mois. Mais Jodelet avait joué autrefois, en qualité de principal interprète, *Le Menteur* et *La Suite du Menteur* de Corneille aîné et, plus récemment, *Jodelet prince* de Corneille cadet. Les deux frères, auxquels il devait beaucoup, l'auraient-ils convaincu de rejoindre la troupe du Petit-Bourbon, où il allait créer, quelques mois plus tard, le rôle du vicomte dans *Les Précieuses ridicules* – son dernier rôle, car il mourut le 26 mars 1660 ? Au moins son arrivée – et, dans une moindre mesure, celle du jeune La Grange – compensaient-elles le départ, qui eut lieu au même moment, en avril 1659, de la jolie Marquise et de son Gros-René d'époux, partis rejoindre le Théâtre du Marais (ils reviendront toutefois dans la troupe quelques mois plus tard).

### *Les Précieuses ridicules* (novembre 1659)

Le 18 novembre 1659, sur la scène du Théâtre du Petit-Bourbon, fut joué, en lever de rideau de *Cinna* – Corneille, toujours –, *Les Précieuses ridicules*. Cette comédie en un acte et en prose allait connaître un très grand succès, le premier triomphe véritable de la troupe depuis son implantation à Paris. Dans son *Grand Dictionnaire des Précieuses* paru en 1660, Antoine Baudeau, sieur de Somaize, prétendra que les représentations des *Précieuses ridicules* avaient toutefois été interrompues dès le lendemain de la première, à la suite de l'intervention d'un « alcoviste de qualité », c'est-à-dire d'un de ces grands seigneurs fréquentant les salons et dont la pièce se gausse. C'est de manière assez benoîte que Grimarest notera, à propos des critiques que reçut la comédie : « On disait que c'était une charge un peu forte. » L'incident, s'il eut lieu, fit sans doute une excellente réclame à ce lever de rideau qui allait éclipser, pour l'heure, la tragédie qu'il précédait.

Que cette interdiction temporaire ait été réelle ou non – elle n'est attestée que par Baudeau de Somaize –, la troupe du Petit-Bourbon donna, entre le 23 et le 28 novembre, une pièce nouvelle, *Oreste et Pylade*, tragédie de Coqueteau de La Clairière, qui, selon le registre de La Grange ne fut jouée que trois fois, faute de public : 540 livres de recette le premier jour, 300 livres le deuxième, 180 le troisième et dernier. Ce Coqueteau de La Clairière était un Rouennais, ami des deux Corneille[52].

L'interruption des *Précieuses ridicules* dura peu : la comédie fut reprise le 2 décembre, en lever de rideau d'une tragédie ancienne, *Alcyonée* de Pierre du Ryer, et fit une recette remarquable : 1 400 livres. La comédie fut représentée en tout plus de quarante fois, jusqu'en octobre 1660. Pour bien accueilli qu'ait été l'*Œdipe* de Corneille en début d'année, son succès ne fut rien en comparaison de celui de ces *Précieuses ridicules* qui n'avaient été à l'origine qu'un simple lever de rideau… Dans sa *Muse historique* du 6 décembre 1659, Jean Loret salua l'événement, sans toutefois citer le nom de Molière, qui était encore un inconnu pour ses lecteurs :

> Cette troupe de comédiens,
> Que Monsieur avoue être siens,
> Représentant sur leur Théâtre
> Une action assez folâtre,
> Autrement, un sujet plaisant,
> À rire sans cesse induisant
> Par des choses facétieuses,
> Intitulé *Les Précieuses*
> Ont été si fort visités
> Par gens de toutes qualités
> Qu'on n'en vit jamais tant ensemble
> Que ces jours passés, ce me semble,
> Dans l'Hôtel du Petit-Bourbon,
> Pour ce sujet mauvais, ou bon,

Ce n'est qu'un sujet chimérique,
Mais si bouffon et si comique,
Que jamais les pièces Du Ryer [sic]
Qui fut si digne de laurier ;
Jamais l'*Œdipe* de Corneille,
Que l'on tient être une merveille
[...]
N'eurent une vogue si grande
Tant la pièce semble friande
À plusieurs, tant sages que fous ;
Pour moi j'y portai trente sous :
Mais oyant leurs fines paroles
J'en ris pour plus de dix pistoles.

Ainsi, à trente-sept ans, Jean-Baptiste Poquelin dit Molière, qui n'avait alors à son crédit, comme auteur pour la scène, que des farces de tréteaux et deux comédies sans grande envergure, *Le Dépit amoureux* et *L'Étourdi*, produisit ce petit chef-d'œuvre satirique qui devait rester comme l'une de ses pièces les plus connues. L'exploit était d'autant plus méritoire qu'il n'avait jamais fréquenté le milieu que l'œuvre ridiculisait, notamment ce salon de l'Hôtel de Rambouillet, rue Saint-Thomas-du-Louvre, où des beaux esprits du temps tels que Racan, Malherbe, Benserade, Tallemant des Réaux, Ménage, Chapelain, Voiture – et Corneille – avaient été reçus et que l'histoire littéraire a qualifié de haut lieu de la Préciosité. Pour expliquer qu'il ait su singer ainsi le langage affecté et comique des précieuses – même si les dames de l'Hôtel de Rambouillet ne se sont jamais exprimées comme les héroïnes des *Précieuses ridicules* –, des commentateurs ont avancé qu'il avait recouru à des sources livresques comme *L'Héritier ridicule*, comédie de Scarron que sa troupe avait précisément jouée quelques mois plus tôt, ou comme ces *Lois de la galanterie* attribuées à Sorel[53]. Il était, en conséquence, vain de chercher à identifier les modèles des personnages de Cathos et Magdelon. De fait, Roger Duchêne a montré que les précieuses de Molière sont en grande partie imaginaires[54] et que la pièce leur prête un langage « artificiel destiné à faire rire » le public[55]. Une invention avant tout littéraire ? Des personnages de théâtre ? On peut l'admettre, comme on peut également se demander quels griefs pouvait bien avoir Molière contre ces précieuses que, à ce que l'on en sait, il n'avait jamais fréquentées.

Les dames de l'Hôtel de Rambouillet, Corneille, en revanche, les avait bien connues autrefois et avait des raisons de leur en vouloir, après l'affront qu'il avait reçu seize ans plus tôt. Les auteurs de pièces de théâtre en faisaient souvent la lecture, avant la première représentation, à des personnes influentes, et Corneille avait sacrifié à la coutume en lisant, un jour de 1643, son *Polyeucte, martyr* dans le salon où la marquise de Rambouillet réunissait une petite société qui aimait cultiver la littérature et les arts. Cette lecture avait tourné à son humiliation. L'anecdote a été rapportée par son neveu Fontenelle : lorsque Corneille eut terminé la présentation de sa pièce, Mme de Rambouillet avait feint de le « consoler » en l'incitant à ne pas se décourager : il restait malgré tout l'auteur du *Cid*. Puis elle s'était tournée vers un autre invité, l'abbé Cotin, en le priant de lire une de ses poésies. Quelques jours plus tard, les Précieuses avaient même dépêché à Corneille son confrère Voiture, qui « prit des tours fort délicats pour lui dire que *Polyeucte* n'avait pas réussi comme il pensait ; que surtout le christianisme avait extrêmement déplu[56] ».

Si des exégètes ont fait remarquer que les prénoms de Magdelon et Cathos correspondaient à ceux de *Madeleine* Béjart et *Catherine* de Brie, créatrices de ces rôles, d'autres les ont assimilés à ceux de deux précieuses célèbres, *Catherine* de Rambouillet et *Madeleine* de Scudéry, cette dernière auteur de deux romans qui furent fameux à leur époque, *Artamène ou le Grand Cyrus* et *Clélie*, dont le huitième volume parut quelques mois à peine avant la première de la pièce de Molière. Si, comme Louÿs le pensait, Corneille avait participé à la composition des *Précieuses ridicules,* cette satire témoignerait d'une rancune que les années n'avaient pas estompée à l'égard des dames de l'Hôtel de Rambouillet, « souverain tribunal des affaires d'esprit en ce temps-là[57] ». À moins d'imaginer que la pièce avait été écrite au temps même de l'incident de *Polyeucte* et était demeurée dans les papiers de son auteur, qui n'aurait pu décemment, à l'époque, faire représenter sous son nom une satire aussi virulente et pareillement ciblée.

Grimarest prétendait que la comédie des *Précieuses ridicules* avait déjà été donnée en province « pendant longtemps » avant d'être jouée à Paris. Ce point a été très débattu par les spécialistes de Molière, les uns – les plus nombreux – pensant que la pièce s'en prenait uniquement à la préciosité parisienne et que Molière ne pouvait l'avoir composée pendant les années passées dans le sud de la France, les autres admettant qu'elle pouvait aussi fustiger la préciosité dans les provinces : n'est-il pas question, dès la première scène, de « deux pecques provinciales » ? Car ce phénomène social de la préciosité, certes né à Paris, n'avait pas tardé à contaminer les grandes villes, où des dames du monde avaient ouvert des salons dans lesquels la conversation et le langage avaient leurs règles de bienséance. Ou par « province », faut-il lire « Rouen » sous la plume du discret Grimarest ? Mais pourquoi Molière, s'il avait déjà joué la pièce en province, aurait-il attendu toute une année avant de la monter sur une scène parisienne ?

Un point d'importance est donc d'établir si, en 1659, le thème des *Précieuses ridicules* était un sujet « dépassé » ou non, car, si la pièce mettait en scène une actualité remontant réellement à plusieurs années, l'attribution à Corneille prendrait soudain du corps. Or, selon l'étude la plus documentée parue sur le phénomène précieux, qui est celle de Roger Duchêne, le salon de l'Hôtel de Rambouillet était en 1659 « sur le déclin et largement dispersé[58] ». Selon le même auteur, Molière a ajouté au langage de ses Précieuses « des métaphores hardies tirées et souvent remaniées d'écrivains du début du siècle, tels Guez de Balzac ou le père Le Moyne[59] ». De plus :

> Par un singulier paradoxe, la galanterie dont il s'est saisi (non sans la déformer) pour en faire de la préciosité est ancienne, et même sur le déclin au moment où il joue sa pièce. Dans sa majeure partie, le recueil de Charles Sercy dont il s'est inspiré est une réimpression d'un recueil publié sans grand succès par Nicolas Sercy en 1644[60].

Le privilège pour la publication de la comédie ayant été accordé le 19 janvier 1660, le texte parut dix jours plus tard. C'était la toute première pièce imprimée de Molière (*L'Étourdi* et *Le Dépit amoureux* ne devaient paraître que trois ans plus tard). Il n'avait sans doute pas été dans son intention de publier une comédie dont sa troupe perdrait ainsi l'exclusivité, mais il s'était trouvé pris de court par le libraire Jean Ribou, qui voulait exploiter le succès de la pièce en éditant son texte – sans demander d'autorisation à l'auteur. Molière, qui avait eu l'imprudence de ne prendre aucun privilège – ce n'est pas à Corneille qu'une telle mésaventure serait arrivée –, fit appel à la justice, puis un accord fut trouvé avec Ribou. Le volume parut avec une préface manifestement rédigée à la va-vite :

> C'est une chose étrange qu'on imprime les gens malgré eux. Je ne vois rien de si injuste, et je pardonnerais toute autre violence plutôt que celle-là.

Ce n'est pas que je veuille faire ici l'auteur modeste, et mépriser, par honneur, ma comédie. J'offenserais mal à propos tout Paris, si je l'accusais d'avoir pu applaudir à une sottise. Comme le public est le juge absolu de ces sortes d'ouvrages, il y aurait de l'impertinence à moi de le démentir ; et quand j'aurais eu la plus mauvaise opinion du monde de mes *Précieuses ridicules* avant leur représentation, je dois croire maintenant qu'elles valent quelque chose, puisque tant de gens ensemble en ont dit du bien. Mais comme une grande partie des grâces qu'on y a trouvées dépendent de l'action et du ton de voix, il m'importait qu'on ne les dépouillât pas de ces ornements ; et je trouvais que le succès qu'elles avaient eu dans la représentation était assez beau pour en demeurer là. J'avais résolu, dis-je, de ne les faire voir qu'à la chandelle, pour ne point donner lieu à quelqu'un de dire le proverbe ; et je ne voulais pas qu'elles sautassent du théâtre de Bourbon dans la galerie du Palais. Cependant je n'ai pu l'éviter, et je suis tombé dans la disgrâce de voir une copie dérobée de ma pièce entre les mains des libraires, accompagnée d'un privilège obtenu par surprise. J'ai eu beau crier : « Ô temps ! ô mœurs ! » on m'a fait voir une nécessité pour moi d'être imprimé, ou d'avoir un procès ; et le dernier mal est encore pire que le premier.

Mon Dieu, l'étrange embarras qu'un livre à mettre au jour, et qu'un auteur est neuf la première fois qu'on l'imprime ! Encore si l'on m'avait donné du temps, j'aurais pu mieux songer à moi, et j'aurais pris toutes les précautions que Messieurs les auteurs, à présent mes confrères, ont coutume de prendre en semblables occasions. Outre quelque grand seigneur que j'aurais été prendre malgré lui pour protecteur de mon ouvrage, et dont j'aurais tenté la libéralité par une épître dédicatoire bien fleurie, j'aurais tâché de faire une belle et docte préface ; et je ne manque point de livres qui m'auraient fourni tout ce qu'on peut dire de savant sur la tragédie et la comédie, l'étymologie de toutes deux, leur origine, leur définition et le reste. [...] Mais on me met au jour sans me donner le loisir de me reconnaître ; et je ne puis même obtenir la liberté de dire deux mots pour justifier mes intentions sur le sujet de cette comédie. J'aurais voulu faire voir qu'elle se tient partout dans les bornes de la satire honnête et permise [...] aussi les véritables précieuses auraient tort de se piquer lorsqu'on joue les ridicules qui les imitent mal.

Pour être pateline et empreinte de la vanité satisfaite de l'auteur publié pour la première fois, cette préface ne laisse transparaître aucune ambiguïté sur la paternité de la pièce (« ma comédie », « mes *Précieuses ridicules* », « mes intentions sur le sujet de cette comédie »). Molière se targue d'être désormais un auteur à part entière (« Messieurs les auteurs, à présent mes confrères ») : est-ce parce qu'il tenait pour négligeables des comédies comme *L'Étourdi* et *Le Dépit amoureux* ou... parce qu'il n'en était pas véritablement l'« auteur », qu'il se présentait comme « auteur » des seules *Précieuses ridicules* ? Ou, plus simplement, parce que les deux autres comédies étaient encore inédites en volume ?

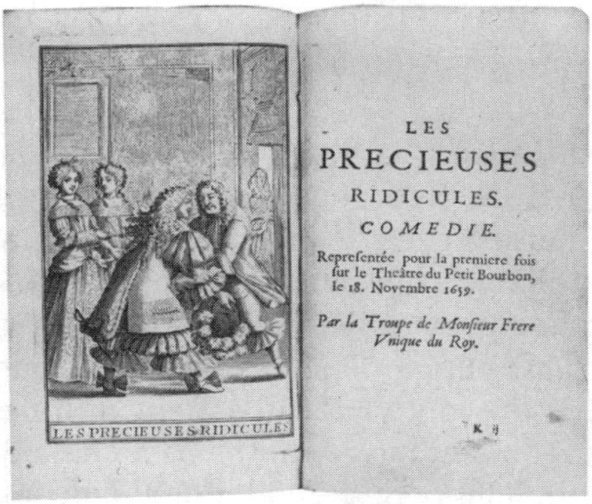


Le troisième paragraphe cité de la préface des *Précieuses* fait référence, de manière assez persiflante, aux pratiques éditoriales des auteurs dramatiques du temps : une épître dédicatoire et intéressée à quelque grand du royaume et une préface « docte » développant une méditation sur la tragédie et la comédie. Comme Corneille avait publié quelques mois plus tôt l'édition en trois volumes de son théâtre pour laquelle il avait composé trois *Discours sur le poème dramatique* et des *Examens* où chaque pièce était commentée, on est tenté de penser que la préface des *Précieuses ridicules* se réfère directement à ces écrits.

Contre l'hypothèse de Molière prête-nom de Corneille pour *Les Précieuses ridicules* a été brandie une lettre que Thomas Corneille adressa à l'abbé de Pure le 1er décembre 1659, quelques jours après la première de la pièce[61]. Vivant dans l'intimité de son frère, Corneille jeune ne pouvait ignorer le dessous des choses. Or il y parle avec dédain des *Précieuses ridicules* et de la troupe de Molière. Ayant appris ou constaté que les comédiens de cette troupe, qu'il appelle « Messieurs de Bourbon », ont joué « détestablement » l'*Oreste et Pylade* de son ami Coqueteau de La Clairière, il porte ce jugement : « [...] le grand monde qu'ils ont eu à leur farce des *Précieuses* [...] fait bien connaître qu'ils ne sont propres qu'à soutenir de semblables bagatelles[62] et que la plus forte des pièces tomberait entre leurs mains. » Thomas Corneille, par ses mots, réconfortait son correspondant de la chute de sa pièce et faisait sans doute allusion à l'échec des tragédies de son frère que la troupe du Petit-Bourbon avait jouées quelques mois plus tôt. Cette rancœur était peut-être accrue par le fait que ladite troupe avait donné moins de tragédies de Thomas Corneille qu'elle avait pu l'annoncer au cours de sa période rouennaise : en décembre 1659, *Jodelet prince* et *Dom Bertrand* étaient ses seules œuvres jouées par la compagnie de

Madeleine Béjart depuis son arrivée à Paris. À la différence de son frère, Thomas Corneille ne devait jamais confier la création d'une de ses pièces à Molière, trouvant, non sans raison, que sa troupe desservait les tragédies qu'elle donnait. Mais l'Histoire voudra qu'il versifie un jour une pièce laissée en prose par Molière : *Dom Juan ou le Festin de Pierre.*

Le succès des *Précieuses ridicules* allait susciter, auprès des « Grands Comédiens » de l'Hôtel de Bourgogne, une rivalité qui devait rapidement se transformer en guerre ouverte. En fait, sa récente réussite allait valoir à Molière ses premiers ennemis, dont le nombre et la vigueur iraient croissant. Ainsi Ribou, le libraire presque pirate des *Précieuses ridicules*, publia, dans les premiers jours de janvier 1660, une petite pièce en vers vindicativement intitulée *Les Véritables Précieuses*, que son auteur, Antoine Baudeau de Somaize, avait composée en toute hâte pour exploiter ce thème à la mode[63]. Dans sa très hostile préface, il désignait Molière comme « l'auteur prétendu des *Précieuses ridicules* ». Voulait-il dire que l'auteur de la pièce n'était pas celui que l'on croyait ? À l'en croire, Molière se serait contenté d'adapter en français une pièce écrite en italien par... l'abbé de Pure, l'ami et le confident des frères Corneille :

> [...] puisqu'il est certain qu'il est singe en tout ce qu'il fait et que non seulement il a copié les *Précieuses* de M. l'abbé de Pure jouée par les Italiens[64], mais encore qu'il a imité par une singerie dont il est seul capable, le *Médecin volant* et plusieurs autres pièces des mêmes Italiens, qu'il n'imite pas seulement en ce qu'ils ont joué sur leur théâtre, mais encore en leurs postures, contrefaisant sans cesse sur le sien et Trivelin et Scaramouche, mais qu'attendre d'un homme qui tire toute sa gloire des *Mémoires* de Guillot-Gorju, qu'il a achetés à sa veuve, et dont il s'adopte tous les ouvrages ?

L'attaque était vive : Molière imitateur, plagiaire, pilleur des écrits d'autrui – Baudeau de Somaize n'y allait pas de main morte, accusant l'auteur des *Précieuses ridicules* de s'être approprié les textes laissés par le farceur Guillot-Gorju[65] et d'avoir démarqué son *Médecin volant* d'une pièce de Scaramouche[66]. Dans sa pièce *Zélinde ou la véritable critique de l'École des femmes*, Donneau de Visé lancera des diatribes du même tonneau : « [...] vous n'avez pas voulu perdre ce qui vous restait des mémoires que l'on vous donna, lorsque vous travaillâtes aux *Précieuses*. »

LES
VERITABLES
PRETIEVSES.
COMEDIE.

A PARIS,
Chez IEAN RIBOV, ſur le Quay des Auguſtins, à l'Image S. Loüis.

M. DC. LX.
*Auec Priuilege du Roy.*

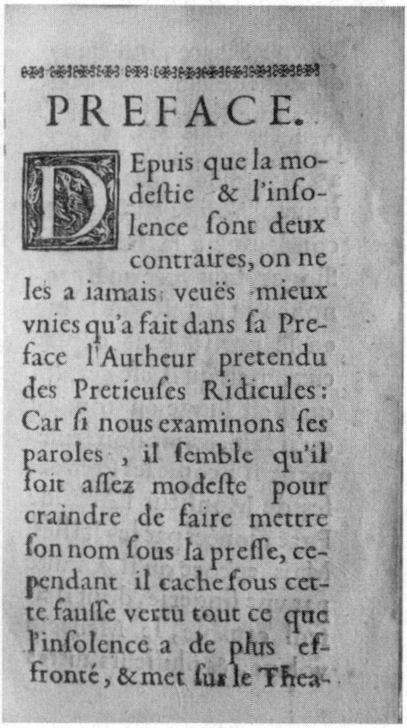

PREFACE.

DEpuis que la modeſtie & l'inſolence ſont deux contraires, on ne les a iamais veuës mieux vnies qu'a fait dans ſa Preface l'Autheur pretendu des Pretieuſes Ridicules: Car ſi nous examinons ſes paroles, il ſemble qu'il ſoit aſſez modeſte pour craindre de faire mettre ſon nom ſous la preſſe, cependant il cache ſous cette fauſſe vertu tout ce que l'inſolence a de plus effronté, & met ſur le Thea-

On ne saura jamais ce que les *Précieuses* de Molière doivent à celles de Michel de Pure, car le texte de cette dernière pièce, qui ne fut pas imprimé, est aujourd'hui perdu. La comédie de l'ami des Corneille, *Les Précieuses*, aurait été jouée en 1656 sur la scène du Petit-Bourbon par les acteurs italiens de Paris, lesquels avaient pourtant plutôt coutume d'improviser à partir d'un canevas, avec des mimiques et des gesticulations, sur le modèle de la *commedia dell'arte*, car ils ne parlaient pas tous le français. En outre, l'abbé ne se plaindra jamais, du moins publiquement, du prétendu démarquage de sa pièce par Molière – si tant est que cette pièce eut une réalité –, même après la dénonciation du pillage par Baudeau de Somaize dans ses *Véritables Précieuses* :

> Nulle part l'abbé n'a prétendu qu'il s'agissait d'une pièce réelle ; jamais il ne l'a revendiquée comme sienne.
>
> En fait, Molière n'a pu « singer » une pièce dont le sujet même (le langage) rendait impossible sa création chez les Italiens. Et comment l'aurait-il connue, si elle avait existé, puisque ces comédiens ne jouaient pas un texte, mais

improvisaient sur des canevas, à un moment où lui-même se trouvait encore en province[67] ?

Du même abbé de Pure, on connaît en revanche un roman en quatre volumes parus de 1656 à 1658, *La Précieuse ou le Mystère des ruelles*, qui n'a pas vraiment de rapport avec la pièce de Molière, mais qui fut la première œuvre à faire connaître au grand public le phénomène de la préciosité[68]. Un personnage du roman s'appelle Polyxène, nom que la Madelon des *Précieuses ridicules* prend comme pseudonyme (« Il est vrai, mon oncle, qu'une oreille un peu délicate pâtit furieusement à entendre prononcer ces mots-là, et le nom de Polyxène, que ma cousine a choisi, et celui d'Aminte, que je me suis donné, ont une grâce, dont il faut que vous demeuriez d'accord »). Pour ne pas simplifier les choses, signalons que *La Polyxène* est le titre d'un roman précieux qui eut son heure de célébrité et fut plusieurs fois réédité durant la première moitié du XVII^e siècle. Son auteur s'appelait François-Hugues Forget, sieur de... Molière et d'Essertines ! Né en 1599, il mourut assassiné en 1624, un an après avoir écrit sa *Polyxène*, dont un des personnages s'appelle le prince Alceste... C'est sans doute à ce François de Molière que pensait Louÿs lorsqu'il prétendait que l'auteur des *Femmes savantes* avait « volé son pseudonyme à un mort[69] ».

Baudeau de Somaize ne s'était pas contenté d'attaquer Molière dans la préface de ses *Véritables Précieuses*. Pour exploiter encore le succès des *Précieuses ridicules*, il s'empara du texte joué par la troupe du Petit-Bourbon, le mit en vers et le fit paraître en avril sous le titre *Les Précieuses ridicules présentées au petit Bourbon mises en vers*, avec un préambule où il tentait de justifier sa démarche : « Je dirai d'abord qu'il semblera extraordinaire qu'après avoir loué Mascarille[70], comme j'ai fait dans les *Véritables Précieuses*, je me sois donné la peine de mettre en vers un ouvrage dont il se dit l'auteur et qui sans doute lui doit quelque chose, si ce n'est parce qu'il y a ajouté de son estoc au vol qu'il en a fait aux Italiens, à qui Monsieur l'Abbé de Pure les avait donnés ; du moins pour y avoir ajouté beaucoup par son jeu, qui plut à assez de gens pour lui donner la vanité d'être le premier farceur de France. » Baudeau de Somaize, qui ne semble pas avoir manqué de souffle – sauf peut-être dans son art – fut ainsi le premier à mettre en vers, au grand jour, une pièce en prose de Molière[71]. Ses successeurs, toujours au grand jour, seront les deux Corneille : l'aîné avec *Psyché* en 1670, le cadet avec *Le Festin de Pierre* en 1677.

## ***Dom Garcie de Navarre ou le Prince jaloux* (1661)**

Si la comédie en vers *Sganarelle ou le Cocu imaginaire*, créée le 28 mai 1660, attira la foule dans la salle du Petit-Bourbon – trente représentations dans l'année –, la comédie héroïque en cinq actes et en vers *Dom Garcie de Navarre ou le Prince jaloux*, jouée le 4 février 1661, allait être un four dans la nouvelle salle de la troupe de Monsieur, celle du Palais-Royal, la précédente ayant été démolie en octobre. *Dom Garcie* fut retiré de l'affiche au bout de sept représentations, tandis que la troupe reprenait en catastrophe des titres à succès comme *L'Étourdi* et *Les Précieuses ridicules* – et que la *Toison d'or* de Corneille triomphait au Théâtre du Marais. Molière avait pris le 31 mai 1660 un privilège pour sa pièce, mais il ne la fit jamais imprimer. Il ne devait jamais non plus donner d'autre comédie héroïque signée de son nom.

Pièce de sujet espagnol – mais d'inspiration italienne : *L'Heureuse Jalousie du prince Rodrigue* de Giacinto Andrea Cicognini –, *Dom Garcie de Navarre* est une œuvre parfaitement cornélienne de ton et d'inspiration. Par son titre, elle évoque déjà le *Dom Sanche d'Aragon* de Corneille, qui datait de 1650, et les commentateurs des deux auteurs ont souvent rapproché les deux pièces. Dans sa présentation de la comédie héroïque de Molière, Georges Couton, que l'on ne saurait soupçonner de sympathie pour la thèse de Louÿs, écrit :

> De fait, les deux pièces entretiennent bien des rapports : des rois et des princes liés ou séparés par des intérêts dynastiques et politiques, des usurpateurs, des princes détrônés et des héritiers qu'il faut élever en cachette, des guerres, des exploits chevaleresques, des amours princières. […]
>
> Le climat est le même. Le ton est le même : les rimes du style noble se répondent, non sans monotonie : « armées, renommées ; tempêtes, têtes, conquêtes… » La fin est pareillement heureuse[72].

La création de *Dom Garcie de Navarre* montra au public parisien que les talents d'acteur de Molière ne s'étendaient pas au domaine de la tragédie. Thomas Corneille, dans sa lettre du 1er décembre 1659 à l'abbé de Pure, étendait cette appréciation à l'ensemble de sa troupe. De l'avis des contemporains, Molière semble bien, en effet, avoir été exécrable dans les rôles tragiques. D'après une tradition rapportée par La Bruyère dans l'édition de 1731, Molière « réussit si mal la première fois qu'il parut à la tragédie d'*Heraclius*, dont il faisait le principal personnage, qu'on lui jeta des pommes cuites qui se vendaient à la porte, et il fut obligé de quitter ». Son jeu dans *Dom Garcie* fut d'ailleurs aussi mal reçu que sa pièce, avec des exclamations d'un parterre qu'attisait sans doute une cabale dont il n'est pas interdit de chercher l'origine du côté de l'Hôtel de Bourgogne, car les « Grands Comédiens » entendaient ne partager le monopole de la tragédie qu'avec ceux du Théâtre du Marais. S'il faut en croire un passage de la très acidulée *Réponse à l'Impromptu de Versailles ou la Vengeance des marquis*, pièce que Donneau de Visé fit paraître en décembre 1663, pendant la querelle de *L'École des femmes*, Molière avait dû céder le rôle de Dom Garcie à un autre membre de la troupe :

ARISTE

[...] il se croit le plus grand comédien du monde.

ORPHISE

Il est si grand comédien, qu'il a été contraint de donner le rôle du *Prince jaloux* à un autre, parce que l'on ne le pouvait souffrir dans cette comédie qu'il devait mieux jouer que toutes les autres, à cause qu'il en est auteur. [...]

ARISTE

L'on pourrait encore contrefaire ce gros porteur de chaises de Précieuses, lorsqu'il joue un rôle sérieux.

ORPHISE

Ce serait quelque chose de bien divertissant, on ne peut le voir sans rire, et il n'y eut que lui, qui fit faire le brou ha ha au *Prince jaloux*.

Même sarcasme dans un *Impromptu de l'Hôtel de Condé* joué à la même époque sur la scène de l'Hôtel de Bourgogne :

Car pour le sérieux à quoi l'Hôtel s'applique,
Il fait quand on y va qu'on ne rit qu'au comique,
Mais au Palais-Royal quand Molière est des deux,
On rit dans le comique et dans le sérieux.

Dans le même *Impromptu*, Molière est ainsi présenté par le personnage d'Alcidon (qui était le nom du traître dans *La Veuve* de Corneille) :

ALCIDON

Il est vrai qu'il récite avecque beaucoup d'art,
Témoin dedans *Pompée* alors qu'il fait César.
Madame, avez-vous vu dans ces tapisseries
Ces héros de romans ?

La Marquise
Oui.

Le Marquis
Belles railleries !

Alcidon
Il est fait tout de même ; il vient le nez au vent,
Les pieds en parenthèse, et l'épaule en avant,
Sa perruque qui suit le côté qu'il avance,
Plus pleine de laurier qu'un jambon de Mayence,
Les mains sur le côté d'un air peu négligé,
La tête sur le dos comme un mulet chargé,
Les yeux fort égarés, puis débitant ses rôles,
D'un hoquet éternel sépare ses paroles

L'incapacité de Molière à réussir dans des rôles tragiques n'est pas à négliger dans l'histoire de ses relations avec les Corneille. Nous avons vu le jugement lapidaire de Thomas Corneille. Son frère le rejoignait-il dans cette appréciation ? Il ne confia à la troupe de Molière, qui n'aurait pourtant pas demandé mieux, la création d'aucune des six tragédies qu'il composa au cours de la période 1658-1666 : *Œdipe, La Toison d'or, Sertorius, Sophonisbe, Othon* et *Agésilas*. Ces créations eurent pour cadre l'Hôtel de Bourgogne pour quatre d'entre elles, le Théâtre du Marais pour les deux autres. Molière dut attendre 1667 pour que Corneille lui vende – et fort cher – sa pièce *Attila, roi des Huns*, et, trois ans plus tard, sa *Tite et Bérénice*. Malheureusement, l'une ne rencontra pas le succès, et l'autre subit de plein fouet la concurrence de la *Bérénice* du jeune Racine. Corneille mettra ce dernier échec sur le compte de la troupe qui interprétait son œuvre[73], ce qu'il exprimera sans ambages, six ans plus tard, dans le remerciement rimé adressé en octobre 1676 au roi, pour lui témoigner sa reconnaissance d'avoir fait reprendre à Versailles ses premières tragédies et le prier de faire de même pour ses pièces les plus récentes, même celles qui n'avaient pas eu de succès :

Est-il vrai, grand monarque, et puis-je me vanter
Que tu prennes plaisir à me ressusciter ;
Qu'au bout de quarante ans, *Cinna, Pompée, Horace*,
Reviennent à la mode, et retrouvent leur place,
Et que l'heureux brillant de mes jeunes rivaux
N'ôte point leur vieux lustre à mes premiers travaux ?
Achève : les derniers n'ont rien qui dégénère,
Rien qui les fasse croire enfants d'un autre père ;

Ce sont des malheureux étouffés au berceau,
Qu'un seul de tes regards tirerait du tombeau.
On voit *Sertorius*, *Œdipe*, *Rodogune*,
Rétablis par ton choix dans toute leur fortune,
Et ce choix montrerait qu'*Othon* et *Suréna*
Ne sont pas des cadets indignes de *Cinna*.
*Sophonisbe* à son tour, *Attila, Pulchérie,*
Reprendraient pour te plaire une seconde vie ;
*Agésilas* en foule aurait des spectateurs
Et *Bérénice* enfin trouverait des acteurs.

En 1672, Corneille donnera sa pièce suivante, *Pulchérie*, non à la troupe de Molière, mais à celle du Marais.

## *LES FÂCHEUX* (1661)

Nicolas Fouquet avait apprécié *L'École des maris*, comédie en trois actes et en vers créée le 24 juin 1661 au Palais-Royal, et que la troupe de Molière était venue jouer le 13 juillet à Vaux-le-Vicomte, en présence du maître des lieux, de Monsieur et de Madame. Pour agrémenter la splendide – et funeste – fête qu'il préparait dans son domaine en l'honneur du roi, le Surintendant des Finances avait demandé à Molière une pièce inédite, comme, trois ans plus tôt, il avait commandé un *Œdipe* et un *Camma* aux frères Corneille. Molière eut ainsi fort peu de temps pour composer la comédie-ballet en trois actes et en vers des *Fâcheux*, car elle fut créée le 17 août à Vaux-le-Vicomte, en présence du roi, de la reine-mère, de Monsieur, de Madame, du duc de Guise et de nombreux grands seigneurs. La pièce fut ensuite jouée à Fontainebleau les 25 et 27 août, puis, à partir du 4 novembre, au Palais-Royal, où son succès fut grand. Entretemps, le 5 septembre, le commanditaire avait été arrêté, sa destitution ayant été décidée par Louis XIV, à l'instigation de Colbert qui avait réuni les preuves d'un « péculat », c'est-à-dire d'un détournement de l'argent public. Son secrétaire Pellisson, qui avait confectionné le prologue des *Fâcheux* rimé à la gloire du roi, alla dans le même temps loger à la Bastille.

Pour Corneille, la chute de Fouquet eut une conséquence importante : comme tous ceux qui bénéficiaient des libéralités que le puissant ministre accordait sur sa cassette personnelle ou sur les fonds du trésor, il perdit la pension que lui faisait verser le Surintendant. Il eut plus tard la noblesse et le courage de maintenir, dans les rééditions de son *Œdipe*, l'hommage au bienfaiteur déchu. En habile courtisan, Molière le lâcha totalement (il était, il est vrai, moins en dette envers Fouquet, n'ayant que peu bénéficié de son mécénat[74]) : quand parut le volume des *Fâcheux,* en février 1662, la page de titre indiqua que la pièce avait été représentée au Théâtre du Palais-Royal – alors que l'usage était de mentionner le lieu de la création –, et l'avertissement, où le nom du commanditaire de la comédie n'était pas cité, évoqua avec une grande discrétion ces festivités pourtant mémorables de Vaux-le-Vicomte, dont le luxe avait été ressenti par le roi comme un affront : « Il n'y a personne qui ne sache pour quelle réjouissance la pièce fut composée, et cette fête a fait un tel éclat qu'il n'est pas nécessaire d'en parler[75]. » Plus intéressantes pour nous sont les lignes précautionneuses du même avertissement sur les circonstances de composition de ces *Fâcheux* :

> Jamais entreprise au théâtre ne fut si précipitée que celle-ci, et c'est une chose, je crois, toute nouvelle qu'une comédie ait été conçue, faite, apprise et représentée en quinze jours. Je ne dis pas cela pour me piquer de l'*impromptu* et en prétendre de la gloire, mais seulement pour prévenir certaines gens qui pourraient trouver à redire que je n'aie pas mis ici toutes les espèces de fâcheux qui se trouvent. […] Mais, dans le peu de temps qui me fut donné, il m'était impossible de faire un grand dessein, et de rêver beaucoup sur le choix de mes personnages et sur la disposition de mon sujet. […].
>
> […] comme le temps était fort précipité, et que tout cela ne fut pas réglé entièrement par une même tête, on trouvera peut-être quelques endroits du ballet qui n'entrent pas dans la comédie aussi naturellement que d'autres.

Quinze jours pour composer, faire apprendre et répéter une comédie-ballet comme *Les Fâcheux* ? Molière semble tirer vanité de cet exploit dans cet avertissement, et il se targuera régulièrement, par la suite, de parvenir à écrire ses pièces en très peu de temps. Plusieurs témoignages vont cependant dans un sens tout à fait contraire. Grimarest, pourtant si bienveillant envers sa mémoire, ose cette confidence recueillie auprès de quelque proche du comédien-auteur : « Et quoiqu'il dise dans sa préface des *Fâcheux*, qu'il ait fait cette pièce en quinze jours de temps, j'ai cependant de la peine à le croire ; c'était l'homme au monde qui travaillait avec le plus de difficulté ; et il s'est trouvé que des divertissements qu'on lui demandait étaient faits plus d'un an auparavant [...] il ne travaillait pas vite ; mais n'était pas fâché qu'on le crût expéditif. »

Au cours de la première quinzaine d'août 1661, qui avait été celle de la composition des *Fâcheux,* la troupe du Palais-Royal avait joué, selon le registre de La Grange, *Héraclius* de Corneille et *L'École des maris*, soit une dizaine de représentations. Il apparaît donc pratiquement impossible qu'un homme de théâtre pareillement occupé ait pu à lui seul, et en si peu de jours, concevoir le canevas, versifier, apprendre un rôle et mettre en scène une pièce comme *Les Fâcheux*. Le doute se formulait déjà du vivant de Molière. En décembre 1663, au moment des grandes passes d'armes déclenchées par *L'École des femmes,* Donneau de Visé insinuera, dans une *Réponse à l'Impromptu de Versailles* composée « à chaud » au lendemain de *L'Impromptu de Versailles,* que les impromptus commandés par le roi à son comédien favori et signés par ce dernier n'étaient pas entièrement de sa plume :

CLÉANTE

[...] Où est l'homme qui aurait pu faire quelque chose de si beau en si peu de temps ? Admirez, Critiques obstinés, admirez, malgré vous, ce long et incomparable Impromptu. [...] Mais, n'avez-vous pas remarqué qu'il dit qu'il n'a eu le temps que d'aller voir deux ou trois fois les Comédiens depuis son retour de Versailles, afin d'attraper leur jeu ? [...] depuis deux ans, il a chez beaucoup de gens de qualité payé son écot de cette pièce.

[...]

ORPHISE

Enfin Monsieur, je viens de voir (puisque vous l'avez voulu) cet admirable Impromptu ; cet ouvrage de plusieurs années que l'on veut faire passer pour un enfant de huit jours [...].

ARISTE

Comment diable voulez-vous qu'il réponde, puisqu'il lui faut dix-huit mois pour faire des Impromptus. Il ne travaille pas si vite, et comme ses enfants ont plus d'un père ; quand il abandonne son jeu, son esprit, ses habits, et ses ouvrages, il sait bien ce qu'il fait, et n'abandonne rien du sien. Personne n'ignore qu'il sait bien retourner des vers en prose en faisant la *Critique*, et que plusieurs de ses amis ont fait des scènes aux *Fâcheux*. C'est pourquoi, si Monsieur Boursault lui répond, il lui pourra dire, plus justement que le Parnasse s'assemble, lorsqu'il veut faire quelque chose.

Le jugement du bon Grimarest rejoignait ainsi l'opinion d'un ennemi du signataire des *Fâcheux* aussi acharné que Donneau de Visé. En réalité, Molière devait avoir en chantier depuis plusieurs mois une pièce qu'il prétendait par la suite avoir conçue et composée en un temps record. Grimarest, pour autant, n'allait pas jusqu'à prétendre, comme Donneau de Visé, que ses œuvres avaient « plus d'un père ». Cependant, dans l'avertissement de ses *Fâcheux*, Molière lui-même avait eu l'honnêteté, ou la prudence, ou l'obligation, d'admettre que sa pièce n'était pas sortie d'« une même tête ». Cet aveu ne concerne peut-être pas uniquement les participations de Jean-Baptiste Lully qui composa la musique, de Beauchamps et d'Olivet qui réglèrent les « divertissements » (c'est-à-dire les ballets), de Lebrun qui peignit les décors, de Torelli qui assura les changements de « machines », mais celle des collaborateurs que Molière eut pour le texte même de sa comédie, ce que n'aura garde de rappeler, deux ans plus tard, Donneau de Visé dans le passage cité de sa *Réponse à l'impromptu de Versailles* : « plusieurs de ses amis ont fait des scènes aux *Fâcheux* ».

Qui pouvaient être ces amis ? On peut penser à Pellisson, auteur avoué – dans l'avertissement – du prologue et, comme l'écrit Loret dans sa *Muse historique*, « Des Muses le vrai nourrisson », et surtout à Claude-Emmanuel Luillier, dit Chapelle, coauteur, avec son ami Bachaumont, d'un célèbre *Voyage*. Selon le *Bolæana*, recueil d'anecdotes et de bons mots sur Boileau publié en 1740 par son ami Jacques de Losme de Monchesnay[76], Molière, lorsqu'il travaillait aux *Fâcheux*, aurait fait appel à Chapelle, qui était l'un de ses proches :

> Bien des gens ont cru que Chapelle, auteur du *Voyage de Bachaumont*, avait beaucoup aidé Molière dans ses comédies. Ils étaient certainement fort amis, mais je tiens de M. Despréaux [Boileau], qui le savait de Molière, que jamais il ne s'est servi d'aucune scène qu'il eût empruntée de Chapelle. Il est bien vrai que, dans la comédie des *Fâcheux*, Molière, étant pressé par le roi, eut recours à Chapelle pour lui faire la scène de Caritidès, que Molière trouva si froide, qu'il n'en conserva pas un seul mot, et donna de son chef cette belle scène que nous admirons dans les *Fâcheux*. Et sur ce que Chapelle tirait vanité du bruit qui courut dans le monde, qu'il travaillait avec Molière, ce fameux auteur lui fit dire par M. Despréaux qu'il ne favorisât pas ces bruits-là ; qu'autrement il l'obligerait à montrer sa misérable scène de Caritidès, où il n'avait pas trouvé la moindre lueur de plaisanterie.

Passage étonnant, qui semble en taire autant qu'il cherche à en laisser entendre, et qui révèle surtout que des familiers de Molière pouvaient s'aviser de lui proposer des scènes de comédies qu'il signerait seul. Imagine-t-on quelque relation de Corneille poussant l'obligeance jusqu'à lui proposer de l'aider à mettre la dernière main à *Cinna* ou à *Polyeucte* ? Mais sans renverser les rôles, demandons-nous plutôt si Corneille ne fut pas de ces « amis » qui participèrent à la composition des *Fâcheux*. Un tel service rendu, entre deux bénéficiaires des libéralités de Fouquet, n'aurait rien d'inconcevable et ne ferait qu'anticiper une collaboration attestée et qui s'effectuera dans des circonstances quasi identiques : une pièce commandée pour une fête par un grand de ce monde. Nous voulons parler de *Psyché*, tragédie-ballet en vers libres demandée à Molière par le roi en 1670 et qui ne put être livrée dans les délais qu'avec la contribution active de Corneille pour la versification de la plus grande partie de la pièce. Faut-il insister en rappelant que plus d'un commentateur a relevé que *Les Fâcheux* – comme *L'Étourdi* – ont une métrique et un style très proches de ceux du *Menteur*[77] et de *La Suite du Menteur* ?

Comment lire, pour corroborer ou infirmer une telle hypothèse, deux passages ironiques – taquineries anodines ou clins d'œil – des *Fâcheux*, l'un dans l'avertissement, l'autre dans le texte de la pièce ? Dans le premier, Molière informe son lecteur que « le temps viendra de faire imprimer mes remarques sur les pièces que j'aurai faites, et je ne désespère pas de faire voir un jour, en grand auteur, que je puis citer Aristote et Horace ». Il y a là un persiflage patent sur les trois discours consacrés à l'art dramatique – *Du poème dramatique, De la tragédie, Des trois unités* – et sur les *Examens* de ses pièces que Corneille avait inclus dans l'édition de son théâtre parue l'année précédente : le dramaturge s'y référait abondamment à Aristote et à Horace...

Tout aussi facétieux, et bien curieux, sont ces vers de la première scène de l'acte I des *Fâcheux* – scène que Louÿs trouvait, à juste titre, « éblouissante » –, où Éraste rapporte ce propos de l'importun qui vient de lui raconter une pièce de théâtre :

> Je sais par quelles lois un ouvrage est parfait,
> Et Corneille me vient lire tout ce qu'il fait.

Pellisson, Chapelle, Corneille, et la liste peut être plaisamment complétée par une personnalité inattendue et proprement extraordinaire : Louis XIV lui-même, mais à cent lieues du débat qui fait depuis longtemps rager les spécialistes de Shakespeare. Car Molière lui-même fait état, dans l'adresse liminaire des *Fâcheux*, de cette

« collaboration » royale dont bénéficia sa pièce. Au sortir de la première représentation de Vaux-le-Vicomte, Sa Majesté lui avait suggéré d'inclure dans sa comédie un type d'importun qui manquait à sa galerie : le passionné de chasse. Hâtons-nous d'ajouter qu'il s'agit là d'une « collaboration » ponctuelle et unique, nullement littéraire, et qui ne tenait que de la suggestion. Louis XIV n'a pas « collaboré » aux *Fâcheux* : il a exprimé un désir, c'est-à-dire un ordre. Rien de plus, rien de moins. D'après le *Menagiana*[78], le modèle désigné par le roi était Charles-Maximilien-Antoine de Bellefourière, marquis de Soyecourt – on prononçait *Saucourt* –, chasseur réputé qui allait être nommé en 1670 grand-veneur de France. « Voilà un grand original que vous n'avez pas encore copié », aurait dit, peu ou prou, Louis XIV à Molière. Ce dernier s'exécuta aussitôt, ce qui donna lieu à la scène du chasseur Dorante, sixième de l'acte II dans la version de la pièce que l'on connaît aujourd'hui. Dans son adresse liminaire au roi de l'édition de sa comédie, Molière ne manqua pas l'occasion de mentionner un conseil qui lui venait de si haut :

> Je le dois, Sire, ce succès qui a passé mon attente, non seulement à cette glorieuse approbation dont Votre Majesté honora d'abord la pièce, et qui a entraîné si hautement celle de tout le monde, mais encore à l'ordre qu'Elle me donna d'y ajouter un caractère de fâcheux, dont elle eut la bonté de m'ouvrir les idées Elle-même, et qui a été trouvé partout le plus beau morceau de l'ouvrage. Il faut avouer, Sire, que je n'ai jamais rien fait avec tant de facilité, ni si promptement que cet endroit où Votre Majesté me commanda de travailler.

La scène en question fut jouée pour la première fois une semaine après la création de la pièce à Vaux-le-Vicomte, le 25 août, à Fontainebleau, en présence de celui qui l'avait suggérée. Éraste se trouve cette fois importuné par le nommé Dorante, qui, l'ayant abordé, lui conte avec d'infinis détails une interminable partie de chasse au cerf :

DORANTE

Ha ! Marquis, que l'on voit de Fâcheux, tous les jours,
Venir de nos plaisirs interrompre le cours !
Tu me vois enragé d'une assez belle chasse,
Qu'un fat… C'est un récit qu'il faut que je te fasse.

ÉRASTE

Je cherche ici quelqu'un, et ne puis m'arrêter.

DORANTE, *le retenant.*
Parbleu, chemin faisant, je te le veux conter.
Nous étions une troupe assez bien assortie,
Qui pour courir un cerf avions hier fait partie ;
Et nous fûmes coucher sur le pays exprès,
C'est-à-dire, mon cher, en fin fond des forêts.
Comme cet exercice est mon plaisir suprême,
Je voulus, pour bien faire, aller au bois moi-même ;
Et nous conclûmes tous d'attacher nos efforts
Sur un cerf qu'un chacun nous disait cerf dix-cors ;
Mais moi, mon jugement, sans qu'aux marques j'arrête,
Fut qu'il n'était que cerf à sa seconde tête.

Grimarest apporte une précision sur cette scène née de l'idée d'un monarque : Molière « n'y a[vait] aucune part que pour la versification ; car ne connaissant point la chasse, il s'excusa d'y travailler. De sorte qu'une personne, que j'ai des raisons de ne pas nommer, la lui dicta tout entière dans un jardin [...]. » On aurait aimé que le scrupuleux Grimarest se montrât ici moins discret.

Toujours est-il qu'autour des *Fâcheux* se profilent aujourd'hui les ombres de mystérieux collaborateurs, et que la phrase volontairement vague de l'Avertissement (« pas réglé entièrement par une même tête ») est tout ce qui nous est permis de savoir sur leur identité.

## L'installation des frères Corneille à Paris (1662)

Dans les derniers mois de 1662, Pierre Corneille quitta définitivement Rouen pour aller vivre à Paris. Ce changement de décor était prévu depuis au moins le printemps, car il confiait à Michel de Pure, dans une lettre du 25 avril : « Le déménagement que je prépare pour me transporter à Paris me donne tant d'affaires, que je ne sais si j'aurai assez de liberté d'esprit pour mettre quelque chose cette année sur le théâtre. » Quel type de déménagement pouvait empêcher un écrivain comme Corneille, dont la puissance de travail était hors du commun, de se consacrer à une pièce pendant toute une année ?

Le 4 octobre, le littérateur Jean Chapelain écrivait à son confrère Corneille en instance de départ pour le remercier de la remise par son fils François, page de la duchesse de Nemours, d'un exemplaire de sa tragédie *Sertorius* : « Monsieur, vous tardez trop à venir vous établir à Paris, et je ne saurais plus vous attendre pour vous remercier de bouche du présent exquis que votre jeune page m'a fait de votre part. » Trois jours plus tard, les deux Corneille – Thomas suivait son frère dans la capitale – donnaient tout pouvoir à un cousin germain pour gérer leurs affaires à Rouen. Le départ pour Paris dut avoir lieu peu après.

La raison de ce déracinement devait être impérative pour que Corneille, à cinquante-six ans, abandonnât sans retour la ville où il avait passé toute son existence. Même ses deux premières candidatures, en 1644 et en 1646, à cette Académie Française fondée en 1635 par son « bienfaiteur » Richelieu ne lui avaient pas fait quitter sa ville natale, et ceci avait joué dans ces deux échecs, les Académiciens ayant stipulé qu'ils accorderaient toujours leur préférence, « entre deux personnes, dont l'une et l'autre auraient les qualités nécessaires, [à] celle qui ferait sa résidence à Paris[79] ». S'étant présenté ensuite en faisant « dire à la Compagnie qu'il avait disposé ses affaires de telle sorte qu'il pourrait passer une partie de l'année à Paris », il avait été élu – au fauteuil de François Maynard – dans les premières semaines de 1647, sans changer pour autant ses habitudes de vie, même s'il séjourna plus ou moins régulièrement dans la capitale, logeant à ces occasions dans le vaste Hôtel particulier que le duc de Guise, son protecteur, occupait rue de Chaume[80] (aujourd'hui rue des Archives). Ce ne fut donc pas pour satisfaire aux exigences de l'Académie que Corneille fit de Paris sa résidence principale en 1662, puisqu'il réussissait à s'y dérober depuis quinze années. Il y eut donc une autre raison, et assez pressante pour décider ce grand casanier à quitter ainsi son Rouen natal, où il devait avoir tant d'attaches. Il partit pour répondre à la gloire, Paris le réclamait, a-t-on dit : ce n'est ni très sérieux, ni très crédible. Il faut l'admettre : on ne connaît pas la raison de l'installation définitive des deux Corneille à Paris.

Ayant mis en location la maison de la rue de la Pie, Corneille emménagea dans la capitale avec son épouse et les derniers enfants qu'il lui restait à élever, Charles, Madeleine et Thomas. Son frère suivit le mouvement, peut-être en même temps, peut-être un peu plus tard[81]. La tribu Corneille s'installa d'abord dans un logement de l'Hôtel particulier du duc de Guise, puis alla loger dans une maison de la rue des Deux-Portes (qui était une autre partie de l'actuelle rue des Archives), où elle devait rester jusqu'au début des années 1680. Pendant cette période, Molière occupa différents domiciles rue de Richelieu et rue Saint-Thomas-du-Louvre. Ils n'étaient pas de proches voisins, comme on a pu le dire, mais, en une demi-heure de marche, l'un pouvait se trouver sur le seuil de la maison de l'autre. Toujours est-il qu'à partir des derniers mois de 1662, Corneille et Molière avaient la possibilité matérielle de se rencontrer aisément. Le nom de Corneille n'est cependant pas cité parmi les commensaux habituels de Molière dans la demeure que ce dernier louerait, à partir de 1667 semble-t-il, à Auteuil – ceux-là étaient Chapelle (qui paraissait y vivre pratiquement à demeure), Boileau et quelques autres joyeux drilles n'appartenant pas à la même génération que l'auteur du *Cid* –, mais, comme il ressort d'un témoignage de l'acteur Baron, Corneille venait de temps à autre souper chez Molière[82].

Louÿs trouvait en tout cas très significative cette chronologie : en octobre 1662, Corneille est à demeure à Paris. En novembre, soit trente mois après leur demande de privilège, Molière fait paraître, chez les libraires Claude Barbin et Gabriel Quinet, deux pièces créées lors de la décennie précédente : *L'Étourdi*, dont l'achevé d'imprimer est du 21 novembre, et *Le Dépit amoureux*, dont l'achevé d'imprimer est du 24. Et fin décembre, c'est la première représentation de *L'École des femmes*, première pièce nouvelle que Molière donne depuis treize mois. Pour Louÿs, ces deux éditions et cette création ne pouvaient être étrangères à l'arrivée de Corneille à Paris, qu'elles suivirent de si près. Bien que l'on ignore tout du texte primitif de *L'Étourdi* tel qu'il fut joué à Lyon en 1655, on s'étonne quelque peu que l'auteur des 2 065 alexandrins de cette comédie, dont certains sont d'une facture tout à fait remarquable, ait commis à la même époque de lourdes pantalonnades en prose du genre de *La Jalousie du Barbouillé*, sans parler du si médiocre couplet de chanson cité par Dassoucy, que Molière aurait composé, en 1656, à Béziers. Pour Louÿs, une intervention de Corneille sur le texte de *L'Étourdi* était l'explication la plus logique, la plus rationnelle. Il trouvait aussi bien étrange que Molière soit resté silencieux pendant plus d'une année, puis ait soudain redoublé d'activité peu après l'arrivée de Corneille à Paris.

Louÿs invoquait par ailleurs, à propos des relations entre Corneille et Molière au cours de cette année 1662, la reprise, par la troupe de Monsieur, de *Sertorius*, tragédie qui avait été créée le 25 février au Théâtre du Marais. Il pensait que Corneille l'avait retirée de ce théâtre pour la confier à Molière. Sur ce point, il se fourvoyait : la première série de représentations au Théâtre du Marais était terminée depuis plusieurs mois quand le Palais-Royal reprit la pièce, le 23 juin, donc à peu de jours de son passage dans le « domaine public » (l'achevé d'imprimer de l'édition de *Sertorius* est daté du 8 juillet). Cette unique représentation ne remplit d'ailleurs pas la salle – 152 livres de recette seulement – et resta unique, la troupe de Monsieur devant quitter Paris le lendemain pour la Cour.

Ainsi, l'argument de Louÿs pour expliquer l'installation de Corneille à Paris – Molière l'appelant auprès de lui pour bénéficier de son aide de manière plus intensive – entraîne peu la conviction : ce que Molière pouvait attendre de Corneille était parfaitement réalisable à Rouen, et avec plus de discrétion.

## ***L'École des femmes* et *La Critique de l'École des femmes* (1662-1663)**

*L'École des femmes*, première grande comédie en cinq actes et en vers de Molière, fut jouée pour la première fois le 26 décembre 1662, sur la scène du Palais-Royal. La pièce, qui allait faire beaucoup parler d'elle, eut une trentaine de représentations jusqu'à la relâche de Pâques[83], et autant après. Le roi l'avait fait représenter à Versailles en « avant-première », de même que Condé, qui avait reçu la troupe de Monsieur dans son Hôtel particulier, le 11 décembre, pendant les fêtes de mariage de son fils. Le privilège royal pour l'impression du texte ayant été pris le 4 février 1663, le volume parut le 17 mars chez le libraire Luynes, qui s'était pour la circonstance associé à sept confrères, car l'édition de cette comédie qui faisait tant de remous ne pouvait qu'être très demandée par sa clientèle. L'œuvre était dédiée à la reine-mère, patronage précieux dans la tempête que subissaient alors l'auteur et sa pièce. Car une fronde, qui allait devenir aussi violente que personnalisée, avait pris corps dès les premières représentations. L'un de ses épisodes a été souvent utilisé par les opposants de la thèse de Louÿs. Dans un passage de *L'École des femmes*, le personnage qui porte le nom de Chrysalde, se moquant des individus qui se parent d'un titre de noblesse factice, s'adresse ainsi à Arnolphe, lequel se fait appeler « Monsieur de la Souche » :

> Qui diable vous a fait aussi vous aviser,
> À quarante et deux ans, de vous débaptiser,
> Et d'un vieux tronc pourri de votre métairie
> Vous faire dans le monde un nom de seigneurie ?
> [...]
> Quel abus de quitter le vrai nom de ses pères
> Pour en vouloir prendre un bâti sur des chimères !
> De la plupart des gens c'est la démangeaison ;
> Et, sans vous embrasser dans la comparaison,
> Je sais un paysan qu'on appelait Gros-Pierre
> Qui n'ayant pour tout bien qu'un seul quartier de terre,
> Y fit tout à l'entour faire un fossé bourbeux,
> Et de Monsieur de l'Isle en prit le nom pompeux.

« Quitter le vrai nom de ses pères » était pourtant ce que le signataire de *L'École des femmes* avait fait en troquant, en sa double qualité d'acteur et d'auteur, le patronyme de Poquelin pour le pseudonyme de Molière – et même en signant parfois « de Molière ». Pour l'auditeur ou le lecteur de la pièce qui n'aurait pas saisi l'allusion des derniers vers cités, l'abbé d'Aubignac mit les points sur les i dans sa *Quatrième Dissertation concernant le poëme dramatique servant de réponse aux calomnies de M. Corneille*, parue en cette année 1663, et dans laquelle il s'en prenait hargneusement aux deux Corneille :

> Premièrement, de quoi vous êtes-vous avisé sur vos vieux jours d'accroître votre nom et de vous faire nommer Monsieur de Corneille ? L'auteur de *L'École des femmes*, je vous demande pardon si je parle de cette Comédie qui vous fait désespérer, et que vous avez essayé de détruire par votre cabale dès la première représentation ; l'Auteur, dis-je, de cette pièce, fait conter à un de ses acteurs, qu'un de ses voisins ayant fait clore de fossés un arpent de pré se fit appeler M. de l'Isle, que l'on dit être le nom de votre petit frère ; ainsi je crois que vous avez donné le nom de Corneille à quelque masure ou à quelque beau château, si vous voulez, car je ne sais ni votre naissance ni vos biens, ne m'enquérant jamais de ces choses qui ne me seraient point de règle pour mesurer les hommes, et par cette belle invention, vous êtes maintenant M. de Corneille, c'est-à-dire M. Corneille, seigneur dudit lieu, comme beaucoup de gens sont qualifiés en ce Royaume.
>
> [...] vous trouvez mauvais que j'appelle votre petit frère un apprenti, et n'est-ce pas le nom que tout le monde lui donne, le petit Corneille, pour le distinguer de vous qui êtes le grand Corneille ? Et que peut-il être autre chose qu'un apprenti de théâtre à comparaison de vous qui vous en faites le maître ? Sans lui faire tort on pourrait bien compter entre vous et lui quatre ou cinq degrés de maîtrise, et tout ce qu'il peut prétendre, c'est d'être votre

premier garçon et de travailler par vos ordres. Puisse le dieu des Muses vous inspirer si bien pour les lui donner bons, qu'il les exécute mieux que par le passé, et qu'il n'apporte plus sur la scène des *Camma*, des *Demetrius* et d'autres semblables pièces qui n'ont été que des escroqueries pour nos Bourgeois.

L'abbé d'Aubignac.

D'où venait, chez ce vindicatif ecclésiastique et homme de lettres, une telle animosité ? Passé à la postérité comme un des grands théoriciens du théâtre de son époque – à défaut d'en avoir été un praticien glorieux –, l'abbé François Hédelin d'Aubignac, qui allait sur ses soixante ans, en voulait à Corneille pour la manière désinvolte dont celui-ci avait totalement ignoré, dans ses *Discours* de 1660 sur sa conception de l'art dramatique, son grand ouvrage de 1657 intitulé *Pratique du théâtre. Œuvre très-nécessaire à tous ceux qui veulent s'appliquer à la composition des poëmes dramatiques*. Dans ce livre qui lui avait été commandé par le Grand Cardinal, l'abbé avait pourtant manifesté son admiration pour le dramaturge dont les œuvres lui paraissaient alors « hautement élevées par dessus celles de notre temps ». Mais le silence dédaigneux de Corneille sur sa *Pratique du théâtre* avait été une blessure d'amour-propre chez cet homme d'église qui allait désormais, par esprit de vengeance, consacrer beaucoup d'encre, d'imagination et d'aigreur, à tenter d'amoindrir, auprès de ses lecteurs, les mérites du grand Corneille. Ce dernier avait d'ailleurs aggravé son cas à ses yeux, en émettant, à propos de *Manlius*, tragédie de Mlle Desjardins créée à l'Hôtel de Bourgogne en mai 1662, une opinion qui avait déplu à l'abbé, « conseiller » de la dramaturge.

Le ressentiment de d'Aubignac envers Corneille était notoire. Écrivant à Michel de Pure le 28 novembre 1661, le Rouennais Delacoste évoquait les « mouches » et « moucherons » qui attaquaient

« le grand oracle de théâtre », mais se montrait serein à son égard : « M. de Corneille ne doit point craindre l'atteinte de l'autorité de ce nombre, puisqu'elle n'est composée que de femmes et de nains. Notre oracle est un grand Hercule qui n'aura pas besoin de toutes ses forces pour détruire ces Pygmées, quand bien ils auraient pour généraux ces deux abbés qui n'approuvent rien. » L'un de ces abbés était d'Aubignac[84], lequel, le 8 février 1663, c'est-à-dire quand l'affaire de *L'École des femmes* battait son plein, publiait sur la *Sophonisbe* de Corneille, tragédie créée quelques jours auparavant à l'Hôtel de Bourgogne, des *Remarques* où il indiquait que cette pièce n'avait pas eu beaucoup de succès – ce qui était exact – et qu'il lui préférait la vieille *Sophonisbe* de Mairet, qui datait de 1634 et qu'il trouvait « plus judicieuse et mieux conduite[85] »...

La malveillance dont d'Aubignac faisait montre envers Corneille était telle qu'elle fera dire à quelques Louÿsiens qu'il avait inventé pour la circonstance que Thomas Corneille avait pris ce titre de « de l'Isle » et qu'il avait interprété les vers de *L'École des femmes* à la fois pour faire savoir que Molière avait cherché à ridiculiser le jeune Corneille et pour susciter une fâcherie entre le chef de la troupe du Palais-Royal et les deux dramaturges frères. Le fait est que, s'il avait voulu briser l'estime, la confiance et l'union qui pouvaient lier Corneille et Molière, d'Aubignac, en lançant de telles allégations, ne s'y serait pas pris autrement.

Les Louÿsiens n'ont cependant pas été les seuls à remettre en cause la véracité des écrits du terrible abbé. Certains spécialistes de Molière, qui étaient à cent lieues de rechercher dans son œuvre l'empreinte de Corneille, ont également douté que ces vers acides de *L'École des femmes* aient fait naître une fâcherie entre les deux hommes. Ainsi de Jules Taschereau, qui, dans son *Histoire de la vie et des ouvrages de Molière* de 1875, estimait que les dires de d'Aubignac, seul indice de la prétendue offense, étaient « trop peu dignes de foi ». La pique énoncée par le Chrysalde de la pièce a été ainsi supposée viser plutôt Sorel, l'auteur de l'*Histoire comique de Francion* – et de ces *Lois de la galanterie* qui passent pour avoir inspiré *Les Précieuses ridicules* –, parce qu'il signait parfois « de l'Isle[86] ». On a pêché aussi un Louis Bertelin, « sieur de Lisle[87] », avocat au Parlement, auquel Madeleine Béjart avait prêté, au temps des tournées de la troupe dans le Midi, une somme d'argent qu'elle n'était jamais parvenue à récupérer.

Toutefois, même si l'on ignore aujourd'hui où pouvait être la propriété ou le fief dont Thomas se serait targué d'être le maître (il avait certes cohérité, avec son frère, d'une propriété sur l'île de la Litte et d'une autre sur l'île de Cléon, dont leur père était devenu propriétaire en 1612[88]), il est certain qu'il avait réellement pris le nom de « de l'Isle » ou « de Lisle ». Dans l'ouvrage d'André Pascal sur *Les Autographes de Pierre Corneille* se trouve cité en note un passage de l'époque (1659), mentionné sans référence : « Les comédiens de l'Hôtel de Bourgogne chagrins des avantages que recevaient les comédiens du Marais mirent tout en usage pour s'acquérir M. Corneille de Lisle[89]. » Et une note de la page LXIX du premier tome de l'édition Marty-Laveaux des *Œuvres de Pierre Corneille*[90] renvoie à la pièce justificative XII de la page XCIX, intitulée *Modèle de procuration écrit en entier de la main de Pierre Corneille*, qui commence ainsi : « Pierre Corneille Escuyer cy devant advocat du Roy a la table de marbre du Palais à Rouen et Thomas Corneille Escuyer sr. de Lisle estant de present à Rouen, passent procuration [...] ».

---

l'*Art de regner*, ou *Le Sage Gouverneur*, représentée en 1645. Voyez *Art (l') de regner*.

PERSÉE ET DÉMÉTRIUS, Tragédie de M. *Corneille de Lisle*, représentée sur le Théatre de l'Hôtel de Bourgogne, à la fin du mois de Décembre 1662. imp. dans les Œuvres de cet Auteur. *Hist. du Th. Fr. année* 1662.

PERSÉE, Tragédie lyrique en cinq actes, avec un Prologue, de M. *Quinault*, mise en Divertissement, au Théatre Italien, par M. *Rousseau*, représentée le Mercredi 17 Juillet 1748. Paris, Cailleau.

ANNIBAL, (la mort d') Tragédie de M. *Corneille de l'Isle*, représentée au Théatre de l'Hôtel de Bourgogne, au mois de Novembre 1669. Paris, Barbin, 1670. in-12. & dans le Recueil des Poëmes Dramatiques de cet Auteur. *Hist. du Th. Fr. année* 1669.

ANNIBAL, Tragédie de M. de *Riupeirous*,

---

Dans la monographie qu'il a consacrée au cadet des Corneille, Gustave Reynier est affirmatif : « Thomas, dès sa jeunesse, s'était fait appeler : sieur de Lisle. Depuis le reçu de trente livres que lui donnait en 1651 son frère aîné, trésorier de Saint-Sauveur de Rouen, jusqu'aux dernières conventions qu'il signait un an ou deux avant sa mort, tous les actes que nous connaissons lui donnent ce titre. Ses contemporains, même ses amis les plus intimes, l'appelaient M. Corneille de l'Isle ou simplement M. de l'Isle. Quelle était au juste la terre qui constituait ce fief, c'est ce qui n'a pas été démontré : ce n'était pas l'île de la Litte, dont il avait hérité de son père, puisque, cette île vendue en 1663, il continua à porter le titre : on peut supposer que c'était ou bien la seconde petite île qui avait appartenu à son père, ou bien un domaine venant de Mathieu de Lampérière et qu'il aurait pu recevoir en cadeau de mariage dès l'année 1650[91]. »

Il est donc bien réel que Thomas Corneille se faisait réellement appeler M. de Lisle[92], comme s'il avait trouvé le nom de Corneille trop entaché de roture... ou trop lourd à porter pour un auteur de théâtre du siècle du *Cid* (prendre le nom de l'Isle quand on peut s'appeler Corneille était presque un acte de modestie). Mais de là en conclure que c'est lui que moquent les vers de *L'École des femmes* et que le « paysan qu'on appelait Gros-Pierre » désigne explicitement son frère *Pierre*, il y a une marge. Pourquoi Molière ne se serait-il pas gaussé de la même manière des prétentions nobiliaires de Corneille aîné – lesquelles n'étaient cependant pas infondées, puisque sa famille avait été anoblie par Louis XIII après le triomphe du *Cid* ? Pourquoi, surtout, Molière aurait-il eu intérêt à se mettre à dos l'auteur dont il continuait à jouer les tragédies ? Il ne pouvait ignorer que le Rouennais n'était pas homme à pardonner une allusion aussi offensante que celle où d'Aubignac voulait qu'on vît un trait lancé contre Thomas Corneille. En outre, rien – pas le moindre sous-entendu dans la préface de l'édition La Grange, pas la moindre allusion dans le livre de Grimarest – ne donne à penser que Molière ait eu, à un moment donné, maille à partir avec les deux Corneille.

Il n'en demeure pas moins que d'Aubignac est aussi formel que précis, dans cette page de sa *Quatrième Dissertation*, où il spécifie en outre que Corneille, « désespéré » par cette *École des femmes,* a essayé de la « détruire » par une cabale lancée « dès la première représentation ». Une telle affirmation, même si elle n'est qu'un écho fortement amplifié de la réalité, ne va vraiment pas dans le sens de la thèse de Louÿs : on voit mal l'auteur ou le co-auteur d'une pièce se faire l'instigateur d'une cabale visant à la saborder dès sa création.... à moins que ledit auteur ne la reconnaisse plus comme sienne parce qu'un passage blessant pour son frère y a été inséré entre-temps – ce frère qui s'obstinait à ne confier ses pièces nouvelles qu'à l'Hôtel de Bourgogne, et non à la troupe de Monsieur ! Le fait est que les vers de *L'École des femmes* moquant « Monsieur de l'Isle » sont sans rapport avec le contexte et le reste de la pièce, et semblent avoir été ajoutés après coup : l'impression en est nette à la lecture.

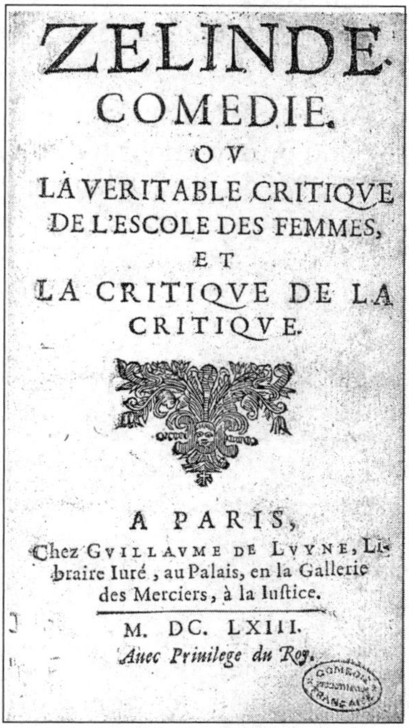
ZELINDE.
COMEDIE.
OV
LA VERITABLE CRITIQVE
DE L'ESCOLE DES FEMMES,
ET
LA CRITIQVE DE LA
CRITIQVE.

A PARIS,
Chez GVILLAVME DE LVYNE, Libraire Iuré, au Palais, en la Gallerie des Merciers, à la Iustice.

M. DC. LXIII.
*Auec Priuilege du Roy.*

Tout ceci est bien compliqué, et ce n'est pas cette considération d'un contemporain de l'affaire tel que Donneau de Visé, qui, dans sa *Zélinde ou la Véritable Critique de l'École des femmes et la Critique de la Critique*[93], apporte une lumière simplificatrice sur le sujet. Tout en revendiquant son bien dans un passage de *L'École des femmes*, il soutient que « tout le commencement du rôle de Lysidas est tiré des *Nouvelles* et que [le] Chevalier [Dorante] se divertit aux dépens de M. l'Abbé Daubignac, qui s'en est lui-même bien aperçu ». À se demander si l'auteur de la *Pratique du théâtre* n'aurait pas cherché à détourner l'attention sur sa personne en désignant nommément une autre cible dans ce passage de *L'École des femmes*…

Une chose est sûre et ne peut être contestée par aucun historien du théâtre : il y eut bien une cabale contre la pièce de Molière. Dans sa diatribe, d'Aubignac mentionne d'ailleurs la composition rimée d'un débutant nommé Boileau, datée du 1er janvier 1663 et éloquemment intitulée *Stances à M. Molière sur la comédie de « L'École des femmes » que plusieurs gens frondaient*[94] :

En vain mille jaloux esprits,
Molière, osent avec mépris
Censurer ton plus bel ouvrage :
Sa charmante naïveté
S'en va pour jamais d'âge en âge
Enjouer la postérité.
Ta Muse avec utilité
Dit plaisamment la vérité ;
Chacun profite à ton École,

Tout en est beau, tout en est bon,
Et ta plus burlesque parole
Est souvent un docte sermon.

La gazette rimée de *La Muse historique* du 13 janvier, dans laquelle Loret[95] rendit compte des deux représentations qui venaient d'être données à la Cour, en présence du roi, les 6 et 20 janvier 1663, confirme aussi la réalité de cette cabale contre *L'École des femmes* :

On joua *L'École des femmes*,
Qui fit rire leurs Majestés
Jusqu'à s'en tenir les côtés ;
Pièce aucunement instructive
Et tout à fait récréative,
Pièce dont Molière est auteur,
Et même principal acteur,
Pièce qu'en plusieurs lieux on fronde,
Mais pourtant où va tant de monde
Que jamais sujet important
Pour le voir n'en attira tant.

Molière lui-même mentionna la cabale, en faisant front contre elle, dans la préface du volume : « Bien des gens ont frondé d'abord cette comédie ; mais les rieurs ont été pour elle, et tout le mal qu'on en a pu dire n'a pu faire qu'elle n'ait eu un succès dont je me contente. »

Certes, Corneille avait assez de relations et de fidèles pour fomenter un complot contre une pièce qu'il voulait combattre. Dans les salles de théâtre du temps, la chose n'était pas bien difficile, si l'on en croit les indications que donne la *Zélinde* de Donneau de Visé sur ce qu'était ce genre de manifestation au XVIIe siècle :

Les frondeurs sont insupportables, et je ne saurais souffrir que l'on fronde, même les pièces qui ne valent rien. Je m'imagine voir ces perturbateurs des divertissements publics crier qu'une pièce ne vaut rien devant qu'elle commence, faire les mauvais plaisants pendant qu'elle dure, rire à contretemps, faire la grimace aux plus beaux endroits, blâmer sans vouloir entendre, tirer les autres pour les empêcher d'écouter, dire cent fois que la pièce ne vaut rien, sans en pouvoir donner des raisons, et se faire remarquer de tout le monde, et même montrer au doigt.

Ce n'est pas la seule fois que le grand Corneille a été suspecté d'avoir organisé une cabale contre une pièce. En 1667, le Théâtre de l'Hôtel de Bourgogne reprit une vieille pièce de Georges de Scudéry, *Le Grand Annibal*, qui fut très mal accueillie par le public, et Tallemant des Réaux donna cette explication : « Ses amis, ou plutôt ceux de sa sœur, disent que cela vient d'une cabale de Corneille, qui était bien aise que l'*Annibal* de Scudéry eût un pire succès que son *Attila*. »

Pour *L'École des femmes*, les passages sur la « tarte à la crème », sur « les enfants par l'oreille », le grivois « le … » qui finit par ne désigner qu'un simple ruban, avaient suffi à déclencher l'indignation de quelques beaux esprits. Des spectateurs se dirent aussi choqués par la lecture, faite à la jeune et naïve Agnès, des *Maximes du mariage ou Les Devoirs de la femme mariée*, qui pouvaient être entendues comme une parodie des dix commandements ou des traités de direction morale de l'époque. Pour réduire le tapage qui accompagnait ces passages pendant les premières représentations, Molière fut contraint de couper, pour les suivantes, une centaine de vers, notamment, dans l'acte III, une bonne partie de ces *Maximes*. Mais ses adversaires ne lui firent pas seulement grief d'obscénité et d'impiété : ils l'accusèrent aussi d'avoir à nouveau pillé autrui. Dans ses *Nouvelles nouvelles* parues juste avant la *Critique de L'École des femmes*, Donneau de Visé prétendit que Molière n'avait rien mis de lui dans cette *École des femmes* dont les deux sources principales étaient, selon lui, un conte des *Facétieuses Nuits* de l'Italien Straparole et *La Précaution inutile* de Scarron, récit paru en 1655 et lui-même inspiré d'une nouvelle espagnole. Sa *Zélinde* accusera encore Molière :

> Il faut avouer que c'est un galant homme, et qu'il est louable de savoir si bien se servir de tout ce qu'il lit de bon. Prendre hardiment l'exemple d'un homme qui réussit est bon à suivre, tout ce qui est sur le papier est mort, mais le jeu l'anime et fait qu'on ne le reconnaît plus. Croiriez-vous que la scène du *Cocu imaginaire,* où Sganarelle dit qu'il devrait jeter le chapeau et crotter le manteau de celui qu'il croit le galant de sa femme fut tout entière dans *Francion* ? […]. Pour ce qui est de *L'École des femmes,* tout le monde sait bien qu'Élomire n'a rien mis de lui dans le sujet, que *La Précaution inutile* lui en a fourni les premières idées […], que la confidence qu'Horace fait à Arnolphe de son amour, qui, comme Élomire avoue lui-même dans la *Critique*, est ce qui fait tout le brillant de cette pièce est une histoire de Straparole ? […] tous les vieux bouquins, où il a pris ce qu'il y a de plus beau dans ses pièces […] sans ce *le*, cet impertinent *le*, qu'il a pris dans une vieille chanson, l'on n'aurait jamais parlé de cette comédie.

Admettons pourtant un instant, même si d'Aubignac est seul à l'affirmer, que Corneille fut à l'origine de la cabale qui accueillit *L'École des femmes* dès les premières représentations, et qu'il y ait eu une brouille conséquente entre le chef de la troupe de Monsieur et les deux auteurs dramatiques de la rue des Deux-Portes. Une brouille dont la raison nous serait restée totalement inconnue : un différend d'argent, une histoire de femme, une querelle liée à une pièce refusée par l'une ou l'autre partie ? Ce refroidissement, si tant est qu'il eut une réalité, ne dura pas toute la vie des protagonistes : en 1667, Molière allait verser à Corneille deux mille livres[96] pour avoir le privilège de créer *Attila*, lui remettre le même montant en 1670 pour *Tite et Bérénice*, et l'année d'après, collaborer avec lui au grand jour pour composer dans la hâte une *Psyché* commandée par le roi. Entre-temps, sa troupe avait continué à jouer des pièces des deux Rouennais devenus parisiens, et l'on doute que Molière, à partir de 1665, ait repris de lui-même, sans y être en rien incité par l'auteur, une tragédie comme cette *Médée* de Corneille aîné, qui datait d'un quart de siècle[97], d'autant que ce n'était pas dans ce registre que les comédiens du Palais-Royal obtenaient les plus grands applaudissements et les plus fortes recettes.

Ce que l'on désigne communément comme la « querelle de *L'École des femmes* » est le concert d'attaques et de louanges qui résonna très tôt autour de la pièce. Des animosités et des jalousies entre auteurs, ainsi que la rivalité de deux troupes de théâtre, attisèrent vivement l'affaire. L'éclatante réussite de Molière depuis son arrivée à Paris lui valait l'inimitié des comédiens de l'Hôtel de Bourgogne, de surcroît irrités par la faveur que Louis XIV lui témoignait de plus en plus. Les nombreux ennemis qu'il avait parmi ses confrères de plume ou de scène lui pardonnaient d'autant moins ce succès qu'il l'obtenait avec des comédies, ce genre « mineur ». En un mot, au moment des tensions liées à cette querelle de *L'École des femmes*, les conditions étaient propices pour une divulgation des collaborations confidentielles dont quelques comédies de Molière pouvaient avoir bénéficié jusqu'alors, y compris et surtout cette *École des femmes* si parfaitement mise en vers, mais si attaquée de toutes parts. Or il n'en fut rien.

De la manière dont Molière réagit aux attaques contre son *École des femmes*, Grimarest présente une version simplifiée : « Molière, outré à son tour des mauvais jugements que l'on portait sur sa pièce, les ramassa, et en fit la *Critique de l'École des femmes*. » Le 1^er^ juin 1663, la troupe de Monsieur créa au Palais-Royal cette courte comédie en un acte et en prose, dont le texte fut imprimé deux mois plus tard[98]. Une fois encore, il y eut un collaborateur de l'ombre. En mars, dans la préface du volume de *L'École des femmes*, Molière avait révélé qu'un de ses amis avait composé pour lui un dialogue qui fut une sorte de prototype de *La Critique de l'École des femmes* :

> [...] une grande partie des choses que j'aurais à dire sur ce sujet est déjà dans une dissertation que j'ai faite en dialogue, et dont je ne sais encore ce que je ferai. L'idée de ce dialogue, ou, si l'on veut, de cette petite comédie, me vint après les deux ou trois premières représentations de ma pièce. Je la dis, cette idée, dans une maison où je me trouvai un soir, et d'abord une personne de qualité, dont l'esprit est assez connu dans le monde, et qui me fait l'honneur de m'aimer, trouva le projet assez à son gré, non seulement pour me solliciter d'y mettre la main, mais encore pour l'y mettre lui-même ; et je fus étonné que deux jours après, il me montra toute l'affaire exécutée d'une manière à la vérité beaucoup plus galante et plus spirituelle que je ne puis faire, mais où je trouvai des choses trop avantageuses pour moi, et j'eus peur que, si je produisais cet ouvrage sur notre théâtre, on ne m'accusât d'abord d'avoir mendié les louanges qu'on m'y donnait. Cependant cela m'empêcha, par quelque considération, d'achever ce que j'avais commencé.

« [...] une personne de qualité, dont l'esprit est assez connu dans le monde » : au moins cette qualification exclut-elle de manière radicale Corneille, qui manquait totalement d'aisance et de brio dans les conversations de salon. Mais il n'est pas anodin de noter qu'un ami de Molière pouvait lui remettre une « petite comédie » écrite spontanément pour lui, comme, on s'en souvient, Chapelle l'avait fait pour une scène des *Fâcheux*. Apparemment, Molière ne passait pas pour s'offusquer qu'on s'avisât de lui offrir ce genre d'aide. Nous l'avons déjà fait remarquer, nul contemporain ne s'est jamais vanté d'avoir proposé de la copie à Corneille... Qui pouvait être la « personne de qualité » ayant eu l'idée de la « petite comédie » sur *L'École des femmes* ? Les irremplaçables *Nouvelles nouvelles* de Donneau de Visé, parues quelques jours avant la *Critique*, donnent le pot-aux-roses :

> « Nous verrons dans peu, continua le même, une pièce de lui intitulée *La Critique de l'École des femmes*, où il dit toutes les fautes que l'on reprend dans sa pièce, et les excuse en même temps.

– Elle n'est pas de lui, répartit Straton ; elle est de l'abbé du Buisson, qui est un des plus galants hommes du siècle.

– J'avoue, lui répondit Clorante, que cet illustre abbé en a fait une, et que, l'ayant portée à l'auteur dont nous parlons, il trouva des raisons pour ne la point jouer, encore qu'il avouât qu'elle fût bonne. Cependant comme son esprit consiste principalement à se savoir bien servir de l'occasion, et que cette idée lui a plu, il a fait une pièce sur le même sujet, croyant qu'il était seul capable de se donner des louanges.

En révélant lui-même, dans sa préface de *La Critique*, l'initiative de l'abbé du Buisson, Molière prévenait toute rumeur sur la paternité de sa pièce : la technique du paratonnerre. *Le Grand Dictionnaire des précieuses* de Baudeau de Somaize, où il figure sous le nom de Barsinian, nous apprend que l'abbé du Buisson était « un homme de qualité qui a autant d'esprit qu'on peut en avoir : il fait des vers avec toute la facilité imaginable, et non seulement il en fait de sérieux, mais même d'enjoués et de satiriques ». L'exégèse sur Molière s'est souvent perdue en conjectures sur le fait que cette courte *Critique* ait été jouée en juin alors que son projet remontait à près de six mois : question qui semble bien rester sans réponse.

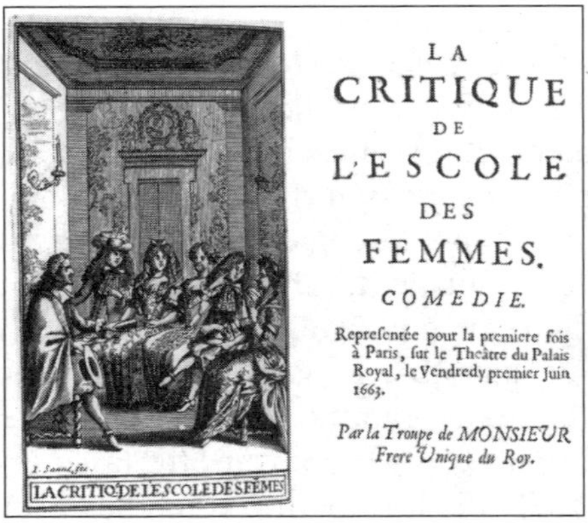

LA CRITIQUE DE L'ESCOLE DES FEMMES.

COMEDIE.

Representée pour la premiere fois à Paris, sur le Theâtre du Palais Royal, le Vendredy premier Juin 1663.

*Par la Troupe de MONSIEUR Frere Unique du Roy.*

Après le scandale de *L'École des femmes*, il advint que *La Critique* fit elle-même quelques vagues. S'étant reconnu – ou ayant cru se reconnaître, ou plutôt ayant voulu se reconnaître – dans le personnage de Lysidas, Edme Boursault, le protégé de Corneille dont nous avons déjà parlé, composa en représailles, à la va-vite, une pièce en vers, *Le Portrait du peintre ou la Contre-critique de l'École des femmes*, qui fut jouée fin septembre ou début octobre sur la scène de l'Hôtel de Bourgogne, avant de paraître mi-novembre chez le libraire Guignard. On s'échinerait en vain à y chercher la moindre allusion à Corneille, et encore moins à une intervention de ce dernier dans une pièce signée Molière. Ceci mérite d'autant plus d'être relevé que, dans l'avertissement de l'édition de sa pièce, Boursault s'en prend en ces termes à Molière, lequel, arrosé devenu arroseur, l'avait accusé, dans un *Impromptu de Versailles* répondant, entre autres, à son *Portrait du peintre*, de s'être fait « aider » pour composer sa pièce (« bien des gens ont mis la main à cet ouvrage ») :

> [...] il n'est pas juste que je me laisse dépouiller d'un bien qui ne peut enrichir personne, et je suis contraint de défendre tout le Parnasse contre l'injurieuse charité qu'on lui a bien voulu prêter. Les grands hommes n'ont point d'occupations si basses : ils ne travaillent qu'alors qu'il y a de la gloire à acquérir, et c'est dire assez clairement que Molière n'a rien à craindre d'eux. Pour moi, je suis redevable à l'outrage qu'il m'a voulu faire : croire ma pièce digne de ceux qui sont accusés d'y avoir mis la main, c'est demeurer d'accord de son mérite, et toutes les injures qu'on me dit dans le galimatias que Molière appelle *Impromptu*, ne peuvent détruire la bonne opinion qu'il a fait concevoir de mon ouvrage. Je pourrais repousser ces injures par d'autres injures plus piquantes, si j'en avais aussi bien la volonté que j'en ai le droit ; mais je n'y suis pas accoutumé comme lui ; et puis, cette sorte de vengeance est si indigne d'un honnête homme, que la sienne n'a pas eu lieu de me surprendre.

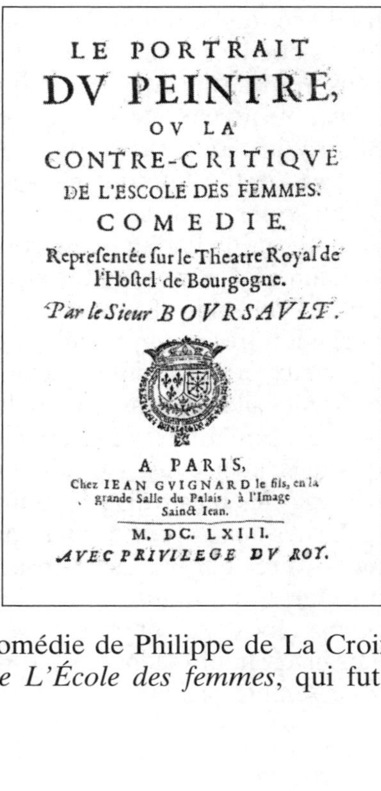
LE PORTRAIT
DV PEINTRE,
OV LA
CONTRE-CRITIQVE
DE L'ESCOLE DES FEMMES.
COMEDIE.
Repreſentée ſur le Theatre Royal de l'Hoſtel de Bourgogne.
Par le Sieur BOVRSAVLT.
A PARIS,
Chez IEAN GVIGNARD le fils, en la grande Salle du Palais, à l'Image Sainct Iean.
M. DC. LXIII.
AVEC PRIVILEGE DV ROY.

L'attaque étant généralement la meilleure défense, Molière avait ainsi accusé un confrère d'avoir servi de prête-nom à quelques-unes des meilleures plumes du temps. Or Boursault était connu comme un disciple de ce Corneille[99] que l'abbé d'Aubignac dénonçait comme le meneur de la cabale contre *L'École des femmes* : de là à penser que le grand dramaturge avait mis la main au *Portrait du peintre*... Peut-être certains firent-ils le rapprochement, en dépit de la médiocrité littéraire dudit *Portrait*[100]. Doit-on déceler une très discrète allusion aux frères Corneille dans ce passage de la petite comédie de Philippe de La Croix, *La Guerre comique ou la défense de L'École des femmes*, qui fut imprimée en mars 1664 et semble avoir été écrite pour mettre un terme – conciliant et apaisant – à la polémique autour de la pièce :

MÉLASIE.

Vous avez parlé du *Portrait du Peintre* ; on accuse Boursault de n'en être pas l'auteur.

PHILINTE.

Je ne m'arrête pas à tous ces bruits. Je crois Boursault très capable de cela.

DE LA RANCUNE.

Il est impossible que Boursault ne réussisse. S'il a fait le *Portrait du Peintre*, manquera-t-il de beaux sujets et d'art pour les conduire ? Et s'il n'en est pas l'auteur, ceux qu'on soupçonne d'avoir mis la main à cette petite comédie ne sont-ils pas engagés d'honneur de le secourir en toutes les autres ?

Quelques lignes plus haut, l'auteur avait rapproché *L'École des femmes* d'une autre comédie dont la rue était le décor : *Le Menteur* de Pierre Corneille…

Comédie en un acte et en prose, *L'Impromptu de Versailles* fut joué à la mi-octobre à Versailles : c'était la première pièce de Molière créée devant le roi (au cours de ce déplacement, la troupe de Monsieur joua aussi le *Sertorius* de… Corneille). Dans cette petite comédie qui fut reprise au Palais-Royal à partir du 4 novembre, Molière, selon Grimarest, se serait surtout attaché « à tourner en ridicule » le *Portrait du Peintre* de Boursault. Piqué par ce qui était dit de lui et de son *École des femmes* dans ce *Portrait* joué chez ses ennemis de l'Hôtel de Bourgogne, il avait riposté par cette comédie qui tenait à la fois du règlement de comptes et de l'attaque de front. C'était faire d'une pierre deux coups. D'un côté, sans craindre de le nommer par son nom, il disait son fait à Boursault, de l'autre, il se raillait, en le contrefaisant, du jeu déclamatoire et emphatique des acteurs de l'Hôtel de Bourgogne : le vieux et ventripotent Montfleury, qui faisait outrageusement ronfler les alexandrins qu'il débitait dans ses rôles de tragédien, et ses camarades Hauteroche, Villiers et le couple Beauchâteau (Mlle Beauchâteau gardait une physionomie souriante pendant les passages les plus tragiques d'une pièce). Traquant le moindre indice, Louÿs faisait remarquer que *L'Impromptu de Versailles* épargnait le directeur de cette troupe concurrente, le célèbre comédien Floridor[101], qui était très lié avec Corneille, parrain d'un de ses fils[102]. Mais Floridor était aussi le seul tragédien de sa troupe à dire les vers sans grandiloquence. Était de même épargné l'acteur Poisson, qui ne semble pas avoir été particulièrement proche de Corneille, mais qui était très bien vu de Louis XIV, lequel le recevait à la Cour, et Molière était assez habile pour ne pas l'inclure dans cette mise en boîte de la troupe de l'Hôtel de Bourgogne jouée devant le roi[103] – ce roi, qui, selon une réplique de *La Guerre comique ou la Défense de l'École des femmes* aurait encouragé la composition de cet impromptu :

PHILINTE.

Je ne nie pas que ceux à qui ces portraits ressemblent ne soient les véritables originaux ; ils seraient bien aveugles s'ils ne se voyaient dans une peinture si parlante et si naïve. Molière ne les a peints qu'après qu'ils l'ont joué sur leur théâtre ; il leur a rendu le change, et quand il n'aurait point d'autre raison pour s'en défendre, on ne pourrait pas le blâmer. Mais sais-tu pas qu'il y a travaillé par l'ordre de Sa Majesté ?

Rien n'est simple dans cette histoire des relations entre Molière et Corneille, car *L'Impromptu de Versailles*, piécette sans intrigue véritable, fait réciter, par les personnages de comédiens dont il moque la diction et la gestuelle, des extraits de tragédies de Corneille, notamment *Nicomède*, première pièce que la troupe venue de Rouen avait jouée devant le roi, en octobre 1658. Il est vrai que Corneille était un des principaux auteurs, sinon le principal, joués sur la scène de l'Hôtel de Bourgogne, et qu'un tel choix s'imposait de lui-même. Il est vrai aussi qu'avec cet *Impromptu* moqueur, Molière soutenait de manière on ne peut plus affirmée une théorie théâtrale prônée par Corneille lui-même et qui allait contre les habitudes des tragédiens du temps : une diction simple et naturelle. Car la pièce n'attaquait en rien l'art de Corneille, mais seulement la façon dont les « Grands Comédiens » déclamaient ses vers :

MOLIÈRE

J'avais songé une comédie, où il y aurait eu un poète que j'aurais représenté moi-même, qui serait venu pour offrir une pièce à une troupe de comédiens nouvellement arrivés de la campagne. Avez-vous, aurait-il dit, des acteurs et des actrices, qui soient capables de bien faire valoir un ouvrage ? Car ma pièce est une pièce… – Eh ! Monsieur, auraient répondu les comédiens, nous avons des hommes et des femmes qui ont été trouvés raisonnables partout où nous avons passé. – Et qui fait les rois parmi vous ? – Voilà un acteur qui s'en démêle parfois. – Qui, ce jeune homme bien fait ? Vous moquez-vous ? Il faut un roi qui soit gros et gras comme quatre. Un roi, morbleu, qui soit entripaillé comme il faut ; un roi d'une vaste circonférence, et qui puisse remplir un trône de la belle manière ! La belle chose qu'un roi d'une taille galante ! Voilà déjà un grand défaut ; mais que je l'entende un peu réciter une douzaine de vers. Là-dessus le comédien aurait récité, par exemple, quelques vers du roi de *Nicomède.*

Te le dirai-je Araspe, il m'a trop bien servi,
Augmentant mon pouvoir...

le plus naturellement qui lui aurait été possible. Et le poète : Comment, vous appelez cela réciter ? C'est se railler ; il faut dire les choses avec emphase. Écoutez-moi. (Imitant Montfleury, excellent acteur de l'Hôtel de Bourgogne.)

Te le dirai-je, Araspe... Etc.

Voyez-vous cette posture ? Remarquez bien cela. Là appuyez comme il faut le dernier vers. Voilà ce qui attire l'approbation, et fait faire le brouhaha. – Mais, Monsieur, aurait répondu le comédien, il me semble qu'un roi qui s'entretient tout seul avec son capitaine des gardes, parle un peu plus humainement, et ne prend guère ce ton de démoniaque. – Vous ne savez ce que c'est. Allez-vous-en réciter comme vous faites, vous verrez si vous ferez faire aucun ah ! Voyons un peu une scène d'amant et d'amante. Là-dessus une comédienne et un comédien auraient fait une scène ensemble, qui est celle de Camille et de Curiace.

Iras-tu, ma chère âme, et ce funeste honneur,
Te plaît-il aux dépens de tout notre bonheur ?
– Hélas ! Je vois trop bien... etc.

Tout de même que l'autre, et le plus naturellement qu'ils auraient pu. Et le poète aussitôt : Vous vous moquez, vous ne faites rien qui vaille ; et voici comme il faut réciter cela. (Imitant Mlle Beauchâteau, comédienne de l'Hôtel de Bourgogne.)

Iras-tu, ma chère âme... etc.
Non je te connais mieux... etc.

Voyez-vous comme cela est naturel et passionné ? Admirez ce visage riant qu'elle conserve dans les plus grandes afflictions. Enfin voilà l'idée, et il aurait parcouru de même tous les acteurs, et toutes les actrices.

MADEMOISELLE DE BRIE

Je trouve cette idée assez plaisante, et j'en ai reconnu là dès le premier vers, continuez je vous prie.

MOLIÈRE, imitant Beauchâteau, aussi comédien, dans les stances du *Cid.*

Percé jusques au fond du cœur, etc.

Et celui-ci le reconnaîtrez-vous bien, dans Pompée de *Sertorius* ? (Imitant Hauteroche, aussi comédien.)

L'inimitié qui règne entre les deux partis,
N'y rend pas de l'honneur… etc.

MADEMOISELLE DE BRIE

Je le reconnais un peu, je pense.

MOLIÈRE

Et celui-ci ? (Imitant De Villiers, aussi comédien.)

Seigneur, Polybe est mort… etc.

Le passage de *L'Impromptu de Versailles* sur le poète « venu pour offrir une pièce à une troupe de comédiens nouvellement arrivés de la campagne », c'est-à-dire de province, a été parfois interprété comme une allusion directe à Corneille : « Nous verrions volontiers dans cette scène une synthèse des conversations rouennaises entre Pierre Corneille et Molière, à propos d'un art que chacun entendait à sa manière : la traduction même d'un malentendu profond », écrivait Georges Couton dans son édition de la Pléiade des œuvres de Molière[104]. L'assimilation de Corneille au poète moqué dans cette scène est pourtant peu probante : Corneille n'était pas un poète parisien venant proposer sa pièce à une troupe venue de province, et les exigences du personnage du poète de *L'Impromptu de Versailles* sur la diction des comédiens sont à l'opposé de la position de Corneille sur ce point.

Le comédien Montfleury.

*L'Impromptu de Versailles* amusa la cour et le public du Palais-Royal, mais l'acteur Montfleury[105], créateur du rôle de Prusias dans *Nicomède* et de celui de Sphax dans *Sophonisbe*, prit fort mal la plaisanterie. Il fit composer par son fils[106] un acte en vers, *L'Impromptu de l'Hôtel de Condé*. Cette petite pièce venimeuse, qui fut jouée en novembre 1663 à l'Hôtel de Bourgogne et à l'Hôtel particulier du prince – d'où son titre –, est un portrait-charge de Molière dénonçant ses insuffisances dans les rôles tragiques et tout crépitant de méchancetés sur l'homme :

De Molière, morbleu, de Molière, de lui,
De lui, de cet auteur burlesque d'aujourd'hui ;
De ce daubeur de mœurs, qui sans aucun scrupule
Fait un portrait naïf de chaque ridicule,
De ce fléau des cocus, de ce bouffon du temps,
De ce héros de farce acharné sur les gens,
Dont pour peindre les mœurs la veine est si savante,
Qu'il paraît tout semblable à ceux qu'il représente.

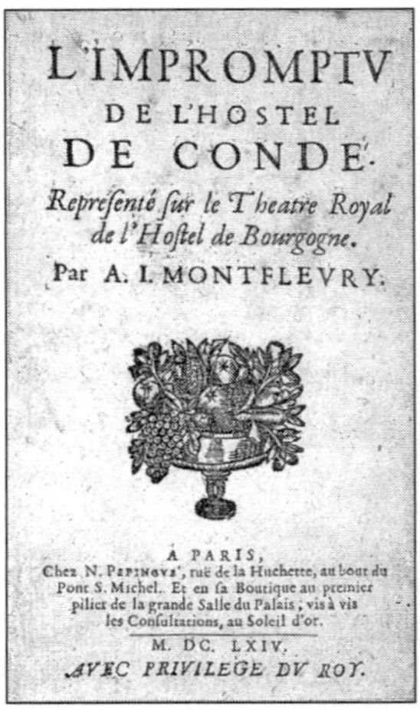
L'IMPROMPTV DE L'HOSTEL DE CONDE.
*Représenté sur le Theatre Royal de l'Hostel de Bourgogne.*
Par A. I. MONTFLEVRY.
A PARIS,
Chez N. PEPINGVE', ruë de la Huchette, au bout du Pont S. Michel. Et en sa Boutique au premier pilier de la grande Salle du Palais ; vis à vis les Consultations, au Soleil d'or.
M. DC. LXIV.
*AVEC PRIVILEGE DV ROY.*

Ce que nous en retiendrons ici, c'est qu'à aucun moment, il n'est fait allusion, dans cet *Impromptu* malmenant Molière, à une aide qu'il aurait reçue de Corneille pour composer ses comédies. Un Louÿsien rétorquerait que Montfleury père et fils ne pouvaient se permettre d'indisposer sur un tel sujet un auteur de l'importance de Corneille. *L'Impromptu de l'Hôtel de Condé* rend d'ailleurs un grand hommage à celui dont l'Hôtel de Bourgogne avait créé en janvier la *Sophonisbe*, sans aucun succès au demeurant :

ALCIDON
C'est du siècle présent l'honneur et la merveille,
Et les œuvres, Monsieur, d'un homme si vanté,
Le feront adorer de la postérité ;
Nous n'avons point d'auteurs dont la veine pareille...

LE MARQUIS
Hé, Madame, l'on sait ce que c'est que Corneille

Le coup bas le plus rude de la querelle de *L'École des femmes* fut – selon ce que Racine confia dans une lettre de fin novembre 1663 à son ami l'abbé Le Vasseur – un libelle que Montfleury père aurait adressé au roi et dans lequel il accusait Molière « d'avoir épousé la fille, et d'avoir autrefois couché avec la mère » – insinuant ainsi qu'il avait pu épouser sa propre fille[107]. Il fallait beaucoup de hardiesse pour adresser à Louis XIV un *factum* qui s'en prenait de semblable manière à la moralité de son protégé. Dans un tel déchaînement de haine, peut-on croire que, si le milieu du théâtre parisien avait su que l'auteur des plus beaux passages des pièces de Molière était en réalité le grand Corneille, cela n'aurait pas été insinué publiquement à un moment ou à un autre ? Nous ne disposons malheureusement, pour en savoir davantage, que de ce qui fut imprimé à l'époque et qui n'est évidemment qu'un écho partiel des luttes et des polémiques du temps autour des œuvres et de la personnalité de Molière. Pierre Louÿs aurait ajouté : la collaboration de Corneille *devait* rester secrète, et elle le resta.

Il est en revanche impossible de suivre certains héritiers spirituels de Louÿs lorsqu'ils présentent la querelle de *L'École des femmes* comme un coup organisé par Corneille, Molière et Floridor, avec la complicité de Boursault, afin d'attirer le public dans deux théâtres en guerre apparente l'un contre l'autre – une polémique montée dans un but publicitaire et commercial, en quelque sorte. Les attaques personnelles allèrent trop loin dans la véhémence et la méchanceté pour qu'on puisse admettre cette explication. C'est que l'affaire a dégénéré en cours de route, nous a expliqué un Louÿsien fervent et austère, convaincu de la réalité d'un coup monté à l'origine par les protagonistes de l'affaire. Mais nous n'écoutions plus.

## *Tartuffe ou l'Hypocrite, Panulphe ou l'Imposteur, Le Tartuffe ou l'Imposteur* (1664-1669)

Le 12 mai 1664, *Le Tartuffe ou l'Hypocrite*, comédie en trois actes et en vers, fut jouée devant le roi et la Cour, à Versailles, dans le programme de divertissements des *Plaisirs de l'Île enchantée*, grande festivité par laquelle le souverain paraissait vouloir faire oublier les fastes de Vaux-le-Vicomte. La pièce fut jouée au cours de la sixième journée de ces *Plaisirs*, dans lesquels le caractère cynique ou pathétique de ses personnages principaux dut détonner sensiblement. Avant même d'être représentée, elle avait fait parler d'elle, d'autant qu'elle avait été lue au moins une fois en public, et en présence du roi : dès avril, les membres de la Compagnie du Saint-Sacrement[108] étaient entrés en action, comme s'ils s'étaient sentis visés par cette dénonciation de l'hypocrisie dévote. Par l'intermédiaire de ses deux principaux bras armés, Hardouin de Peréfixe, archevêque de Paris, et Guillaume de Lamoignon, premier Président du Parlement, la Compagnie avait manœuvré, notamment dans l'entourage de la reine-mère, pour faire interdire la pièce. Elle n'y parvint que quelques jours après la représentation du 12 mai, le roi ayant fini par céder aux pressions du parti dévot.

Ce qu'écrit Loret dans sa lettre rimée du 24 mai suggère que la cour avait apprécié le *Tartuffe*, cette œuvre pourtant noire et amère – mais où les spectateurs semblent avoir surtout cherché à deviner quels contemporains avaient servi de modèles aux deux protagonistes principaux – et que le scandale était venu peu après. Un scandale que Molière n'allait pas parvenir à endiguer :

> [...] un quidam m'écrit
> Et ce quidam a bon esprit,
> Que le comédien Molière,
> Dont la muse n'est point ânière,
> Avait fait quelque plainte au roi,
> Sans m'expliquer trop bien pourquoi ;
> Sinon que, sur son *Hypocrite,*
> Pièce, dit-on, de grand mérite
> Et très fort au gré de la cour,
> Maint censeur daube nuit et jour.
> Afin de repousser l'outrage,
> Il a fait coup sur coup voyage
> Et le bon droit représenté
> De son travail persécuté.
> Mais, de cette plainte susdite
> N'ayant pas su la réussite,
> Je veux encore être, en ce cas,
> Disciple de Pythagoras.

Car le thème traité ne manquait pas de hardiesse : les pratiques de la religion détournées par un être fourbe pour commettre ses forfaits et satisfaire ses bas appétits. C'était là un sujet fort dangereux. Quelques années plus tard, en 1670, Le Boulanger de Chalussay ferait prononcer cette menace par un des protagonistes de son *Élomire hypocondre*, lequel s'adresse à Molière-Élomire en invoquant

> [...] ton *Imposteur*, dont les impiétés
> T'apprêtent des fagots déjà de tous côtés.

Mais dès 1664, un homme d'église, Pierre Roullé, curé de Saint-Barthélemy, avait répandu à l'encontre du *Tartuffe* un pamphlet d'une grande violence, intitulé *Le Roi glorieux au monde ou Louis XIV le plus glorieux de tous les rois du monde.* Il en appelait au bûcher, ni plus ni moins, pour Molière :

> Un homme ou plutôt un démon vêtu de chair et habillé en homme, et le plus signalé impie et libertin qui fut jamais dans les siècles passés, avait eu assez d'impiété et d'abomination pour faire sortir de son esprit diabolique une pièce toute prête d'être rendue publique, en la faisant monter sur le théâtre, à la dérision de toute l'Église, et au mépris du caractère le plus sacré et de la fonction la plus divine, et au mépris de ce qu'il y a de plus saint dans l'Église, ordonné du Sauveur pour la sanctification des âmes, à dessein d'en rendre l'usage ridicule, contemptible, odieux. Il méritait, par cet attentat sacrilège et impie, un dernier supplice exemplaire et public, et le feu même, avant-coureur de celui de l'enfer, pour expier un crime si grief de lèse-majesté divine, qui va à miner la religion catholique, en blâmant et jouant sa plus religieuse et sainte pratique, qui est *la conduite et direction* des âmes et des familles, par de sages guides et conducteurs pieux.

Dans le *Placet sur la comédie de Tartuffe* qu'il adressa à Louis XIV le 31 août 1664, Molière protesta à la fois contre l'interdiction de sa pièce et contre cette publication comminatoire de l'abbé Roullé (elle fut d'ailleurs saisie et détruite par ordre du roi)[109]. Comme l'interdiction ne concernait que les représentations publiques, les trois actes de *Tartuffe* – car il est avéré que l'œuvre n'en avait que trois à cette date – furent rejoués en privé, entre le 20 et le 27 septembre, chez Monsieur, au château de Villers-Cotterêts : « On y a joué Sertorius et le Cocu I. / L'Escholle des maris et l'Impromptu / la Thébaide / les fascheux / et les trois premiers actes du Tartuffe », peut-on lire dans le registre de La Grange. Selon la même source, la pièce fut encore jouée le 29 novembre devant le prince de Condé, chez Anne de Gonzague – la princesse Palatine –, au château du Raincy. Mais elle l'aurait été, cette fois, dans une version complétée de deux actes : « La troupe est allée au Raincy Maison de plaisance de Mad^e^ la princesse Palatine près Paris par ordre Mons. Le Prince de Condé pour y jouer Tartuffe en cinq actes ».

Une nouvelle « visite » fut donnée dans le même lieu le 8 novembre de l'année suivante : « La troupe est allée au château du Raincy chez Madame la princesse Palatine par ordre de Monsieur le prince on y a joué Tartuffe et Les Médecins [*L'Amour médecin*] ». Dans son édition de 1682 des œuvres de Molière, La Grange est tout aussi formel : « Cette comédie, parfaite, entière et achevée en cinq actes, a été représentée la première et la seconde fois au château du Raincy, près Paris, les 29 novembre 1664 et 8 novembre de l'année suivante 1665 ».

Dans le placet remis au roi pour obtenir la permission de jouer *Tartuffe*, Molière alléguait, dès les premiers mots, que « le devoir de la comédie était de corriger les hommes en les divertissant ». Une déclaration que Roger Duchêne trouvait fort étrange[110], à la fois parce qu'elle empiétait sur un domaine alors réservé à l'Église, et parce qu'elle dénotait des préoccupations jusque-là inconnues chez son auteur. Rien de plus juste, mais elle indiquait surtout chez Molière une audace imprévue, nouvelle – et assez inexplicable –, que l'on allait retrouver dans *Dom Juan*.

Trois années s'écoulèrent. Le 5 août 1667, déguisée sous le titre de *Panulphe ou l'Imposteur*, la pièce fut donnée au Palais-Royal, dans une salle évidemment comble. On ne connaît pas la version qui fut jouée ce jour-là, mais il est établi qu'elle avait été nettement édulcorée par rapport à celle de 1664, que nous ne connaissons d'ailleurs pas davantage : le personnage-titre y était notamment moins « ecclésiastique ». Faut-il supposer que Molière avait reçu l'ordre du roi de modifier sa pièce dans un sens qui calmerait l'agitation du milieu dévot ? Mais c'est pure hypothèse, et mieux vaut se résoudre à admettre que, de même que nous ignorerons toujours le texte du premier *Tartuffe*, de même nous ne saurons jamais ce qui s'est passé autour de la pièce, durant cette période 1664-1667. Toujours est-il que le lendemain même de cette première représentation publique, une nouvelle interdiction fut prononcée. Que s'était-il passé ?

Avant son départ pour la campagne contre les Pays-Bas[111], Louis XIV aurait donné à Molière son accord pour reprendre sa pièce. Voulait-il faire un geste envers cet homme de théâtre qui avait successivement composé et mis en scène, pour le plaisir et la distraction de Sa Majesté, la comédie pastorale[112] héroïque de *Mélicerte* l'année précédente, une *Pastorale comique* en janvier, et la comédie-ballet *Le Sicilien ou l'Amour peintre* en février, envers ce familier de Versailles qu'une grave maladie avait frappé en avril-mai, obligeant sa troupe à faire relâche jusqu'à la mi-juin ? Par ailleurs, la mort de la reine-mère, survenue le 20 janvier 1666, avait fait perdre au parti dévot sa meilleure alliée auprès du roi.

Malheureusement, lorsque *Tartuffe* fut repris le 5 août 1667 au Palais-Royal, Louis XIV était à la guerre et Molière n'avait reçu de sa part qu'une autorisation verbale. Le président de Lamoignon, auquel le roi avait laissé tout pouvoir, n'eut cure des dires de Molière et fit interdire la pièce après cette seule représentation. De son côté, l'archevêque Hardouin de Péréfixe, pour empêcher les « visites », lança le 11 août un mandement d'excommunication contre les libertins qui assisteraient à une représentation privée de *Tartuffe* (en dépit de ce mandement, la pièce fut jouée deux fois devant Condé, qui passait pour un mécréant : le 4 mars 1668 à l'Hôtel de Condé, le 20 septembre 1668 à Chantilly). Molière adressa alors au roi un deuxième placet, qui fut porté à Lille par deux comédiens de la troupe, La Grange et La Thorillière. Ils ne purent parler au roi directement, mais revinrent avec la promesse que la pièce serait examinée à son retour. En attendant, le Théâtre du Palais-Royal fit relâche pendant sept semaines : il ne devait reprendre ses activités que le 25 septembre.

Le 20 août, parut une anonyme – mais très documentée – *Lettre sur la comédie de l'Imposteur*. L'auteur de ce plaidoyer, qui déchargeait l'œuvre de toute accusation d'impiété, avait certainement assisté à la représentation du 5 août, mais il paraissait en avoir gardé un souvenir si net qu'il avait certainement le texte sous les yeux lorsqu'il rédigea sa *Lettre*. Il était donc probablement un proche de Molière. Comme un des exemplaires de ladite *Lettre* porte la signature imprimée « C. », on a pensé qu'il pourrait s'agir de Chapelle. Mais ceci paraît fort douteux.

Le roi revint de la guerre en septembre, et l'on ne parla plus de *Tartuffe*[113]. Un an et demi plus tard, le 5 février 1669, une version en cinq actes, intitulée *Le Tartuffe ou l'Imposteur,* fut jouée au Palais-Royal. L'interdiction avait été levée. Ce fut un triomphe, avec quarante-quatre représentations. Pour une raison que nous ignorons – la crainte d'une nouvelle interdiction ? –, le texte fut édité très rapidement[114], « aux dépens de l'auteur » (le privilège est daté du 15 mars, et l'achevé d'imprimer, du 23).

Parmi les nombreux problèmes qu'a posés *Tartuffe* à la critique, nous ne retiendrons que ceux qui peuvent toucher, de près ou de loin, à notre sujet. Une des grandes inconnues de l'œuvre est la date de sa transformation d'une version en trois actes en une version en cinq. Selon La Grange, le *Tartuffe* en cinq actes daterait de l'année même de la création, c'est-à-dire de 1664. Quelques années après lui, Grimarest présentait l'affaire avec une certaine ambiguïté, comme s'il voulait concilier les affirmations de La Grange et des témoignages faisant état d'un ajout beaucoup plus tardif des deux derniers actes :

> La pièce entière parut la première et la seconde fois au Raincy, au mois de novembre suivant, et en 1665 ; mais Paris ne l'avait point encore vue en 1667. Molière sentait la difficulté de la faire passer dans le public. Il le prévint par des lectures ; mais il n'en lisait que jusqu'au quatrième acte : de sorte que tout le monde était fort embarrassé comment il tirerait Orgon de dessous la table.

Encore en trois actes en septembre 1664 lorsqu'elle fut jouée chez Monsieur, la pièce aurait donc été complétée de deux actes en deux mois. Or le duc d'Enghien, fils du grand Condé, qui avait assisté à la représentation de novembre 1664, écrivait à un des secrétaires de son père, en octobre 1665, pour demander à Molière de jouer le quatrième acte de *Tartuffe* s'il était fait. La teneur de cette lettre s'oppose totalement à la chronologie donnée par La Grange. Pressentant bien le problème que posait un *Tartuffe* en cinq actes dès 1664, Georges Couton, dans son édition de la Pléiade, tentait de concilier à son tour ce qui, dans l'état des connaissances, demeure encore aujourd'hui, inconciliable :

> De ce *Tartuffe* en cinq actes, ou bien Molière lui-même ne fut pas satisfait, ou bien les « gens capables de juger » ne voulurent pas se contenter. En tout cas, il l'a remis une fois encore en chantier. L'année suivante, en octobre 1665, le duc d'Enghien, fils du grand Condé, écrivait à M. de Ricous : on voudrait avoir *Le Tartuffe* au Raincy, chez la Palatine ; « si le quatrième acte du *Tartuffe* était fait, demandez-lui s'il ne le pourrait pas jouer ». [...] *Tartuffe* n'était pas encore achevé en 1666. La reine Christine de Suède voulait le voir. Elle s'adressa à Lionne, ministre des affaires étrangères[115]. Il répondit que Molière avait commencé son *Tartuffe*, mais ne l'avait pas achevé et que le roi même ne pourrait faire violence à l'auteur pour que la pièce fût communiquée à la reine.
>
> On voit qu'entre 1664 et 1667, plusieurs états du texte ont dû se succéder.

Roger Duchêne, de même :

> « Si le quatrième acte de *Tartuffe* était fait, écrit encore le duc d'Enghien, demandez à Molière s'il ne le pourrait pas jouer. » Surprenante demande : selon Lagrange, on a déjà donné « le *Tartuffe* en cinq actes » en novembre 1664, au Raincy. Sans doute une version provisoire. Condé veut voir le nouveau texte.
>
> La représentation commandée eut effectivement lieu, le 8 novembre 1665. On ne sait sous quelle forme[116].

Que faut-il en penser ? Le registre de La Grange, nous l'avons vu, a été rédigé « après coup » : en l'occurrence, pour les années qui nous intéressent, plus de deux décennies après les faits. Car plusieurs éléments suggèrent que le *Tartuffe* joué en mai 1664 à Versailles avait bel et bien été conçu comme une pièce achevée, en trois actes, dont le dernier se terminait sur le triomphe de Tartuffe. C'était certes une fin inacceptable pour les censeurs – qui ne l'acceptèrent d'ailleurs pas –, mais il est peu vraisemblable que la troupe de Molière se soit risquée à donner devant le roi une comédie inachevée. Cela lui arriva une fois, il est vrai, lorsque, le 1er décembre 1666, elle joua à Saint-Germain-en-Laye, dans le cadre d'un *Ballet des Muses* imaginé par Benserade, une *Mélicerte* en vers libres qui ne comportait que ses deux premiers actes et que Molière n'acheva jamais[117]. Mais il ne s'agissait là que d'une comédie pastorale héroïque composée spécifiquement pour une fête et qui ne devait pas être reprise au Palais-Royal, ni imprimée du vivant de Molière. Il est difficile de la comparer à la comédie du *Tartuffe*, que l'auteur fit tout ce qu'il put pour faire jouer dans son théâtre, et qui y parvint.

De plus, les premiers écrits sur *Tartuffe* parlent toujours d'une pièce, jamais des premiers actes d'une pièce, et Molière n'aurait certainement pas manqué d'arguer, pour combattre l'interdiction qui frappait sa comédie, de son caractère inachevé. On a voulu voir un contre-argument dans le fait que la *Lettre sur les observations d'une comédie du sieur Molière intitulée le Festin de Pierre*, qui fut écrite en 1665, reproche aux dévots d'avoir combattu le *Tartuffe* « avant que la pièce fût à moitié faite » : or ceci ne signifie pas que l'œuvre jouée en mai 1664 à Versailles était inachevée, mais bien que la Compagnie du Saint-Sacrement, fer de lance du parti dévot, se préoccupa d'elle avant même la première, lors d'une réunion qui se tint le 17 avril 1664, au cours de laquelle il fut question de « la suppression de la méchante comédie de *Tartuffe*[118] ». « À moitié faite » ou plus avancée, la pièce ne devait pas être totalement achevée à cette dernière date.

En quoi ces problèmes de datation concernent-ils le débat Corneille-Molière ? C'est que nous ne serons ni les premiers ni les derniers à faire remarquer que le *Tartuffe* en cinq actes qu'autorisa la censure en février 1669 comporte un dénouement incohérent, bâclé, tiré par les cheveux, un *happy end* sans la moindre crédibilité[119], aggravé par un style d'écriture qui ne soutient pas la comparaison avec les actes qui précèdent. En faisant du roi le sauveur *in extremis* d'Orgon, cette fin avait l'avantage de prévenir une éventuelle cabale et une nouvelle intervention de la censure. Car nul n'aurait osé s'élever contre une décision de Louis XIV, qui venait d'autoriser une pièce rendant hommage à la Justice royale et faisant l'éloge du monarque, lequel intervenait même, au dernier acte, en véritable *deus ex machina*. Il n'empêche que cette confection de la pièce en deux temps, avec ces concessions majeures à la censure, lui a conféré une telle hétérogénéité que c'est l'une des grandes comédies de Molière dans laquelle l'intervention d'un second auteur, resté dans l'ombre, est la plus soupçonnable, presque la plus perceptible – l'un ayant ordonnancé et mis en vers les trois premiers actes (ou plutôt la version en trois actes qui ne nous est pas parvenue), l'autre ayant composé les deux derniers en remaniant, pour des raisons de cohérence, quelques scènes des trois premiers, pour aboutir à cette fin ratée, invraisemblable et incompréhensible, qui n'a pour elle que de laisser triompher une morale que les actes précédents avaient peu ménagée.

On peut, à ce sujet, remarquer que Molière a eu cinq années devant lui – de 1664 à 1669 – pour refaire *Tartuffe* et modeler ce qui en constituera les deux derniers actes. Il se trouve que ces deux derniers actes ne sont en rien à la hauteur des précédents, et que la pièce finit d'une façon aussi incompréhensible qu'artificielle. Autrement dit, lorsque Molière est tenaillé par le temps et ne dispose que de quelques jours ou de quelques semaines, il écrit des chefs-d'œuvre ; lorsqu'il a cinq années devant lui, le résultat n'est plus du tout le même (sur ce point, les Moliéristes, ne pouvant plus utiliser l'argument de l'urgence et du temps, sortent de leur manche une autre explication : la fin du *Tartuffe* a une signification politique). Toujours est-il que le contraste saisissant entre la faiblesse évidente de certains passages du *Tartuffe* et la maîtrise dramaturgique et littéraire de la plupart des scènes des premiers actes incite à prononcer un nom. Venons-en donc à Corneille.

Indépendamment de tout débat louÿsien ou para-louÿsien, la critique admet aujourd'hui que *Tartuffe* est l'œuvre d'un écrivain doté de connaissances théologiques et religieuses approfondies, et que cette pièce aux sources hispaniques diverses a été produite par un auteur familiarisé avec la littérature et la langue espagnoles, cette dernière étant alors en France, plus qu'aucune autre langue étrangère, familière à nombre d'esprits cultivés. On ne sait si ces caractéristiques étaient celles de Molière – la démonstration demanderait sans doute quelque peine aux Moliéristes –, mais elles correspondent parfaitement à ce que l'on sait de la formation intellectuelle et culturelle de Corneille, hispanophone[120] et auteur d'une adaptation en vers de l'*Introduction à la vie dévote* de François de Sales, où les commentateurs de Molière eux-mêmes voient la source majeure de *Tartuffe*, dont le personnage-titre emploie un langage fort proche de celui de ce François de Sales qui fut canonisé en 1664, année du premier *Tartuffe*. Ainsi de Francine Mallet, biographe de Molière :

> Cet esprit curieux, cet érudit qu'était Molière a, d'évidence, lu avec soin non seulement l'*Introduction à la vie dévote*, mais aussi le *Traité de l'amour de Dieu*. À moins qu'on ne considère comme le fruit du hasard toutes les

citations de ces deux livres que Molière place dans la bouche de Cléante, ou même les membres de phrases que l'on retrouve dits par Tartuffe, Orgon, puis Elvire[121].

Pour expliquer la culture théologique dont témoignent *Tartuffe* et plusieurs pièces de son œuvre, les spécialistes de Molière lui ont attribué une formation scolaire des plus solides, sans cependant en donner la moindre preuve[122]. Les spécialistes de Corneille n'ont pas eu ce souci, car celle, classique, de l'auteur de *Polyeucte*, dont on connaît assez bien les étapes, est en parfaite harmonie avec ce que son œuvre contient comme références littéraires, historiques ou religieuses.

Dans la préface de l'édition des *Précieuses ridicules*, Molière prend la peine d'apprendre à son lecteur qu'il possède une bibliothèque : n'est-il pas désormais un auteur à part entière, comme il le proclame fièrement dans ce texte, et comme il le fera avec une satisfaction qui sent légèrement son parvenu dans la dédicace des *Femmes savantes* ? Au demeurant, cette bibliothèque était-elle aussi riche qu'il se devait pour l'auteur d'une œuvre comme celle qu'il a signée, et même simplement pour l'auteur d'une pièce aussi nourrie de références théologiques que *Tartuffe* ? La réponse est non. Selon l'inventaire après décès de mars 1673, la bibliothèque de Molière était peu fournie, comprenant un peu plus de trois cent cinquante ouvrages. Ce constat a gêné plus d'un exégète, dont l'embarras ne faisait que croître quand on leur faisait remarquer que, par comparaison, un autre acteur-auteur, Baron, qui fut un disciple de Molière et un membre de sa troupe, possédait près de trois mille titres dans sa bibliothèque personnelle. Un autre acteur-auteur, Rosimond, qui produisit, comme Molière, un *Festin de Pierre* et même des *Vies des saints*, avait également réuni une bibliothèque fort considérable, dont le détail a été conservé[123].

De telles constatations apparaissent pour le moins fâcheuses à qui tient à voir en Molière l'auteur unique de *Tartuffe*. Elles cessent de l'être si l'on admet que son génie de la comédie a bénéficié, pour cette pièce, de l'intervention d'un dramaturge puissant et cultivé, ferré sur les choses de la religion, au point de se permettre l'élégance d'un contre-aveu préventif tel que celui qui est formulé dans la préface de la traduction en vers, par Corneille, des *Louanges de la Sainte Vierge* attribuées à saint Bonaventure, parues en août 1665 :

Je suis si peu versé dans la théologie et dans la dévotion, que je n'ose me fier à moi-même, quand il en faut parler. Je les regarde comme des routes inconnues, où je m'égarerais aisément, si je ne m'assurais de bons guides ; et ce n'est pas sans beaucoup de confusion que je me sens un esprit si fécond pour les choses du monde, et si stérile pour celles de Dieu.

Tout au long de l'interdiction de *Tartuffe*, qui dura de mai 1664 à février 1669, pas une seule fois le nom de Corneille ne fut prononcé à son propos, dans les écrits comme dans les témoignages qui sont parvenus jusqu'à nous. Il était en bonnes relations avec la reine-mère, avec la compagnie des Jésuites, et avait traduit autrefois *L'Imitation de Jésus-Christ* : la révélation de sa participation à une pièce aussi sulfureuse et anticléricale que *Tartuffe* aurait vraisemblablement entraîné un énorme scandale, qui aurait pu lui faire perdre la pension de deux mille livres que, depuis 1662, le roi lui faisait verser par l'entremise de son ministre Colbert. Tout ce que Corneille semble s'être permis dans l'affaire tient dans l'avertissement de l'édition de son *Attila*, parue fin novembre 1667, trois mois après la seconde interdiction de *Tartuffe*. Après avoir présenté son personnage-titre et attesté qu'il avait voulu respecter sa réalité historique, Corneille se lançait, sans la moindre transition, dans une défense de la comédie contre les attaques qu'elle subissait de la part des dévots :

Au reste on m'a pressé de répondre ici par occasion aux invectives qu'on a publiées depuis quelque temps contre la Comédie, mais je me contenterai d'en dire deux choses, pour fermer la bouche à ces ennemis d'un divertissement si honnête et si utile. L'un que je soumets tout ce que j'ai fait et ferai à l'avenir à la censure des Puissances, tant ecclésiastiques que séculières, sous lesquelles Dieu me fait vivre ; je ne sais s'ils en voudraient faire autant. L'autre, que la Comédie est assez justifiée par cette célèbre Traduction de la moitié de celles de Térence, que des personnes d'une piété exemplaire et rigide ont donnée au Public, et ne l'auraient jamais fait, si elles n'eussent jugé qu'on peut innocemment mettre sur la scène des filles engrossées par leurs amants, et des marchands d'esclaves à prostituer. La nôtre ne souffre point de tels ornements. L'amour en est l'âme pour l'ordinaire ; mais l'amour dans le malheur n'excite que la pitié, et est plus capable de purger en nous cette passion que de nous en faire envie.

Il n'y a point d'homme au sortir de la représentation du *Cid* qui voulût avoir tué comme lui le père de sa maîtresse pour en recevoir de pareilles douceurs, ni de fille qui souhaitât que son amant eût tué son père, pour avoir la joie de l'aimer en poursuivant sa mort. Les tendresses de l'amour content sont d'une autre nature, et c'est ce qui m'oblige à les éviter. J'espère un jour traiter cette matière plus au long, et faire voir quelle erreur c'est de dire qu'on peut faire parler sur le Théâtre toutes sortes de gens selon toute l'étendue de leurs caractères.

Curieux plaidoyer pour la comédie, et surtout curieuse place pour un tel plaidoyer, dans cette préface d'une tragédie, surtout lorsque ladite préface émane d'un auteur qui n'a pas donné de comédie depuis presque un quart de siècle. Louÿs y voyait une défense ciblée de ce *Tartuffe* interdit depuis près de quatre ans. Si telle fut l'intention de Corneille, et si ses contemporains lurent cet avertissement dans ce sens, c'était de sa part un geste courageux, que le parti dévot ne pouvait que prendre en mauvaise part. Pourquoi un tel risque ? Peut-être s'agissait-il pour lui de faire un geste de sympathie envers le directeur d'une troupe qui lui avait versé une forte somme pour un *Attila* créé en mars, sans rapporter une fortune à cette troupe[124].

Il est un autre rapprochement plus troublant. La préface du *Tartuffe*, parue en mars 1669, traite du même sujet que l'épître dédicatoire de *Théodore, vierge et martyre*, tragédie de Corneille remontant à 1645 et publiée l'année suivante. À plus de deux décennies d'écart, se manifeste, sous la signature de Molière, une continuité des théories de Corneille sur la comédie :

> [...] ce n'est pas contre des comédies pareilles aux nôtres que déclame saint Augustin [...]. C'est avec justice qu'il condamne celles de son temps qui ne méritaient que trop le nom qu'il leur donne de spectacles de turpitude [Épître de *Théodore*]

> Les uns l'ont considérée dans sa pureté, lorsque les autres l'ont regardée dans sa corruption, et confondue avec tous ces vilains spectacles qu'on a eu raison de nommer des spectacles de turpitude [Préface de *Tartuffe*]

Comment Molière pouvait-il connaître l'épître de cette *Théodore* complètement oubliée, qui avait connu un si grand échec en 1645 qu'elle n'avait eu à l'époque que cinq représentations ? Il est vrai que cette expression de « spectacles de turpitude », que l'on retrouve dans les deux textes, est empruntée au Livre Premier de *De consensu evangelistarum* de saint Augustin[125] et que, dans sa préface, Molière parle des « pièces saintes de M. de Corneille[126] ». Toutefois, on peut penser que Molière répondait aussi à ce qu'écrivait Racine dans la préface de ses *Plaideurs*, parue en janvier 1669, donc peu de temps avant l'édition du *Tartuffe* :

> Ce n'est pas que j'attende un grand honneur d'avoir assez longtemps réjoui le monde. Mais je me sais quelque gré de l'avoir fait sans qu'il m'en ait coûté un seul de ces sales équivoques et de ces malhonnêtes plaisanteries, qui coûtent maintenant si peu à la plupart de nos écrivains ; et qui font retomber le théâtre dans la *turpitude*[127], d'où quelques auteurs plus modestes l'avaient tiré.

Racine, dans ce passage, rendait hommage à Corneille, assurément un des auteurs, voire le principal, à avoir « tiré » le théâtre du spectacle de « turpitude » qu'il avait été avant lui, et manifestait son mépris pour les « plaisanteries » – comme « le... » de *L'École des femmes* – d'un Molière, avec lequel il était brouillé depuis 1665.

On ne saurait suivre Louÿs sur l'un de ses arguments en faveur de l'intervention de Corneille dans la composition de *Tartuffe*. Son développement suggère que cette intervention aurait été sue dans le parti dévot, qui, en représailles, aurait manœuvré pour que soient retirées à Corneille les lettres de noblesse que sa famille et lui devaient au triomphe du *Cid*. Après l'anoblissement pour un haut fait littéraire, le retour à la roture pour un méfait littéraire. Voici, dans leur chronologie, les événements tels que les présentait Louÿs :

– 1664 : interdiction de *Tartuffe*. Corneille perd ses lettres de noblesse.

– 1669 : levée de l'interdiction de *Tartuffe*. Corneille retrouve ses lettres de noblesse.

Ce raisonnement ne résiste pas à l'examen des dates et au contexte historique. En août 1664, Louis XIV, qui avait besoin de ressources pour ses grands projets, ordonna la révocation en bloc de toutes les lettres de noblesse accordées depuis le 1er janvier 1630, c'est-à-dire sous une partie du règne de Louis XIII, puis sous le sien : ce faisant, il augmentait le nombre de contribuables, donc les rentrées du Trésor, car les nobles n'étaient pas assujettis à l'impôt. Un édit supprima ainsi officiellement, sans nulle exception, les titres de tous les anoblis récents. Il s'agissait d'une mesure générale, et non d'une sanction individuelle, dont le seul Corneille aurait été la victime. La mesure englobait la famille Corneille, car elle n'avait quitté la roture qu'en 1637. Quant au retour des lettres de noblesse dont bénéficia peu après le récent auteur d'*Othon*[128], il n'eut en rien son origine dans la levée de l'interdiction de *Tartuffe*, mais dans la requête que Corneille adressa à un monarque qui s'était réservé la possibilité de rétablir les titres de noblesse correspondant à ses yeux à des mérites réels :

La noblesse, grand roi, manquait à ma naissance ;
Ton père en a daigné gratifier mes vers,
Et mes vers anoblis ont couru l'univers
Avecque plus de pompe et de magnificence.
[...]
Et qu'aujourd'hui ta main, pour moi si libérale,
Reprenne le seul don que ton père m'a fait.

Et ce fut par un certificat du 24 novembre 1665 que Pierre et Thomas Corneille virent leurs titres restitués par Michel Le Tellier, secrétaire d'État et des commandements de Sa Majesté, laquelle avait commandé « de comprendre lesdits frères Corneille au rôle de ceux qu'elle a estimé à propos en considération de leurs services de confirmer en leur noblesse ». Même si ce ne fut qu'en 1669 – année de l'autorisation de *Tartuffe* – que les deux frères reçurent réellement les lettres attestant la faveur qui leur était accordée par le roi[129], il est évident que les aléas subis par le *Tartuffe* de Molière ne furent pour rien dans le retrait et la restitution de ce titre de noblesse dont Corneille tirait probablement moins de la fierté que l'avantage d'une exemption fiscale, celle de la taille, qui était l'impôt sur le revenu de l'époque.

Si les contemporains ont tout ignoré d'une éventuelle intervention de Corneille dans ce que nombre d'entre eux considérèrent comme le chef-d'œuvre de Molière, *Tartuffe* n'échappa cependant pas à la rumeur qui s'était attachée, nous en avons eu des exemples, à plusieurs pièces signées par ce dernier. Grimarest lui-même prétendit que Chapelle avait rédigé une version complète de *Tartuffe* et l'avait apportée à Molière, qui l'aurait rejetée :

> « Je travaille présentement sur un caractère, où j'ai besoin de telles scènes ; faites-les, vous m'obligerez, et je me ferai honneur d'avouer un secours comme le vôtre. » Chapelle accepta le défi : mais lorsqu'il apporta son ouvrage à Molière, celui-ci après la première lecture le rendit à Chapelle ; il n'y avait aucun goût de théâtre, rien n'y était dans la nature ; c'était plutôt un recueil de bons mots sans place, que des scènes suivies. Cet ouvrage de Mr de Chapelle ne serait-il point l'original du *Tartuffe*, qu'une famille de Paris, jalouse avec justice de la réputation de Chapelle, se vante de posséder écrit, et raturé de sa main ? Mais à en venir à l'examen, on y trouverait seulement de la différence avec celui de Molière.

Chapelle auteur du *Tartuffe* ou d'une partie du *Tartuffe* ? Voilà qui remettrait en cause une certaine vision du XVII$^{e}$ siècle littéraire...

Mais il faut en venir à une pièce maîtresse de l'affaire du *Tartuffe*, qui est *Dom Juan*, la plus étrange, la plus inclassable des pièces de Molière.

### ***Dom Juan ou le Festin de Pierre*** **(1665)**

*Dom Juan ou le Festin de Pierre* passe pour avoir été composé en très peu de temps – « quinze jours » –, l'interdiction du *Tartuffe* ayant contraint le directeur de la troupe du Palais-Royal, pour remplir sa salle, à disposer rapidement d'une nouvelle pièce. Le manque de temps expliquerait que l'auteur, travaillant encore une fois dans la hâte, n'ait pas eu le loisir de versifier son texte et ait dû se contenter de créer cette pièce faite de bric et de broc, à l'intrigue décousue, construite sans grand souci des sacro-saintes unités de lieu, d'action et de temps. Certains épisodes, comme l'entrée de Monsieur Dimanche ou le dialogue patoisant des paysans, sont de simples scènes de farce n'apportant rien à l'intrigue, et ces brusques changements de ton et de genre au sein de chaque acte laissent l'impression au spectateur, et encore plus au lecteur, d'un *patchwork* mêlant tragédie, comédie et farce. À part les personnages de Sganarelle et de Monsieur Dimanche, la pièce n'est nullement « comique » et se situe tout à fait dans la lignée du *Burlador de Sevilla* de Tirso de Molina, sur lequel nous reviendrons. Elle montre en effet un Dom Juan libertin et cynique jusqu'au bout, sorte de Casanova métaphysique qui ne se convertira pas. Mais il est ici présenté comme un parfait hypocrite, « curieuse métamorphose, qui n'est pas dans la tradition du personnage, qui est même contre sa nature[130] ». *Dom*[131] *Juan* est une pièce géniale, qui a traversé les siècles en gardant sa puissance. Elle laisse au spectateur un sentiment d'exaltation, bizarre et magnifique. C'est, pour nous, avec *Le Misanthrope*, le chef-d'œuvre de l'auteur que l'on connaît aujourd'hui sous le nom de Molière. C'est aussi, et de loin, sa pièce la plus audacieuse.

*Dom Juan ou Le Festin de Pierre*[132] fut joué pour la première fois le 15 février 1665 au Théâtre du Palais-Royal. Contrairement à une légende que l'examen d'une telle œuvre rend à peu près invraisemblable, la pièce ne fut certainement pas composée en l'espace de quinze jours[133]. Un document d'archives a révélé que, le 3 décembre précédent, Molière avait commandé pour elle des décors à des peintres[134]. À cette date, la composition de *Dom Juan* devait être bien avancée, d'autant que l'interdiction de *Tartuffe* remontait au mois de mai. Les Moliéristes qui tiennent à toute force à ce que l'œuvre ait été écrite en quinze jours, par une « accélération » de génie, doivent se persuader que leur auteur, homme pourtant très occupé en ce début d'année 1665, avait des journées qui comptaient nécessairement plus de vingt-quatre heures. En novembre, la troupe du Palais-Royal avait repris cette *Princesse d'Élide* que le roi avait commandée pour la grande fête des *Plaisirs de l'Île enchantée* de mai. Selon le registre de La Grange, la dernière de cette comédie-ballet eut lieu le 4 janvier. Les 6, 9, 11, 13, 16, 18, 20, 23, 25, 30 janvier et les 1er, 6, 8 février furent pris par une ou deux représentations par jour des pièces suivantes : *Les Fâcheux, Le Cocu imaginaire, Dom Japhet* de Scarron, *L'École des femmes, Le Dépit amoureux, L'Étourdi, L'École des maris, La Thébaïde*. Il n'y eut ainsi qu'une relâche de sept jours avant la première de *Dom Juan*.

Cependant, même si l'on a de fortes raisons de douter que *Dom Juan* a été écrit en quinze jours, il est peu contestable que la pièce a été créée dans une hâte dont la raison nous échappe, alors même que Molière avait manifestement prévu d'écrire une « comédie dramatique » en vers sur le modèle de ces *Festins de Pierre* qui s'étaient multipliés sur des scènes parisiennes au cours des dernières années. Faire représenter, dans un grand théâtre de la capitale, cinq actes en prose était peu dans l'usage, d'autant que les comédiens eux-mêmes préféraient s'appuyer sur les ressources mnémotechniques de l'alexandrin. Or la prose de *Dom Juan* est truffée d'une telle quantité de vers blancs qu'il est impossible de ne pas les croire intentionnels. On se trouve, à l'évidence, devant un chantier de versification inachevé. Les Moliéristes les plus intransigeants rétorqueront sans doute, comme ils l'ont toujours fait depuis que Pierre Louÿs a donné un coup de pied dans la fourmilière ronronnante de leur admiration inconditionnelle, que Molière avait le cerveau farci des alexandrins des pièces qu'il avait interprétées durant sa carrière, et que les vers lui venaient tout naturellement sous la plume lorsqu'il composait ses propres pièces. D'après Marc Fumaroli, spécialiste du Grand Siècle, Molière avait des tours et des rimes dans la tête à force de jouer les pièces des autres, et particulièrement celles de Corneille : quand il a commencé à écrire ses propres comédies, il avait en lui le style du maître[135] !

« Molière faisait si naturellement les vers que ses pièces en prose sont remplies de vers blancs », prétendait déjà Sainte-Beuve[136]. Admettons. Mais pourquoi, dans *Dom Juan*, ces vers blancs ne parsèment-ils pas *aussi* les scènes de farce ou de comédie ? Ces scènes

« comiques » sont composées dans une prose dépourvue de toute versification, alors que la prose des autres scènes est transpercée à chaque instant d'alexandrins irréprochables, très cornéliens de ton comme de facture. Ainsi, ce passage de la sixième scène de l'acte IV, dont les vers blancs sont indiqués ici en italiques :

> *Ne soyez point surpris, Dom Juan, de me voir* à cette heure et dans cet équipage. C'est un motif pressant qui m'oblige à cette visite, et ce que j'ai à vous dire ne veut point du tout de retardement. *Je ne viens point ici pleine de ce courroux* que j'ai tantôt fait éclater, et vous me voyez bien changée de ce que j'étais ce matin. Ce n'est plus cette Done Elvire qui faisait des vœux contre vous, *et dont l'âme irritée ne jetait que menaces*, et ne respirait que vengeance. Le Ciel a banni de mon âme toutes *ces indignes ardeurs que je sentais pour vous* [...].

En 1665, l'histoire du *Festin de Pierre* était loin d'être originale, et le public parisien avait pu en voir plusieurs versions. La pièce-mère était celle de l'Espagnol Tirso de Molina, qui remontait à 1630, *El Burlador de Sevilla y convidado de piedra,* c'est-à-dire *Le Trompeur de Séville et l'invité de pierre,* qu'une mauvaise traduction transforma, pour les pièces qui en découlèrent, en *Festin de Pierre*, entité pétrifiée et peu comestible, dotée de surcroît d'un p majuscule que rien ne justifiait. Le thème était passé d'abord en Italie, où Onofrio Giliberto avait composé en 1653, dans sa langue, une tragi-comédie dont le texte est aujourd'hui perdu, tandis que le Florentin Cicognini produisait de son côté un *Convitato di pietra*. En France, quelques années plus tard, deux auteurs-acteurs, Dorimond et Villiers, avaient écrit, chacun de leur côté, un drame en cinq actes et en vers portant le même titre, *Le Festin de Pierre ou le Fils criminel.* La pièce de Dorimond avait été créée à Lyon en 1658 par la troupe de Mademoiselle, dont l'auteur faisait partie[137], et avait été imprimée l'année suivante dans cette ville, avant d'être jouée dans la capitale en 1661 – sous le titre *Le Festin de Pierre ou l'Athée foudroyé* – et d'être réimprimée en 1665, année du *Dom Juan* de Molière. Quant à la pièce de Claude Deschamps de Villiers[138], elle avait été créée en 1659 par la troupe de l'Hôtel de Bourgogne, à laquelle l'auteur appartenait, et publiée l'année suivante par Sercy... avec une épître *À M. Corneille / à ses heures perdues*, dont certains passages, que l'on taxerait à tort de flagornerie de circonstance, montrent à quelle hauteur un dramaturge du XVII$^{e}$ siècle pouvait placer l'homme qui avait écrit *Le Cid* :

[...] c'est un hommage que je vous dois, et que je vous rends, non pas en qualité de votre confrère en Apollon, comme vous avez voulu dire par raillerie, mais en celle d'un rimailleur, qui ne devait rien mettre au théâtre sans votre aveu. [...] je vous supplie très humblement de l'agréer, comme s'il valait la peine que vous y jetassiez les yeux. Si tous ceux qui m'ont précédé en ce genre d'écrire avaient eu la même reconnaissance, et qu'ils vous eussent demandé, avec autant d'affection que je le fais, que vous eussiez eu la bonté de leur en marquer les défauts, nous ne verrions pas tant d'ouvrages qui ne méritent pas plus votre approbation que celui-ci [...].

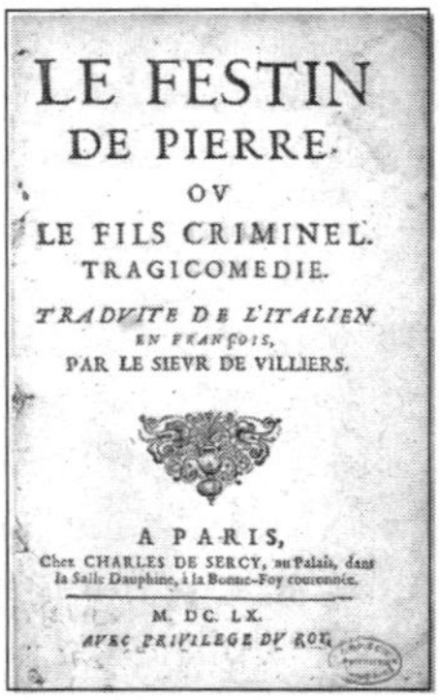
LE FESTIN
DE PIERRE.
OV
LE FILS CRIMINEL.
TRAGICOMEDIE.
TRADVITE DE L'ITALIEN EN FRANÇOIS,
PAR LE SIEVR DE VILLIERS.
A PARIS,
Chez CHARLES DE SERCY, au Palais, dans la Salle Dauphine, à la Bonne-Foy couronnée.
M. DC. LX.
AVEC PRIVILEGE DV ROY.

Il est intéressant de noter que Villiers – encore un comédien devenu auteur comme Molière – se plaçait sous la protection littéraire de Corneille et lui soumettait son œuvre au grand jour, en lui demandant d'en indiquer les imperfections. Villiers reconnaissait Corneille comme seul maître et tenait à lui faire savoir

de quelle façon je vous honore, et qu'en vous seul je révère plus qu'Aristote, plus que Sénèque, plus que Sophocle, plus qu'Euripide, plus que Térence, plus qu'Horace, plus que Plaute, et généralement plus que tous ceux qui se sont mêlés de donner des règles à notre théâtre. Pour moi, je puis me vanter que mon ouvrage ne tient rien d'eux, et que si j'étais capable d'en ajouter quelque autre à celui-ci, je voudrais qu'il tint tout de vous. [...] et comme toute l'Europe connaît le fameux et illustre nom de Corneille, si toute l'Europe lisait ceci, elle verrait bien que c'est de lui de qui je veux parler : oui, savant et inimitable maître de l'art, c'est de vous de qui je parle [...].

Les comédiens italiens qui s'étaient établis à Paris sous la protection du cardinal Mazarin avaient eu aussi leur *Festin de Pierre*, tiré du *Convitato di pietra* de leur compatriote Cicognini. Scaramouche et ses compagnons l'avaient joué à partir de 1657 ou 1658, peut-être avant, sur la scène du Petit-Bourbon, puis sur celle du Palais-Royal, qu'ils partageaient avec la troupe de Monsieur. Tous ces *Festins de Pierre* reprenaient un thème dont le succès était presque garanti par tradition, tant le public de l'époque raffolait de ces spectacles à machines, de ces mises en scènes à grand spectacle qui avaient fait notamment les beaux jours du Théâtre du Marais. Considérant que les *Festins de Pierre* qui se succédaient sur les théâtres parisiens faisaient toujours recette, et que le sien associait la farce et le spectacle à machines – c'est-à-dire le comique et le merveilleux –, Molière pouvait escompter une pièce rentable, après l'important manque à gagner qu'avait entraîné l'interdiction de *Tartuffe*. En février 1665, quand il fit jouer son *Dom Juan*, il y avait près de trois ans que le public de la capitale n'avait pas eu droit à un *Festin de Pierre,* avec sa terrifiante statue ambulante et parlante, son mort convié à la table du vivant, son vivant convié à la table du mort, et ses flammes de l'enfer qui engloutissent le débauché.

Jean Loret.

Si l'auteur de *Dom Juan* avait probablement eu connaissance de la pièce de Cicognini, il s'était aussi penché attentivement sur celles de Dorimond et de Villiers, dont il s'était largement inspiré. *Dom Juan* est la pièce signée Molière dans laquelle les emprunts sont les plus abondants et les plus saillants. C'est aussi sa pièce où l'assortiment de la farce bouffonne à la manière des Italiens et de la trame dramatique reprise avant lui par Dorimond et Villiers est la plus déconcertante, lui conférant cette allure qui la distingue si fort de ses autres productions, peut-être par l'inclusion, sur le tard, de scènes de farce destinées à donner au drame une durée suffisante. Dans sa chronique rimée de *La Muse historique* du 14 février 1665, Loret – qui vivait ses derniers mois – avait annoncé la création prochaine du *Festin de Pierre* de la troupe du Palais-Royal :

L'effroyable *Festin de Pierre*,
Si fameux par toute la terre,
Et qui réussissait si bien
Sur le théâtre italien,

Va commencer, l'autre semaine,
À paraître sur notre scène.

La première représentation de *Dom Juan* fut un succès, quoiqu'elle ait du être un peu houleuse, quelques spectateurs ayant sans doute crié à l'anathème lors de certaines scènes. Car dès la deuxième représentation, qui eut lieu le 17 février, Molière supprima au moins la deuxième scène de l'acte III, cette fameuse « scène du pauvre », où Dom Juan tente de faire blasphémer un mendiant superstitieux en lui promettant un louis d'or en récompense.

On s'expose à une véritable hernie de l'imagination (pour reprendre une expression de Paul Masson) en cherchant les raisons qui poussèrent Molière, après le scandale déclenché par *Tartuffe*, à donner une œuvre encore plus audacieuse. Sur la scène du pauvre elle-même, qui fait toute la force et l'originalité de la pièce – sans elle, la distinction avec les autres *Festins de Pierre* serait moins forte –, deux hypothèses antithétiques sont envisageables : ou Molière n'était pas conscient de son extrême hardiesse, et l'on se demande si elle a été véritablement conçue et écrite par lui (pour qu'il ne s'en soit rendu compte qu'après l'avoir jouée), ou bien il l'était, et on ne peut que conclure à une intention quasi délibérée de provocation. Lui qui tenait tout de ce roi auquel il lui fallait plaire à toute force aurait donc osé défier, une nouvelle fois – et de manière encore plus affirmée –, ceux auxquels il devait l'interdiction du *Tartuffe*, avec notamment la longue tirade de Dom Juan sur l'hypocrisie dans la deuxième scène du dernier acte ? Cela est assez difficile à admettre, et Roger Duchêne posait logiquement une question qui reste sans réponse : « Comment, pourquoi, avec quel appui a-t-il osé aller encore plus loin en écrivant un tel *Dom Juan* ? » D'autant que, si Molière allait avoir, en fin de compte, l'appui du roi pour son *Tartuffe* (car il est douteux que le monarque soit étranger à la levée définitive de l'interdiction de 1669), rien n'indique qu'il l'ait eu pour ce *Dom Juan* que le même roi ne demanda pas à voir, pas plus que Condé ou quelque autre grand du royaume, la pièce n'ayant même pas eu la moindre lecture privée. Certains commentateurs ont cherché à justifier l'audace de Molière en avançant que son *Dom Juan* pouvait se conformer à la volonté qu'avait alors Louis XIV de soumettre la haute noblesse à une stricte obéissance : la dénonciation, sur une scène, d'un grand seigneur condamnable par son mode de vie allait dans ce sens, comme *Tartuffe* avait pu être utilisé par le roi pour rabattre les prétentions du clan dévot, qui portait entrave à ses amours extra-conjugales. Cette hypothèse a pour elle d'expliquer la grande marque de faveur faite par Louis XIV en août 1665, à Molière et à sa troupe, et dont nous parlerons plus loin.

En fin de compte, *Dom Juan* paraît avoir été discrètement étouffé par une opposition qui fut moins vive et immédiate, mais plus durable, que celle que subissait encore – nous sommes en 1665 – ce *Tartuffe* joué devant le roi au grand dam de la Compagnie du Saint-Sacrement. *Dom Juan* fut donné quinze fois, jusqu'au 20 mars, et ne fut pas repris après la clôture de Pâques, alors que les recettes avaient été excellentes, quoique inférieures à celles qu'obtiendrait *Tartuffe* après la levée de l'interdiction.

Il est certain qu'il y eut un scandale autour de *Dom Juan*, pièce irréligieuse s'il en fut, mais nous n'en connaissons pas les méandres. Seul le fait que la pièce suivait des modèles antérieurs et s'insérait dans une succession de *Festins de Pierre* qui avaient été joués sans le moindre incident sur des scènes parisiennes pouvait plaider en faveur de ce *Dom Juan* qui ne mettait plus en scène un roturier tel que Tartuffe, mais un grand seigneur impie et libertin. Il est sûr, en tout cas, que l'œuvre ne fut plus représentée pour une raison impérative : car pourquoi Molière aurait-il interrompu une pièce si rentable, dont chaque représentation avait rapporté près de deux mille livres ? Il est vrai que celle du 20 mars n'avait eu que cinq cents livres de recette, mais ceci n'explique pas cela.

Le 18 avril, c'est-à-dire un mois après la dernière représentation de *Dom Juan*, parut un libelle intitulé *Observations sur une comédie intitulée Le Festin de Pierre*, dont l'auteur, qui résumait les griefs du parti dévot, signait « B.A., s. de R., avocat en parlement ». Il s'agissait de Barbier d'Aucour, sieur de Rochemont[139], qui serait aussi un adversaire de Racine, l'année suivante, dans sa querelle contre ses anciens maîtres de Port-Royal, et entrerait plus tard à l'Académie française :

> Qui peut supporter la hardiesse d'un farceur qui fait plaisanterie de la religion, qui tient école du libertinage, et qui rend la majesté de Dieu le jouet d'un maître et d'un valet de théâtre, d'un athée qui s'en rit, et d'un valet, plus impie que son maître, qui en fait rire les autres ? Cette pièce a fait tant de bruit dans Paris, elle a causé un scandale si public, et tous les gens de bien en ont ressenti une si juste douleur, que c'est trahir visiblement la cause de Dieu de se taire dans une occasion où sa gloire est ouvertement attaquée, où la foi est exposée aux insultes d'un bouffon qui fait commerce de ses mystères et qui en prostitue la sainteté, où un athée, foudroyé en apparence, foudroie en effet et renverse les fondements de la religion. [...]

> Il serait difficile d'ajouter quelque chose à tant de crimes dont sa pièce est remplie. C'est là que l'on peut dire que l'impiété et le libertinage se présentent, à tous moments, à l'imagination : une religieuse débauchée, et dont l'on publie la prostitution ; un pauvre à qui l'on donne l'aumône à condition de renier Dieu ; un libertin, qui séduit autant de filles qu'il en rencontre ; un enfant qui se moque de son père et qui souhaite sa mort ; un impie qui raille le ciel et qui se rit de ses foudres ; un athée qui réduit toute la foi à *deux et deux sont quatre*, et *quatre et quatre sont huit* ; un extravagant qui raisonne grotesquement de Dieu, et qui, par une chute affectée, *casse le nez* à ses *arguments* ; un valet infâme, fait au badinage de son maître, dont toute la créance aboutit au Moine bourru, *car pourvu que l'on croie le Moine bourru, tout va bien, le reste n'est que bagatelle* ; un démon qui se mêle dans toutes les scènes et qui répand sur le théâtre les plus noires fumées de l'Enfer ; et enfin un Molière, pire que tout cela, habillé en Sganarelle, qui se moque de Dieu et du Diable, qui joue le Ciel et l'Enfer, qui souffle le chaud et le froid, qui confond la vertu et le vice, qui croit et ne croit pas, qui pleure et qui rit, qui reprend et qui approuve, qui est censeur et athée, qui est hypocrite et libertin, qui est homme et démon tout ensemble : *un diable incarné*, comme lui-même se définit.

À ce pamphlet répondirent deux écrits anonymes, édités par le libraire Quinet, qui prenaient la défense de la pièce. L'un était une *Réponse aux observations touchant le Festin de Pierre de M. de Molière*, l'autre, paru quelques jours plus tard, était une *Lettre sur les observations d'une comédie du sieur Molière intitulée le Festin de Pierre*. Donneau de Visé, qui écrira peu après une *Lettre sur Le Misanthrope*, en était-il l'auteur ? Dans cette *Lettre* sur *Dom Juan* – comme dans *Dom Juan* lui-même –, Louÿs voyait la main de Corneille, qui aurait voulu se venger ainsi du prince de Conti, dont le *Traité de la comédie et des spectacles* avait tonné contre ses pièces, encore plus que contre celles de Molière. Plusieurs critiques, qui ne connaissaient pas ou qui ne suivaient pas la thèse de Louÿs, pensaient aussi que le modèle du personnage de Dom Juan était Conti, dont le retour affiché à la religion avait mis un terme à une existence de libertin et de libre-penseur.

Après 1665, on ne parla pratiquement plus de *Dom Juan*, qui ne fut jamais rejoué du vivant de Molière. Bien qu'un privilège ait été obtenu par Louis Billaine le 11 mars 1665, la pièce ne fut même pas imprimée, comme si le libraire ou l'auteur n'avait pas osé faire paraître une œuvre pareille (curieusement, la censure avait laissé accorder le privilège). Tout se passa comme si Molière avait renoncé complètement à son *Dom Juan*, de son propre chef mais pas nécessairement de son plein gré. Sur ce point, Grimarest est vague : « Molière eut la prudence de ne point faire imprimer cette pièce, dont on fit dans le temps une très mauvaise critique. » Allusion, sans doute, aux *Observations sur une comédie intitulée Le Festin de Pierre*. En fait, les apparences plaident pour une interdiction officieuse, qui avait peut-être pris l'allure d'une menace sérieuse, à laquelle Molière ne pouvait que céder, et qui avait entraîné la suppression de quelques scènes d'abord, l'arrêt des représentations ensuite, la non-publication du texte enfin. On ne sait rien d'une éventuelle intervention de Louis XIV dans l'affaire : il n'est pas impossible qu'il ait demandé à Molière de ne plus jouer ce *Dom Juan* qui n'avait fait qu'attiser les tensions nées après la représentation du *Tartuffe*, comme jadis Richelieu avait mis le holà à la célèbre querelle du *Cid*. Cependant, quelques mois plus tard, le 14 août, la troupe de Monsieur devenait officiellement la Troupe du Roi, sise au Palais-Royal, à laquelle Sa Majesté accordait une pension de sept mille livres. Un tel honneur était-il une compensation pour le retrait définitif de *Dom Juan* ? Quoi qu'il en ait été, des seize pièces nouvelles que Molière ferait ensuite représenter jusqu'à sa mort, aucune – sauf *Le Misanthrope* – n'allait atteindre le niveau des grandes comédies antérieures, et aucune ne devait scintiller de l'audace qui éclate dans *Tartuffe* et *Dom Juan*.

Les mois suivant la fin des représentations de *Dom Juan*, les Italiens continuèrent à attirer des spectateurs à leur propre *Festin de Pierre*. En novembre 1669, le Théâtre du Marais, misant sur sa supériorité dans l'art des machines, en donna un à son tour, composé, cette fois encore, par un acteur-auteur du nom de Rosimond[140], membre de la troupe. Intitulée *Le Nouveau Festin de Pierre ou l'Athée foudroyé*, cette tragi-comédie en cinq actes et en vers, qui fut publiée en 1670, est tout à fait remarquable et ne manque pas d'analogies avec le *Dom Juan* de Molière. Première pièce de son auteur, elle est aussi largement supérieure au reste de sa production théâtrale[141].

Le comédien du Marais aurait-il produit un meilleur *Festin de Pierre* que son confrère du Palais-Royal ? Chez Rosimond, le personnage de Dom Juan est admirablement peint comme un aristocrate cynique qui défie la société et le ciel, et qui raisonne avec plus de facilité que celui de Molière, lequel ne sait souvent répondre que « Paix ! » aux arguments que lui assène son valet Sganarelle. De nombreux vers formant maxime, souvent composés par distiques, sont de haute tenue, rappelant ceux du *Misanthrope* :

Tant d'infidélité, dans le siècle où nous sommes,
Ne déclare que trop quelle est l'humeur des hommes.

D'autres, encore plus nombreux, sont très cornéliens :

Il n'est rien qu'un grand cœur ne se doive permettre,
Et le crime est vertu pour qui l'ose commettre.

Les dernières paroles de Dom Juan sont d'une force extraordinaire et d'une étonnante maîtrise d'écriture :

Qui, moi, me repentir !
Quand la terre sous moi fondrait pour m'engloutir,
Que chaque pas serait un précipice, un gouffre,
Qu'il pleuvrait sur moi de la flamme et du souffre,
Mon cœur ferme et constant ne pourrait s'ébranler,
Et je saurais mourir plutôt que d'en parler ;
Et pour te faire voir qu'on ne peut m'y résoudre,
Tonne quand il voudra, j'attends le coup de foudre !

Elles donneraient raison à Victor Fournel, qui écrivait que, dans la pièce de Rosimond, le caractère de Dom Juan est « plus complètement et plus hardiment tracé dans son ensemble que celui de [Molière], quoique plus difficile à admettre sur la scène par son cynisme et l'absence de toutes nuances[142] ».

L'histoire du *Dom Juan* de Molière ne s'arrête pas là. En 1674-1675, alors que le créateur du rôle de Sganarelle était dans sa tombe depuis un peu plus d'un an, un libraire hollandais réédita froidement la pièce de Dorimond sous ce titre : *Le Festin de Pierre ou l'Athée foudroyé, tragi-comédie par J.-B. Poquelin de Molière, suivant la copie imprimée à Paris*. Ce libraire peu scrupuleux avait voulu publier le *Dom Juan* du célèbre Molière, mais, n'ayant pu mettre la main sur une copie manuscrite, il avait usé de ce subterfuge qui fait aujourd'hui de son édition une curiosité bibliophilique[143].

En 1676, Thomas Corneille mit en vers *Dom Juan* – le vrai, celui de Molière. Sa version fut jouée le 12 février 1677 par la troupe de la rue Guénégaud, qui était en partie constituée des membres de la troupe de feu Molière. Car pendant l'été qui avait suivi la disparition de l'auteur du *Malade imaginaire*, avait été formée une nouvelle Troupe du roi, avec les acteurs du Palais-Royal n'ayant pas rejoint l'Hôtel de Bourgogne, et ceux du Théâtre du Marais, dont la troupe avait été du coup supprimée. C'était la réalisation du vœu exprimé jadis par Thomas

Corneille dans sa lettre d'avril 1658 à Michel de Pure (« Je voudrais qu'elle voulût faire alliance avec le Marais : elle en pourrait changer les destinées. Je ne sais si le temps pourra faire ce miracle »). Armande Béjart, alias « Mlle Molière », comme on l'appelait au théâtre, avait reçu la direction de la nouvelle compagnie, qui avait pris le nom de « troupe de Guénégaud », du nom de l'Hôtel où elle s'était installée, après avoir été chassée du Palais-Royal par Lully, lequel avait pris possession du lieu pour y monter ces tragédies lyriques que l'on appellerait plus tard des « opéras ». De cette nouvelle troupe, Thomas Corneille, quittant l'Hôtel de Bourgogne, serait le principal fournisseur de pièces : *La Mort d'Achille* en décembre 1673, *Dom César d'Avalos* en 1674, *Circé* en 1675, *Le Triomphe des dames* en 1676, *La Devineresse* en 1679, sans parler des pièces auxquelles il collabora, comme *Le Comédien poète* de Montfleury et *Le Festin de Pierre* de Molière.

La récente Troupe du roi avait inauguré sa nouvelle salle le 9 juillet 1673, avec une représentation de *Tartuffe*. Quatre ans plus tard, le *Dom Juan* mis en vers par Thomas Corneille fut joué en ce théâtre, toujours sous le titre de *Festin de Pierre* et sous le nom de Molière. Le versificateur avait eu soin d'édulcorer la version d'origine, supprimant notamment la scène du pauvre, les discussions où Dom Juan professe sa foi en l'arithmétique (« Je crois que deux et deux sont quatre... ») et répond aux questions de son valet sur ses croyances religieuses, l'exclamation finale et farcesque de Sganarelle (« Mes gages ! Mes gages[144] ! »). Thomas Corneille avait fait de son mieux pour rendre le dénouement plus moral : au moment de s'abîmer dans l'enfer, le libertin libre penseur et fort en calcul mental énonce sa repentance (« Je brûle, et c'est trop tard que mon âme interdite [....] »), tandis que Sganarelle évoque le monastère où il ira expier son dévouement pour un tel maître, recommandant au public de mettre à profit cette terrible leçon :

> [...] Il est englouti, je cours me rendre ermite.
> L'exemple est étonnant pour tous les scélérats
> Malheur à qui le voit et n'en profite pas !

Certaines tirades n'auraient peut-être pas été désavouées par Molière, et peut-être encore moins par Pierre Corneille, comme cette apostrophe indignée de Don Louis :

> De quel œil, dites-moi, pensez-vous que je voie
> Ces commerces honteux qui seuls font votre joie,

> Ce scandaleux amas de viles actions
> Qu'entassent chaque jour vos folles passions ?...
> Ah ! fils ! indigne fils ! Quelle est votre bassesse
> D'avoir de vos aïeux démenti la noblesse,
> D'avoir osé ternir par tant de lâchetés
> Le glorieux éclat du sang dont vous sortez,
> De ce sang que l'histoire en mille endroits renomme !
> Et qu'avez-vous donc fait pour être gentilhomme ?...
> Non, non, de vos aïeux on a beau faire cas :
> La naissance n'est rien, où la vertu n'est pas[145].

Dans la livraison du 1er avril de son *Mercure galant* – journal auquel Thomas Corneille collaborait activement –, Donneau de Visé porta ce jugement sur cette « adaptation » adoucie de l'œuvre de Molière :

> Cependant vous saurez qu'on a fait revivre une pièce dont vous n'osiez dire, il y a cinq ou six ans (le *Mercure* aurait pu compter douze ans) tout le bien que vous pensiez à cause de certaines choses qui blessaient la délicatesse des scrupuleux. Elle en est à présent tout à fait purgée, et, au lieu qu'elle était en prose, elle a été mise en vers d'une manière qui a fait dire que, au lieu d'avoir perdu des beautés de son original, elle en avait acquis de nouvelles. Vous voyez bien que c'est du *Festin de Pierre* du fameux Molière dont je vous parle. [...] Le grand succès de cette pièce est un effet de la prudence de M. de Corneille le jeune qui en a fait les vers, et qui n'y a mis que des scènes agréables en la place de celles qu'il a été à propos d'en retrancher.

L'adaptation de Thomas Corneille ne fut imprimée qu'en 1683, six ans après sa création et dix-huit ans après celle de la prose d'origine, que l'on ne jouait plus depuis 1665 mais qui avait été publiée pour la première fois l'année précédente, dans l'édition La Grange des œuvres complètes de Molière. L'avis au lecteur qu'inséra Thomas Corneille dans l'édition de « son » *Festin de Pierre* est à lire attentivement :

> Cette pièce, dont les comédiens donnent tous les ans plusieurs représentations, est la même que feu M. de Molière fit jouer en prose peu de temps avant sa mort. Quelques personnes qui ont tout pouvoir sur moi m'ayant engagé à la mettre en vers, je me réservai la liberté d'adoucir certaines expressions qui avaient blessé les scrupuleux. J'ai suivi la prose assez exactement dans tout le reste, à l'exception des scènes du troisième et du cinquième acte, où j'ai fait parler des femmes. Ce sont des scènes

ajoutées à cet excellent original, et dont les défauts ne doivent point être imputés au célèbre auteur sous le nom duquel cette comédie est toujours représentée.

Le « célèbre auteur sous le nom duquel... » : une telle circonlocution ne pouvait manquer de retenir l'attention de Louÿs, selon lequel Thomas Corneille, dans cette préface, n'aurait pu révéler le dessous des choses, mais aurait recouru à une formulation volontairement ambiguë. Car si quelqu'un était bien placé, en 1683, pour savoir ce que *Dom Juan* devait à Pierre Corneille, c'était – outre ce dernier, encore de ce monde –, Thomas Corneille, qui avait toujours vécu dans l'intimité de son frère. L'expression employée pour désigner Molière[146] ne dit pas expressément qu'il est l'auteur de la pièce qu'il « fit jouer en prose », mais que la pièce est encore représentée sous son nom. D'un autre côté, Thomas Corneille voulait peut-être simplement dire que le *Festin de Pierre* qui se jouait, depuis sa création le 12 février 1677, « sous le nom » de Molière, ne devait pas sa mise en vers à celui-ci, et que les lecteurs ne devaient pas attribuer à l'auteur-acteur défunt les « défauts » introduits par le versificateur.

Quant aux « personnes » qui avaient « tout pouvoir » sur Thomas Corneille, on présume qu'il s'agit en premier lieu de la veuve de Molière, mais aussi, puisque le pluriel est employé, de Pierre Corneille. Armande était restée en excellentes relations avec les deux frères. Elle avait tenu le rôle principal de *Circé*, tragédie du cadet créée deux ans plus tôt, le 17 mars 1675, et l'aîné, nous le verrons, n'était pas indifférent au charme de la jeune actrice[147].

À la date du 8 mars 1677, le registre de La Grange porte ces lignes : « La Troupe a délibéré de payer à M. de Corneille le J[eune] la somme de deux cents louis d'or pour la pièce du *Festin de Pierre*. » La mise en vers de *Dom Juan* était donc bien une commande faite par la troupe de l'Hôtel Guénégaud auprès de Corneille dit « le Jeune » – bien qu'il ait alors passé la cinquantaine –, et Mlle Molière signa le 3 juillet 1677 cette quittance conservée dans les Archives de la Comédie-Française :

> Je soussignée confesse avoir reçu de la troupe, en deux payements, la somme de deux mille deux cents livres, tant pour moi que pour M. de Corneille, de laquelle somme je suis convenue avec ladite troupe, et dont elle est demeurée d'accord pour l'achat de la pièce du *Festin de Pierre*, qui m'appartenait, que j'ai fait mettre en vers par ledit sieur de Corneille.

Outre le montant de la somme octroyée pour la mise en vers de *Dom Juan*, cette quittance confirme, pour qui en douterait, que ce fut bien la veuve de Molière, à laquelle la pièce « appartenait » (le mot a son importance), qui sollicita Thomas Corneille pour ce travail. Cette mise en vers, pour si tardive qu'elle ait été – douze années s'étaient écoulées depuis la première représentation de *Dom Juan* –, est un nouvel argument pour penser que la pièce était bien destinée, à l'origine, à être composée en vers, comme l'avaient été tous les *Festins de Pierre* joués en France depuis des années.

Il faut aussi noter que ce fut Thomas Corneille, et non son frère, qui se chargea de rimer *Dom Juan*. Si Corneille aîné avait participé autrefois à la composition du *Dom Juan* de 1665[148], si les vers blancs que contient la version en prose sont de lui, pourquoi n'acheva-t-il pas son travail[149] ? Est-ce parce qu'il avait soixante-dix ans et n'avait plus son ardeur d'antan ? On est ainsi tenté de formuler une hypothèse à laquelle Louÿs lui-même ne semble pas s'être risqué : ne serait-ce pas Thomas Corneille, et non son frère, qui aurait autrefois « aidé » Molière à écrire son *Dom Juan* ? Le fait que quelques vers blancs de la version en prose se retrouvent dans la version versifiée par Thomas Corneille – le tout premier figure dans la première réplique de la pièce (« et qui vit sans tabac n'est pas digne de vivre ») – n'est pas un argument : Corneille « le Jeune » a pu les conserver... puisqu'ils existaient déjà. Dans les mêmes années, Thomas semble d'ailleurs avoir œuvré sur diverses pièces d'autrui. Il aurait travaillé ainsi à trois comédies – assez insignifiantes – qui parurent – elles aussi, est-on tenté d'écrire – sous le nom d'acteurs : *Le Comédien poète*, féerie en un acte créée en novembre 1673, sous le seul nom de Montfleury, *Le Deuil*, comédie en un acte d'Hauteroche, et *La Dame invisible ou l'Esprit follet* du même Hauteroche. De ces « collaborations » restées secrètes, on n'a, à dire vrai, de preuve véritable que pour la première, car le *Registre journalier de Guénégaud* révèle que Thomas Corneille toucha sa part de ce que rapporta la pièce : « Donné à messieurs de Montfleury et Corneille, chacun 660 livres de l'argent qu'on a retiré du *Comédien poète*, pour ladite pièce : cela faisant 1 320 livres[150]. »

N'empêche : en la voyant ainsi porter le *Dom Juan* de son époux décédé à un Corneille, on se demande si la veuve ne faisait pas ce qu'elle lui avait vu faire pendant toute sa carrière parisienne.

La Reynie, par Van Schuppen, d'après Pierre Mignard.

En octobre 1682, cinq années après la transformation de *Dom Juan* en *Festin de Pierre* – et un an avant la publication de la version en vers –, le texte en prose joué en février 1665 parut, pour la première fois, dans le tome VII de l'édition posthume des *Œuvres de Monsieur de Moliere.* Quelques passages avaient été prudemment coupés par les éditeurs eux-mêmes, La Grange et Vivot, peut-être sur la requête des censeurs qui avaient eu à examiner la demande de privilège. Ces coupures furent jugées insuffisantes par les services de M. de La Reynie, lieutenant général de police depuis 1667, car de nouvelles suppressions furent imposées, une fois le volume imprimé : elles concernaient surtout les passages dénoncés autrefois par le sieur de Rochemont dans ses *Observations.* Des cartons – c'est-à-dire des feuilles d'imprimerie corrigées remplaçant les feuilles d'origine – furent donc ajoutés[151].

En 1683, un libraire d'Amsterdam, Henri Wetstein, publia anonymement une édition du *Festin de Pierre,* « comédie par J.B.P. de Molière », contenant tous les passages supprimés lors de l'édition de l'année précédente, et en révélant même d'autres, auxquels le pamphlet de Rochemont faisait allusion : c'était là une version quasi complète, certainement très proche de celle de la première représentation (la scène du pauvre y figure dans sa totalité). L'Avertissement de *L'Imprimeur au lecteur* contient cette affirmation : « De toutes les pièces qui ont été publiées sous le nom de M. Molière, aucune ne lui a été contestée, que *le Festin de Pierre.* » Encore cette expression « sous le nom de »... Mais il convient de replacer la phrase dans son contexte, ce que n'ont pas toujours fait les tenants de l'école louysienne :

De toutes les pièces qui ont été publiées sous le nom de M. Molière, aucune ne lui a été contestée, que le *Festin de Pierre.* Car bien que l'invention en parut assez de sa façon, on la trouva néanmoins si mal exécutée, que plutôt que de la lui attribuer, on aima mieux la faire passer pour une méchante copie de quelqu'un qui l'avait vu représenter, et qui, en ajoutant des lambeaux à sa fantaisie à ce qu'il en avait retenu, en avait formé une pièce à la mode.

Comme on demeurait d'accord que Molière avait fait une pièce de théâtre qui portait ce titre, j'ai fait ce que j'ai pu pour en avoir une bonne copie. Enfin un ami m'a procuré celle que je donne ici, et bien que je n'ose pas assurer positivement qu'elle fut composée par Molière, au moins paraît-elle mieux de sa façon, que l'autre que nous avons vu courir sous son nom jusques à présent. J'en laisse le jugement au lecteur, et me contente de lui donner la pièce telle que je l'ai pu avoir.

Quant à la manière dont le texte complet de la pièce lui était parvenu, le libraire d'Amsterdam ne laissait rien transparaître, se contentant d'indiquer qu'il l'avait reçu d'« un ami ». On a supposé, probablement à bon droit, qu'il le tenait d'un proche de Molière. Était-ce l'un des comédiens de la création de *Dom Juan,* qui avait conservé une copie de la version de l'époque ? Il pourrait s'agir aussi de quelqu'un ayant eu en main le manuscrit de Molière lui-même. Et ce manuscrit, Armande Béjart l'avait nécessairement communiqué, en 1676 ou un peu avant, à Thomas Corneille pour son travail de versification.

Tel fut le destin peu banal de cette pièce elle-même hors du commun, qui sortait tout à fait du registre habituel de l'auteur *sous le nom* duquel elle avait été jouée et imprimée. Comme le *Tartuffe*, et même encore plus que cette comédie, la grande audace dont elle témoignait se concilie peu avec ce que l'on sait du caractère courtisan de Molière. Ce dernier aurait-il eu une personnalité à facettes ? D'un côté, le comédien ambitieux et habile qui avait su se concilier, plus que tout autre de sa profession, la faveur d'un roi, de l'autre, un auteur subversif, prêt à risquer gros pour faire représenter des pièces qui ne pouvaient que lui mettre à dos une bonne partie des puissants de son époque. L'auteur du *Cocu imaginaire* et celui de *Dom Juan* peuvent-ils être réellement un seul et même individu ? Après ces deux chefs-d'œuvre que sont *Tartuffe* et *Dom Juan*, cet auteur allait donner une petite bouffonnerie sans prétention, *L'Amour médecin*, comédie-ballet qui fut jouée le 14 septembre devant le roi, à l'occasion de quatre jours de fête organisés à Versailles.

Par la suite, Molière ne devait plus faire représenter de pièce « dangereuse ». *Tartuffe* et *Dom Juan* restent tout à fait atypiques dans sa production : elles ne visaient plus à faire rire ou sourire, comme les comédies et les farces qui les avaient précédées, mais à critiquer et attaquer. Elles traitaient de deux sujets tabous – la dévotion et l'athéisme – qui, à cette époque, pouvaient conduire un écrivain au bûcher : en 1662, trois ans avant la première représentation de *Dom Juan*, le jeune poète Claude Le Petit avait été brûlé vif en place de Grève pour quelques vers impies, et un pauvre prophète fou du nom de Simon Morin avait connu le même sort en 1663 pour quelques délires religieux. Ce que l'on sait de la carrière et de la personnalité de Molière – sauf précisément *Tartuffe* et *Dom Juan,* et là est bien tout le mystère – montre qu'il n'était pas homme à courir un tel danger, voire qu'il ne se serait même pas exposé au risque de perdre la faveur du roi. Et pourtant, même s'il n'en est pas l'auteur, ou du moins l'unique auteur, Molière a bel et bien fait représenter *Tartuffe* et *Dom Juan*. Pour formuler de manière brutale la question : aurait-il pu s'y aventurer sans l'aide de Pierre Corneille et sans la protection de Louis XIV[152] ?

Pour en finir avec *Dom Juan*, signalons que sa mise en vers par Thomas Corneille fut représentée à la Comédie-Française et ailleurs jusqu'au milieu du XIXe siècle. La pièce en prose, qui n'avait été jouée que quinze fois en 1665, ne fut plus à l'affiche pendant 176 ans, jusqu'à sa reprise, le 17 novembre 1841, au Théâtre de l'Odéon, second Théâtre-Français. La « Maison de Molière », elle, ne reprit pour la première fois la pièce du « Patron » que le 15 janvier 1847, sous l'impulsion de Philoclès Régnier, grand amateur de l'œuvre de Molière. Ainsi, pendant plus d'un siècle et demi, une œuvre en vers de Thomas Corneille a été jouée sous le nom de Molière. Et depuis près d'un siècle et demi, on joue sous le même nom une pièce en prose que l'on doit peut-être en partie à Pierre Corneille.

### *LE MISANTHROPE*, CE « CHEF-D'ŒUVRE INIMITABLE » (1666)

Après les scandales de *Tartuffe* et de *Dom Juan*, Molière choisit un sujet moins polémique. Il traversait une mauvaise période. Il avait été affecté par la trahison de Racine, ce débutant dont il avait créé en juin 1664, avec une réussite moyenne, *La Thébaïde ou les Frères ennemis*[153], et dont, en décembre 1665, il avait créé la seconde pièce, *Alexandre*, pour avoir, deux semaines plus tard, la désagréable surprise d'apprendre que l'auteur, déçu par le jeu médiocre des comédiens du Palais-Royal dans la tragédie, avait porté sa pièce à l'Hôtel de Bourgogne, où elle avait eu du succès (il s'ensuivit une brouille avec Racine, qui lui débaucha de surcroît la précieuse Marquise du

Parc, la plus connue des actrices de sa troupe). Il avait aussi été très souffrant, et le Théâtre du Palais-Royal avait fermé durant deux mois, jusqu'en février 1666. À Pâques, il avait emménagé rue Saint-Thomas-du-Louvre, dans une maison où habitait également Catherine de Brie – cette Cataut pour laquelle Corneille semblait avoir eu autrefois un faible. Une rumeur, que paraît confirmer Grimarest, prétendait qu'elle était la maîtresse de Molière.

Créé le 4 juin 1666 sur la scène du Palais-Royal, *Le Misanthrope*, comédie en cinq actes et en vers, fut un succès, mais non un triomphe : la fréquentation du public semble s'être réduite assez vite. À partir de septembre, la pièce fut jouée en même temps que *Le Médecin malgré lui*, comédie en trois actes et en prose, qui avait été créée le 6 août[154]. Ce ne fut qu'avec un certain décalage dans le temps que la pièce fut considérée comme un chef-d'œuvre, même si, en juin, Subligny écrivait dans sa gazette, *La Muse dauphine* :

> Une chose de fort grand cours
> Et de beauté très singulière
> Est une pièce de Molière.
> Toute la cour en dit du bien.
> Après son *Misanthrope*, il ne faut plus voir rien.
> C'est un chef-d'œuvre inimitable.

Après les audaces de *Tartuffe* et surtout de *Dom Juan*, Molière avait mis de l'eau dans son vin, limitant son propos à satiriser une certaine société mondaine. Une telle pièce ne pouvait choquer la Cour : on y voyait un aristocrate, dont la passion jalouse et exclusive allait jusqu'à la brutalité, s'enticher d'une jeune veuve coquette et tenter de l'entraîner avec lui loin de la société. En 1666, un tel comportement faisait rire et était jugé aussi antisocial que ridicule. Pire, Alceste faisait démodé, comme homme et comme amoureux. Il en allait de même pour ses goûts littéraires : au sonnet d'Oronte

– aujourd'hui risible à nos yeux, mais typique de la poésie mondaine d'alors –, il avouait préférer une ancienne chanson populaire ! Le schéma du *Misanthrope* était simple, et tout le comique venait des situations, de l'obsession d'Alceste, et de la donnée première de la pièce, dont le titre primitif était *L'Atrabilaire amoureux*. Certains critiques ont discerné dans le personnage principal une sorte d'autoportrait de Molière, qu'auraient aigri les difficultés de son ménage avec Armande, sa santé défaillante et les ennuis liés à ses pièces précédentes. En réalité, la personnalité d'Alceste évoque bien davantage l'orgueilleux, l'intransigeant, l'irritable, le rancunier, l'acariâtre – l'atrabilaire ! – Corneille. Ce que son neveu Fontenelle formulait en des termes de circonstance : « Il était mélancolique. [...] Il avait l'humeur brusque, et quelquefois rude en apparence [...]. Il avait l'âme fière et indépendante, nulle souplesse, nul manège. »

Avec cette comédie, Molière était revenu, avec la maturité en plus, à la veine comique de pièces comme *Les Précieuses ridicules*, qui, elles, ne cherchaient ni ne trouvaient le scandale. Évolution que confirmeront toutes les œuvres qu'il donnera jusqu'à sa mort, et dont certaines iront même si loin du côté de la farce qu'elles inspireront, en 1674 – soit un an après la disparition de Molière –, ces vers assez sévères à son ami Boileau :

> Dans ce sac ridicule où Scapin s'enveloppe,
> Je ne reconnais plus l'auteur du *Misanthrope*.

Même si le Scapin des *Fourberies* ne s'enveloppe pas dans le « sac ridicule » – il y fait au contraire entrer Géronte[155] –, Boileau exprimait là, et fort bien, le sentiment qui sera celui de Pierre Louÿs et de ses successeurs à la lecture des œuvres de Jean-Baptiste Poquelin, dit Molière.

## UN INTERMÈDE DE COMÉDIES-BALLETS ET DEUX TRAGÉDIES ACHETÉES À CORNEILLE (1666-1670)

Avec les pièces qui suivirent *Le Misanthrope,* Molière revint à la farce (*Le Médecin malgré lui*), à la comédie pastorale héroïque ou comique (*Mélicerte* – son premier emploi du vers libre – et *La Pastorale comique*), à la comédie-ballet (*Le Sicilien ou l'Amour peintre*, un acte – en prose : par manque de temps pour la versification ?). Trois de ces pièces furent créées devant le roi, dans le cadre des fêtes d'un

*Ballet des Muses* imaginé par Isaac de Benserade et qui se déroula du 1er décembre 1666 au 20 février 1667, à Saint-Germain-en-Laye. La comédie-ballet du *Sicilien* fut reprise en juin au Palais-Royal, où l'on avait continué à jouer, dans une salle de plus en plus vide, l'*Attila* de Corneille, que la troupe avait créé en mars. Cette pièce, Corneille ne l'avait pas donnée à l'Hôtel de Bourgogne comme ses tragédies antérieures. On a pensé que la troupe des « Grands Comédiens » avait été échaudée, l'année précédente, par l'échec d'*Agésilas*, œuvre en « vers libres rimés » dont le roi de Sparte était le héros[156]. Est-ce crédible ? En 1667, un théâtre pouvait-il refuser une œuvre de Pierre Corneille sans s'attirer le ridicule ou le scandale ? L'argument que Corneille en voulait à cette troupe de paraître accorder sa préférence aux pièces de son jeune et brillant rival Racine est aussi peu convaincant. Il apparaît plus plausible que le dramaturge, qui prenait soin de ne jamais négliger ses intérêts financiers, ait fait jouer la loi du plus offrant – et il en coûta deux mille livres à la troupe du Palais-Royal[157]. On peut certes se demander pourquoi Molière versa une somme aussi élevée pour cette pièce : Louÿs n'est pas allé jusqu'à supposer que c'était une manière de verser à Corneille une rétribution indirecte pour les textes qu'il lui passait sous le manteau. On peut plutôt penser qu'il était important pour Molière d'avoir une personnalité de la réputation de Corneille à l'affiche de son théâtre, car les auteurs de tragédie préféraient de beaucoup être joués par la troupe de l'Hôtel de Bourgogne. En dépit du fait que les pièces de Corneille ne rencontraient plus de triomphe depuis des années (*Othon* avait échoué en 1664, comme *Agésilas* en 1666, *Attila* en 1667, et *Tite et Bérénice* en 1670), en dépit aussi de la faible réussite de la troupe du Palais-Royal dans la tragédie, créer une pièce du plus grand dramaturge français vivant pouvait permettre à Molière d'obtenir des tragédies en attirant ces auteurs.

À part la première représentation, *Attila* ne fut pas un succès – une farce, *Le Médecin malgré lui*, dut être ajoutée à partir de la huitième séance pour soutenir la pièce –, et Boileau ne put retenir un

Après *Agésilas*,
Hélas !
Mais après *Attila*,
Holà !

*Attila*, dans laquelle le directeur de la troupe n'eut pas de rôle, aura malgré tout une trentaine de représentations jusqu'à la fin de l'année, soutenu par *Le Sicilien*, joué dans la même séance. Mauvaise période, donc, pour Molière que ces mois de 1667, avec l'échec d'*Attila*, le départ de Marquise pour l'Hôtel de Bourgogne – où Racine devenu son amant lui confia le premier rôle d'*Andromaque* –, une maladie qui obligea la troupe à faire relâche jusqu'à la mi-juin, enfin l'interdiction, après l'unique représentation du 5 août, de *Panulphe ou l'Imposteur*, version vainement édulcorée de *Tartuffe*.

L'année 1668 s'annonça mieux avec le succès d'*Amphitryon,* comédie en trois actes créée le 13 janvier au Palais-Royal et publiée presque aussitôt (l'achevé d'imprimer est du 5 mars)[158]. Cette pièce à machines, qui n'était pas une commande royale, concurrençait les spectacles du Théâtre du Marais. L'édition en fut dédiée au Grand Condé, et une phrase de l'épître dédicatoire n'a pas manqué d'attirer l'attention de Louÿs : « Je n'abuserai, Monseigneur, ni de votre nom, ni de vos bontés, pour combattre les censeurs de l'*Amphitryon*, et m'attribuer une gloire que je n'ai pas peut-être méritée ». En quoi il n'avait « pas peut-être » mérité cette gloire, l'auteur ne le disait pas : modestie d'auteur, ou crainte qu'un collaborateur de l'ombre ne surgisse subitement ?

Le même Louÿs faisait remarquer qu'*Amphitryon* est en vers libres, procédé que Corneille avait introduit pour la première fois au théâtre avec son *Andromède* de 1650 et auquel il était revenu avec *Agésilas* en 1666, année de la *Mélicerte* de Molière, autre pièce en vers libres. Or c'est en lisant *Amphitryon* que Louÿs eut l'intuition que Corneille pouvait avoir collaboré à certaines œuvres de Molière. Son attention avait notamment été attirée par la première scène de l'acte II, où, Corneille « réussit quarante fois le dédoublement inimitable du moi[159] ». Le ton cornélien de tels vers lui paraissait indubitable, d'autant que le « moi » domine tout le théâtre de Corneille. Nous reviendrons sur son argument.

À *Amphitryon* succéda *George Dandin ou le Mari confondu*, comédie-ballet en trois actes et en prose, qui nous fait retomber au registre de la farce la plus totale. Elle fut créée le 18 juillet 1668, à Versailles, dans le *Grand Divertissement royal* qui célébrait la victoire-éclair du roi en Franche-Comté, et fut reprise, à partir de novembre, sur la scène du Palais-Royal… sans y attirer les foules[160].

En 1669, après le très grand succès du *Tartuffe* enfin autorisé, la comédie-ballet *Monsieur de Pourceaugnac* fut jouée, le 7 octobre, à Chambord, une des résidences du roi, puis au Palais-Royal, le 15 novembre. L'année suivante, ce furent deux nouvelles comédies-ballets : *Les Amants magnifiques*, cinq actes en prose créés le 4 février à Saint-Germain-en-Laye dans le *Grand Divertissement royal* – encore une commande de Louis XIV, qui avait cette fois préféré Molière à ce Benserade dont la comédie-ballet était pourtant la spécialité. La pièce s'inspirait du *Dom Sanche d'Aragon* de Corneille, comédie héroïque de 1650… La seconde comédie-ballet fut *Le Bourgeois gentilhomme*, pièce en cinq actes et en prose, autre commande du roi composée en collaboration avec Lully[161]. Jouée pour la première fois le 14 octobre à Chambord, elle fut reprise au Palais-Royal à partir du 23 novembre, pour être donnée peu après en alternance avec *Tite et Bérénice*, comédie héroïque de Corneille, dont la première représentation eut lieu le 28 novembre. Car, malgré la coûteuse chute d'*Attila* trois ans plus tôt, Molière n'avait pas hésité à débourser encore deux mille livres pour la nouvelle tragédie de Corneille, lequel n'avait d'ailleurs donné aucune pièce depuis cet échec de 1667. Or, le 21 novembre, la troupe de l'Hôtel de Bourgogne avait créé la *Bérénice* de Racine. La rivalité de ces deux pièces au sujet identique attira tout d'abord le public dans les deux salles, mais celle de Corneille ne rencontra pas le même succès : sa *Tite et Bérénice* disparut rapidement de l'affiche, tandis que *Le Bourgeois gentilhomme*, qui remportait un grand succès, était repris. Pour ne pas rester sur ce nouvel échec, Corneille entreprit d'écrire une autre tragédie, *Pulchérie*, qu'il n'allait pas confier à la troupe de Molière.

Le directeur du Théâtre du Palais-Royal ne pouvait que constater sa réussite dans les comédies-ballets commandées par le roi, et ses revers dans les tragédies achetées à Corneille. De son côté, ce dernier devait songer que, s'il avait tiré un bon prix de ses deux pièces, ses interprètes n'avaient pas été à la hauteur. Il en exprimerait, quelques années plus tard, une rancœur rimée.

### *Psyché* (1671) : « Cet ouvrage n'est pas tout d'une main »

Le 17 janvier 1671, la troupe de Molière joua *Psyché*, tragédie-ballet en cinq actes et en vers libres, que le roi avait commandée pour les fêtes du Carnaval. Ce divertissement au faste exceptionnel – il y aurait eu trois cents musiciens dirigés par Lully – fut donné dans l'immense Salle des Machines du Palais des Tuileries, que l'on inaugurait à cette occasion. Le thème de Psyché était très à la mode depuis plusieurs décennies, et La Fontaine avait donné en janvier 1669 son roman en prose et en vers, *Les Amours de Psyché et de Cupidon.* La pièce fut reprise à partir du 24 juillet sur la scène du Palais-Royal, aménagée pour la circonstance par de grands travaux. Elle y obtint un beau succès : trente-huit représentations l'année de la création, presque autant l'année suivante.

Philippe Quinault.

Le volume reproduisant le texte parut le 6 octobre. La page de titre ne mentionnait qu'un seul nom d'auteur (*PSICHÉ, / Tragedie-Ballet. / Par I.B.P. Moliere. / Et se vend pour l'Autheur, / A Paris, / Chez Pierre Le Monnier, au Palais*), de même que le privilège du roi, daté du 31 décembre 1670 et accordé à Jean-Baptiste Pocquelin de Molière, « l'un des Comédiens de Sa Majesté », mais un avertissement du « libraire au lecteur » spécifiait la contribution de deux autres auteurs, Quinault[162] pour la plupart des paroles chantées, c'est-à-dire les intermèdes clôturant chaque acte, et Corneille pour la versification de la plus grande partie de la pièce :

> Cet ouvrage n'est pas tout d'une main. M. Quinault a fait les paroles qui s'y chantent en musique, à la réserve de la plainte italienne. M. de Molière a dressé le plan de la pièce, et réglé la disposition, où il s'est plus attaché aux beautés et à la pompe du spectacle, qu'à l'exacte régularité. Quant à la versification, il n'a pas eu le loisir de la faire entière. Le carnaval approchait, et les ordres pressants du Roi, qui se voulait donner ce magnifique divertissement plusieurs fois avant le carême, l'ont mis dans la nécessité de souffrir un peu de secours. Ainsi, il n'y a que le prologue, le premier acte, la

première scène du second, et la première du troisième, dont les vers soient de lui. M. Corneille a employé une quinzaine au reste ; et par ce moyen Sa Majesté s'est trouvée servie dans le temps qu'elle l'avait ordonné.

La part de chacun des deux versificateurs de la pièce était mentionnée une seconde fois dans l'ouvrage, à la fin de la première scène de l'acte II :

> Ce qui suit, jusqu'à la fin de la pièce, est de M. C..., à la réserve de la première scène du troisième acte, qui est de la même main que ce qui a précédé.

On ignore quand Molière s'était mis à l'œuvre, mais, une fois de plus, le temps lui avait été compté. Il s'était trouvé pris de court pour livrer son spectacle à la date décidée par le commanditaire, c'est-à-dire Louis XIV, et il ne pouvait être question, pour l'inauguration de cette magnifique salle des Machines des Tuileries, de laisser représenter une pièce inachevée, comme cela avait été le cas, au printemps 1664, de la *Princesse d'Élide*, jouée à Versailles pendant les *Plaisirs de l'Île enchantée*.

Selon les historiens du théâtre du XVII^e siècle, *Psyché* n'aurait été jouée, lors de la première, que sous le seul nom de Molière, les contributions de Quinault et de Corneille n'ayant été révélées que par l'édition de la pièce. On ne sait de quelle manière ils ont établi le fait : comment connaître la manière dont l'annonceur présenta la pièce devant le roi ? En outre, dans sa *Lettre en vers à Monsieur* parue avant le volume de *Psyché*, le gazetier Robinet, qui avait assisté à l'une des représentations au Palais-Royal, rendit hommage, non à un auteur mais à deux (Robinet était, il est vrai, un ami personnel de Corneille) :

> [...] la tragi-comédie
> En vers de nos deux grands auteurs,
> Qui n'ont que des admirateurs,
> Peut ici partout être ouïe,
> Aussi bien que la symphonie.

Curieusement, Lully, pourtant auteur de la plainte italienne chantée au premier intermède[163], n'est pas mentionné par le rédacteur de l'avertissement, dont on ignore par ailleurs l'identité : il pourrait s'agir du libraire Denis ou, plus vraisemblablement, de Molière lui-même, car ces « avis du libraire » placés en tête de volume étaient généralement rédigés par l'auteur (Molière, en l'occurrence, était son propre éditeur, ayant assuré personnellement les frais d'impression du volume). En faisant parler le libraire, l'auteur pouvait se permettre de s'adresser à lui-même des éloges indirects ou de donner des informations dont la révélation lui paraissait indispensable.

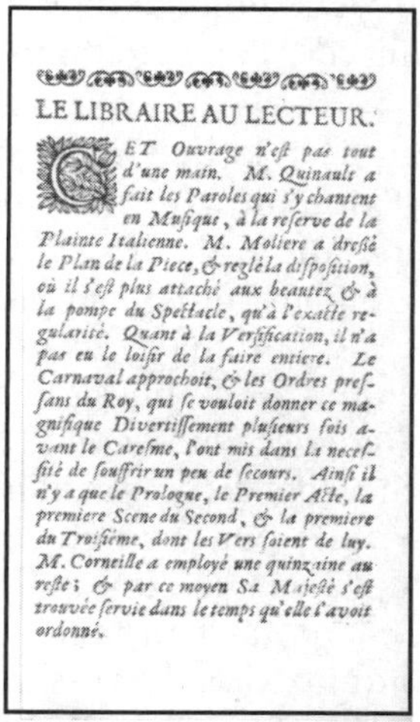

LE LIBRAIRE AU LECTEUR.

CET Ouvrage n'est pas tout d'une main. M. Quinault a fait les Paroles qui s'y chantent en Musique, à la reserve de la Plainte Italienne. M. Moliere a dressé le Plan de la Piece, & reglé la disposition, où il s'est plus attaché aux beautez & à la pompe du Spectacle, qu'à l'exacte regularité. Quant à la Versification, il n'a pas eu le loisir de la faire entiere. Le Carnaval approchoit, & les Ordres pressans du Roy, qui se vouloit donner ce magnifique Divertissement plusieurs fois avant le Caresme, l'ont mis dans la necessité de souffrir un peu de secours. Ainsi il n'y a que le Prologue, le Premier Acte, la premiere Scene du Second, & la premiere du Troisiéme, dont les Vers soient de luy. M. Corneille a employé une quinzaine au reste ; & par ce moyen Sa Majesté s'est trouvée servie dans le temps qu'elle l'avoit ordonné.

Avis du libraire de l'édition originale de *Psyché*.

« M. Corneille a employé une quinzaine au reste » : le point est assez capital pour qu'il soit nécessaire de rappeler encore que c'est la seule fois où une collaboration entre Molière et Corneille s'est trouvée mentionnée dans un texte imprimé de leur vivant à tous deux. Cette édition de *Psyché* établit ainsi, de manière indiscutable, que Corneille a travaillé *au moins une fois* pour Molière, et que celui-ci a signé *au moins une fois* une pièce dont le principal versificateur était Corneille. Ceci est un fait indiscutable, que les plus farouches opposants de Louÿs n'ont pu nier, même s'ils ont argué qu'il s'agissait d'un épisode unique dans la carrière de Molière. Le clan adverse s'est empressé de souligner que l'aveu public de cette collaboration avait peut-être pour but de faire taire une rumeur touchant de précédentes œuvres de Molière. Pour un auteur, reconnaître publiquement l'intervention d'autrui dans l'une de ses œuvres est une manière élégante et efficace de la dissimuler dans le reste de sa production : car il est réel que l'avertissement de *Psyché* a un ton général de justification. Notons aussi que, si cet avertissement n'indique pas que c'est la première fois que Corneille apporte son savoir-faire à Molière, il ne spécifie pas le contraire non plus. Ceci pour souligner la fragilité du principal argument des Moliéristes : s'il y avait eu d'autres collaborations, elles auraient été signalées dans l'édition de chaque pièce. Car on peut se demander si Molière ne fit pas appel en catastrophe à Corneille parce qu'il avait auparavant eu recours à lui dans des circonstances analogues, pour *Les Fâcheux*, par exemple, pièce qui fut composée dans des conditions proches, notamment temporelles, de celles de *Psyché*. Certes, l'édition des *Fâcheux* ne mentionne aucune collaboration, mais elle parut le Surintendant une fois destitué et emprisonné. Nul, parmi les collaborateurs éventuels de la pièce, ne devait souhaiter avoir son nom imprimé en tant qu'écrivain au service de Nicolas Fouquet, Corneille moins que tout autre, car il ne tenait pas à se faire mal voir du roi et de Colbert, sous peine de perdre sa pension, et ce indépendamment de la fidélité qu'il témoigna à sa manière au souvenir de l'ancien ministre de Louis XIV.

Sur les relations de Molière et de Corneille au moment de la préparation de *Psyché*, leurs biographes nous apprennent que le premier avait créé, quelques jours plus tôt, la *Tite et Bérénice* du second, et que l'échec de cette tragédie avait été mis par l'auteur sur le compte des acteurs qui l'interprétaient (si Corneille ne mit que quinze jours à versifier *Psyché*, il dut se mettre à l'œuvre aux tout derniers jours de décembre 1670, c'est-à-dire au moment même où sa pièce était en train de faire un four). Si mauvaise humeur ou déception il y eut du côté de Corneille, ces sentiments ne l'empêchèrent pas de versifier la *Psyché* dont Molière avait « dressé le plan ». Il fallait que le roi soit satisfait : Corneille et Molière ne se sont peut-être jamais autant rejoints que sur ce plan-là.

Par la suite, Corneille n'inclut jamais *Psyché* dans les éditions successives de son théâtre, y compris dans celles qui virent le jour après la mort de Molière. Il aurait d'ailleurs difficilement pu agir autrement, la pièce ayant paru à l'origine sous la seule signature de Molière. Au demeurant, pouvait-il voir autre chose, dans son travail sur *Psyché*, qu'un simple coup de main donné à un confrère pressé par le temps – un labeur de commande, un simple geste technique ? Les spécialistes de la littérature du XVIIe siècle répètent à l'envi qu'à cette époque la versification d'une pièce n'était pas le travail le plus noble. Pour étayer leurs dires, ils font état d'un propos de Louis Racine sur son père, dans ses *Mémoires concernant quelques particularités sur la vie et les ouvrages de Jean Racine, de l'Académie Française* : « [...]

quand il entreprenait une tragédie, il disposait chaque acte en prose. Quand il avait ainsi lié toutes les scènes entr'elles, il disait : “Ma tragédie est faite”, comptant le reste pour rien. » Et nous avons vu que *Dom Juan* versifié sous le titre de *Festin de Pierre* continua à être joué sous le nom de Molière, et non sous celui de Thomas Corneille, qui n'avait fait que transformer de la prose en alexandrins.

De surcroît, l'auteur du *Cid* n'aurait certainement pas inclus, dans une édition de ses œuvres complètes, une « tragédie-ballet » composée en partenariat avec un Molière et un Quinault. De même, il ne reprit jamais, dans son Théâtre, la partie qui lui revenait de *La Comédie des Tuileries*, dont il avait composé jadis un acte pour le bon plaisir du Grand Cardinal. À chaque édition de ses œuvres, il rejeta systématiquement les pièces « d'origine double », qui ne furent d'ailleurs pas nombreuses, du moins au regard de ses contemporains et de la postérité[164]. Dès lors, ayant ainsi écarté les vers pourtant admirables de *Psyché*, pourquoi n'aurait-il pas écarté de la même manière ceux d'*Amphitryon,* des *Femmes savantes* ou de *Tartuffe* s'il y avait mis la main ?

Thomas Corneille se montrera moins rigoureux que son frère : en 1692, alors que son aîné était dans la tombe depuis huit ans, il inclura dans le recueil de ses propres œuvres théâtrales son adaptation en vers, parue quinze ans plus tôt, du *Dom Juan* de Molière[165]. Aucun exégète ne semble avoir eu la malice de faire remarquer que l'avis au lecteur de *Psyché* ne précise pas de quel « M. Corneille » il s'agit, de l'aîné ou du cadet. C'est que, déjà en leur siècle, « M. Corneille », sans autre mention, ne pouvait désigner que l'auteur du *Cid.* De toute manière, l'édition de 1682 des œuvres de Molière donne en toutes lettres, après le dernier vers de la première scène de l'acte II, un nom dont l'édition originale de Psyché ne révélait que l'initiale (« M. C… ») : « M. Corneille l'aîné[166] ».

Notons toutefois, à propos de Thomas Corneille, que, le 31 mars 1678 – Molière était mort, mais Pierre Corneille vivait encore –, se jouera, à l'Académie royale de musique, une adaptation de *Psyché* en opéra (pièce à intermèdes, la *Psyché* de 1671 en était presque un). Quinault ayant été écarté de la Cour, Lully, auteur de la partition, s'était adressé à Thomas Corneille pour l'adaptation du texte de la *Psyché* à laquelle son glorieux frère avait collaboré sept ans plus tôt[167] : les alexandrins d'origine furent transformés en vers irréguliers sur lesquels fut greffée une musique récitative composée par le bouillant Jean-Baptiste. En fait, la pièce fut réduite à la dimension d'un livret d'opéra. Avec l'aide de son neveu Fontenelle, Corneille

« le Jeune » exécuta cette tâche en trois semaines – une de plus que son frère jadis –, comme le signala le *Mercure galant*[168]. Si l'on était certain que Pierre Corneille a mis la main au *Dom Juan* de Molière, versifié quelques années après par son frère, on ne pourrait que conclure à une certaine répétition de l'histoire[169].

La participation active de Pierre Corneille à la composition de *Psyché* est assurément le nœud gordien du débat lancé par Louÿs. Pour n'avoir pas de réponse définitive, la question a au moins le mérite de pouvoir se poser en termes simples : Corneille a-t-il contribué de la même manière à d'autres œuvres signées par Molière – commandes royales ou pièces destinées au public du Théâtre du Palais-Royal – et, si oui, son intervention a-t-elle pu aller au-delà d'un simple travail de versification, sans qu'il y ait eu jamais de sa part la moindre revendication de paternité ? Car il faut bien se demander pourquoi, dans le cas de *Psyché*, cette collaboration, qui aurait été tue pour d'autres pièces, a été avouée publiquement. La réponse la plus évidente serait : parce qu'elle n'a été effective que pour cette œuvre, et parce que la participation de Corneille à ce divertissement royal était flatteuse pour ses co-auteurs, qui ne furent pas pour autant ses co-signataires. Pour Corneille lui-même, il était aussi important – pour des raisons financières – de contribuer par sa plume à la distraction du monarque : la mention de son nom dans l'avertissement avait peut-être pour principale finalité de justifier une gratification royale. Dans sa biographie de l'écrivain datée de 1725 et restée à l'état manuscrit[170], Boscheron lui attribue une motivation que ne laisse pas soupçonner l'avis au lecteur du volume : « Corneille jaloux des plaisirs du Roy, associa sa muse à ces deux auteurs [Quinault et Molière], et de concert avec eux, ils mirent au jour *Psiché* [sic]. » Boscheron, qui n'en dit malheureusement pas davantage, tenait l'essentiel de ses informations de Bernard de Fontenelle, et ceci n'est pas à négliger. Si l'on accorde foi à ce témoignage, Corneille aurait tenu à afficher sa collaboration à cette pièce composée pour le roi (le fait est que sa participation à l'œuvre est précisée dans le volume de manière presque insistante : dans l'avis au lecteur et à la fin de la première scène de l'acte II). On ne saurait pour autant assurer que sa collaboration à une autre œuvre de commande de Molière aurait été de principe signalée dans le volume reproduisant le texte de la pièce.

Dans l'étude qu'il consacra à son oncle le plus illustre, Fontenelle écrit, à propos de son travail sur *Psyché*, qu'« étant à l'ombre du nom d'autrui, il s'est abandonné à un excès de tendresse, dont il n'aurait pas voulu déshonorer son nom[171] ». Le *Grand Dictionnaire universel du* XIX*e siècle* sera plus abrupt : « Le vieux poète, alors amoureux de la femme de Molière, retrouva pour ce morceau l'éclat et la chaleur des accents passionnés de Rodrigue. » On considère généralement que l'épître à Iris composée par Corneille (« Je suis vieux, belle Iris, c'est un mal incurable [...] ») – dont les vers rappellent étrangement certaines tirades d'Alceste à Célimène – est adressée à Marquise du Parc. Louÿs se demandait si cette épître, « où Corneille a mis tant de souffrance et de passion », n'avait pas plutôt eu Mlle Molière pour muse. Il proposait à cet égard un curieux rapprochement avec les vers 1595-1599 de la cinquième scène de l'acte IV d'*Agésilas*, où, selon lui, « Mandane répond à l'épître ». Car Corneille semble bien avoir été, de 1666 à 1672, de plus en plus attiré par Armande, comme si cette dernière avait remplacé Marquise, morte en 1668, dans son cœur de sexagénaire[172].

Armande Béjart.
Gravure de Jules Hanriot.

Au regard de la petite histoire littéraire, Corneille, par les vers de *Psyché*, se serait bel et bien adressé indirectement à Armande, qui tenait le rôle-titre. La jolie épouse du directeur de la Troupe du roi avait alors vingt-neuf ans. Elle avait déjà interprété des rôles dans des pièces du maître : en 1667, elle avait été sa Flavie dans *Attila*, et, en 1670, sa Bérénice. Un an après la création de *Psyché*, Robinet, dans sa *Lettre en vers à Monsieur* du 26 novembre 1672, laissera entendre que Corneille avait écrit le rôle-titre de Pulchérie – la première de cette tragédie avait eu lieu la veille – pour les beaux yeux d'Armande :

Cependant, ajoutons ici
Encore, ce petit mot-ci,
Que l'auteur a fait ce poème,
Par l'effet d'une estime extrême

Pour la merveilleuse Psyché,
Par qui chacun est alléché,
Ou Mad[e]moiselle de Molière,
Qui, de façon si singulière,
Et, bref, avecque tant d'appas,
Qui font courir les gens, à tas,
Encor, maintenant, représente
Ladite Psyché si charmante.

Pourtant, *Pulchérie* ne fut pas créée par la troupe de Molière : ce dernier était peut-être déjà trop malade, à moins que, comme l'a supposé un biographe, une brouille ne soit survenue entre le dramaturge et le directeur du théâtre, « excédé peut-être des assiduités du vieux poète auprès de son épouse[173] ». Il est possible aussi que Corneille ait renoncé à confier une pièce nouvelle à une troupe qui avait si mal réussi dans ses deux œuvres précédentes. *Pulchérie* fut créée le 14 novembre 1672 au Théâtre du Marais, qui était pourtant en décrépitude[174], mais dont les acteurs surpassaient eux aussi ceux du Palais-Royal dans les rôles de tragédie. Le rôle de Pulchérie y fut tenu par Mlle Dupin, et celui de Justine par une Mlle Marotte qui avait interprété une des sœurs de Psyché. Elle était une homonyme de la Marotte à laquelle s'était autrefois beaucoup intéressé Corneille[175]. On remarque que ce dernier aura toujours marqué son intérêt pour les dames de l'entourage de Molière : Catherine de Brie, Marquise du Parc et Armande Béjart – pour laquelle il éprouva « une estime extrême » –, Mlle Marotte. Dans son éloge de Corneille prononcé à l'Académie française, le 2 janvier 1685, lors de la réception de son frère Thomas, Racine loua le caractère du défunt, « homme de probité, de piété, bon père de famille, bon parent, bon ami ». Il n'ajouta pas « bon époux[176] ».

Le désir de satisfaire le roi, la gratification qu'il dut en retirer, la présence d'Armande comme interprète avaient convaincu Corneille d'accorder à Molière ce qu'il n'avait accordé à aucun autre : sa collaboration ouverte, reconnue et divulguée. Rien ne suggère qu'il se montra chagrin de la mention de son nom dans l'avertissement de *Psyché* (le volume fut réédité en 1673 sans aucun changement), même si cet avertissement, où chaque mot semble avoir été soigneusement pesé, donne l'impression que Molière n'a recouru qu'à contrecœur à l'intervention de cet aîné (« mis dans la nécessité de recevoir un peu de secours »), et même si le seul remerciement adressé au principal versificateur de l'œuvre se restreint à un hommage à sa rapidité d'exécution, à sa virtuosité de rimeur (« M. Corneille a employé une quinzaine au reste »). Mais pourquoi l'extrême précision de cet avis ? Qu'importait au lecteur de savoir à ce point dans le détail qui avait rimé quoi ? S'agissait-il d'une exigence de Corneille ? Car on peut douter que Molière ait pris seul l'initiative de rendre publique cette collaboration, qui, aussi prestigieuse fut-elle, ne grandissait pas son mérite et portait un coup à sa réputation, dont il paraissait si fier, de pouvoir composer une pièce en très peu de jours.

Il n'en reste pas moins que le problème posé par *Psyché* demeure singulier. L'Avis du libraire, établissant précisément la part de Corneille dans l'œuvre, est une exception demeurée tout à fait unique. Les Moliéristes, nous l'avons dit, ont saisi cet argument pour objecter que, s'il y avait eu d'autres collaborations, elles eussent été pareillement avouées. Est-ce bien sûr ? À cette époque, répétons-le, une œuvre littéraire née de la collaboration de plusieurs auteurs et signée par un seul n'avait point le caractère suspect qui s'y attache de nos jours. Il n'en demeure pas moins qu'il dut y avoir une raison bien précise pour insérer cet avis – qui sonne presque comme un aveu forcé – en tête de la pièce. Laquelle ? Le texte semble surtout tenter de dédouaner Molière, en délimitant nettement la part qui lui revient. Fut-ce, en fin de compte, un simple paratonnerre destiné à dissiper, auprès du roi, de la cour et de la ville, des accusations malveillantes ? Des bruits auraient-ils circulé, à l'époque, touchant la collaboration de Corneille à *Psyché* ? Ces bruits visaient-ils aussi d'autres pièces ? Nous n'en savons rien, car il n'en est pas resté trace dans les écrits du temps. Objection immédiate : ces rumeurs auraient certainement trouvé un écho dans les pamphlets contre Molière. Mais ces pamphlets furent antérieurs à *Psyché*…

Ce qui est absolument certain, c'est que, pour Corneille comme pour le spectateur ou le lecteur du XVII^e siècle, *Psyché* était, sans la moindre ambiguïté, une œuvre de Molière, puisqu'il en avait « dressé le plan » et « réglé la disposition ». Telle qu'elle était présentée dans l'avertissement, l'intervention de Corneille ne pouvait paraître que subalterne, d'une manière analogue à celle qui avait été jadis la sienne dans la compagnie des cinq auteurs appointés par Richelieu. Le lecteur du XXI^e siècle peut en revanche considérer *Psyché* comme une pièce qui fut imprimée sous le seul nom de Molière, mais dont la plus grande partie est de Corneille.

Dans *Psyché*, « le poète de la grandeur romaine et de la sauvagerie barbare [sic] est devenu un auteur de pastorale, mais en se cachant derrière le nom de Molière », déclare son dernier biographe en date, lequel admet que, sous le nom de Molière, Corneille a pu, avec cette œuvre, « exhaler ses émois et ses désirs[177] ». Pourquoi, dans ces conditions, n'aurait-il pas exprimé d'autres sentiments – ses rancœurs, ses colères, ses désirs de vengeance – dans des pièces jouées sous le même nom ? Car il faut reconnaître que, sans l'*Avis* du volume, on n'aurait jamais su la part, et la part exacte, de Corneille dans *Psyché*. Louÿs aurait eu beau la désigner, les opposants de sa thèse seraient restés sur leur position pour cette pièce aussi.

### *Les Femmes savantes* (1672)

Le 11 mars 1672, trois semaines après la disparition de Madeleine Béjart, morte à cinquante-trois ans, la comédie en cinq actes et en vers des *Femmes savantes* fut créée sur la scène du Palais-Royal. Le texte parut en décembre (« se vend pour l'Autheur, à Paris, au Palais et chez Pierre Promé »), mais le privilège avait été obtenu de longue date, le 31 décembre 1670. Le volume était dédié « À Madame », c'est-à-dire à Henriette d'Angleterre, belle-sœur du roi.

L'abbé Cotin.

Treize années après la création des *Précieuses ridicules*, la pièce mettait à nouveau en scène le milieu précieux, et tous les contemporains reconnurent l'abbé Charles Cotin dans le ridicule Trissotin des *Femmes savantes*. D'où venait l'animosité de Molière envers cet homme de lettres de soixante-huit ans, auteur de poésies chrétiennes ou galantes, habitué des salons – notamment de celui de l'Hôtel de Rambouillet –, qui était aussi prédicateur et aumônier du roi ? Au moment des *Précieuses ridicules*, ce « bel esprit » avait applaudi la pièce et fait savoir qu'il comptait sur l'auteur pour un *Ménage hypercritique* qui flagellerait son ennemi Gilles Ménage, qu'il prenait pour un pédant doublé d'un plagiaire et d'un faux savant. Dans la polémique de *L'École des femmes*, il avait certes pris le parti de l'opposition, mais nombreux étaient ceux qui avaient rejoint alors ce parti, et *L'Impromptu de Versailles* eût été une comédie bien plus longue, si Molière avait voulu répondre à tous les grincheux et tous les ricaneurs qui avaient adressé des reproches ou des moqueries à sa pièce. En outre, la polémique remontait à une décennie. Mais depuis, Cotin avait attaqué Boileau, énonçant de sévères critiques, dans le salon de l'Hôtel de Rambouillet, sur ses premières compositions poétiques. Pratiquant assez peu le pardon des offenses, Boileau n'avait pas ménagé l'ecclésiastique-poète dans ses *Satires*, le tournant en ridicule, brocardant sa « fatale nécessité de la rime », raillant le petit nombre d'auditeurs qu'attiraient ses pesants sermons (« Qu'on est assis à l'aise aux sermons de Cotin », « Et qui saurait sans moi que Cotin a prêché ? »). Aux yeux de Boileau, Cotin avait aussi le tort d'être un proche de son frère aîné – et ennemi – Gilles. En 1666, Cotin avait répliqué à ces vacheries en douze pieds dans un *Despréaux ou la satire des satires*[178], où il traitait Molière, qu'il savait lié à son adversaire, avec quelque causticité :

J'ai lu de mauvais vers sans blâmer le poète ;
J'ai lu ceux de Molière, et ne l'ai point sifflé

Sachant l'art de placer chaque chose en son lieu,
Je ne puis d'un farceur me faire un demi-dieu

En se moquant de Cotin dans ses *Femmes savantes*, Molière faisait donc cause commune avec Boileau. Le *Bolæana* indique même que ce dernier fournit à l'auteur « l'idée de la scène des *Femmes savantes* entre Trissotin et Vadius », et que cette scène s'était véritablement passée « entre Gilles Boileau, frère du satirique, et l'abbé Cotin ».

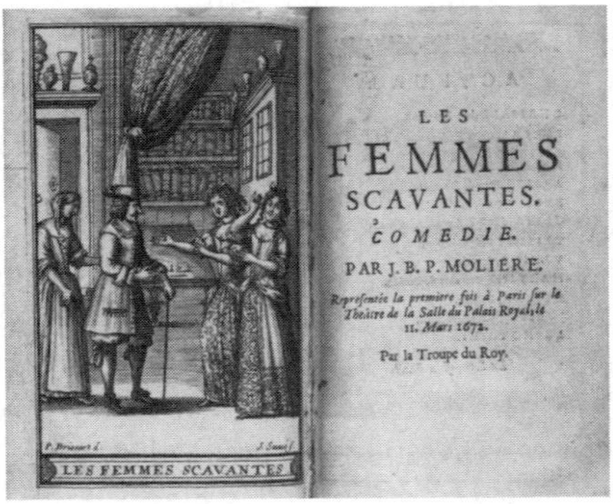


Outre le fait d'avoir été, au côté de son cher Boileau, la cible des lazzi de Cotin, Molière pouvait avoir un autre grief contre le poète en soutane. Après la première représentation du *Misanthrope*, Cotin avait tenté de le desservir auprès du duc de Montausier, gouverneur du Dauphin, dont une rumeur prétendait qu'il avait servi de modèle à Alceste[179]. Et Montausier était le gendre de la précieuse Mme de Rambouillet... Molière, cependant, en avait vu d'autres, et certains commentateurs ont pensé que l'auteur des *Femmes savantes* avait choisi Cotin sans avoir rien de personnel contre lui, simplement pour fustiger, à travers son personnage, les ridicules des poètes mondains. La charge n'en était pas moins forte, et surtout très ciblée : des œuvres de Cotin sont citées presque mot pour mot dans la pièce[180], tels le madrigal *Sur un carrosse de couleur amarante donné à une dame de ses amis* et le sonnet sur la fièvre de la princesse Uranie, que récite Trissotin, comme étant de sa composition, dans la deuxième scène de l'acte III.

Si les griefs de Molière ne paraissent pas proportionnés à la manière cruelle dont Cotin est traité dans *Les Femmes savantes*, est-ce parce qu'il faut trouver ailleurs l'explication de cette exécution impitoyable d'un confrère homme de lettres ? Faut-il chercher du côté de Corneille ? Au même titre que l'abbé d'Aubignac – mais pour d'autres raisons –, Cotin était un vieil ennemi de l'auteur de *Polyeucte*, qui n'avait pas oublié son rôle dans l'offense subie lors de la lecture de cette pièce à l'Hôtel de Rambouillet, même s'il lui avait fallu, depuis des années, voisiner avec lui – alphabétiquement, de surcroît – sur les bancs de cette Académie Française où l'abbé avait été admis à siéger en 1665. Selon Louÿs, la rancune de Corneille après l'incident de 1643 aurait eu, avec cette scène des *Femmes savantes,* son ultime et tardive manifestation. Dans son manuscrit, Boscheron rapporte l'incident de l'Hôtel de Rambouillet comme ayant opposé Cotin... et Molière, lequel aurait composé *Les Femmes savantes* par vengeance. Pour être manifeste, l'erreur n'en est pas moins curieuse dans ce texte datant de 1725, et en grande partie composé avec le témoignage du neveu de Corneille.

Louÿs pensait que *Les Femmes savantes* était une comédie composée par Corneille vers 1644-1648 et en voyait la preuve dans le fait que le personnage de Chrysale « est plusieurs fois daté ». Constatant que « le sujet des *Femmes Savantes* était déjà vieux quand la pièce parut en 1672 », il feignait de s'étonner :

> Les Moliéristes peuvent-ils dater de 1672 la large barbe de Chrysale ? et le Plutarque des rabats ? et jusqu'à la connaissance du pourpoint d'avec un haut de chausse ? Ils ne cherchent pas quel âge pouvaient avoir Bélise et Philaminte en 1672 pour que leur frère et leur mari fût aussi exactement peint à la mode de Henri IV[181] ?

Louÿs était convaincu de tenir dans les clés de cette pièce un élément fort de son argumentation. Pour lui, Corneille avait de bonnes raisons d'en vouloir à Cotin, alors que Molière n'en avait pas de réelles.

Gilles Ménage.

Jean-Louis Guez de Balzac.

Cependant, l'identification du « savant » Vadius, autre protagoniste de la scène, à Gilles Ménage – qui a toujours semblé évidente aux spécialistes de Molière – et même aux contemporains[182] –, Cotin ayant eu autrefois maille à partir avec lui[183] (bien que Ménage n'ait eu aucun des traits propres au personnage de la pièce) – ne convenait pas à Louÿs, car Corneille n'avait eu que de bonnes relations avec le littérateur érudit qui avait publié le premier *Dictionnaire étymologique du français*[184]. À l'en croire, le pédant Vadius des *Femmes savantes*, c'était en réalité Jean-Louis Guez de Balzac, qui avait été un habitué du salon de l'Hôtel de Rambouillet. Louÿs établissait ainsi son argumentation : *gué* se dit *vadum* en latin, et ceux qui latinisaient leur nom au XVIIe siècle inséraient souvent un yod : Curt devenant Curtius, Heins devenant Heinsius, etc. Il est avéré que Guez de Balzac signa parfois Guezius Balzacius[185]. Le fait qu'en 1672, année des *Femmes savantes*, Ménage était toujours vivant et Guez de Balzac sous terre depuis dix-huit ans ne paraissait pas embarrasser Louÿs, puisque, selon lui, la pièce datait de 1643. Et il rappelait qu'en 1648, dans son Avertissement à une nouvelle édition du *Cid*, Corneille avait nommément mis en cause Guez de Balzac, et avec une assez féroce ironie, car ce dernier s'était fait l'écho du bruit selon lequel il aurait donné son assentiment à ces *Sentiments de l'Académie sur le Cid*, suscités jadis par Richelieu, et que le dramaturge avait ressenti avec une aigreur d'autant plus grande qu'il n'avait pas eu la possibilité d'y répondre :

> Je m'en tairais encore si ce faux bruit n'avait été jusque chez M. de Balzac dans sa province, ou, pour me servir de ses paroles mêmes, dans son désert, et si je n'en avais eu, depuis peu, les marques, dans cette admirable lettre qu'il a écrite sur ce sujet et qui ne fait pas la moindre richesse des deux derniers trésors qu'il nous a donnés. Or comme tout ce qui part de sa plume regarde toute la postérité, maintenant que mon nom est assuré de passer jusqu'à elle dans cette lettre incomparable, il me serait honteux qu'il y passât avec cette tache et qu'on pût à jamais me reprocher d'avoir compromis de ma réputation[186].

Susceptible et rancunier comme il l'était, Corneille n'avait pas pardonné à ceux qui, comme Guez de Balzac, avaient voulu le mettre en cause dans cette polémique sur *Le Cid* dont le souvenir cuisant ne s'effaça jamais de son esprit[187] : « Aux critiques qui lui furent faites alors, il devait répondre tout au long de sa vie : plus d'un trait des *Discours* s'explique par un souvenir des débats de 1637[188]. »

Quant à Ménage, il nia toujours que Molière l'eût peint sous les traits de Vadius. On lit dans le *Menagiana* :

> On dit que les femmes savantes de Molière sont Mesd. de... et l'on veut me faire accroire que je suis le savant qui parle d'un ton doux. Ce sont choses cependant que Molière désavouait. Mais le Trissotin de cette même comédie est l'abbé Cotin, jusque là que Molière fit acheter un de ses habits pour le

faire porter à celui faisant ce personnage dans sa pièce. La scène où Vadius se brouille avec Trissotin parce qu'il critique le sonnet sur la fièvre, qu'il ne sait pas être de Trissotin, s'est passée véritablement chez M. B.... Ce fut M. D[espréaux] qui la donna à Molière.

Le Vadius des *Femmes savantes* est-il Ménage ou Guez de Balzac ? La réponse serait décisive pour établir à la fois l'identité de l'auteur et la date de composition de la pièce. Dans l'état actuel des connaissances, il est impossible de trancher.

## LES MANUSCRITS DE MOLIÈRE

En dehors de quelques signatures sur des registres officiels, on ne connaît aucun autographe de Molière. Que les manuscrits de ses pièces n'aient pas été retrouvés ne doit pourtant pas surprendre : au XVII^e^ siècle, de tels papiers n'avaient pas de valeur marchande, et l'on ne connaît pas davantage de manuscrit d'une tragédie de Corneille ou de Racine[189]. Le texte une fois imprimé, la version manuscrite devenue inutile n'était pas conservée comme une relique, ni par son auteur ni par des amateurs.

Certes, il y a bien ces deux quittances qu'aurait signées le comédien à Pézenas : l'une, datée du 24 février 1656 et portant sur un montant de six mille livres reçues du trésorier de la Bourse des États du Languedoc, aurait été « découverte » dans les archives du département de l'Hérault par un nommé Louis Lacour, qui publia sa trouvaille, sous le nom de L. de la Cour de la Pijardière, dans un *Rapport sur la découverte d'un autographe de Molière, présenté à M. le Préfet de l'Hérault* (Montpellier, 1873). C'était le plus long autographe de Molière que l'on ait jamais découvert : il n'avait pourtant que six lignes et contenait des fautes d'orthographe... Embarrassés par ces dernières, des exégètes ont suggéré de ne pas faire attention à « bource » – ce pouvait être un archaïsme – et de négliger le fait que « la somme de six mille livres à nous accordez » ne respecte pas la règle, pourtant simple, de l'accord du participe : une distraction, sans doute. La seconde quittance, datée du 17 décembre 1650 et faisant état d'une somme de quatre mille livres, fut publiée par le même Lacour en 1886 : quatre lignes, cette fois. Heureusement pour la réputation littéraire de Molière, ces deux prétendus autographes sont considérés comme des faux par la critique contemporaine[190]. On douta d'ailleurs très tôt de leur authenticité[191], car ils portaient la signature « Molière », et non

« J.-B. Poquelin » ou « J.B.P. Molière ». Or Molière, surtout à cette époque, faisait toujours précéder son pseudonyme de ses initiales et de son patronyme, en réduisant parfois ce dernier à l'initiale.

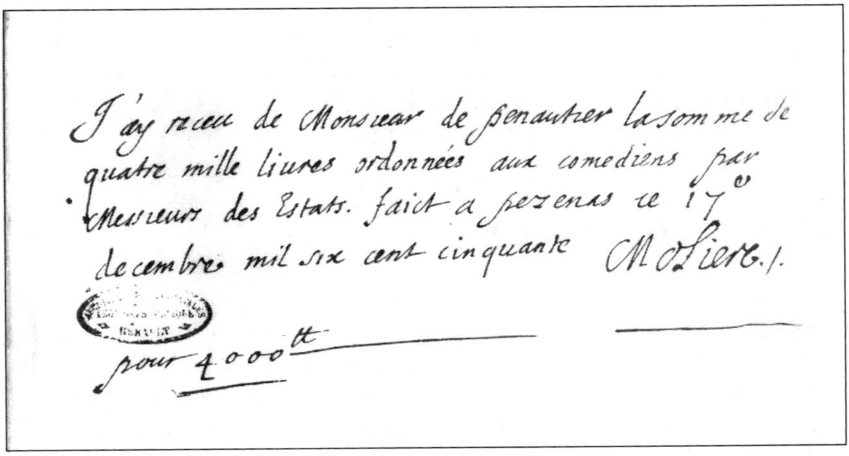
J'ay receu de Monsieur de Penautier la somme de quatre mille livres ordonnées aux comediens par Messieurs des Estats. faict a Pezenas ce 17e decembre mil six cent cinquante Moliere.

pour 4000 ₶

Quittance de Pézenas, 17 décembre 1650.

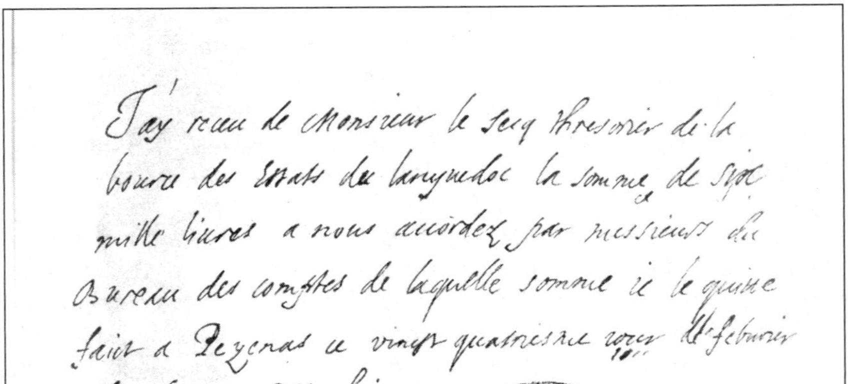
J'ay receu de Monsieur le Secq thresorier de la bourse des Estats du languedoc la somme de six mille livres a nous accordez par messieurs du Bureau des comptes de laquelle somme ie le quitte faict a Pezenas ce vingt quatriesme iour de febvrier 1656 Moliere.

quittance de six mille livres

Quittance de Pézenas, 24 février 1656.

Tout aussi douteuses apparaissent aujourd'hui l'authenticité de l'inscription trouvée sur l'envers d'un tableau de Sébastien Bourdon, celle de la signature autographe « J.B.P. Molière » sur un volume de 1631 consacré au Grand Mogol – passé plusieurs fois en vente publique au cours des XIXe et XXe siècles –, celle des notes autographes inscrites sur un exemplaire de l'édition de 1651 de l'*Andromède* de Corneille et détaillant la distribution de la représentation de la pièce à Lyon en 1652, enfin celle des lignes figurant au bas d'une supplique adressée à Louis XIV en 1669 et signée « J.-B. Poquelin Molière » (« J'attends avec un peu d'espérance respectueuse la réponse de mon placet[192] »). La joie de posséder l'autographe d'un grand auteur ou d'un personnage de l'Histoire a faussé bien des jugements, et le travail d'expertise est ici d'autant plus difficile – ou facile – qu'on ne possède précisément pas la moindre ligne autographe de Molière. Le phénomène touche d'ailleurs d'autres prétendues reliques du grand homme, comme ce fauteuil de Pézenas qui est certainement aussi authentique que celui exposé sous vitrine à l'angle d'un couloir d'étage de la Comédie-Française.

Quant aux signatures de Molière, dont une partie est authentique et une autre l'est moins[193], la plupart figurent au bas d'actes notariés – l'une des principales sources d'informations sur la vie des troupes de l'époque – ou sur des registres de paroisse. Elles sont caractérisées par un graphisme relativement changeant. La plus ancienne, qui est le contrat d'association des comédiens de l'Illustre Théâtre, date du 30 juin 1643 : on en connaît le fac-similé, mais l'original aurait disparu des minutes de l'étude déposées au Minutier central. De ces signatures, et surtout du document qu'elles paraphent, on apprécie l'intérêt biographique, mais la littérature française et la graphologie n'y retrouvent guère leur compte.

La question a été souvent posée : que sont devenus les papiers de Molière ? Grimarest assure qu'à sa mort, l'auteur de *L'Étourdi* laissait plusieurs pièces en chantier. Comme l'inventaire posthume fait à son domicile entre le 13 et le 21 mars 1673 par l'huissier Jacques Raconnet ne mentionne aucun manuscrit[194], les Louÿsiens ont supposé qu'Armande Béjart avait déjà fait disparaître les papiers de son mari pour que l'on n'y découvre pas des manuscrits d'une autre main que la sienne ! En réalité, les huissiers du XVIIe siècle devaient se soucier assez peu d'enregistrer l'existence d'autographes qui n'avaient alors aucune valeur marchande.

Certains manuscrits de pièces semblent pourtant avoir survécu quelque temps. Dans leur édition de 1682, La Grange et Vivot présentent une version du *Malade imaginaire* « corrigée sur l'original de l'auteur, de toutes les fausses additions et suppositions de scènes entières faites dans les éditions précédentes ». Si cette vérification sur manuscrit eut une réalité, cela signifie que des papiers de Molière avaient été confiés par sa veuve à ceux qui prirent soin d'éditer son œuvre. La destinée ultérieure de ces autographes est inconnue, et leur trace se perd presque aussitôt. Furent-ils retournés à Armande ? Furent-ils détruits après usage parce qu'ils n'avaient plus d'utilité ? Ou restèrent-ils dans les mains de La Grange ou dans celles de Vivot ? On en sait si peu sur Vivot qu'il est vain de tenter d'établir ce que ses héritiers firent de ses papiers et de sa bibliothèque. Quant à La Grange, qui mourut le 1er mars 1692, ses papiers durent rester la propriété de sa veuve. Celle-ci, née Marie Ragueneau[195], était une comédienne que l'on appela Mlle La Grange après son mariage avec l'homme du registre le plus célèbre de l'Histoire du Théâtre. Elle mourut en 1727 à l'âge de quatre-vingt-sept ans[196], mais Grimarest, dont le livre parut en 1705, donne ces précisions :

> J'avais fort à cœur de recouvrer les ouvrages de Molière qui n'ont jamais vu le jour. Je savais qu'il avait laissé quelques fragments de pièces qu'il devait achever : je savais aussi qu'il en avait quelques-unes entières qui n'ont jamais paru. Mais sa femme, peu curieuse des ouvrages de son mari, les donna tous quelque temps après sa mort au sieur de la Grange, comédien, qui connaissait tout le mérite de ce travail, le conserva avec grand soin jusqu'à sa mort. La femme de celui-ci ne fut pas plus soigneuse de ces ouvrages que la Molière : elle vendit toute la bibliothèque de son mari, où apparemment se trouvèrent les manuscrits qui étaient restés après la mort de Molière.

C'est l'histoire, perpétuellement répétée, de la négligence et de l'indifférence des dépositaires des papiers d'un écrivain disparu. Un des derniers indices, des plus curieux, sur les manuscrits des pièces de Molière, est fourni par Voltaire dans sa *Vie de Molière avec le jugement de ses ouvrages*, parue en 1739. Évoquant la « scène du pauvre » de *Dom Juan*, Voltaire prétendait l'avoir lue sur le manuscrit même de l'auteur :

> Celui qui écrit ceci, a vu la scène écrite de la main de Molière, entre les mains du fils de Pierre Marcassus, ami de l'auteur.
> Cette scène a été imprimée depuis[197].

Pierre *de* Marcassus, dont le livre le plus connu est une *Histoire grecque*, étant mort en 1664, un an avant la création de *Dom Juan*, il s'agit ici de son fils : ce dernier avait été aussi lié avec Corneille, auquel il resta fidèle pendant les dernières années de la vie[198]. Certes, les passages de *Dom Juan* que mentionne Voltaire dans son étude figurent tous dans l'édition de 1682 avant qu'elle ne soit censurée par des cartons, mais le témoignage est formel : Voltaire atteste avoir *vu* un manuscrit de la main de Molière, et l'on peut penser que Marcassus lui précisa qu'il le tenait de Molière lui-même[199]. On s'étonne que ce témoignage, s'il est parfois cité[200], n'ait jamais été valorisé comme il aurait dû l'être. Il est pourtant extrêmement important : c'est la seule trace signalée d'un autographe de Molière après 1682[201]. Les Moliéristes, qui s'agitent depuis longtemps en tout sens, n'ont pas jugé bon, depuis plus d'un siècle, d'explorer cette piste Marcassus.

Après cet unique témoignage, il n'est plus question d'un manuscrit de Molière. Car nul n'a jamais vraiment apporté le moindre crédit à une fable qui fut colportée au XIXe siècle, principalement par Charles Nodier et Victorien Sardou : vers 1820, un paysan venu de Feucherolles se serait présenté à la Bibliothèque de la rue de Richelieu avec une carriole chargée de paperasses qu'il aurait présentées comme des manuscrits de Molière[202]. L'établissement étant fermé ce jour-là, le concierge l'aurait éconduit en lui demandant de repasser le lendemain. Le brave paysan ne se serait naturellement pas représenté. Pourquoi Feucherolles, ce village des Yvelines, proche de Grignon, entre Mantes et Versailles ? L'endroit n'était pas mal choisi : dans cette localité avait été élevé Nicolas Guérin, le fils qu'Armande avait eu de son remariage, le 31 mai 1677, avec l'acteur Isaac-François Guérin d'Estriché (ou d'Étriché, ou de Trichet)[203]. À la mort de sa mère, survenue à Paris le 30 novembre 1700, Nicolas Guérin aurait hérité de la bibliothèque et des papiers de Molière. Il indique lui-même, dans la préface de la pastorale héroïque *Myrtil et Mélicerte* qu'il composa d'après la *Mélicerte* de Molière, en lui ajoutant un acte[204], qu'il a eu entre les mains les papiers de son beau-père, dans lesquels il prétend n'avoir trouvé aucun brouillon, aucun manuscrit de cette pièce laissée inachevée[205]. Ce continuateur posthume de Molière[206] mourut à Paris le 8 mars 1708, âgé seulement de trente ans, sans laisser d'héritier, et sa veuve, née Jeanne Guignard, fille d'un officier du roi, finit sa vie à Feucherolles[207]. Cette localité est sans doute la seule part de réalité dans la légende du paysan à la carriole chargée de manuscrits.

Plus près de nous, en 1953, un architecte marseillais portant le nom de Georges Rappert assura avoir connu à Buchenwald, en 1944, « un acteur belge nommé Dubois » qui lui raconta que, dans un village proche de Bourges, il avait été hébergé une nuit par une vieille dame, descendante d'Armande Béjart[208]. Celle-ci lui aurait montré une malle pleine de papiers, où Dubois « découvrit avec surprise un manuscrit complet de la main de Molière », une tragédie sur l'inceste, intitulée

*Cataut*, et qu'accompagnait une lettre de Boileau à Molière, déconseillant de jouer la pièce... Après avoir longuement résumé *Cataut*, qui ressemble à un fâcheux mélodrame et que Dubois aurait eu le temps de recopier durant la nuit, l'architecte ajoute que, peu après cette conversation, le même Dubois fut envoyé à la mort par les Nazis. Le nom du village du Berry n'était évidemment pas précisé, et la malle, le manuscrit, la lettre de Boileau, le recopiage nocturne et le thème de la « tragédie » – l'inceste, évidemment, par l'époux de la fille de Madeleine Béjart – donnent à cette histoire le romanesque d'une chasse au trésor trop belle pour être vraie.

On s'est aussi demandé si des papiers de Molière n'avaient pu subsister entre les mains de sa fille Esprit-Madeleine. Née en août 1665, année de *Dom Juan* et de la transformation de la Troupe de Monsieur en Troupe du roi, elle n'avait que sept ans à la mort de son père. Elle avait passé une partie de sa jeunesse à Meudon, dans une propriété achetée par sa mère en 1674, et s'était mariée en 1705, à quarante ans, avec Claude de Rachel, sieur de Montalant, un veuf âgé d'une cinquantaine d'années et déjà doté de quatre enfants. Fille de comédiens, elle ne semble pas avoir témoigné le moindre intérêt pour le théâtre. Elle mourut sans descendance à Argenteuil le 23 mai 1723, et la descendance de Molière s'éteignit avec elle. Son époux et héritier disparut dans la même ville en 1738, âgé de plus de quatre-vingt-dix ans. Mais de papiers de Molière, nulle trace n'a été relevée de ce côté-là.

Des chercheurs en quête d'autographes se sont aussi intéressés au destin de ce Michel Boiron dit Baron, qui avait vécu plusieurs années dans l'intimité de Molière. À l'origine, le directeur de la troupe du Palais-Royal avait obtenu du roi que le très jeune comédien – il n'était encore qu'un enfant et appartenait alors à la troupe de La Raisin – rejoignît la sienne. Il l'avait hébergé plusieurs années dans sa maison d'Auteuil, ce qui avait fait un peu jaser, d'autant que le naufrage de son ménage avec Armande ne paraissait pas un mystère pour l'entourage. Le pamphlet anonyme *La Fameuse Comédienne ou Histoire de la Guérin, auparavant femme et veuve de Molière*, qui parut à Francfort en 1688 et dont on en attribua un temps – à tort – la paternité à La Fontaine, mentionne fielleusement l'attachement de Molière pour le jeune et beau comédien, en suggérant, chez l'époux d'Armande, les mœurs que l'on prête également, avec plus de certitude, à ses amis Chapelle et d'Assoucy :

> Mais comme son cœur ne pouvait être sans occupation, il s'alla mettre en tête de s'attacher au jeune Baron, dans l'espérance de trouver plus de solidité

dans l'esprit des hommes que dans celui des femmes [...]. Il tenait Baron chez lui comme son enfant, n'épargnant rien pour le faire paraître, et cultivant avec des soins extrêmes les dispositions qu'il avait à devenir bon comédien ; il le gardait à vue, dans l'espérance d'en être le seul possesseur. [...]

Le Duc de Bellegarde fut un de ses plus redoutables rivaux ; l'amour qu'il avait pour Baron allait jusqu'à la profusion [...]. Molière, s'en étant aperçu, fut trouver Baron jusque dans son lit, et, prenant un ton d'autorité pour empêcher la suite d'un commerce qui le désespérait, il lui représenta que ce qui se passait entre eux ne pourrait lui faire aucun tort, parce qu'il cachait son amour sous le nom de bonne amitié, mais qu'il n'en était pas de même du Duc ; que cela le pourrait perdre entièrement, surtout dans l'esprit du Roi, qui avait une horreur extrême pour toute sorte de débauche, et principalement pour celle-là.

Une épigramme anonyme et non moins perfide – que l'on attribua aussi à La Fontaine – circula :

Baron est un Alcibiade ;
Dès qu'on le voit, il persuade,
Des dames il gagne le cœur,
Et si ce merveilleux acteur
Par dessus les autres éclate,
C'est que, dès ses plus jeunes ans,
Il eut de bons enseignements,
Et Molière fut son Socrate[209].

Michel Baron.

Baron donna cependant des gages à l'orthodoxie amoureuse en épousant, le 13 septembre 1675, la fille aînée de son camarade La Thorillière, qui n'avait que quatorze ans et lui donna quatre enfants. Après la mort de Molière, à la mémoire duquel il resta toujours fidèle, Baron était passé à l'Hôtel de Bourgogne et était devenu un comédien célèbre et fortuné, proche des deux Corneille, dont l'aîné fut, en même temps que Racine, témoin de son mariage[210] (dans ces années, il tint le premier rôle dans un grand nombre de pièces de Corneille). Il mourut à Paris le 22 décembre 1729. Comme son maître, Baron avait composé des comédies, qui furent jouées avec plus ou moins de succès : *L'Andrienne*, *La Coquette et la fausse prude*, *Les Enlèvements*, *L'Homme à bonnes fortunes*, *Le Rendez-vous des Tuileries ou le Coquet trompé*. Du fait que l'on ne connaît pas de pièce posthume de Molière et que l'esprit de suspicion ne respecte rien ni personne, certains ont supposé que Baron avait pu les avoir tirées de manuscrits laissés par Molière[211]. Ne prête-t-on qu'aux riches ? Baron fut également suspecté d'avoir bénéficié de l'aide d'un écrivain pour son *Homme à bonnes fortunes*. Selon l'abbé d'Allainval, cette pièce et *La Coquette et la fausse prude* étaient en réalité l'œuvre d'un « gentilhomme » auquel Baron versa une gratification[212]. Quelque exégète aura-t-il la curiosité d'aller lire les œuvres de Michel Baron à la Bibliothèque nationale de France ? Il est en tout cas certain que, s'il a eu en mains des papiers de Molière, Baron ne les a jamais restitués à sa veuve[213] : Armande et lui se détestaient, comme l'indique Grimarest, qui devait tenir l'information du comédien lui-même (en 1666, pendant les répétitions de *Mélicerte*, Mlle Molière avait giflé le jeune acteur qu'affectionnait son époux).

S'il faut faire son deuil des manuscrits d'éventuelles comédies laissées inédites par Molière, il faut aussi faire celui de sa correspondance. Des lettres qu'il reçut au cours de sa vie, on ne connaît aujourd'hui qu'un nombre infime, et uniquement parce que leur texte fut publié du vivant des correspondants ou peu d'années après leur disparition (et encore dans la mesure où ce texte ne fut pas adapté pour la publication[214]). Deux billets de Chapelle à Molière furent ainsi insérés par le libraire Claude Barbin dans un *Recueil des plus belles pièces des poëtes français, tout anciens que modernes, depuis Villon jusqu'à M. de Benserade*. Comme ce volume parut en 1692, on peut supposer que des papiers ayant appartenu à Molière existaient encore à cette date – ou que Chapelle avait conservé une copie de sa correspondance. Ces deux lettres, rédigées à la fois en prose et en vers, ne sont pas datées, mais le contexte permet de les situer avec vraisemblance en 1659. Nous avons déjà évoqué le doute que l'on peut avoir sur l'identité du destinataire de la missive que Dassoucy adressa à un *Monsieur de Molieres* et qui fut publiée en 1653 dans un volume de *Poësies et lettres de M. Dassoucy, contenant diverses pièces héroïques, satiriques et burlesques*, édité par le libraire Jean-Baptiste Loyson. Une autre lettre de Dassoucy, qui pourrait dater de 1670, fut adressée, avec certitude cette fois, à Molière et concerne la mise en musique d'une de ses pièces : on en connaît le texte, car il fut reproduit en 1671 dans un fascicule relié, à la suite des *Rimes redoublées de M. D'Assoucy*[215].

Si, pour être regrettable, la disparition des manuscrits de Molière et de la correspondance qu'il reçut n'a rien de surprenant à une époque qui n'avait pas le culte de l'autographe, il est en revanche totalement inexplicable qu'aucune lettre autographe de Molière n'ait été conservée[216], ni même signalée, d'autant que ce comédien, directeur de troupe et auteur, par ses activités et ses fonctions, eut certainement à écrire à bien des correspondants. On connaît plusieurs lettres de La Fontaine, de Boileau, de Racine – près de cent soixante-dix lettres pour ce dernier –, de l'un ou l'autre des Corneille, mais de Molière, aucune : pas le moindre billet dans quelque collection privée, pas la moindre missive dans quelque dépôt public d'archives. Pas une ligne de lui dans la correspondance adressée à Boileau ou aux deux Corneille.

Qu'en penser ? Qu'il écrivit lui-même très peu de lettres, s'en remettant à un secrétaire pour la charge de sa correspondance ? Ou que ses lettres avaient si peu d'intérêt que nul, parmi leurs destinataires, ne songea à les conserver ? On a souvent objecté qu'aucune lettre de Shakespeare n'avait davantage survécu : c'est exact, mais celui-ci n'avait pas, comme Molière, à remplir les multiples fonctions de directeur de troupe. Bien que, nous l'avons rappelé, le XVII<sup>e</sup> siècle n'ait attaché que fort peu de valeur à l'autographe, Molière, dans les dernières années de sa vie, était un personnage très connu, et son œuvre n'a cessé d'être rééditée tout au long du siècle suivant. En 1660, nul n'aurait certes songé à garder une lettre de lui, mais en 1690 ou en 1750, il en allait différemment. Des spécialistes ont argué que son entourage posthume pouvait avoir détruit sa correspondance, mais si un autodafé familial est possible pour une correspondance reçue, il ne l'est pas, et pour cause, pour une correspondance expédiée. Quelle veuve, quel héritier, pourraient détruire ou faire détruire des lettres disséminées partout et dont ils ignorent l'existence aussi bien que la localisation ?

Cette absence, si inexplicable, de lettres autographes a toujours gêné les Moliéristes[217]. Certains l'ont justifiée par des suppositions abracadabrantes. Car Molière, qui avait combattu les dévots, a eu les siens, prêts à admettre tous les bobards, fussent-ils les plus absurdes, pour que ne soit entachée en rien la mémoire de leur dieu. Bien qu'il n'y ait rien de déshonorant à ne laisser aucun autographe à la postérité, le zélé Paul Lacroix imagina qu'une destruction systématique des manuscrits de Molière avait été mise en œuvre par une *Confrérie de l'Index*, mystérieuse congrégation qui aurait exercé sa puissance jusqu'à la Révolution de 1789 : cette association secrète, constituée de confesseurs (sic) et de syndics de la librairie (re-sic), aurait recherché, pour les brûler, les publications des libres-penseurs et des libertins, ainsi que les manuscrits des auteurs célèbres ayant commis des œuvres marquées par leur irrévérence envers la religion catholique. Paul Lacroix – qui attribuait à Stendhal les *Mémoires* de Casanova ! – n'expliquait pas comment cette confrérie avait pu laisser tant d'autographes de Voltaire parvenir jusqu'à nous, mais passons... Passons aussi sur le délire d'Anatole Loquin, membre de l'Académie des Sciences, Belles-Lettres et Arts de Bordeaux, qui, en 1883, justifiait par la raison d'État la disparition de tous les autographes de Molière : ce dernier n'étant autre que... le Masque de Fer, il avait « fallu détruire les documents pour un intérêt supérieur ».

La carence de toute correspondance de Molière a beau être une étrangeté, elle est une réalité. À moins que l'on ne s'étonne de l'absence de lettres qui n'ont jamais existé...

## Les éditions anthumes et posthumes des œuvres

De 1644 à 1682, Corneille avait vu paraître quatorze éditions de son théâtre. Une fois imprimées à Rouen, dans l'atelier de Laurent Maurry, elles étaient livrées à des libraires parisiens comme Antoine de Sommaville, Augustin Courbé, Guillaume de Luyne, Étienne Loyson et Pierre Trabouillet. L'auteur avait chaque fois revu et corrigé son texte avec soin. En 1660 était notamment parue une édition en trois volumes sur laquelle Corneille travaillait depuis plusieurs années, révisant de près ses pièces anciennes, surtout ses comédies de jeunesse. La dernière édition qu'il put corriger fut celle de 1682, qui eut quatre volumes, le dernier avec un achevé d'imprimé daté du 26 février. Elle donnait le texte définitif adopté par l'auteur pour les trente-deux pièces de son Théâtre[218]. Suivit immédiatement la publication, en cinq volumes, des *Poèmes dramatiques* de Corneille « le Jeune » : l'achevé d'imprimer porte la date du 23 juillet 1682.

Quatre mois après la mise en librairie du dernier volume de l'œuvre théâtrale de Pierre Corneille, commença à paraître, chez les libraires Thierry, Barbin et Trabouillet, et sous les auspices des sieurs La Grange et Vivot, l'édition des *Œuvres de Monsieur de Moliere* – sans accent –, *revues, corrigées et augmentées*. La date de l'achevé d'imprimer des tomes I à VI est le 30 juin 1682. Le 31 octobre parurent les tomes VII et VIII, qui révélaient les pièces jouées du vivant de l'auteur mais restées inédites en volume, et que la veuve avait remises à La Grange : *Dom Juan ou Le Festin de Pierre, Dom Garcie de Navarre, L'Impromptu de Versailles, Mélicerte, Les Amants magnifiques, La Comtesse d'Escarbagnas* et *Le Malade imaginaire.*

Ainsi, quelques mois après la dernière édition des œuvres de Pierre Corneille revue par l'auteur parut la première édition des œuvres complètes de Molière. Coïncidence ? Ce n'en était pas une pour Pierre Louÿs, qui pensait que les éditeurs posthumes de Molière avaient préféré attendre que Corneille ait achevé la publication de son Théâtre pour sortir leur édition des pièces du défunt Molière :

> Le parallélisme des deux théâtres continue après la mort de Molière. [...]
> En février 1682, le dernier tome de Corneille paraît sans aucune addition. – Alors en juin, le Molière complet de 1682 (et *Dom Juan* inédit) commence à paraître à son tour.
> Évidemment.

Le fait est que Molière était mort depuis neuf ans lorsque parut son Théâtre complet – rien ne permet de savoir pourquoi il n'avait pas été possible de l'éditer plus tôt – et que cette publication se fit immédiatement après celle de l'œuvre complète de Corneille, que l'auteur laissait espérer depuis presque une décennie. Les deux éditions paraissaient donc liées, au moins par leur moment de parution.

LES ŒVVRES DE MONSIEVR MOLIER. TOME SECOND.
A PARIS, Chez ESTIENNE LOYSON, au Palais, à l'entrée de la Galerie des Prisonniers, au Nom de IESVS.
M. DC. LXIV.
AVEC PRIVILEGE DV ROY.

Quant aux éditions successives des pièces de Molière et de Corneille parues de leur vivant, leur examen est révélateur sur un point : autant Corneille prenait grand soin de la fabrication du volume et révisait chaque fois soigneusement son texte (il en alla de même pour son confrère Racine, qui revoyait toutes ses pièces lors des rééditions collectives de son théâtre), autant Molière n'avait apparemment cure de la présentation de l'ouvrage et de la fiabilité du texte de ses comédies[219] : les éditions parues sous son contrôle – ou plutôt son absence de contrôle – sont à peu près toutes peu soignées et entachées de coquilles typographiques qu'une lecture un peu attentive eût évitées. Les auteurs de la préface de l'édition de 1682 en avaient tellement conscience qu'ils signalèrent que, dans les éditions précédentes, « la négligence des imprimeurs avait laissé quantité de fautes considérables, jusqu'à omettre ou changer des vers en beaucoup d'endroits ». On touche ici du doigt une différence notable entre les deux auteurs. Est-elle celle qui sépare un poète soucieux de l'avenir de son œuvre et un comédien, auteur à ses heures, plus préoccupé par les recettes de ses pièces et les droits de propriété qu'il détient sur elles, et qui cherche seulement à se prémunir contre les plagiaires[220] ?

Qu'advint-il de Corneille dans les années qui suivirent la disparition de Molière ? En 1673, année de la mort de l'auteur du *Malade imaginaire*[221], Corneille avait soixante-sept ans, et il lui restait onze années à vivre : il semble les avoir vécues en ruminant sa gloire, qui restait grande mais appartenait à un certain passé. Il vécut assez âgé pour assister au vieillissement de ses tragédies, alors même qu'il continuait à en composer. En 1674, son nom n'apparut pas dans la liste des gratifications royales : il n'avait donné aucune pièce l'année précédente et sa tragédie *Suréna, général des Parthes* – sa dernière œuvre –, n'allait obtenir en décembre qu'un succès de curiosité à l'Hôtel de Bourgogne (l'*Iphigénie* du grand rival la remplaça et triompha). Il n'améliora pas sa situation en rendant, dans une poésie traduite du latin, parue pendant l'été de 1677, un hommage appuyé à Pellisson, l'ancien secrétaire de Fouquet : il était difficile de trouver mieux pour déplaire à Colbert, principal artisan de la disgrâce du Surintendant[222]. La même année, Louis XIV ayant fait jouer à Versailles plusieurs pièces de lui – *Cinna, La Mort de Pompée, Horace, Sertorius, Œdipe, Rodogune* –, Corneille composa en retour un *Remerciement au roi*, exercice obligé. L'année suivante, ne recevant plus de pension depuis quatre ans, il prit sur lui pour adresser à Colbert une lettre de sollicitation. L'ancienne troupe de Molière continuait à jouer des pièces de lui, mais il n'en tirait aucun profit pécuniaire, car leur « nouveauté » était révolue. Corneille mourut à soixante-dix huit ans, dans la nuit du 30 septembre au 1er octobre 1684, dans la maison de la rue d'Argenteuil où il s'était installé l'année précédente[223].

Quant à Thomas Corneille, après avoir été candidat à plusieurs reprises, il fut élu à l'Académie Française le 2 janvier 1685, au fauteuil de son frère. Dans son discours de réception, il se félicita de l'amitié qui l'avait toujours lié à son aîné – « la plus parfaite union qu'on ait jamais vue entre deux frères ». Il mourut le 8 décembre 1709.

## EMPRUNTS ET COLLABORATIONS

Plus d'une fois au cours de sa carrière parisienne, Molière aura essuyé le reproche, non de ne point être un créateur à part entière, mais de démarquer sans scrupule les auteurs français, italiens ou espagnols qui l'avaient précédé[224], au point que Grimarest se crut tenu de l'affranchir de ces « emprunts » en invoquant une circonstance particulière : « Molière aussi ne s'est-il pas fait un scrupule de placer dans ses ouvrages plusieurs pensées, que Cyrano [de Bergerac] avait employées auparavant dans les siens ? Il m'est permis, disait Molière, de reprendre mon bien où je le trouve. » Car Molière s'était nettement inspiré – le mot est faible –, pour une scène des *Fourberies de Scapin* (l'épisode de la galère), du *Pédant joué* de Cyrano de Bergerac, qui datait de 1654. Grimarest se hâtait de préciser que c'était en réalité Molière qui avait autrefois soufflé l'idée de cette scène à Cyrano.

« Reprendre mon bien où je le trouve » : l'expression a fait fortune chez les Moliéristes, mais sous une forme dénaturée : « Je prends mon bien où je le trouve » – ce qui n'est pas du tout pareil. Reprendre son bien implique une idée de justice et de bon droit, le prendre où il se trouve pourrait être la devise d'un plagiaire assumant ses méfaits. Grimarest citait aussi ce jugement d'un « savantasse » sur *Amphitryon* :

> « Comment ! » disait-il, « il a tout pris sur Rotrou, et Rotrou sur Plaute. Je ne vois pas pourquoi on applaudit à des plagiaires. Ç'a toujours été », ajoutait-il, « le caractère de Molière. J'ai fait mes études avec lui ; et un jour qu'il apporta des vers à son régent, celui-ci reconnut qu'il les avait pillés ; l'autre assura fortement qu'ils étaient de sa façon : mais après que le régent lui eut reproché son mensonge, et qu'il lui eut dit qu'il les avait pris dans Théophile, Molière le lui avoua, et lui dit qu'il les y avait pris avec d'autant plus d'assurance, qu'il ne croyait pas qu'un Jésuite dut lire Théophile. « Ainsi », disait ce pédant à son ami, « si l'on examinait bien les ouvrages de Molière, on les trouverait tous pillés de cette force-là. Et même quand il ne sait où prendre, il se répète sans précaution. »

Cette accusation de plagiat avait été formulée dès les débuts de Molière en tant qu'auteur, en tout cas dès l'année des *Précieuses ridicules*. On se souvient que Baudeau de Somaize, dans ses *Véritables précieuses*, s'indignait ou feignait de s'indigner que Molière « singe en tout ce qu'il fait et que non seulement il a copié les *Précieuses* de M. l'abbé de Pure jouée par les Italiens, mais encore qu'il a imité par une singerie dont il est seul capable, le *Médecin volant* et plusieurs autres pièces des mêmes Italiens ». En mars 1664, dans les derniers temps de la querelle de *L'École des femmes*, un certain Philippe de La Croix publiait une *Guerre comique ou la défense de L'École des femmes*, dans laquelle il plaçait cette attaque contre Molière, énoncée par le personnage d'Alcidor :

> Il lit tous les livres satiriques, il pille dans l'italien, il pille dans l'espagnol, et il n'y a point de bouquin qui se sauve de ses mains. Il prend dans Boccace, dans d'Ouville[225], et son *École des femmes* n'est qu'un pot-pourri de *La Précaution inutile* et d'une Histoire de Straparole. [...] Il traduit des comédies entières, il ne tient ses *Précieuses* que des Italiens.

Même son de cloche dans un texte de Robinet de décembre 1663, *Le Panégyrique de L'École des femmes ou conversation comique sur les œuvres de M. Molière*, qui est conçu comme une discussion entre des personnages de fiction dans laquelle les protagonistes de l'affaire de *L'École des femmes* portent des noms de fantaisie, mais que le contexte rend parfaitement identifiables : Zoïle alias Élimore est Molière, « le grand Ariste » est Corneille[226], Philarque est l'abbé d'Aubignac, « le petit David » des *Nouvelles nouvelles* est Donneau de Visé, Isole est Thomas Corneille (M. de l'Isle !). Un des personnages, Lidamon, qui range Zoïle-Molière dans la catégorie des « compileurs », s'exprime ainsi :

> [...] on ne peut pas dire que Zoïle soit une source vive, mais seulement un bassin qui reçoit ses eaux d'ailleurs [...]. Je tais encore que son jeu et ses habits ne sont non plus que des imitations de divers comiques, lesquels le laisseraient aussi nu que la corneille d'Horace[227] s'ils lui redemandaient chacun ce qu'il leur a pris. Je ne veux rien dire des vers, dont la plupart n'ont guère plus de cadence ni d'harmonie que ceux des airs du Pont-Neuf, n'étant qu'une prose rampante, mal rimée en divers endroits.

Même diatribe dans la *Zélinde* de Donneau de Visé : « Pour ce qui est de *L'École des femmes,* tout le monde sait bien qu'Élomire n'a rien mis de lui dans le sujet, que *La Précaution inutile* lui en a fourni les premières idées. » Et en 1670, l'anonyme *Critique de Tartuffe* affirmait que

> [...] sa muse en campagne
> Vole dans mille auteurs les sottises d'Espagne

De telles accusations furent formulées contre plusieurs écrivains contemporains de Molière, bien qu'il ait été dans l'usage du temps que l'auteur d'une pièce reprenne un thème utilisé précédemment par autrui : en ces temps bénis, il n'était pas exigé d'un poète d'être absolument original et nouveau. Une bonne partie du Théâtre du XVIIe siècle est fait de ce que le XXIe siècle considérerait comme de purs pillages. Corneille lui-même avait été accusé de cette pratique par son ennemi Jean de Mairet, dans *L'Auteur du vrai Cid espagnol à son traducteur français*, où il était reproché au dramaturge rouennais de s'être trop inspiré du drame de Guilhem de Castro :

> Ingrat, rends-moi mon *Cid* jusques au dernier mot ;
> Après tu connaîtras, Corneille déplumée,
> Que l'esprit le plus vain est souvent le plus sot
> Et qu'enfin tu me dois toute ta renommée.

À côté de ces larcins qui furent plus ou moins réels – plutôt plus, semble-t-il –, des adversaires de Molière lui firent aussi grief d'avoir nourri ses comédies des « mémoires » que des habitués de son théâtre lui auraient apportés. Le texte le plus explicite à cet égard figure dans les *Nouvelles nouvelles* que Donneau de Visé publia en 1663, au cours des jours qui précédèrent la première représentation de *La Critique de « L'École des femmes »* :

> [...] après que l'on eut joué *les Précieuses*, où ils étaient et bien représentés et bien raillés, [les gens du monde] donnèrent eux-mêmes, avec beaucoup d'empressement à l'auteur dont je vous entretiens, des mémoires de tout ce qui se passait dans le monde, et des portraits de leurs propres défauts, et de ceux de leurs meilleurs amis, croyant qu'il y avait de la gloire pour eux que l'on reconnût leurs impertinences dans ses ouvrages, et que l'on dît même qu'il avait voulu parler d'eux [...] et jamais homme n'a su si bien faire son profit des conseils d'autrui. [...]
>
> Notre auteur [...], après avoir fait cette pièce [*Le Cocu imaginaire*], reçut des gens de qualité plus de mémoires que jamais, dont l'on le pria de se servir dans celles qu'il devait faire ensuite, et je le vis bien embarrassé un soir, après la comédie, qu'il cherchait partout des tablettes pour écrire ce que lui disaient plusieurs personnes de condition, dont il était environné ; tellement que l'on peut dire qu'il travaillait sous les gens de qualité pour leur apprendre après à vivre à leurs dépens, et qu'il était en ce temps, et est encore présentement leur écolier et leur maître tout ensemble.
>
> Ces messieurs lui donnent souvent à dîner, pour avoir le temps de l'instruire en dînant de tout ce qu'ils veulent lui faire mettre dans ses pièces ; mais comme ceux qui croient avoir du mérite ne manquent jamais de vanité, il rend tous les repas qu'il reçoit, son esprit le faisant aller de pair avec beaucoup de gens qui sont beaucoup au-dessus de lui.
>
> L'on ne doit point après cela s'étonner pourquoi l'on voit tant de monde à ses pièces ; tous ceux qui lui donnent des mémoires veulent voir s'il s'en sert

bien ; tel y va pour un vers, tel pour un demi-vers, tel pour un mot, et tel pour une pensée, dont il l'aura prié de se servir. [...]

Notre auteur, après avoir fait ces deux pièces, reçut des mémoires en telle confusion que, de ceux qui lui restaient et de ceux qu'il recevait tous les jours, il en aurait eu de quoi travailler toute sa vie.

L'identité de ceux qui fournirent Molière en « mémoires » ne nous est évidemment pas connue et rien ne permet de savoir dans quelle mesure il recourut à de tels écrits pour composer ses comédies[228], mais un tel matériau apparaît à coup sûr plus crédible que les fameuses « observations » et les « idées de pièce » que, selon ses biographes, il aurait accumulées pendant ses années de province, prévoyant qu'il les utiliserait ultérieurement et n'aurait plus qu'à les coucher sur le papier quand il aurait pignon sur rue à Paris[229]. En 1663, l'abbé Du Buisson avait ainsi apporté à Molière la maquette de ce qui allait devenir *L'École des femmes* : l'information est donnée par Molière lui-même dans la préface de l'édition de la pièce, où l'abbé est désigné comme « une personne de qualité ».

Indépendamment de ces collaborateurs occasionnels, certains proches ont parfois pu travailler pour Molière, à l'écart de l'ombre immense de Pierre Corneille. Parmi eux, deux noms s'imposent plus que tout autre, car ils étaient de ses amis intimes : Chapelle et Boileau.

Claude-Emmanuel Luillier, dit Chapelle.

Chapelle était un familier de la maison que louait à Auteuil le chef de la Troupe du roi. Il savait écrire et ne manquait pas de verve. On a quelque difficulté à suivre Grimarest – peut-être parce qu'il insiste un peu trop sur ce point – lorsqu'il prétend que Chapelle ne dessoulait jamais. Dans un texte de 1669 qui ne sera publié qu'en 1751, intitulé *La Promenade de Saint-Cloud. Dialogue sur les auteurs*, Gabriel Guéret fait remarquer que Boileau n'égratigna pas Chapelle dans ses *Satires* : « Peut-être l'a-t-il épargné en considération de Molière. Car on m'a assuré que Chapelle lui est fort utile, et qu'il travaille à toutes ses Pièces. » Ce devait être là une opinion assez répandue, car on la retrouve sous la plume de La Monnoye dans sa préface du *Recueil de pièces choisies* (1714) et sous celle de Caillières dans sa préface de 1692 des *Œuvres de Chapelle et de Bachaumont* :

> C'est à Chapelle que nous devons une partie des grandes beautés que nous voyons briller dans les excellentes comédies de Molière, qui le consultait sur tout ce qu'il faisait et qui avait une déférence entière pour la justesse et la délicatesse de son goût[230].

Dans sa *Réponse à l'Impromptu de Versailles,* Donneau de Visé affirmait que « plusieurs » amis de Molière avaient « fait des scènes aux *Fâcheux* », et le *Bolæana* indique que lorsqu'il travaillait, dans les conditions que l'on sait, à cette pièce, Molière avait fait appel à Chapelle, tout en prétendant par la suite n'avoir rien utilisé de ce que son ami lui avait remis. D'après Grimarest, Molière aurait de même rejeté, nous l'avons vu, la version complète du *Tartuffe* que Chapelle lui avait apportée. Notons que ces deux témoignages sur la collaboration de Chapelle à l'œuvre de Molière font l'un et l'autre état d'un refus des textes fournis. Malheureux Chapelle, qui travaillait toujours pour rien... Roger Duchêne fait cette concession, certes avec réticence :

> De tous ceux qu'a connus Molière, Chapelle a certainement été le mieux placé pour l'aider. Il avait un sens aigu du comique, évident dans son fameux *Voyage*. En lui, qui n'a presque rien écrit, malgré sa facilité et son talent, le comédien-auteur a dû trouver un conseiller attentif qui a pu lui suggérer des scènes ou des idées, et même lui apporter quelquefois une aide active pour terminer d'urgence une pièce en retard. Éventuelle collaboration qui n'enlèverait rien à la gloire de Molière[231].

Quant à Boileau, l'œuvre signée par Molière lui doit avec certitude la correction de deux vers des *Femmes savantes*, pièce dont l'auteur lui avait lu des passages. Brossette rapporte le fait dans une note de la *Correspondance Boileau-Brossette*, parue en 1716 :

> Il m'a encore cité ces deux-ci des *Femmes savantes*, scène première :
>
> Quand sur une personne on ne peut s'ajuster,
> C'est par les beaux côtés qu'il la faut imiter.
>
> M. Despréaux m'a dit qu'il avait voulu souvent obliger Molière à corriger ces sortes de négligences, mais que Molière ne pouvait jamais se résoudre à

changer ce qu'il avait fait. M. Despréaux lui ayant fait sentir la faiblesse de ces deux derniers vers, Molière pria M. Despréaux de les rajuster, tandis qu'il allait sortir un moment avec sa femme (car M. Despréaux était alors chez Molière). M. Despréaux s'en défendit, mais il ne laissa pas de les changer ainsi :

> Quand sur une personne on prétend se régler,
> C'est par les beaux endroits qu'il lui faut ressembler.

Nicolas Boileau.

Le témoignage n'est pas sans intérêt, en particulier par ce qu'il nous apprend sur le curieux « respect » de Molière pour son propre texte. Un tel respect tenait-il à la réticence d'altérer une versification qu'il savait forgée par une main de maître... ou au souci de ne pas déplaire à ce maître en corrigeant certains de ses vers ? Quel poète, pourtant, n'aurait pas été attentif à une suggestion visant à améliorer la forme d'une de ses compositions ? Le *Bolœana* confirme ce manque d'entrain de Molière pour vingt fois sur le métier remettre son ouvrage, selon le conseil que son ami Boileau adressait à ses confrères et à ses lecteurs :

> Selon lui, Molière pensait toujours juste, mais il n'écrivait pas toujours juste, parce qu'il suivait trop l'essor de son premier feu et qu'il lui était impossible de revenir sur ses ouvrages. Il avait cela de commun avec La Fontaine, chez qui l'on trouve beaucoup de négligences et de termes hasardés, qui auraient pu être réparés par une lime attentive et laborieuse, mais Molière fuyait la peine [...].

Le même recueil d'anecdotes atteste par ailleurs la contribution que le poète des *Satires* apporta à Molière pour certaines de ses pièces : « Le latin macaronique qui fait tant rire à la fin du *Malade imaginaire* fut encore fourni à Molière par son ami Despréaux, en dînant ensemble avec mademoiselle Ninon de l'Enclos et Madame de La Sablière. » Molière avait aussi recouru à Boileau pour les noms d'origine grecque qui déguisent les patronymes des médecins de la Cour pris pour modèles dans *L'Amour médecin* : Bahys (le jappeur) pour Esprit, médecin de Monsieur, Macroton (le bavard) pour Guénaut, médecin de la reine, Tomès (celui qui taille) pour Daquin, second médecin de la reine, etc[232]. Et toujours dans le *Bolæana* :

> Ce fut M. Despréaux qui fournit à Molière l'idée de la scène des *Femmes savantes* entre Trissotin et Vadius. La même scène s'était passée entre Gilles Boileau, frère du satirique, et l'abbé Cotin. Molière était en peine de trouver un mauvais ouvrage pour exercer sa critique, et M. Despréaux lui apporta le propre sonnet de l'abbé Cotin avec un madrigal du même auteur, dont Molière sut si bien faire son profit dans sa scène incomparable.

Ces « aides » extérieures étaient certainement une nécessité pour Molière dans les conditions où il exerçait ses activités. Responsable d'une des principales troupes parisiennes, metteur en scène, directeur de théâtre, acteur tenant souvent le rôle principal des pièces qu'il montait – celles qu'il signait comme celles d'autres auteurs –, ordonnateur de spectacles pour le roi, courtisan familier des résidences royales, tapissier du roi, le personnage devait avoir un emploi du temps particulièrement chargé. Grimarest rapporte qu'à Chapelle qui lui reprochait « son humeur rêveuse », Molière avait tenu ce propos : « Si vous étiez, comme moi, occupé de plaire au Roi, et si vous aviez quarante ou cinquante personnes, qui n'entendent point raison, à faire vivre, et à conduire ; un théâtre à soutenir ; et des ouvrages à faire pour ménager votre réputation [...]. » Citée par le même Grimarest, cette confidence du comédien à ses amis Rohault et Mignard : « J'aime la vie tranquille, et la mienne est agitée par une infinité de détails communs et turbulents, sur lesquels je n'avais pas compté dans les commencements, et auxquels il faut absolument que je me donne tout entier malgré moi. » L'auteur de *La Vie de Mr. de Molière* précise aussi que « les visites de ses amis et des grands seigneurs étaient fréquentes et que tout cela l'occupait suffisamment pour n'avoir pas beaucoup de temps à donner à son cabinet ».

On conçoit que cet homme très pris et très mondain n'ait guère pu écrire ses pièces que dans la hâte. Ce fut le cas, en 1661, pour *Les Fâcheux* : « Jamais entreprise au théâtre ne fut si précipitée que celle-ci, et c'est une chose, je crois, toute nouvelle qu'une comédie ait été conçue, faite, apprise et représentée en quinze jours. » Autrement dit, deux semaines auraient suffi à Molière pour composer plus de huit cents vers, concevoir trois ballets, assurer la mise en scène, surveiller l'apprentissage du texte par les comédiens, suivre les répétitions, sans parler des pièces jouées par la troupe pendant cette période. On n'y croit guère. En 1664, *La Princesse d'Élide*, commandée par Louis XIV pour ces *Plaisirs de l'Île enchantée* donnés en l'honneur de deux reines, Marie-Thérèse d'Espagne et Anne d'Autriche – et d'une favorite, Louise de La Vallière –, fut jouée devant la Cour de Versailles sans avoir été, par manque de temps, entièrement mise en vers : seuls, le premier acte et la première scène de l'acte II avaient été versifiés. Une pièce qui commençait en rimes et se terminait en prose (après un monologue de la princesse) : les oreilles de Sa Majesté n'avaient pas dû en entendre souvent. Corneille n'était donc pas là pour donner à Molière le coup de main qu'il allait lui apporter par la suite pour *Psyché* ?

Et *Dom Juan*, pièce en prose farcie de vers blancs et bâtie à la diable, au point que la tradition la fait passer pour avoir été composée en quinze jours ? Et *L'Amour médecin*, comédie-ballet en trois actes, autre commande royale jouée en septembre 1665 à Versailles, et qui, selon l'édition du texte, aurait été écrite dans les délais les plus serrés (« Ce n'est ici qu'un simple crayon, un petit impromptu, dont le roi a voulu se faire un divertissement. Il est le plus précipité de tous ceux que Sa Majesté m'ait commandés ; et lorsque je dirai qu'il a été proposé, fait, appris et représenté en cinq jours, je ne dirai que ce qui est vrai »). Et *Monsieur de Pourceaugnac*, comédie-ballet en trois actes, qui aurait été écrite en quelques jours pour un divertissement royal, donné en 1669, au château de Chambord ? Et *Psyché,* composée dans un laps de temps si court qu'il fallut faire appel à Corneille pour la versification de la plus grande partie de l'œuvre ?

Dans l'édition de plusieurs pièces qui étaient des commandes royales, l'avis du libraire insiste sur la précipitation dans laquelle l'œuvre a été écrite. N'était-ce qu'une manière élégante de devancer les reproches de bâclage et de qualité inégale, comme le fait encore l'« Avis au lecteur » de l'édition posthume de 1682 des œuvres de Molière ?

> Toutes ses pièces n'ont pas d'égales beautés ; mais on peut dire que dans ses moindres il y a des traits qui n'ont pu partir que de la main d'un grand maître, et que celles qu'on estime les meilleures, comme *Le Misanthrope*, *Le Tartuffe*, *Les Femmes savantes*, etc., sont des chefs d'œuvre qu'on ne saurait assez admirer.

Ce qui était cause de cette inégalité dans ses ouvrages, dont quelques-uns semblent négligés en comparaison des autres, c'est qu'il était obligé d'assujettir son génie à des sujets qu'on lui prescrivait, et de travailler avec une très grande précipitation, soit par les ordres du Roi, soit par la nécessité des affaires de la troupe, sans que son travail le détournât de l'extrême application et des études particulières qu'il faisait sur tous les grands rôles qu'il se donnait dans ses pièces.

Comme elles avaient été formulés par l'auteur lui-même, ces circonstances furent naturellement mises en doute par des confrères, qui tinrent à faire savoir qu'ils n'étaient nullement dupes de cette prétendue hâte dans laquelle Molière aurait écrit ses comédies à succès. Pour eux, ce n'était là qu'un trait de forfanterie. Dans *L'Impromptu de l'Hôtel de Condé,* Montfleury fils fait dire à ses personnages que la composition de *L'Impromptu de Versailles* remonte en réalité à trois années, alors que Molière avait spécifié, dans la première scène, qu'il l'avait rédigé en huit jours :

ALIS
*L'Impromptu* de trois ans.

LE MARQUIS
De trois ans ?

ALIS
Oui, Monsieur.

LE MARQUIS
De trois ans, comment diable !

ALIS
Il a joué cela vingt fois au bout des tables,
Et l'on sait dans Paris que faute d'un bon mot,
De cela chez les grands il payait son écot.

LE MARQUIS
Oui, des comédiens, j'en ai su quelque chose,
Mais le reste…

ALIS
Le reste est une farce en prose,
Aussi vieille qu'Hérode.

LE MARQUIS
Aussi l'on s'étonnait
Qu'un ouvrage si bon eût été si tôt fait,
Et moi-même.

ALIS
Dis donc, viendras-tu point me dire
Touchant cet *Impromptu*, qu'il faut que je l'admire,
Et quand après trois ans il vient nous faire voir...

LE MARQUIS
C'est là, morbleu ! c'est là ce qui le fait valoir.

Grimarest lui-même avoue qu'il doute que Molière ait pu écrire *Les Fâcheux* en quinze jours, puisqu'il « était l'homme au monde qui travaillait avec le plus de difficulté ; et il s'est trouvé que des divertissements qu'on lui demandait étaient faits plus d'un an auparavant [...] il ne travaillait pas vite, mais n'était pas fâché qu'on le crût expéditif. » Dans une autre page de sa *Vie de Mr. de Molière*, Grimarest revient sur le temps que le comédien « mettait à ses ouvrages ; il conduisait sa troupe, il se chargeait toujours des plus grands rôles, les visites de ses amis et des grands seigneurs étaient fréquentes, tout cela l'occupait suffisamment, pour n'avoir pas beaucoup de temps à donner à son cabinet. D'ailleurs sa santé était très faible, il était obligé de se ménager ».

On a ainsi tout lieu de penser que lorsqu'il prétendait que telle pièce avait été écrite en très peu de jours, Molière omettait de mentionner qu'il l'avait composée avec des scènes rédigées de longue date et conservées dans ses papiers[233] – comme peut-être la scène de Monsieur Dimanche, qui est, dans *Dom Juan,* ce qu'il y a de plus typique de la manière de Molière –, ou qu'il avait démarqué dans la hâte des textes appartenant au fonds commun de comédies et de farces de l'époque, ou encore qu'il avait bénéficié de l'aide rétribuée de quelque collaborateur, à la manière dont Boileau parlait de cet abbé Gabriel de Roquette dans lequel certains ont vu le modèle du personnage de Tartuffe :

On dit que l'abbé Roquette
Prêche les sermons d'autrui ;
Moi qui sais qu'il les achète,
Je soutiens qu'ils sont à lui.

« L'auteur du *Misanthrope* », comme le désigna Boileau, devait établir la trame des pièces – en « dresser le plan » et en « régler la disposition », comme il le fit pour *Psyché* – et laisser ensuite œuvrer un ou plusieurs collaborateurs à partir de ce canevas, tout en y mêlant ensuite des passages de son cru. Une telle méthode n'est pas très éloignée de celle qu'appliqueront, deux ou trois siècles plus tard, un Dumas, qui avait son Maquet, ou un Willy, qui eut une écurie de qualité. Lorsque l'on cite aujourd'hui le nom de Molière, peut-être cite-t-on moins, sans le savoir, le nom d'un auteur que le titre d'une œuvre collective, d'une « raison sociale », avec son directeur et ses scribes qui travaillaient pour répondre aux commandes d'un roi et produire les pièces qu'attendait le public d'un grand théâtre parisien.

À l'opposé de Molière, Corneille était très largement libre de son temps et avait une puissance de travail aussi grande que sa facilité à composer des vers. Il était, lui, parfaitement capable d'écrire en dix semaines, sinon moins, une pièce en cinq actes, entièrement mise en alexandrins d'airain. En 1658, il ne lui avait fallu que deux mois pour produire les deux mille vers d'*Œdipe*, prouesse dont il tirait quelque fierté (« un ouvrage de deux mois », avait-il eu soin de préciser dans la préface du volume). Deux mois aussi pour *Sophonisbe*, tragédie imprimée en avril 1663, avec, pour la première fois, la mention du nom de l'auteur sur le volume. Vingt jours avaient suffi pour les mille huit cents vers de *Polyeucte*, et quinze pour la versification de la majeure partie de *Psyché*, soit un millier de vers. Autrefois, dans un intervalle de seize mois, entre août 1642 et décembre 1643, il avait fait représenter quatre pièces nouvelles : *Cinna*, *Polyeucte*, *La Mort de Pompée* et *Le Menteur* (et l'hiver suivant, *La Suite du Menteur* et *Rodogune*). Boileau, qui admirait fort Corneille, était impressionné par ce qu'il qualifiait de « prodigieuse fécondité ». À vrai dire, ce versificateur virtuose et génial, qui pouvait consacrer tout son temps à l'écriture, était pour Molière le coauteur idéal, le meilleur collaborateur que son époque pouvait lui offrir. Un tel constat n'est niable ni par les Moliéristes, ni par les Louÿsiens. Dès ses débuts, Corneille n'avait-il pas rimé, dans l'anonymat, pour le compte d'autrui ? En 1634, il avait été un des cinq auteurs travaillant sur des canevas préparés par Richelieu, grand amateur de théâtre : pour que la pièce fût écrite en un mois, chacun des cinq avait composé un acte… et en avait retiré des avantages financiers. Les conditions de la collaboration qu'a pu proposer Molière à Corneille, trois décennies plus tard, ne devaient pas être très différentes.

Les anti-Louÿsiens ont demandé comment le dramaturge de *Polyeucte* et de *Cinna* aurait pu plier son génie à la composition d'œuvres aussi éloignées de son univers que *Les Femmes savantes* ou *Tartuffe* ? Il l'a bien fait pour *Psyché*, ont rétorqué les Louÿsiens, et son répertoire était d'une étendue qu'il prit lui-même plaisir et fierté à souligner pour l'édification de ses contemporains. Il le fit dès l'âge de vingt-six ans, en 1632, dans la *Préface* de *Clitandre*, qui s'ouvre sur ces mots : « Pour peu de souvenir qu'on ait de *Mélite*, il sera fort aisé de juger, après la lecture de ce Poème, que peut-être jamais deux Pièces ne partirent d'une même main plus différentes et d'invention et de style. » Et douze ans plus tard, dans la première phrase de l'épître liminaire du *Menteur* : « Je vous présente une pièce de théâtre d'un style si éloigné de ma dernière [*La Mort de Pompée*], qu'on aura de la peine à croire qu'elles soient parties toutes deux de la même main, dans le même hiver. » Ces deux déclarations sont-elles assez catégoriques ?

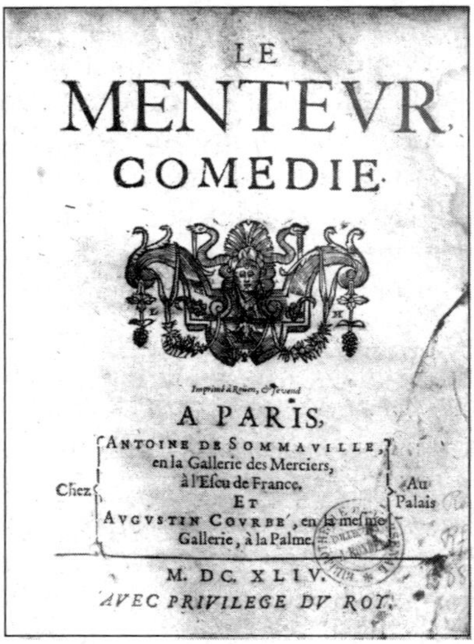
LE
MENTEVR
COMEDIE
Imprimé à Roüen, & se vend
A PARIS,
Chez ANTOINE DE SOMMAVILLE, en la Gallerie des Merciers, à l'Escu de France. ET AVGVSTIN COVRBE', en la mesme Gallerie, à la Palme. Au Palais
M. DC. XLIV.
AVEC PRIVILEGE DV ROY.

Corneille aura pratiqué avec réussite tous les genres, de la tragédie à la comédie, et l'on a pu dire, à juste titre, qu'il avait donné leurs lettres de noblesse à l'une comme à l'autre. Il avait, dira Ferdinand Brunetière, « ce qu'on peut appeler l'outil universel[234] ». Avant sa première tragédie, *Médée*, il avait composé six comédies. Il devait en produire officiellement neuf, dont *Le Menteur,* la plus célèbre, est tout à fait du genre des comédies que signera plus tard Molière. Passer de la tragédie à la comédie ne lui posait donc aucune difficulté : entre *La Mort de Pompée* et *Rodogune*, il écrivit *Le Menteur* et *La Suite du Menteur*, et c'est sans le moindre fondement que l'on a prétendu qu'il déplorait la vogue que connaissait la comédie, sous prétexte qu'elle éloignait le public de la tragédie. Certes, l'épître liminaire du *Menteur*, qui date de 1644 et dans laquelle il affirmait sa prédilection pour la comédie, ne sera pas reprise en 1660 dans l'édition de son théâtre en trois volumes, ni dans les autres éditions de son œuvre parues de son vivant, mais c'est bien le seul indice, dans ses écrits connus, d'une « préférence » pour la comédie. Le 2 janvier 1685, dans le discours qu'il prononça pour la réception de Thomas Corneille à l'Académie Française, Racine rendit hommage à son frère en louant l'étendue de sa gamme (« Quelle dignité, et en même temps quelle prodigieuse variété dans les caractères ! ») et, ce qui est plus significatif, en rappelant sa primauté comme auteur de comédies, avec cette capacité « de s'abaisser, quand il veut, et de descendre jusqu'aux plus simples naïvetés du comique, où il est encore inimitable ». Racine, dans un tel contexte, avait certainement pesé chacun de ses mots.

Autre argument des opposants : comment le « dévot » Corneille, marguillier de sa paroisse, grand chrétien ayant gardé des liens avec ses maîtres les Jésuites, aurait-il pu contribuer à des œuvres aussi impies que *Tartuffe* et *Dom Juan* ? C'eût été là faire montre d'une bien grande duplicité. Des biographes de Corneille n'ont-ils pas attesté que les sentiments de piété dans lesquels il vivait furent les mobiles qui le portèrent à traduire en vers français *L'Imitation de Jésus-Christ* et *L'Office de la Sainte-Vierge*[235] ? Comme le laisse entendre son épître dédicatoire de *L'Imitation* au pape Alexandre VII, il aurait voulu expier l'orgueil que ses succès au théâtre lui avaient inspirés, en s'imposant la traduction d'une œuvre austère et qui se prêtait mal aux ornements de la poésie. On a aussi invoqué une pénitence que lui aurait dictée un confesseur pour avoir commis un poème grivois de quarante stances, composé en secret, *L'Occasion perdue et recouvrée*[236] : si cela est vrai, Corneille aurait donc bien été capable de la même duplicité qui permit à La Fontaine de produire à la fois des contes légers et des poèmes d'inspiration religieuse. Il y aurait sans doute beaucoup à dire sur la « véritable piété » et la dévotion de l'auteur de *Polyeucte*, et sa traduction rimée de *L'Imitation de Jésus-Christ* est certainement bien autre chose qu'un exercice de dévotion, ou même un acte de foi – c'est une œuvre personnelle. Treize mille vers : l'équivalent de sept ou huit tragédies.

## Le silence des contemporains

Au XVII^e^ siècle, aucune gazette rimée, aucun livre, aucune brochure ne mentionna Corneille comme l'auteur ou le co-auteur d'une des pièces jouées sous le nom de Molière. Nulle révélation directe et non ambiguë ne nous est parvenue sur le sujet. Pourtant, Molière a eu de nombreux ennemis, qui surent faire flèche et feu de tout bois pendant les polémiques de *L'École des femmes* en 1663, du *Tartuffe* l'année suivante, et de *Dom Juan* l'année d'après : aucun ne l'accusa jamais de devoir le meilleur de ses pièces à Pierre Corneille. On ne trouve rien sur ce point dans *Le Portrait du peintre* de

Boursault, dans *Élomire hypocondre* de Le Boulanger de Chalussay[237], dans *L'Impromptu de l'Hôtel de Condé* de Montfleury.

La question a cependant sa pertinence : étant donné que Molière fut, surtout au faîte de sa carrière, en butte à une jalousie et à une malveillance parfois extrêmes, comment se fait-il qu'aucun de ses détracteurs n'ait songé à utiliser, dans ses attaques contre lui, l'argument Corneille ? Ce silence est d'autant plus frappant qu'une rumeur de cet ordre semble avoir un temps touché Racine lui-même. La première livraison du *Mercure galant*, le périodique cofondé en mai 1672 par Thomas Corneille et Donneau de Visé, rendit compte de manière perfide de la *Bajazet* de Racine, que venait de créer l'Hôtel de Bourgogne : le mérite de l'auteur apparaissait au gazetier « si grand qu'on ne peut trouver de place sur le Parnasse aujourd'hui digne de lui être offerte, et ses amis le placent entre Sophocle et Euripide, aux pièces duquel il semble que Diogène Laërce veuille nous faire entendre que Socrate avait la meilleure part de ses plus beaux endroits ». Qui était le Socrate auquel *Andromaque* aurait dû « ses plus beaux endroits » ? On sait que, pour *Les Plaideurs*, Racine aurait bénéficié de la collaboration de Boileau.

Contre toute attente, ce n'est pas sous la plume d'un des adversaires de Molière que l'on trouve des propos qui peuvent se lire à double sens. Dans sa *Satire II*, intitulée *À M. de Moliere* – écrite en 1664 mais publiée en 1668 –, Boileau, qui ne connaissait peut-être pas encore à cette époque celui dont il allait devenir un ami proche, s'extasiait sur l'étonnante facilité de cet auteur :

Rare et fameux esprit, dont la fertile veine
Ignore en écrivant le travail et la peine ;
Pour qui tient Apollon tous ses trésors ouverts
Et qui sait à quel coin se marquent les bons vers :
Dans les combats d'esprit, savant maître d'escrime
Enseigne-moi, Molière, où tu trouves la rime.
On dirait quand tu veux qu'elle vient te chercher
Jamais au bout du vers on ne te voit broncher,
Et sans qu'un long détour t'arrête ou t'embarrasse
À peine as-tu parlé, qu'elle-même s'y place

[...]

Toi donc, qui vois les maux où ma muse s'abîme,
De grâce, enseigne-moi l'art de trouver la rime :
Ou, puisque enfin tes soins y seraient superflus,
Molière, enseigne-moi l'art de ne rimer plus.

L'hommage de Boileau, que l'on a connu plus caustique, est, à première lecture, assez curieux, comme le faisait remarquer Roger Duchêne : « Le compliment surprend. Molière vient justement de donner devant la cour une *Princesse d'Élide* qu'il n'a pas réussi à écrire en vers jusqu'au bout[238]. » Il est exact que les éloges de Boileau paraissent un peu disproportionnés à un moment où Molière est loin d'avoir produit ses meilleures pièces en vers. En 1883, Louis-Auguste Ménard en faisait déjà le constat : « Dans la *Satire II*, imprimée en 1664, composée bien avant, quand Molière n'avait encore rien publié de prodigieux, comme versification surtout, le difficile Boileau le félicite, avec un enthousiasme inexplicable jusqu'ici, de son inspiration universelle, phénoménale[239]. » Boileau ne désigne aucun auteur qui aurait tenu de temps à autre la plume à l'auteur de *L'Étourdi*, mais pose la question avec une innocence qui paraît feinte et dont, en tant que satiriste, il n'était pas coutumier : où Molière trouvait-il ses rimes ?

Du même Boileau, citons également ces vers du chant III de *L'Art poétique*, paru en 1674, un an après la mort de Molière. Les deux derniers font quasiment office de chapelet dans le débat qui oppose depuis un siècle Moliéristes et anti-Moliéristes :

Étudiez la Cour et connaissez la ville :
L'une et l'autre est toujours un modèle fertile.
C'est par là que Molière illustrant ses écrits,
Peut-être de son art eût remporté le prix,
Si moins ami du peuple en ses doctes peintures,
Il n'eût point fait souvent grimacer ses figures,
Quitté, pour le bouffon, l'agréable et le fin,
Et sans honte à Térence allié Tabarin.
Dans ce sac ridicule où Scapin s'enveloppe,
Je ne reconnais plus l'auteur du *Misanthrope*.

Selon le *Bolæana*, le mordant Boileau en était venu à cette époque à énoncer des réserves sur le prétendu génie de Molière : « Au reste, M. Despréaux trouvait la prose de Molière plus parfaite que sa poésie, en ce qu'elle était plus régulière et plus châtiée, au lieu que la servitude des rimes l'obligeait souvent à donner de mauvais voisins à des vers admirables, voisins que les maîtres de l'art appellent des *frères chapeaux*[240]. » En fait, Boileau semble bien n'avoir été l'ami de Molière que du vivant de ce dernier. Le cadavre de « l'auteur du *Misanthrope* » à peine froid, il fit volte-face et, rejoignant le rang de ses détracteurs, dénigra sa mémoire en tant qu'auteur. Desmarets de Saint-Sorlin lui en fit le reproche dès 1674 dans sa *Défense du poème héroïque*, en faisant s'exprimer ainsi feu Molière :

> Cœur lâche qui poursuit les vivants et les morts,
> Tu m'adorais vivant ; maintenant quand je dors
> Tu me lances les traits d'une âpre calomnie :
> Du titre de bouffon tu noircis mon génie.

Boileau n'est cependant jamais allé jusqu'à suggérer que le meilleur des pièces de Molière était issu de la plume de Corneille. Il n'aurait certes pu le faire tant que ce dernier était encore en vie, et lui-même ne survécut que deux années à Thomas Corneille. Pour qu'une mauvaise langue comme lui ait gardé le silence sur ce secret, deux explications peuvent être proposées : soit il en ignora tout, soit il était contre son intérêt de révéler la chose. Louÿs soutenait que la collaboration de Corneille et Molière devait, dans l'intérêt des deux, rester totalement ignorée, et que le tiers qui se serait avisé de la révéler au grand jour se serait exposé à bien des tracas : « Vous pouvez croire qu'en 1660 un secret ne se gardait pas ? », demandait Louÿs[241]. Une raison majeure de ne jamais éventer une telle collaboration était la peur d'indisposer le roi, qui témoignait publiquement sa protection et son amitié à Molière. Il y aurait eu en effet un grand risque de duper le monarque qui, à l'un, versait une pension et, à l'autre, commandait des pièces, tout en accordant sa protection et son nom à sa troupe. En 1671, Louis XIV avait même fait octroyer à Molière, pour protéger son œuvre, ce privilège qui fut imprimé dans la première édition des *Fourberies de Scapin* :

> Notre cher et bien aimé J.B.P. de Molière nous a très humblement fait remontrer qu'il aurait ci-devant composé pour notre divertissement plusieurs pièces de théâtre, partie desquelles il aurait fait imprimer par divers imprimeurs ou libraires, en conséquence des privilèges que nous lui en avons accordé [sic] pour l'impression de chacune en particulier. Mais la plupart desdits privilèges étant expirés, et les autres prêts d'expirer, plusieurs desdites pièces ont été réimprimées en vertu de lettres obtenues par surprise en notre Grande Chancellerie, portant permission d'imprimer ou de faire imprimer les Œuvres dudit Molière, sans en avoir eu son consentement, dans lesquelles réimpressions il s'est fait quantité de fautes qui blessent la réputation de l'auteur ; ce qui l'a obligé de revoir et corriger tous ses ouvrages pour les donner au public dans leur dernière perfection. Mais comme il lui faut faire

une grande dépense tant pour l'impression que pour les Figures qu'il faut graver, il craint que quelques envieux de son travail ne lui fassent contrefaire par concurrence, de même que l'on a déjà fait de plusieurs de sesdites pièces, ce qui l'empêcherait de retirer les frais qu'il aurait faits et lui causerait une perte très considérable, s'il ne lui était pourvu de nos lettres sur ce nécessaires.

S'est-on demandé toutefois si le bruit que Molière avait écrit certaines de ses pièces avec l'aide du plus grand dramaturge de son temps n'était pas parvenu sur le tard à la Cour ? Car les biographes de Molière n'ont jamais pu expliquer la brusque défaveur que le comédien subit au cours de la dernière période de sa vie, avec la suppression de sa pension et la préférence accordée incontestablement à Lully. Après une représentation des *Femmes savantes* à Versailles le 17 septembre 1672 par sa troupe, Molière ne fut plus requis par le roi pour jouer une pièce. Alors que toutes ses comédies (sauf *Dom Juan*) avaient été données devant lui, Louis XIV ne demanda pas à ce que *Le Malade imaginaire* soit créé en sa présence. Tout ceci ressemble à une disgrâce. Apprenant qu'il avait été dupé pendant des années par le comédien auquel il s'en remettait pour ses divertissements, Louis XIV n'aurait pas agi différemment.

Grimarest : « Aussitôt que Molière fut mort, Baron fut à Saint-Germain en informer le roi ; Sa Majesté en fut touchée et daigna le témoigner. » Ce fut apparemment la seule oraison funèbre que le monarque prononça sur celui qui avait tant œuvré pour les spectacles de sa cour. En réalité, il faut probablement admettre que Louis XIV devait se soucier peu de Molière en dehors de ses comédies, qui le faisaient rire. Pour lui, ce n'était qu'un fournisseur, qu'il utilisa au besoin, notamment pour tenter de mettre au pas les dévots qui cherchaient à contrarier ses liaisons extra-conjugales. Dans ce XVII^e siècle qui percevait avant tout Molière comme un comédien et très peu comme un écrivain, Louis XIV n'avait certainement pas une vision différente. C'est ce qu'indique d'ailleurs l'anecdote célèbre selon laquelle il aurait marqué quelque étonnement lorsque Boileau lui aurait déclaré que le plus grand écrivain de son règne était Molière : « Je n'aurais pas cru cela. »

Louis XIV était toujours de ce monde quand parut la *Vie de Mr. de Molière* de Grimarest, laquelle, à aucun moment, ne fait allusion à une collaboration de Corneille, dont le nom n'est d'ailleurs cité qu'une fois. Aucun sous-entendu sur le sujet, non plus, dans la réfutation anonyme du livre de Grimarest, intitulée *Lettre critique à*

*Mr. de *** sur le livre intitulé La Vie de Mr. de Molière*, paru en 1706 et qui n'est pas de Donneau de Visé, bien qu'elle lui fût un temps attribuée. L'anonyme auteur ne doute en rien que les pièces signées par Molière soient de lui : « Nous avons de Molière tout ce qui doit nous toucher, ce sont ses ouvrages ». C'est au moins un point sur lequel Moliéristes et anti-Moliéristes peuvent se rejoindre sans s'empoigner.

## Notes

1. Œuvres de Corneille, Pléiade, tome I, p. LIV.
2. Sylvie Chevalley, *Revue de la Comédie Française,* n° 25, janvier 1974, p. 26-27.
3. Le registre de La Grange a été édité en 1967 en deux volumes chez Droz, puis en fac-similé, par les soins de Sylvie Chevalley, en 1972, chez Minkoff, à Genève.
4. Roger Duchêne, qui fut le biographe le plus sérieux (*Molière*, Fayard, 1998), a enfoui l'information dans une note de son ouvrage, p. 698.
5. Heinrich Morf, *Aus Dichtung und Sprache der Romanen*, troisième série, Berlin et Leipzig, 1922, p. 67-107 (Morf était mort depuis un an lorsque parut ce livre). John Cairncross mentionna l'ouvrage dans « Propos sur *Tartuffe ; Élomire hypocondre* », *Mélanges Grimm*, Biblio 17, 1994. Une conférence de Morf sur le sujet avait été donnée le 6 novembre 1913 à l'Académie des Sciences de Prusse, et complétée par d'autres conférences faites à la même Académie et dans la Société de Herrig en 1914. Morf avait préparé un mémoire, à moitié achevé, qui a été complété pour l'édition de 1922 par des sténographies de ses conférences.
6. Georges Bordonove : « Ce registre fait nos délices. [...] On comprend l'importance que les biographes attachent à ce document capital. Sa lecture attentive éclaire nombre de points douteux, tranche certains dilemmes. Dépouillé à l'extrême, puisque réduit au fait quotidien (exceptionnellement assorti d'un très bref commentaire), il est d'une sincérité et d'une objectivité absolues. Le fait que son auteur ait noté de la sorte toute chose au jour le jour réduit au minimum les possibilités d'erreur » (Pygmalion, 1967).
7. Jean Mesnard, « Jean Vivot, ami, éditeur et biographe de Molière, 1613-1690 », *Mélanges en hommage à Robert Garapon*, PUF, 1992. Jean Nicolas de Tralage dit de Vivot qu'il « était des amis intimes de [Molière] et [...] savait presque tous ses ouvrages par cœur », ce qui nous avance peu (*Notes et documents sur l'histoire des théâtres de Paris au XVII^e siècle par Jean Nicolas de Tralage, extraits, mis en ordre et publiés par le Bibliophile Jacob*, Librairie des Bibliophiles, 1880).
8. L'auteur de la notice est cependant peu affirmatif : « On l'attribue à Marcel, qui joignit à la profession de comédien celle d'homme de lettres. »
9. Jean-Léonor Le Gallois de Grimarest (1659-1713), *La Vie de Mr. de Molière*, Paris, Jacques Le Febvre, 1705.
10. Bernard de Fontenelle – fils de Marthe, sœur de Corneille devenue Mme Le Bovyer de Fontenelle – était né le 11 février 1657. Il fut le premier biographe de son oncle le plus illustre.
11. Madeleine Béjart y est Angélique, les comédiens Floridor et Rosimond apparaissent sous leurs syllabes interverties : Florimont et Rosidor.
12. Cette réédition, dont l'existence montre que le premier tirage eut du succès, parut l'année suivante sous le titre, totalement explicite cette fois, d'*Élomire, c'est-à-dire Molière hypocondre ou les médecins vengés.*
13. Dans les écrits, polémiques ou non, de contemporains sur Molière, celui-ci est souvent désigné comme « le Peintre », comme l'auteur qui peignait « d'après nature ». La légende du « don d'observation » du comédien-auteur est née de là.
14. La tragi-comédie n'est pas un mélange de tragédie et de comédie, comme on le pense généralement, mais une tragédie qui finit bien.
15. André Le Gall, *Pierre Corneille en son temps et en son œuvre*, Flammarion, 1997, p. 106, et Georges Couton, œuvres de Corneille dans la Pléiade, tome I, p. L et 1346-1347.
16. Sur la foi de ce qu'en dira Voltaire, qui pourrait bien avoir raison, car on retrouve deux vers de *La Comédie des Tuileries* (« Le coup en vient du Ciel, qui

verse en nos esprits / Les Principes secrets de prendre et d'être pris ») repris presque à l'identique, trente-cinq ans plus tard, dans *Tite et Bérénice* (« De cet ordre du Ciel qui verse en nos esprits / Les principes secrets de prendre et d'être pris ») : l'exercice d'un droit de propriété discret de Corneille sur un texte non publié par lui, commente son biographe André Le Gall (*op. cit.*, p. 123).

17. Multiplier par 100 et diviser par 7 pour avoir l'équivalent de la livre du XVIIe siècle en euros du XXIe siècle.

18. Il convient de citer à propos de cette dernière pièce une remarque pleine de bon sens de Louis Herland dans son *Corneille par lui-même* paru en 1956 au Seuil : « Un mot du préfacier – et qui est peut-être un lapsus – a donné à penser que quatre auteurs seulement avaient collaboré à cette pièce. Mais la chose est douteuse et, si l'un des cinq s'est en effet abstenu, rien ne prouve que ce soit Corneille, ni que Richelieu se soit jamais plaint d'avoir en lui un collaborateur moins docile que les autres. Tout cela semble bien avoir été inventé pour expliquer l'acharnement du Cardinal contre *Le Cid*, acharnement qui lui-même n'est probablement qu'une légende. »

19. La première mention imprimée du nom de Molière se lit dans des stances dont l'auteur est resté inconnu, *À Monsieur le duc de Guise sur les présens qu'il a faits de ses habits aux Comédiens de toutes les Troupes* (« [...] La Béjart, Beys et Molière / Brillants de pareille lumière [...] »). Ces stances parurent en juin 1646 dans un *Recueil de pièces diverses* édité par Toussaint du Bray. La distribution des habits célébrée dans ces vers avait probablement eu lieu en 1644 ou en 1645, et les bénéficiaires avaient été des acteurs de la troupe du Marais, de la troupe italienne du Petit-Bourbon, de celle de l'Hôtel de Bourgogne, et de celle de l'Illustre Théâtre.

20. Il est possible, probable même, que la troupe ait fait la connaissance de ce Mallet lors de son séjour normand de 1643, mais rien n'indique que ce fut par l'intermédiaire de Corneille.

21. Citons aussi, pour de futures gloses poquelinesques, cette définition que le dictionnaire de Bescherelle donne du mot *molière* : « S'est dit pour Meulière, carrière de pierres à meule. / Nom des boulets de pierre dont on se servait pour les canons. »

22. François Vergnaud, in : *Le Figaro-Madame*, 1er mars 2003.

23. Édouard Gosselin, « Acte authentique constatant la présence de Molière à Rouen », *Revue de la Normandie*, 30 avril 1870.

24. Armand Le Corbeillier, *Pierre Corneille intime,* Société française d'éditions littéraires et techniques, 1936.

25. Ce succès, dû en bonne partie à l'acteur Jodelet, ne porta pas chance à la salle du Marais, car elle fut détruite par un incendie le 15 janvier.

26. Ces deux farces, dont un manuscrit sera découvert à la Bibliothèque Mazarine au XVIIIe siècle par Jean-Baptiste Rousseau, seront publiées en 1819 par Viollet-le-Duc.

27. Gabriel Guéret, *La Promenade de Saint-Cloud. Dialogue sur les auteurs*, texte inséré à la suite des *Mémoires historiques, critiques et littéraires* de François Bruys (Paris, Jean-Thomas Hérissant, 1751, tome II, p. 213-214).

28. La troupe avait vraisemblablement déjà passé des séjours d'une durée comparable dans telle ou telle ville du Midi.

29. Christian Zonza, in : *Trois courtes pièces de Molière*, Folioplus classiques, 2004, p. 158. On retrouve déjà cette faribole dans la notice de Léon Lejealle de l'édition de *Dom Juan* de la série des Nouveaux Classiques Larousse (Librairie Larousse, 1971) : « 1657-1658 : Molière est maintenant protégé par le gouverneur de Normandie. »

30. André Le Gall, *op. cit.*, p. 378.

31. Dans son étude « Molière et sa troupe à Rouen (1658) », parue dans la *Revue de la Normandie* de mars 1865, François Bouquet consacre en tout et pour tout une ligne à la rencontre de Molière et Corneille dans cette ville : « De ce séjour à Rouen, il résulta des rapports d'intimité entre Corneille et Molière. »

32. Autrefois, durant l'hiver 1629-1630, le Théâtre de l'Hôtel de Bourgogne, qui bénéficiait d'un monopole tacite du théâtre dans la capitale, avait vu d'un mauvais œil l'établissement de la troupe de Mondory au Théâtre du Marais.

33. En même temps qu'un long poème *Élégie* (« Iris, je vais parler, c'est trop de violence [...] »), signé *Corneille* à la Table des matières du *Recueil de Sercy*, et que l'édition Couton de la Pléiade (tome II, p. 106) restitue à Pierre Corneille, alors que Marty-Laveaux l'avait attribuée à Thomas Corneille (tome X, Hachette, 1862, p. 362-367).

34. Voir la notice d'Anatole Claudin dans la *Bibliographie des éditions originales d'auteurs français composant la bibliothèque de feu M. A. Rochebillière [...],* Paris, 1892 [sic pour 1882], n° 78, p. 45-46 : ce *Petit Recueil de poésies choisies non encore imprimées* y est attribué à l'imprimeur dieppois Étienne Acher. Voir aussi : Frédéric Lachèvre, *Bibliographie des recueils collectifs de poésies [...]*, tome II, p. 113.

35. Le titre même du poème est assez énigmatique, à moins qu'il n'en livre la clef paradoxale : *À la mesme* désigne évidemment Marquise du Parc, à laquelle est dédié le poème précédent. On voit mal pour quelle raison adresser à celle-ci un poème « pour » sa compagne Cataut. À moins qu'il ne s'agisse d'une erreur de l'imprimeur, qui a par ailleurs écrit « la Marquise de C.A.B. » dans le titre du poème précédent, lequel, dans le *Recueil de Sercy*, s'adresse à « la Marquise de B.A.T. » ?

36. Dans la notice sur *Œdipe* de son édition Classiques Garnier de 1942 du *Théâtre complet* de Corneille, Maurice Rat écrit à propos de Marquise : « Puis, sans se résigner [après son poème *Sur le départ de Madame la Marquise de B.A.T.*], [Corneille] composa pour elle un *Œdipe* (sujet indiqué par Fouquet), lui destinant le rôle de Jocaste » (tome III, p. 4). Malheureusement, Rat n'indique aucune référence à l'appui de son assertion, et nous n'avons trouvé mention de ce fait ni dans Taschereau, ni dans Marty-Laveaux, pas plus que dans l'article de Georges Mongrédien, « Mademoiselle du Parc » (*Mercure de France*, 15 août 1923).

37. En 1658, les deux Jeux de paume de Rouen, celui des Braques et celui des Deux-Maures, avaient leur propre troupe mais accueillaient souvent les comédiens parisiens de l'Hôtel de Bourgogne et du Théâtre du Marais, ainsi que ceux d'autres compagnies provinciales. Rouen était, pour les activités théâtrales, la seconde ville de France après la capitale (Christian Biet, *Moi, Pierre Corneille*, Découvertes Gallimard, 2006).

38. Corneille dotera sa fille pour lui permettre d'entrer chez les Dominicaines de Rouen et achètera à son fils un équipage d'officier.

39. Le lecteur ne nous tiendra pas rigueur d'employer une expression dont l'anachronisme n'a pour excuse que son emploi à propos d'un homme de lettres qui fut si remarquablement en avance sur son temps.

40. Dans sa biographie de Molière, Roger Duchêne écrit : « Lagrange ne précise pas à quel titre Molière a demandé deux parts. Il semble que ce soit comme chef de troupe. Par la suite, on n'a jamais adopté de système fixe. Molière touche une ou plusieurs parts selon des décisions et dans des proportions qui semblent varier selon les pièces, au gré des circonstances » (*op. cit.*, p. 705). En 1661, d'après le registre de La Grange, Molière avait en effet demandé et obtenu une part supplémentaire des recettes : « deux parts au lieu d'une qu'il avait. La troupe lui accorda pour lui et pour sa femme s'il se mariait. » Comme l'explique le même biographe : « La formule est ambiguë ; il faut comprendre : s'il se mariait avec une femme qui serait comédienne

dans sa troupe. On veut bien que Molière ait deux parts, on ne veut pas qu'avec sa femme il en ait trois, soit presque le quart des recettes. / Cette demande est surprenante [...] voilà qu'il réclame davantage comme comédien et comme chef de troupe, sans préjudice (la suite le montrera) de ce qu'on lui donnerait comme auteur. (*Molière, cit.*, p. 270-271). Cette part supplémentaire n'aurait-elle pas eu pour but de payer celui ou ceux qui l'aidaient à écrire ses pièces ?

41. Corneille le reconnaît lui-même dans l'*Examen d'Œdipe* de l'édition collective de 1660 : « La mauvaise fortune de *Pertharite* m'avait assez dégoûté du théâtre pour m'obliger à faire retraite et à m'imposer un silence que je garderais encore si M. le procureur général Fouquet me l'eût permis. »

42. Georges Bordonove, *Molière*, Pygmalion, 1967.

43. Roger Duchêne, *Molière, cit,* p. 168-169 et 249.

44. La troupe de Madeleine Béjart disposa de la salle les jours « extraordinaires », c'est-à-dire les lundis, mercredis, jeudis et samedis, les autres jours étant les jours « ordinaires », ceux auxquels le public parisien avait l'habitude d'aller au théâtre.

45. Le mot était aussi utilisé pour désigner, sans rien de péjoratif, la province.

46. Lettre à Brossette du 28 octobre 1731 (Œuvres de Molière en Pléiade, tome I, p. 4).

47. Charles Coypeau d'Assoucy, *Les Aventures de Monsieur d'Assoucy* (1677), repris dans *Aventures burlesques de d'Assoucy*, Delahays, 1858, p. 97.

48. Un volume de *Poësies et lettres de M. Dassoucy, contenant diverses pièces héroïques, satiriques et burlesques*, paru en 1653 à Paris chez Jean-Baptiste Loyson (achevé d'imprimer du 13 juillet 1653), contient une lettre intitulée *À Monsieur de Molieres* qui ne nous apprend malheureusement rien sur le destinataire (« Je vous demande pardon, de n'avoir pas pris congé de vous [...] »). On n'est même pas certain qu'il s'agisse du comédien. Un sieur Louis de Molier (ou Mollier), musicien ordinaire de la chambre du roi et ordonnateur de ses ballets, était très connu quand Molière débuta à Paris. L'Histoire (et le roi) a voulu qu'ils figurassent ensemble dans les *Plaisirs de l'Ile enchantée.* Le Molier qu'éclipsa Molière lui survécut quinze ans, car il mourut le 18 avril 1688. Le 7 janvier 1672, un an avant la mort de Molière, *Le Mariage de Bacchus et d'Ariane*, pièce héroïque de Donneau de Visé, sur une musique de Molier, fut jouée au Théâtre du Marais : « Les chansons en ont paru fort agréables, et les airs en sont faits par ce fameux M. de Molière, dont le mérite est si connu et qui a travaillé tant d'années aux airs des ballets du roi », écrivit Donneau de Visé dans son *Mercure galant.*

49. Corneille donna deux poèmes à Dassoucy : un sonnet pour son *Ovide en belle humeur* (1650) et des vers pour ses *Airs* (1653).

50. « Il est malaisé de s'imaginer avec quelle approbation cette pièce fut reçue de la cour et de la ville », écrivait Pellisson dans son *Histoire de l'Académie Française*, à propos du *Cid.*

51. De son vrai nom Julien Bedeau, Jodelet devait à Scarron son nom de théâtre et le type de personnage bouffon au visage enfariné qu'il incarna toute sa carrière, qui dura un demi-siècle.

52. « J'espère à son retour voir M. de l'Isle » (c'est-à-dire Thomas Corneille), écrivait de Rouen, le 13 janvier 1660, ce Coqueteau de La Clairière à l'abbé de Pure.

53. Roger Duchêne, « De Sorel à Molière, ou la rhétorique des Précieuses », *Le Langage littéraire au XVII^e^ siècle*, Narr, 1991.

54. Roger Duchêne, *Les Précieuses ou comment l'esprit vint aux femmes*, Fayard, 2001.

55. Roger Duchêne, *Molière, cit.*, p. 219.

56. Fontenelle, *Vie de Corneille*, in : *Œuvres*, Paris, Brunet père, 1742, tome III.

57. Fontenelle, *Vie de Corneille, cit.*

58. Roger Duchêne, *Molière*, *cit.*, p. 225.

59. Roger Duchêne, *Molière*, *cit.*, p. 219.

60. Roger Duchêne, *Molière*, *cit.*, p. 220.

61. Dans sa biographie de Molière parue en 1986, Francine Mallet va jusqu'à écrire : « Les Corneille, jaloux de sa réputation montante, se dressent les premiers contre *Les Précieuses* » – comme si un Corneille pouvait à cette époque envier un auteur tel que Molière. La même biographe explique ainsi la genèse de la pièce : « Les dépenses qu'il a fallu engager au Petit-Bourbon sont lourdes. Et lorsque Jodelet, transfuge de l'Hôtel de Bourgogne, se joint à la troupe, Molière n'obtenant pas de pièce qui lui convienne se trouve dans l'obligation d'en écrire une lui-même. Ce sera *Les Précieuses ridicules* ».

62. Selon les opposants de la thèse de Louÿs, en faisant déclarer au Lysidas de *La Critique de L'École des femmes* : « On m'avouera que ces sortes de comédies ne sont pas proprement des comédies, et qu'il y a une grande différence de toutes ces *bagatelles* [nous soulignons] à la beauté des pièces sérieuses », Molière aurait répliqué à Thomas Corneille qui avait employé ce mot dans sa lettre à l'abbé de Pure. Supposition pour le moins aventureuse : comment Molière aurait-il eu connaissance du jugement péjoratif contenu dans cette lettre ?

63. Antoine Baudeau de Somaize, *Les Veritables Pretieuses. Comedie*, Paris, Jean Ribou, 1660 (reproduit par Georges Mongrédien, dans son édition de *Comédies et pamphlets sur Molière*, Nizet, 1986, p. 9-66). La pièce ne fut jamais représentée, à ce que l'on en sait.

64. Dans ses *Nouvelles nouvelles* de 1663, Donneau de Visé précise que, comme Molière « n'était encore ni assez hardi pour entreprendre une satire, ni assez capable pour en venir à bout, il eut recours aux Italiens, ses bons amis, et accommoda *Les Précieuses* au Théâtre Français, qui avaient été jouées sur le leur, et qui leur avaient été données par un abbé des plus galants ». Et l'année suivante, on lut sous la plume de Philippe de La Croix, dans sa *Guerre comique ou la Défense de l'École des femmes* : « [Molière] ne tient ses *Précieuses* que des Italiens. [...] Les Italiens les ont reçues d'un abbé pour qui tout le beau monde a de l'estime. »

65. De son vrai nom Bertrand Harduin de Saint-Jacques, Guillot-Gorju – mort en 1648 – était entré à l'Hôtel de Bourgogne en 1634, où il avait tenu des rôles dans d'innombrables farces. Il figure sur le célèbre tableau attribué au peintre italien Antonio Verrio (1639-1707), *Farceurs français et italiens depuis 60 ans et plus, peints en 1670.* Molière y figure également, parmi tous les maîtres de la Farce du XVII$^{e}$ siècle, les Italiens comme les Français, chacun dans le costume de son emploi : Jodelet, Turlupin, Arlequin, Guillot-Gorju, Matamore, Gros-Guillaume, Polichinelle, Pantalon, Scaramouche, Gaultier-Graguille. Molière est debout, sur la gauche, parmi les bouffons de son temps.

66. En cette année 1659, la troupe de l'Hôtel de Bourgogne donnait aussi un *Médecin volant* adapté de la même pièce italienne – en vers, celui-ci –, dont l'auteur était un disciple de Corneille, Edme Boursault, lequel publia sa pièce en 1660.

67. Roger Duchêne, *Molière*, *cit.*, p. 233.

68. Dans sa lettre du 10 mai 1658 à l'abbé de Pure dans laquelle il mentionnait les belles actrices de la troupe de Madeleine Béjart, Thomas Corneille remerciait son correspondant de l'envoi du dernier tome de son roman *La Précieuse*. Citons Roger Duchêne : « Entre la présence de Molière à Rouen et la lecture, même rapide, chez les Corneille, de la partie finale d'un livre dont l'auteur des *Précieuses ridicules* va bientôt reprendre le sujet, la coïncidence est frappante. [...] l'idée de consacrer une

pièce aux Précieuses a pu venir à Molière en découvrant à Rouen le roman de l'abbé » (*Molière, cit.*, p. 228 et 233).

69. « Poquelin avait, à cette époque, ajouté à son nom patronymique celui de Molière, nom d'un auteur médiocre mort et oublié depuis longtemps », avait pu lire Louÿs dans la notice sur Molière du *Nouveau Dictionnaire encyclopédique universel illustré* de Jules Trousset (Librairie illustrée, 1885-1891).

70. Certains polémistes, dans leurs attaques contre Molière, le surnommèrent souvent du nom du personnage dont il joua le rôle dans *L'Étourdi* et dans *Les Précieuses ridicules.*

71. Baudeau de Somaize ne s'en tint pas là : en même temps que sa mise en vers des *Précieuses ridicules*, il publia un *Grand Dictionnaire des Précieuses ou la Clef de la langue des ruelles*, puis, en juillet, une nouvelle comédie, *Le Procès des précieuses en vers burlesques.*

72. Œuvres de Molière, Pléiade, tome I, p. 338.

73. Fontenelle : « Sa *Bérénice* ne fut jouée que par de mauvais comédiens, parce que son rival avait eu le bonheur ou l'art de lui enlever les bons. »

74. Voire pas du tout : « La troupe n'a rien touché pour la création des *Fâcheux* à Vaux [...]. L'arrestation du surintendant a annulé le paiement prévu » (Roger Duchêne, *op. cit.*, p. 707).

75. Phrase que Roger Duchêne commente ainsi : « Merveilleuse habileté d'un auteur qui renie son récent protecteur sous couleur que tout le monde est au courant de sa disgrâce » (*Molière, cit.*, p. 286). On note aussi que Grimarest sera tout aussi discret sur le sujet : pas un mot sur Fouquet dans son livre sur Molière.

76. *Bolæana, ou Bons mots de M. Boileau*, Amsterdam, Lhonore, 1742.

77. Selon le *Bolæana,* Molière aurait confié à Boileau : « Je dois beaucoup au *Menteur*. Lorsqu'il parut j'avais bien envie d'écrire, mais j'étais incertain de ce que j'écrirais ; mes idées étaient confuses ; cet ouvrage vint les fixer. »

78. *Menagiana ou Bons mots, rencontres agréables, pensées judicieuses et observations curieuses de M. Ménage*, Amsterdam, A. Brackmom, 1693.

79. Paul Pellisson-Fontanier, *Histoire de l'Académie Française*, A. Courbe, 1653.

80. Le duc de Guise, qui protégeait les artistes et les hommes de lettres, leur donnait souvent l'hospitalité. Comme le signalait en 1663 l'abbé d'Aubignac, non sans quelque dépit jaloux, dans sa *Quatrième Dissertation concernant le poëme dramatique servant de réponse aux calomnies de M. Corneille*, Corneille avait toujours eu chez le duc « le couvert et la table » lors de ses séjours à Paris.

81. L'installation des deux frères Corneille à Paris aurait-elle eu pour but de faciliter l'occasion du cadet à l'Académie Française ? Mais cette accession ne se fera qu'en 1685, lorsque Thomas Corneille fut admis au fauteuil de son aîné défunt.

82. Jules Taschereau, *Histoire de la vie et des ouvrages de P. Corneille*, P. Jannet, 1855, p. 210.

83. Les salles de spectacle étaient contraintes à des fermetures régulières, notamment durant la quinzaine de Pâques et aux fêtes religieuses ou publiques.

84. D'Aubignac avait autrefois écrit à de Pure pour que son nom disparaisse de son roman *La Précieuse...*

85. Le lendemain, le jeune Donneau de Visé, qui cherchait à faire parler de lui, publiait dans ses *Nouvelles nouvelles* une tout aussi sévère *Critique de la Sophonisbe* de Corneille (« tout ennuie »). Cependant, le mois suivant, le même Donneau de Visé, retournant radicalement son pourpoint, publiait une *Défense de la Sophonisbe de Monsieur de Corneille* où il dénonçait les basses attaques de d'Aubignac et prenait ce dernier à parti avec une véritable cruauté. Dans sa *Troisième Dissertation concernant le poëme dramatique en forme de Remarques sur la tragédie de M. Cor-*

*neille intitulée L'Œdipe,* imprimée en juillet 1663, d'Aubignac se montra toujours aussi peu amène envers Corneille, qu'il prétendait d'ailleurs connaître à peine : « [...] j'aurais peine à reconnaître son visage, ne l'ayant jamais vu que deux fois. / La première, quand après son *Horace*, il me vint prier d'assister à la lecture qu'il en devait faire chez feu M. de Bois-Robert, en la présence de MM. Chapelain, Barreau, Charpy, Faret et L'Éstoile, dont il ne voulut pas suivre l'avis que j'avais ouvert ; et l'autre, quand après son *Œdipe* il me vint remercier d'une visite que je lui avais rendue, et du bien que j'avais dit de lui dans ma *Pratique*, où il ne trouvait rien à condamner que l'excès de ses louanges. »

86. Dans son livre *La Vie et les œuvres de Charles Sorel, sieur de Souvigny (1602-1674)*, Émile Roy indique que Sorel prétendait « descendre des anciens rois d'Angleterre » et que ses ancêtres avaient gardé « les armoiries des anciens Saxons », ainsi que « le surnom de *de l'Isle* ou *des Isles*, qui rappelait leur origine ; Charles Sorel luimême signa ainsi plusieurs de ses ouvrages » (Librairie Hachette, 1891, p. 4). Parmi eux, citons « *Les Talismans, ou Figures faites sous certaines constellations, pour chasser les bestes nuisibles, détourner les orages, guerir les maladies ; accomplir d'autres effets merveilleux [...]* par le sieur de l'Isle / A Paris : Chez Antoine de Sommaville, 1636. » L'auteur de la notice sur Sorel du tome XLI des *Mémoires pour servir à l'histoire des hommes illustres dans la république des lettres* indique que Sorel « a porté les surnoms de Souvigny et du sieur de l'Isle, et l'on croit que c'est lui que Molière, dont il parlait mal quelquefois, a eu en vue » dans la scène de son *École des femmes* (Paris, Briasson, 1730, p. 392). Signalons que Sorel publia en 1634 *La Vraye Suite des avantures de la Polyxène du feu sieur Molière* – Molière d'Essertines, il va sans dire.

87. Paul Lacroix, *Iconographie moliéresque*, Fontaine, 1876.

88. André Le Gall, *op. cit.*, p. 32. L'Île de Cléon, que jouxtait celle de la Litte, était en face d'Orival. On connaît un aveu signé par Pierre Corneille aux abbés de Saint-Ouen pour ces deux propriétés, en date du 18 juin 1642 (Jacqueline Delaporte, Marc de Lesquen, Krishnâ Renou, *Un certain Monsieur de Corneille*, Maison des champs de Pierre Corneille. Le Petit-Couronne, 1984).

89. Éditions de la Galerie Pigalle, 1929, p. 67, note 3.

90. Grands Écrivains de la France, Hachette, 1862.

91. Gustave Reynier, *Thomas Corneille, sa vie et son théâtre*, Librairie Hachette, 1892.

92. « M. de l'Isle me fit l'honneur de passer mardi dernier toute la soirée avec moi », écrivait de Rouen, le 28 novembre 1661, Delacoste à l'abbé de Pure. On trouve d'autres mentions de ce titre nobiliaire dans des textes parus le siècle suivant : « Thomas Corneille prenait le titre d'écuyer sieur de l'Isle » (Beauchamps, *Recherches sur les théâtres de France depuis l'année onze cens soixante & un jusques à présent,* 1735, Vol. II. p. 257-259) ; « Corneille (Thomas), frère puîné de Pierre, & surnommé de Lisle » (*Dictionnaire portatif historique et littéraire des théâtres* d'Antoine de Léris, Jombert, 1763, p. 540-541) ; « Corneille (Thomas). Sr de Lisle » (*Tablettes dramatiques contenant l'abrégé de l'histoire du théâtre français* de Mouhy, Jorry, 1752, p. 10) ; en 1767, le *Dictionnaire des théâtres de Paris* des frères Parfaict cite *Persée et Démétrius*, tragédie de « Corneille de Lisle, 1662 ».

93. Cette comédie en prose fut composée peu de temps après l'impression de *La Critique de l'École des femmes*, mais on ignore si elle fut jouée en 1663. Elle ne fut imprimée qu'en 1665.

94. Ces stances furent publiées en 1663, sans nom d'auteur, dans *Les Délices de la poésie galante des plus célèbres auteurs de ce temps.*

95. Dans les gazettes rimées de sa *Muse historique*, Loret montra toujours une grande déférence envers Corneille. Notons qu'il soutint *L'École des femmes*, bien

qu'il se soit montré jusqu'alors plutôt hostile ou à tout le moins sournois envers Molière.

96. Près de trente mille euros d'aujourd'hui.

97. Le registre de La Grange mentionne plusieurs représentations de *Médée* à partir de cette date. Molière ne joua cependant jamais cette tragédie seule : elle passa avec l'*Alexandre* de Racine le 2 octobre 1665, avec *Le Menteur* les 7 et 9 novembre 1666.

98. L'achevé d'imprimer du volume est du 7 août.

99. « Pierre Corneille l'appelait son fils et l'honorait de ses avis » (Jean-Pierre Niceron, *Mémoires pour servir à l'histoire des hommes illustres dans la république des lettres,* Paris, Briasson 1730, p. 369). Même information sous la plume d'Évrard Titon du Tillet : « Boursault était aimé et estimé de nos plus grands poëtes, tels que Pierre et Thomas Corneille [...] le grand Corneille l'appelait son fils, et l'honorait de ses avis et de son approbation dans tout ce qu'il a composé dans sa jeunesse » (*Le Parnasse français*, Imprimerie de Jean-Baptiste Coignard fils, 1732, p. 482).

100. L'auteur de la notice sur Boursault du tome XIV des *Mémoires pour servir à l'histoire des hommes illustres dans la république des lettres* ne dément pas ces dires : « Boursault fut engagé comme malgré lui à faire cette pièce, où il attaque une des plus belles comédies de Molière. [...] Molière en fut piqué, et lui donna des marques de son ressentiment dans son *Impromptu de Versailles*. Mais comme Boursault n'avait point pris de lui-même part à cette affaire, il n'y fit aucune attention » (Paris, Briasson, 1730, p. 371).

101. Né Josias de Soulas, il avait choisi le métier des armes avant d'embrasser, sous le nom de Floridor, celui de comédien, qu'il exerça en province, puis à Paris, au Théâtre du Marais, puis à l'Hôtel de Bourgogne.

102. L'épouse de Corneille fut la marraine d'un autre fils de Floridor. « Cette implication des Corneille dans la famille du comédien est le signe d'une très grande proximité » (André Le Gall, *cit.*, p. 287).

103. Raymond Poisson était comédien-auteur comme Molière, et confiait l'impression de ses pièces aux mêmes libraires, Gabriel Quinet et Jean Ribou.

104. Tome I, *Introduction*, p. XXVII.

105. De son vrai nom Zacharie Jacob, cet ancien page du duc de Guise, qui avait pris le nom de scène de Montfleury, était entré dans le métier en se joignant à une troupe de comédiens de province. Il avait rejoint le Théâtre de l'Hôtel de Bourgogne, où il interpréta diverses pièces de Corneille, notamment *Le Cid*. Comédien et auteur lui aussi, il composa quelques tragédies, comme *La Mort d'Asdrubal* (1647), qui est une mise en vers du *Sac de Carthage* de La Serre, et qu'il dédia au duc d'Epernon. Il mourut en décembre 1667, au moment où il interprétait, dans *Andromaque*, le rôle d'Oreste, qu'il rendait crédible en dépit de son fort embonpoint.

106. Né en 1639, ancien avocat, Antoine Jacob dit Montfleury était devenu auteur dramatique et avait repris le pseudonyme de son père. Ses pièces furent jouées à l'Hôtel de Bourgogne : *Le Mariage de rien* (1660), *Le Mari sans femme* (1663), *Trasibule* (1664). Il épousa la fille de Floridor en 1665.

107. Molière avait épousé, en janvier 1662, Armande Béjart, âgée de vingt-et-un ans (il en avait quarante). Sous le nom de Mlle Molière, Armande, enceinte de quelques semaines, avait fait ses débuts sur la scène dans le rôle d'Élise de *La Critique de l'École des femmes*. Le libelle de Montfleury, dont l'existence n'est connue que par la correspondance de Racine, ne semble avoir eu aucune conséquence. Il est à noter que Racine n'avait pas écrit « sa propre fille », comme le fit imprimer le premier éditeur de sa correspondance (qui fut son fils Louis), mais le soupçon était implicite, et les ennemis de Molière en faisaient de toute manière courir le bruit. Sur

cet incident, les Moliéristes répliquent immanquablement que le roi soutint l'honneur du comédien par une faveur exceptionnelle : le 28 février 1664, Sa Majesté fut le parrain par procuration de Louis Poquelin, fils de Molière (il fut d'ailleurs, la même année, le parrain d'un autre Louis – le fils de Lully – et, en décembre, celui du fils d'un acteur de la troupe des Italiens de Paris). Treize ans plus tard, en 1676, la veuve de Molière, appelée à témoigner dans un procès qui opposait Lully à un certain Guichard, fut vilainement désignée par l'avocat de ce dernier, qui cherchait à la discréditer : « Tout le monde sait que la naissance de la Molière est obscure et indigne, que sa mère est très-incertaine, que son père n'est que trop certain, qu'elle est fille de son mari, femme de son père ; que son mariage a été incestueux, que ce grand sacrement n'a été pour elle qu'un horrible sacrilège. »

108. Fondée en 1627, la Compagnie du Saint-Sacrement de l'Autel était une société secrète à vocation morale et sociale : l'ancêtre des ligues de décence qui devaient sévir lors des siècles suivants. L'ouvrage le plus documenté sur la Compagnie est celui de Raoul Allier, *La Cabale des dévots 1627-1666*, A. Colin, 1902.

109. En ce mois d'août 1664, Molière eut le privilège de faire une lecture privée de son *Tartuffe* au cardinal Chigi, légat et neveu du pape Alexandre VII, en mission spéciale auprès de Louis XIV. Chigi aurait, écrira Molière dans un de ses placets au roi, apprécié la pièce. En réalité, le légat, venu calmer une forte tension franco-vaticane, était probablement enclin à donner son approbation à tout ce qu'on lui soumettait.

110. Roger Duchêne, *op. cit.,* p. 384.

111. Le roi, qui quitta Saint-Germain le 16 mai, allait conquérir la part d'héritage qu'il prétendait dévolue à l'infante Marie-Thérèse après la mort de Philippe IV. Cette « guerre de Dévolution » commença en juin 1667 et finit l'année suivante, avec les traités de Saint-Germain et d'Aix-la-Chapelle.

112. Une pastorale, genre disparu aujourd'hui, mettait en scène, dans un décor champêtre, une idylle entre bergers et bergères : des amours contrariées pendant le déroulement de la pièce, mais avec un dénouement toujours heureux.

113. Dans la première scène de l'acte V du *Misanthrope*, quelques vers font allusion à l'une des attaques subies par Molière au moment de l'affaire du *Tartuffe* : « Et non content encore du tort que l'on me fait, / Il court parmi le monde un livre abominable, / Et de qui la lecture est même condamnable, / Un livre à mériter la dernière rigueur, / Dont le fourbe a le front de me faire l'auteur ». Il est aujourd'hui à peu près établi que ce « livre abominable » était *L'Innocence persécutée*, œuvre anonyme comptant 6 683 vers et restée inédite en volume jusqu'en 1883. Il n'en subsiste qu'un seul manuscrit, conservé à la Bibliothèque de l'Arsenal (cote 3148), où il fut redécouvert par Georges Mongrédien. En 1883, le texte fut publié par Louis Ménard chez Firmin Didot, en deux volumes, sous le titre *Le Livre abominable de 1665 qui courait en manuscrit parmi le monde sous le nom de Molière [...].* Divers noms ont été proposés pour la paternité de ce texte d'une maîtrise étonnante, qui prend la défense de Fouquet contre Colbert : ceux qui étaient restés fidèles à Fouquet en premier lieu, c'est-à-dire La Fontaine et Pellisson, mais aussi Chapelle et Boileau. Il est sûr qu'il ne s'agit pas de Molière, dont le caractère courtisan apparaît peu conciliable avec cette œuvre qui exposait son auteur à l'embastillement. Le nom de Corneille, qui ne renia jamais l'aide que lui avait apportée le Surintendant des Finances du royaume, justifie d'être mentionné pour un passage qui est un curieux pastiche des stances de *Polyeucte* – et peut-être aussi pour l'évidente familiarité de l'auteur de cette œuvre mystérieuse avec la composition dramatique et avec la casuistique. En dehors de l'allusion faite dans *Le Misanthrope*, il n'existe aucun témoignage contemporain sur cette *Innocence persécutée.* Georges Couton fait remarquer qu'il s'y rencontre « des vers qui sonnent comme du *Cinna* ou du *Pertharite* » et rejette

l'attribution à Molière : « Où aurait-il trouvé le temps d'une entreprise pareille ? Comment penser qu'il aurait voulu courir le risque de se faire un ennemi mortel de Colbert ? » (« Molière est-il l'auteur de *L'Innocence persécutée* ? », *Revue d'histoire du théâtre,* janvier-mars 1974). Il est curieux que le même Couton, qui remarque à juste titre la vigueur du style et de la versification, évoque divers auteurs possibles mais jamais Corneille. Pour en savoir davantage, voir : *L'Innocence persécutée. Dialogues*, édition critique établie par Marie-Françoise Baverel-Croissant (Publications de l'Université de Saint-Étienne, 2002), laquelle restitue l'œuvre à La Fontaine, attribution qui peut paraître discutable en raison de la grande force du style. L'opinion d'un spécialiste en métrique pourrait ici se révéler contributive, par une étude comparative des vers.

114. Le 10 février 1670, après la publication du *Tartuffe*, Antoine Garaby de La Luzerne, auteur d'une satire rimée intitulée *Les Pharisiens du temps ou le dévot hypocrite,* qui dénonçait l'hypocrisie comme un vice caractéristique de son siècle, écrivait à un M. de Saint-Clair à propos de son « *Tartuf* [sic] aisné de celui de Molière de sept à huit ans » : « Vous en ferez la justification par la lumière que vous avez de ces sortes de gens dont la conduite m'a fourni de pensées, car je puis vous assurer que j'ai travaillé après le naturel sans sortir de Caen » (cité par Francis Baumal, *La Genèse du Tartuffe. Molière et les dévots*, Édition du livre mensuel, 1919). Garaby de La Luzerne était un Normand, né en 1617 à Montchaton, près de Coutances, et mort en 1679. Lié avec des personnalités comme Voiture, Ménage, Chapelain, il fut un membre fondateur de l'Académie de Caen et écrivit des poésies françaises et latines. « Une sorte de Montaigne normand », a-t-on dit de lui. La satire des *Pharisiens du temps* attaque violemment l'hypocrisie dévote :

Je n'entends pas dévot de ces gens sans cabale
Qui, sur leur preud'hommie appuyant leur morale
Suivent tout simplement les lois que Jésus-Christ,
Dans son Saint Évangile à ses enfants prescrit.
Ce monde là n'est bon, en ces temps de finesse
Qu'à fournir d'auditeurs le Prône de la Messe :
Mais de ces Raffinés qui, bien que tenants lieu
D'ouailles seulement en l'Église de Dieu,
Sans crainte de troubler la police divine
S'ingèrent toutefois des mœurs, de la doctrine,
Et même de régler le devoir des Pasteurs
De qui les sentiments ne s'accordent aux leurs.
On les voit ces cagots, baissant les yeux sous cape
Faire semblant que tout volontiers leur échappe
Et cependant, au gré de leur ambition,
Faire passer sur tout leur inquisition.
Ils forment un parti, d'intérêts ils s'unissent,
Par un commun support leur crédit établissent

115. D'après la lettre du 26 octobre 1666 d'Hugues de Lionne, secrétaire d'État aux Affaires étrangères, à d'Alibert, la pièce n'était pas terminée et son texte ne pouvait donc être communiqué à la reine Christine de Suède, qui le demandait pour faire jouer la pièce dans la résidence où elle s'était retirée après avoir abdiqué en faveur de son cousin germain : « Ce que vous me mandez de la part de la reine de Suède touchant la comédie de *Tartuffe*, que Molière avait commencée et n'a pas achevée, est absolument impossible et hors de mon pouvoir, ni de celui du roi même,

à moins qu'il n'usât de grande violence. Car Molière ne voudrait pas hasarder de laisser rendre sa pièce publique pour ne pas se priver de l'avantage qu'il se peut promettre, et qui n'irait pas à moins de 20 000 écus pour toute sa troupe, si jamais il obtenait la permission de la représenter. »

116. Roger Duchêne, *Molière, cit.*, p. 445.

117. En 1682, les éditeurs des œuvres de Molière, qui révélèrent le texte de cette *Mélicerte* jamais imprimée jusqu'alors, donnèrent cette explication : « Cette comédie n'a point été achevée. Il n'y avait que ces deux actes de faits quand le roi la demanda. Sa Majesté en ayant été satisfaite pour la fête où elle fut représentée, le sieur Molière ne l'a point finie. »

118. René de Voyer d'Argenson, *Annales de la Compagnie du Saint-Sacrement*, édité par Dom Beauchet-Filleau, Marseille, Imprimerie Saint-Léon, 1900.

119. Près d'un siècle et demi avant Poulaille, confectionneur d'un *Tartuffe ou la comédie de l'Hypocrite* en trois actes signé Pierre Corneille, un certain Jacques Vincens Saint-Laurent (1758-1825), auteur d'une *Épître d'un journaliste à l'Empereur,* avait déjà prévu de donner un nouveau dénouement au *Tartuffe* de Molière (*Notice des travaux de l'Académie du Gard pendant l'année 1808*).

120. La langue espagnole avait probablement été enseignée à Corneille par les Jésuites de Rouen, ville où résidait une importante colonie ibérique.

121. Francine Mallet, *Molière*, Grasset, 1986, p. 240.

122. « J'espère pouvoir prouver que ses années de formation chrétienne et de théologie, malgré l'ironie avec laquelle il a évoqué ses souvenirs de scolastique, l'ont marqué », notait Francine Mallet dans sa biographie de Molière (*cit.*, p. 13).

123. *Catalogue des livres de la Bibliothèque de M. de Rosimond*, 1685, manuscrit de 160 p. in-8 (Manuscrits français, Bibliothèque de Saint-Petersbourg ; voir M. Tourneux, « La Bibliothèque de Rosimond », *Le Moliériste*, LXXXII, janvier 1886).

124. Il est à noter que le nom de Molière ou le titre d'une de ces pièces n'apparaît pas une seule fois dans les écrits de Corneille qui nous sont parvenus.

125. Œuvres de Molière, Pléiade, tome I, p. 1329 (note 1 de la p. 886).

126. *Ibid*, p. 885.

127. Nous soulignons.

128. Créée le 3 août 1664 à Fontainebleau, cette pièce n'avait connu qu'un succès d'estime, en novembre, à l'Hôtel de Bourgogne.

129. Des lettres du roi confirmant les Corneille dans leur noblesse furent enregistrées en mai 1669 à la Chambre des comptes de Normandie (André Le Gall, *op. cit.*, p. 126).

130. Roger Duchêne, *op. cit.,* p. 427.

131. Le XVII^e siècle employait moins le *Don* que le *Dom*, plus proche du latin *Dominus*, maître.

132. Le titre initial de la pièce jouée en 1665 semble bien avoir été *Le Festin de Pierre*, et non *Dom Juan* : le pamphlet de Rochemont, publié la même année, s'intitule précisément *Observations sur une comédie de Molière intitulée Le Festin de Pierre*. Cependant, pour éviter la confusion avec les *Festins de Pierre* qui se jouèrent en ces années-là, nous avons choisi le titre de *Dom Juan* pour désigner la pièce de Molière.

133. « Il a rédigé en quinze jours une pièce de remplacement, *Dom Juan* [...] » (Francine Mallet, *op. cit.,* p. 108).

134. Madeleine Jurgens, Élisabeth Maxfield-Miller, *Cent ans de recherches sur Molière, sur sa famille et sur les comédiens de sa troupe*, S.E.V.P.E N., 1963, p. 399-401. Le document est conservé au Minutier central des Archives nationales.

135. *Le Figaro Madame*, 1^er mars 2003.

136. *Portraits littéraires*, tome I, Garnier frères, 1862.

137. Comme Molière, Dorimond avait appartenu à une troupe itinérante, qui s'était installée à Paris en janvier 1661.

138. Dans le *Festin de Pierre* de Villiers, le valet, que jouait l'auteur, s'appelle Philipin. L'œuvre ne contient pas certaines scènes que l'on trouve dans le *Dom Juan* de Molière – celle avec le père de Dom Juan, celle du pauvre, celle de Monsieur Dimanche –, mais on y découvre une scène étonnante, que l'on ne trouvait pas chez Tirso de Molina et qu'on ne retrouvera pas chez Molière : ayant revêtu un habit de pèlerin, Dom Juan rencontre un rival qui ne le reconnaît pas, l'engage à prier Dieu en sa compagnie et, lui ayant fait déposer son épée sous prétexte d'humilité chrétienne, en profite pour le tuer dès qu'il est désarmé. En outre, le personnage du Commandeur est utilisé avec plus de puissance cynique que chez Molière.

139. Il signera de son nom la seconde édition de sa philippique, qui suivit de près la première.

140. De son vrai nom Claude La Rose. Transfuge du Théâtre du Marais, Rosimond rejoindrait plus tard la troupe de l'Hôtel Guénégaud et reprendrait le rôle d'Orgon dans *Le Malade imaginaire* le 3 mars 1673, quelques jours après la mort de Molière. Point curieux, Rosimond est l'auteur, sous un autre pseudonyme (J.-B. du Mesnil) d'un volume intitulé *Vies des saints pour tous les jours de l'année*, paru en 1680, et qui atteste de recherches assez poussées sur le Bréviaire, les saints Pères, les Martyrologues, etc. Il mourut en 1686.

141. Les autres œuvres de Rosimond sont faibles, embrouillées et mal versifiées.

142. Victor Fournel, *Les Contemporains de Molière*, Firmin-Didot frères, 1875, tome III, p. 320. Louÿs pensait que cette pièce avait été écrite par Corneille, tant le reste de l'œuvre de Rosimond est, par contraste, faible et d'une versification aussi plate qu'incorrecte.

143. Deux ans plus tard, en 1676, le comédien Charles Chevillet, dit Champmeslé composa une courte pièce en prose, *Fragments de Molière*, dont les deux actes étaient constitués de scènes de comédie empruntées à *Dom Juan* (les dialogues de paysans, Monsieur Dimanche) et aux *Fourberies de Scapin*. Ces *Fragments de Molière*, que jouèrent les comédiens de l'Hôtel de Bourgogne à Fontainebleau en 1677 et à Paris en 1681, furent publiés par le libraire Ribou en 1682. On ignore de quelle manière l'auteur s'était procuré le texte des scènes de *Dom Juan*.

144. L'expression ne se retrouve ni chez Tirso de Molina, ni dans la pièce de Villiers, mais dans l'adaptation italienne qui précéda *Dom Juan* et dans laquelle le valet Arlequin s'écrie : « Mes gages ! Mes gages ! Il faut donc que j'envoie un huissier chez le diable pour avoir mes gages ! » Dans l'antepénultienne scène de la pièce de l'Italien Cicognini, le valet Passarin s'écriait : « Mon pauvre maître ! Mes gages sont allés avec lui au diable ! »

145. Ce dernier alexandrin figure à l'état de vers blanc dans la quatrième scène de l'acte IV de *Dom Juan*. Un « alexandrin quasi cornélien », selon Antony McKenna (*Molière, dramaturge libertin*, Champion, 2005, p. 139).

146. On trouve déjà cette expression sous la plume de Pierre Corneille lui-même, dans la première phrase de l'avis au lecteur de sa traduction des *Louanges de la Sainte Vierge*, dont l'achevé d'imprimer date du 22 août 1665, année de la création de *Dom Juan* : « Cette pièce se trouve imprimée sous le nom de St. Bonaventure, à la fin de ses œuvres. Plusieurs doutent si elle est de lui et je ne suis pas assez savant en son caractère pour en juger. » Louÿs voyait là un avertissement ironique de Corneille.

147. En 1680 fut imprimée à Rouen, chez Antoine Maurry, une édition du *Malade imaginaire [...] sur la copie imprimée à Cologne*, c'est-à-dire sur l'édition faite dans

cette ville en 1674 par le libraire Sambix et dont l'avertissement en tête de volume mentionnait qu'elle avait été réalisée par l'« effort de la mémoire d'une personne qui en a[vait] vu plusieurs représentations ». Cette contrefaçon rouennaise sortit des presses de l'imprimeur des frères Corneille, trois ans après que Thomas Corneille eut mis en vers, à la demande d'Armande, le *Dom Juan* de son époux. C'est assez surprenant. Du *Malade imaginaire*, l'année 1674 vit paraître deux éditions : celle de Claude Barbin et celle de Sambix.

148. Intéressant paroxysme de l'imagination chez les tenants d'un Corneille auteur de *Dom Juan* : ce dernier l'aurait écrit en prose « afin que sa griffe ne soit pas trop apparente » (sic !). Corneille, on le sait, ne donna pas une seule pièce en prose.

149. André Le Gall : « Imagine-t-on que Pierre Corneille, supposé auteur de la pièce en prose, eût laissé son frère la mettre en vers ? » (*op. cit.*, p. 473).

150. Cependant, comme le précise son biographe Gustave Reynier, on ignore « ce qui doit lui revenir de ces trois ouvrages et il est bien impossible de le deviner, sa langue poétique n'ayant pas des qualités qui se puissent aisément reconnaître » (*Thomas Corneille, sa vie et son théâtre*, Hachette, 1892).

151. Seuls quelques exemplaires du premier tirage échappèrent à cette censure (le plus connu est celui qui appartint à La Reynie lui-même).

152. Roger Duchêne écrit de manière significative à propos de ces deux pièces : « Est-il inconscient ou provocateur ? À peine sorti des polémiques suscitées par *L'École des femmes*, où il a eu beaucoup de mal à écarter les accusations d'impiété, il a osé écrire *Tartuffe*, que le roi même n'a pu imposer contre les dévots. On l'a alors accusé de se moquer de la religion, et certains l'ont même désigné pour le bûcher » (*op. cit.*, p. 416).

153. Sur la genèse de cette pièce, André Blanc, biographe de Racine, reprend les dires de Grimarest : « C'est Molière qui demande à Racine une pièce sur les frères ennemis, Etéocle et Polynice, car l'Hôtel de Bourgogne serait en train de monter une tragédie de Boyer sur le même sujet. Il n'en reste pas là : il lui fournit le plan et lui impose d'écrire un acte par semaine. Voire, comme il juge que Racine plagie un peu trop l'*Antigone* de Rotrou, il lui fait modifier la fin. Bref, pour certains, Racine aurait été en l'occurrence le nègre de Molière, à cela près que la pièce est signée de son nom » (*Racine. Trois siècles de théâtre*, Fayard, 2003, p. 102-103). Mais un biographe de Molière comme Roger Duchêne considère qu'il s'agit là d'« élucubrations » de Grimarest (*op. cit.*, p. 710).

154. Le texte du *Misanthrope* parut fin décembre 1666 chez Jean Ribou (l'édition porte la date de 1667, mais l'achevé d'imprimer est du 24 décembre 1666), précédé d'une *Lettre écrite sur la comédie du Misanthrope*, non signée, de Donneau de Visé (elle est signée « I.D.D.V. » dans l'édition de 1682 de la pièce), désormais réconcilié avec Molière, et dont la troupe jouera en mai 1667 *La Veuve à la mode*. Le registre de La Grange indique qu'en novembre 1667, les comédiens du Palais-Royal allèrent jouer à Versailles *La Veuve à la mode*, pièce « de Molière et de Visé »… Le texte de cette *Lettre*, des plus flatteurs, n'est qu'une réclame pour la pièce, qualifiée d'« ingénieuse et admirable comédie », et indique que, cette fois, Molière avait pris la précaution de montrer que sa comédie ne pouvait qu'être bien reçue par les honnêtes gens. Il serait intéressant de tirer au clair cette affaire de « collaboration » entre Molière et Donneau de Visé. Mais la pièce a-t-elle été imprimée à l'époque ? Nous n'en avons trouvé aucune trace dans le Catalogue collectif des Bibliothèques de France, lequel ne répertorie qu'une édition de… 1881 (Librairie des Bibliophiles, Nouvelle Collection moliéresque n° 9), qui semble la première. Or cette édition porte comme seul nom d'auteur celui de Donneau de Visé.

155. À moins que le vers doive être interprété comme le suggéra jadis Pierre-Claude Daunou : Molière, qui tenait le rôle de Géronte, entrait dans le sac. Une autre explication serait que Scapin portait un manteau qu'il utilisait comme un sac pour y fourrer Géronte.

156. Créée à l'Hôtel de Bourgogne le 26 février 1666, *Agésilas* n'attira pas le public et fut rapidement retirée de l'affiche.

157. Pour un spécialiste de Corneille, ce serait le prix de l'oubli des « sarcasmes de *L'École des femmes* et de *La Critique de L'École des femmes* » (Alain Niderst, *Pierre Corneille*, Fayard, 2006, p. 291).

158. *Amphitryon* aurait été composé pour concurrencer *Les Deux Sosies* de Jean de Rotrou, pièce de 1636, qui avait été un triomphe presque au même titre que *Le Cid*, et que le Théâtre du Marais avait rejouée avec succès en 1650, sous le titre *La Naissance d'Hercule*, et sous la forme d'une grande pièce à machines arrangée par l'auteur, peu avant sa mort.

159. Pierre Louÿs, lettre à Frédéric Lachèvre, 9 mai 1921 (*Broutilles*, *cit.*, p. 94).

160. Pas davantage de réussite pour *L'Avare,* comédie en cinq actes et en prose, qui fut créée le 9 septembre au Palais-Royal et n'eut qu'un petit nombre de représentations.

161. De qui sont les parties en (bon) espagnol et en (bon) italien dans le « Ballet des Nations » à la fin du *Bourgeois gentilhomme* ? Certainement pas de Molière.

162. Né à Paris en 1635, Philippe Quinault avait acheté en 1661 une charge de valet de chambre du roi. Boileau l'avait en piètre estime : « Si je pense exprimer un auteur sans défaut, / La raison dit Virgile, et la rime Quinault » (*Satire II*).

163. Jérôme de la Gorce, *Jean-Baptiste Lully*, Fayard, 2002, p. 144.

164. *Psyché* ne rejoignit les œuvres complètes de Corneille que de manière posthume.

165. Dans plusieurs éditions ultérieures (comme dans celle de 1768 de la Compagnie des libraires), Molière n'est pas nommé comme auteur de la version en prose : seul le nom de Thomas Corneille est mentionné.

166. Le tome VI de l'édition de 1718, qui contient le texte de *Psyché*, précise également, dans « Le libraire au lecteur » qu'il s'agit de « M. Corneille l'aîné ». L'Avis du libraire spécifiant la participation des différents auteurs ne figura cependant pas dans toutes les éditions suivantes. Notons par ailleurs que l'avant-propos « Au lecteur » de l'édition de 1766 (Amsterdam) attribue aussi à Molière, non plus la première, mais les deux premières scènes des actes II et III, le reste étant « du grand Corneille ». L'Avertissement général dit : « [...] on a consulté les comédies imprimées du vivant de l'auteur. De pareilles éditions doivent en quelque sorte tenir lieu des manuscrits qui manquent. »

167. Œuvres de Molière, Pléiade, tome I, p. 793.

168. « Ce qu'il y a de surprenant, c'est que les vers ont été faits et mis en musique en trois semaines » (*Mercure galant* d'avril 1678). Thomas Corneille partageait avec son frère la réputation de travailler vite : « [...] personne ne travaillait avec plus de facilité. On dit qu'*Ariane*, sa tragédie favorite, ne lui avait coûté que dix-sept jours, et qu'il n'en avait donné que vingt-deux à quelques autres » (tome XXIII des *Mémoires pour servir à l'histoire des hommes illustres dans la république des lettres,* Paris, Briasson, 1730, p. 140).

169. Jean-Louis Lecerf de la Viéville, qui fut Garde des sceaux du parlement de Rouen (où il était né en 1674) racontera le calvaire enduré par Thomas Corneille dans ce travail sur *Psyché* : « Lulli le mettait à tout moment au désespoir. Pour cinq ou six cents vers que contient cette pièce, M. de Lisle fut contraint d'en faire deux mille » (*Comparaison de la musique italienne et de la musique française*, Bruxelles,

Pierre Corneille
par François Sicre.
Paris, musée Carnavalet.

Molière
par Coypel (d'après Mignard).
Paris, Comédie-Française.

Coll. part. © Ph. Françoise Foliot.

La Grange dans *Les Précieuses ridicules*. Peinture sur bois pétrifié.

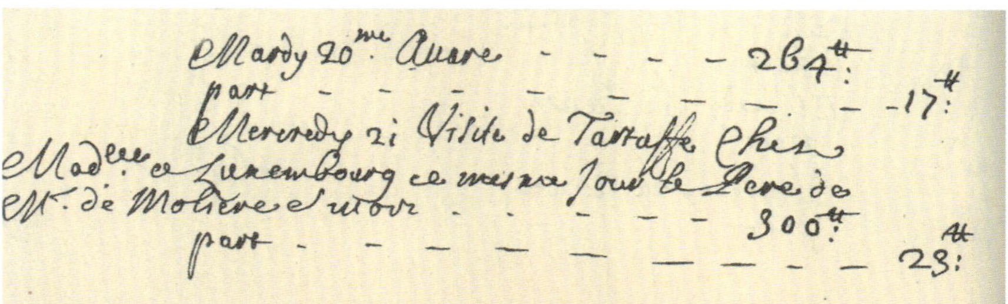

Mardy 20me Auare - - - - 264#:
part - - - - - - - - - - 17#:
Mercredy 21 Visite de Tartuffe Chez
Madlle de Luxembourg ce mesme jour le Pere de
Mr de Moliere est mort - - - - - 300#:
part - - - - - - - - - - 23#:

Registre de La Grange, à la date du 21 août 1669.
En réalité, le père de Molière est mort le 19 février 1669.

Madeleine Béjart dans le rôle de Magdelon des *Précieuses ridicules*. Peinture sur bois pétrifié.

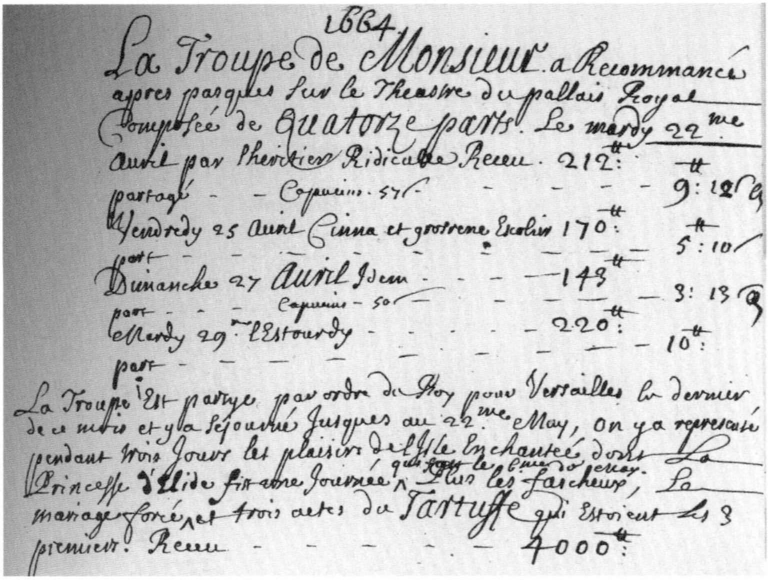
1664
La Troupe de Monsieur a Recommancé
apres pasques sur le Theatre du pallais Royal
Composée de Quatorze parts. Le mardy 22me
avril par lheritier Ridicule Receu . 212lt
partagé - - Capucins 5l 7s - - - 9:12s
Vendredy 25 Avril Cinna et grotrene Escolier 170lt - 5:10s
part
Dimanche 27 avril Idem - - - 143lt
part - - Capucins - 50 - - - 3:13
Mardy 29me l'Estourdy - - - 220lt - 10lt
part
La Troupe Est partye par ordre du Roy pour Versailles le dernier
de ce mois et y a sejourné jusques au 22me May, on y a representé
pendant trois jours les plaisirs de l'Isle Enchantée dont La
Princesse d'Elide fit une journée qui feust le ... Plus les fascheux, Le
mariage forcé et trois actes du Tartuffe qui estoient les 3
premiers. Receu - - - - 4000lt

Registre
de La Grange.

Première représentation du *Tartuffe* : Versailles, 12 mai 1664.

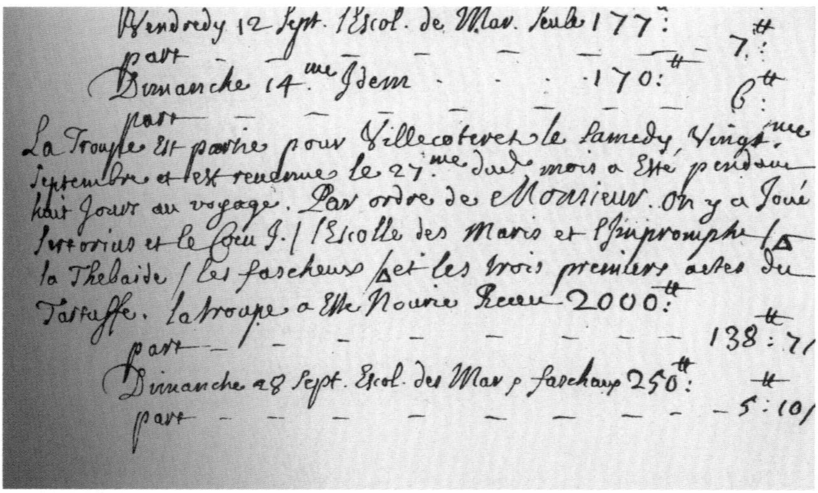
Vendredy 12 Sept. l'Escol. de Mar. seule 177lt
part - - - 7lt
Dimanche 14me Idem - - 170lt
part - - - 6lt
La Troupe Est partie pour Villecoteret le samedy Vingtme
Septembre et est revenue le 27me dud. mois a Esté pendant
huit jours au voyage. Par ordre de Monsieur. On y a Joué
Sertorius et le Cocu I. l'Escolle des maris et l'Impromptu
la Thebaide les fascheux et les trois premiers actes du
Tartuffe. la troupe a Esté Nourrie Receu 2000lt
part - - - 138:7s
Dimanche 28 Sept. Escol. des Mar. et fascheux 250lt
part - - - 5:10s

*Tartuffe* est joué chez Monsieur, à Villers-Cotterêts, en septembre 1664.

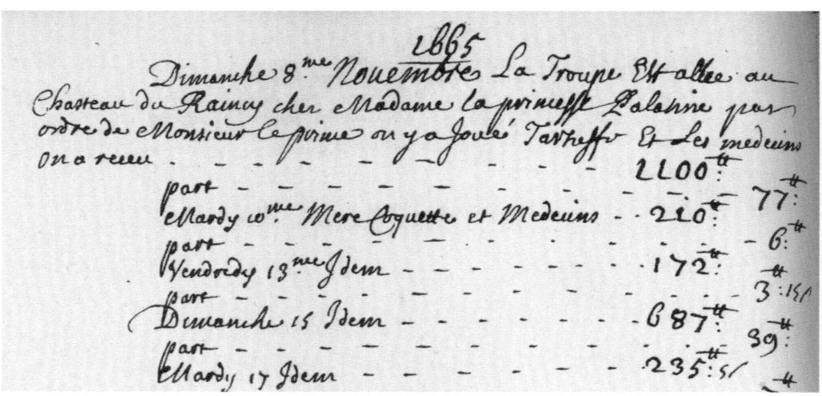
1665
Dimanche 8me Novembre La Troupe Est allée au
Chasteau du Raincy chez Madame la princesse Palatine par
ordre de Monsieur le prince on y a joué Tartuffe Et Les medecins
On a receu - - - - 1100lt
part - - - 77lt
Mardy 10me Mere Coquette et Medecins - - 220lt
part - - - 6lt
Vendredy 13me Idem - - - 172lt
part - - - 3:15s
Dimanche 15 Idem - - - 687lt
part - - - 39lt
Mardy 17 Idem - - - 235:5s

Représentation
du *Tartuffe*
au château
de Raincy
le 8 novembre
1665.

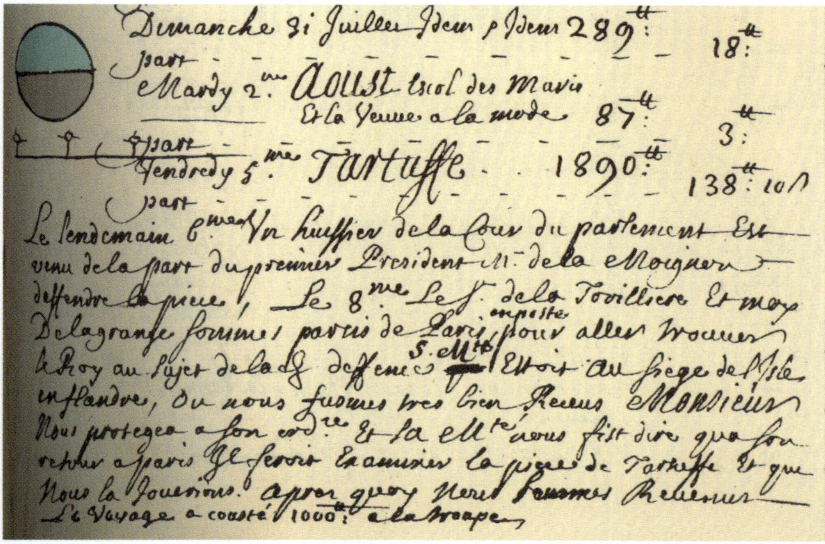

Dimanche 31 Juillet Idem p Idem 289lt 18lt
part
Mardy 2e Aoust Escol. des Maris
Et la Veuve a la mode 87lt 3lt
part
Vendredy 5me Tartuffe 1890lt 138lt 10s
part
Le lendemain 6me Vn huissier de la Cour du parlement Est venu de la part du premier President Mr de la Moignon deffendre la piece, Le 8me Le Sr de la Torilliere Et moy Delagrange sommes partis de Paris en poste pour aller trouuer le Roy au Sujet de lad. deffence S. Mté Estoit au Siege de l'Isle en flandre, ou nous fusmes tres bien Receus Monsieur Nous protegea a son ordre Et Sa Mté nous fist dire qu'a son retour a paris Il feroit Examiner la piece de Tartuffe Et que nous la Jouerions. apres quoy Nous Sommes Revenus
Le Voyage a cousté 1000lt a la troupe

Interdiction du *Tartuffe* après la première représentation publique.

Registre de La Grange.

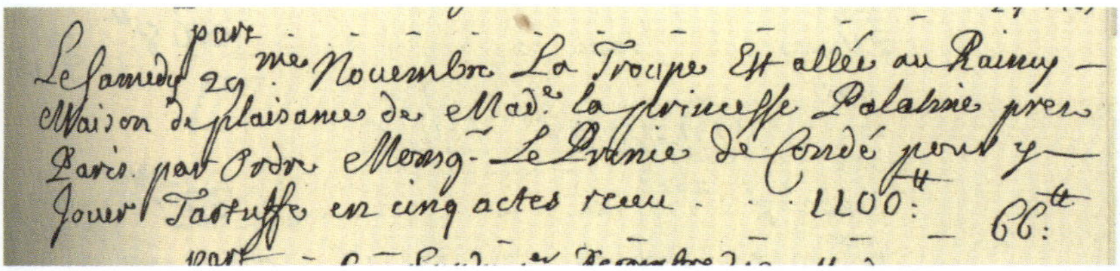

part
Le Samedy 29me Nouembre La Troupe Est allée au Rainsy Maison de plaisance de Madame la princesse Palatine pres Paris par Ordre Monsg. Le Prince de Condé pour y Jouer Tartuffe en cinq actes reueu 1100lt 66lt

Représentation du *Tartuffe* en cinq actes au château de Raincy.

Édition de *Tartuffe* reliée aux armes d'un prince.

*Farceurs français et italiens depuis 60 ans et plus, peints en 1670.* Huile sur toile attribuée à Antonio Verrio. Paris, Comédie-Française. Molière est debout, sur la gauche, dans le costume d'Arnolphe.

Édition de 1682
du théâtre de Pierre Corneille.

Louis XIV, par Charles Le Brun.
Châteaux de Versailles et Trianon.

Le comédien Floridor.
Peinture attribuée à Charles et Henri Beaubrun.

Edme Boursault
par Nicolas de Largillière.

Paul Pelisson. Peinture École française XVII$^{e}$ siècle.
Châteaux de Versailles et Trianon.

Thomas Corneille.
Huile sur toile attribuée à Claude Lefèbvre (68 x 55,5 cm).
Coll. part.

1705). De son côté, Lully déclara : « J'aimerais autant mettre en musique un exploit dressé par un sergent que de travailler sur les vers de M. de L'Isle. »

170. Bibliothèque Canel, Pont-Audemer, cote C 680.9.

171. Fontenelle, *Vie de Corneille*, in : *Œuvres*, Paris, Brunet père, 1742, tome III.

172. Biographe de Molière, Francine Mallet donnait de curieuses explications sur la réussite et l'unité de *Psyché* : « Le fait que la charmante Psyché séduit les deux poètes peut être une des raisons de leur parfait accord, de l'extraordinaire virtuosité qui leur a permis d'écrire sans que le spectateur ou le lecteur s'aperçoive de l'endroit où l'un quittait la plume et l'autre la reprenait. Une même méthode d'enseignement chez les professeurs de Corneille et de Molière, à seize ans de distance, l'intensité commune de leur entraînement à manier les vers, la façon dont ils baignaient l'un et l'autre dans la culture antique et la langue latine et le fait que, pour tous deux, la connaissance du français ait passé par le latin, sont des raisons qui ont pu, elles aussi, concourir à cette complète harmonie de leur écriture » (*Molière*, *cit.*, p. 194). Du même auteur, citons ces autres perles sur la collaboration des deux auteurs de *Psyché* : « Le geste de Molière envers Corneille vieillissant relève de la générosité » (p. 135), « Chez Corneille, le fait de si bien servir Molière sans avoir du tout voulu s'en distinguer prouve sa reconnaissance envers lui » (p. 194).

173. Alain Niderst, *Molière*, Perrin, 2004.

174. Dans l'avis *Au lecteur* de l'édition de sa tragédie, Corneille écrira que sa pièce fut « reléguée dans un lieu où l'on ne voulait plus se souvenir qu'il y eût un théâtre ».

175. La Marotte de Corneille était Marotte Beaupré, de son vrai nom Marie Vallée, qui épousa Achille Vallée, dit Verneuil, frère de La Grange. Dans sa lettre du 25 avril 1662 à l'abbé de Pure, Corneille signalait à son correspondant qu'il aidait la carrière de cette jeune comédienne : « L'estime et l'amitié que j'ai depuis quelque temps pour Mlle Marotte, me fait vous avoir une obligation très singulière de la joie que vous m'avez donnée en m'apprenant son succès et les merveilles de son début. Je l'avais vue ici représenter *Amalasonte*, et en avais conçu une assez haute opinion pour en dire beaucoup de bien à M. de Guise, quand il fut question, vers la mi-carême, de la faire entrer au Marais. » Corneille était ainsi intervenu en faveur de Mlle Marotte auprès du duc de Guise, protecteur du Théâtre du Marais. *Amalasonte* était une tragédie de Quinault, qui avait été jouée à la Cour et créée, le 7 novembre 1657, à l'Hôtel de Bourgogne : Marotte y jouait le rôle de la reine des Goths. Elle était entrée au Marais en 1662. À partir de juin 1663, elle joua au Palais-Royal, mais sans faire totalement partie de la troupe de Molière. Elle y resta cependant plusieurs années, créant même un rôle dans *La Comtesse d'Escarbagnas*, comédie-ballet en un acte et en prose, jouée le 2 décembre 1671 à Saint-Germain-en-Laye devant le roi, dans le cadre du *Ballet des ballets*. Quant à la Marotte qui joua dans *Psyché*, il s'agissait de Marie Ragueneau de Lestang, fille de l'acteur et poète Cyprien Ragueneau dit de Lestang, ancien pâtissier rue Saint-Honoré, devenu comédien dans la troupe des Béjart (Edmond Rostand mettra en scène son personnage dans *Cyrano de Bergerac*).

176. La veuve de Corneille mourut le 6 février 1694.

177. Alain Niderst, *Pierre Corneille*, cit., p. 323.

178. On attribue à Cotin – peut-être à tort – un court pamphlet anonyme, *La Critique désintéressée sur les satires du temps* (1666), où Boileau, « censeur de toute la terre », est rudoyé sans ménagement.

179. « Cotin et Ménage étaient allés au sortir de la première de *Misanthrope* sonner le tocsin à l'Hôtel de Rambouillet, disant que Molière jouait ouvertement le duc de Montausier » (Paul Pellisson, *op.cit.*).

180. Dans une note de l'édition de ses *Œuvres* de 1713, Boileau lui-même précise : « Cotin avait écrit contre moi et contre Molière ; ce qui donna occasion à Molière de faire *Les Femmes savantes*, et d'y tourner Cotin en ridicule. »

181. Notes inédites (collection Alain Cotta).

182. Dans l'édition de 1679 de son *Dictionnaire*, Richelet reconnaît Cotin et Ménage dans les personnages de Trissotin et Vadius. Mais Ménage n'était pas un pédant, et Roger Duchêne note avec justesse : « Il n'est là que par raison de symétrie, pour les besoins de la querelle entre deux écrivains » (*op. cit.*, p. 630).

183. Cotin avait commis quelques vers moqueurs sur la surdité de Mlle de Scudéry (« Suivre la Muse est une erreur bien lourde ; / De ses faveurs voyez le fruit : / Les écrits de Sapho menèrent tant de bruit / Que cette nymphe devint sourde »), qui était très liée avec Ménage. Ce dernier avait vengé l'honneur de la dame en composant une épigramme latine de dix-huit vers contre Cotin, qui lui avait répliqué sous forme d'une satire perfide, *La Ménagerie*. Les deux hommes étaient brouillés depuis. La querelle remontait à 1659, c'est-à-dire au temps des *Précieuses ridicules*.

184. « Avec Ménage, Corneille entretiendra toujours des rapports amicaux » (Georges Couton in : Œuvres de Corneille, Pléiade, tome I, note 2 de la p. 1054).

185. Par exemple : *Joanni Ludovici Guezi Balzacii Carminum libri tres, ejusdem epistolæ selectæ*, editore Aegidio Menagio, Parisiis, sumptibus A. Courbe, 1620.

186. Œuvres de Corneille, Pléiade, tome I, p. 694-695.

187. Il serait également intéressant de savoir le jugement que Corneille avait accordé à la lettre si extraordinairement hyperbolique sur *Cinna* que lui avait adressée, en 1643, Guez de Balzac.

188. Georges Couton, édition Garnier des œuvres de Corneille, tome I, p. 702.

189. En revanche, Alain-René Lesage, auteur dramatique un peu postérieur à Molière, a laissé le manuscrit d'une pièce de théâtre posthume, trois lettres autographes, mais seulement onze signatures, dont la moitié sur des actes de jeunesse (Jean-Louis Debauve, « Nouvelles Données biographiques parisiennes », in *Lesage romancier (1695-1735)*, Amsterdam, 1997, p. 18).

190. Chartiste et ancien bibliothécaire, l'inventeur – dans un sens comme dans l'autre – de ces deux quittances était un curieux personnage, qui aimait manier le pseudonyme. Cet émule de Vrain-Lucas (qui commit lui aussi, parmi des milliers d'autres, ses faux autographes de Molière) occupait depuis 1871 des fonctions d'archiviste du département de l'Hérault. Vingt ans plus tard, il mit fin à ses jours. Il avait publié en 1877 une étude sur *Tartuffe,* avec des « pièces inédites ».

191. En 1840, P.-Jules Fontaine, « bibliographe, ancien libraire, auteur du *Manuel de l'Amateur d'Autographes*, du *Bulletin de l'Autographophile*, etc. », commentait ainsi l'inscription : « quelques lignes écrites sans prétention dénotent l'irréfragable [sic] authenticité de l'autographe de Molière » (*Découverte d'un autographe de Molière. Réfutation impartiale de quelques points de controverse élevés à ce sujet*, Tresse, 1840). Il est curieux de noter que Madeleine Jurgens et Élisabeth Maxfield-Miller, dans leur *Cent ans de recherches sur Molière* (*op. cit.*, p. 306-316), reprennent sans observations le texte de ces deux quittances, alors qu'elles signalent que plusieurs autres signatures leur semblent douteuses.

192. Fac-similé reproduit en 1845 dans *Le Magasin pittoresque*, p. 214.

193. Suzanne Dulait, *Inventaire raisonné des autographes de Molière, avec facsimilés de tous les autographes dont on possède encore l'original ou la reproduction figurée (1643-1967)*, Droz, 1967.

194. On peut le vérifier sur l'imprimé dudit testament, qui n'occupe pas moins de trente-et-une pages (*Cent ans de recherches sur Molière*, p. 554-584) : aucune mention de manuscrits ou de notes personnelles.

195. Née le 18 mai 1639, Marie Ragueneau de l'Estang avait épousé La Grange en avril 1672.

196. Le couple n'eut qu'un seul enfant, une fille, qui épousa le 3 décembre 1691 un M. Musnier du Trohéou et mourut à 88 ans. Ce Musnier du Trohéou était payeur des États de Bretagne et possédait une belle bibliothèque. L'historien de théâtre Léon Chancerel n'estimait pas impossible que les papiers de Molière restés entre les mains de La Grange soient entrés par voie successorale dans la famille Musnier. En 1950, il suggéra à Jean-Louis Debauve de tenter une recherche dans les archives régionales pour savoir s'il subsistait des archives familiales, lesquelles auraient pu être transférées dans un château en Normandie. Mais la recherche demeura sans résultat, et un appel lancé par Jean-Louis Debauve dans une revue historique bretonne resta sans réponse.

197. Dans une des premières éditions du texte, le passage est plus bref : « Celui qui écrit ceci, a lu la Scène entre les mains du fils de Pierre Marcassus, ami de Molière. » Quant à l'édition dont parle Voltaire à propos de la scène du pauvre « imprimée depuis », il s'agit sans doute de celle d'Amsterdam, parue en 1683, ou de celle de Bruxelles, qui est de 1694.

198. Le 31 août 1761, Voltaire écrivait à Duclos : « [...] mon père, dans sa jeunesse, avait fréquenté tous les gens de lettres de ce temps. Plusieurs venaient encore chez lui. Le bon homme Marcassus, fils de l'auteur de l'*Histoire grecque*, avait été l'ami de Corneille ; il mourut chez mon père, à l'âge de quatre-vingt-quatre ans. Je me souviens de tout ce qu'il nous contait, comme si je l'avais entendu hier. »

199. Voltaire étant né en 1694, et Marcassus étant mort en 1708, le premier avait au plus quatorze ans lorsqu'il vit le fameux manuscrit. Voltaire lui-même précise que Marcassus mourut « chez [s]on père », ce qui indique qu'il avait eu l'occasion de le rencontrer souvent.

200. *Œuvres de Molière*, Pléiade, tome II, p. 7.

201. Un Louÿsien objecterait que le fait que ce manuscrit était de la main de Molière ne prouve pas que la scène avait été écrite par lui.

202. Gaston Lenotre, « L'Énigme de Molière », *Le Monde illustré*, 8 novembre 1919.

203. Étant de santé fragile, Nicolas Guérin, qui était né en 1678, aurait été élevé dans ce village par le curé de l'endroit, dont il aurait plus tard épousé la nièce.

204. L'œuvre fut représentée à la Comédie-Française le 10 janvier 1699 et imprimée chez Trabouillet la même année.

205. « J'avouerai en tremblant que le troisième acte est mon ouvrage, et que je l'ai travaillé sans avoir trouvé dans ses papiers ni le moindre fragment, ni la moindre idée. Heureux s'il m'eût laissé quelque projet à exécuter ! », écrit Nicolas Guérin dans cette préface.

206. Une *Églogue de Marly* de Nicolas Guérin, mise en musique par Pierre Danican Philidor, fut chantée à Versailles devant le roi le 8 janvier 1702. L'histoire ne dit pas si Sa Majesté complimenta le beau-fils de son cher Molière. *L'Églogue de Marly* est une pastorale de bon ton, ni meilleure ni pire que *Mélicerte*, avec le mérite d'être plus brève. De nombreux rimeurs de l'époque auraient sans doute pu la composer. À propos d'églogue, signalons qu'en 1954 parut aux Éditions Biblis (Bruxelles), un ouvrage signé Théo Henusse, *Une pièce de Molière inconnue*, où l'auteur restitue à Molière une *Églogue* anonyme de 402 vers parue dans un recueil anonyme, *Nouvelles et prose [sic] galantes* (Paris, Étienne Loyson, 1661). Son étude, qui comporte 373 pages de notes et 148 pages de commentaires, notice et compléments, s'attache à proposer des rapprochements de syntaxe et de langage avec des œuvres signées Molière. Alors que certains s'appliquent à enlever à Molière la paternité de certaines

de ses pièces, d'aucuns s'emploient, on le voit, à enrichir ses œuvres complètes. Mais le texte en question est une pastorale sans intérêt.

207. Isaac-François Guérin d'Estriché, le second mari d'Armande, lui survécut presque trois décennies : il mourut en janvier 1728, âgé de 82 ans. Quant à la veuve de Nicolas Guérin, elle se remaria en 1716 avec un certain Bellin, dont nous ne savons rien.

208. « Molière auteur tragique ?... », *Le Parisien*, 26 novembre 1953.

209. Roger Duchêne se demandait « si ces amitiés – l'une si soudaine et irrépressible devant la beauté de Baron ; l'autre si solide et si indulgente malgré l'ivrognerie de Chapelle – trahissaient chez Molière un attrait, voire une préférence pour les personnes de son sexe. / L'auteur de *La Fameuse comédienne* n'a pas la candeur de Grimarest. La nature de l'amour de Molière pour Baron ne laisse chez lui aucun doute. [...] On peut, selon les époques et les mentalités, y voir une initiation quasi philosophique, une belle histoire d'amour entre maître et élève, ou une sordide affaire de mœurs, avec détournement de mineur » (*Molière, cit.*, p. 578 et 580).

210. Il est à noter que Corneille, parrain d'un des enfants de Floridor, témoin du mariage de Baron, ne fut ni le témoin de mariage de Molière, ni le parrain de l'un de ses enfants.

211. Dans le même ordre d'idées, le conventionnel Fabre d'Églantine fut accusé de s'être approprié des manuscrits de Molière conservés à la Comédie-Française et de les avoir mis à profit pour composer une de ses pièces.

212. « Baron ne manquait pas d'esprit, et il avait beaucoup de goût : depuis le milieu de sa vie, il se piqua de Belles-Lettres, même de grec. [...] On pourrait faire, Mylord, un traité plaisant de tous *ces geais parés des plumes d'autrui* ; on en trouverait de tout sexe et de toute condition. [...] Un gentilhomme nommé d'A[lègre], auteur de *La Vie de Henriette Silvie de Molière*, roman qui a eu une grande réputation et qui est encore lu avec plaisir, est le véritable père de *La Coquette* et de *L'Homme à bonnes fortunes*. Baron lui donna cinq cents écus pour mettre cette dernière pièce sous son nom. [...] *L'Andrienne* et *Les Adelphes* de Térence habillés à la française ont toujours passé pour être du P[ère de La Rue] » (*Lettre à Mylord sur Baron et la D[emoise]lle Le Couvreur par George Wink (l'abbé d'Allainval)*, Willem, 1870).

213. Baron s'était marié en 1675 avec Charlotte Lenoir.

214. Pragmatique, Francine Mallet reconnaissait : « Les voyages en province ne lui facilitaient pas la conservation de reliques, mais ses installations parisiennes étaient assez confortables pour la lui rendre possible » (*Molière, cit.*, p. 11).

215. Des faussaires se sont ingéniés à combler les lacunes de la correspondance de Molière : l'un d'eux forgea ainsi une fausse lettre de Corneille à Molière, qui était censée répondre à une question de celui-ci « sur le but du Théâtre ». La lettre était si belle, dans sa plate naïveté, qu'elle n'eût pas dépareillé les collections de Michel Chasles alimentées par l'infatigable Vrain-Lucas. Georges Monval en reproduisit le texte, dans une livraison du *Moliériste*, pour en dénoncer le caractère apocryphe : « Ce 24 novembre / Monsieur. / Vous me mandez mon sentiment sur le but du Theatre. Selon moy, le principal but du Theatre est d'abord de plaire. Et j'ajouteray que suivant les regles. Instruire par la Tragedie, corriger par la Comedie me semble estre un hasard que le respect de la morale interdit de mepriser, mais cependant que les theories de l'art n'ordonnent pas de poursuivre. J'ayme l'histoire mais je ne l'envisage qu'au point de vue du theatre, aussy des que l'histoire m'offre l'occasion de mesler des leçons de politique et de morale à l'emotion qu'excitent les grandes infortunes j'en recherche l'appuy. Voilà mon sentiment. Sur ce, Monsieur, je suis, comme tous-

jours, vostre bien affectionné / Corneille / À monsieur Molière » (« Une fausse lettre de Corneille à Molière », *Le Moliériste*, n° CXVIII, décembre 1888, p. 273-274).

216. On connaît le texte d'une seule lettre de Molière : celle qui fut publiée en 1678 à la suite de son sonnet à La Mothe Le Vayer (Molière envoyait ses condoléances à La Mothe Le Vayer sur la mort de son fils). Mais cette publication étant posthume, le texte est-il absolument conforme à celui de l'autographe ?

217. En 1886, Georges Monval, archiviste de la Comédie-Française et animateur du *Moliériste*, réunit, sous la présidence de Jules Claretie, administrateur du théâtre, une « Commission des autographes de Molière », laquelle, en se donnant pour but de dresser la liste de tous les documents connus, était sûre de ne pas être écrasée par l'ampleur de la tâche. Quatre-vingt-un ans plus tard, Suzanne Dulait publia son *Inventaire raisonné des autographes de Molière, avec fac-similés de tous les autographes dont on possède encore l'original ou la reproduction figurée (1643-1967)*, qui fait toujours autorité.

218. Le privilège de cette édition, daté du 17 avril 1679, avait été accordé pour dix ans au libraire Guillaume de Luyne, lequel déclarait y associer ses confrères Étienne Loyson et Pierre Trabouillet.

219. En 1663-1664, plusieurs libraires (De Luyne, Loyson, Quinet) avaient publié, en deux volumes, les *Œuvres de I.B.P. Moliere* (ou, chez un de leurs confrères, *Les Œuvres de Monsieur Molier* [sic]) : il s'agissait d'une édition faite de la réunion d'éditions publiées séparément de 1660 à 1663. En 1666, une première édition collective à pagination suivie, regroupant huit comédies, parut en deux volumes chez Quinet et Billaine. Au cours des années suivantes, d'autres recueils factices du Théâtre de Molière virent le jour. Une première édition posthume, en sept volumes, parut en 1674. Le tome VII, daté de 1675 mais publié en mai 1674, contient *L'Ombre de Molière*, comédie en un acte et en prose de Guillaume de Brécourt, composée par un des acteurs de la troupe de Molière, après la mort de ce dernier, et représentée une seule fois, en mars 1674 – et dont on se demande ce qu'elle vient faire là, sinon grossir le volume.

220. Les affirmations inexactes d'autorités bibliographiques telles que Brunet, Picot ou Tchemerzine, qui assurent que cette édition 1674-1675 avait été revue par Molière lui-même, font qu'il est fréquent de voir cette erreur propagée dans des catalogues de ventes publiques ou de libraires, sur lesquels est mentionné un exemplaire (ainsi, récemment, *Une bibliothèque littéraire*, vente Hôtel Drouot, 7 avril 2006, J.T. Quentin et B. Forgeot exp., n° 36).

221. Molière, atteint d'une maladie pulmonaire (peut-être la tuberculose) ou d'une maladie de foie (peut-être la cirrhose alcoolique), était mort en quelques heures, dans sa maison de la rue de Richelieu, le 17 février, peu après la quatrième représentation du *Malade imaginaire*, et un an, jour pour jour, après Madeleine Béjart. Il avait été inhumé le 21 février au cimetière Saint-Joseph. Rien n'indique que Corneille ait suivi le convoi.

222. Après l'arrestation de Fouquet, son ennemi juré Colbert, nommé ministre en 1662, avait été chargé par le roi de mettre bon ordre dans la gestion des Lettres et des Arts. Fin 1662, Colbert demanda à Costar et à Chapelain, tous deux membres de l'Académie Française, d'établir, chacun de son côté, la liste des écrivains et des savants français ou étrangers auxquels serait accordée une pension. Selon Chapelain, qui était un ami – parfois fourbe – de Corneille, ce dernier était « un prodige d'esprit et l'ornement du théâtre français ». Selon Costar, il était « le premier poète du monde pour le théâtre ». Corneille, compris dans les deux listes, bénéficia ainsi des libéralités royales et reçut deux mille livres. Dans la liste de Chapelain, Molière fut ainsi qualifié : « Il a connu le caractère du comique, et l'exécute naturellement.

L'invention de ses meilleures pièces est inventée [sic], mais judicieusement. Sa morale est bonne, et il n'a qu'à se garder de sa scurrilité [bouffonnerie]. »

223. « [...] depuis un an, une longue maladie nous eût privés de sa présence », énonça Racine dans l'éloge qu'il rendit au défunt quelques mois plus tard, à l'occasion de la réception de Thomas Corneille à l'Académie Française.

224. Sur les emprunts de Molière, un des exemples les plus significatifs est celui fait, pour le monologue d'Harpagon dans *L'Avare*, à la pièce de Pierre de Larivey, *Les Esprits*, qui est une des *Comédies facétieuses*, imprimées à Rouen en 1611 : « Au voleur, au larron, au larron, prenez-le, avec tous ceux qui passent, fermez les portes, les huis, les fenêtres, misérable que je suis ! Où cours-je ? À qui le dis-je ? Je ne sais où je suis, que je fais, ni où je vais, hélas mes amis, je me recommande à vous tous ! Secourez-moi je vous en prie, je suis mort, je suis perdu » (*Les Esprits*). Ce qui a donné lieu, dans la scène 8 de l'acte IV de *L'Avare* : « Au voleur ! au voleur ! à l'assassin ! au meurtrier ! Justice, juste ciel ! Je suis perdu, je suis assassiné ! On m'a coupé la gorge, on m'a dérobé mon argent ! Qui peut-ce être ? Qu'est-il devenu ? où est-il ? où se cache-t-il ? Que ferai-je pour le trouver ? Où courir ? Où ne pas courir ? N'est-il point là ? N'est-il point ici ? Qui est-ce ? Arrête ! Rends-moi mon argent, coquin !.... Ah ! c'est moi. Mon esprit est troublé, et j'ignore qui je suis, et ce que je fais. Hélas ! mon pauvre argent, mon pauvre argent, mon cher ami, on m'a privé de toi ! Et, puisque tu m'es enlevé, j'ai perdu mon support, ma consolation, ma joie ; tout est fini pour moi, et je n'ai plus que faire au monde ! Sans toi, il m'est impossible de vivre. C'en est fait, je n'en puis plus, je me meurs, je suis mort, je suis enterré ! »

225. Sur Antoine Le Métel d'Ouville (1589 ?-1655), voir : Roger Guichemerre, « Une source peu connue de Molière : le théâtre de Le Métel d'Ouville », [collectif] *Visages du théâtre français au XVII^e siècle*, Klincksieck, 1994.

226. Il y est notamment question des « chefs d'œuvre du grand Ariste, dont je ne prends que *Le Menteur* pour l'opposer à tout le misérable comique de Zoïle ».

227. On lit à l'entrée « Corneille » du *Dictionnaire de l'Académie Française* de 1694 (page 251) : « [...] Un auteur qui a fait un ouvrage de pièces dérobées des autres écrivains, [...] *la corneille d'Horace, il se pare des plumes d'autrui.* »

228. La sixième scène de *La Critique de l'École des femmes* fait allusion à de tels « mémoires » dans cette réplique d'Uranie : « Puisque chacun en serait content, Chevalier, faites un mémoire de tout, et le donnez à Molière, que vous connaissez, pour le mettre en comédie. »

229. Roger Duchêne souligne avec raison : « Molière n'a pas décrit dans ses pièces ce qu'il avait vu au cours de ses voyages » (*op. cit.,* p. 177 ; voir aussi p. 272, 332 et 722).

230. Cité par Roger Duchêne, *Molière, cit.,* p. 190.

231. Roger Duchêne, *Molière, cit.*, p. 192.

232. Brossette note dans ses *Récréations littéraires* : « La comédie de *L'Amour médecin* est la première où Molière ait joué les médecins et la médecine ; et pour rendre la plaisanterie plus agréable au Roi, devant qui elle fut représentée à Versailles, il y joua les premiers médecins de la cour avec des masques faits tout exprès. Ces médecins étaient MM. des Fougerais, Esprit, Guénaut et d'Aquin ; et comme Molière voulait déguiser leurs noms, il pria M. Despréaux de leur en faire de convenables. Il en fit en effet qui étaient tirés du grec, et qui marquaient le caractère de chacun de ces médecins. Il donna à M. Fougerais le nom de Desfonandrès, qui signifie tueur d'hommes ; à M. Esprit, qui bredouillait, celui de Bahis, qui signifie jappant, aboyant. Macroton fut le nom qu'il donna à M. Guénaut, parce qu'il parlait fort len-

tement ; et enfin celui de Tomès, qui signifie un saigneur, à M. d'Aquin, qui aimait beaucoup la saignée. »

233. « Il avait des portefeuilles garnis d'études, comme les grands peintres, il les cousait merveilleusement ensemble et donnait facilement d'aussi merveilleux impromptus » (*Mémoires* de d'Argenson, à propos de *L'Amour médecin*).

234. *Études critiques sur l'histoire de la littérature française*, 1891.

235. Corneille traduisit en 1669, en prose et en vers français, *L'Office de la Sainte Vierge*, c'est-à-dire l'*Officium parvum beatae virginis* du Bréviaire romain (cette adaptation parut le 15 janvier 1670, avec une dédicace à la reine Marie-Thérèse). Dans le même temps, il entreprit de traduire la *Thébaïde* de Stace (le privilège de neuf ans qu'il prit le 31 décembre 1670 pour *Tite et Bérénice* incluait « une traduction en vers français de la *Thébaïde* de Stace »).

236. L'attribution à Corneille a été faite par Boscheron dans le *Carpentariana ou Recueil des pensées historiques, critique, morale et de bons mots de M. Charpentier,* Paris, Jean-François Morisset, 1741 (François Charpentier, 1620-1702, était mort depuis plus de vingt ans quand le livre parut). *L'Occasion perdue et recouvrée ou les amours de Lisandre* est en réalité l'œuvre d'un chanoine bordelais, Jean Benech de Cantenac (mort après 1710) : elle figurait dans la première édition, devenue très rare, des *Poésies nouvelles et autres œuvres galantes du sieur de C...*, Paris, Théodore Girard, 1662. Le président de Lamoignon la fit supprimer de la première édition, mais cette édition comporte encore des textes licencieux. Ce poète aurait également publié des *Satires nouvelles*.

237. En tête de la réédition de cette pièce, Le Boulanger de Chalussay annonçait une nouvelle comédie intitulée *Le Procès comique*, censée répondre aux juges du procès déclenché, sur plainte de Molière, par la publication d'*Élomire hypocondre*. Cette seconde pièce ne fut jamais imprimée et peut-être ne fut-elle pas écrite. Eût-elle contenu des informations sur la véritable origine des pièces de Molière, informations dont Louÿs et ses successeurs eussent fait leur miel ?

238. Roger Duchêne, *Molière, cit.*, p. 401.

239. Louis-Auguste Ménard, *Le Livre abominable de 1665*, Firmin-Didot, 1883, tome I, p. XXXII.

240. « Allusion à des moines qui ont à leur suite quelque petit frère qui porte le chapeau » (note de Jacques de Losme de Monchesnay).

241. Pierre Louÿs, *Broutilles*, *cit.*, p. 80. Signalons l'erreur de transcription de Frédéric Lachèvre, qui a oublié le point d'interrogation final. Louÿs y reviendra dans une note : « La seule objection qui subsiste est celle-ci : "On le saurait". / En 1759 assurément – Mais en 1659 ? / On ne sait rien sur personne. Le XVe siècle est mieux connu littérairement que le XVIIe. Robinet, qui n'a pas encore nommé "le sieur Molier", Sévigné qui n'écoute rien et parle papotage comme une autre écrirait un conte, La Grange plus tard, qui confondra 1653 et 1655, mais ne confondra pas une recette – voilà les annalistes de Molière. Ronsard, L'Hôpital, Pasquier, Montaigne même sont mieux connus cent fois que Pierre Corneille » (lettre inédite, collection Hippolyte Wouters).

CHAPITRE III

# Styles

C'est par une question de style que fut déclenché, au XXe siècle, le problème Corneille-Molière. Lorsqu'il relisait – et non : lisait – *Amphitryon*, Pierre Louÿs avait été un jour frappé par le langage de certains passages, notamment par la répétition, si puissamment orchestrée, du mot « moi ». Il y retrouvait la caractéristique même de l'art de Corneille, tout entier dominé par ce « moi » :

> Moi, vous dis-je, ce moi plus robuste que moi,
> Ce moi qui s'est de force emparé de la porte,
>     Ce moi qui m'a fait filer doux,
>     Ce moi qui le seul moi veut être,
>     Ce moi de moi-même jaloux,
>     Ce moi vaillant, dont le courroux
>     Au moi poltron s'est fait connaître,
>     Enfin ce moi qui suis chez nous,
>     Ce moi qui s'est montré mon maître ;
>     Ce moi qui m'a roué de coups. [II, 1, v. 811-820]

De même, Louÿs se refusait à croire que Molière pût être l'auteur de certains vers particulièrement réussis de la pièce, comme le vers 50 :

> Qui de votre manteau veut la faveur obscure…

Autant de vers qui contrastent étrangement avec ceux par lesquels débute *Amphitryon* et qui sont d'une platitude bien embarrassée :

Tout beau ! charmante Nuit ; daignez vous arrêter :
Il est certain secours que de vous on désire,
Et j'ai deux mots à vous dire
De la part de Jupiter.

Si l'on met à part certaines questions de lexique, Louÿs reste à peu près le seul à avoir accordé une importance capitale au style. Or ce point, loin d'être négligeable, mérite d'être pleinement considéré. Tout d'abord, il faut souligner que, sous ce rapport, Corneille comme Molière sont deux écrivains dont on a une image beaucoup trop convenue et schématique. Le premier n'est généralement considéré que comme un dramaturge, alors qu'il est aussi – et en même temps – un grand poète[1]. Nous verrons également que Corneille est également loin d'être toujours l'auteur « sérieux », solennel, compassé, que l'on s'est plu à voir en lui. Le phénomène inverse semble s'être passé à propos de Molière : on en a fait un poète tout à fait remarquable, souple et très varié, et un excellent prosateur. Pourtant, à son époque, un La Bruyère – auquel on reconnaîtra quelque compétence en matière de style – pouvait écrire : « Il n'a manqué à Molière que d'éviter le jargon et le barbarisme, et d'écrire purement[2]. » Le disparate singulier de la production dramatique de Molière ne semble pas non plus frapper les esprits, alors que certains vers dignes de Corneille y côtoient des alexandrins qu'on croirait empruntés à Émile Augier ou à Ponsard. Pourtant, certains lecteurs perspicaces avaient déjà tiqué. En 1890, Émile Faguet, qui n'avait pourtant rien d'un révolutionnaire, écrivait ces lignes lucides :

> Molière est un grand écrivain négligé. Il écrivait vite, pressé par le temps, par les nécessités de son théâtre, par les ordres du roi. Ses pièces les plus soignées ont été composées très rapidement et avec des procédés expéditifs : témoin *Le Misanthrope*, où il a fait entrer des scènes entières de *Dom Garcie de Navarre*. De cette hâte résultent souvent dans les œuvres de Molière des obscurités, des tours pénibles, des embarras de construction, quelquefois des scènes entières ou absolument négligées ou presque inintelligibles (5e acte de *L'Avare*, 5e acte de *L'Étourdi*). C'est le défaut que Fénelon lui reprochait quand il parlait de son « galimatias ». Il est sensible encore pour nous. [...] l'admiration pour Molière a pris de nos jours un caractère d'entêtement et de dévotion qui va jusqu'à nier toute imperfection dans l'auteur du *Misanthrope*[3].

Très peu de critiques se sont par la suite ralliés à cette opinion. Il est vrai que, depuis l'époque de Faguet, Molière semble devenu de plus en plus intouchable, et toute réserve à son encontre est considérée comme un véritable sacrilège. Il n'en demeure pas moins que l'abîme existant entre certaines pièces de lui est vertigineux et qu'il faut beaucoup de bonne volonté pour admettre que *Sganarelle* et *Le Misanthrope* sont du même auteur. C'est ainsi qu'en 1659, l'écrivain qui n'avait été jusque-là que l'auteur ou l'adaptateur de farces du répertoire des troupes itinérantes et des bateleurs, signe soudain une pièce aussi fine et maîtrisée que *Les Précieuses ridicules*. L'année suivante, il redonne une pièce relevant du registre de la farce, *Sganarelle ou le Cocu imaginaire*, qui fait rire en jouant sur le ridicule d'un personnage hanté par la crainte d'être trompé par sa femme. Les vers n'ont réellement rien d'immortel :

> Quand j'aurai fait le brave, et qu'un fer, pour ma peine,
> M'aura d'un vilain coup transpercé la bedaine,
> Que par la ville ira le bruit de mon trépas,
> Dites-moi, mon honneur, en serez-vous plus gras ?
>
> Je me sens là pourtant remuer une bile
> Qui veut me conseiller quelque action virile ;
> Oui, le courroux me prend ; c'est trop être poltron :
> Je veux résolument me venger du larron ;
> Déjà pour commencer, dans l'ardeur qui m'enflamme,
> Je vais dire partout qu'il couche avec ma femme.

Louÿs s'était lui aussi attaché à scruter cette pièce, qui est la première en vers de Molière à avoir été imprimée, et ses remarques étaient assez sévères :

> Voici le début de Molière poète le 12 août 1660, première page de ses premiers vers :
>
> Vous pourriez éprouver, sans beaucoup de longueur,
> Si mon bras sait encor montrer quelque vigueur.
>
> Cela n'est écrit, ni en français, ni surtout en vers. On lit dans la même première scène :
>
> Un autre est survenu dont le bien l'en dégage.
> Lélie est fort bien fait ; mais apprends qu'il n'est rien
> Qui ne doive céder au soin d'avoir du bien…
>
> Et ce vers qui devrait servir de paradigme à la cacographie de l'alexandrin :

> Si je ne vous lui vois faire fort bon visage,
> Je vous... Je ne veux pas en dire davantage.

> Les syllabes sont comptées sur les doigts de l'auteur. Il manquait un pied à « faire bon visage ». Tout ira s'il corrige « faire fort bon visage[4] ».

Notre perplexité ne peut que s'accroître si l'on remarque ensuite, comme le fait Louÿs :

> Et c'est le même homme qui ayant passé de quinze ans l'âge où un art quelconque peut s'enraciner dans un crâne, c'est le même homme qui aurait soudainement tout appris du style et des vers jusqu'à imprimer en 1662 *L'Estourdy* ?
> On n'admire pas assez Molière. En 1660 il compte les pieds d'un vers, et en 1662 il sait écrire en quatre mots cette merveille :
>
> Acheter sourdement l'esclave idolâtrée.
>
> À lui seul, ce lambeau de phrase dénonce un écrivain hors de pair. (Peu m'importent le sens, l'achat, l'esclave et l'idolâtrée). La structure, le choix des lettres, l'ombre et l'aurore d'un tel vers :
>
> Acheter sourdement l'esclave idolâtrée
>
> valent ce que Lucrèce a trouvé de plus beau[5].

Ajoutons que, toujours dans *L'Étourdi*, on trouve des vers d'un accent nettement cornélien, tel celui-ci :

> Je mets toute ma gloire à chérir ma blessure. [v. 120]

vers qui forme un contraste assez choquant avec ceux qui suivent, qu'on a du mal à croire de la même main :

> [...] Vous le prenez là d'un ton un peu trop haut :
> Ce style maintenant n'est pas ce qu'il nous faut.
> Profitons mieux du temps, et sachons vite d'elle
> Ce que...

Le ton d'autres passages est celui-là même des comédies de Corneille :

Que de ce fol amour la fatale puissance
Vous soustrait au devoir de votre obéissance. [v. 43-44]

Ah ! que le ciel m'oblige en offrant à ma vue
Les célestes attraits dont vous êtes pourvue !
Et quelque mal cuisant que m'aient causé vos yeux,
Que je prends de plaisir à les voir en ces lieux ! [v. 111-114]

Il en va ainsi dès les tout premiers vers :

Hé bien ! Léandre, hé bien ! il faudra contester :
Nous verrons de nous deux qui pourra l'emporter,
Qui dans nos soins communs pour ce jeune miracle,
Aux vœux de son rival portera plus d'obstacle. [v. 1-4]

Les critiques nous apprennent d'ailleurs qu'un passage imite toute une tirade de la *Mélite* de Corneille :

Quand on ne prend en dot que la seule beauté,
Le remords est bien près de la solennité,
Et la plus belle femme a très peu de défense
Contre cette tiédeur qui suit la jouissance :
Je vous le dis encor, ces bouillants mouvements,
Ces ardeurs de jeunesse et ces emportements
Nous font trouver d'abord quelques nuits agréables ;
Mais ces félicités ne sont guère durables,
Et notre passion alentissant son cours,
Après ces bonnes nuits donnent de mauvais jours. [v. 1473-1482]

Si, comme l'affirment les biographes de Molière, cette pièce est contemporaine de *La Jalousie du Barbouillé* et du *Médecin Volant*, il faut reconnaître qu'elle atteste une maîtrise et une aisance dans la versification, en même temps qu'un sens de la construction dramatique, qu'on chercherait vainement dans les deux œuvres précédentes, qui ne sont qu'informes et maladroites. On entend même souvent dans *L'Étourdi* une voix qui est celle d'un vrai poète, connaissant tous les secrets du vers :

J'aime fort la beauté qui n'est point profanée [v. 1007]

Mettons flamberge au vent et bravoure en campagne [v. 1084]

Oh ! les plaisants robins qui pensent me surprendre ! [v. 1219]

> Rouge, tout interdit, jouant de la prunelle [v. 1516]

> Et les avaliez tout ainsi que des pois gris [v. 1526]

> Vos yeux, vos propres yeux se connaissent trop bien [v. 1909]

Et quoi de plus cornélien comme accent et comme écriture, que ce

> La source de mon sang et l'auteur de mon être ! [v. 1984]

Hugo pourra parler du « style lumineux de *L'Étourdi*[6] » : en eût-il dit autant de celui de *Sganarelle* ? Curieusement, les critiques actuels se montrent au contraire très réservés sur *L'Étourdi*, qu'ils jugent assez sommaire et faible. Georges Couton va même jusqu'à écrire : « Molière a écrit *L'Étourdi* très vite », ce qui nous semble bien inexact. Dans cette comédie brillante, si unie et d'un ton si soutenu, un détail choque cependant. Ce sont les deux scènes de farce (les troisième et cinquième de l'acte v), où Mascarille adopte par ruse l'accent allemand :

> Oui, moi pour d'estrancher chappon champre garni ;
> Mais ché non point locher te gent te méchant vi...
> Fous nouviau dant sti fil, moi foir à la fissage...
> [...] La Matame est-il mariage al Montsieur ? [v. 1753-1757]

Nul doute qu'il s'agit, là aussi, d'une scène ajoutée pour faire rire le public et qui aura été plaquée sur le reste. Nous avons vu que, selon le témoignage extrêmement tardif de La Grange, *L'Étourdi* aurait d'abord été joué en 1655 à Lyon. Dans cette ville, Molière avait alors côtoyé Dassoucy, poète et musicien doué de facilité autant que de virtuosité, et nous avons vu que l'on peut se demander si, durant les trois mois qu'ils passèrent ensemble, Dassoucy n'eut pas l'occasion d'aider Molière dans la composition de sa pièce.

Pour en revenir à *Sganarelle ou le Cocu imaginaire*, le style et la versification en sont d'une telle faiblesse qu'on a peine à croire que le même auteur vient de produire une pièce aussi maîtrisée que *Les Précieuses ridicules*, et surtout qu'il va bientôt donner les chefs-d'œuvre que l'on sait :

> Et j'ai su par mes yeux avérer aujourd'hui
> Le commerce secret de ma femme et de lui. [v. 374-375]

Ces faiblesses ne sont pas l'apanage de certaines pièces de Molière : le sonnet qu'il compose et envoie en septembre 1664 au philosophe La Mothe Le Vayer, ancien précepteur de Louis XIV, sur la mort de son fils est d'une banalité totale. En voici les deux tercets :

On sait bien que les pleurs ne ramèneront pas
Ce cher fils que t'enlève un imprévu trépas ;
Mais la perte, par là, n'en est pas moins cruelle.

Ses vertus de chacun le faisaient révérer ;
Il avait le cœur grand, l'esprit beau, l'âme belle ;
Et ce sont des sujets à toujours le pleurer[7].

## Le cas de *L'École des femmes* et des *Femmes savantes*

Il faut également de la bonne volonté pour ne pas être frappé par les discordances de style existant soit entre deux pièces différentes de Molière, soit au sein même d'une de ses pièces. Comme exemple de cohabitation – ou plutôt de juxtaposition – de deux styles, l'un des plus flagrants figure dans le premier acte de *L'École des femmes*. Après une scène 1 aux tirades totalement maîtrisées et qui peint parfaitement les deux protagonistes, vient une scène 2 dont les dialogues sont ceux d'une simple farce :

Alain
[…] Qui heurte ?

Arnolphe
Ouvrez. On aura, que je pense,
Grande joie à me voir après dix jours d'absence.

Alain
Qui va là ?

Arnolphe
Moi.

Alain
Georgette !

Georgette
Hé bien ?

ALAIN

Ouvre là-bas.

GEORGETTE

Vas-y, toi.

ALAIN

Vas-y, toi.

GEORGETTE

Ma foi, je n'irai pas.

ALAIN

Je n'irai pas aussi.

ARNOLPHE

Belle cérémonie
Pour me laisser dehors ! Holà ho, je vous prie.

GEORGETTE

Qui frappe ?

ARNOLPHE

Votre maître.

GEORGETTE

Alain !

ALAIN

Quoi ?

GEORGETTE

C'est Monsieur.
Ouvre vite.

ALAIN

Ouvre, toi.

GEORGETTE

Je souffle notre feu.

ALAIN

J'empêche, peur du chat, que mon moineau ne sorte.

ARNOLPHE

Quiconque de vous deux n'ouvrira pas la porte
N'aura point à manger de plus de quatre jours.
Ha !

GEORGETTE

Par quelle raison y venir, quand j'y cours ?

De même, dans *Les Femmes savantes*, d'autres répliques ont l'allure d'une transition maladroite :

CHRYSALE
Notre sœur est folle, oui.

ARISTE
Cela croît tous les jours.
Mais, encore une fois, reprenons le discours
Clitandre vous demande Henriette pour femme :
Voyez quelle réponse on doit faire à sa flamme.

Molière revenait-il à la composition de ses toutes premières pièces ? Que dire aussi des pataquès et de la trivialité de la servante Martine ? Une édition des *Femmes savantes* destinée aux élèves des lycées résout finement le problème, en affirmant que « jamais le style de Molière n'avait brillé d'éclats aussi variés au sein d'une même œuvre[8] ». C'est certain… De même, on a quelque difficulté à trouver de l'unité dans les cinq vers suivants de la même pièce :

Nous serons par nos lois les juges des ouvrages ;
Par nos lois, prose et vers, tout nous sera soumis ;
Nul n'aura de l'esprit, hors nous et nos amis ;
Nous chercherons partout à trouver à redire,
Et ne verrons que nous qui sache bien écrire. [v. 922-926]

« Les deux [derniers] vers ne sont pas du même langage », constatait Louÿs, qui s'étonnait de voir cette tirade se terminer par cet « ahurissant » alexandrin : « Et ne verrons que nous qui sache bien écrire ». Répliquant à un contradicteur, il mettait aussi en parallèle d'autres passages de la pièce où s'entendent deux voix nettement discordantes :

[Le contradicteur] ne comprendra jamais que ceci est de Corneille :

Ce que vous refusez, je l'offre au choix d'une autre.
Voyez, est-ce, Madame, ou ma faute, ou la vôtre ?
Mon cœur court-il au change ou si vous l'y poussez ?
Est-ce moi qui vous quitte, ou vous qui me chassez ?

ni que ceci est de Molière :

Et la pensée enfin où mes vœux ont souscrit,
C'est d'attacher à vous un homme plein d'esprit ;

Et cet homme est Monsieur, que je vous détermine
À voir comme l'époux que mon choix vous destine.

Voici encore du Molière :

C'est cet ami savant qui m'a fait tant d'instance
De lui donner l'honneur de votre connaissance.

Et encore du Corneille :

Voici l'homme qui meurt du désir de vous voir.
En vous le produisant, je ne crains point le blâme
De voir admis chez vous un profane, Madame[9].

Le fait est que, plus on lit *Les Femmes savantes*, plus on y constate la présence continuelle et plus ou moins enchevêtrée de ces deux voix et de ces deux styles si opposés. La voix de Chrysale est peut-être la plus soutenue, celle qui se rapprocherait le plus, parfois, de celle d'Alceste, par ce style que Louÿs qualifiait d'« écriture magistrale ». Ainsi ce portrait de Trissotin :

Je vis, dans le fatras des écrits qu'il nous donne,
Ce qu'étale en tous lieux sa pédante personne :
La constante hauteur de sa présomption,
Cette intrépidité de bonne opinion,
Cet indolent état de confiance extrême
Qui le rend en tout temps si content de soi-même,
Qui fait qu'à son mérite incessamment il rit,
Qu'il se sait si bon gré de tout ce qu'il écrit,
Et qu'il ne voudrait pas changer sa renommée
Contre tous les honneurs d'un général d'armée. [v. 251-260]

Il est aisé de citer d'autres vers attestant une tout autre écriture :

Cet empire que tient la raison sur les sens
Ne fait pas renoncer aux douceurs des encens,
Et l'on peut pour époux refuser un mérite
Que pour adorateur on veut bien à sa suite. [v. 101-104]

[...] C'est un intérêt qui n'a pas d'importance :
Il est riche en vertu, cela vaut des trésors,
Et puis son père et moi n'étions qu'un en deux corps. [v. 404-406]

Ce Monsieur Trissotin dont on nous fait un crime,
Et qui n'a pas l'honneur d'être dans votre estime,
Est celui que je prends pour l'époux qu'il lui faut [v. 631-633]

À la troisième scène de l'acte V, le bref et charmant duo d'amour entre Horace et Agnès est précédé de ces vers informes et remarquablement maladroits :

Ne soyez point en peine où je vais vous mener :
C'est un logement sûr que je vous fais donner.
Vous loger avec moi, ce serait tout détruire :
Entrez dans cette porte [sic] et laissez-vous conduire.

Tout se passe comme si, en cette comédie parfaitement conduite, des gaucheries s'étaient ici et là faufilées dans un tissu admirable.

### Autres alternances

De même, dans *Amphitryon*, l'étourdissant couplet que nous avons cité, dans lequel le mot « moi » se trouve orchestré quatorze fois, est suivi de cette plate répartie :

Il faut que ce matin, à force de trop boire,
Il se soit troublé le cerveau. [v. 821-822]

Et comment concilier ces vers si intensément poétiques prononcés par Alcmène :

Allons pour mon époux, Cléanthis, vers les Dieux
Nous acquitter de nos hommages
. . . . . . . . . . . . . . . . . . . . . . . . . . . . . . . . . . . . .
De qui puis-je tenir, que de vous, la nouvelle
Du dernier de tous vos combats ?
Et les cinq diamants que portait Ptérélas,
Qu'a fait dans la nuit éternelle
Tomber l'effort de votre bras ? [v. 847-848 et 951-955]

avec ce passage dans la bouche de Mercure :

Certain mot de fils de putain
A pourtant frappé mon oreille,
Il n'est rien de plus certain [v. 1797-1799]

lequel est, par un singulier contraste, immédiatement suivi de cette réplique de Sosie, que Louÿs trouvait une merveille d'écriture et d'harmonie imitative :

> C'est donc un perroquet que le beau temps réveille. [v. 1800]

Le lecteur de *Tartuffe* ne peut qu'être également saisi par le contraste que font, par exemple, les admirables tirades de Tartuffe à Elmire (III, 3), d'un langage si nettement cornélien et si soutenu :

> L'amour qui nous arrache aux beautés éternelles
> N'étouffe pas en nous l'amour des temporelles...
> . . . . . . . . . . . . . . . . . . . . . . . . . . . . . . . . . . . .
> Ah ! pour être dévot, je n'en suis pas moins homme ;
> Et lorsqu'on vient à voir vos célestes appas

avec ces répliques d'Elmire dans la même scène :

> Je suis fort obligée à ce souhait pieux.
> Mais prenons une chaise, afin d'être un peu mieux.
> . . . . . . . . . . . . . . . . . . . . . . . . . . . . . . . . . . . .
> C'est de presser tout franc et sans nulle chicane
> L'union de Valère avecque Mariane.

Et que dire de ces paroles de Tartuffe :

> Ce langage à comprendre est assez difficile,
> . . . . . . . . . . . . . . . . . . . . . . . . . . . . . . . . . . . .
> Vous plaît-il un morceau de ce jus de réglisse ?
> . . . . . . . . . . . . . . . . . . . . . . . . . . . . . . . . . . . .
> Vos injures n'ont rien à me pouvoir aigrir,
> Et je suis pour le Ciel appris à tout souffrir

En revanche, on pourrait « coller » ensemble des vers prononcés par Chimène dans *Le Cid* et des vers mis dans la bouche de Dorine dans *Tartuffe*, tant l'identité des deux langages et de la versification apparaît complète[10] :

> Malgré des feux si beaux qui troublent ma colère
> Je ferai mon possible à bien venger mon père [*Le Cid*, v. 991-992]
> Mais par un haut refus et d'éclatants mépris,
> Ferai-je dans mon choix voir un cœur trop épris ? [*Tartuffe,* v. 631-632]

La plus parfaite des comédies de Molière est peut-être *L'École des femmes*, tant ces dissonances dont nous parlons y sont extrêmement rares. Il en est cependant resté quelques-unes, généralement placées dans la bouche d'Arnolphe. La plus visible est sans doute ce distique :

> Outre que la maison par ce nom se connaît,
> La Souche plus qu'Arnolphe à mes oreilles plaît. [v. 173-174]

Comme style et comme alexandrins, il est difficile de faire pire, et quel contraste avec la totale unité de ton régnant d'un bout à l'autre de la pièce ! De même, on est surpris par le passage extrêmement technique où le notaire disserte sur le douaire et la dot des futurs époux. Seul un homme de droit écrit ou de droit coutumier, seul un juriste pouvait l'écrire. Il est évident qu'il y a eu ici l'intervention d'une autre main. Laquelle ? Est-il opportun de rappeler que Corneille avait été avocat ? Molière, lui, n'avait pas la formation juridique suffisante pour traiter avec une telle exactitude dans les termes les problèmes de douaire et de donations entre époux :

LE NOTAIRE
L'ordre est que le futur doit douer la future
Du tiers du dot qu'elle a ; mais cet ordre n'est rien,
Et l'on va plus avant lorsque l'on le veut bien.

ARNOLPHE, *sans le voir.*
Si...

LE NOTAIRE, *Arnolphe l'apercevant.*
Pour le préciput, il les regarde ensemble.
Je dis que le futur peut comme bon lui semble
Douer la future.

ARNOLPHE, *l'ayant aperçu.*
Euh ?

LE NOTAIRE
Il peut l'avantager
Lorsqu'il l'aime beaucoup et qu'il veut l'obliger,
Et cela par douaire, ou préfix qu'on appelle,
Qui demeure perdu par le trépas d'icelle,
Ou sans retour, qui va de ladite à ses hoirs,
Ou coutumier, selon les différents vouloirs,
Ou par donation dans le contrat formelle,
Qu'on fait ou pure ou simple, ou qu'on fait mutuelle.
Pourquoi hausser le dos ? Est-ce qu'on parle en fat,

Et que l'on ne sait pas les formes d'un contrat ?
Qui me les apprendra ? Personne, je présume.
Sais-je pas qu'étant joints, on est par la Coutume
Communs en meubles, biens immeubles et conquêts,
À moins que par un acte on n'y renonce exprès ?
Sais-je pas que le tiers du bien de la future
Entre en communauté pour…

ARNOLPHE

Oui, c'est chose sûre… [v. 1057-1077]

On verra plus loin que Louÿs faisait, à propos de plusieurs passages de *L'École des femmes* et du *Misanthrope*, des observations analogues, qui l'amenaient à conclure : « Toutes les grandes comédies de Molière sont écrites en deux langages par deux hommes que rien ne rapproche. » À vrai dire, ces inégalités et ces discordances n'avaient pas échappé à Boileau, qui soutenait que Molière « n'écrivait pas toujours juste » et que, dans certaines de ses pièces, on trouvait « beaucoup de négligences et de termes hasardés, qui auraient pu être réparés par une lime attentive et laborieuse[11] ».

## Quelques objections

Les adversaires de la thèse de Louÿs n'ont pas manqué de faire observer que, comme Molière avait pendant longtemps joué des pièces de Corneille, il était naturel que des alexandrins analogues à ceux de l'auteur du *Cid* revinssent fréquemment sous sa plume. Faut-il trouver la chose aussi « naturelle » que cela ? Corneille n'était pas un poète quelconque, et imiter son style n'était et n'est pas à la portée du premier venu – surtout d'un premier venu ayant débuté par des vers comme ceux de *Sganarelle*. En outre, l'absence d'homogénéité d'écriture, de style et de versification de plusieurs pièces de Molière n'est pas pour dissiper le doute à ce sujet. Si Molière avait si bien « pris le tour » de Corneille, pourquoi ne l'aurait-il pas appliqué totalement au moins au sein d'une même scène ?

*Dom Juan* est précisément la pièce dans laquelle la coexistence de deux styles d'écriture et de pensée est sans doute la plus accusée, la plus palpable. Les scènes fortes alternent avec de plats passages de bouffonnerie, comme celui des paysans (II,1)[12]. Ces derniers moments apparaissent même totalement superflus dans l'intrigue, mais il fallait sans doute satisfaire le public du Palais-Royal, qui ne venait pas là pour assister à des tragédies classiques. Le plus curieux est que, juste après *Dom Juan*, Molière donna *L'Amour médecin*, dont Roger Duchêne fait remarquer qu'il s'agit d'un « comique primaire de farce, de seringue, de lavement. [...] Pour faire rire, le voilà [Molière] retourné aux formes les plus élémentaires du comique ».

*Dom Juan* pose par ailleurs un problème particulier. La pièce est en prose, et l'on sait qu'à l'époque, une « grande comédie » devait avoir été mise en vers. Comme tous les autres *Festins de pierre* contemporains, *Dom Juan* aurait donc dû être versifié. Or, en lisant le texte avec attention, on y découvre une multitude de vers blancs :

Je dirais hautement que tu aurais menti [I, 1]

C'est quelque chose aussi à peu près de cela [I, 2]

La beauté me ravit partout où je la trouve [I, 2]

Les charmes attrayants d'une conquête à faire [I, 2]

Ne peut plus me servir qu'à me désespérer [I, 3]

Sans te mettre en peine des affaires des autres [II, 2]

Je crois que deux et deux sont quatre, Sganarelle [III, 1]

Il m'importe bien que vous soyez damné [III, 2]

Plait-il ? – Comment coquin, tu fuis quand on m'attaque ? [III, 5]

Et j'ai regret d'avoir démêlé avec lui [III, 5]

J'aime la liberté en amour, tu le sais [III, 5]

À renfermer mon cœur entre quatre murailles [III, 5]

À me laisser aller à tout ce qui m'attire [III, 5]

Je pense qu'il ne prend pas plaisir de nous voir [IV, 1]

Monsieur, voilà votre marchand, Monsieur Dimanche [IV, 3]

Et ce même ciel, qui m'a touché le cœur [IV, 6]

Je vous rends grâce, il est demain jeûne pour moi [IV, 7]

Ah ! pauvre Sganarelle, où te cacheras-tu [IV, 8]

Que la bonté du ciel eût exaucé mes vœux ? [V, 1]

Il a touché mon âme et dessillé mes yeux [V, 1]

Je ferai le vengeur des intérêts du ciel [V, 2]

Tant va la cruche à l'eau, qu'enfin elle se brise [V, 2]

Les belles paroles se trouvent à la cour [V, 2]

Confirmer à ma sœur le nom de votre femme [V, 3]

Où m'a porté le feu d'une aveugle jeunesse [V, 3]

Va, va, le ciel n'est pas si exact que tu penses [V, 4]

Apparemment, l'auteur, quel qu'il soit, avait, en l'écrivant, la musique de l'alexandrin dans l'oreille. Remarque qui, à vrai dire, ne tire point à conséquence, d'abord parce que c'était une habitude assez répandue au XVII^e^ siècle – et qui perdurera jusqu'au XIX^e^ siècle[13] –, ensuite parce que l'alexandrin était familier aussi bien à Corneille, qui en confectionnait à chaque heure, qu'à Molière, qui en déclamait quotidiennement. On remarque néanmoins une sorte de déséquilibre dans *Dom Juan* : très peu de vers blancs dans les scènes de pure farce, et beaucoup, au contraire, dans les scènes « tragiques ». Considérons, par exemple, les deux scènes entre Dom Juan et Elvire. Dans la première (I, 3), les vers blancs sont, à une exception près, le fait d'Elvire :

Oui, je vois bien que vous ne m'attendiez pas

la voix qui vous rendait criminel à mes yeux

qu'il est certain que vous brûlez de me rejoindre

c'est maintenant que je te connais tout entier

Je te le dis encore, le Ciel te punira

Même remarque pour la seconde scène (IV, 6), où les vers blancs sont, cette fois-ci, uniquement placés dans la bouche d'Elvire :

> de me voir à cette heure et dans cet équipage
>
> Je ne viens point ici pleine de ce courroux
>
> et dont l'âme irritée ne jetait que menaces
>
> ces indignes ardeurs que je sentais pour vous
>
> et ce même Ciel, qui m'a touché le cœur
> et fait jeter les yeux sur les égarements
>
> pour pouvoir expier la faute que j'ai faite
>
> rien au monde ne m'a été si cher que vous
>
> Sauvez-vous, je vous prie, ou pour l'amour de vous
>
> ne perdons point de temps en discours superflus

Ces deux scènes, où Sganarelle est chaque fois présent, sont au demeurant curieuses par le contraste de langage entre Elvire, qui s'exprime d'une façon tragique, et Sganarelle, dont les saillies et les bourdes sont débitées dans un tout autre ton et ne visent qu'à faire rire le public. On se retrouve ainsi en présence d'une pièce extrêmement hybride au niveau du style et du langage, dans laquelle des passages d'un ton nettement cornélien (tout le rôle d'Elvire, le rôle aussi du père de Dom Juan) voisinent avec des scènes moins soutenues, et aussi avec d'autres scènes (les paysannes), dont l'outrance caricaturale entraîne le spectateur du côté de la farce. Serait-ce faire preuve de mauvais esprit que de trouver un peu insuffisante l'explication de tels contrastes par « la grande variété du génie de Molière » ? On peut se poser la question, d'autant que des pièces comme *L'École des femmes* et *Le Misanthrope* sont à peu près indemnes d'un tel disparate.

Représenté deux ans après *Dom Juan*, *Le Sicilien ou l'Amour peintre* (1667) contient lui aussi nombre de vers blancs. Cette constatation, ce n'est pas nous qui la faisons : les Moliéristes l'ont signalée de longue date. Ces vers blancs apparaissent dès le début, comme le montre ce relevé limité aux quatre premières scènes de la pièce :

le ciel s'est habillé ce soir en Scaramouche

Sotte condition que celle d'un esclave !

il faut que, jour et nuit, je n'aie aucun repos.
Mais voici des flambeaux, et sans doute c'est lui.

À ces heures de nuit, hors vous et moi, Monsieur

Aussi ne crois-je pas qu'on puisse voir personne
qui sente dans son cœur la peine que je sens.

on a toujours au moins le plaisir de la plainte

depuis près de trois mois, se sont dit bien des choses

nous ayons comme il faut expliqué ce langage

Je veux, jusques au jour, les faire ici chanter

Que diantre veux-tu dire avec ton beau bécarre ?

hors du bécarre, point de salut en harmonie

Il faut qu'ils vous chantent une certaine scène

deux bergers amoureux tous remplis de langueur

Voici, tout juste, un lieu propre à servir de scène

me fermera toujours tout accès auprès d'elle

Plût au Ciel que ce fût la charmante Isidore !

Explication sempiternelle des Moliéristes, formulée par Georges Mongrédien : la pièce fut écrite « en prose – faute de temps, sans doute, comme toujours[14] ». Reste qu'on a quelque peine à trouver dans les autres pièces de Molière des formules aussi poétiquement éblouissantes que ce « le ciel s'est habillé ce soir en Scaramouche », ou d'une écriture aussi maîtrisée que « les plaisirs de la plainte » et « la liberté des soupirs »…

*Psyché* pose un tout autre problème, qui est celui de sa parfaite unité de style. Or il est établi – pour une fois – que Corneille a collaboré avec Molière pour cette œuvre : la certitude de se trouver ainsi en présence de deux auteurs pour une pièce aussi homogène que celle-là n'a pas laissé d'embarrasser les critiques. Certains, comme Roger Duchêne, se sont bornés à constater le phénomène : « Le miracle, c'est que Corneille, en faisant du Corneille, a contribué à la perfection d'une pièce où Molière a fait du Molière. Admirable chef-d'œuvre, exemple quasi unique d'une œuvre littéraire collective parfaitement réussie ! » On ne peut cependant s'empêcher de trouver curieux que ce soit précisément dans la comédie de Molière la plus unie de ton qu'une collaboration soit expressément avouée par l'éditeur. Ce détail pourrait aller dans le sens de la thèse de Louÿs : si une collaboration entre Corneille et Molière a pu aboutir à une telle unité, c'est bien parce que le premier a mis sa main partout, même dans la partie revendiquée par le second. Autrement, il est absolument impossible d'expliquer comment deux écrivains aussi différents ont pu produire deux textes s'imbriquant de manière aussi parfaite[15]. Il faudrait alors croire que, s'il y eut bien, pour d'autres pièces, un collaborateur, la part de celui-ci aura été moins prépondérante, ou bien que Molière se sera appliqué à modifier souvent le texte remis par son ou ses collaborateurs.

## Les paradoxes du débat

On touche ici à l'un des paradoxes du débat : quand deux écritures s'entremêlent dans une pièce de Molière, il n'y a pourtant, nous assure-t-on, qu'un seul auteur. Mais la seule collaboration « avouée » entre Molière et Corneille est précisément celle d'une œuvre d'un seul et même style. En d'autres termes, la différence majeure entre *Psyché* et les grandes comédies signées Molière est que, dans *Psyché*, on avoue deux auteurs et on trouve un seul style, alors que, dans les autres pièces, on avoue un seul auteur et on trouve deux styles... Cette disparité dans une même pièce n'avait pas échappé à certains contemporains de Molière. En 1663, Donneau de Visé écrivait dans ses *Nouvelles nouvelles*, à propos de *L'École des femmes* :

> [...] cette pièce est un monstre qui a de belles parties, et que jamais l'on ne vit tant de si bonnes et de si méchantes choses ensemble. Il y en a de si naturelles qu'il semble que la nature ait elle-même travaillé à les faire. Il y a des endroits qui sont inimitables, et qui sont si bien exprimés que je manque

de termes assez forts et assez significatifs pour vous les bien faire concevoir. Il n'y a personne au monde qui les pût bien exprimer, à moins qu'il n'eût son génie, quand il serait un siècle à les tourner [...][16].

Une autre remarque. Parmi les textes de Molière, certains ont été fort peu scrutés, sinon pas du tout : ce sont ses proses non dramatiques, plus spécialement les dédicaces de certaines de ses pièces. Considérons celle de *L'École des maris* au duc d'Orléans. Plusieurs passages en sont d'une platitude singulière :

Ce n'est pas un présent que je lui [au duc] fais, c'est un devoir dont je m'acquitte ; et les hommages ne sont jamais regardés par les choses qu'ils portent.

Signée d'un nom quelconque, la seconde partie de cette phrase ferait penser au « sabre qui est le plus beau jour de ma vie » de M. Prudhomme. Elle s'accorde en tout cas assez mal avec ce que dit Georges Couton de « l'extraordinaire souplesse du style » de Molière dans cette *École des maris* qui, toujours selon le même exégète, est la marque du « très grand Molière ». On pourrait en dire bien davantage de la dédicace d'*Amphitryon*, qui est assez lamentable, ou de celle de *L'École des femmes*, et on lira plus loin comment Louÿs en avait disséqué le langage si particulier. Ne citons pour l'instant que sa note à propos de la première dédicace, à Henriette d'Angleterre :

[...] Mais lisez cela. C'est invraisemblable, c'est énorme, c'est une pataudérie, un charabia sans nom :

> [...] je ne sais par où sortir de celle-ci. Un autre auteur qui serait en ma place trouverait d'abord cent belles choses [...]. Mais, pour moi, Madame, je vous avoue mon faible. [...] je ne vois point ce que V.A.R. pourrait avoir à démêler avec la comédie que je lui présente. On n'est pas en peine comment il faut faire pour vous louer.

Et cætera. Et pour être galant il dit à Madame qu'elle a des qualités « du côté de l'âme et du côté du corps ».

Je crois vraiment que personne encore n'avait comparé cette muflerie à la dédicace suivante (celle de *La Critique*), où tout est chef-d'œuvre, et où « un autre auteur », comme dit naïvement Molière, a trouvé si facilement une phrase sur la bouche d'Anne d'Autriche[17].

Ici aussi, nous nous trouvons en présence d'une écriture qui ne concorde pas avec le reste. Il est un autre texte qui peut nous laisser encore plus perplexes. C'est l'invraisemblable préface de *L'École des femmes*, qui n'est qu'un bavardage, absolument indigne de la pièce parfaite qu'elle précède. Sous couvert de se justifier des critiques essuyées par sa pièce, Molière y lance une sorte de ballon d'essai, pour annoncer sa *Critique de L'École des femmes*. Et c'est pour révéler tranquillement au lecteur qu'il en avait jeté l'idée « dans une maison où je me trouvai un soir » et qu'un de ses amis (« une personne de qualité, dont l'esprit est assez connu dans le monde ») lui avait peu après apporté une comédie spontanément écrite par lui sur le même sujet… Molière dit l'avoir refusée, car elle était trop à sa louange, et qu'il ne put ensuite mener à bien sa *Critique*. Et il ajoute cette phrase ahurissante :

> Mais tant de gens me pressent tous les jours de le faire, que je ne sais ce qui en sera ; et cette incertitude est cause que je ne mets point dans cette préface ce qu'on verra dans la *Critique*, en cas que je me résolve à la faire paraître.

Faire une préface pour se justifier et annoncer qu'on répliquera dans une pièce qu'on n'a pas finie et dont on ne sait même si elle verra jamais le jour : on a peine à croire que la plume qui a tracé ce morceau aussi embarrassé et confus soit vraiment la même que celle qui a écrit l'admirable *École des femmes*.

Que conclure ? Le contraste est indéniable d'une pièce à l'autre, voire dans la même pièce, entre deux styles et, plus encore, deux personnalités : dans un cas, des vers parfaits exprimant une pensée élevée, dans l'autre, la farce et la bouffonnerie. Des vers d'une coulée admirable voisinant avec des phrases lourdes et rimées à la diable. Une telle disparité d'écriture ne révèle-t-elle pas deux auteurs, ou deux types d'auteurs ? Reconnaissons aussi que, s'il n'est pas permis à un auteur sans talent de composer des pages de génie, il n'est pas non plus aisé à un auteur de génie d'écrire le plus platement qui soit.

Le problème Molière s'articule finalement ainsi, et c'est un dilemme : ou bien nous sommes en présence d'un auteur qui devient brusquement génial à la quarantaine et passe d'un seul coup du médiocre absolu au chef-d'œuvre, ou bien nous sommes en présence d'un auteur dont la production fait alterner chefs-d'œuvre et médiocrités. Les Moliéristes ont répondu d'avance : Molière, comme la plupart des grands écrivains – et comme Corneille lui-même – était inégal, voilà tout. On peut leur faire observer que c'est vrai, à ceci près que Corneille inégal reste Corneille, tandis que Molière inégal ressemble au premier rimeur venu. Émile Faguet n'exagérait donc peut-être pas, quand il écrivait que, même s'il était « très inégal », Corneille avait « trouvé très souvent, pour l'expression des sentiments nobles et fiers, qu'il éprouvait et qu'il prêtait à ses héros, le langage le plus mâle, le plus énergique, le plus sobre à la fois et le plus plein qui ait été parlé en France, et les plus beaux vers qui soient partis d'une main française sont de lui[18] ».

Les mêmes Moliéristes ont aussi fait appel à un argument particulier : plusieurs pièces de Molière contiennent la citation de vers textuels de Corneille. Ainsi, dans *L'École des femmes*, le dernier vers de la cinquième scène de l'acte II, prononcé par le personnage d'Arnolphe, reprend parodiquement un vers de *Sertorius*, d'ailleurs très typique de Corneille :

C'est assez.
Je suis maître, je parle : allez, obéissez.

La pièce de Corneille ayant été jouée le 25 février 1662 et celle de Molière le 26 décembre suivant, il ne s'agit évidemment pas d'une coïncidence. Tout en y voyant une intention burlesque du comédien-auteur, les Moliéristes font de ce dernier vers de l'acte II une preuve formelle que *L'École des femmes* ne peut être de Corneille, dont la troupe du Palais-Royal avait justement joué *Sertorius* cette année-là. Molière prenait une liberté bien grande, qui attestait une certaine familiarité complice avec Corneille[19]. Soit. Cependant, la répétition de ses propres vers est, nous l'avons vu, une caractéristique de tout le théâtre de Corneille. Il existe même, sur le sujet, un ouvrage répertoriant pas moins de « trente-cinq vers repris textuellement, plus de deux cents cinquante vers et environ cinq cents hémistiches nettement imités[20] ». Le même critique ajoute que « quelques vers sont remployés jusqu'à trois et quatre fois, des groupes de deux à neuf vers sont transportés d'une pièce dans une autre[21] ». Veut-on davantage de précisions ? Seize vers de *La Galerie du Palais*, vingt-et-un vers de *Polyeucte* et soixante-treize du *Cid* seront utilisés par Corneille dans des pièces postérieures. Dans *Polyeucte*, un vers sur quatre-vingt-six procède de répétitions ou d'« imitations de soi » ; dans *Le Cid*, un vers sur soixante-seize ; dans *Tite et Bérénice*, un vers sur soixante-huit ; dans *Pertharite*, un vers sur cinquante-six ;

dans *Sophonisbe*, un vers sur cinquante-sept. Un procédé, on le voit, qui s'accentua avec le temps.

Autrement dit, l'« imitation de soi » est, chez Corneille, flagrante et continuelle. Elle va même assez loin, puisque, dans *Psyché*, il reprendra un distique d'*Œdipe*. Il est vrai que, dans la même pièce, on trouve aussi les quatrains – certes modifiés – du sonnet de Molière à La Mothe Le Vayer[22]. *Le Misanthrope* contient plus de soixante-dix vers de *Dom Garcie de Navarre*, également modifiés :

DOM GARCIE
Vous ne rougissez pas en voyant cet écrit ?

DONE ELVIRE
L'innocence à rougir n'est point accoutumée.

DOM GARCIE
Il est vrai qu'en ces lieux on la voit opprimée.
Ce billet démenti pour n'avoir point de seing… [v. 563-566]

devient dans *Le Misanthrope* :

ALCESTE
Vous ne rougissez pas en voyant cet écrit ?

CÉLIMÈNE
Et par quelle raison faut-il que j'en rougisse ?

ALCESTE
Quoi ? vous joignez ici l'audace à l'artifice ?
Le désavouerez-vous, pour n'avoir point de seing ? [v. 1328-1331]

Autre exemple, cette fois-ci en prose. Ce passage de *La Critique de l'École des femmes* (I, 6) :

*Lysidas* : Ah ! Monsieur, la cour !
*Dorante* : Achevez, Monsieur Lysidas. Je vois bien que vous voulez dire que la cour ne se connaît pas à ces choses ; et c'est le refuge ordinaire de vous autres.

revient, transposé, dans *Les Femmes savantes* :

Vous en voulez beaucoup à cette pauvre cour,
Et son malheur est grand que de voir que chaque jour
Vous autres beaux esprits vous déclamiez contre elle [v. 1131-1133]

La technique du réemploi apparaît donc aussi familière à Molière qu'à Corneille. Mais le second diffère du premier en ce qu'il n'hésite pas à réutiliser très fréquemment ses propres vers. Louÿs voyait dans ce procédé de l'auto-citation une sorte de signature cachée de Corneille. Prenons quelques exemples de ce procédé chez Corneille. Dans *L'Illusion comique*, on trouve par exemple :

> Où je vous puis servir j'ose tout entreprendre [v. 601]

qui devient dans *Le Cid* :

> On sait que mon courage ose tout entreprendre [v. 1536]

Il faudrait aussi évoquer les reprises de vers de *Pertharite* dans *Sertorius*, du *Cid* dans *Attila*, de *Polyeucte* dans *Dom Sanche*, de *Cinna* dans *Tite et Bérénice* et *Nicomède*, de *L'Imitation* dans *Nicomède*, de *Mélite* dans *La Suivante*, d'*Horace* dans *Le Menteur*... Parfois, un très grand espace de temps sépare deux reprises, comme c'est le cas pour ces vers de *La Galerie du Palais* (1633) :

> On revient tout rêveur, et notre âme blessée
> Sans prendre garde à rien, cajole sa pensée.
> Ayant rêvé le jour, la nuit à tout propos
> On sent je ne sais quoi qui trouble le repos,
> On souffre doucement l'illusion des songes,
> Notre esprit qui s'en flatte adore leurs mensonges ;
> Sans y trouver encor que des bien imparfaits,
> Qui le font aspirer aux solides effets [v. 221-228]

qu'on retrouve, quarante ans plus tard, dans *Pulchérie* (1672), sous cette forme :

> Qu'on rêve avec plaisir, quand notre âme blessée
> Autour de ce qu'elle aime est toute ramassée !
> Vous le savez, seigneur, et comme à tout propos
> Un doux je ne sais quoi trouble notre repos,
> Un sommeil inquiet sur de confus nuages
> Élève incessamment de flatteuses images,
> Et sur leur vain rapport fait naître des souhaits
> Que le réveil admire, et ne dédit jamais. [v. 521-528]

Il en va de même pour ce distique de l'acte III de l'anonyme *Comédie des Tuileries* (1638), acte dont on sait qu'il a été écrit par Corneille :

Le coup en vient du Ciel, qui verse en nos esprits
Les principes secrets de prendre, et d'être pris. [v. 107-108]

et un distique que l'on trouve, trente-trois ans plus tard, dans *Tite et Bérénice* (1671) :

De cet ordre du Ciel qui verse en nos esprits
Les principes secrets de prendre et d'être pris [v. 549-550[23]]

Il n'est pas sans intérêt de noter qu'on trouve également des auto-citations chez Molière, comme ces six vers de *Dom Garcie de Navarre* :

Moins on mérite un bien qu'on nous fait espérer,
Plus notre âme a de peine à pouvoir s'assurer ;
Un sort trop plein de gloire à nos yeux est fragile,
Et nous laisse aux soupçons une pente facile.
Pour moi, qui crois si peu mériter vos bontés,
J'ai douté du bonheur de mes témérités [v. 654-528]

qui sont devenus, réécrits et, disons-le, améliorés, dans *Tartuffe*[24] :

Moins on mérite un bien, moins on l'ose espérer.
Nos vœux sur des discours ont peine à s'assurer.
On soupçonne aisément un sort trop plein de gloire,
Et l'on veut en jouir avant que de le croire.
Pour moi, qui crois si peu mériter vos bontés,
Je doute du bonheur de mes témérités [v. 1459-1464]

Il y a mieux. Tout un passage de *Dom Garcie de Navarre* (v. 679-729) a été transposé en vers libres dans *Amphitryon* (v. 1359-1421). Et ce ne sont pas moins de dix-neuf alexandrins (v. 550-568) du même *Dom Garcie* qui sont passés, la plupart textuellement, dans la cinquième scène de l'acte II du *Misanthrope*, entre Alceste et Célimène :

D'où vient donc je vous prie un tel emportement ?
Avez-vous, dites-moi, perdu le jugement ?

Au total, on retrouve dans *Le Misanthrope* quarante-six vers de *Dom Garcie*, la pièce précisément la plus « cornélienne » de Molière… Mais si Molière pratiquait ainsi l'auto-citation, il lui arrivait également de reprendre des vers de Corneille. On a déjà vu que le vers 966 de *Tartuffe* :

> Ah ! pour être dévot, je n'en suis pas moins homme

est une reprise, pour moitié, du vers 1194 de *Sertorius* de Corneille :

> Ah, pour être Romain, je n'en suis pas moins homme

Et, dans *Dom Garcie de Navarre*, on lit :

> Jette sur moi, Seigneur, un joug impérieux [v. 1703]

qui est, à peine modifié, un vers de *Don Sanche d'Aragon* de Corneille :

> Jette sur nos désirs un jour impérieux [v. 123]

Il faut enfin mentionner que l'on trouve chez Molière des citations de Corneille. Simples souvenirs des pièces du second que le premier avait dû jouer, affirment les Moliéristes. Cependant, à moins de faire largesse à Molière d'une mémoire littéraire phénoménale, on voit mal comment il aurait pu se souvenir d'une pièce comme *Mélite*, totalement oubliée depuis sa création en 1629 (ou 1630). Car ces deux vers de Mélite :

> Et l'Hymen qui succède à ces folles amours
> Pour quelques bonnes nuits, a de bien mauvais jours [v. 119-120]

sont passés dans *L'Étourdi* où ils sont devenus :

> Mais ces félicités ne sont guère durables,
> Et notre passion alentissant son cours,
> Après ces bonnes nuits donnent de mauvais jours. [v. 1480-1482]

De même, dans *Dom Garcie de Navarre*, ce vers :

> Fait sur ses propres vœux un illustre attentat [v. 791]

n'est qu'une reprise, légèrement modifiée, du vers de *Don Sanche d'Aragon* :

> Et fais dessus moi-même un illustre attentat [v. 95]

Le parallélisme de ces divers procédés chez chacun des auteurs, mais aussi entre eux deux, peut-il être regardé comme un fruit du hasard ? Nous allons justement voir qu'il est d'autres procédés, au moins aussi significatifs.

## Procédés d'écriture

La variété de style et d'écriture de Corneille est des plus remarquables. Maître de la tragédie comme de la comédie, il a su alterner tous les tons, et cette variété ne s'est pas limitée à son théâtre : il faudrait évoquer également ses poèmes d'amour et surtout sa traduction en vers de *L'Imitation de Jésus-Christ*, chef-d'œuvre inexplicablement méconnu, voire inconnu, dans lequel Corneille a mis beaucoup de lui-même. Parvenus à ce point de notre exposé, sollicitons du lecteur la permission d'entrer un peu dans le détail. Les citations de vers isolés qui vont suivre, pour sembler un peu monotones, n'en sont pas moins nécessaires pour bien convaincre qu'une des forces du vers de Corneille est qu'il repose sur une armature de consonnes, ce qui provoque toute une série d'allitérations particulièrement fortes et suggestives. L'auteur du *Cid* y était passé maître :

> Et déjà le **s**oleil de **s**es rayons e**ss**uie
> **S**ur **c**es moi**t**es **r**ameaux le **r**e**st**e de la pluie [*Clitandre*]
>
> Ce**tt**e obs**c**ure **c**lar**t**é qui **t**ombe des é**t**oiles [*Le Cid*]
>
> **T**u **t**e **t**rompes, **J**ason, **j**e suis encor **m**oi-**m**ême [*Médée*]
>
> Je suis **m**aître de **m**oi co**mm**e de l'univers [*Cinna*]
>
> Ro**m**e à qui vient **t**on bras d'i**mm**oler **m**on a**m**ant,
> Ro**m**e qui **t**'a vu naî**t**re et que **t**on cœur adore,
> Ro**m**e enfin que je hais parce qu'elle **t**'honore [*Horace*]
>
> **D**onne-moi **d**onc, **b**ar**b**are, un **c**œur **c**omme le tien [*Horace*]
>
> Le **s**ucre em**p**oisonné que **s**èment vos **p**aroles [*Polyeucte*]
>
> **Tr**iompher en **tr**ois fois des **tr**ois parts de la **t**erre [*La Mort de Pompée*]
>
> Je m'y suis fait **q**uatre ans **c**raindre **c**omme un tonnerre [*Le Menteur*]

> Le feu qui **s**emble éteint **s**ouvent dort **s**ous la **c**endre [*Rodogune*]
>
> Et **t**iens en l'a**tt**endant **t**on âme en**t**re **t**es mains
> Comme **p**rê**t**e à **p**asser à la fê**t**e é**t**ernelle [*Imitation*]
>
> Je conser**v**e des jours qu'elle **v**eut **v**ous ra**v**ir [*Sertorius*]
>
> Je **tr**em**bl**ais qu'à **l**eurs yeux e**ll**e ne fût **tr**op **b**e**ll**e [*Pulchérie*]
>
> Le **ch**arme de mes yeux, et le **ch**oix de mon coeur [*Psyché*]
>
> Que vois-je ? les **ch**evaux que leur sang e**ff**arouche
> **B**ouleversent leur **ch**arge, et n'ont ni **f**rein ni **b**ouche
> [*La Campagne de Hollande*]

Dès ses débuts, Corneille avait atteint la maîtrise d'écriture dans ce genre, comme le montre ce distique de *Clitandre* où il accumule huit T en deux vers :

> La per**t**e m'es**t** égale, et la même **t**empê**t**e
> Qui l'aurai**t** accablé **t**omberait sur ma **t**ê**t**e. [v. 1289-1290]

Et, dans *Horace*, on trouve le R répété pas moins de dix-huit fois en quatre vers :

> Pleu**r**ez l'aut**r**e. Pleu**r**ez l'i**rr**épa**r**able aff**r**ont
> Que sa fuite honteuse imp**r**ime à not**r**e f**r**ont,
> Pleu**r**ez le déshonneu**r** de toute not**r**e **r**ace,
> Et l'opp**r**ob**r**e éte**r**nel qu'il laisse au nom d'Ho**r**ace [v. 1017-1020]

Comme seul commentaire, nous citerons celui que fait Louÿs de ce vers de *Dom Sanche d'Aragon* :

> Ce **t**orrent **gr**ossissait, rencon**tr**ant ce**tt**e di**g**ue [v. 414]

> Celui que je viens de citer est construit sur [deux] rimes intérieures et [quatre] assonances nasales. Une césure extraordinaire brise le rythme au niveau d'une muette qui absorbe le onzième pied et ce torrent orchestral disparaît avec toutes ces forces, au pizzicato d'une « digue » ! – Le vers est de Corneille[25].

Qu'on ne croie pas que de telles remarques soient purement « impressionnistes » et subjectives. Outre Louÿs, un autre poète – et combien considérable – avait été frappé par le phénomène. Laissons Louÿs conter l'événement :

> Un mardi soir d'il y a trente ans, je vois Stéphane Mallarmé debout et presque grand dès qu'il parlait, lever la main droite en haussant le sourcil pour nous dire tout bas :
>
> Et refuser l'oreille à la voix des Sirènes.
>
> Chef-d'œuvre en écriture.
>
> Je vois Mallarmé dire à voix basse et lente cet alexandrin qui semble tout d'abord muser, perdre ses mots, se reprendre, pour tout ordonner en trois verbes que le second hémistiche enferme :
>
> Sois fort. Sois courageux. *Endure. Espère. Attends.*
>
> Je le vois insister sur les L de ceci :
>
> Ce qui semble impossible à la morne langueur
> Où l'ensevelit la Nature.
>
> – sur la pitié de ces deux dernières syllabes :
>
> Viens à moi, mon enfant, lorsque tu n'es *pas bien.*
>
> – et sur la métamorphose que peut subir l'indéfini jusqu'à emplir l'infini au-delà du vers :
>
> Toi seul suffis à tout ; toi seul, en toi, contiens
> L'immense Plénitude.
>
> Ni ces vers ne sont de Hugo, ni les précédents, de Verlaine, de Vigny, de Baudelaire ni de Chénier. À aucun mardi de Mallarmé je ne les ai entendu citer. Ils sont d'un poète qu'on ne lisait pas et qui avait trouvé depuis deux cent cinquante ans l'art nouveau de notre jeunesse[26].

Chez Molière, le procédé apparaît de même des plus fréquents dans certaines pièces. *L'Étourdi* :

Les **s**ecrets **s**en**t**iments **q**u'en **s**on **c**œur on fait naî**t**re [v. 160]

Et vous, **fi**lous **fi**e**ff**és (ou je **m**e tro**m**pe **f**ort),

**M**ettez pour **m**e jouer vos **fl**ûtes **m**ieux d'accord. [v. 185-186]

Mettons flam**b**erge au **v**ent et **b**ra**v**oure en campagne [v. 1084]

Oh ! les **p**laisants **r**obins qui **p**ensent me su**r**p**r**endre ! [v. 1219]

Dans *Le Misanthrope*, toute une tirade d'Alceste, au langage tragique :

C'est une **t**rahison, c'es**t** une perfidie,
Qui ne saurait **t**rouver de **t**rop grands châ**t**iments,
Et je puis **t**out perme**tt**re à mes ressen**t**iments.
Oui, oui, re**d**ou**t**ez **t**ou**t** après un **t**el ou**t**rage ;
Je ne suis plus à moi, je suis **t**ou**t** à la rage :
Per**c**é du coup **m**ortel dont vous **m**'a**ss**a**ss**inez... [v. 1306-1311]

*Amphitryon* :

L'**a**ttente **d**'un retour **ar**emment **d**ésiré [v. 864]

Et **q**ue **d**u **d**oux **acc**ueil **d**u**q**uel je m'**acq**uittai [v. 907]

C'est donc un pe**rr**o**q**uet **q**ue le beau temps **r**éveille [v. 1800]

Et sous **t**es **pr**o**pr**es yeux vois Ju**p**ite**r** **p**a**r**aî**tr**e [v. 1891]

*L'École des femmes* :

On trouve **d**'humeur **d**ouce et la **b**rune et la **b**lon**d**e [v. 295]

Ce jeune **as**tre d'**a**mour de **t**ant d'**att**raits pourvu [v. 326]

Et ne **p**uis, sans **p**leurer, voir un **p**oulet mourir [v. 542]

Jamais ses yeux aux miens n'ont **p**aru si **p**erçants,
Jamais je n'eus **p**our eux **d**es **d**ésirs si **p**ressants [v. 1022-1023]

Le monde, **ch**ère A**g**nès, est une étran**g**e **ch**ose [v. 467]

Pou**ss**ant de **t**emps en **t**emps des **s**ou**p**irs **p**i**t**oyables [v. 1156]

Mais un **c**ul de **c**ou**ven**t me **ven**gera de tout [v. 1611]

*Tartuffe* :

> **Q**uoi ? je souffrirai, moi, **qu**'un **c**agot de **c**ritique [v. 45]
>
> **T**e **t**airas-**t**u, serpent, dont les **t**raits effron**t**és… ? [v. 551]
>
> Mon **s**ein n'enferme **p**as un **c**œur **q**ui **s**oit de **p**ierre [v. 930]
>
> Au **p**lus beau des **p**ortraits où lui-même il s'est **p**eint [v. 944]
>
> De l'amour **s**ans **sc**an**d**ale et **d**u **p**laisir **s**ans **p**eur [v. 1000]

*Dom Juan* :

> le **p**ardon de **l**'aveu**gl**ement où m'ont **pl**on**g**ée… [IV, 6]
>
> À **r**enfe**r**mer mon **cœur** ent**r**e **q**uat**r**e mu**r**ailles… [III, 5]

*Les Femmes savantes* :

> Ce**tt**e in**tr**é**p**idi**t**é de bonne o**p**inion [v. 252-254]
>
> Ce**tt**e **lon**gue **lunett**e à faire peur aux gens [v. 566]
>
> **V**ous **l**aisserez sans honte immo**l**er **v**otre **fill**e
> Aux **foll**es **v**isions qui tiennent la **f**ami**ll**e [v. 687-688]

Un autre « tic » d'écriture de Corneille est l'utilisation fréquente du verbe au septième pied du vers. Procédé qu'il adopta très tôt, puisqu'on le trouve fréquemment dans *Le Cid* :

> Et pour leurs coups d'essai **veulent** des coups de maître… [v. 412]
>
> Les Mores et la mer **entrèrent** dans le port… [v. 1286]
>
> Qui m'ose ôter l'honneur **craint** de m'ôter la vie… [v. 440]
>
> Retire-toi d'ici.
> – **Marchons** sans discourir… [v. 440-441]

Dans *Horace* :

> Mon insensible Amant **ordonne** que je meure [v. 572]

> Qu'un véritable amour **brave** la main des Parques [v. 1196]
>
> Qui comme une Furie **attachée** à tes pas
> Te veut incessamment **reprocher** son trépas [v. 1285-1286]
>
> Et que jusques au Ciel **élevant** tes exploits [v. 1289]
>
> Qu'elle-même sur soi **renverse** ses murailles
> Et de ses propres mains **déchire** ses entrailles [v. 1311-1312]

Dans *Polyeucte* :

> Celui d'être Chrétien **s'échappe**, et par hasard [v. 1569]
>
> C'est l'exemple qu'à suivre **offrent** vos Immortels [v. 1669]
>
> Adieu, mais quand l'orage **éclatera** sur vous [v. 1761]

Dans *La Mort de Pompée* :

> Oui, Pompée avec lui **porte** le sort du Monde [v. 29]
>
> Après un peu d'éclat, **traîne** un long châtiment [v. 76]
>
> Toute prête de choir, **cherche** avec qui tomber [v. 88]
>
> Et le tronc sous les flots **roule** dorénavant [v. 535]
>
> L'un et l'autre consul **suivre** ses étendards [v. 580]
>
> De quel orgueil nouveau **m'enfle** la Thessalie [v. 1066]

Dans *Rodogune* :

> Amour ! qui doit ici **vaincre** de vous, ou d'elle ? [v. 148]
>
> Cet effort de vertu **couronne** sa mémoire [v. 152]
>
> La Couronne entre nous **flotte** encore incertaine [v. 159]
>
> Plus la haute naissance **approche** des Couronnes,
> Plus cette grandeur même **asservit** nos personnes. [v. 867-868]
>
> On sait que mon courage **ose** tout entreprendre... [v. 1536]

Dans d'autres tragédies :

> Où Rome par ses mains **déchirait** ses entrailles… [*Cinna,* v. 178]
>
> La gloire de ce choix **m'enfle** d'un juste orgueil [*Horace,* v. 378]
>
> Et si le sang des dieux **cède** à celui des rois [*Andromède*, v. 933]
>
> Fleuve, de qui les eaux **baignent** ces tristes sables [*Psyché,* v. 1580]
>
> De sa course rapide **entasser** les conquêtes… [*Attila*, v. 574]
>
> Vous saurez par mes mains **conduire** le tonnerre… [*Attila*, v. 834]
>
> Reine, le sang des dieux **vaut** bien celui des rois [*Andromède,* v. 250]

Or, ce procédé, on le retrouve dans plusieurs pièces signées Molière. En plus d'un endroit dans *L'Étourdi* :

> Et dès ce même pas **rompre** mon entreprise [v. 400]
>
> Je vous le garantis **trépassé** comme il faut [v. 515]
>
> Pourrais-tu de mon sort **deviner** l'injustice ? [v. 667]
>
> Il ne me fallait pas **payer** en coups de gaules [v. 735]
>
> Par le don de ma foi **rompre** sa destinée [v. 955]
>
> Et le poil et l'habit **déguisaient** grandement [v. 1362]
>
> Les coups sur votre râble **assenés** avec joie [v. 1624]
>
> Faire pour quelques jours **emprisonner** ce drôle [v. 1668]
>
> Lorsqu'on me vit pour vous **oublier** toute chose [v. 1715]
>
> Et dessus son lutin **obtenir** la victoire [v. 1863]

Dans *Amphitryon* :

> Et sous tes propres traits **vois** Jupiter paraître [v. 1891]

Et encore plus souvent dans *L'École des femmes* :

De savoir prier Dieu, **m'aimer**, coudre et filer [v. 102]

Que je me suis chez elle **ouvert** un doux accès [v. 314]

Où l'examinateur **souffre** seul tout le mal ! [v. 566]

Et vous devez du cœur **dévorer** ces leçons [v. 730]

Que la femme qu'on a **pèche** de ce côté [v. 815]

De vos premiers progrès **j'admire** la vitesse [v. 856]

Oui, ce dernier miracle **éclate** dans Agnès [v. 910]

De leurs femmes ainsi **recevaient** le galant [v. 1350]

Petit serpent que j'ai **réchauffé** dans mon sein [v. 1503]

Qui de son action **m'efface** la noirceur [v. 1571]

Adieu. L'événement **trompe** un peu vos souhaits [v. 1722]

Dans *Le Misanthrope*, le procédé est assez constant dans les tirades d'Alceste :

Allez, vous devriez **mourir** de pure honte [v. 13]

À peine pouvez-vous **dire** comme il se nomme ;
Votre chaleur pour lui **tombe** en vous séparant [v. 22-23]

Je m'irais de regret **pendre** tout à l'instant [v. 28]

De tant de soupirants **chasserait** la cohue [v. 474]

Et de nos francs marquis **essuyer** la cervelle [v. 1098]

La voici. Mon courroux **redouble** à cette approche [v. 1273]

Trop de perversité **règne** au siècle où nous sommes [v. 1485]

Il fait par un arrêt **couronner** son forfait [v. 1499]

Oui, je veux bien, perfide, **oublier** vos forfaits ;
J'en saurai, dans mon âme, **excuser** tous les traits [v. 1757-1758]

L'un pour l'autre à jamais **garder** ces sentiments [v. 1802]

Il en va de même dans *Tartuffe* :

Tant qu'elle a pu des cœurs **attirer** les hommages [v. 125]

Et pour prendre quelqu'un **couvrent** insolemment [v. 375]

De le voir par mon choix **devenir** votre époux [v. 444]

Qui d'une sainte vie **embrasse** l'innocence [v. 497]

Et dans l'occasion **mollit** comme vous faites [v. 622]

Que la foudre sur l'heure **achève** mes destins [v. 823]

Ses attraits réfléchis **brillent** dans vos pareilles [v. 937]

Mais les gens comme nous **brûlent** d'un feu discret [v. 995]

Et comme un criminel **chassez-moi** de chez vous [v. 1084]

Au bon monsieur Tartuffe **appartient** sans conteste [v. 1754]

Le septième pied était tellement important pour Corneille qu'il lui arrive souvent d'y placer le mot, pour lui capital, de « Je » :

Ils demandent le Chef, **je** me nomme, ils se rendent.
[*Le Cid*, v. 1336]

Tu t'abuses, Jason, **je** suis encor moi-même [*Médée*, v. 237]

Adore-les, ou meurs ! – **Je** suis chrétien – Impie.
[*Polyeucte*, v. 1675]

Mécanisme d'écriture que l'on retrouve dans *L'École des femmes* :

Ainsi que je voudrais **je** tournerai cette âme [v. 809]

De l'objet qu'on poursuit **je** suis encor nanti [v. 1207]

Quand je ne vous vois point, **je** ne suis point joyeuse [v. 1465]

> Mais les soins que j'ai pris, **je** les ai perdus tous [v. 1538]
>
> Sans cesse, jour et nuit, **je** te caresserai [v. 1594]
>
> Aussitôt qu'à mes yeux **je** vous ai vu paraître [v. 1652]

Dans *Tartuffe* :

> Ah ! pour être dévot **je** n'en suis pas moins homme [v. 966]
>
> Pour moi de tels propos **je** me ris simplement [v. 1327]
>
> La maison m'appartient, **je** le ferai connaître [v. 1558]

Dans *Le Misanthrope* :

> On sait qu'auprès du Roi **je** fais quelque figure [v. 290]
>
> De vos façons d'agir **je** suis mal satisfait [v. 448]
>
> Par la sangbleu ! Messieurs, **je** ne croyais pas être [v. 773]
>
> Si par un autre choix **je** cherche à me venger [v. 1722]
>
> De vous, depuis longtemps, **je** fais un cas extrême [v. 1786]

Autre procédé d'écriture, qui permettait à Louÿs de rapprocher un vers de la traduction par Corneille de *L'Imitation de Jésus-Christ* d'un vers du *Misanthrope* :

> L'aisance de Corneille à édifier en un vers une abstraction de trois abstractions – qui ne s'écrasent pas ni ne se confondent ; mais qui prennent de la grandeur l'une pour l'autre et gardent assez de place pour un verbe tranquille. Connaît-on ces vers-là ? et qui les a imités ? Où Alceste dit-il que « le plus sûr »...
>
> C'est d'affermir nos pas sur le mépris du monde [*Imitation*, v. 44]
>
> Et où répète-t-il la même construction :
>
> Sur la foi de mon droit mon âme se repose. [*Le Misanthrope*, v. 1490]

> Le premier est signé Corneille ; le second, Molière, mais ça n'a aucune importance. À un tel degré de maîtrise, une signature est éclatante[27].

Les analogies d'écriture vont parfois plus loin encore. Si nous prenons une pièce de Molière comme *Les Fâcheux*, nous pouvons, comme Louÿs, être frappés par des ressemblances de vocabulaire et de style. Lisons les tout premiers vers :

> Sous quel astre, bon Dieu, faut-il que je sois né,
> Pour être de Fâcheux toujours assassiné !

Louÿs discernait là le lexique même de Corneille, et notait : « Dès le troisième mot et dès la première rime, le personnage en scène parle de son "astre" et se dit "assassiné". » Par ailleurs, tel vers :

> Sous ces arbres, de loin, mes yeux t'ont reconnu [v. 177]

ne rappelle-t-il pas ce vers de *La Comédie des Tuileries* :

> À travers ces rameaux j'aperçois ce que j'aime [v. 290]

et plus encore ce vers de *La Toison d'or* :

> À travers ces rameaux je vois venir mon traître [v. 1987]

Tel autre passage semblerait tiré de *L'Illusion comique* :

> Je ne veux point ici faire le capitan ;
> Mais on m'a vu soldat avant que courtisan ;
> J'ai servi quatorze ans, et je crois être en passe
> De pouvoir d'un tel pas me tirer avec grâce,
> Et de ne craindre point qu'à quelque lâcheté
> Le refus de mon bras me puisse être imputé. [v. 263-278]

Or l'Avertissement des *Fâcheux* nous assure que cette comédie a été « conçue, faite, apprise et représentée en quinze jours » : on en conclut donc logiquement qu'il n'a fallu à l'auteur que huit jours pour en écrire les 826 alexandrins. Peut-être est-ce le moment de rappeler encore que, comme l'atteste l'Avis du libraire cité plus haut, Corneille ne mit qu'« une quinzaine » pour composer les 1332 vers qui lui revenaient dans *Psyché*.

## Un inconnu : Corneille

Le débat sur l'énigme Corneille-Molière ne doit cependant pas se cantonner à l'examen des pièces de Molière à la recherche d'analogies avec celles de Corneille. Il faut s'attacher à l'œuvre de celui-ci, en pensant à celle de Molière. On s'aperçoit alors que cette œuvre est parfois singulière, et que son auteur est un personnage infiniment plus complexe que celui que nous a légué la légende.

L'auteur de *Cinna* est également celui de huit comédies, et c'est par des comédies qu'il a commencé sa carrière d'auteur de théâtre. On sait aussi qu'après *La Suite du Menteur* (1645), il n'a plus donné dans ce registre. Faut-il voir là, de sa part, un renoncement définitif à ce genre ? Il n'est pas sûr qu'il s'y soit résigné absolument, car, dans l'Épître liminaire du *Menteur* (1644), il avoue sa prédilection pour la comédie : « [...] étant obligé au genre comique de ma première réputation, je ne pouvais l'abandonner tout à fait sans quelque espèce d'ingratitude. » Or cette Épître est supprimée, et de manière définitive, dans l'édition du *Théâtre de Corneille revu et corrigé par l'auteur*, publiée en 1660. Cette dernière date est précisément celle où paraît la première pièce imprimée de Molière : *Les Précieuses ridicules*.

Nous avons également vu qu'en 1668, dans la préface de sa tragédie *Attila*, Corneille se livre brusquement, hors de tout propos et avec une étrange vivacité, à une défense de la comédie contre des attaques qu'elle avait récemment subies. Il montrait là que la comédie lui tenait toujours à cœur et qu'il n'avait rien renié de ses premières amours. Or 1668 est la date d'*Amphitryon*.

Corneille s'est plu à souligner lui-même la diversité de sa production, et cela dès le début de sa carrière d'auteur, en 1632, dans la préface de *Clitandre* : « Pour peu de souvenir qu'on ait de *Mélite*, il sera fort aisé de juger, après la lecture de ce Poème, que peut-être jamais deux Pièces ne partirent d'une même main plus différentes et d'invention et de style ». Douze ans plus tard, l'Épître liminaire du *Menteur* (1644) commence par cette phrase non moins nette : « Je vous présente une pièce de théâtre d'un style si éloigné de ma dernière, qu'on aura de la peine à croire qu'elles soient parties toutes deux de la même main, dans le même hiver ». La « dernière » pièce, c'était *La Mort de Pompée*, et Corneille se vantait ainsi d'être capable de composer simultanément une tragédie et une comédie. Reste à savoir s'il n'a pas de nouveau tenu cette gageure par la suite, de 1658 à 1673.

À première vue, la dramaturgie et la psychologie de Corneille n'ont rien de commun avec celles de Molière. Nous venons cependant de voir qu'on se fourvoierait à ne considérer Corneille que comme un auteur tragique. Mieux, certaines de ses comédies de jeunesse ont des points communs avec les grandes comédies de Molière, en ce sens qu'elles reposent sur un même fond, qui, à bien y regarder, n'est pas essentiellement comique. Tel est le cas, par exemple, de *La Suivante* (1634), pièce réaliste, dont le dénouement – à l'inverse, il est vrai, de ceux de Molière – est assez pathétique et amer. Ici, nous ne sommes pas si loin du *Misanthrope*, et ce n'est pas au hasard que nous citons ce dernier titre. Certains vers de Corneille présentent une curieuse analogie avec cette pièce, comme cette poésie extraite d'une lettre à Pellisson (1658) et destinée à être communiquée à Fouquet :

En matière d'amour je suis fort inégal,
J'en écris assez bien, et le fais assez mal,
J'ai la plume féconde et la bouche stérile,
Bon galant au théâtre et fort mauvais en ville,
Et l'on peut rarement m'écouter sans ennui
Que quand je me produis par la bouche d'autrui.

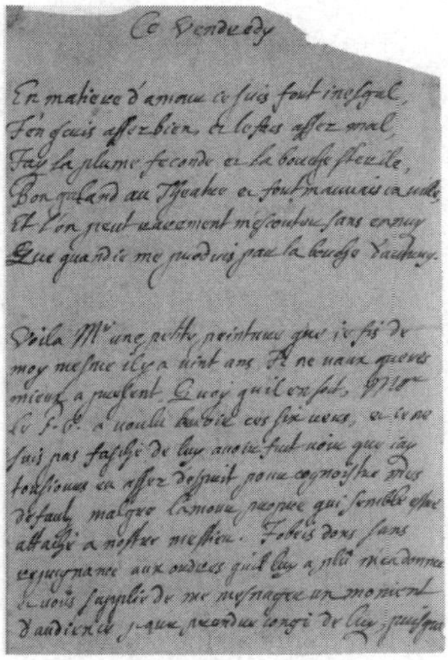

Lettre de Pierre Corneille à Paul Pellisson, 1658.

Ne croirait-on pas entendre la voix même d'Alceste ? Et Louÿs rapprochait, pour l'identité d'écriture, ces vers de *Polyeucte* :

Encore un peu plus outre, et ton heure est venue,
Rien ne t'en saurait garantir,
Et la foudre qui va partir,
Toute prête à crever la nue,
Ne peut plus être retenue
Par l'attente du repentir. [v. 1129-1134]

de cette phrase de la scène 6 du dernier acte de *Dom Juan* : « [...] les grâces du ciel que l'on renvoie ouvrent un chemin à sa foudre. »

La personnalité même de Corneille était avant tout celle d'un révolté et d'un satirique-né : vérité difficile à faire admettre à ceux qui n'ont gardé du lycée ou des manuels d'histoire littéraire que l'image stéréotypée et fausse d'un Corneille entièrement voué à l'exaltation du devoir, de l'honneur et de la patrie. C'est oublier que, comme le remarquait Louÿs, les pages les plus fortes de Corneille sont des pages de haine, comme les célèbres imprécations de Camille dans *Horace*, mais aussi, dans *Polyeucte*, celles de Stratonice contre les chrétiens :

> Ce n'est plus cet époux si charmant à vos yeux,
> C'est l'ennemi commun de l'État et des Dieux,
> Un méchant, un infâme, un rebelle, un perfide,
> Un traître, un scélérat, un lâche, un parricide,
> Une peste exécrable à tous les gens de bien,
> Un sacrilège impie, en un mot un Chrétien. [v. 779-784]

et la malédiction de Cléopâtre contre Antiochus dans *Rodogune* :

> Règne, de crime en crime enfin te voilà Roi :
> Je t'ai défait d'un père, et d'un frère, et de moi.
> Puisse le Ciel tous deux vous prendre pour victimes ;
> Et laisser choir sur vous les peines de mes crimes,
> Puissiez-vous ne trouver dedans votre union
> Qu'horreur, que jalousie, et que confusion,
> Et pour vous souhaiter tous les malheurs ensemble,
> Puisse naître de vous un fils qui me ressemble. [v. 1817-1824]

Cette passion est même si forte qu'elle dictait déjà les derniers vers, si véhéments, de *La Suivante* :

> Puisse le Ciel aux soins qui te vont ronger l'âme
> Dénier le repos du tombeau qui t'attend !
> Puisse enfin ta faiblesse et ton humeur jalouse
> Te frustrer désormais de tout contentement,
> Te remplir de soupçons, et cette jeune épouse
> Joindre à mille mépris le secours d'un amant !

Un autre point, non moins important, est qu'il y a chez Corneille un satirique inattendu. Inattendu, vraiment ? Ce serait oublier qu'il a pu assister, durant sa jeunesse, à une véritable floraison de poésie libre et débridée. Ses dix-sept ans ne coïncidèrent-ils pas avec la publication du *Parnasse satyrique* de 1623 ? Seconde ville du royaume, Rouen en était alors également la seconde capitale intellectuelle, et les satyriques[28] y trouvaient autant d'échos que d'imitateurs. Leur esprit rebelle a dû fortement marquer Corneille, qui, dans son théâtre, fera défier toutes les puissances. Certains vers parlent net, comme dans *Attila* :

> En marcherez-vous moins sur la tête des Rois ? [v. 964]

Dès le troisième vers d'*Œdipe*, on tombe sur cette déclaration :

> La gloire d'obéir n'a rien qui me soit doux

qui se trouve renforcée, quelques vers plus loin, par cette phrase encore plus catégorique :

> Le Roi, tout Roi qu'il est, Seigneur, n'est pas mon maître. [v. 105]

Cette insoumission fondamentale de Corneille éclate plus particulièrement dans la querelle du *Cid*. Ayant senti et compris l'hostilité de Richelieu, Corneille ne put se résigner à voir sa pièce jugée par l'Académie. Dans son poème *Excuse à Ariste*, il avait mis les choses au point :

> Je ne dois qu'à moi seul toute ma Renommée,
> Et pense toutefois n'avoir point de rival
> À qui je fasse tort en le traitant d'égal.

Or, avant l'Académie, Georges de Scudéry avait publié de très critiques et parfois même injurieuses *Observations sur Le Cid*. La réaction de Corneille avait été aussi rapide que foudroyante : une *Lettre apologétique du sieur Corneille contenant sa réponse aux Observations faites par le sieur Scudéry sur Le Cid*. La réplique était d'abord indignée : « Quand vous avez traité la pauvre Chimène d'impudique, de prostituée, de parricide, de monstre, ne vous êtes-vous pas souvenu que la Reine, les Princesses et les plus vertueuses Dames de la Cour et de Paris l'ont reçue et caressée en fille d'honneur ? [...] et pour réparer des offenses si sensibles, vous croyez faire assez [...] de me mander impérieusement, que malgré nos gaillardises passées je sois encore votre ami, afin que vous soyez encore le mien, comme si votre amitié devait encore m'être fort précieuse après cette incartade [...]. » Phrase qui rappelle l'exclamation d'Alceste, au vers 8 du *Misanthrope* :

> Moi, votre ami ? Rayez cela de vos papiers.

Puis l'attaque se fait plus directe, plus violente, et une phrase suffit à Corneille pour abattre son adversaire et l'étendre à ses pieds : « Si un volume d'*Observations* ne vous suffit, faites-en encore cinquante : tant que vous ne m'attaquerez pas avec des raisons plus solides, vous ne me mettrez point en nécessité de me défendre, et de ma part je verrai, avec mes amis, si ce que votre Libelle vous a laissé de réputation vaut que j'achève de la ruiner. »

### De l'inconnu à l'inattendu

Cette conscience qu'avait Corneille de sa propre valeur – et qui lui faisait à bon droit écrire à Boisrobert : « *Le Cid* sera toujours beau[29]... » – explique que, dans son théâtre, il se soit permis de singulières audaces, qui témoignent d'une grande gaieté de caractère. On a souvent évoqué, en plaisantant, le vers 42 de *Polyeucte*, qui cacherait phonétiquement une obscénité involontaire :

> Et le désir s'accroît quand l'effet se recule[30].

Et combien de générations de potaches se sont-elles esclaffées en lisant ces vers de *La Mort de Pompée* :

> Quoi ! d'un frivole espoir déjà préoccupée
> Vous me parlez de Rome en parlant de Pompée ? [v. 277-278]

Pour croire qu'un tel vers puisse être le fruit du hasard ou d'une bévue de l'auteur, à une époque où le théâtre était fait, non pour être lu, mais pour être déclamé à voix haute, pour croire cela, disons-nous, il faut une bonne dose de crédulité, et surtout une grande ignorance de l'histoire littéraire. Il en va de même pour ces deux vers à calembours, l'un de *La Mort de Pompée*, l'autre d'*Horace* :

> Car c'est ne régner pas d'être deux à régner[31] !

> Je suis Romaine, hélas ! puisque mon époux l'est[32].

Les critiques ont également pointé un distique assez curieux de sa dernière tragédie, *Suréna* :

> Pour vous tenir, seigneur, un langage si doux,
> Il faudrait qu'en amour j'en susse autant que vous[33]. [v. 483-484]

Corneille était tout, sauf puritain. On peut, à cet égard, rappeler la scène finale de sa comédie *La Suivante*, et ce curieux passage d'une lettre qu'il écrivit à son ami l'avocat Jacques Goujon le 1er juillet 1641, peu après son mariage : « Je pense vous avoir mandé que je me sens des bénédictions du mariage, et tire maintenant à coup perdu aussi bien que vous. » Il semble exclu que les vers que nous venons de pointer soient le fait du simple hasard : Corneille, qui se relisait de près, les a écrits volontairement, afin qu'ils constituent une sorte de gageure pour les acteurs qui devaient les déclamer à haute voix.

La lecture de l'œuvre dramatique de Corneille dans la perspective du contexte historique, politique et religieux de son époque, révèle en outre un auteur en rébellion contre le pouvoir, exprimant son ironie et ses imprécations dans les tirades qu'il fait énoncer par les personnages de ses pièces, sous le voile de l'Histoire. Un auteur subversif et séditieux, qui s'est même permis de glisser une insulte dans la troisième scène de l'acte II d'*Horace*, dont sept vers forment ce bien singulier acrostiche, étalé en fait sur onze vers :

HORACE
**S**'attacher au combat contre un autre soi-même,
**A**ttaquer un parti qui prend pour défenseur
**L**e frère d'une femme et l'Amant d'une sœur,
**E**t, rompant tous ces nœuds s'armer pour la Patrie
**C**ontre un sang qu'on voudrait racheter de sa vie,
**U**ne telle vertu n'appartiendrait qu'à nous,
**L**'éclat de son grand nom lui fait peu de jaloux,
**E**t peu d'hommes au cœur l'ont assez imprimée,
**P**our oser aspirer à tant de Renommée.

CURIACE
**I**l est vrai que nos noms ne sauraient plus périr,
**L**'occasion est belle, il nous la faut chérir [v. 444-454]

On a généralement lu ici : SALE CUL[34]. Mais il faut aller plus loin et continuer la lecture. On obtient alors : SALE CUL EPIL[35], et point n'est besoin d'un gros effort intellectuel pour compléter le puzzle en SALE CUL ÉPILÉ. Corneille, objectera-t-on, n'a pas donné la dernière lettre ? Précisément : l'acrostiche est à dessein incomplet, juste assez pour qu'on en devine la lettre finale, et juste assez pour qu'on ne croie pas à un hasard. Puisque nous parlons de hasard, signalons qu'une savante étude a été consacrée à la configuration SALE CUL dans la revue de mathématiques *Quadrature*. La question posée était : quelle est la probabilité, avec l'initiale des 1782 vers de la pièce, que cet acrostiche fût le fruit du pur hasard ? Réponse : « La probabilité en question est de l'ordre de 4,67 x $10^{-6}$ soit approximativement une chance sur 200 000[36]. » Comme l'écrit le lecteur qui posa la question : « [...] l'intervention du hasard est si improbable qu'il faut imaginer, à sa place, une intention inconsciente ou volontaire de Corneille et alors bien des choses qu'on pense ordinairement de ce grand poète devraient être reconsidérées. » C'est le moins que l'on puisse dire, en effet, car un poète qui ose cela peut tout oser. Il y a chez Corneille une veine égrillarde et gauloise qui ne fait pas mauvais ménage avec la dévotion. Ajoutons un détail, qui montrera toute l'étendue de son ironie subversive. *Horace* fut créée par la troupe du Théâtre du Marais en mars 1640, en présence de Richelieu, auquel l'œuvre est dédiée, et le texte de la pièce parut en janvier 1641. Est-il indispensable de rappeler que les biographes de ce dernier mentionnent les terribles hémorroïdes[37] « qui lui rendaient le travail de cabinet extrêmement pénible » et pour la guérison desquels on emmena auprès de lui « Jeanne des Anges [...]. Mais la médication ne réussit pas ». L'existence de cette pathologie hémorroïdaire éclaire étrangement ce SALE CUL ÉPIL[É] et, non moins étrangement, la personnalité de Corneille, surtout quand on la rapproche de l'épître dédicatoire de la pièce qui contient cet acrostiche et dans laquelle l'auteur se prosterne devant le Grand Cardinal avec une flagornerie invraisemblable jusqu'à l'ironie :

> [...] nous ne rendons pas un petit service à l'État, puisque contribuant à vos divertissements, nous contribuons à l'entretien d'une santé qui lui est si précieuse et si nécessaire. Vous nous en avez facilité les connaissances, puisque nous n'avons plus besoin d'autre étude pour les acquérir que d'attacher nos yeux sur votre Éminence, quand elle honore de sa présence et de son attention le récit de nos poèmes. C'est là que lisant sur son visage ce qui lui plaît et ce qui ne lui plaît pas, nous nous instruisons avec certitude de ce qui est bon et de ce qui est mauvais, et tirons des règles infaillibles de ce qu'il faut suivre et de ce qu'il faut éviter ; c'est là que j'ai souvent appris en deux heures ce que mes livres n'eussent pu m'apprendre en dix ans ; c'est là que j'ai puisé ce qui m'a valu l'applaudissement du public ; et c'est là qu'avec votre faveur j'espère puiser assez pour être un jour une œuvre digne de vos mains.

De tout ce qui a été dit dans ce chapitre, peut-on tirer quelques conclusions ? Celles-ci ne sauraient être vraiment tranchées, car nos observations forment plus un réseau d'indices qu'une série de preuves. On peut néanmoins retenir que les pièces de Molière, surtout celles en vers, sont très loin de posséder une parfaite unité de style, et que les brusques alternances y sont au contraire fréquentes. Prise dans son ensemble, la production de Molière comporte de singulières disparités d'écriture et de ton. Par ailleurs, l'existence de procédés stylistiques précis communs à Corneille et au Molière de certaines pièces ou de certains passages est si troublante qu'il est difficile de n'y voir que de simples coïncidences. De là à conclure à une identité d'écriture, il n'y a qu'un pas. Et c'est ce pas que n'a pas hésité à franchir Pierre Louÿs.

## Notes

1. Il est significatif de constater, par exemple, que, dans ses neuf pages de commentaires de son édition de la Pléiade sur la traduction en vers de *L'Imitation de Jésus-Christ*, Georges Couton n'a pas un seul mot sur Corneille poète : tout se passe comme si l'on avait affaire à un texte en prose.

2. La Bruyère, « Des Ouvrages de l'Esprit », chapitre 38, *Les Caractères*.

3. Émile Faguet, *Dix-septième siècle. Études littéraires*, Boivin [1890], p. 292-293.

4. Pierre Louÿs, *Molière poète*, texte inédit (copie dactylographiée par Poulaille, collection Jean-Paul Goujon).

5. *Id.* Le vers cité par Louÿs est le vers 343.

6. Cité par Georges Mongrédien, in : Molière, *Œuvres complètes*, tome I, Garnier-Flammarion, 1964, p. 52.

7. *À M. La Mothe Le Vayer sur la mort de son fils*, Œuvres de Molière, Pléiade, tome II, p. 1184.

8. J. Pêcher et A. Galan, « Notice », in : *Les Femmes savantes*, Classiques Larousse, 1946, p. 10.

9. Pierre Louÿs, « *Les Femmes savantes* », *Comœdia*, 27 octobre 1919. Les passages cités par Louÿs sont respectivement les vers 1184-1188, 1071-1074, 929-930 et 936-938.

10. René-Albert Gutmann, *Introduction à la lecture des poètes français*, Flammarion, 1946, p. 142 (voir également les p. 143-146).

11. *Bolæana*, *cit.*, p. 452.

12. Même procédé en 1666 dans *Le Médecin malgré lui*, avec les paysans Lucas, Thibaut et Perrin, et, en 1672, dans *Les Femmes savantes*, avec la servante Martine.

13. L'*Histoire naturelle* de Buffon comme *Les Chants de Maldoror* fourmillent de vers blancs.

14. Georges Mongrédien, « Notice », in : Molière, *Œuvres complètes*, tome III, Garnier-Flammarion, 1965, p. 169.

15. À peine remarque-t-on, comme dissonance, quelques vers comme : « Voilà comme l'on fait, c'est le style des hommes : / Ils sont impertinents dans leurs comparaisons » (vers 120-121).

16. Donneau de Visé, *Nouvelles nouvelles*, P. Bienfaict, 1663.

17. Copie dactylographiée par Poulaille.

18. Émile Faguet, *op. cit.*, p. 176.

19. Il est curieux qu'aucun Moliériste n'ait encore avancé l'hypothèse que Corneille avait organisé une cabale pour faire tomber *L'École des femmes* parce qu'il avait pris en mauvaise part la citation ironique de ce vers de *Sertorius*. Lorsqu'il apprit que Racine avait introduit dans sa comédie *Les Plaideurs*, créée à l'automne 1668, ce vers « Ses rides sur son front gravaient tous ses exploits » pour décrire le juge Dandin – vers en provenance directe du *Cid* (« Ses rides sur son front ont gravé ses exploits »), Corneille aurait déclaré sur un ton rogue : « Quoi ! ne tient-il qu'à un jeune homme de venir tourner en ridicule les plus beaux vers des gens ! » (*Menagiana*, tome III, p. 307).

20. François Rostand, *L'Imitation de soi chez Corneille*, Boivin, 1946.

21. François Rostand, « Corneille et l'imitation de soi », *Le Figaro littéraire*, 10 août 1946.

22. Voir, sur ce double sujet : Œuvres de Molière, Pléiade, tome II, p. 1441.

23. Rapprochement fait par André Le Gall (*op. cit.*, p. 123). Dans l'édition de la Pléiade, aucune note n'indique cette auto-citation de Corneille.

24. De même, quatre vers de *Dom Garcie* (v. 912-915) sont passés dans *Les Femmes savantes* (v. 1169-1172).

25. Note inédite (collection particulière).

26. Pierre Louÿs, texte inédit, s.d. [circa 1920] (collection particulière). La scène évoquée doit se situer vers 1890-95. Les vers cités appartiennent à *L'Imitation de Jésus-Christ*.

27. Pierre Louÿs, *Broutilles*, *cit.*, p. 25.

28. Précisons que, à l'instar de Louÿs, nous utilisons les mots *satyrique* et *la satyre* dans le sens d'une poésie libre et contestataire, volontiers irréligieuse, et très critique à l'égard du pouvoir et de la société, telle qu'elle se manifesta en France dans les années 1600-1622.

29. Lettre à Boisrobert [1637], citée in : Œuvres de Corneille, Pléiade, tome I, p. 806.

30. Il est significatif que, dans les éditions successives de 1648, 1654, 1656, 1657, 1658, 1660, 1663 et 1664, qui contiennent toutes des variantes de texte, ce vers soit toujours resté inchangé. Bien entendu, aucune note ne signale, dans l'édition de la Pléiade, sa curieuse euphonie.

31. *La Mort de Pompée*, I, 2, v. 232. Vers maintenu tel quel par Corneille dans toutes les éditions.

32. *Horace*, I, 1, v. 25. Comme le précise une note des Œuvres de Corneille dans la Pléiade, tome I, p. 1562, ce vers ne figura que dans les éditions de 1641 à 1657, date à laquelle l'auteur le modifia – et l'améliora ! – en : « Je suis Romaine, hélas ! puisqu'Horace est Romain. »

33. Signalé par Jacques Charpentreau dans son récent *Dictionnaire de la poésie française* (Fayard, 2006, p. 781), qui déclare : « On ne peut suspecter Corneille d'une telle allusion [égrillarde] », puis ajoute aussitôt : « On se le demande tout de même, après examen des vers 444 à 450 d'*Horace* [...] ».

34. L'acrostiche fut signalé par un lecteur du *Figaro*, professeur de lettres à Nice (Aristide, « Sur un vers d'*Horace* », *Le Figaro*, 24 novembre 1966).

35. Dans toutes les éditions successives de la pièce, Corneille n'a jamais modifié les vers en question. On ne s'étonnera pas non plus de voir que, dans l'édition de la Pléiade, aucune note ne signale l'acrostiche pourtant évident des sept premiers vers du passage.

36. G. Pages, « Corneille grossier ? », *Quadrature*, n° 8, mai-juin 1991, p. 21-23. Nous remercions Jacques Roubaud pour ses pertinentes remarques sur cet acrostiche, et Françoise Roudot-Thoraval, qui a confirmé le calcul de cette probabilité.

37. Philippe Erlanger, *Richelieu*, Perrin, 1970, p. 30, 99 et 103.

CHAPITRE IV

# Le Dossier de Pierre Louÿs

Une grande partie du dossier de Pierre Louÿs est demeurée inédite, tant à cause des circonstances que du refus de celui-ci de consentir à publier intégralement sa thèse et ses conclusions. Tel qu'il nous est parvenu, ce dossier, que nous allons tâcher de résumer d'après ce que nous en connaissons, est malheureusement partiel. En outre, il ne s'agit pas d'une rédaction suivie, mais de notes plus ou moins développées, dont nous avons retenu les plus significatives. Le lecteur devra donc tenir présent à l'esprit cet aspect inachevé, voire incomplet.

L'argumentation de Louÿs, parfois extrêmement précise sur certains points, est aussi rédigée avec une vigueur qui ne manque ni d'élégance ni de charme. C'est la raison pour laquelle, plutôt que de paraphraser ce qu'il dit, nous nous sommes efforcés de le citer le plus possible. Précisons cependant qu'en exposant ici l'argumentation de Louÿs, nous ne la faisons pas pour autant nôtre, ou du moins entièrement nôtre.

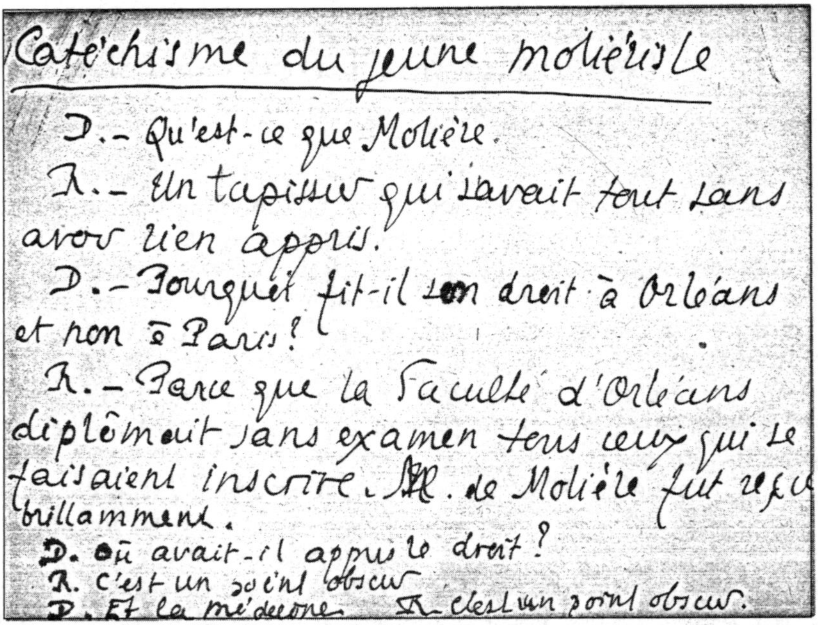

Catéchisme du jeune moliériste

D. – Qu'est-ce que Molière.

R. – Un tapissier qui savait tout sans avoir rien appris.

D. – Pourquoi fit-il son droit à Orléans et non à Paris ?

R. – Parce que la Faculté d'Orléans diplômait sans examen tous ceux qui se faisaient inscrire. M. de Molière fut reçu brillamment.

D. Où avait-il appris le droit ?

R. C'est un point obscur

D. Et la médecine R. c'est un point obscur.

## LES SEPT ARTICLES DE 1919

Nous allons d'abord donner le texte intégral des articles publiés par Louÿs en 1919, auquel nous avons joint une interview donnée par l'écrivain au milieu de la polémique suscitée par ces articles. Puis nous reproduirons des pages restées inédites et dont les autographes sont aujourd'hui dispersés dans différentes collections, le plus souvent privées.

### L'AUTEUR D'*AMPHITRYON*

La dispute d'une comédie entre Corneille et Molière est une si grave entreprise que j'ai tardé plusieurs années avant de m'y résoudre.

Il est évident que Pierre Corneille domine toute la vie de Molière, qu'il a collaboré à plusieurs de ses pièces, et que l'une d'elles, *Amphitryon*, est tout entière de sa plume, si l'on néglige quelques « interruptions » très faciles à détacher et quelques rares fragments de scènes.

Ce n'est pas le style de Corneille, c'est la signature de Molière qui a besoin de preuves.

Les faits que j'ai énumérés sont admis par les Moliéristes.

Je n'y mêle aucune conjecture. Je me borne à comparer la chronologie de Corneille et celle de Molière, et cela me suffit pour que les « points obscurs » deviennent parfois lumineux.

En 1636 Corneille fait jouer sa septième comédie, *L'Illusion comique*, la comédie lyrique par excellence, où chaque scène est un modèle et où cinq actes embrassent tous les genres à la fois, drame, parade, comédie tendre, farce tragique et fête galante, dialogue fantastique et féerie.

La même année triomphe *Le Cid*.

Molière, après avoir vu naître ainsi le théâtre français, demande à entrer au collège. – Il avait alors quatorze ans et ne savait rien que lire et écrire. – Il apprit à compter : mais entré à quatorze ans dans la classe élémentaire, il sortit de là en détestant ce qu'il n'avait pu apprendre : le grec et le latin.

En 1643, Molière, acteur, va jouer en province pour la première fois.

Il joue Corneille.

Et la première ville où il va, est Rouen, la ville de Corneille.

Cette année 1643, Corneille (outre *Polyeucte* et *Pompée*) fait jouer *Le Menteur*.

Désormais, jusqu'à l'année même de sa mort et pendant les trente ans qui séparent 1643 de 1673, Molière jouera Corneille sans interruption. Ce détail passe inaperçu dans les biographies de Molière.

En 1650, Corneille a fini d'inventer toutes les formes de la comédie moliéresque :

La Comédie de mœurs (*La Galerie du Palais*)
La Comédie Lyrique (*L'Illusion Comique*)

La Comédie de caractères (*Le Menteur*)
La Comédie critique (*La Suite du Menteur*)
La Féerie ou Grand spectacle (*Andromède*)
La Comi-Tragédie (*Dom Sanche d'Aragon*)
La théorie de la Grande Comédie bourgeoise (*Préface* de *Dom Sanche*).

Le mot suprême du discours de Racine sur Corneille est cet éloge rare entre tous :

« Quelle prodigieuse variété dans les caractères ».

Cette variété n'est pas moins « prodigieuse » aujourd'hui. L'invention perpétuelle de Corneille en art dramatique est un prodige pour nous aussi.

Mais lorsque, en 1660, Corneille eut achevé de créer toutes les formes de la comédie, Molière n'en fut peut-être pas frappé moins vivement, lui qui n'était l'auteur de rien et pour qui Pierre Corneille créait tout le théâtre.

L'*Andromède* de Corneille jouée en 1650 inventait aussi la pièce en vers libres, en même temps que le grand spectacle d'opéra.

On pourrait penser déjà qu'une *Andromède* en vers libres et un *Amphitryon* en vers libres ont quelque parenté.

Or Molière a joué *Andromède*. Les Moliéristes savent bien qu'il y tenait le rôle de Persée.

Ils le savent par un exemplaire qui inscrit la distribution en marge et ils ne sont pas embarrassés de dire que ce fut « sans doute » à Lyon et « probablement » en 1653. Car, si l'on écrivait la vie de Molière sur le thème : « Que sais-je ? », pas un historien sérieux n'atteindrait la centième page. Mais avec la ressource du « Peut-être », on signe deux tomes in-8.

Qu'ils seraient heureux les Moliéristes, s'ils possédaient dix lignes de Molière sur le sujet d'*Amphitryon*, à la date de 1650 ! Ce serait pour eux la preuve irréfutable.

On a bien dix lignes de Molière datées de 1650, mais ce ne sont que deux reçus, et chacun d'eux prouve qu'à 28 ans, Molière ignorait encore comment s'accordent les participes passés.

Un auteur qui écrit « accordéz » pour « accordées » et « ordonnées » pour « ordonnés » est incapable d'écrire et même d'entendre un alexandrin. Il ne sait pas où sont les muettes, où respire le vers de Corneille.

Et il ne sait pas non plus où est Amphitryon, n'en doutez point.

Mais Corneille sait *Amphitryon* par cœur depuis trente ans, en 1650. Et depuis quatorze ans, Amphitryon l'agace, parce que seuls, *Les Sosies* de Rotrou ont troublé le triomphe du *Cid* : et en 1650 le sujet d'*Amphitryon* le met hors de lui, parce que *Les Sosies* viennent de renaître sous le titre *La Naissance d'Hercule* et embarrassent *Andromède* plus encore qu'ils ne gênaient *Le Cid*.

Maintenant, voulez-vous prendre la peine de relire la préface de *Dom Sanche* (1650) ? Elle est écrite sur l'*Amphitryon* de Plaute, aussitôt après *Andromède*.

À cette date, il s'en faut encore de huit ans que la vie de Molière sorte des ténèbres.

Nous allons voir comment et par qui elle débutera.

Molière, en 1658, n'a pas fait encore imprimer une ligne et n'a rien écrit que nous possédions.

Il n'existe pas.

Si les ingénues de sa troupe n'avaient eu la précieuse pensée de signer quelques registres baptismaux dans le Midi, on ne saurait comment placer de vagues jalons d'itinéraire pendant les douze années où il joua *Nicomède* et le répertoire de Corneille dans le voisinage de Pézenas ou de Grenoble.

Mais, tout à coup, il traverse toute la France avec tant de hâte qu'il laisse derrière lui sa troupe et il arrive à Rouen le 30 avril 1658.

À Rouen, il jouera six mois, d'avril à octobre.

Aucun biographe que j'aie lu ne paraît soupçonner que l'acteur Molière, ambitieux d'écrire et ignorant l'art d'écrire, allait à Rouen pour y faire ses études sous le maître le plus illustre du monde.

Un critique peut-il être assez étranger à la psychologie d'un écrivain pour ne pas deviner qu'après avoir inventé les sept formes de la comédie moliéresque, le Grand Corneille a modelé en six mois de ses mains géantes, un Molière à sa dissemblance ?

Je n'en ai que trop dit par ce mot-là. Molière est un chef-d'œuvre de Corneille. Il ne lui ressemble guère, ni de style, ni d'âme. Il n'est pas de son sang, mais il est de son pouce.

En octobre, Molière débuta devant le roi, puis à Paris, dans *Nicomède* de Corneille, *Héraclius* de Corneille, *Rodogune* de Corneille, *Le Cid* de Corneille, *Cinna* de Corneille, *La Mort de Pompée*, six rôles de Corneille.

Puis il devint immédiatement ce que Corneille ne voulait pas être et voulait qu'il fût à sa place.

Corneille ressentait avec autant de force l'amour et la haine. Lui seul atteignit jamais à l'imprécation de Polyeucte contre les Dieux, de Camille contre la Patrie, de Cléopâtre contre son fils et la race de son fils. Le génie de la haine dit les quatre vers inouïs où Auguste pardonne à Cinna et le traite d'ami puis d'ennemi et de lâche et d'assassin.

Eh bien, en 1659, Corneille avait une haine accrue par seize ans de silence et de solitude pendant lesquels il avait traduit le *De Silentio et Solitudine* ou *L'Imitation* non pas en chrétien, mais en furieux de misanthropie, selon le texte.

Quel incident avait ainsi rendu Corneille misanthrope au point qu'il finit par quitter le théâtre ?

Il avait lu *Polyeucte* en 1643 chez les Précieuses, les véritables Précieuses, les seules qui fussent ridicules.

Vous ne trouverez nulle part le récit détaillé de ce qui se passa, quand Pierre Corneille eut achevé les paroles suprêmes de Polyeucte et l'extase de Pauline – le sommet de la tragédie française.

Fontenelle a écrit ce que tout le monde sait : que la maîtresse de maison consola Corneille et accentua l'échec par de bonnes paroles. Mais Fontenelle contait l'histoire plus longuement à ses amis : et l'un d'eux qu'on ne cite jamais, dit le dernier mot :

« Monsieur l'Abbé Cotin, lisez-nous quelque épître. »

Ce mot, que Fontenelle tenait de Corneille, n'est pas inutile à publier, si l'on songe que la première pièce imprimée sous la signature de Molière eut cette affiche le soir de son début :

CINNA
LES PRÉCIEUSES RIDICULES

Il ne me reste plus assez de place pour aborder *Amphitryon* et quelques autres points obscurs. Mon prochain article vous dira que ce ne sont pas tous des mystères.

[*Le Temps*, 16 octobre 1919]

* * *

## INTERVIEW DE PIERRE LOUŸS

– Je ne cherche pas à ouvrir une discussion vaine, et je n'appelle pas la controverse. Quels que soient les arguments qu'on veuille m'opposer, je ne m'y arrêterai pas. Je suis sûr de ce que j'avance. Ma preuve est faite. Et je ne crois pas qu'il soit possible qu'on doute encore, après que je l'aurai donnée.

Mon seul étonnement, c'est que personne, en lisant Corneille et Molière, n'ait eu le soupçon du mystère, et que moi-même ne l'aie éclairci qu'aujourd'hui. C'est en relisant *Amphitryon* il y a trois ans – *Amphitryon* dont je savais par cœur deux cents vers à onze ans – que j'ai eu la première intuition de la vérité. Une telle habileté de style ! *Amphitryon* ne peut pas être une pièce de Molière !

– La biographie de Molière est la seule vie de grand homme entièrement inexplicable. Comment, voici un auteur illustre qui sait à peine lire et écrire ! Et l'on ne remarque pas, lorsqu'il fait imprimer sa première pièce à 38 ans, qu'il vient de vivre, à Rouen, six mois dans l'intimité du grand Corneille, séduit par l'activité et l'intelligence du comédien.

Molière, en tournée, était parti précipitamment de Grenoble pour Rouen. Et ces six mois à Rouen, les commentateurs les passent presque sous silence, alors que ce séjour explique tant de choses !

La comédie était en discrédit. La tragédie, dont Corneille avait assuré le triomphe, était le seul genre noble reconnu, admis. Aussi Corneille, soucieux de sa réputation et craignant déchoir en s'intéressant à la comédie, n'en publie plus une seule après 1644. Il se contente d'inspirer, puis d'écrire celles qu'il a laissé à Molière le soin et la gloire de signer.

– On a écrit l'histoire de Molière comme on eût écrit celle de Saint Denis ! On a obéi à une foi aveugle que se transmettent les générations ! Il faudrait pourtant convenir que nous n'avons *absolument rien* de la main de Molière, pas un manuscrit, pas une page, pas une ligne, hors les deux reçus de 1650 que salit une faute d'orthographe. Il n'y a pas d'exemple qu'un grand écrivain disparaisse ainsi, sans laisser d'autres traces. Nous avons des écrits, nous avons des lettres de Corneille. Je vais vous en montrer. Regardez-les. Admirez *leur* belle écriture, mais de Molière, je le répète, nous n'avons rien que deux reçus dont la signature est grossière.

– Regardez ces deux gravures et comparez ! l'une est le Corneille de 1643, qu'a signé Michel Lasne. Les yeux sont merveilleux. On sent Corneille agité des passions les plus hautes : c'est le plus grand écrivain français. Il égale Homère, et son génie a tout créé. L'autre est le Molière peint par Mignard. Molière interprète de Pierre Corneille, dans le costume de « Jules César » de *La Mort de Pompée*. En toute impartialité, voit-on dans ses regards autre chose que des appétits et des désirs ? Le doute n'est pas possible : c'est Corneille, le grand homme. L'actif, l'intelligent, l'habile Molière n'a été que « l'arrangeur », un type que nous connaissons tous, qui a existé de tout temps, l'auteur seulement soucieux de « faire rire le parterre » et incapable de concevoir une œuvre haute.

Portrait de Corneille par Michel Lasne.

– Comment le premier acte du *Misanthrope* serait-il de la main de Molière ? Rappelez-vous cette admirable langue du *Cid* que jamais, avant Corneille, on n'avait osé parler sur la scène française ! Rappelez-vous ces fières répliques :

– À moi, comte, deux mots. – Parle.
– Ôte-moi d'un doute.

Connais-tu bien Don Diègue ?....
– Cette ardeur que dans les yeux je porte,
Sais-tu que c'est son sang ? le sais-tu ?

Rapprochez-les de celles-ci :

– Moi, votre ami ? Rayez cela de vos papiers.
– J'ai fait jusques ici profession de l'être, etc.
– Non, elle est générale, et je hais tous les hommes,
Les uns parce qu'ils sont méchants et malfaisants,
Et les autres, pour être aux méchants complaisants, etc.

N'y a-t-il pas là une ressemblance frappante ? N'est-il pas évident qu'Alceste et Rodrigue parlent la même langue ? Et voulez-vous savoir ce que, dans ce même acte, ajoute Molière ? L'acteur Molière cherchant à distraire le public d'une discussion littéraire dont la longueur l'inquiétait ? Écoutez ce français douteux, dans le début de la scène des « Je ne dis pas cela » :

Qu'il faut qu'un galant homme ait toujours grand empire
Sur les démangeaisons qui nous prennent d'écrire.

Avoir un empire sur des démangeaisons !.... Est-il nécessaire d'insister ? Voici la suite :

Qu'il doit tenir la bride aux grands empressements
Qu'on a de faire éclat de tels amusements
Et que, par la chaleur de montrer ses ouvrages,
On s'expose à jouer de mauvais personnages.

Ceci est un béquet de Molière, et c'est le pur style de Corneille qui fait rebondir la scène à la réplique suivante :

Mais enfin, lui disais-je,
Quel besoin si pressant avez-vous de rimer,
Et qui diantre vous pousse à vous faire imprimer ?
Si l'on peut pardonner l'essor d'un mauvais livre,
Ce n'est qu'aux malheureux qui composent pour vivre... etc.

jusqu'au fameux,

Franchement, il est bon à mettre au cabinet.

Il ne peut y avoir là une hésitation. Ces vers sont de Corneille. Pierre Corneille a d'abord commencé par corriger le français de Molière. Puis il a inspiré ses premières comédies : *Le Dépit amoureux*, *Les Précieuses ridicules*. Mais peu à peu, sa part de collaboration grandit et il devient bientôt le véritable auteur des meilleures pièces aujourd'hui attribuées à Molière. C'est ainsi qu'on peut affirmer que *Dom Juan*, *Tartuffe* et *Le Misanthrope* sont des pièces écrites par Corneille et que Molière a seulement retouchées.

– *Psyché* doit beaucoup plus à Corneille que Molière ne l'a avoué. *Amphitryon* est presque entièrement de Corneille ! Cela ne fait pas de doute. Croyez-vous que ce soit par hasard que Sarah Bernhardt et Mounet-Sully aient joué tous deux *Amphitryon* ? Croyez-vous qu'ils eussent été tentés de jouer *Le Médecin malgré lui* par exemple ?

– Je pourrais multiplier les exemples. Mais pourquoi faire ? Je ne cherche à convaincre personne. Ceux qui veulent en avoir le cœur net n'ont qu'à lire Corneille et Molière dans le texte. La conclusion d'elle-même s'imposera. Notez bien que je ne dis pas que Molière n'a pas écrit une seule de ses comédies. Et je ne cherche pas à le diminuer. Mais je tiens seulement à montrer le grand Corneille plus grand encore qu'il ne nous était apparu jusqu'à présent. Il domine tous les poètes. Son invention est aussi riche que son style est simple et nombreux. Tout est en lui. L'harmonie du vers racinien est contenue dans le sien. Et si l'on voulait songer à le relire plus fréquemment, on découvrirait que les rythmes d'André Chénier sont déjà dans son œuvre éternelle !

[*Comœdia*, 19 octobre 1919[1]]

* * *

## CORNEILLE LE GRAND

Pourquoi la Comédie-Française me répond-elle que je n'ai pas encore parlé ?

Dans le journal *Le Temps* (16 octobre), j'ai donné la moitié d'une introduction où je comparais les dates de Corneille et de Molière entre 1636 et 1659.

Ne pourrait-on pas attendre au moins que j'aie achevé l'introduction ?

Quand j'aurai publié les deux premières lignes du premier chapitre, on saura deux lignes de ce que j'ai à dire. On n'en sait rien du tout ce soir. À quoi répondent ces Messieurs ?

M. Georges Feydeau soulève les paupières et trouve cette objection géniale : « Si Molière avait écrit les œuvres de Corneille ? » On sent que c'est le mot d'un homme d'esprit, disait Cheirel à Saint-Germain. Mais entre nous, Georges Feydeau, vous auriez pu l'offrir à Mlle Bovy.

Car Mlle Bovy, hérissée comme une poule, m'écrit une lettre effroyable, une lettre où elle me bombarde à coups de :

Vais-je....

Que fais-je...

Eh Monsieur !

Je ne sache pas

S'il eût eu...

Elle confond Marinette et Martine. Elle me cite une ligne authentique de Molière et dans son trouble, elle tombe sur une ligne authentique filoutée par Molière à Cyrano. Mais s'il eût eu... j'aime s'il eût eu. S'il eût eu vaut l'eusses-tu cru. Pour l'amour de s'il eût eu j'embrasserais Mlle Bovy et ce n'est pas elle qui me répondrait avec la simplicité de Molière : « Excusez-moi, Monsieur, je ne sais pas le français. »

M. Jules Truffier sait le français, lui ! et il dit les vers remarquablement parce qu'il en fait. Toutefois M. Truffier ne paraît pas entendre que l'accord des participes est inutile à Mme de Sévigné, tandis qu'il est nécessaire au moindre quatrain d'un poète quelconque.

Seul, pourtant, M. Truffier semble avoir deviné l'un des nombreux arguments dont je n'ai rien dit encore : qu'à partir de 1636, Corneille auteur de sept comédies, a pu écrire des comédies sans les signer. J'en dirai beaucoup plus sur un tel sujet.

Et maintenant, Messieurs les Moliéristes seraient bien bons de ne pas m'offrir leurs documents.

Je les ai.

Que signifie cette « défense » de Molière ? Je n'attaque pas Molière homme de théâtre.

Molière est le meilleur homme de théâtre qu'il y ait eu en France avant Beaumarchais.

Mais il y a deux textes dans *L'Imposteur*. Il y a deux textes dans la scène admirable d'Elmire et de Tartuffe. Les grands couplets de *Tartuffe* sont presque entièrement du texte premier. Tel quatrain qui n'en est pas se détache comme un noyau de pêche du premier couplet, dont il dénature la pensée...

Veuillez me laisser le temps d'écrire cela et le reste.

N'illustrez pas une discussion sur Corneille par la photographie de Pierre Louÿs. Il ne serait pas question de moi dans cette affaire si ce n'était pour un dernier mot :

J'ai quitté depuis vingt ans la littérature pour l'histoire littéraire. Quiconque a l'habitude des travaux historiques me comprendra si j'avoue que je n'ai pas toujours trouvé ce que je cherchais et que j'ai plusieurs fois trouvé ce que je ne cherchais pas.

Mais je ne publie rien dont je n'aie la certitude et je ne dérangerais pas de leurs piédestaux Corneille et J.B.P. Molière si je ne connaissais pas encore les documents qui traînent partout.

[*Le Temps*, 24 octobre 1919]

* * *

AVANT DE PARLER

Un M. Pierre Massoni vient d'écrire à *Comœdia* :

« Demandez à brûle-pourpoint à M. Pierre Louÿs de qui est le vers suivant, ambigu, bizarre et mauvais :

Encore un peu plus outre et ton heure est venue. »

Il est admirable, ce vers.

Admirable par la forme, admirable par l'âme des mots.

Voilà exactement un vers de Corneille et cela se reconnaît à un art dont le lecteur ne peut avoir aucune idée, l'art littéraire le plus rare, le groupement des consonnes fortes.

Ici, le lecteur ne sait plus du tout de quoi je lui parle. Alors pourquoi me parle-t-il de ce que je sais ?

Le lecteur que nous ne consultons pas, qui nous écrit, n'imagine même pas que le choix et la place des consonnes puissent avoir été pour Corneille, ainsi que pour Hugo, le génie instinctif du verbe.

Le vers le plus grand est le plus simple : mais il est d'autant plus simple que le vers précédent est plus surchargé de consonnes :

Ainsi Corneille :

Préférant, quelque espoir qu'eût son âme asservie,
Son honneur à Chimène et Chimène à sa vie.

Ainsi Hugo :

Comme un astre effrayant qui se disperse en foudres,
La bombe éclatait dans les cieux.

Ainsi Corneille a conçu le vers illustre de *Polyeucte* en groupant toutes les consonnes fortes dans le premier hémistiche :

Encore un peu plus outre et ton heure est venue.

Le pianoteur qui ne comprendra jamais pourquoi J.-S. Bach serait fou de colère s'il pouvait lire l'*Ave Maria* de Gounod, ne comprendra pas non plus pourquoi, dans une page de Corneille, quatre vers de Molière apparaissent encastrés comme un noyau que l'on crache dans le fruit incomparable d'une telle poésie.

Au surplus, et dussé-je (comme disait Mlle Bovy) blesser quiconque ne sent pas la structure du vers cornélien, je ne demande le conseil de personne.

Je suis certain que toute l'histoire du théâtre français sera connue pour la première fois quand vous comparerez jour par jour la chronologie des deux Corneille et de Molière.

Laissez-moi le temps de m'expliquer. Ne me prêtez pas un mot que je n'ai pas écrit. Ne prêtez pas non plus à Pierre Corneille une imaginaire acceptation de *Psyché* toute seule.

Où voyez-vous que Pierre Corneille ait accepté les termes de la préface de *Psyché* ?

Quelle édition de *Psyché* a signé Corneille ? Qui vous dit qu'il n'a pas fait plus ? ou moins ? ou autre chose que ce que lui attribue l'avis du libraire moliériste ?

Et en acceptant une partie de ce que Molière rendit à Corneille silencieux... un seul poète d'aujourd'hui peut-il lire le monologue comédien du IVe acte :

Ô ciel quand l'amour m'abandonne,
Pourquoi me laisse-t-il l'amour qu'il m'a donné
Mêler toutes les deux en une ?

Voilà ce que Molière appelait un style français.

Corneille eût écrit :

*Les mêler.*

[*Comœdia*, 24 octobre 1919]

* * *

*LES FEMMES SAVANTES*

La question est résolue depuis le premier jour où je l'ai posée. Je n'avais pas répondu à M. Nozière ; mais puisqu'il le désire, je le nomme. M. Nozière ne comprendra jamais que ceci est de Corneille :

Ce que vous refusez, je l'offre au choix d'une autre.
Voyez, est-ce, Madame, ou ma faute, ou la vôtre ?
Mon cœur court-il au change, ou si vous l'y poussez ?
Est-ce moi qui vous quitte ou vous qui me chassez ?

ni que ceci est de Molière :

Et la pensée enfin où mes vœux ont souscrit
Est d'attacher à vous un homme plein d'esprit

Et cet homme est Monsieur que je vous détermine
À voir comme l'époux que mon choix vous destine.

Voici encore du Molière :

C'est cet ami savant qui m'a fait tant d'instance
De lui donner l'honneur de votre connaissance.

Et encore du Corneille :

Voici l'homme qui meurt du désir de vous voir.
En vous le produisant, je ne crains point le blâme
De voir admis chez vous un profane, Madame.

Tous les vers de Corneille sont écrits.
Et c'est du français, M. Nozière.

[*Comœdia*, 25 octobre 1919]

* * *

## ALCESTE QUI FUT ALCESTE

Pour la cinquième fois, je répète simplement :

Il y a deux textes dans *Le Misanthrope* ; deux textes dans *L'Imposteur.*

Et dans toutes les comédies de Molière.

Le texte premier est de Pierre Corneille.

Qu'Alceste soit l'auteur d'Alceste, cela ne fait aucun doute.

Mais vous n'entendez rien de ce qu'il articule et vous ne ressentez pas ce dont il frémit, si vous croyez qu'Alceste, jamais, ait eu la pensée de jouer Alceste.

[*Comœdia*, 29 octobre 1919]

* * *

## *L'IMPOSTEUR* DE CORNEILLE ET LE *TARTUFFE* DE MOLIÈRE

Oui, j'ai publié le secret avant la preuve et sans vous consulter, Messieurs les Moliéristes.

J'ai toutes vos notes. Vous n'avez pas les miennes et vous me demandez mes preuves quand il est déjà trop tard pour que j'aie besoin de les donner.

D'ailleurs, il s'agit de Corneille, il ne s'agit plus de vous. Je fais la statue de Pierre Corneille à la taille de Pierre Corneille. Vous n'empêcherez pas d'écrire que Pierre Corneille est un colosse. Je reprends Alceste et je vous reprends son adversaire fatal, Tartuffe, parce que cet homme appartient à Polyeucte, et que l'âme de Polyeucte ne vous parle pas.

Les poètes, cornéliens par la race, et tous les cornéliens, tous, tous, comprennent que Tartuffe et Polyeucte sont les deux pôles du même cerveau et que, seul, le martyre dévisage le fourbe.

Ils comprennent que Rodrigue, Alceste et Pauline ont à la bouche les mêmes mots de souffrance :

> Percé jusques au fond du cœur...
> ... Après un tel outrage
> Percé du coup mortel dont vous m'assassinez...
> ... Tigre, assassine-moi du moins sans m'outrager.

Voilà trois rôles. Lequel des trois Molière peut-il signer ? Est-ce donc une merveille si rare en philologie que de connaître le vocabulaire de Pierre Corneille avec autant de facilité que celui de Lucrèce ou d'Homère ?

Gœthe a failli nommer Alceste et le Malade et le fils de l'Avare. Il y voyait des personnages tragiques. Il ne voyait que *tragédies* dans Molière. Si Eckermann lui avait fait lire tout Corneille, il aurait dit le mot : *Tragicomédies*. De là, par Calixte et Mélibée, par toutes les sources que vous me laisserez le temps de vous dire un autre jour, on arrive cent fois au même nom. – Et ce n'est pas le nom de Molière.

Eh bien, c'est Damis, qui a fait *L'Imposteur*. C'est le fils d'Orgon et d'Elmire.

Les Cornéliens comprennent ce qui échappe à Molière lui-même, comme je vais avoir l'honneur de le dire à Messieurs les Moliéristes : – Damis est le premier rôle du drame.

Damis dit à Orgon : « Je suis Rodrigue de toute mon âme et je ne veux pas d'un père tel que toi. » Il fait tout pour élever à lui le père et la mère qui le conçurent. Et par Damis nous comprenons pourquoi Rodrigue relève l'honneur de son père et puis ne veut même pas que son père l'embrasse.

– Le soufflet, ce n'est pas Don Diègue, c'est Orgon qui l'avait reçu.

Ainsi Pierre Corneille se prit-il de passion pour l'histoire espagnole, comme Damis l'eût fait à sa place. Lorsque, six mois après *Le Cid*, on lui donna ses titres de noblesse, il n'en voulut pas de la main de Louis XIII, il entendit ne les tenir que de son père et c'est Orgon qu'il fit anoblir par le roi.

Mais comment les Moliéristes s'expliqueraient-ils Rodrigue ? Qu'y a-t-il de commun entre eux et l'écrivain sacré qui trouva d'instinct les préséances de l'honneur, de l'amour et de la mort ?

> On dira seulement : – Il adorait Chimène.
> Pour venger cet honneur il perdit son amour.

Pour venger sa maîtresse il a quitté le jour,
Préférant, quelque espoir qu'eût son âme asservie,
Son honneur à Chimène et Chimène à sa vie.

Rodrigue, Damis, Polyeucte, Alceste, ne furent qu'un seul cœur humain. Puisqu'on a prétendu que cette recherche était un « jeu », croyez que je joue ici mon œuvre et mon nom, et que je ne perdrai pas.

Et tout ce qui embourbe notre journalisme, tout ce qui est la vase, le crapaud, l'éternelle bassesse humaine, tout cela m'a crié en bavant :

« Des preuves ! des preuves ! »

L'un d'eux fait cette trouvaille :

« Il a lu Corneille et Molière ! Voilà tout. »

Mot admirable ! Et qui donc connaissez-vous qui puisse faire serment d'avoir lu Corneille depuis le premier mot de Mélite jusqu'au dernier de Suréna.

Le premier est : JE.

Le dernier : VENGÉE.

JE ! C'est tout ce que signa Corneille, de 1629 à 1674.

VENGÉE ! Quand Molière fut mort, Corneille publia cette dernière tragédie et l'achève par le mot VENGÉE.

Et dans cette tragédie suprême ainsi résolut-il sa gloire et sa pensée :

Toujours aimer, toujours souffrir, toujours mourir.

Voyons maintenant quel fut le rôle de Molière dans une pièce au hasard : *TARTUFFE*.

Seuls, les vers soulignés sont de l'acteur. Tout le reste est du poète. Ils sont deux.

Il y a ici deux langages. Le second est d'un metteur en scène. C'est évident.

TARTUFFE

Que le Ciel à jamais par sa toute bonté
Et de l'âme et du corps vous donne la santé.
Comment de votre mal vous sentez-vous remise ?

Ainsi commençait la troisième scène de l'acte III. Et c'étaient trois vers français.

Mais là, le directeur de théâtre éprouve le besoin de faire asseoir Elmire et Tartuffe et il saccage le texte. Tous les auteurs dramatiques me comprendront.

Voici donc ce que devient le début de cette scène illustre :

TARTUFFE

Que le Ciel à jamais par sa toute bonté
Et de l'âme et du corps vous donne la santé
ET BÉNISSE VOS JOURS AUTANT QUE JE DÉSIRE
LE PLUS HUMBLE DE CEUX QUE SON AMOUR INSPIRE.

ELMIRE

JE SUIS FORT OBLIGÉE À CE SOUHAIT PIEUX
MAIS PRENONS UNE CHAISE AFIN D'ÊTRE MIEUX.

TARTUFFE

Comment de votre mal vous sentez-vous remise ?

Donc, c'est pour faire asseoir Elmire et Tartuffe, c'est pour ajouter au texte ce vers désolant :

Mais prenons une chaise afin d'être mieux.

(et « une » est inexact : il voulait dire « deux » : il n'a pas su l'écrire), c'est pour cela que Molière gâte les premiers vers de Tartuffe !

En effet, dans une pièce en alexandrins à rimes plates, les béquets sont au moins de quatre vers. Voilà pourquoi nous ne comprenons rien à ce que dit Tartuffe. « Son amour » ? L'amour de qui ? de quoi ? de « le » ? de « la santé » ? du corps ? de l'âme ? du ciel ?

Plus loin, il ne sait pas lire le texte. Le poète avait écrit ;

Et d'un pur mouvement...
– Je le prends bien ainsi.

Molière lit et imprime : *Aussi.* Rien n'est plus curieux que de réunir et d'étudier les fausses lectures de Molière copiste. – Il y en a une géante dans le rôle de Sosie. « Laquelle ? » me diront ces Messieurs. Qu'ils la cherchent !

S'il n'avait fait que des erreurs involontaires ! Mais que de fois il ajoute à l'admirable texte un béquet directorial qui l'oblige à introduire un quatrain de son écriture.

Et toujours, ce quatrain sépare deux vers qui devaient être unis. Toujours ils sont indignes du texte, par leur ignorance totale de la syntaxe et par la vulgarité de leur sentiment. Toujours ils amènent des répétitions de mots qui troublent le style et ils éloignent les répétitions voulues qui étaient nécessaires à la phrase cornélienne.

Il y a plusieurs de ces quatrains dans la scène d'Elmire et rien n'est plus facile que de les détacher. Un de mes amis me disait l'autre jour : « Désormais n'importe qui peut marquer de rouge ou de bleu, dans la marge, l'Alceste de Corneille et celui de Molière. »

Dans *L'Imposteur*, à la fin de l'acte III, le béquet se retranche de lui-même : les deux derniers vers.

Mais restons à la troisième scène de cet acte. Corneille la terminait ainsi :

ELMIRE

Je ne redirai pas la chose à mon époux
Mais…

DAMIS

Non, Madame, non ! Ceci doit se répandre.

Mais l'auteur-directeur, qui achève de copier une scène immortelle, a d'autres soucis que la littérature. Il pense à la recette. Tout cela finira par un mariage entre Valère et Mariane. Il ne voit que cela, dans un pareil drame ! Lui qui est excommunié, ne soupçonne pas qu'il fallait être Polyeucte et savoir mourir avec joie au cri deux fois crié de « Je suis chrétien ! » pour haïr le faux dévot au point de lui faire dire ceci :

Mais les gens comme nous brûlent d'un feu discret
Avec qui pour toujours on est sûr du secret.
Le soin que nous prenons de votre renommée
Répond de toute chose à la personne aimée
De l'amour sans scandale et du plaisir sans peur.

Et il s'arroge le droit de bouleverser la fin de la scène jusqu'à rendre incompréhensible le coup de théâtre :

*Mais je veux en revanche une chose de vous* (!)
C'est de pousser tout franc et sans nulle chicane (!)
L'union de Valère avecque Mariane (!)
De renoncer vous-même à l'injuste pouvoir (!)
Qui veut du bien d'un autre enrichir votre espoir (!)
Et…
– Non, Madame ! non ! ceci doit se répandre.

Les pauvres vers ! Et dès lors à quoi s'adresse le veto éclatant de Damis ? À quel verbe dit-il *non* ? Est-ce à *enrichir* ? est-ce à *veut* ou *veux*, si gauchement répété ? Est-ce à *renoncer* ? à *pousser* ?

Molière s'en moquait bien. Il semble n'avoir rien compris à *Tartuffe*, sinon que cela finissait par un mariage.

Corneille avait donné au drame son titre juste : *L'Imposteur*. Sganarelle a trouvé *Tartuffe* et le second titre est le seul que le public comprenne. Le titre de Corneille est au-dessus de sa conscience.

Pourtant, Damis, qui fut le jeune Corneille et qui avait droit de prendre un pareil ton quand Molière ne l'eut jamais, voulut ce titre : *L'Imposteur*. C'est le bon.

Et Damis qui fut Alceste et Polyeucte fit parler ainsi le fourbe de sa maison :

L'amour qui nous attache aux beautés éternelles
N'étouffe pas en nous l'amour des temporelles
Nos sens facilement peuvent être charmés
Des ouvrages PARFAITS que le Ciel a formés

Et je n'ai pu vous voir, PARFAITE créature,
Sans admirer en vous l'auteur de la nature
Et d'un ardent amour sentir mon cœur atteint
Au plus beau des portraits où lui-même s'est peint.

Quelle plénitude et quel génie du verbe dans ce dernier vers !

D'abord j'appréhendai que cette ardeur secrète
Ne fût du noir esprit une surprise adroite
Et même à fuir vos yeux mon cœur se résolût
Vous croyant un obstacle à faire mon salut.

Mais enfin je connus, ô beauté toute aimable,
Que cette passion peut n'être point coupable,
Que je puis l'ajuster avecque la pudeur
Et c'est ce qui m'y fait abandonner mon cœur.

Ce m'est, je le confesse, une audace bien grande
Que d'oser de ce cœur vous adresser l'offrande
Mais j'attends en mes vœux tout de votre bonté
Et rien des vains efforts de mon infirmité.

En vous est mon espoir, mon bien, ma quiétude.
De vous dépend ma peine et ma béatitude
Et je vais être enfin, par votre seul arrêt,
Heureux si vous voulez, malheureux, s'il vous plaît.

L'art littéraire – et surtout l'art poétique – ont toujours été mieux compris au Collège de France qu'à la Sorbonne ou à l'École Normale. Cependant Brunetière a posé cette question remarquable : – *Si personne peut-être n'a mieux écrit en vers que Pierre Corneille.*

Personne.

Racine a dit, le premier, de Pierre Corneille, qu'il était né sans maître, qu'il n'avait pas connu d'égal et qu'en toutes les parties de son œuvre, « même dans la comédie », il était « inimitable ».

C'est le mot.

Mais il y a vingt mille vers de Corneille que bientôt on ne pourra plus signer Molière. Les poètes comprendront sans peine que l'auteur de *Sganarelle* n'ait pas écrit sitôt après, à quarante ans, *L'École des femmes*. On n'apprend à l'âge d'Arnolphe ni le violon, ni la danse de ballet, ni la virtuosité suprême du vers et du style cornéliens. Je sais bien que tout est simple pour la crédulité des Moliéristes, même ce que Molière leur raconte sur les naissances miraculeuses des *Fâcheux* et de *Psyché*. Mais les élèves de Paul Lacroix entendent peu de chose à l'histoire et moins encore à la dramaturgie. Et rien à l'âme de Corneille.

Ils me demandent pourquoi Corneille n'aurait pas revendiqué sa part de gloire dans *L'Imposteur*.

Revendiqué !

Sa part de gloire !

Damis pense-t-il à sa gloire quand il écrit *L'Imposteur* ?

Il met en garde tous les foyers de France contre le fourbe qui faillit faire le déshonneur de sa maison. Et vous voulez qu'il signe le rôle d'Elmire ? qu'il dise au public : « C'est Maman » ?

Non. Pierre Corneille n'a pas dit cela.

Depuis que ma certitude est faite, je ne me presse pas de m'expliquer. Dirai-je encore ceci :

L'homme qui, la même année, fit le Cid et le Matamore, pour épurer du brave toute la bravacherie – le même homme fit ensuite et l'un avec l'autre Polyeucte avec l'Imposteur, le martyr et l'hypocrite, les deux tenants de l'idéal : celui qui en meurt, celui qui en vit.

Exactement le même procédé et le seul d'où puisse naître le héros sans tache – Rodrigue ou Polyeucte.

J'ai dit qu'en 1658, six mois durant, Corneille avait instruit Molière.

Voici la suite.

En 1660, Corneille supprime de ses œuvres et jamais plus il ne réimprimera la préface de 1643 où il déclarait sa prédilection irrésistible pour la comédie.

La même année, Molière fait imprimer sa première pièce – la première vengeance de Corneille contre les précieuses.

En 1662, Corneille se résout à faire jouer enfin « Le Drame de sa vie », c'est-à-dire presque tout ce que Molière signa. – Il le fera dans un secret absolu : mais s'il donne Agnès au théâtre et même s'il ne signe point, il lui faut quitter Rouen, à jamais.

Il déménage. – Quatre dates vous diront pourquoi :

> 7 octobre 1662. Corneille quitte Rouen pour Paris et redevient le voisin de Molière.

21 novembre. Achevé d'imprimer de *L'Étourdi.*
24 novembre. Achevé d'imprimer du *Dépit amoureux.*
26 décembre. Première représentation de *L'École des femmes.*

Est-ce clair, quatre dates ?

[*Comœdia*, 7 novembre 1919]

* * *

## LES DEUX TEXTES DE *PSYCHÉ*

Jamais Corneille n'a signé une ligne de *Psyché*. Les erreurs historiques sont lourdes à déraciner quand elles masquent de leurs feuilles un homme de géante stature.

Si dans la préface de *Psyché* « M. Corneille l'aîné » dont le père avait été anobli est cité par « M. de Molière » qui lui prend sa particule, Molière n'a soumis cette page ni à Corneille, ni surtout à Racine, qui disait « M. de Corneille ».

Corneille n'a pas signé non plus *Amphitryon*, mais tout *Amphitryon* est de sa main.

Voici une page dont pas un vers ne peut être signé d'un autre nom que le sien :

Regarde, Amphitryon, quel est ton imposteur
Et sous tes propres traits, vois Jupiter paraître.
À ces marques tu peux aisément le connaître
Et c'est assez, je crois, pour remettre ton cœur
Dans l'état auquel il doit être
Mon nom qu'incessamment toute la terre adore
Étouffe ici les bruits qui pouvaient éclater
Et sans doute il ne peut être que glorieux
De se voir le rival du souverain des Dieux.
. . . . . . . . . . . . . . . . . . . . . . . . . . . . . . . . . . . .
Chez toi doit naître un fils qui sous le nom d'Hercule
Remplira de ses faits tout le vaste univers
. . . . . . . . . . . . . . . . . . . . . . . . . . . . . . . . . . . .
Les paroles de Jupiter
Sont des arrêts des destinées.

Et en voici une autre qui est de *Psyché*. M. de Molière reconnaît qu'elle est de M. Corneille l'aîné.

Il n'ajoute pas que M. de Corneille l'aîné était le premier qui eût fait vivre des pièces de théâtre en vers libres. Mais il le sait puisqu'en 1671 M. de Molière joue *Andromède* depuis vingt-et-un ans.

Hé bien ! Je suis le Dieu le plus puissant des Dieux,
Absolu sur la terre, absolu dans les cieux.
Dans les eaux, dans les airs, mon pouvoir est suprême,
En un mot, je suis l'Amour même,
Qui de mes propres traits m'étais blessé pour vous,
Et sans la violence, hélas ! que vous me faites,
Et qui vient de changer mon amour en courroux,
Vous m'alliez avoir pour époux.
Vos volontés sont satisfaites,
Vous avez su qui vous aimiez,
Vous connaissez l'amant que vous charmiez,
Psyché, voyez où vous en êtes,
Vous me forcez vous-même à vous quitter,
Vous me forcez vous-même à vous ôter
Tout l'effet de votre victoire :
Peut-être vos beaux yeux ne me reverront plus,
Ces palais, ces jardins avec moi disparus,
Vont faire évanouir votre naissante gloire ;
Vous n'avez pas voulu m'en croire,
Et pour tout fruit de ce doute éclairci,
Le Destin, sous qui le Ciel tremble ;
Plus fort que mon amour, que tous les Dieux ensemble,
Vous va montrer sa haine, et me chasse d'ici.

Pour lui-même, M. de Molière réclame le premier acte de *Psyché*. Le début tout au moins est de Molière.

Il est des maux, ma sœur, que le silence aigrit,
Laissons, laissons parler mon chagrin et le vôtre,
Et de nos cœurs l'un à l'autre
Exhalons le cuisant dépit :
Nous nous voyons sœurs d'infortune,
Et la vôtre et la mienne ont un si grand rapport,
Que nous pouvons mêler toutes les deux en une.

Sept vers d'un pareil langage, c'est tout ce que je puis copier ce soir pour la Comédie-Française.

Et voici enfin, une dernière page que j'oserais signer Pierre Corneille, même si Molière ne le disait pas. Mais il le dit.

J'aimais un Dieu, j'en étais adorée,
Mon bonheur redoublait de moment en moment,
Et me voilà seule, éplorée,
Au milieu d'un désert, où pour accablement,
Et confuse, et désespérée,
Je sens croître l'amour, quand j'ai perdu l'amant.
Le souvenir m'en charme et m'emprisonne
Sa douceur tyrannise un cœur infortuné
[Ici manque un vers de huit pieds]
Qu'aux plus cuisants chagrins ma flamme a condamné.
O Ciel ! Quand l'Amour m'abandonne,
Pourquoi me laisse-t-il l'amour qu'il m'a donné ?

Dans la seconde strophe, il manque un vers de Corneille. Molière a oublié de le copier. Puis relisant la copie qui ne signifiait plus rien, il a refait le vers suivant. Cela se voit.

Je le demande à tous ceux qui entendront, ce soir, *Psyché*. Je le demande aux femmes, aux poètes :

Ne sentez-vous pas là deux âmes et deux styles sans contact ?

[*Comœdia*, 9 novembre 1919]

Ces sept articles ne sont, pourrait-on dire, que la partie visible de l'iceberg. Louÿs avait, avant aussi bien qu'après, accumulé les notes et rédigé de nombreux textes. En raison de la dispersion de ses manuscrits et de ses papiers, il n'est guère aisé de s'y retrouver. De surcroît, considérable était l'ampleur des recherches de Louÿs, qui pouvait écrire à son ami Curnonsky : « Molière est exactement le *quart* de ce que je sais sur Corneille. L'œuvre inconnue de Corneille a été publiée de 1622 à 1682 (soixante ans). Molière occupe 1658-1673 (quinze ans)[2]. » En effet, les recherches de Louÿs étaient loin de s'être limitées aux seuls Corneille et Molière. Elles englobaient également tout le théâtre de Thomas Corneille, le *Francion* de Sorel, les *Aventures* de Dassoucy, les mazarinades, les vers publiés par Mlle de Razilly, les pamphlets de l'affaire des Possédées de Louviers, des textes polémiques autour de *Dom Juan* et de *Tartuffe*, d'autres sur l'affaire de Rome de 1662, et quantité de pièces de théâtre comme *Les Visionnaires* de Desmarest de Saint-Sorlin, *Le Nouveau Festin de Pierre* de Rosimond, *L'Académie des femmes* de Chappuzeau, *L'Impromptu de l'Hôtel de Condé* de Montfleury, *La Magie sans magie* de Lambert, etc. La quantité de textes, souvent peu connus, que Louÿs avait lus, crayon en main, a quelque chose de vertigineux. Tout cela est cependant trop vaste et déborde par trop notre sujet pour que nous en parlions ici en détail. Nous nous limiterons donc au seul « problème Corneille-Molière ».

## Position de la question

Le moins hasardeux est sans doute de remonter à l'origine, c'est-à-dire au petit entrefilet de l'*Intermédiaire des chercheurs et curieux* du 10-30 août 1919, intitulé « Corneille est-il l'auteur d'*Amphitryon* ? » Louÿs était parti d'un fait qui l'avait frappé : des analogies stylistiques entre des passages de certaines pièces de Molière (*Amphitryon*, d'abord) et le style même de Corneille. Puis il s'était attaché à scruter la biographie de l'un et de l'autre écrivain. Il s'était alors aperçu qu'elles coïncidaient au moins sur un point : un moment historique très précis, de mai à octobre 1658, quand Molière et sa troupe avaient résidé à Rouen, où vivait Corneille. Pour Louÿs, ce long séjour de Molière dans cette ville, que ses biographes expliquaient invariablement par un désir de se rapprocher de Paris, avait une tout autre raison :

### Un Directeur du Midi

Un directeur du Midi, un tragédien mûrissant, qui, depuis douze années jouait à Pézenas, Agen, Grenoble, un acteur dont les mémorialistes n'ont pas gardé la mémoire et dont les chroniqueurs n'ont pas fait la chronique, ni Loret, ni les auteurs de quatre mille mazarinades et dont l'itinéraire serait un problème insondable si les ingénues de sa troupe n'avaient eu la gracieuse pensée de signer çà et là, quelques registres, traverse brusquement toute la France, passe Paris, et va droit à Rouen, c'est-à-dire chez le dramaturge le plus illustre du monde. 30 avril 1658.

Illustre à une altitude que pas une gloire du théâtre n'a encore approchée. Car rien en Grèce, ni en Espagne, rien de Shakespeare, Gœthe, Wagner, Hugo ne fit jaillir de sa jeunesse la fusée que fut *Le Cid*.

1658. Corneille a trente ans de théâtre. Il est illustre depuis 22 ans, traduit dans toutes les langues de l'Europe [...].

Molière est inconnu à Versailles et en quelques autres villes. Aucun texte signé Molière ne sera imprimé avant 1660. Il n'est pas inutile ici de rappeler à la Librairie Hachette que les dates de Paul Lacroix sont inventées et qu'elles falsifient l'histoire même du théâtre français.

*L'Estourdy* n'est pas de 1653 ; il est du 3 novembre 1658.

Le texte n'en a été corrigé que cinq ans plus tard. L'édition originale de cette pièce dont les vers plaisaient tant à Victor Hugo, est de 1665.

Or, en avril 1658, Molière, comédien nomade, mais jusqu'ici fidèle au Midi (Agen, Pézenas et Grenoble), traverse toute la France et, brusquement, va vers Corneille.

Cent cinquante jours durant, il se fait l'élève de Corneille. Il interroge Corneille. Il l'écoute. Corneille est le seul maître en art dramatique[3].

## MOLIÈRE POÈTE

Molière était né le 13 janvier 1622.

Ses premiers vers ont paru le 12 août 1660, en sa 39e année. Ils sont informes (*Sganarelle*).

Et à quarante ans, Molière publie *L'Estourdy*, qui est un incontestable chef-d'œuvre d'écriture, – et quelques mois plus tard paraît *L'École des femmes*, comédie de premier rang.

Si l'histoire littéraire pouvait homologuer un pareil cas, il s'inscrirait parmi les *Miracula Vivorum* dont les vieux savants étaient si curieux : Molière serait le seul poète de toutes les littératures qui eût appris son art à quarante ans.

Jusqu'ici, en musique et en poésie on a vu des prodiges de précocité. Arthur Rimbaud, d'abord, qui, à seize ans, acheva le centième vers du *Bateau ivre*, et François [sic] Schubert qui en a dix-huit quand il débute par *Le Roi des Aulnes*. Mais on ne cite aucun musicien parmi les immortels, ni aucun poète qui ait acquis tout ensemble expérience, adresse, talent et génie à quarante ans.

Voici le début de Molière poète le 12 août 1660[4] première page de ses premiers vers :

> Vous pourriez éprouver sans beaucoup de longueur
> Si mon bras sait encor montrer quelque vigueur.

Cela n'est écrit, ni en français, ni surtout en vers. On lit dans la même première scène :

> Un autre est survenu dont le bien l'en dégage.
> Lélie est fort bien fait mais apprends qu'il n'est rien
> Qui ne doive céder au soin d'avoir du bien.

Et ce vers qui devrait servir de paradigme à la cacographie de l'alexandrin :

> Si je ne vous lui vois faire fort bon visage
> Je vous... Je ne veux pas en dire davantage.

Les syllabes sont comptées sur les doigts de l'auteur. Il manquait un pied à « faire bon visage ». Tout ira s'il corrige « faire fort bon visage ».

C'est ainsi que Molière écrit à 38 ans. Molière poète.

Molière auteur dramatique savait alors son métier, puisque ce fut toujours Sganarelle qui demeura en tête de son théâtre pour ceux qui chiffrent les recettes.

Mais depuis dix-huit ans il jouait les comédies de Corneille, ses tragédies aussi – et il ne savait pas écrire un alexandrin.

Et c'est le même homme qui ayant passé de quinze ans l'âge où un art quelconque peut s'enraciner dans un crâne, c'est le même homme qui aurait soudainement tout appris du style et des vers jusqu'à imprimer en 1662 *L'Estourdy* ?

On n'admire pas assez Molière. En 1660 il compte les pieds d'un vers, et en 1662 il sait écrire en quatre mots cette merveille :

Acheter sourdement l'esclave idolâtrée [*L'Étourdi,* v. 343]

À lui seul, ce lambeau de phrase dénonce un écrivain hors de pair. (Peu m'importent le sens, l'achat, l'esclave et l'idolâtrée). La structure, le choix des lettres, l'ombre et l'aurore d'un tel vers :

Acheter sourdement l'esclave idolâtrée

valent ce que Lucrèce a trouvé de plus beau. En quelle année Molière avait-il donc traduit Lucrèce ?

Ici, nous ne pouvons plus reprocher à Molière d'oublier ses rôles de Corneille. Il suffit d'apprendre à lire pour confondre *Le Menteur*, *La Suite* et *L'Estourdy* – pour qu'Agnès, Psyché, Henriette se rapprochent et se distinguent, mais ne se quittent plus. Les pères, les fils, les femmes, les sœurs, les amantes passent d'un répertoire à l'autre, avec leurs soubrettes, avec leurs valets, sans altérer leur langage.

Corneille. *Le Menteur* et *L'Estourdy* sont exactement de même style et voici encore un prodige que MM. les Moliéristes devraient ajouter aux miracles de Molière : l'identité constante de sa meilleure écriture et du verbe cornélien. MM. les Moliéristes oublient trop qu'un seul grand poète a su comprendre et capter le génie de son maître[5].

D'autres vers de *L'Étourdi* ne sauraient non plus être de Molière, mais révèlent au contraire les constantes de l'écriture de Corneille poète :

Nous verrons, de nous deux, qui pourra l'emporter...

Que, de ce fol amour la fatale puissance
Vous soustrait au devoir de votre obéissance...

Oter aux jeunes gens les plaisirs de la vie...

Ah ! que le ciel m'oblige en offrant à ma vue
Les célestes attraits dont vous êtes pourvue...

Vive la fourberie ! et les fourbes aussi !....

Mettons flamberge au vent et bravoure en campagne...

Et les avaliez tout ainsi que des pois gris[6]...

Et Louÿs d'énumérer les

Conséquences des cent cinquante journées de 1658

1. Molière se transporte à Paris avec sa troupe et il ne quittera plus Paris.
2. Molière débute dans :

*Nicomède* : de Corneille.
*Héraclius* : de Corneille.
*Rodogune* : de Corneille.
*Le Cid* : de Corneille.
*Cinna* : de Corneille.
*La Mort de Pompée* : de Corneille.

3. Molière auteur (et inédit) joue pour la première fois *L'Estourdy* et *Le Dépit amoureux* le 3 novembre 1658, pièces en vers, qui reviennent de Rouen et ne seront imprimées qu'en 1663.

4. Corneille, qui avait quitté le théâtre depuis six ans, y revient. – 24 janvier 1659 : *Œdipe*. La pièce est acclamée mais pas chez Molière. Corneille la fait jouer à l'Hôtel de Bourgogne.

5. Or Corneille avait quitté le théâtre par lassitude et par dégoût des critiques ridicules que lui faisaient les précieuses à la mode.

En 1659, le grand succès d'*Œdipe* fait taire les précieuses ridicules. Le 8 novembre de la même année, Molière signe et joue pour la première fois un lever de rideau. Quel sujet ? *Les Précieuses ridicules*. Lever de rideau pour quelle pièce ? *Cinna*.

Tels sont exactement les débuts de Molière – acteur et auteur à Paris.

Et cette année 1659 s'achève sans que Molière, âgé de 38 ans, ait encore jamais fait imprimer une ligne ni un vers, ni même le pseudonyme qui lui sert de nom et qu'il a volé à un mort[7].

Quelles furent exactement la part de Corneille et celle de Molière dans les pièces signées par ce dernier ? Louÿs pensait que ces parts étaient, selon les pièces, variables :

L'œuvre pseudonyme de Corneille chez Molière comprend trois types principaux :

1° Pièce de Corneille retouchée par Molière [*L'École des femmes*, *Le Misanthrope*, *Tartuffe*, *Dom Juan*, *Le Malade imaginaire*[8]].

2° Scènes de Corneille. Scénario ultérieur de Molière. Pièce refaite par Corneille. – *Les Précieuses. Les Femmes Savantes.*

3° Scénario de Molière écrit par Corneille. – *Amphitryon. L'Avare.*

4° Pièce de Molière refaite en entier par Corneille. – *L'Étourdi*[9].

## Preuves stylistiques

Ces conclusions, Louÿs les avait tirées en grande partie du style et de la versification des pièces en question. Pour lui, Corneille était un maître inimitable, le poète qui avait poussé à la perfection l'alexandrin tel que Ronsard et Malherbe l'avaient forgé – bref, le poète classique par excellence. Louÿs avait minutieusement étudié les allitérations et les assonances dans les vers de Corneille, dont l'armature, assurait-il, est faite par les consonnes. Il établit ainsi, avec la plus extrême précision, le rôle des T, des P et des M dans ses pièces :

À 26 ans, Corneille fit imprimer *Clitandre* avant *Mélite*. Et voici de quelle manière il allitérait en 1632, c'est-à-dire la première année où il signa.

Douze timbales – douze T – orchestrent un orage qui :

> Met toute la nature au pouvoir du tonnerre
> . . . . . . . . . . . . . . . . . . . . . . . . . . . . . . . . . . . . .
> La perte m'est égale et la même tempête
> Qui l'aurait accablé tomberait sur ma tête… etc.

Puis l'orage s'éloigne comme si Berlioz le dirigeait déjà :

> L'haleine manque aux vents et la force à l'orage.

C'est fort joli. Ceci l'est même davantage :

> Et déjà le soleil, de ses rayons, essuie
> Sur ces moites rameaux le reste de la pluie.

Seuls, ces deux derniers vers sont écrits comme le seront désormais tous les vers de Corneille : de 1632 à 1682[10].

Louÿs s'attacha également à la place du verbe (« Génie de Corneille à choisir et placer le verbe », notait-il[11]) et en déduisit que le poète éprouvait une prédilection qui lui faisait d'instinct placer souvent le verbe au septième pied de l'alexandrin :

I. Corneille :

Et pour leurs coups d'essai *veulent* des coups de maître.

Les Mores et la mer *entrent* jusques au port

Amour ! qui doit ici *vaincre*, de vous, ou d'elle ?

On sait que mon courage *ose* tout entreprendre.

II. Sous la signature « Molière » :

Et Corneille me vient *lire* tout ce qu'il fait (*Les Fâcheux*, I, 1)

À peine pouvez-vous *dire* comme il se nomme...
Votre chaleur pour lui *tombe* en vous séparant...
Je m'irais de regret *pendre* tout à l'instant... (*Misanthrope* I, 1)[12].

C'est là un des arguments les plus intéressants de Louÿs, et il ne semble guère avoir été examiné par ses contradicteurs. Ayant ainsi étudié à la loupe, en poète, le style et la versification de Corneille, il avait pu définir quelques caractéristiques qui étaient presque des tics de langage :

Le vers de Corneille se reconnaît d'abord à l'armature : aux consonnes ; puis à l'adaptation exacte de la phrase au vers : pas de chevilles intérieures

J'ai quitté l'un pour l'autre et je les perds tous deux (*La Suivante*)

est un vers typique. Corneille se reconnaît encore à la rapidité du vers :

Vous sûtes faire gille et fendîtes le vent (*Suite du Menteur*)

à la légèreté du dialogue. Voici une fin de scène entre un jeune homme et une jeune femme :

LUI. Adieu. Souvenez-vous.
ELLE. Et vous, n'y songez plus. (*Galerie du Palais*).

Cela seul suffirait, pour établir que *Le Menteur*, *La Suite*, *L'Étourdi*, *Les Fâcheux*, *L'École des femmes* sont de la même main. Une telle identité de vocabulaire, de style et de métrique est sans exemple dans les sept langues que je comprends. Vous en savez davantage : connaissez-vous deux écrivains de premier ordre dont les lexiques se confondent ?

Mais la preuve serait longue à donner s'il fallait faire une concordance des cent cinquante mille vers. Vous m'avez ravi en demandant pour preuve un « tic » littéraire.

Le « tic » de Corneille, c'est le déplacement du verbe, selon qu'il écrit par rhétorique ou par passion.

Instinctivement, Corneille dit « Je » au pied :

Ils demandent le chef. JE me nomme. Ils se rendent. (*Le Cid*)

Tu t'abuses, Jason, JE suis encor moi-même. (*Médée*)

Adore-les ou meurs ! – JE suis chrétien. Etc. (*Polyeucte*)

Il n'hésite pas à reculer la césure au 7^e^ pied pour placer un verbe monosyllabique ou suivi d'une muette, quand il crie son alexandrin :

Amour ! qui doit ici vaincre | de vous, ou d'elle ? (*Rodogune*)[13].

Une comparaison avec le texte de quelques pièces de Molière lui permettait alors d'écrire :

Le rythme du XI^e^ est fréquent chez Corneille. – Et on le retrouve trois fois dans un seul discours d'Alceste :

À peine pouvez-vous dire / comme il se nomme
... Votre chaleur pour lui tombe / en vous séparant...
... Je m'irais, de regret pendre / tout à l'instant.

On a vu le sort que Louÿs faisait au vers « Acheter sourdement l'esclave idolâtrée ». Il y voyait la signature de Corneille, la marque même de son écriture, dont il disait :

L'écriture de Corneille est unique en français.

Elle est artificielle.

Artificielle par instinct et par école, tout d'abord. Puis artificielle par exercice ; et enfin par maîtrise.

Maître de son procédé, Corneille acquit avec *le Cid* une virtuosité qui parcourut le cercle entier de l'artifice, retrouva le point de départ et sut paraître naturelle comme la parole d'Agnès, – qu'elle écrivit. [...] Plus Corneille use de sa méthode, et plus il la dissimule. C'est ce qui me fait supposer qu'elle avait cessé d'être un instinct pour devenir un artifice[14].

Dès lors, un étrange parallélisme s'établissait entre des vers analogues :

> J'aurais voulu faire entendre que si l'on discute l'auteur de ces vers, leur signature est éclatante :
>
> Mon nom qu'incessamment toute la terre adore
> *Étouffe ici les bruits qui pouvaient éclater*
>
> Pas un poète français n'emploie ainsi les verbes, excepté celui qui a dit :
>
> Vous la *replongerez* en quittant cet empire
> Dans les maux, dont, à peine, encore, elle *respire*.
>
> Six dentales répétées, martelées comme ceci :
>
> ... Redoutez tout après un tel outrage
>
> *Ê, o, on, un*, in, *an*, toute cette nasalité pour un perroquet :
>
> C'est donc un perroquet que le printemps réveille[15].

## La véritable personnalité de Corneille

Corneille, cet inconnu, cet immense prosateur, poète et dramaturge, tel était bien le centre de l'argumentation de Louÿs, qui soulignait : « Molière n'est qu'un chapitre de ma thèse : c'est la fin[16]. » L'essentiel, à ses yeux, consistait dans sa démonstration que Corneille était le plus grand écrivain de son siècle, et que sa personnalité avait été complètement méconnue, et même travestie, par les critiques et les historiens :

> La personnalité de Corneille est gigantesque.
> Elle est en poésie ce que Bach est en musique, c'est-à-dire la maîtrise ininterrompue aboutissant au mépris de l'œuvre et de la signature[17].

Pour Louÿs, Corneille ne s'était pas limité à écrire l'œuvre publiée sous son nom. Il en avait également écrite une autre, anonyme ou pseudonyme, où s'exprimait souvent son tempérament satyrique. Parmi les raisons que nous avons développées dans les chapitres précédents, il y en avait une autre, que Louÿs jugeait encore plus importante, voire décisive : la psychologie même de Corneille. Homme à la fois rebelle et secret, l'auteur de *Cinna* avait pour manies, depuis ses débuts :

> 1° – d'écrire
> 2° – de se faire imprimer
> 3° – de ne pas signer
> 4° – et même de faire signer aux autres, pour plus de secret, tout ce que le Grand Condé n'eût pas jugé digne du grand Corneille[18].
>
> Corneille n'insère dans ses œuvres complètes aucune pièce d'origine double.
> Pas un mot de lui ne daigne revendiquer, ni ce qu'il prête, ni le peu qu'on lui restitue. Si l'on en croyait Corneille, *La Comédie des Tuileries* et *Psyché* même – *Psyché* ! – ne le concerneraient pas[19].

Autre fait frappant relevé par Louÿs, le théâtre complet de Corneille et celui de Molière étaient parus à des dates qui se chevauchaient presque :

> Le parallélisme des deux théâtres continue après la mort de Molière.
> Molière mort, Corneille n'écrit plus même une tragédie. Celle qu'il avait en son tiroir paraît l'année suivante ; mais c'est tout.
> Pendant neuf ans, il hésite à publier ses œuvres complètes.
> Et les amis de Molière attendent.
> En février 1682, le dernier tome de Corneille paraît sans aucune addition. – Alors en juin, le Molière complet de 1682 (et *Dom Juan* inédit) commence à paraître à son tour.
> Évidemment[20].

Dans sa jeunesse, Corneille avait subi une double influence : celle des satyriques irréligieux, et celle des Jésuites de Rouen. Influences non contradictoires, car il ne retint de son passage chez les Jésuites que les « exercices de l'esprit » selon Loyola, qu'il mit en action dans ses pièces (par exemple *Cinna* et *Sertorius*). Mais il y avait aussi chez Corneille une réaction contre ses éducateurs : « Irréligieux comme tous les satyriques de 1622, Corneille sera jusqu'à sa mort un antidévot, par esprit d'indépendance contre ses éducateurs. Il signera tour à tour son indifférence ou les divers degrés de la négation. De 1639 à 1644 et de 1660 à 1682, la plupart de ses pièces portent à la cime un blasphème éclatant[21]. » Aussi, dans ses tragédies, les deux formes principales de la poésie dramatique seront-elles la satyre et les exercices de l'esprit. Mais, fondamentalement, Corneille était un satyrique :

> Corneille était destiné à devenir le plus grand des poètes satyriques, lorsque le procès des poètes (1623-1626) lui a brusquement interdit – dès la saisie du *Parnasse [satyrique]* – ou d'écrire le tableau des mœurs et de le signer, ou d'en faire une satyre directe, s'il le signait Pierre Corneille[22].

> Pierre Corneille écrit le français ainsi qu'Homère écrit le grec. Ce n'est pas l'unique secret de son écriture ni surtout de son existence : Corneille n'a goûté qu'une joie, toute sa vie : masquer son œuvre et sa pensée, écrire une *Camille* sous le titre d'*Horace* et oser publier le même jour, devant Richelieu, le drame révolutionnaire qu'il intitule froidement *Cinna*[23].

> Les satyriques parlaient net aux jeunes gens qui réagissent contre la fadeur des allégories. Quelques-uns prirent des masques, la plupart se turent. Un seul garda la liberté d'écrire et s'en fit une jurisprudence personnelle. Il la prit en 1622 et il la conserva soixante années durant sous Richelieu, Mazarin et Fouquet, sous Louis XIV et Mme de Maintenon, jusqu'en 1682[24].

Pour concilier cette irréligion fondamentale avec la traduction versifiée de *L'Imitation de Jésus-Christ* publiée par Corneille en 1656, Louÿs estimait qu'il s'agissait là de « *L'Imitation*, interprétée sans foi, comme enseignant le bonheur de la misanthropie, la retraite et la pensée[25] ». Autre objection : *Polyeucte* ? Louÿs, qui considérait cette pièce comme l'une des plus importantes de Corneille, avait fait des découvertes qui permettaient paradoxalement d'y trouver une preuve supplémentaire de l'irréligion de l'auteur. Faute de pouvoir reproduire en détail toute son argumentation, nous nous bornerons à la résumer. Toute l'histoire de *Polyeucte*, selon Louÿs, ferait allusion à la fameuse affaire des « Possédées de Louviers », survenue en Normandie et dont Corneille était d'autant plus informé qu'un de ses parents, le médecin Jean de Lempérière, y était directement impliqué :

> Simple méthode pour découvrir toute l'histoire de Polyeucte
>
> I. Faire table rase de tous les commentaires, personnels ou traditionnels.
>
> II. Lire Corneille avec l'assurance que la critique n'a jamais compris Corneille.

III. Comprendre que Pierre Corneille écrit pour crier le drame de sa vie et ne s'intéresse pas à l'histoire ancienne.

IV. Dès le titre *Polyeucte*, comprendre qu'il ne s'agit pas d'une tragédie pieuse, mais d'un symbole spirituel (cf. *Parsifal*). Autrement le choix d'un tel martyr serait une extravagance.

V. Sentir que ces mille huit cents vers sont écrits en vingt jours, au courant de la plume, – avec passion – qu'une vie intense anime ce drame, une force qui ne cesse de s'accroître depuis trois centaines d'années – et que cela est immortel comme *Œdipe-Roi*.

VI. Chercher alors ce que signifie non seulement le vers 1313, mais le premier vers du premier acte :

Quoi ? Vous vous arrêtez aux songes d'une femme ?

Il est singulier, ce premier vers.

VII. Chercher à tout hasard ce qui se passait en 1643 dans les monastères, à quatre lieues de Rouen. (1)

(1) Et non à quatre lieues de Paris, comme tous les critiques l'ont tenté en vain. Corneille et Port-Royal des Champs ne risquaient pas le martyre en 1643.

Eh bien, le problème n'est pas difficile.

La grande affaire de Louviers éclate le 2 mars 1643.

Le premier vers de *Cinna* parlait net à Richelieu. Le premiers vers de *Polyeucte* est une allusion droite à Madeleine Bavent. Cela dit, le personnage s'efface et la clef du drame est plus claire que dans pas une autre pièce de Corneille :

FÉLIX = Mathieu de Lempérière.

PAULINE = Marie de Lempérière.

POLYEUCTE = Pierre Corneille.

ETC.

Est-il possible que personne encore – pas même un des bibliophiles rouennais qui, depuis quarante-trois ans, possèdent, réimprimées, les pièces de l'affaire – n'ait encore fait ce rapprochement, que trois courtes phrases résument :

JEAN DE LEMPÉRIÈRE, médecin à Rouen, soutient que les religieuses sont possédées.

PIERRE YVELIN, médecin *de la Reine Mère*, soutient qu'elles sont hystériques.

PIERRE CORNEILLE dédie *Polyeucte* À LA REINE le 20 octobre 1643. Et il a épousé Marie de Lempérière.

Par conséquent Polyeucte lutte ouvertement contre Félix, Pauline et l'homme le plus célèbre de leur famille.

Corneille a contre lui, non seulement les siens, mais l'Église tout entière, et l'Évêque d'Évreux et les Capucins, – il a contre lui le Parlement où il siège et qui fera brûler vif, quelque temps plus tard, le vicaire Boullay, mêlé à cette affaire.

Corneille risque le bûcher.

Il est presque seul contre tous. Il sait bien qu'une dédicace ne le réconcilie pas avec Anne d'Autriche, qui pleure encore Richelieu mort depuis dix mois.

Mais Corneille est le premier homme qui ait trouvé cette réponse :

> Dans un si grand revers, que vous reste-t-il ? – Moi.
> Moi, vous dis-je, et c'est assez[26].

Louÿs pensait que Corneille avait également participé, par divers pamphlets anonymes, à cette affaire de Louviers, et il inclinait à lui attribuer aussi bien l'*Apologie pour l'autheur de l'Examen de la possession des Religieuses de Louviers* que l'*Histoire de Magdelaine Bavent*. Quant au personnage même de Polyeucte, c'est un révolté, et non un martyr résigné ou tranquillement illuminé par sa foi : « Corneille n'a aucune foi dans l'existence même de Dieu. Polyeucte meurt pour son idéal ; mais il ne faudrait rien entendre à la religion ni à la poésie, ni à Pierre Corneille, pour ne pas constater que jamais le titre *Saint Polyeucte* n'a remplacé *Polyeucte martyr*[27]. » Pour Louÿs, le fond même de Corneille était ainsi celui d'un révolutionnaire, et ses tragédies « des satyres artificiellement dialoguées » :

1

Parlons d'abord des œuvres publiées et signées par Corneille de 1632 à 1682.

Cinquante ans.

En réalité, 1682 est le soixantième anniversaire de ses débuts ; mais il signe pour la première fois le 20 mars 1632 et le dernier tome qu'il édite sous son nom paraît le 26 février 1682.

2

Tout ce que signe Pierre Corneille signifie ce qu'il veut.
Donc son œuvre agit dans le futur.
Ses drames se passent dans l'avenir.
Quelquefois dans le présent et dans le possible.
Jamais dans l'Antiquité.

3

Corneille est un poète satyrique et révolutionnaire.
Son œuvre est la plus libertaire qu'un poète illustre ait jamais écrite.

Elle attaque tous les principes, sauf deux : l'honneur et l'amour.

Pour l'honneur et pour l'amour, il présente le sacrifice comme un devoir et s'accuse personnellement d'avoir un cœur si faible, ayant l'âme si grande.

4

À travers le théâtre de Corneille, l'antagoniste est le Tyran.

Et le Tyran, c'est toujours Richelieu.

*Attila* est un chef-d'œuvre dès qu'on entrevoit le Cardinal sous l'insulte d'un tel nom. Entendez-le parler dans son cabinet de ministre à la dernière scène de l'acte III. Et comprenez le cinquième acte.

5

Sylla, dans *Sertorius*, est Richelieu.

Le monologue d'Auguste est une prosopopée de Richelieu. Je dis le monologue et non le personnage ; car au second et au dernier acte, Corneille lui-même s'identifie à son adversaire.

De telles substitutions de personnages se retrouvent ailleurs que chez Corneille. Pour créer un être vivant, il faut jouer son rôle et Corneille ne pouvait qu'élargir les costumes qu'il endossait. Auguste est double. Richelieu est le tyran. Corneille est le souverain.

6

Par-dessus Richelieu, Corneille attaque le pouvoir absolu, quel qu'il soit.

Après sept ans de silence, il rentre au théâtre en offrant à Fouquet

> L'âme du Grand Pompée et l'esprit de Cinna.

C'est-à-dire : la haine de César et l'esprit de Ravaillac. Voilà qui est net.

Au cas où le Roi n'aurait pas compris, Corneille fait dire en sa présence et dès le premier acte cette réplique :

> Le Roi, tout roi qu'il est, seigneur, n'est pas mon maître.

Et contre Richelieu, telle est encore la rancune de sa Muse qu'elle retombe sur Mazarin et fait au parterre cette déclaration :

> Admire, peuple ingrat qui m'as déshéritée,
> Quelle vengeance en prend ta princesse irritée.
> Tu t'es sauvé du Sphinx aux dépens de mon rang.
> Sauve-toi de la peste aux dépens de mon sang[28].

Le caractère satirique des œuvres signées Molière n'est donc nullement en contradiction avec le tempérament même de Corneille, tempérament qui explique de surcroît les grandes audaces que l'on trouve dans des pièces comme *Tartuffe* et *Dom Juan*. Louÿs s'était tout particulièrement attaché à lire la prose de Corneille, laquelle est méconnue, sinon inconnue. « Pour connaître Pierre Corneille, le secret le plus simple est de lire sa prose », déclarait-il, pensant que c'était dans cette prose que s'était exprimée la véritable pensée de l'homme : « Par le théâtre, il ne forme pas, il déforme sa pensée. Il ne la peint pas ; il la défigure[29]. »

La prose – nous voulons dire : la prose signée – de Corneille est assez variée : lettres, préfaces et discours théoriques. Louÿs y découvrit bien des choses, notamment une maîtrise incomparable du style. Cette maîtrise, il la retrouvait dans certaines pages des œuvres en prose signées Molière et en déduisait que, puisque pareil style ne saurait s'imiter, il fallait y voir la main de Corneille. Ainsi, à propos de la fin de *Dom Juan* :

> Corneille écrit une prose de premier ordre. J'ai eu, depuis un an, le bonheur d'y faire en silence plus de trouvailles que je ne le dirai ; mais vous en ferez davantage : il n'y a pas de sujet plus riche ni plus grand en philologie française.
>
> Aussi ai-je tort de citer ici quelques notes comme si j'avais besoin de plaider que « deux et deux sont quatre » et que, sans l'ombre d'un doute, je reconnais cette voix entre toutes les voix :
>
> Les grâces du Ciel que l'on repousse ouvrent un chemin à la foudre[30].
>
> Vous estimez bien bas les miracles du style si vous cherchez la signature de ces treize mots. La phrase est prodigieuse. Trois fois elle traverse l'infini sans hâte et rien ne prépare l'adversaire à la dernière syllabe qui le tue. On fera mieux de ne pas croire que certains langages – Corneille, Montesquieu, Chateaubriand – souffrent l'imitation, la rencontre ou, par hasard, le parallèle[31].

## Conséquences de l'enquête

Ces recherches avaient entraîné Louÿs très loin : il lut tout Corneille et quantité d'autres textes en prose, anonymes ou non, publiés en France entre 1622 et 1682. Il retrouvait, dans certains, la facture et le style de Corneille, auquel il attribuait notamment le *Francion* de Sorel (il y reconnaissait le premier « coup de maître » du jeune Corneille, qui « inventa une prose tout d'abord, avant que de rêver à la poésie[32] »). La liste des œuvres en prose qu'on pouvait, selon lui, attribuer à Corneille s'allongea jusqu'à devenir… improbable. Louÿs, qui assurait que « Corneille n'a pas signé le quart de son œuvre[33] », avait même dressé le plan d'un recueil de morceaux choisis, qu'il avait intitulé *La Prose de Pierre Corneille* :

I. *Francion*. Récit. Dédicace. Avertissement.
II. La Bataille autour du *Cid* : – pièces anonymes, pseudonymes et signées.
III. La Grande Affaire de Louviers (1643-1652).
IV. Les Mazarinades de Corneille.
V. Les Comédies en prose, préfaces, examens, dédicaces.
VI. Polémique sur *Le Festin de Pierre* et sur *L'Imposteur*. Préface aux *Louanges de la Ste Vierge*.
VII. *Vie de Molière* (1682).
Appendice. – Pamphlets et pièces diverses (1622-1682)[34].

Après avoir scruté et défini la prose de Corneille, Louÿs se mit à lire attentivement certaines dédicaces de Molière. La faiblesse et les maladresses de ces textes lui sautèrent aux yeux, et il y distingua une différence aussi criante qu'incompréhensible avec le style de certaines comédies signées Molière :

Et maintenant, lisez ce qui suit, – ce que vous n'avez jamais lu, ce que Gœthe ignorait comme vous, ce que pas un styliste n'a lu mot à mot, – lisez la dédicace de *L'École des femmes*, la dédicace d'*Amphitryon* : l'une à Madame, et l'autre au Grand Condé.

La dédicace de *L'École des femmes*.

> Madame,
> Je suis le plus embarrassé homme (sic) du monde s'il me faut dédier un livre…

« S'il me faut… » charmant début : Molière dirige la troupe de Monsieur. Donc « il lui faut » rendre hommage à Madame.

> … et je me trouve si peu fait au style d'épître dédicatoire que je ne sais par où sortir de celle-ci.

Non, il n'est pas « fait au style d'épître » comme il dit. Avant d'entrer comment « sortir ». Nous nous amusons.

> Un autre auteur qui serait en sa place trouverait d'abord cent belles choses à dire à Votre Altesse Royale sur le titre de *L'École des femmes*.

Évidemment, l'auteur de la pièce entendrait au moins ce que signifie le titre, et il est clair que le langage de la cour lui serait connu. Dès le premier acte, le dialogue est élégant parce que les mots sont aisés.

> Semblables à ces eaux si pures et si belles
> Qui coulent sans effort des sources naturelles

mais l'auteur de la dédicace avoue qu'il n'a pas d'aisance et ignore l'usage même de la langue française.

> Pour moi, je vous avoue mon faible. Je ne sais point cet art de trouver des rapports entre des choses si peu proportionnées, et quelques belles lumières que mes confrères les auteurs...

Lisez tous les mots de cette phrase :

> ... que mes confrères les auteurs me donnent tous les jours sur de pareils sujets, je ne vois point ce que Votre Altesse Royale pourrait avoir à démêler avec la comédie que je lui présente.

Et ceci n'est rien, ô Princesse fortunée, auprès de ce que vous allez entendre :

> On n'est pas en peine, sans doute, comment il faut faire pour vous louer.

Textuel.

Ouvrez votre Molière et suivez mot à mot ces lignes incroyables :

> On n'est pas en peine, sans doute, comment il faut faire pour vous louer. La matière, Madame, ne saute que trop aux yeux, et de quelque côté qu'on vous regarde on rencontre gloire sur gloire et qualités sur qualités. (!)
>
> Vous en avez, madame, du côté du rang et de la naissance, qui vous font respecter de toute la terre. (!)
>
> Vous en avez du côté des grâces de l'esprit et du corps...

Oui, Molière a écrit ça. Parlant à la belle-sœur de Louis XIV, il n'est « pas en peine comment la louer ». Elle a, heureusement pour elle, des qualités « du côté du rang » et voilà pourquoi on la respecte. Elle en a aussi… mais achevons la phrase :

> Vous en avez aussi… du corps, qui vous font admirer de toutes les personnes qui vous voient.
>
> Vous en avez du côté de l'âme, qui, si l'on ose parler ainsi, vous font aimer de tous ceux qui ont l'honneur d'approcher de vous. Je veux dire cette douceur pleine de charmes dont vous daignez tempérer la fierté des grands titres que vous portez.

Tout y est. Il l'aime bien, « si l'on ose parler ainsi », parce qu'elle n'est pas fière. Comprenez-vous que l'auteur de cette lettre n'a pas écrit tout d'abord la scène éblouissante qui sert d'ouverture aux *Fâcheux* ? Ni en quinze jours, comme on le lui fait dire dans une intéressante préface, – ni en quarante ans ?

Mais je n'ai pas fini d'étaler ici la Dédicace à Madame.

Donc, Madame a des qualités « du côté du corps » et même « du côté de l'âme ».

> … cette bonté toute obligeante, cette affabilité généreuse que vous faites paraître pour tout le monde et ce sont particulièrement ces dernières pour qui je suis…

Ici, Molière déploie ses qualités de style et sa qualité d'âme, « si l'on ose parler ainsi ».

> Mais encore une fois, Madame, je ne sais point le biais de faire entrer ici des vérités si éclatantes.

Le brave ouvrier tapissier : il ne sait point le biais de faire entrer les vérités à l'instant où Madame leur pardonnerait enfin cette singulière envie de sortir qu'elles disaient à l'heure d'entrer.

> Je ne sais point le biais de faire entrer ici des vérités si éclatantes ; et ce sont choses, à mon avis, et d'une trop vaste étendue, et d'un mérite trop élevé pour les vouloir renfermer dans une épître, et les mêler avec des bagatelles…
>
> Tout bien considéré, Madame, je ne vois rien à faire ici pour moi, que de vous dédier simplement ma comédie…

« Ma comédie ». La phrase dernière offre *L'École des femmes* et la signe.

Que Molière eût le droit et même le devoir d'assumer plus d'une fois les risques et la renommée de ce qu'il signa, c'est la vérité.

Mais que les élégances d'Arnolphe et d'Horace, mais qu'Agnès, la voix d'Agnès, incomparable à tout ce que Pierre Corneille n'a pas écrit, – soient issues de la même plume qui dédia la pièce à Madame... Non.

Il faut avoir parcouru le cercle entier des artifices pour dessiner simplement une ligne d'Ingres ou un vers d'Agnès.

## [La dédicace d'*Amphitryon*]

> Monseigneur
>
> N'en déplaise à nos beaux esprits, je ne vois rien de plus ennuyeux que les épîtres dédicatoires et Votre Altesse Sérénissime trouvera bon, s'il lui plaît, que je ne suive point *le style de ces Messsieurs-là*, et refuse de me servir de deux ou trois misérables pensées qui ont été *tournées et retournées* tant de fois qu'elles sont *usées de tous les côtés*.
>
> Le *nom* du Grand Condé est un *nom* trop glorieux pour le traiter comme on fait tous les autres *noms*. Il ne faut l'appliquer, ce *nom*...
>
> ... il ne faut l'appliquer ce nom illustre qu'à des emplois qui soient dignes de lui...

(Les emplois, Monseigneur, c'est pas pour votre Altesse Sérénissime ; c'est pour votre nom, s'il vous plaît.)

> ... et pour dire de belles choses je voudrais parler de le mettre à la tête d'une armée plutôt qu'à la tête d'un livre.

(C'est toujours votre nom, c'est pas Votre Altesse que je veux parler de mettre à la tête d'une armée, pour dire de belles choses.)

> ... et je conçois bien mieux ce qu'il est capable de faire *en l'opposant aux forces des ennemis de cet état* qu'en l'opposant à la critique des ennemis d'une comédie.

(Nous attendions cette gaffe. Elle n'a pas tardé.)

> Ce n'est pas, Monseigneur, que la glorieuse approbation de Votre Altesse Sérénissime *ne fût* une puissante protection pour toutes ces sortes d'ouvrages et qu'on *ne soit* persuadé...

(Ici tout devient énorme)

> ... et *qu'on ne soit persuadé des lumières de votre esprit* autant que de l'intrépidité de votre cœur et de la grandeur de votre âme.
>
> On sait...

(Oui, en 1668, vingt-cinq ans après Rocroy, le Grand Condé apprend par Molière qu'il n'est pas inconnu au Palais-Royal. Ni même chez les Espagnols des Philippines et du Pérou :)

> On sait par toute la terre que *l'éclat de votre mérite n'est point renfermé dans les bornes de cette valeur* incomparable *qui se fait* des adorateurs chez ceux même *qu'elle surmonte, qu'il s'étend, ce mérite*, jusqu'aux connaissances *les plus fines* et les plus *relevées*…

(Vous avez bien compris ? Les bornes d'une valeur ne renferment pas l'éclat d'un mérite ; et elle se fait, cette valeur, des adorateurs chez ceux qu'elle surmonte, parce qu'il s'étend, ce mérite, jusqu'aux connaissances les plus fines. J'oubliais : et les plus relevées. – Je voudrais arrêter là cette pénible copie ; mais voici une phrase bien curieuse vers la fin : elle est écrite en français.)

> Je n'abuserai, Monseigneur, ni de votre nom, ni de vos bontés, pour combattre les censeurs de l'Amphitryon et *M'ATTRIBUER une gloire que je n'ai pas, peut-être, méritée.*

(Ainsi, la première phrase qui rompe avec un tel galimatias, la phrase qui n'est pas de la même écriture, attribue *Amphitryon* peut-être, à quelqu'un ? Cela est d'autant plus intéressant que, seule, cette phrase est *hidalga*, « fille de quelqu'un », en effet.)

> Et je ne prends la liberté de vous dédier ma comédie – (ainsi continue Molière) – que pour avoir lieu de vous dire…

(Soyez attentifs, je vous prie. Suivez bien le raisonnement du Poète Malgré Lui.)

> … que pour avoir lieu de vous dire que je regarde incessamment avec une profonde vénération *les grandes qualités que vous joignez au SANG auguste dont vous tenez le JOUR et que je suis*, Monseigneur, etc.
>
> MOLIÈRE.

(Le malheureux qui patauge ainsi n'est pas distrait ni malade[35].)

Prose et vers, un Corneille nouveau apparaissait : un être ardent et passionné, souvent vindicatif, qui s'était encore plus complètement livré dans sa prose, où il se révélait grand polémiste, implacable envers ses ennemis comme envers tout ce qu'il détestait, usant de ce que Louÿs appelait ses « sept armes blanches » : l'insulte, l'outrage, l'injure, l'ironie, le ridicule, le mépris et le commandement. Scrutant les textes, qu'il lisait avec une grande pénétration, Louÿs n'eut pas de peine à montrer toute l'ironie de la dédicace de *Cinna* à M. de Montauron, l'impertinence de celle d'*Horace* à

Richelieu, le dédain suprême de l'Examen de *Théodore* et de la dernière phrase de l'Épître au lecteur d'*Héraclius*, l'écrasant mépris contre Scudéry qui éclate dans l'Avertissement de l'édition de 1648 du *Cid*, la violence contre le même Scudéry manifestée par la *Lettre apologétique du sieur Corneille*, etc. De ces notes de Louÿs, nous ne donnerons qu'un seul exemple, ses commentaires sur la lettre de Corneille à Boisrobert du 23 décembre 1637[36] :

Les sentiments du Cid sur le Cardinal

Quand parurent les *Sentiments de l'Académie sur le Cid*, Corneille écrivit le 23 décembre :

« Je m'étais résolu d'y répondre, parce que, d'ordinaire, *le silence d'un auteur qu'on attaque est pris pour une marque du mépris qu'il fait de ses censeurs*... Mais... »

Mais la phrase tranquille place un « mais » aux bornes de sa promenade, s'en retourne avec indifférence et finit par se résoudre au contraire du premier dessein. Corneille déclare qu'il ne répondra pas.

Donc s'il ose laisser croire au mépris qu'il peut faire de Mgr. le Cardinal et de toute son Académie, ce n'est pas pour retirer le mot ; – c'est pour l'écrire.

Et s'il retire le mot à la dernière ligne, on voit assez qu'il y insiste jusqu'à l'écrire deux fois – jusqu'à l'approcher du titre que l'on donne à Richelieu.

« Je me tairai donc, non point *par mépris*, mais par respect.

[Corneille]

(P.S.) Je vous conjure de ne point montrer ma lettre à Monseigneur, si vous jugez qu'il me soit échappé quelque mot qui puisse être mal reçu de Son Éminence. »

L'apostille est un chef-d'œuvre.

Sur cette ironie énorme, Corneille achève une lettre qui commence par accuser le destinataire, en trois phrases, pour abus de confiance.

Il ne pouvait dire plus clairement : Ceci est une Épître à Son Éminence[37].

Ayant ainsi fait le tour de l'œuvre de son grand homme, Louÿs pouvait avoir une idée plus précise du livre qu'il comptait écrire. Sa thèse lui apparaissait comme solidement établie :

Elle est confirmée quatre fois (et tout le premier je dirais que c'est trop) par quatre groupes de preuves en concordance exacte sur tous les points :

1° Philologie de la prose

2° Métrique

3° Psychologie

4° Documents biographiques.

La première partie suffit à résoudre le problème. Ses procédés sont aussi clairs que ceux de l'anthropométrie. Ils ne critiquent pas. Ils constatent.

Les trois autres parties, à la suite, sont là[38].

On comprend dès lors la démarche de Louÿs : ce n'est qu'après avoir scruté à fond l'œuvre et la biographie de Corneille qu'il s'attacha à celles de Molière. Il avait été frappé par les contradictions et les inconsistances des diverses biographies de Molière, en même temps que par les insuffisances de Fontenelle à propos de son oncle Corneille :

LA TRINITÉ DRAMATIQUE ET SES QUATRE ÉVANGILES

*La Trinité.*

On admet que le siècle premier du théâtre français reste éclairé par trois noms éternels :

Corneille – Molière – Racine.

Un seul dieu ?

Peut-être ; – bien que le cas de Racine et celui de Molière ne se ressemblent aucunement.

Nous pourrons comparer plus tard le savant élève, le metteur en scène et le dieu – le seul dieu de cette trinité.

Ici, considérons, par hypothèse, trois maîtres, c'est-à-dire trois égaux : Pierre Corneille, Molière, Jean Racine.

*Les Quatre Évangiles.*

La trinité Corneille-Molière-Racine est prêchée invariablement d'après quatre évangiles antiques :

I. Évangile de Corneille selon Fontenelle.

II. Évangile de Molière selon Vinot et la Grange.

III. Évangile de Molière selon Grimarest.

IV. Évangile de Racine selon Louis Racine.

*I. Évangile de Corneille selon Fontenelle.*

La sœur de Corneille accoucha de Fontenelle le 11 février 1657.

Ce jour-là, Corneille avait achevé d'imprimer ses vingt-deux premières pièces publiquement avouées, parmi lesquelles :

1° Toutes ses comédies signées.

2° *Le Cid, Horace, Cinna, Polyeucte, Pompée, Le Menteur, La Suite du menteur, Nicomède.*

3° Les treize mille cinq cents vers lyriques de *L'Imitation.*

4° Pour mémoire : tout ce que je ne veux pas dire, surtout de 1637 à 1652.

Bien que Fontenelle ait vécu deux jours et onze mois au-delà de quatre-vingt-dix-neuf ans, ce serait exagérer sa longévité que de la prolonger dans le passé jusqu'à dix-sept ans avant sa naissance (mariage de Corneille), vingt ans (querelle du *Cid*) ou quarante-deux ans (Corneille au collège).

Fontenelle dont la mémoire est faible, ignore même comment, lui vivant, a vécu son oncle. Ceci est grave. Fontenelle a toujours été quelqu'un. Il a vingt-sept ans quand son oncle meurt ; mais jusqu'à vingt-trois ans, il habite Rouen et peut-être même par-delà 1680.

Corneille brûle toute sa correspondance en 1681 ; mais Fontenelle n'a aucune raison d'en faire autant. Or on ne connaît pas une lettre de Corneille à Fontenelle. Par conséquent il faut choisir entre ces deux hypothèses : – ou Fontenelle a détruit les lettres de Corneille – ou bien Corneille ne lui a jamais écrit. L'un et l'autre cas est fâcheux.

Si Fontenelle avait connu son oncle et s'il avait éprouvé un sentiment quelconque, digne d'un tel homme – respect ou pitié, amour, haine, orgueil, peu importe quelle passion, – eût-il souffert, lui le premier, la scandaleuse ignorance où il nous laisse quant aux dates cornéliennes ?

Fontenelle ignore et ne recherche pas :

– la première du *Cid.*
– la première d'*Horace.*
– le mariage de Corneille.
– la première de *Cinna.*
– la première de *Polyeucte.*
– Vingt autres premières de Corneille.

On ignore le jour, le mois et jusqu'à l'année qui vit le triomphe du *Cid* – c'est-à-dire l'origine éclatante et la création du théâtre français. Novembre ? Décembre 1636 ? Premiers jours de 1637 ? On ne sait.

*Cinna* et *Polyeucte* évoluent, selon les historiens, entre 1640, 1641, 1642 pour le premier, 1641, 1642, 1643 pour le second. Quelques dates de Sophocle et d'Aristophane sont mieux connues que celles de Corneille.

Et il en sera ainsi tant que Fontenelle, – ce nom de source, – abreuvera l'Université.

Pour découvrir les franches fontaines, il faut travailler en pleine terre. Elles y seront bientôt découvertes

> Semblables à ces eaux si pures et si belles
> Qui coulent sans effort des sources maternelles.

C'est là que vous trouverez l'histoire de *Polyeucte* – et ses dates si proches de son impression.

C'est là que vous trouverez aussi la date du 16 février 1662 et les vers que Pierre Corneille écrivit ce jour-là sans le dire à Fontenelle.

*II. Évangile de Molière selon Vinot et La Grange.*

C'est de beaucoup le plus précieux des quatre.

D'abord, il est écrit – presque tout entier – de main de maître.

On l'attribue à Vinot et la Grange.

La Grange, l'excellent homme, La Grange tout à coup magistral, La Grange dompteur des forces de la voix, chorégraphe de la syntaxe, grand orgue du vocabulaire ?

Non.

Alors, ce serait Vinot.

Par malheur, on n'a jamais su qui pouvait être ou ne pas être ce Vinot mystérieux.

A-t-il jamais existé ? Vinot, est-ce une faute de lecture comme l'auteur de *Daphnis et Chloé* ? comme le saint patron de l'Irlande et les saints martyrs de Montmartre ?

Jamais il n'y eut de Longos, ni de Saint Patrick, jamais de Saint Dionysos ni de Saint Eleutheros...

Et quand vous ne croyez à Dionysos ni sous l'auréole du martyr, ni sous la robe, la barbe et les boucles du dieu, vous croyez aux miracles du sieur Vinot.

Continuez. Je n'ai rien dit encore.

*III. Évangile de Molière selon Grimarest.*

Valeur sensiblement égale à zéro.

*IV. Évangile de Racine selon Louis Racine.*

Racine mourut avant que son évangéliste eût *six ans 1/2*.

Donc la biographie rapporte – par ouï-dire – une tradition à deux degrés. C'est un conte.

Le conte n'est pas mal fait, mais sa critique est encore moindre que sa valeur documentaire.

Bien qu'ordinairement les pièces de Racine prennent l'histoire pour sujet et non pour prétexte, – il en est cependant qui, malgré leurs docilités aux disciplines de l'enseignement, sont plus dignes que toute biographie de nous éclairer sur leur auteur.

Et sur d'autres auteurs que lui.

Un seul mot de Racine, un mot deux fois répété, m'a paru être une allusion directe à quelque chose d'obscur et de précis dans le passé. Peut-être à un titre ? C'était cela. J'ai trouvé une pièce anonyme admirable – et assurément visée par Racine, bien qu'elle ne le concernât guère. – Je dirai tout cela dans une autre occasion. Ici je ne parle pas des pièces non signées.

Mais s'il m'est permis de le redire, la Vie de Racine par lui-même est plus curieuse à déchiffrer que les Mémoires de son fils ne sont nécessaires[39].

## Relecture de Molière

Louÿs s'attacha ensuite à relire, pièce par pièce, tout Molière. Sa conclusion, fondée sur le style et la versification, était nette : « Toutes les grandes comédies de Molière sont écrites en deux langages par deux hommes que rien ne rapproche[40]. » Dans son article « *L'Imposteur* de Corneille et le *Tartuffe* de Molière » de *Comœdia* du 7 novembre 1919, il avait déjà exposé cette idée à propos de passages de *Tartuffe*, mais il avait en réalité étendu ensuite ses investigations à la plupart des comédies de Molière, commençant même par *L'Étourdi*, où il voyait une pièce entièrement réécrite et versifiée par Corneille en 1658 :

MOLIÈRE COMPTE SUR SES DOIGTS

À trente-huit ans, Molière signe ses premiers vers (*Sganarelle*)

Plus que l'on ne le croit ce nom d'époux engage
.......................................................
Si je ne vous lui vois faire fort bon visage.

Donc il ne sait écrire ni en vers ni en français, il compte sur ses doigts les douze syllabes. Et tout d'un coup à trente-neuf ans... *L'École des maris* ; à quarante ans, *Les Fâcheux* – et avec quelle jeunesse d'improvisation : en huit jours *Les Fâcheux*. Puis la même année, en un mois *L'Étourdi*, *Le Dépit amoureux*, la première de *L'École des femmes* :

Le 31 décembre 1662, Boileau pousse un cri de stupeur. Il y a de quoi.

Mais depuis le 7 octobre Corneille a rejoint Molière à Paris.

Et précisément cette année 1662 est une éclipse de Corneille. Corneille qui ne cessait d'écrire n'a rien fait, paraît-il, en 1662. « On a peine à le croire », dit Marty-Laveaux.

Eh bien, entre *La Suite du Menteur* et *L'École des femmes* en passant par celle des *Maris* et par *Les Fâcheux* et de là jusqu'aux *Femmes savantes*, ou trente ans plus tôt, jusqu'à *La Veuve*, *La Suivante*, *La Galerie*, *L'Illusion*, toutes les comparaisons philologiques aboutissent invariablement à des identités – le choix des mots, le rôle des verbes, la syntaxe, l'adaptation de la phrase au vers, la respiration et l'aisance du rythme et l'armature par la multiplicité des consonnes. Tout cela ensemble est indubitable[41].

L'examen des quatre premières pièces en vers de Molière permettait à Louÿs de dresser

LA PREMIÈRE CHRONOLOGIE VÉRITABLE
DES PIÈCES SIGNÉES MOLIÈRE.

Cela commence par deux farces en un acte :

*Les Précieuses ridicules*. 1660

*Le Cocu imaginaire [Sgnanarelle]*. 1660.

Quand *Les Précieuses* furent écrites, Corneille était à Paris pour *Œdipe*.

Mais lors de la seconde farce (qui est en vers) Corneille était à Rouen. – C'est dommage. – Si la capacité de votre esprit se hausse à connaître un géant d'avec un haut de chausse, lisez une page du *Menteur* puis une page du *Cocu*, où le vers de Molière est pur, sans alliage, aussi vulgaire par son rythme que par son langage et par sa pensée. C'est un tambourinement tétranapestique, une mirlitonade à quatre macarons. Quatre mesures de polka par alexandrin et un gentil souper au 4e temps.

> Vous pourrez éprouver sans beaucoup de langueur (!)
> Si mon bras sait encor montrer quelque vigueur.

Ce ne sont pas des vers. Ce n'est pas même un langage. Et c'est l'auteur de *L'Estourdy*, qui tout à coup serait devenu primaire au point d'écrire un tel bousillage à *la première page* de sa *première comédie en vers*, publiée, corrigée, signée de lui ?

Non. – Cela ne supporte aucune discussion.

D'ailleurs, personne ne peut se représenter ce qu'était *L'Estourdy* en 1660. Il faut que les éditeurs de Molière aient été victimes, tous ensemble, de ce curieux phénomène qu'on nomme l'hallucination collective, pour qu'ils ne veuillent pas démordre d'une erreur dont un bibliophile rougirait deux fois. Jadis elle pouvait être une ignorance. Depuis longtemps, c'est une erreur volontaire.

Quatre pièces de Molière étaient imprimées depuis 1660 et 1661, quand l'hiver 1662-1663 vit paraître coup sur coup la 5e, *L'Estourdy*, la 6e, *Le Dépit Amoureux* et la 7e *L'École des femmes*.

Voilà trois pièces qui s'adaptent l'une à l'autre, sitôt qu'on cesse de falsifier leurs dates. Il y avait là un *point obscur*, comme disent les poquelinomanes. Voyez-vous comme il s'éclaire, ce point obscur, par les miracles de la chronologie.

Une date de plus, et le point obscur va peut-être s'illuminer.

7 octobre 1662. Pierre Corneille quitte Rouen et devient à Paris le voisin de Molière.

21 novembre. Achevé d'imprimer de *L'Estourdy*.

24 novembre. Achevé d'imprimer du *Dépit amoureux*.

26 novembre. Première représentation de *L'École des femmes*.

Eh bien, *L'École des femmes* est pleine de vers charmants ou vigoureux. Des vers qui sont des vers. Et qui sont écrits.

Quelle merveille que cet alexandrin :

Horace avec deux mots en dirait plus que vous.

Comment faire entendre que ceci est tout le contraire du talent et de la facilité ? Ce vers ne se pose que sur son haleine. Combien a-t-il de muettes pour être si léger ? Une. Ou une demie. Ou pas une. On peut gentiment l'accentuer sans que le vers se pose. La dextérité de cette ligne naît de la diversité des consonnes. Mais cela ne se fait pas. Cela s'écoute et se présente. Jamais à la Malibran ni à Sganarelle. À Pierre Corneille[42].

*Les Précieuses ridicules* étaient, selon Louÿs, le témoignage des vieilles rancunes de Corneille contre celles qui, en 1643, avaient boudé *Polyeucte*. Tout comme il avait défié Richelieu dans *Horace* et dans *Cinna*, il n'avait pas hésité à affirmer sa personnalité rebelle dans *Œdipe*, et Louÿs s'étonnait que de tels accents ne fussent pas davantage connus :

Pourquoi ces textes-là ne sont-ils jamais cités ?

Qui les expurge ? Qui les tranche d'*Horace*, de *Cinna* même et du poëme admirable qui sous le masque d'*Œdipe* sonne le glas des concussionnaires à la face de Fouquet, et revendique tous les droits, toutes les libertés, – l'indépendance plénière, – à la face de Louis XIV[43].

## *L'École des femmes*

Passant à *L'École des femmes*, selon lui « la comédie la plus élégante et la plus parfaite que Corneille eût écrite », Louÿs décelait la présence de deux écritures aussi différentes qu'incompatibles :

*L'École des femmes* est surtout un chef-d'œuvre d'écriture savante et une suite de scènes aussi bien faites que mal reliées.

La première scène entre Horace et Arnolphe peint à merveille les deux personnages et la conversation est du meilleur ton. S'ils n'ont pas le même âge, ils sont du même monde. Horace ignore qu'il est jeune. Arnolphe oublie qu'il ne l'est pas. C'est assez pour que leur dialogue soit vivant, jusqu'au point de préparer la pièce tout entière, mais tous deux sont également incapables de ne plus savoir par moments, ni comme on se tient, ni comme on parle.

Au troisième acte, Arnolphe traite Agnès de « chienne » et cela ne lui va point : Mais Horace n'a pas entendu le mot. Il demande : « Qu'avez-vous ? ». Et le texte continue par cette réplique ahurissante :

ARNOLPHE

Moi ? Rien. C'est que je tousse.

L'auteur d'Arnolphe et l'auteur de « c'est que je tousse » avaient deux cerveaux distincts.

Le véritable Arnolphe dit à son valet :

Qui vous apprend, impertinente bête,
À parler devant moi, le chapeau sur la tête ?

Ce sont bien deux vers d'Arnolphe où tous les mots sont choisis et placés – curieuse coïncidence – comme par Corneille. Mais il est absurde, ce distique, par la faute du béquet précédent :

ARNOLPHE (recevant un coup de bâton)

Peste.

ALAIN

Pardon.

ARNOLPHE

Voyez ce lourdaud-là.

On rouait vif, en 1662, le valet qui donnait un coup de bâton à son maître. On lui brisait avec une barre de fer les deux bras, les deux avant-bras, les deux cuisses et les deux jambes. Et on ne le tuait pas. On le laissait mourir sur la roue.

Voici donc un valet qui s'expose à faire rompre les douze os de ses quatre membres, et son maître ne lui dit que « Peste » comme si une jolie femme lui donnait un coup d'éventail ? C'est peut-être Molière, ce maître-là, mais ce n'est pas Arnolphe.

Ce qui suit est encore plus extravagant. Tous les béquets sont de quatre lignes dans une comédie en vers. Ce coup de bâton va devenir une fadaise.

C'est le valet qui dit ce mot-là ?

Non. C'est Arnolphe. Et à l'instant même où il change de caractère, Arnolphe change de langage, autant que l'auteur change de rang !

Que tous deux on se taise.
Songez à me répondre et laissons la fadaise.

Dès lors nous ne comprenons plus comment Arnolphe hausse le ton, trois vers plus loin, sur le protocole du chapeau, s'il n'a pas senti celui du bâton.

Ce renversement des valeurs est un procédé classique de la farce et de la parade. Mais les auteurs qui s'amusent à tirer les ficelles de Cassandre n'écrivent pas *L'École des femmes*[44]…

Louÿs mettait aussi en exergue ce passage :

*École des femmes*. Acte V, scène III.

HORACE
Ne soyez point EN PEINE Où je vais *vous mener*
*C'est un logement sûr que je vous fais donner*
Vous LOGER avec moi, *ce serait* tout détruire
ENTREZ DANS CETTE PORTE (sic) et laissez-vous *conduire*.

Faut-il tant d'ingéniosité pour découvrir que ces quatre vers français classiques ne sont pas écrits en vers ? ni en français ? – et qu'ils tranchent avec ceux-ci, d'une tranche à l'autre :

– Pourquoi me quittez-vous ? – Chère Agnès, il le faut.
– Quand je ne vous vois point, je ne suis point heureuse.
– Hors de votre présence on me voit triste aussi.
– Hélas ! s'il était vrai, vous resteriez ici.

Cela est une merveille et c'est inimitable. C'est Psyché qui parle. Et c'est de là qu'est née Mélisande : arrière-petite-fille. Et chacun de ces quatre vers est signé Corneille par toutes ses consonnes.

Quel que soit le nombre des élèves, personne n'a fait une ballade de Villon, ni certaines odes de Ronsard, ni les jeunes amoureuses de Corneille et la douceur inimitable de leur parole.

Sur huit souffles et cinq liquides, ce vers passe en murmure. La délicatesse d'un T suffit à chaque hémistiche :

Hélas ! S'il était vrai vous resteriez ici.

L'habileté de ce vers est inouïe. C'est le soupir pur[45].

À Molière, en revanche, revenait incontestablement la dédicace à Anne d'Autriche : « une patauderie, un charabia sans nom[46] ». Louÿs lui opposait l'habileté extrême d'écriture du rôle d'Agnès : « Agnès et Psyché parlent exactement le même langage. » Comment expliquer alors la disparité de ces deux écritures dans une même pièce ? Louÿs discernait l'intervention inopportune de Molière, qui, voyant tout par le côté comique et, fort de son expérience d'acteur et de directeur de troupe, s'employait, par ses modifications et ajouts au texte remis par Corneille, à faire rire le public. Ces interventions étaient, dans les pièces en vers, particulièrement maladroites, car Molière n'avait ni le génie poétique ni la science prosodique de Corneille :

> La versification courante de Molière est une malibrânerie sans nom, et jamais poète français n'a su être robuste à l'égal de Corneille, avant Hugo. [...] Corneille n'a eu que deux reproches à faire au cours d'une entente qui dura quinze ans – d'abord de ne pas garder son rôle de collaborateur théâtral à partir de décembre 1662 et d'ajouter, par exemple, « *C'est que je tousse !* » au rôle d'Arnolphe[47].

### *TARTUFFE*

Dans son article « *L'Imposteur* de Corneille et le *Tartuffe* de Molière », Louÿs soulignait les énormes différences de ton et de style existant dans de nombreux vers de cette pièce, raison pour laquelle nous n'y reviendrons pas ici en détail. Il y voyait la preuve que la pièce était, à l'origine, une comédie satyrique de Corneille flétrissant la fausse dévotion et que le texte primitif avait été modifié par Molière, lequel avait inclus de nombreux « béquets » et des retouches inopportunes. Dans un passage d'*Amphitryon*, pièce jouée et imprimée en 1668, soit avant que *Tartuffe* fût enfin publié, Louÿs distinguait une autre « preuve psychologique » placée là par Corneille, et qui faisait allusion à la comédie de 1664 :

> Pour ceux qui ne comprennent rien et devant qui on peut tout dire sans risques d'être entendu comme on plaisante un sourd pour faire rire les enfants, Corneille, sous le nom de Jupiter, s'amusait à signer *L'Imposteur* sur la scène dans une pièce qui présente au public la mythologie primordiale du pseudonyme et auparavant même que d'imprimer son *Imposteur*, il disait à Molière publiquement par la voix d'un dieu :
>
> – Regarde, Amphitryon, quel est *ton Imposteur*
> *Et sous tes propres traits* vois Jupiter paraître.
> À ces marques *on peut aisément le connaître*
> Et *c'est assez*, je crois, pour remettre ton cœur[48].

### *DOM JUAN*

Une autre pièce entrant dans la catégorie des œuvres de Corneille retouchées par Molière était *Dom Juan*. Pointant le fait que la pièce n'avait jamais été imprimée du vivant de Molière, suite aux attaques qu'elle suscita, Louÿs pensait que c'était Corneille lui-même qui l'avait fait publier en 1682 dans l'édition posthume du théâtre de

Molière. Il soulignait à ce propos que Thomas Corneille avait adapté la pièce en vers, et citait la formule de l'Avis de l'édition de cette adaptation : « le célèbre auteur sous le nom duquel cette comédie est toujours représentée ». Il constatait que l'expression « sous le nom » avait été employée par Corneille dans l'Avis au lecteur de sa traduction des *Louanges de la Sainte Vierge* :

> La prose de Corneille est une langue d'une incomparable clarté.
>
> L'année 1665, où *Dom Juan* fut représenté « sous le nom » du comédien, Pierre Corneille signe une préface qui donnera le sens de l'expression dès le début.
>
> > Cette pièce se trouve imprimée sous le nom de St. Bonaventure, à la fin de ses œuvres. Plusieurs doutent si elle est de lui...
>
> La phrase nous intéresse.
>
> > Plusieurs doutent si elle est de lui, et je ne suis pas assez savant en son caractère pour en juger.
>
> Donc, aussitôt après *Dom Juan*, les premières lignes du premier livre signé Corneille avertissent le lecteur qu'il faut connaître le caractère d'un homme avant de savoir si cet homme a pu concevoir ce qu'il signe.
>
> Pour un peintre, la signature ne compte pas. Chez un financier, il lui faut des preuves.
>
> Les Moliéristes attribuent *Dom Juan* à Molière parce que le drame a été représenté « sous le nom de... » Et, par une méprise remarquable, ils demandent des preuves alors qu'il s'agit de vérifier la signature qu'ils présentent[49].

Pour Louÿs, nulle coïncidence, mais une autre « preuve psychologique » venant à l'appui de sa thèse. Il rappelait alors d'autres passages du même texte de Corneille :

> Pour l'octave de l'Assomption, l'an 1665, parut un petit livre précédé d'une préface qui devrait être signée « Dom Juan » et qui n'est cependant ni de Molière ni de Thomas Corneille, mais de « P. Corneille ». J'ai acquis jadis chez le patriarche Anatole Claudin l'édition originale de ce document extraordinaire.
>
> Je l'ai sous les yeux.
>
> Pierre Corneille y déclare qu'il ignore la théologie. Et la dévotion. Et Dieu.

> Je suis si peu versé dans la théologie et dans la dévotion que je n'ose me fier à moi-même lorsqu'il en faut parler.
> Je les regarde comme *des routes inconnues.*

Ainsi parle Pierre Corneille dans la soixantième année de son âge, et maître de la prose française, maître de Bossuet, il ajoute avec audace les lignes que voici :

> Ce n'est pas sans beaucoup de confusion que je me sens un esprit *si fécond pour les choses du monde* ET SI STÉRILE POUR CELLES DE DIEU.

Style sans pair. Style sûr de sa force et d'autant plus calme qu'il est plus terrible.
Corneille a écrit un alexandrin qui porte en lui sa toute-puissance :

> Vous saurez par mes mains conduire le tonnerre.

L'homme qui a choisi et placé le mot *conduire* dans une phrase qui offre le *tonnerre*, est le seul homme qui ait pu écrire à la même hauteur les mots suprêmes de la Statue : phrase qui par trois fois traverse l'espace et que Dom Juan n'a pas encore comprise quand elle tombe court et le tue.

> Les grâces du Ciel que l'on repousse ouvrent un chemin à la foudre.

Je sais que *Dom Juan* est de Corneille ; mais puisque tous les Moliéristes sont incapables de découvrir une source qu'un autre Molièriste n'ait pas reçue d'un tiers, et puisqu'ils m'ont sommé, ils prendront la peine de lire les auteurs du XVII^e siècle, imprimés et manuscrits[50].

Corneille, pensait Louÿs, avait d'abord écrit et publié *Dom Juan* en vers, en 1670, « douze ans avant le texte en prose, treize ans avant la version de Thomas [Corneille] » : le *Nouveau Festin de Pierre ou l'Athée foudroyé* de Rosimond. Dans cette pièce de l'acteur du Marais, il repérait des vers cornéliens par leur force et leur accent :

> De quelque grand péril qu'on menace ma teste,
> Tu me verras plus ferme, au fort de la tempeste,
> Affronter le danger sans craindre le trépas ;
> La foudre peut tomber et ne m'écraser pas.
> Ce bras sçait l'art de vaincre, et du moins si ma vie
> Est par mes ennemis ardemment poursuivie,
> Et qu'il faille céder aux caprices du sort,
> Carrille, j'ay du cœur pour me donner la mort.
> Mais pour te faire voir que ny peur, ny menace,

Ne peuvent ébranler une si ferme audace ;
Je verrois maintenant et la terre et les cieux
Animer contre moy cent monstres furieux,
Que, d'un cœur intrépide et d'un bras indomptable,
J'opposerois ma force à leur rage indomptable.

Reste la pièce en prose jouée et publiée sous le nom de Molière. Les notes où Louÿs devait expliquer pourquoi cette œuvre était en prose ne nous sont pas parvenues. Mais en voici une autre :

*L'Imposteur* et *Le Festin de Pierre* – ou *Le Tartuffe* et *Dom Juan* – furent joués en 1664 et 1665 par Molière.

Et *sous le nom* de Molière.

Je dis : *sous le nom de* Molière et je prends pour témoin Thomas Corneille qui fut autorisé à versifier le texte par les deux seules personnes qui en eussent le droit : Pierre Corneille et la maîtresse de Pierre Corneille – l'auteur et l'héritière. La préface du frère cadet les désigne assez clairement. Et avec leur permission, elle précise que l'auteur sous le nom duquel la pièce originale est représentée est Molière, qui... l'écrivit ? Non pas. Qui *la fit jouer.*

C'est net. Et c'est exact[51].

## *Le Misanthrope*

Louÿs avait également beaucoup scruté *Le Misanthrope* et était parvenu à la conclusion que la pièce avait été entièrement refaite par Molière sur un texte original de Corneille. Il commençait par poser ainsi le problème :

Il s'agissait de choisir entre deux thèses, dont la seconde n'avait jamais été soutenue ni devinée :

I – Ou Alceste est une satire d'un acteur contre M. de Montausier.

II – Ou Alceste est Alceste ; et Alceste est Pierre Corneille. Celui qui parle.

Vous ne voyez rien qui empêche un acteur de crier son amour de la solitude ? et de jouer ? – ni rien qui rapproche Alceste de *l'Imitation de J.-C.* ?

Et vous vous étonnez que « certaines gens » hésitent à signer Scapin l'auteur du *Misanthrope* ?

Je prétends qu'un acteur peut avoir sa vie déchirée, qu'il peut pleurer sur la scène comme pleurait Mounet-Sully à genoux en touchant de ses mains d'aveugle – père « orphelin de ses enfants » – les enfants d'Œdipe ; – mais que *jamais Alceste n'eût joué Alceste* ; qu'il n'eût pas même *signé* Alceste, pas plus que l'auteur de l'*Imitation* n'a signé son livre[52].

Relisant la pièce, Louÿs pouvait noter :

*Le Misanthrope* est une pièce incompréhensible tant elle a été abîmée. Il en reste heureusement les actes III et IV ; le III est bon ; le IV est immortel.

Le II et le V sont bâtis avec des matériaux admirables, mais par un maçon.

Et le I^er^ acte – si beau – n'a aucun rapport avec le drame.

Rien n'est plus grand que certaines pages du *Misanthrope* – hors *Le Cid*.

Mais les trois procès d'Alceste et le caractère même d'Alceste sont mis en morceaux parce que la pièce tout entière est brisée par quelqu'un[53].

Il avait surtout été impressionné par certaines alternances de ton et de style :

Il est évident pour un poète que le premier acte du *Misanthrope*, écrit par un grand homme, est rapiécé par quelques bousillages sans nom ; p[ar] ex[emple] les « Je ne dis pas cela ».

Le Hugo du XVII^e^ s[iècle] qui a trouvé cette coupe de vers pour cette apostrophe :

Moi ? Votre ami ? Rayez cela de vos papiers

n'est pas le même qui conseille plus loin d'avoir un empire sur des démangeaisons pour tenir la bride à ce qui fait éclat[54].

Certains vers attiraient particulièrement son attention :

Voici des vers que Racine eût vainement imités. S'ils n'étaient signés « Molière », je prêterais serment qu'ils sont de Pierre Corneille.

Celui-ci d'abord, tout seul, suffirait, dès le premier hémistiche :

– Mais…
– Non, Madame, non ! [*Le Misanthrope*]

Pour quiconque a lu Corneille, cette interruption d'Alceste est la voix même de l'auteur.

Trop de perversité règne au siècle où nous sommes
Et je veux me tirer du commerce des hommes.
Quoi ! Contre ma partie on voit tout à la fois
L'honneur, la probité, la pudeur et les lois !
On publie en tous lieux l'équité de ma cause.
*Sur la foi de mon droit mon âme se repose.*
Cependant, je me vois trompé par le succès !
J'ai pour moi la justice et je perds mon procès !

Oh ! quel chef-d'œuvre du pastiche qu'un vers pareil :

> Sur la foi de mon droit mon âme se repose.

Par la structure soudaine de ses fondations et de son édifice et de son belvédère, cet alexandrin est un prodige. Il superpose trois abstractions ; et la tour, en trois mots est si bien construite, qu'au sommet du dernier étage, toute la force de la phrase, le verbe lui-même, – *repose*.

Le tour de force que Pierre Corneille exécutait une fois par jour, pour narguer ses imitateurs, c'était justement celui-là : mettre à l'épreuve du verbe l'édifice d'une abstraction triple, et réussir en un seul vers cet exercice d'équilibriste. Il disait par exemple que, pour l'homme, le plus sûr,

> C'est d'affermir ses pas sur le mépris du monde [*Imitation*]

et c'est un vers signé Corneille ; il n'est pas inutile de le dire, tant Alceste et Corneille se ressemblent.

Alceste continue :

> Quelque sensible tort qu'un tel arrêt me fasse,
> Je me garderai bien de vouloir qu'on le casse.
> On y voit trop à plein le bon droit maltraité
> Et je veux qu'il demeure à la postérité,
> Comme une marque insigne, un fameux témoignage
> De la méchanceté des hommes de notre âge.
> Ce sont vingt mille francs qu'il m'en pourra coûter,
> Mais pour vingt mille francs j'aurai le droit de pester.

Ah ! si on imitait les alexandrins comme les terres cuites alexandrines, quel bel art serait le pastiche[55] !

*Le Misanthrope* était en réalité un « exercice de l'esprit » conçu par Corneille et très proche sur ce point de *Cinna* : « Philinte est la politesse de Corneille ; Alceste est son caractère. » La misanthropie d'Alceste correspond à celle de Corneille, telle qu'elle s'exhale dans son adaptation de *L'Imitation de Jésus-Christ*, et dans la prose signée Corneille, Louÿs trouvait des arguments supplémentaires pour démontrer la violence passionnée de sa misanthropie :

Je prends le ton qu'il faut pour vous parler d'Alceste et je vais vous lire, sur le même ton, le verbe que prit Alceste à l'égard d'un de ses Philintes [Scudéry] :

> Que je sois encore votre ami ? afin que vous soyez encore le mien ?

Sur quel ton lisez-vous la page suivante :

> Je ne vous ai point fait de tort de vous traiter d'égal, puisqu'en vous nommant mon envieux, vous vous confessez moindre.

Est-ce un joli coup d'épée qu'une telle phrase ? et que dites-vous de celle-ci :

> De ma part, je verrai avec mes amis si ce que votre libelle vous a laissé de réputation vaut la peine que j'achève de la ruiner[56].

La pièce primitive de Corneille a été rendue méconnaissable :

> Une soirée perdue ne saurait être plus tristement perdue qu'au *Misanthrope*. Molière qui avait une âme de valet ne comprenait bien que l'anse du panier, la plaisanterie lucrative, l'escroquerie paisible de Valère, ou laborieuse, de Scapin. Au siècle de Polyeucte, Molière est incapable de comprendre « les forces impondérables » qui mènent le monde et que Bismarck savait être plus puissantes que le canon. L'idéal le fait rire, comme il fait rire les valets. Un valet qui chercherait à comprendre une religion n'y verrait que tartufferie et soustraction de capitaux. Jamais il ne parle de l'art, les valets ne savent même pas s'en moquer ; mais comme un valet peut rire d'une seringue, Molière prendra la seringue pour symbole de la science, au siècle de Pascal et de Newton, et pour symbole de la médecine au siècle de Harvey et de Bartholin[57].

Molière n'aurait donc cherché qu'à faire rire le spectateur, ce qui l'avait conduit à modifier complètement le texte de Corneille : « Toutes les pages sont littérairement et moralement déshonorées. Cela est maçonné avec des matériaux admirables, mais par un pauvre homme[58]. »

> La ruine sacrée du théâtre, le monument que rien ne restaure et qui reste pourtant l'égale de *Cinna*, c'est *Le Misanthrope*.
>
> Dans quel état nous est-il parvenu ?
>
> Pas un caractère n'est logique ; et tous les rôles sont illustres.
>
> Quelle scène a jamais entendu un dialogue plus beau que celui-ci ? On annonce Clitandre.
>
> CÉLIMÈNE
>
> Où courez-vous ?
>
> ALCESTE
>
> Je sors.

CÉLIMÈNE
Demeurez.

ALCESTE
Pourquoi faire ?

CÉLIMÈNE
Demeurez.

ALCESTE
Je ne puis.

CÉLIMÈNE
Je le veux.

« Je le veux » dit Célimène. Elle a en vérité « une âme de vingt ans ». Quel cri d'amour que ce « Je le veux » ! Agnès n'a pas eu plus de simplicité. Le cœur de Célimène est-il, parmi les cœurs de femmes, un cœur mystérieux ?

Les sept répliques n'achèvent pas même le second alexandrin, mais elles posent les deux personnages.

Passionnément, Célimène veut Alceste. Elle le perd pour avoir essayé de le séduire.

Passionnément aussi, Alceste voulait Célimène. Il la perd pour l'avoir brusquée.

Leur histoire est une intrigue de méconnaissance amoureuse, mais la sincérité de Célimène est aussi claire que celle d'Alceste, et que l'écriture de Corneille à travers ces rôles géants[59].

Mêmes procédés d'écriture, au surplus, que chez Corneille :

Le rythme du XI<sup>e</sup> est fréquent chez Corneille. – Et on le retrouve trois fois dans un seul discours d'Alceste :

À peine pouvez-vous dire / comme il se nomme
… Votre chaleur pour lui tombe / en vous séparant…
… Je m'irais, de regret pendre / tout à l'instant.

Alceste et Tartuffe sont deux rôles écrits par Corneille et à peine retouchés[60].

Louÿs était également sensible à la similitude de ton et d'écriture entre certaines tirades du *Misanthrope* et des vers d'*Agésilas*, tragédie datant de la même année 1666. Tels ces vers de Mandane dans cette dernière pièce, qui lui paraissaient sortir de la bouche même de Célimène :

L'étrange contretemps que prend sa belle humeur !
Et la froide galanterie
D'affecter par bravade à tourner son malheur
En importune raillerie !
Son cœur l'en désavoue, et murmurant tout bas...

### *AMPHITRYON*

On se souvient que ce fut en lisant un passage de cette pièce que Louÿs avait eu la première intuition du « problème Corneille-Molière ». Il l'écrivit en ces termes à Frédéric Lachèvre :

Les premiers vers moliéresques où j'ai reconnu la voix et le « jeu » de Corneille, – les voici :

Ce moi qui le seul moi veut être
Ce moi de moi-même jaloux,
Enfin ce moi, qui suis chez nous,
Ce moi qui s'est montré mon maître
Etc. . . . ., etc. . . . .

L'auteur réussit quarante fois le dédoublement inimitable, lui seul a pu écrire de Richelieu :

Il n'est jamais ce qu'il feint d'être
. . . . . . . . . . . . . . . . . . . . . . . . . . .
C'est lui sans que ce soit lui-même,
Sans masque il est toujours masqué.

Corneille est le seul écrivain qui réussisse – non pas une fois mais indéfiniment la prestidigitation de sa métamorphose.

On pourrait presque dire que son théâtre a deux protagonistes : « Je » et « Moi ».

De là est né le plus beau vers de toutes les littératures :

Je suis maître de moi comme de l'univers

mais aussi une variété prodigieuse du même exercice. Le cœur et l'âme se dédoublent, se combattent, se domptent, se confondent ; c'est l'enfance de l'art. Il va plus loin, sans âme !

Mon cœur à soi-même s'arrache.

Autre part, il réunit ce que la destinée sépare : le présent et le passé. *Je retrouve sans cesse*, dit-il,

en mon esprit confus
Et tout ce que je sens et tout ce que je fus.

Admirable vers ! – Il ne fait que des chefs-d'œuvre sur ce thème-là que personne ne pourrait « jouer » aussi rapidement sans tomber dans l'incohérence et le galimatias[61].

Louÿs pouvait ainsi assurer à un correspondant : « Croyez bien que Corneille seul a écrit les deux scènes entre Sosie et Mercure ainsi que le récit de Sosie et d'Amphitryon[62]. » Il y revient dans une lettre à Émile Henriot :

Vous rappelez-vous en quels termes et à quel propos Renan a dit qu'on se faisait tuer pour des causes dont on n'était pas bien sûr ?
Je ne me ferai pas tuer pour *Amphitryon*. Je suis tout à fait sûr que Corneille a écrit :

Ce moi qui le seul moi veut être.

Personne, que Pierre Corneille, n'eût trouvé :

Qui de votre manteau veut la faveur obscure.

Ni ce hérissement d'R et de consonnes doubles :

Et sous tes propres traits vois Jupiter paraître.

Six R, dont cinq sont doublés des consonnes les plus fortes : le P et le T. Il faudrait ne rien entendre à l'orchestration de Corneille pour croire que cette ligne de Bach fût, au besoin, de Rossini[63].

### *LES FEMMES SAVANTES*

Cette pièce, selon Louÿs, amalgamait deux textes différents :

Le texte des *Femmes savantes*

Principales scènes écrites entre 1643 et 1649.

Pièce détroussée par l'auteur en 1665 pour *Les Précieuses*, puis saignée à blanc pour *Alceste*, puis refaite et restaurée – toujours par l'auteur (sauf les béquets), mais par un auteur vieilli que les restaurations n'amusent plus.

Alceste est l'auteur de Chrysale, ce n'est pas douteux. Les deux caractères sont distincts, mais c'est la même voix.

Les deux textes des *Femmes savantes*

Deux textes composent *Les Femmes savantes*. L'un est magistral. L'autre est presque inintelligible.

Si l'on avait pris la peine de les distinguer par leurs caractères, on aurait depuis longtemps posé à leur sujet un problème bien simple en philologie : – les deux textes sont-ils du même langage ?

Voici un passage célèbre, aux vers 922-926 de la pièce. Le même poète est-il l'auteur de ces trois premiers vers et des deux suivants :

Nous serons par nos lois les juges des ouvrages
Par nos lois, prose et vers, tout nous sera soumis
Nul n'aura de l'esprit, hors nous et nos amis.
*Nous chercherons partout à trouver à redire*
*Et ne verrons que nous qui sache (sic) bien écrire.*

Les deux derniers vers ne sont pas pas du même langage parce qu'ils ne sont pas de la même âme.

D'abord, et incontestablement, ils ne sont pas du même monde.

Pourquoi, tout à coup, Philaminte cesse-t-elle de parler français ? Pourquoi patauge-t-elle brusquement dans ce

*qui cherche à trouver à redire*

comme si Martine parlait pour elle ? et quelle grammaire ou quel Vaugelas a pu lire cette Philaminte inattendue pour terminer son discours par cet ahurissant alexandrin :

*Nous ne verrons que nous qui sache bien écrire.*

Les Femmes savantes.

Le sujet des *Femmes savantes* était déjà vieux quand la pièce parut en 1672 ; et il n'a pas cessé de vieillir. On ne se moque plus de Trissotin ni de Vadius, ni de Philaminte. On rirait plutôt de Chrysale.

Mais la comédie est immortelle par le style de ses personnages. Clitandre, qui est évidemment l'auteur des *Femmes savantes*, fait en quelques vers un portrait qui n'a rien à craindre :

> Je vis, dans le fatras des écrits qu'il nous donne,
> Ce qu'étale en tous lieux sa pédante personne,
> La constante hauteur de sa présomption...

Écriture magistrale.

> La constante hauteur de sa présomption
> Cette intrépidité de bonne opinion
> Cet indolent état de confiance extrême
> Qui le rend en tout temps si content de soi-même
> Qui fait qu'à son mérite incessamment il rit
> Qu'il se sait si bon gré de tout ce qu'il écrit
> Et qu'il ne voudrait pas changer sa renommée
> Contre tous les honneurs d'un général d'armée.

Je date ces vers de 1643 à 1647 et je dis qu'ils sont de Pierre Corneille, parce que je tiens à vous le faire entendre avant de vous le faire savoir. Par l'histoire de la pièce, la signature est claire, mais littérairement, elle est éclatante.

Un dessin d'Ingres ne peut être que d'Ingres. Une page écrite par Corneille en 1643 n'appartient ni à Chapuzeau [sic] en 1661, ni à Molière en 1672[64].

Le personnage de Trissotin était facile à identifier, pour qui connaissait l'incident de *Polyeucte* survenu en 1643 :

Ainsi pas un Moliériste n'a pu découvrir, depuis sept mois, l'origine de Trissotin ni la source du récit que j'en ai fait le 15 octobre [1919] ?

Parce qu'ils ne savent comment j'ai trouvé ce que je dis, ils se taisent. J'ai dit qu'à l'un de ses amis Fontenelle avait raconté la lecture de *Polyeucte* chez les Précieuses, ou chez les Femmes savantes, comme il vous plaira – et que, de vive voix, il avait ajouté au récit que tout le monde a lu, un détail.

Voici la scène : Corneille vient d'achever *Polyeucte* et il est de ceux qui ne peuvent écrire un chef-d'œuvre sans le savoir. On l'invite à le lire. Il consent ; mais il ne consulte pas. Il sait que sa pièce est immortelle.

Et quand il vient de lire pour la première fois : « Allons, gardes ! c'est fait ! » (et combien d'autres mots frémissants pour toujours) : quand il a fait le miracle de ne rien déclarer sans le ressentir jusqu'à donner une voix sincère à un vers tel que celui-ci :

> Et rendez-moi la mort que vous m'avez ôtée.

Enfin quand le cinquième acte – l'un des sommets de la poésie et du drame – est révélé aux Précieuses, Mme de Rambouillet donne son avis, que l'auteur ne demandait pas. Elle invite Corneille à ne pas se décourager. Il reste malgré tout l'écrivain du *Cid*.

La scène était connue, sauf un point : le dernier mot. Après avoir ainsi consolé Corneille, Mme de Rambouillet se retourna et dit :

« Monsieur l'Abbé Cottin… »

– Après avoir entendu *Polyeucte*, elle pria Trissotin de lire quelque chose[65].

Louÿs identifiait le pédant Vadius, non à Ménage, mais à Jean-Louis Guez de Balzac, dont le nom Guez (= gué) avait tout simplement été traduit en latin (vadum) et légèrement modifié :

Pourquoi n'a-t-on pas cherché ce que voulait dire le nom de *Vadius* ?

Vadius, c'est Vadius Balzacius, le type exact du savant qu'on présente à Paris et qui débute par une gaffe parce qu'il n'a pas l'usage du monde.

Il signait *Guezius* Balzacius ; mais VADIUS est de meilleur latin. La correction est drôle.

Deux fois blessé par Balzac (d'abord par son *indulgence* pour *Cinna* et ensuite par la gaffe qu'il relève), Corneille a véritablement écrasé Balzac en 1647. La page est terrible. Mais *Les Femmes savantes* sont trois fois datées 1643 :

1° La lecture de *Polyeucte* chez Philaminte, par « Clitandre ».

2° L'incident de l'abbé Cotin et de Corneille aussitôt après.

3° La lettre fameuse de Vadius Balzacius à Corneille, sur *Cinna*[66].

Il revenait sur le sujet dans une lettre du 5 mars 1920 à Abel Lefranc, où il allait assez loin :

Elle est énorme, la question de savoir si Alceste est Pierre Corneille.

La structure de la phrase *par les consonnes* d'abord ; et secondement par les sonorités.

– le choix et la place des mots : surtout la place du verbe et les conséquences métriques de ces variations.

– enfin, toutes les confirmations que donne la chronologie de Corneille comparée à celle de Molière, permettent d'avancer, par exemple :

1° Que, pour moitié, *les Visionnaires* [de Desmarets de Saint-Sorlin, 1637] sont de Pierre Corneille : les scènes 5 et 6 du 1er acte, le morceau d'Hespérie à l'acte II, le monologue de Mélisse au début du IV sont de lui mot à mot.

2° Que les scènes principales de Tartuffe, d'Arnolphe, de Philaminte, d'Alceste, datent de 1637 à 1639.

3° Qu'en 1643, chez Philaminte, Corneille a été blessé par Philaminte, Armande et Trissotin. Que la même année, Vadius Balzacius – le type exact du savant qui gaffe parce qu'il n'a pas l'usage du monde – a blessé Corneille pour la seconde fois et que Corneille a daigné fulminer en 1647 :

« jusques chez M. de Balzac, *dans sa province* ou pour me *servir* de ses paroles mêmes, *dans son désert.* »

Trois lignes suffisaient à Corneille pour anéantir quelqu'un.

Ce quelqu'un signait *Guezius* Balzacius, mais *Vadius* est de meilleur latin et la leçon est amusante. – En outre elle délivre Ménage, si vous estimez qu'elle est juste, et le charmant esprit de Ménage mérite au moins cette délivrance[67].

Et Louÿs constatait une fois encore des disparités dans le texte de la pièce :

Ne croyez pas que Molière ajoute jamais un acte ! Il *faufile*, çà et là, des rappels... (voyez quel français on écrit dès qu'on pense à Molière). Disons qu'il enchaîne toutes les parties et l'intrigue à travers les scènes. Mais il le fait avec une maladresse inouïe. Dès que vous lisez une transition inepte, c'est que Molière fait un béquet :

Notre sœur est folle, oui. – Cela croît tous les jours.
Mais encore une fois reprenons le discours
Clitandre vous demande Henriette pour femme.

Molière a mal copié le premier vers parce qu'il ne pouvait le croire coupé au 5e pied.

Notre sœur est folle ? – Oui, cela croît tous les jours

et il ajoute l'imbécillité qui suit, à cause de l'intrigue[68].

La conclusion de Louÿs était nette. Il distinguait, dans la plupart des pièces de Molière, une sorte de palimpseste, qui était le texte de Corneille. L'écriture et la versification lui en offraient la preuve :

LE TRAVAIL DE MOLIÈRE

| TEXTE ORIGINAL | BÉQUETS |
| --- | --- |
| Excellence de l'armature, c'est-à-dire des consonnes. | Aucun sens des sonorités Placement des consonnes au hasard. |
| Sonorités parfois éclatantes et jamais celles de la césure. | |
| « Vers » solide et léger, perpétuellement soulevé par les muettes ou les consonnes doubles. | Le vers est pâteux. Les muettes sont rares et placées à faux. |
| Rythmes justes et variés. Le choix des verbes est incomparable. | La plupart des alexandrins se composent de quatre anapestes. |

| TEXTE PRIMITIF | INTERPOLATIONS |
| --- | --- |
| Phrase claire. | Phrase confuse. |
| Rares inversions. | Fréquentes inversions. |
| Syntaxe latine. | Ignorance de toute syntaxe, latine ou française. |
| Excellente armature de la phrase et du vers, par le choix et la place des consonnes. | |
| Sonorités prudemment contenues et parfois éclatantes. La syllabe de la césure donne le ton. | Ignorance et insouciance. |

| TEXTE PRIMITIF | BÉQUETS ET REPRISES |
| --- | --- |
| Écrit par un grand poète qui sait tous les secrets du style – et qui est un créateur et qui possède les qualités les plus brillantes du dialogue – (outre celles du discours), mais qui juxtapose les scènes. | Écrits par un directeur de théâtre presque illettré, mais intelligent et actif – qui n'a qu'un but en corrigeant le texte premier, c'est de coudre les scènes entre elles avec deux ou trois fils d'une action suivie[69]. |

Un autre point important, mais sur lequel nous n'avons pas retrouvé beaucoup de notes, était Thomas Corneille, dont Louÿs avait lu attentivement toute l'œuvre. Certaines pièces, notamment *Ariane*, lui paraissaient, par leur écriture et la maîtrise de la versification, devoir être restituées à Pierre Corneille seul. Le fait est qu'une œuvre comme *La Mort d'Annibal*, pièce de 1669 de Thomas Corneille, contient certains vers où semble souffler le style vigoureux du frère aîné, comme ceux que Flaminius adresse à Attale :

Vous osez à mes yeux, enflé du rang suprême,
Trancher du souverain, ordonner de vous-même,

Et sans songer par qui Pergame est sous vos lois,
Votre amour prétend faire une reine à son choix ?
C'est donc là le respect que vous portez à Rome ?
Ignorez-vous qu'un roi chez elle n'est qu'un homme,
Et que, pour renverser les plus grands potentats,
Elle n'a tout à coup qu'à retirer le bras ?

Reproduisons aussi ce passage du monologue de Prusias, qu'on croirait issu de la main qui écrivit *Le Cid* :

Mais pourquoi t'oser croire, ô grandeur importune,
Serviles intérêts d'État et de fortune,
Qui, pour me conserver le vain titre de roi,
M'ôtez la liberté de disposer de moi ?
Sans vous, de l'amour seul j'écouterais la flamme
Le trône n'aurait rien qui partageât mon âme,
Au lieu que, l'un et l'autre attirant tous mes vœux,
Sans céder à pas un je cède à tous les deux.
Ô désirs de grandeur, fiers mouvements de gloire,
Amour, Rome, Annibal, qui de vous dois-je croire ?
Qui de vous dans mon cœur doit enfin l'emporter ?

Comme le faisait remarquer Gustave Reynier dans sa monographie sur l'auteur de *La Mort d'Annibal* : « Pierre Corneille n'aurait pas mieux dit. » Il ajoutait ceci, qui ferait presque de lui le Pierre Louÿs de Thomas Corneille :

Si l'on songe que *La Mort d'Annibal* est de 1669 et qu'à cette époque le Grand Corneille, découragé par l'échec d'*Attila*, ne travaillait pour son compte à aucun ouvrage dramatique, on est tenté de supposer que, séduit par le sujet que traitait son frère, il prit plaisir à composer pour lui quelques vers, heureux de se prouver à lui-même que son génie n'avait pas vieilli. Mais en somme nous n'avons pas de preuve certaine pour appuyer une telle hypothèse, et ce serait vraiment être injuste pour Thomas Corneille que d'attribuer à son frère les beaux vers qu'on peut relever dans ses tragédies.

Louÿs tenait pour assuré qu'il y avait une étroite collaboration entre les deux frères, et que cette collaboration avait pu s'étendre à certaines pièces signées Molière :

La confrontation des chronologies de Pierre Corneille, de Thomas et de Molière sera une révélation pour quiconque prendra la peine que j'ai prise – l'écrire sur trois colonnes – et il comprendra ce qu'elle signifie. J'abandonne là tout un secret à qui le veut – ne serait-ce que pour convaincre les futurs Docteurs ès-Lettres[70].

## POINT D'INTERROGATION FINAL

Louÿs avait ainsi parcouru tout le cercle. Parvenu à ce stade ultime de ses recherches, la collaboration Corneille-Molière ne lui apparaissait nullement comme un accident dans la vie du premier. Selon lui, elle s'inscrivait parfaitement dans la logique de cette vie :

> Corneille, jusqu'à sa trentième année – donc pendant toute sa jeunesse de poète et d'homme – fut un auteur comique et satyrique.
>
> Fatalement, tout poète continue sa jeunesse. De 16 à 18 ans, il rêve son œuvre. De 25 à 30, il la réalise, l'agrandit, la fixe, puis retourne à son premier rêve par une irrésistible soif de rajeunir. Certaines biographies – les plus grandes – décrivent un cercle complet et reviennent au point exact d'où elles naquirent[71].

Une grande énigme demeure cependant, à propos de ces recherches de Louÿs. Le 9 octobre 1920, il écrivait, dans sa dernière lettre connue à Valéry : « Paul, je viens de trouver par hasard la preuve que je ne cherchais pas, la preuve *autographe* du texte signé Molière, mais écrit *par Corneille*, pour Molière. [...] La "preuve" dont il s'agit ne m'a été signalée par personne. Elle est dans un dépôt public[72]. » Dans une lettre à Frédéric Lachèvre, Louÿs faisait une déclaration analogue : « [...] j'ai trouvé par hasard la "preuve" qui manquait à M. Strowski, la preuve autographe. J'en suis désolé... le problème devient trop facile à résoudre[73]. »

De quelle « preuve » s'agissait-il, voilà ce que nous-mêmes ni personne n'a réussi à découvrir jusqu'ici. Ce qu'en dit Louÿs donne à penser que ce devait être un manuscrit littéraire conservé dans une bibliothèque publique. Certainement pas un manuscrit attribué à Molière, car, faut-il le redire, on n'en connaît point. Un manuscrit de Corneille ? Mais, en fait d'autographes, on ne connaît de lui que des lettres. Était-ce une copie manuscrite de l'époque, reproduisant un texte de Molière et répertoriée comme anonyme, mais où Louÿs aurait reconnu la graphie de Corneille ? Nous n'en sommes pas plus avancés pour autant, car Louÿs ne donne aucune précision sur la bibliothèque publique en question. On peut cependant tenir pour assuré qu'il ne mentait pas, et qu'il ne cherchait pas non plus à mystifier. Peut-être la référence de cette « preuve » a-t-elle été consignée par Louÿs dans quelque note manuscrite qui a disparu ou qui n'a pas encore ressurgi. On voit combien l'écrivain a eu tort de ne pas publier son dossier, et surtout de ne pas rendre publique cette « preuve » : le destin aura fait que Pierre Louÿs sera mort en emportant cette clef avec lui.

## Notes

1. Dans cet article, il n'y a pas de questions du journaliste, lequel rapporte uniquement les propos de Louÿs, en les reliant parfois par des commentaires généraux sans aucun intérêt pour nous et que nous avons supprimés ici.

2. Lettre inédite du 25 novembre 1919 (copie dactylographiée par Georges Serrières, collection particulière).

3. Copie dactylographiée par Poulaille.

4. Cette date est celle de l'achevé d'imprimer de l'édition originale de *Sganarelle* (Paris, Jean Ribou, 1660).

5. Copie dactylographiée par Poulaille.

6. Note inédite (Harry Ransom Humanities Research Center, University of Texas, Austin).

7. Copie dactylographiée par Poulaille.

8. Louÿs pensait que les quatre premières pièces, tout comme *Les Femmes savantes*, étaient « en grande partie, de 1637 à 1647 » (Harry Ransom Humanities Research Center, University of Texas, Austin).

9. Note inédite (Harry Ransom Humanities Research Center, University of Texas, Austin).

10. Copie dactylographiée par Georges Serrières, collection Jean-Paul Goujon.

11. Pierre Louÿs, *Broutilles, cit.*, p. 17.

12. Copie dactylographiée par Georges Serrières (collection Jean-Paul Goujon).

13. Texte inédit (ancienne collection Sickles).

14. Texte inédit (copie dactylographiée par Poulaille).

15. Lettre inédite (collection Hippolyte Wouters).

16. Lettre inédite à Abel Lefranc, 5 mars 1920 (vente à Drouot du 19 juin 1992, Th. Bodin expert, n° 88 ; communiquée par Thierry Bodin).

17. Note inédite (collection particulière).

18. Copie dactylographiée par Poulaille.

19. Copie dactylographiée par Poulaille.

20. Lettre inédite (collection particulière).

21. Note inédite (ancienne collection Sickles).

22. Note inédite (collection particulière).

23. Note inédite (Harry Ransom Humanities Research Center, University of Texas, Austin).

24. Copie dactylographiée par Poulaille.

25. Manuscrit inédit (collection Alain Cotta).

26. Publié dans : Pierre Louÿs, *Littérature*, Montaigne, 1929, p. 47-49.

27. Note inédite (collection particulière).

28. Copie dactylographiée par Poulaille (collection Jean-Paul Goujon).

29. Note inédite (ancienne collection Sickles).

30. La citation donnée ici par Louÿs reproduit le texte de l'édition d'Amsterdam, 1683, édition dont Georges Couton souligne qu'elle représente un état du texte « qui est le plus proche que nous ayons du *Dom Juan* représenté en 1665 » (Œuvres de Molière, Pléiade, tome I, p. 1290).

31. Pierre Louÿs, *Littérature, cit.,* p. 54.

32. Voir le dossier publié par Frédéric Lachèvre, in : *Nouvelles Glanes bibliographiques et littéraires*, Giraud-Badin, 1933, p. 93-108 et p. 271-288.

33. Collection Hippolyte Wouters.

34. Note inédite (Harry Ransom Humanities Research Center, University of Texas, Austin).

35. Note inédite (ancienne collection Sickles). Louÿs aurait pu rapprocher cette dédicace de celle de *Rodogune* (1644) de Corneille, qui, adressée au même Condé, est d'un tout autre style…

36. Œuvres de Corneille, Pléiade, tome I, p. 806-897.

37. Note inédite (ancienne collection Sickles).

38. Note inédite (ancienne collection Sickles).

39. Texte inédit (communiqué par Jean José Marchand).

40. Copie dactylographiée par Poulaille.

41. Copie dactylographiée par Poulaille.

42. Texte inédit (collection particulière).

43. Note inédite (ancienne collection Sickles).

44. Texte inédit (copie dactylographiée par Poulaille).

45. Lettre inédite à Abel Lefranc, 5 mars 1920 (vente à Drouot du 19 juin 1992, Thierry Bodin expert, n° 88).

46. Brouillon de lettre à Abel Lefranc, 11 décembre 1919 (copie dactylographiée par Poulaille).

47. Lettre à Émile Henriot, 8 octobre 1919 (catalogue de la librairie Les Neuf Muses, automne 1994, n° 59).

48. Note inédite (copie dactylographiée par Poulaille).

49. Note inédite (collection particulière).

50. Publié in : Pierre Louÿs, *Littérature*, cit., p. 79-80.

51. Copie dactylographiée par Georges Serrières (collection particulière).

52. Lettre inédite à Paul Desjardins, 23 novembre 1919 (collection Jean-Paul Goujon).

53. Lettre inédite à Abel Lefranc, 12 mars 1920 (vente Hôtel Drouot du 19 juin 1992, Thierry Bodin expert, n° 88).

54. Note inédite (collection Hippolyte Wouters).

55. Pierre Louÿs, *Littérature*, Montaigne, 1929, p. 56-58.

56. Publié dans *Broutilles*, *cit.*, p. 72-73. Il s'agit d'un extrait de la *Lettre apologétique dusieur Corneille* à Scudéry (1637).

57. Note inédite (copie dactylographiée par Poulaille).

58. Lettre inédite (Harry Ransom Humanities Research Center, University of Texas, Austin).

59. Texte inédit (ancienne collection Sickles).

60. Note inédite (collection Hippolyte Wouters).

61. Lettre à Frédéric Lachèvre du 9 mai 1921, publiée dans *Broutilles*, *cit.*, p. 94-95.

62. Lettre inédite (collection Hippolyte Wouters).

63. Lettre à Émile Henriot, 1919, publiée in : *Le Capitole*, n° spécial Pierre Louÿs. Dans la même lettre : « *Amphitryon* est un sujet de Corneille, traité par Corneille en 1636, repris en 1650, refait et terminé avec des ajoutés de Molière en 1667. »

64. Texte inédit (collection Alain Cotta).

65. Texte inédit (copie dactylographiée par Poulaille).

66. Lettre inédite (collection Hippolyte Wouters).

67. Lettre inédite (vente Hôtel Drouot du 19 juin 1992, Thierry Bodin expert, n° 88).

68. Lettre inédite (collection Hippolyte Wouters).

69. Lettre inédite (collection Hippolyte Wouters).

70. Texte inédit (copie dactylographiée par Poulaille, collection Jean-Paul Goujon).

71. Texte inédit (Harry Ransom Humanities Research Center, University of Texas, Austin).

72. André Gide, Paul Valéry, Pierre Louÿs, *Correspondances à trois voix 1888-1920*, Gallimard, 2004, p. 1458-1459.

73. Pierre Louÿs, *Broutilles*, p. 98. Il est piquant de noter que, dans les pages de l'*Histoire de la Nation française* qu'il consacre à Molière, le même Fortunat Strowski justifie de manière stupéfiante les alternances de style dans une même pièce chez Molière : « [Molière] sacrifia même la correction à cette recherche de l'individualité. »

CHAPITRE V

# Autopsie des résistances

L'idée que l'on se fait généralement de Molière et de Corneille explique que toute tentative de porter sur l'un et l'autre un regard nouveau soulève infailliblement de fortes réticences. Cette idée tient d'ailleurs moins à leur œuvre qu'à la réputation que leur a forgée une certaine tradition critique et universitaire, laquelle remonte à longtemps. Il s'en faut au demeurant de beaucoup que leur sort à chacun soit semblable. Alors que Molière prend figure, en grande partie grâce à son comique, d'auteur universel et presque intemporel, Corneille semble figé dans une sorte de panthéon vide et froid, où les visiteurs sont rares. Son œuvre ? Réservée aux spécialistes de littérature et de théâtre, et surtout aux professeurs. On ne s'embarrasse pas à évoquer le poète, ni même ses comédies, pour ne considérer en lui que le champion du devoir et de l'honneur, c'est-à-dire quelqu'un de finalement assez peu humain. Curieux destin littéraire que celui de Corneille, auteur d'une des plus célèbres pièces du théâtre français, *Le Cid*, et dont le nom est passé dans l'usage courant sous la forme d'un adjectif totalement galvaudé, « cornélien » ! Il fut considéré par ses contemporains comme le plus grand tragique de son siècle – « le premier poète du monde pour le théâtre », selon la liste remise en 1662 par Costar à Colbert en vue des gratifications royales –, mais la richesse et la puissance de son œuvre paraissent presque lettre morte aujourd'hui. Que de lycéens et d'adultes, à la seule évocation de son nom, ne se souviennent plus que de la célèbre et si commode phrase de La Bruyère, où l'auteur de *Rodogune* semble faire repoussoir : « Corneille peint les hommes tels qu'ils devraient être, et Racine tels qu'ils sont[1] » ! Voilà qui évoque, pour beaucoup de gens, le lointain et pénible souvenir de poussives dissertations de lycée, où il était demandé de commenter la phrase en question, manifestement forgée par La Bruyère pour servir de futur sujet de devoirs.

De surcroît, l'accent exclusif mis sur le « comique universel » de Molière a abouti à rejeter dans un sépulcre d'ennui grandiose les tragédies de Corneille. Pour Molière, il s'agit assurément d'une méprise, car ses pièces les plus fortes ont un fonds qui est loin d'être essentiellement comique : une pièce comme *Tartuffe* n'est guère légère, elle est même plutôt inquiétante. Pour Corneille, l'oubli total de ses comédies dans l'enseignement secondaire et la vision forcée que l'on a toujours imposé de ses tragédies aux élèves ont fait prendre en grippe un nom qui n'est guère plus cité aujourd'hui que pour deux ou trois tirades fameuses du *Cid*. Son œuvre passe ainsi pour poussiéreuse et rébarbative. Ne fut-elle pas très tôt vilipendée de manière fielleuse et partiale par un Voltaire dont les mesquins et pédants *Commentaires de Corneille* ont certainement contribué fortement à la légende d'un dramaturge ennuyeux et solennel, boursouflé et figé – le même Voltaire qui, d'un autre côté, aura participé dès 1739, par une *Vie de Molière* qui, elle, déborde d'admiration, à la légende qui s'attache à l'auteur des *Fourberies de Scapin* ? Pourquoi ce parti pris chez Voltaire ? Les comédies de Molière ne pouvaient faire ombre à ses tragédies : il n'en était pas de même des pièces de Corneille. Malheureusement pour Voltaire, on joue encore *Le Cid*, pas *Adélaïde de Guesclin*, et l'on se souvient encore de *Cinna*, pas d'*Euryphile*.

## Voltaire commentateur de Corneille

Il n'est pas pour autant sans intérêt de revenir sur les *Commentaires de Corneille* par Voltaire, qui parurent en 1764[2]. Dominant tout son siècle, le philosophe de Ferney constituait, pour l'Europe éclairée, le véritable oracle du goût. Son jugement sur Corneille passa pour parole d'Évangile, et il en alla ainsi jusqu'aux premières décennies du XIXe siècle, pour lesquelles Voltaire représentait le « bon combat » face à l'obscurantisme. Le but de ce dernier était clair : critiquer Corneille pour exalter exclusivement ce Racine, modèle de perfection qu'il voulait, par ses propres tragédies, égaler, sinon surpasser. Il assurait cependant que, par ces *Commentaires*, il n'avait cherché qu'à « être utile aux jeunes gens qui s'exercent dans la carrière des belles-lettres, et aux étrangers qui apprennent notre langue ». La grandeur de Corneille ne lui échappait pas, ni tous ses mérites, mais Voltaire était bien plus doué pour la critique que pour l'éloge : il allait donc, sous couleur de goût et de pureté grammaticale, multiplier les observations négatives sur les « défauts » et les « inégalités » de Corneille. Extrêmement pointilleuses, ses petites remarques crépitent tout au long de ses *Commentaires* comme autant de projectiles[3]. En un mot, il paraissait refaire les *Sentiments de l'Académie*, non sur *le Cid*, mais sur l'ensemble du théâtre de Corneille. Ses *Commentaires* seront souvent réédités, jusqu'au XIXe siècle, et serviront de caution à nombre de critiques pour lesquels le jugement du philosophe était sans appel. On aboutissait ainsi à ce classement manichéen pour les deux grands tragiques du XVIIe siècle : Racine parfait, Corneille imparfait.

Un tel classement avait l'avantage, dans sa vision réductrice, d'être tout à fait commode : il fut adopté de confiance par tous ceux qui ne se souciaient ni de contredire Voltaire ni d'aller vérifier ses dires sur pièces, c'est-à-dire en lisant l'œuvre de Corneille. On en trouve deux exemples frappants dans les commentaires sur la *Vie de Corneille* par Fontenelle, que Voltaire passa, elle aussi, au crible. Fontenelle ayant écrit : « Corneille [...] prit tout à coup l'essor dans *Médée*, et monta jusqu'au tragique le plus sublime », Voltaire nota sèchement : « Les louanges trop exagérées font tort à celui qui les donne, sans relever celui qui les reçoit. » Même remarque pour un éloge de *Polyeucte*, auquel il répliqua : « Les connaisseurs pensent qu'*Athalie* est très supérieure à *Polyeucte*, par la simplicité du sujet, par la régularité, par la grandeur des idées, par la sublimité de l'expression, par la beauté de la poésie. »

Corneille auteur de comédies se trouva évidemment passé sous silence par Voltaire, qui laissait volontairement de côté « les six premières comédies, dans lesquelles il n'y a presque rien qui fasse apercevoir les grands talents de Corneille ». *Le Menteur* était donc la seule comédie qu'il consentait à examiner. Il avait toutefois parfaitement vu que Corneille était véritablement à l'origine de la comédie de caractères en France. De ce *Menteur* imité de l'espagnol, il soulignait en effet :

> Ce n'est qu'une traduction, mais c'est probablement à cette traduction que nous devons Molière. Il est impossible en effet que l'inimitable Molière ait vu cette

> pièce sans voir tout d'un coup cette prodigieuse supériorité que ce genre a sur tous les autres, et sans s'y livrer entièrement. Il y a autant de distance de *Mélite* au *Menteur*, que de toutes les comédies de ce temps-là à *Mélite* : ainsi Corneille a réformé la scène tragique et la scène comique par d'heureuses imitations[4].

Malgré cette mise au point, le jugement global de Voltaire sur les comédies de Corneille prévalut. S'il n'avait pas parlé des premières comédies, c'est évidemment qu'elles ne présentaient aucun intérêt : il était donc inutile de les lire. De même que Voltaire aura imposé à la postérité, et pour très longtemps, une vision partiale de ce qu'il a lui-même nommé *Le Siècle de Louis XIV*, de même ses vives réserves sur Corneille et la nette précellence qu'il accordait à Racine continuent aujourd'hui de faire autorité.

Cette suprématie écrasante de Racine sera toutefois battue en brèche par Stendhal, qui, dans son manifeste romantique *Racine et Shakespeare* (1823-1825), osa avancer que l'auteur d'*Andromaque* n'était peut-être pas un modèle indépassable. Pire – et ceci nous intéresse davantage –, il alla jusqu'à écrire de Molière, dont il admettait pourtant le « génie », cette hérésie : « Molière est inférieur à Aristophane », appréciation qu'il justifiait ainsi : « Ses comédies vinrent former un supplément agréable aux événements de la chasse du jour, aux exclamations élégantes sur les ruses du cerf, et aux transports d'admiration sur l'adresse du roi à monter à cheval. [...] Que me fait à moi l'imitation plus ou moins heureuse du bon ton de la cour et de l'impertinence des marquis[5] ? » Stendhal aggravait même son cas en assurant que Regnard lui semblait plus comique que Molière... Il faisait surtout cette observation, qui ne manque pas d'intérêt : certaines grandes comédies de Molière ne font pas rire. Il avait assisté récemment, précisait-il, à une représentation de *Tartuffe* : la salle n'avait ri que deux fois. Et sa remarque à ce sujet paraît toujours valable : « Nos cours de littérature nous ont dit au collège que l'on rit à Molière, et nous le croyons, parce que nous restons toute notre vie, en France, des hommes de collège pour la littérature. » Mais Stendhal n'est là qu'un cas isolé, curieusement resté sans écho.

## Le français, « langue de Molière »

Destin littéraire béni, en somme, que celui de Molière, qui a fini par devenir le type de l'honnête homme, presque comme une panacée universelle : « ce génie si profondément humain ». On en est même venu tout naturellement à qualifier le français de « langue de Molière », et l'origine de cette expression symbolique réside peut-être dans le fait qu'au XVIIIe siècle, ses comédies devaient être, à l'étranger et plus spécialement dans les cours d'Europe, les plus représentées du répertoire français.

Le français étant ainsi désormais « la langue de Molière », celui-ci en devenait logiquement le plus parfait artisan. La France, « le peuple le plus spirituel du monde » (disait-on), avait trouvé en lui la plus remarquable expression de son génie critique. L'identification ne fut cependant pas immédiate. La première moitié du XIXe siècle semble avoir été assez réticente sur le génie de l'auteur du *Cocu imaginaire*. En 1840, Musset ne mettait sans doute pas que de l'ironie dans son célèbre *Une soirée perdue* (« J'étais seul l'autre soir, au Théâtre Français [...] Ce n'était que Molière ») : à cette époque, Molière n'était pas encore le dieu national qu'il allait devenir quelques décennies plus tard[6].

Une étape importante de sa déification fut franchie lors du bicentenaire de sa mort, en 1873, avec les nombreuses manifestations qui se tinrent en son honneur[7], et le monument qu'est le *Grand Dictionnaire universel du XIXe siècle* de Pierre Larousse fut au diapason de cette célébration, avec un long article sur Molière qui s'ouvrait en apothéose : « Le plus grand de tous les poètes comiques », dignité qui se trouvait réaffirmée et amplifiée, on l'a vu, à la page suivante : « Ce grand poète est universellement considéré comme la plus haute expression du génie comique dans tous les temps et dans tous les pays. » Le parallèle avec Shakespeare y était, bien entendu, au désavantage de celui-ci : « [Molière] a, par le caractère, par la position, par les qualités et les défauts, de nombreuses analogies avec Shakespeare ; mais, s'il y a chez lui moins d'étendue, il y a plus de lucidité et les taches sont infiniment moindres, grâce à son esprit mieux pondéré et à la supériorité de la société où il a vécu[8]. »

À la même époque, un Émile Faguet ne reculait pas devant la louange hyperbolique dans un article sur Molière finissant sur cette phrase sans réplique : « En somme, il n'y a pas, depuis l'antiquité grecque jusqu'à nos jours, un seul poète comique qui puisse, même comme écrivain, être comparé à cet étonnant improvisateur [sic][9]. » Faguet, toutefois, gardait assez de lucidité critique pour noter : « [...] l'admiration pour Molière a pris de nos jours un caractère d'entêtement et de dévotion qui va jusqu'à nier toute imperfection dans l'auteur du *Misanthrope*, ridicule dont il ne faut pas que les jeunes gens transmettent la tradition à nos neveux[10]. »

## « Rien ne manque à sa gloire »

Les années passant, Molière fut classé une fois pour toutes comme grand écrivain classique, et l'on sait qu'on ne touche pas aux classiques[11]. Ils sont invulnérables. On les admire de confiance, sans avoir lu toute leur œuvre. « En France, Molière est ce qui nous divise le moins », constatait Jules Claretie voici cent vingt ans[12], et l'un de ses successeurs à l'Académie Française, Jean d'Ormesson, proclamait il y a peu cette vérité : « Au même titre que Hugo, que la baguette de pain, que le coup de vin rouge, que la 2 CV Citroën et le béret basque, Molière est un des mythes fondateurs de notre identité nationale. » De telles considérations font écho, en plus moderne, au vers de Saurin qui fut gravé en 1778 sur le buste de Molière exposé dans la salle des séances de cette Académie Française qui n'aurait jamais admis cet auteur, comédien de son état, en son sein :

Rien ne manque à sa gloire ; il manquait à la nôtre.

Cette admiration sans réserve pour le créateur de ces « comédies de caractère » sur lesquelles s'est bâtie une bonne partie du théâtre français des siècles suivants s'est toujours mêlée à une sorte de sympathie chaleureuse dont peu de littérateurs du passé ont bénéficié, sympathie qui semble liée avant tout à l'imagerie de ce comédien des routes devenu un favori de Louis XIV grâce à son seul talent, de cet auteur de théâtre qui n'hésita pas à provoquer, dans ces pièces, les dévots et les puissants, et à en dénoncer les ridicules et les excès, de cet acteur qui mourut sur scène par dévouement pour son art. Comment ne pas l'aimer, ce personnage, quand ses biographes eux-mêmes avouent leur inclination, tel Georges Bordonove qui écrivait en 1967 : « [...] ce sont ces soucis quotidiens, ou plutôt ce contraste entre sa grandeur secrète et ces petites vilenies venant de ses contemporains, voire de ses proches, qui nous le rendent si actuel, si fraternel, si cher ! »

Comment, dès lors, attendre des spécialistes de Molière la constatation des disparates de sa production et des inégalités de son style ? Molière poète est partout et toujours admirable, s'écriait Sainte-Beuve[13]. Henri Martin allait plus loin encore, qui faisait même de lui un authentique démocrate, ce qui excusait évidemment tous ses défauts : « Ses imperfections tiennent [...] à la rapidité du travail nécessitée par sa position complexe d'auteur, de directeur et d'acteur, et aux concessions faites à ses deux maîtres, au roi et au peuple [sic][14]. »

À l'égal de toute réserve portée à l'encontre de Molière, la thèse de Louÿs ne pouvait rencontrer que de fortes résistances, ce qui ne manqua pas, en son temps comme au cours des décennies suivantes, quand ses zélateurs la firent resurgir dans leurs propres publications. On leur rappela chaque fois que leur prophète n'était qu'un « spécialiste des canulars littéraires[15] » et un poète, donc un fantaisiste. Poulaille ne fut pas mieux traité : cet autodidacte issu du milieu ouvrier ne pouvait avoir de compétences pour trancher « ces questions réservées », selon l'expression de Remy de Gourmont. Quant à Hippolyte Wouters et Christine de Ville de Goyet, ils étaient belges : ils ne pouvaient donc, à l'évidence, connaître la littérature française du XVIIe siècle…

## Un tabou colossal

De telles résistances font partie intégrante du « problème Corneille-Molière ». Du moins lui sont-elles étroitement liées. Peut-on en discerner les origines et les causes ? Nul doute qu'une des plus fortes résistances vient, par le refus même de tout débat, de l'Université, instance qui serait pourtant la mieux à même de se pencher sur le sujet. Est-ce parce que la reconnaissance d'une collaboration plus ou moins suivie entre Molière et Corneille jetterait le voile de la caducité sur bien des travaux, sur bien des thèses, sur bien des carrières ? Tout se passe comme si l'Université avait établi par décret des domaines délimités, des cases hermétiques, où entrent, bon gré mal gré, les « grands écrivains ». Le fait qu'il y ait eu une coopération avouée pour l'admirable *Psyché* ne semble pas embarrasser les spécialistes de Molière, ni ceux de Corneille (pourtant, pour ces derniers, quel champ immense ouvert devant eux !) : il s'agit là, répètent-ils, d'un fait isolé, dû aux circonstances, et sur lequel il n'y a pas à épiloguer. Mais alors, et les imitations que Molière a pu faire de pièces françaises ou italiennes ? Et les pièces espagnoles mises à profit par Corneille ? La réponse est analogue : ils ont tout transfiguré par leur génie. L'habitude de considérer deux écrivains tels que Molière et Corneille comme vivant dans des univers absolument séparés est telle qu'on ne peut admettre qu'il puisse y avoir eu entre eux la moindre connivence. Leurs biographes, qui appartiennent presque tous à l'Université, sont les derniers à vouloir entendre parler de la « lubie » de Pierre Louÿs : leur livre serait entièrement à refaire. Roger Duchêne se montrait péremptoire, quand il écrivait :

> Devant ce tissu d'inventions, d'approximations et d'erreurs qui ne convainquent que ceux qui aiment le sensationnel et se laissent emporter par l'imagination et l'éloquence d'un auteur de romans, on reste confondu en voyant que l'idée continue de faire son chemin et à trouver des défenseurs au fil du temps[16].

« Approximations » ? Nous avons vu que, dans sa biographie, Duchêne ne citait pas le moindre texte de Louÿs et se limitait à mentionner un seul et maigre article de Poulaille. Dans sa biographie de Corneille, André Le Gall évoquait, lui, la question, mais pour l'éluder aussitôt, quoique avec d'importantes nuances. Il constatait d'abord le « véritable branle-bas de combat » que déclenchait le simple énoncé de la question Corneille-Molière, puis déclarait :

> La question ne doit pas être posée. Elle ne le sera donc pas. Avant de l'écarter, il faut tout de même constater qu'elle est en suspens. D'abord proférée par Pierre Louÿs (1870-1925), elle a été ensuite reprise par Henri [sic] Poulaille, qui, en 1957, a publié un *Tartuffe* en trois actes avec, comme nom d'auteur, Corneille. Régulièrement, elle émerge avant de s'enfouir à nouveau. On n'essaiera pas même de résumer le débat : tout un livre n'y suffirait pas[17].

Une note renvoyait cependant à l'essai d'Hippolyte Wouters et Christine de Ville de Goyet, sans qu'il fût d'ailleurs fait mention de l'ouvrage de Poulaille[18]. À propos du premier livre, un autre biographe de Molière, Alfred Simon, déclarait n'y voir qu'« un sous-produit, un pâle reflet de l'illustre dispute qui oppose depuis cinquante ans ceux qui veulent déboulonner la statue de Shakespeare pour hisser à sa place celle de Bacon ou de lord Derby. Jouez avec vos fantoches de carnaval [sic], nous gardons nos géants[19] ! »

Les Moliéristes n'avaient pas été les seuls à pousser les hauts cris. Un spécialiste de Corneille comme Serge Doubrosky n'hésita pas à déclarer, toujours sur cet ouvrage : « Je connais mal les thèses de Pierre Louÿs et d'Henry Poulaille et des auteurs de l'ouvrage qui relance aujourd'hui cette affaire, mais je dois avouer que je n'ai pas envie de les examiner tant elles me paraissent irrecevables. [...] ces affirmations sont franchement absurdes[20]. » Et lorsque parut l'ouvrage de Dominique Labbé, il ne fallut pas moins de quatre grands universitaires – dont un académicien français – pour venir à la rescousse des Moliéristes, avec des arguments tel que celui-ci : « Si un homme aussi scruté dans Paris en son temps que peut l'être aujourd'hui Caroline de Monaco [sic] par les paparazzi avait été soupçonné d'avoir hérité ne fût-ce que deux vers d'un autre que lui-même, et du grand Corneille en particulier, aurait-on attendu le XXIe siècle pour s'aviser que Molière était un imposteur[21] ? »

L'exemple le plus frappant est sans doute celui de Georges Couton : dans les cinq volumes de l'édition, établie par ses soins, des œuvres complètes de Corneille et de Molière dans la Pléiade, il n'est pas fait mention une seule fois de la thèse de Louÿs, dont le nom ne se trouve même pas cité[22]. Autant dire que ce seul nom paraît constituer, pour les biographes et les éditeurs de Molière, une sorte de tabou colossal.

## Simplifications

Quant aux auteurs de manuels scolaires, les choses ont toujours été pour eux des plus limpides : Molière travaillait dans le comique, Corneille dans l'héroïque et Racine dans le tragique. Ces deux derniers domaines étant à vrai dire moins attrayants que le premier, Molière se trouva donc propulsé comme le parangon même du comique – un comique qui, d'ailleurs, n'était pas essentiellement subversif, mais de bon goût[23]. Tout le monde était ainsi à même de l'apprécier, et la moindre réticence ne faisait que révéler, chez celui qui la formulait, un manque de goût et de culture littéraire déplorables. Tel est bien ce qui justifia l'entrée des « classiques » dans l'enseignement des lycées, où était proposé aux élèves un comique de bon aloi, digne contrepoids au tragique patriotique et obligatoire. Étant un peu trop « tragique », le couple Corneille-Racine nécessitait un correctif[24] : Molière venait à point nommé. Parvenus à l'âge mûr, collégiens et lycéens ne manquaient pas de revendiquer cette culture et de se montrer intransigeants à son égard : toucher à Molière, c'était offenser à la fois leur culture et leur vanité[25].

Et la Comédie-Française ? Louÿs, en attribuant à Corneille le meilleur de l'œuvre de celui qui fut publiquement son coauteur pour *Psyché*, ne pouvait que s'aliéner les membres de la « maison de Molière ». On a vu avec quelle ardeur, en 1919-1920, ils répliquèrent à ses articles sur l'affaire. Ils mettaient ainsi en place une sorte de tradition, car la maison a toujours eu à cœur, depuis, de défendre le « Patron » contre les attaques que des ignorantins ou des excités s'obstinent régulièrement à lui porter. Personnellement, nous avons toujours rencontré le meilleur accueil à la Comédie-Française, notamment dans son Musée-Bibliothèque, et il nous déplairait de heurter, avec le présent livre, quiconque appartient à cette compagnie, laquelle, chaque 15 janvier, rend hommage à Molière à la fin de la représentation en portant sur le plateau, en présence de tous les comédiens de la troupe, le buste du Patron ou son fameux fauteuil. Le culte pour l'auteur de *L'Étourdi* est si développé en ce lieu que chaque nouveau comédien reçoit, comme cadeau d'accueil dans la Société, une réédition du registre de La Grange, « document le plus précieux des archives de la Comédie-Française[26] ».

Les comédiens, dans leur ensemble, se réclament régulièrement de Molière, notamment quand ils se mettent à publier leurs souvenirs. Le dénigrer, chercher à lui retirer le mérite de l'essentiel de son œuvre, c'est leur enlever leur seule caution littéraire, c'est leur dénier toute aptitude à écrire, et même toute légitimité à le faire. Un Robert Manuel, sociétaire de la Comédie-Française et auteur de livres sur le théâtre – dont deux portant des titres significatifs : *Merci, Molière !* (1985) et *Poquelin par Molière : entretiens avec l'homme et l'artiste* (2001) – ne pouvait que s'indigner de la thèse de Louÿs, comme il le fit à une époque dans la presse : ce n'est pas lui qui aurait proposé de débaptiser en « Corneilles » les prix de théâtre que l'on appelle aujourd'hui les « Molières »...

## Excès de zèle

Il convient de préciser que la thèse de Louÿs a été desservie par les excès de ses défenseurs, qui se montrèrent souvent maladroits ou exagérément pamphlétaires. Considérer avec attention, comme nous avons tenté de le faire, l'argumentation de Louÿs ne doit pas empêcher de reconnaître que celui-ci est parfois allé trop loin. Sa passion pour Corneille lui a fait attribuer, à côté des meilleures comédies de Molière, le *Francion* de Sorel, l'anonyme *Carquois d'amour*, *La Miliade*, *Le Chapelain décoiffé*, nombre de mazarinades, des pamphlets sur l'affaire des Possédées de Louviers, des œuvres de d'Assoucy, des pièces de Thomas Corneille (comme *Ariane*), *La Magie sans magie* de Lambert, *Le Nouveau Festin de Pierre* de Rosimond, la *Lettre sur L'Imposteur*, *La Critique d'Andromaque*, des vers donnés à Mme de La Suze et à Mlle de Razilly, etc. C'est beaucoup pour un seul écrivain, même doté d'une grande facilité d'écriture et d'une impressionnante puissance de travail. On en vient ainsi à penser que, s'il n'y eut peut-être pas chez lui, comme le pensait Lachèvre, un véritable « envoûtement », il n'en fut pas moins emporté par un excès de zèle cornélien.

Quant à ceux qui reprirent sa thèse à leur compte, leur information fut souvent incomplète, et ils optèrent généralement pour un ton radical, ironique ou agressif, quand ils ne s'exprimèrent pas, de manière souvent déplaisante, comme les victimes d'un vaste complot. Bien qu'ayant eu connaissance d'une grande partie du dossier inédit de Louÿs, Poulaille s'embourba souvent dans de multiples digressions, où ses lecteurs perdaient de vue l'objet même du débat. À ce titre, l'ouvrage d'Hippolyte Wouters et Christine de Ville de Goyet constitua une exception, en ce qu'il présentait le problème avec une certaine objectivité et faisait appel aux notes de Louÿs. Les écrits de François Vergnaud et de Dominique Labbé révélaient malheureusement une connaissance sommaire et imparfaite du dossier. Le premier adoptait une position extrême en affirmant que Molière n'avait pas écrit une seule ligne : « [...] il est devenu impossible d'attribuer à J.B. Poquelin la paternité des œuvres de "Molière". [...] la disparition définitive de "Molière" signe l'avènement d'un génie qui dépasse Shakespeare et Dante – du plus grand créateur de tous les temps[27] » : on ne saurait dire que c'est donner là dans la nuance... Le bruit médiatique suscité par le livre du second aurait pu être bénéfique pour la cause qu'il défendait, si l'auteur avait médité et utilisé en conséquence certains arguments de Louÿs. C'était là une excellente occasion, qui s'est trouvée perdue. Une conséquence en a été que la quasi-totalité des articles de presse parus sur son livre se bornèrent à mentionner au passage, en général pour s'en gausser, la thèse de Louÿs, littérateur dont les journalistes avaient une connaissance à peu près nulle. Pour leurs lecteurs, Louÿs ne fut présenté que comme un aimable mystificateur doublé d'un romancier à l'imagination fertile, et qui avait trouvé dans cette théorie une occasion de s'égayer aux dépens des universitaires et des spécialistes du XVIIe siècle.

Le résultat de tout ceci est que l'on se trouve désormais en présence de deux camps ennemis tout à fait irréductibles. Pour notre part, refusant tout parti pris, nous avons préféré rester sur la colline, sans rejoindre l'une ou l'autre des deux armées. Le spectacle, qui en valait la peine, gagnait à être décrit et expliqué, comme nous avons tenté de le faire tout au long de cet ouvrage.

## Notes

1. En fait, La Bruyère dit exactement : « [...] celui-là [Corneille] peint les hommes comme ils devraient être ; celui-ci les peint tels qu'ils sont » (*Des Ouvrages de l'Esprit*, 54, *Les Caractères*).

2. *Théâtre de Pierre Corneille avec des commentaires et autres morceaux intéressans* [Genève, Cramer], 1764, 12 volumes. Mise en souscription, cette édition servit à constituer une dot à Marie-Françoise Corneille, descendante indirecte du poète.

3. Certaines remarques sont aussi mesquines qu'injustes. Ainsi, lorsqu'à propos de la fameuse lettre de Corneille à Scudéry, il pointe l'expression « monseigneur le cardinal, votre maître et le mien » et commente : « On peut le [Corneille] plaindre d'y avoir été réduit ; mais on peut le plaindre davantage d'avoir appelé son maître un autre que le roi. » La remarque ne manque pas de saveur de la part d'un écrivain qui multiplia les bassesses, dans ses lettres à Mme de Pompadour et démarches afférentes, afin de capter les bonnes grâces de Louis XV, lequel l'avait en piètre estime et avait surtout le mauvais goût de préférer, à ses tragédies, le *Catilina* de Crébillon père.

4. Voltaire, *Commentaires sur Corneille*, in : *Œuvres complètes*, Hachette, 1893, tome 21, p. 248.

5. Stendhal, *Racine et Shakespeare*, Le Divan, 1928, p. 297 et 341.

6. Le culte de Molière atteindra parfois des sommets insoupçonnés. Le 17 février 1922, à l'initiative de Georges Le Roy, sociétaire de la Comédie-Française, fut célébrée, en l'église Saint-Roch, une « messe de Molière » qui « avait justement pour but de réconcilier la scène et l'Église, après une très longue période d'hostilité de celle-ci à l'égard de celle-là » (Henry Philipps, « Actrices et religion : entre le Diable et le Bon Dieu », *Histoires littéraires*, n° 25, janvier-février-mars 2006).

7. Parmi elles, un musée provisoire, au Théâtre-Italien, où figuraient diverses reliques imaginaires, comme « le fauteuil du perruquier Gély, à Pézenas, conservé pieusement depuis que Molière s'y est assis [sic] et transporté à Paris pour la circonstance ».

8. Sainte-Beuve, déjà, n'avait pas hésité à mettre en parallèle « Shakespeare et Molière, les deux plus hauts types de cette classe d'esprits [les génies] » (« Mort de Sir Walter Scott », *Le National*, 27 septembre 1832, in : *Œuvres*, tome I, Pléiade, Gallimard, 1949, p. 466).

9. Émile Faguet, *op. cit*, p. 294.

10. *Ibid*, p. 293.

11. Cette attitude qui consiste à voir dans le texte de Molière une sorte d'évangile intouchable est même telle que, depuis... 1884, une correction au texte du *Médecin volant*, suggérée par Marcel Schwob dans *Le Moliériste* d'avril 1884 (p. 25-26), n'a toujours pas été faite. Dans son article « Une correction à faire dans *Le Médecin volant* », Schwob indiquait que, au début de la scène V, ces mots de Sganarelle à Lucile : « C'est fort bien fait. Oui, ce grand médecin, au chapitre qu'il a fait de la nature des animaux, dit... » contenaient une erreur manifeste de lecture du manuscrit, qui en rendait le sens tout à fait incompréhensible. Il fallait donc lire, précisait-il : « C'est fort bien fait. Ovide, ce grand médecin, au chapitre qu'il a fait de la nature des animaux, dit... » Schwob avait évidemment raison, mais aucune des éditions actuelles, notamment celle de la Pléiade, n'a rectifié, de sorte que la phrase demeure toujours aussi incompréhensible !

12. *Le Moliériste*, n° 83, 1886.

13. « Dans Molière la qualité de poète ne me paraît inférieure à aucune autre » (Sainte-Beuve, « Racine », *Portraits littéraires*, in : *Œuvres*, cit., tome I, p. 744).

14. Henri Martin, in : *Grand Dictionnaire universel du* XIXe *siècle*, cit., tome 11, p. 403.
15. Georges Bordonove, *Molière*, Pygmalion, 1967.
16. Roger Duchêne, *op. cit.*, p. 162.
17. André Le Gall, *op. cit.*, p. 471.
18. En revanche, à la page 569 de la Bibliographie, le lecteur apprend qu'en 1984, à Rouen, un colloque sur Corneille a été « ouvert en présence de Jean Lecanuet ».
19. *Le Figaro littéraire* du 14 mai 1990.
20. *Ibid.*
21. Patrick Dandrey, *Madame Figaro* du 1er mars 2003.
22. Silence que Robert Garapon justifie en ces termes : « Couton est assez pointilleux ; s'il avait accordé la moindre valeur à cette thèse, il en aurait dit un mot ! » (*Le Figaro littéraire* du 14 mai 1990).
23. À propos de la morale de Molière, Émile Faguet observait toutefois : « C'est une morale, mais très étroite et assez basse. Elle ferait à peine un "honnête" homme dans le sens du mot au XVIIe siècle, et elle serait très insuffisante à faire un homme honnête » (*op. cit.*, p. 290).
24. Soit dit en passant, on peut s'étonner que les tragédies de Racine, où la sexualité joue le rôle féroce que l'on sait, aient été données pendant longtemps comme modèles aux jeunes élèves.
25. Il fallut donc une singulière audace à Huysmans pour écrire en 1884, dans *À rebours*, à propos de son héros Des Esseintes : « le "solide comique de Molière" ne réussissait pas à le dérider » !
26. France Thiérard, Florence Roussel, *Chère Comédie-Française,* Hachette Littératures, 2003, p. 40.
27. François Vergnaud, in : Hippolyte Wouters et Christine de Ville de Goyet, *op. cit.*, p. 149-150. De même, dans *L'Affaire Molière* (Éditions Jean-Cyrille Godefroy, 2004), Denis Boissier estime que Molière n'a pratiquement écrit aucune pièce.

# Épilogue

L'Avis au lecteur que Corneille mit en tête de sa tragédie *Héraclius, empereur d'Orient* (1657) se termine par ces lignes :

> Aussi ne donné-je ici mes opinions qu'à la mode de M. de Montaigne, non pour bonnes, mais pour miennes. Je m'en suis bien trouvé jusqu'à présent, mais je ne tiens pas impossible qu'on réussisse encore mieux en suivant les contraires.

Abstraction faite de l'ironie sous-jacente, bien dans la manière de l'auteur, ces déclarations pourraient servir d'épigraphe à nos conclusions. Mais s'agit-il vraiment de conclusions ? Nous n'en sommes pas absolument sûrs. Comme cela a été dit dans l'Introduction, le but de cet ouvrage était de poser le problème et de fournir tous les éléments du dossier. Ce faisant, il n'était guère possible de ne pas être troublé par un certain nombre de faits, de rapprochements, d'analogies et de persistants points d'interrogation.

L'examen attentif des textes, les recherches biographiques et critiques, le travail de réflexion qu'elles entraînent, la mise en forme de l'ouvrage, sa rédaction enfin, tout cela n'a pas fait s'évanouir notre perplexité, au contraire. La vérité oblige même à dire que nous sommes toujours frappés par certains « points obscurs » de la vie de Molière comme de celle de Corneille, et plus encore par ces fortes disparités dans l'œuvre du premier. Pour autant, nous ne nous sommes pas ingéniés à proposer des solutions définitives. Le « Et pourtant, elle tourne ! » de Galilée n'était en rien notre état d'esprit au début de ce travail, et ne l'est pas davantage maintenant que le livre est achevé. Que certains faits, que certains détails paraissent inexplicables ne signifie pas non plus qu'aucune explication ne puisse en être trouvée. Simplement, nous croyons que les faits ou les détails en question devaient être exposés et pointés. Certains l'avaient été auparavant par d'autres, peut-être en avons-nous ajouté quelques-uns. Tout cela a fini, petit à petit, par former un ouvrage dont la cohérence réside essentiellement, selon nous, dans une interrogation. C'est au lecteur de tirer les conclusions qui lui sembleront opportunes.

Il n'en demeure pas moins qu'un des enseignements de nos recherches est que toute interrogation sur Molière ne saurait faire totalement abstraction de Corneille, pour la connaissance de l'un comme de l'autre écrivain. Faut-il aller jusqu'à dire, comme on l'a fait, que le second est la clef du premier ? Nous l'ignorons, et croyons à ce propos avoir montré les limites, voire les inexactitudes, de travaux comme ceux de Pierre Louÿs, d'Henry Poulaille, ou d'autres plus récents. Toutefois, en ce qui concerne Louÿs, certaines de ses remarques ne manquent pas de perspicacité, ni de pertinence. Parfois, tout en aboutissant à des conclusions discutables, il parvient à éclairer de manière incomparable certains aspects d'une œuvre. De la même manière qu'un échec peut se révéler profitable, une erreur, un « envoûtement », peuvent avoir un côté positif. Et, qu'on le veuille ou non, les recherches de Louÿs sont inséparables du débat Corneille-Molière, qu'il a lancé. Ces recherches, nous avons tenté de les présenter dans leur complexité, en laissant le plus souvent possible la parole à leur auteur. Néanmoins, nous sommes prêts à reconnaître que l'opinion la moins déraisonnable à ce sujet est celle qu'exprimait Pascal Pia :

> L'affaire Corneille-Molière est à reprendre entièrement. Pour ma part, je suis persuadé que Louÿs a vu juste en discernant du Corneille dans des pièces qui n'ont été livrées au public que sous la seule signature de Molière, mais je crois qu'il s'est laissé aller à un délire attributif en prétendant faire de Corneille l'auteur du premier *Francion* (le *Francion* de 1623), de certaines facéties de Bruscambille, de *La Miliade* et du *Virelai* de Claude Le Petit. Il voyait du Corneille dans tous les textes d'allure rapide et de construction solide, composés entre 1622 et 1660. Il est moins arbitraire de considérer que l'écriture de Corneille a dû trouver des admirateurs, qui se seront efforcés de l'imiter[1].

On souhaiterait à présent que les spécialistes de Corneille s'emploient désormais à donner de la vie et de l'œuvre de celui-ci une image qui fût à la fois moins réductrice et moins académique. Nous n'entendons point par là ses rapports avec Molière ou la part qu'il aurait pu prendre aux œuvres de celui-ci : non, il s'agirait seulement de lui restituer son vrai visage, qui n'est pas, tant s'en faut, l'image rébarbative que lui a donnée la légende. Un des grands mérites des travaux de Louÿs est d'avoir attiré l'attention sur les textes mêmes de Corneille et sur la psychologie de leur auteur. Or, ces textes, peu de gens semblent, en dehors de trois ou quatre pièces, les avoir lus, et encore ceux qui les ont lus l'ont-ils souvent fait sans en apprécier vraiment toute la force et la poésie. Il en est ainsi, par exemple, de l'étonnante traduction versifiée de *L'Imitation de Jésus-Christ*, que Mallarmé admirait grandement. Or ce chef-d'œuvre est encore largement inconnu, preuve que Corneille reste à découvrir...

De même, il ne serait pas inopportun que les Moliéristes s'attachent à scruter plus objectivement la vie et l'œuvre de leur « patron ». À trop considérer l'une et l'autre comme un domaine sacré et intangible, ils desservent plus leur cause qu'ils ne la favorisent, d'autant qu'on ne voit pas très bien en quoi un tel examen pourrait nuire à Molière. Constater certaines lacunes biographiques ou les inégalités de sa production théâtrale n'est pas faire son procès, ni faire de lui un homme antipathique. En somme, les spécialistes de Molière ont devant eux une tâche assez analogue à celle qui incombe à ceux de Corneille. Notre seul vœu serait que notre enquête pût être poursuivie par d'autres chercheurs. Qu'ils réfutent tous nos propos ou qu'ils adoptent certaines de nos remarques, nous croyons que Molière comme Corneille ne peuvent qu'y gagner.

En dernière instance, l'énigme demeure. Elle s'est même, pour nous, épaissie sensiblement. Il est malheureusement peu probable que l'on découvre quelque jour des documents décisifs sur une éventuelle collaboration des deux écrivains – hypothèse que l'on ne saurait cependant exclure de principe. Il y a bien, nous l'avons vu, cette mystérieuse « preuve autographe » que Louÿs assurait avoir trouvée, et qui existe bien quelque part... mais où ? Qui dira si elle n'est pas comme

les bijoux perdus de l'antique Palmyre

chantés par un autre grand poète ? Tout comme la Justice, l'Histoire littéraire veut des preuves. Qui dira si ces preuves existent ou si elles ont disparu, à supposer qu'elles aient existé autrefois ? Sans doute ne sommes-nous pas les seuls qui aimeraient assez savoir ce qui s'est passé à Rouen en 1658 entre Corneille et Molière, quel était le texte du premier *Tartuffe*, ou quel aspect pouvaient présenter les manuscrits de Molière. Les textes eux-mêmes, lorsqu'on prend la peine de les scruter et de les interroger, se mettent parfois à parler étrangement. Nous n'en sommes pas moins réduits à reconnaître que nous ne saurons jamais si c'est Molière, ou bien Corneille, qui parle dans ces vers d'*Amphitryon*[2] au son à la fois singulier et inexplicable, comme énoncés par une Bouche d'ombre qui se ferait entendre du fond du XVII^e^ siècle :

> Je ne l'ai pas cru, moi, sans une peine extrême :
> Je me suis d'être deux senti l'esprit blessé ;
> Et longtemps d'imposteur j'ai traité ce moi-même.
> Mais à me reconnaître enfin il m'a forcé :
> J'ai vu que c'était moi, sans aucun stratagème ;
> Des pieds jusqu'à la tête, il est comme moi fait,
> Beau, l'air noble, bien pris, les manières charmantes ;
>         Enfin deux gouttes de lait
>         Ne sont pas plus ressemblantes ;
> Et n'était que ses mains sont un peu trop pesantes,
>         J'en serais fort satisfait.

## Notes

1. Pascal Pia, lettre à William Théry, 24 novembre 1975 (collection particulière).
2. II, 1, v. 778-788.

APPENDICE

# Textes inédits de Pierre Louÿs sur l'affaire Corneille-Molière

Il nous a semblé opportun de reproduire ici un certain nombre de textes inédits de Pierre Louÿs, car ils peuvent contribuer à préciser ses arguments sur tel ou tel point précis. Il s'agit évidemment de documents épars, que l'écrivain aurait sans doute corrigés ou modifiés s'il avait publié tout son dossier. On ne les lira donc pas comme un texte suivi. Toutefois, on sait assez que l'auteur de *Poëtique*, du *Pervigilium Mortis* et de *La Femme et le pantin* n'a jamais, même dans la moindre note, adopté un style négligé ou incorrect. Ceci calme nos scrupules en ce qui concerne ces fragments et notes posthumes. Il en va de même pour les lettres qui suivent ces notes : la plupart, retrouvées dans les papiers de Louÿs, ne furent jamais envoyées.

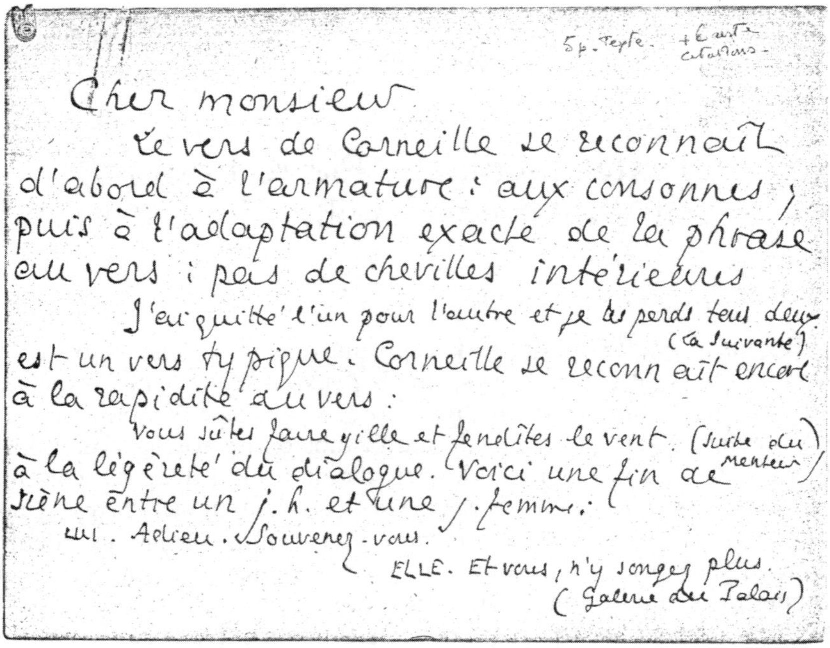

5 p. Texte. + Carte citations.

Cher monsieur

Le vers de Corneille se reconnaît d'abord à l'armature : aux consonnes ; puis à l'adaptation exacte de la phrase au vers ; pas de chevilles intérieures

J'ai quitté l'un pour l'autre et je les perds tous deux.
(La Suivante)

est un vers typique. Corneille se reconnaît encore à la rapidité du vers :

Vous sûtes faire gille et fendîtes le vent. (Suite du Menteur)

à la légèreté du dialogue. Voici une fin de scène entre un j. h. et une j. femme :

LUI. Adieu. Souvenez-vous.

ELLE. Et vous, n'y songez plus.
(Galerie du Palais)

Lettre de Pierre Louÿs à X…, vers 1920.

# I

## [*L'Étourdi*]

*L'Étourdi* était peut-être le titre d'une farce montée par Molière. La Grange en parle deux fois sous deux choses contradictoires. Peu importe l'erreur. Le témoignage de La Grange est inexistant puisque ce teneur de livre n'a été engagé que le 25 avril 1659 par son chef.

Donc un seul homme peut nous apprendre ce que fut *L'Étourdi* à Lyon ou ce qu'il ne fut pas : c'est Molière, qui était de sa troupe quand La Grange manquait à sa gloire.

Or, pour Molière, *L'Étourdi* était la cinquième pièce de son théâtre. Pour La Grange, c'était la première, et depuis deux cent cinquante ans l'erreur de La Grange demeure.

Voici toute l'histoire du texte que nous connaissons sous le titre *L'Étourdi*.

Corneille quitte Rouen pour Paris le 7 octobre 1658.

Quarante-cinq jours plus tard paraît *L'Étourdi*.

*Cinna* était resté inédit en 1640, 1641, 1642, mais le 4 décembre 1642, Richelieu qui est tout le sujet du drame, Richelieu meurt.

Quarante-cinq jours plus tard – simple coïncidence – Corneille met en vente *Cinna*[1].

## II

## Débuts de Molière à Paris

Molière débuta à Paris dans six rôles des six pièces que voici :
1. *Nicomède*. – 2. *Héraclius*. – 3. *Rodogune*. – 4. *Le Cid*. – 5. *Cinna*. – 6. *La Mort de Pompée*.

La première pièce imprimée de Molière est dirigée contre les ennemis de Corneille : les précieuses ridicules ; et le soir de la première, ce qu'il y eut de plus curieux fut l'affiche : *Cinna*, *Les Précieuses*.

Quand Molière écrit *Les Précieuses*, Corneille est à Paris, pour *Œdipe*.

La seconde pièce signée par Molière est *Le Cocu imaginaire*. Alors Corneille était à Rouen et c'est dommage.

Cinq ans après 1658, Corneille quitte Rouen pour toujours, s'installe à Paris et devient le voisin de Molière.

La chronologie de cette année-là (1663) est assez intéressante :

7 octobre – Corneille à Paris.
21 novembre – Achevé d'imprimer de *L'Estourdy* 5e pièce de Molière.
24 novembre – Achevé d'imprimer du *Dépit amoureux* 6e pièce de Molière.
26 novembre – Première de *L'École des femmes*.

Entre *L'Estourdy* et *L'École des femmes* il n'y a donc pas dix ans d'intervalle comme nos éditeurs ne cessent de le répéter. Il y a cinq jours.

À qui faut-il apprendre que *Bug-Jargal* n'est pas le premier livre de Hugo, mais le huitième, – que *La Tentation de Saint Antoine* n'est pas le premier livre de Flaubert mais le quatrième, et que pas un vers de *L'Estourdy*, 5e pièce de Molière, n'est connu avant 1663 ?

Imprimer *L'Estourdy* à la première page de Molière est exactement aussi faux que d'inscrire la seconde *Tentation* avant *Mme Bovary*, ce que nul n'oserait.

Vous savez qu'en 1667, Corneille, depuis 3[0] ans, voyait survivre la pièce de 1636 qui avait été la rivale du *Cid* : *Les Deux Sosies* [de Rotrou].

Vous savez bien qu'en 1639, après trois ans de silence, Corneille a repris, refait et parfait *L'Illusion comique*, la plus jeune, la plus révolutionnaire de ses pièces.

## III

## Vadius

Et maintenant si nous parlions un peu de Vadius ? Vadius, Messieurs les Moliéristes, Vadius est plus intéressant que vos articles.

Vadius signifie quelque chose.

Vadius est un nom latin.

Si vous ne cherchiez pas toutes vos références dans les commentaires, si l'un de vos Bouvards et de vos Pécuchets savait lire ce qu'il copie et vérifier ce qu'il répète, il n'aurait pas eu de peine à éclaircir le plus simple des mystères : celui de Vadius.

Vadius, c'est Vadius Balzacius, Guez de Balzac.

Balzac signait Guezius Balzacius.

# IV

## *L'Imposteur*

### 1

*L'Imposteur* et *Le Festin de Pierre* – ou *Le Tartuffe* et *Dom Juan* – furent joués en 1664 et 1665 par Molière.

Et *sous le nom de* Molière.

### 2

Je dis : *sous le nom de* Molière et je prends pour témoin Thomas Corneille qui fut autorisé à versifier le texte par les deux seules personnes qui en eussent le droit : Pierre Corneille et la maîtresse de Pierre Corneille – l'auteur et l'héritière. La Préface du frère cadet les désigne assez clairement. Et avec leur permission, elle précise que l'auteur *sous le nom duquel* la pièce originale est représentée est Molière, qui l'écrivit ? Non pas. Qui *la fit jouer*.

C'est net. Et c'est exact.

### 3

Quelques années plus tard et presque dans les mêmes termes, une satyre du Poète sans fard écrit à un adversaire :

> « Le Tartuffe Imposteur » *par Molière est joué*
> *Aussi*, malgré ton livre et sa fausse doctrine,
> On admire Corneille.

4

Pour ceux qui ne comprennent rien et devant qui on peut tout dire sans risques d'être entendu comme on plaisante un sourd pour faire rire les enfants, Corneille, sous le nom de Jupiter, s'amusait à signer *L'Imposteur* sur la scène dans une pièce qui présente au public la mythologie primordiale du pseudonyme et auparavant même que d'imprimer son *Imposteur*, il disait à Molière publiquement par la voix d'un dieu :

– Regarde, Amphitryon, quel est *ton Imposteur*
*Et sous tes propres traits* vois Jupiter paraître.
À ces marques *on peut aisément le connaître*
Et *c'est assez*, je crois, pour remettre ton cœur.

5

La franchise est tout l'art de feindre, et, en tragédie, l'art de battre. L'adversaire imagine fatalement à faux, si la parole est vraie, puisqu'il cherche la pensée alentour de la parole.

Une seule pièce est encore vivante depuis vingt siècles, c'est *Œdipe Roi*, et parmi toutes les raisons qui lui assurent l'éternité, l'excellence du sujet n'est pas la plus forte, ni celle de l'action, ni celles des vers. La trouvaille de Sophocle est un mot de Tirésias qui commence le drame *par la vérité*, quand la vérité n'est pas vraisemblable.

Le drame survit par la vertu d'un vers qui appartient à Paul Mounet :

Tu cherches l'assassin de Laïus ? C'est toi-même.

6

Et bien, l'œuvre de Corneille s'illumine et se métamorphose, dès qu'on lit *Cinna*, *La Mort de Pompée*, *Sertorius*, *Attila* et *Bérénice* en acceptant de comprendre que Pierre Corneille ne s'intéresse pas plus que vous-même à Sertorius.

En quelques mots, voici comment il faut lire ses drames.

I. Tout ce que dit Corneille inscrit sa volonté. Donc son théâtre vit dans le présent et agit dans le futur. Jamais dans l'Antiquité.

II. Corneille est un poète satyrique impie et révolutionnaire. Il croit en lui. C'est tout. Et c'est assez.

III. Le drame cornélien prend sa force tout d'abord en lui-même.

Corneille faisait évidemment des « Exercices de l'Esprit » selon la méthode de ses maîtres, laquelle aboutit au « colloque », c'est-à-dire au dédoublement de la personnalité.

L'âme et le cœur de Corneille sont en lutte partout.

Les quatorze vers qui terminent le III$^{e}$ acte de *Sertorius* sont un examen de conscience où la volonté d'un homme essaie quatre fois de ne plus être une velléité, puis cesse de croire en soi-même.

IV. Le théâtre de Corneille ne connaît qu'un devoir : Le respect de soi-même.

Il demande pour l'homme toutes les libertés, c'est-à-dire tous les droits hors celui de gouverner.

Il aime l'amour et en parle avec l'assurance d'un homme qui a été adoré. Il a une haute idée de la poésie, à tel point qu'il la personnifie plusieurs fois pour lui offrir le sacrifice d'un personnage.

## V

## [*L'École des femmes*]

Rappelez-vous, dans *L'École des femmes*, cet incomparable dialogue :

> – Pourquoi me quittez-vous ?
> – Chère Agnès, il le faut.
> – Quand je ne vous vois point, je ne suis point heureuse.
> – Hors de votre présence on me voit triste aussi.
> – Hélas ! s'il était vrai, vous resteriez ici.

Le dernier vers a quatre [treize] consonnes. Cinq sont des liquides et huit des souffles (H, S, Z, V). C'est un murmure et qui repose à peine à chaque hémistiche, sur la délicatesse d'un T.

Corneille seul au XVII^e^ siècle, écrit ainsi. – Agnès et Psyché parlent exactement le même langage.

Agnès est innocente, et selon le texte premier du drame, elle est même une ingénue : c'est plus rare. Les rôles d'Agnès et de Psyché ne ressemblent à rien.

L'ingénuité des Moliéristes essaie probablement de les imiter, mais elle prend, à chaque mot, des proportions trop vastes pour être charmante.

# VI

## Textes primitifs

I. – Avant 1640 (Mariage)

*L'Avare.*
*Le Festin de Pierre (Dom Juan)*
*L'École des femmes*

II. – 1640-1650

*L'Imposteur (Tartuffe)*
*Les Femmes savantes*
*Le Misanthrope*

III. – 1650-1661

*Précieuses ridicules*
*L'Étourdi*
*Les Fâcheux*
*L'École des maris*
*Le Dépit amoureux*

IV. – 1662-1672

*La Critique de l'École des femmes*
*Amphitryon*

Dates d'écriture de quelques pièces de Molière

*Les Fâcheux* 1661
*L'Étourdi* 1662
**L'École des femmes* 1662
**Le Misanthrope ou l'Atrabiliaire*
*Amphitryon*
*L'Avare*
**L'Imposteur*
**Les Femmes savantes*
*Le Malade imaginaire*
**Dom Juan* 1682

Les pièces marquées * sont en grande partie de 1639 à 1647.
Les cinq autres ont pu être écrites après 1657.

## VII

## L'Âge des *Femmes savantes*

Ainsi, pas un Moliériste n'a encore découvert, depuis quatre mois, pourquoi *Les Femmes savantes* étaient vieilles d'un quart de siècle quand elles furent jouées ?

Avant tout examen d'un nouveau dossier qui n'est pas ouvert, et sans rattacher à personne les alexandrins dont il s'agit, les Moliéristes peuvent-ils dater de 1672 la large barbe de Chrysale ? et le Plutarque des rabats ? et jusqu'à la connaissance du pourpoint d'avec un haut de chausse ? Ils ne cherchent pas quel âge pouvaient avoir Bélise et Philaminte en 1672 pour que leur frère et leur mari fût aussi exactement peint à la mode de Henri IV ?

Né en 1590 et parlant vers 1647, Chrysale est à sa place « et pour beaucoup de causes ». En 1672, qui est-ce ?

Il parlait justement en 1647 à des Savantes de salon comme les Rambouillet et leur entourage, mais en 1672, quand la fille de Tanneguy Lefèvre, à dix-huit ans, se charge de publier Callimaque et Florus, elle est une femme savante : elle sera Madame Dacier. Celle-là et quelques autres n'ont pas seulement gardé jusqu'à nous leurs titres à la reconnaissance. Une jeune fille qui entreprend une édition de Callimaque – introduction, textes, notes et index – a droit au respect.

Enfin, entre 1647 et 1672 Descartes et Pascal avaient assez nettement rompu la « querelle des femmes ».

Il est tout d'abord évident que *Les Femmes savantes*, jouées en 1672, furent écrites entre 1644 et 1648. Chrysale est plusieurs fois daté[2].

## VIII

## [Lettre sur les *Femmes savantes*]

Cher monsieur,

Voulez-vous me permettre de vous écrire un simple détail de ma thèse sur l'œuvre anonyme et pseudonyme de Corneille ? – Je vous l'envoie sans le publier encore. Pourquoi n'a-t-on pas cherché ce que voulait dire le nom de *Vadius* ?

Vadius, c'est Vadius Balzacius, le type exact du savant qu'on présente à Paris et qui débute par une gaffe parce qu'il n'a pas l'usage du monde.

Il signait *Guezius* Balzacius ; mais VADIUS est de meilleur latin. La correction est drôle.

Deux fois blessé par Balzac (d'abord par son *indulgence* pour *Cinna* et ensuite par la gaffe qu'il relève), Corneille a véritablement écrasé Balzac en 1647. La page est terrible[3]. Mais *Les Femmes savantes* sont trois fois datées 1643 :

1° La lecture de *Polyeucte* chez Philaminte, par « Clitandre ».

2° L'incident de l'abbé Cotin et de Corneille aussitôt après.

3° La lettre fameuse de Vadius Balzacius à Corneille, sur *Cinna.*

Le hasard veut que j'aie dans ma bibliothèque les deux textes toujours cités : *Les Visionnaires* et *L'Académie des femmes* ; – ni l'une ni l'autre, ni Vaugelas ne rapprochent la pièce de 1672. Ben Johnson et Calderon sont des sources primitives ; les trois autres ne valent que par allusion ou par ambiance de sujet.

Vous pouvez croire que je n'aurais pas soulevé une pareille question si elle était encore à l'état d'hypothèse[4].

## IX

### [*Le Misanthrope*]

Cher monsieur

Il m'était impossible de vous laisser croire que ma thèse était faite et que je n'avais aucun doute sur l'auteur d'Alceste.

*Le Misanthrope* est une pièce incompréhensible tant elle a été abîmée. Il en reste heureusement les actes III et IV ; le II est bon ; le IV est immortel.

Le II et le V sont bâtis avec des matériaux admirables, mais par un maçon.

Et le Ier acte – si beau – n'a aucun rapport avec le drame.

Rien n'est plus grand que certaines pages du *Misanthrope* – hors *Le Cid.*

Mais les trois procès d'Alceste et le caractère même d'Alceste sont mis en morceaux parce que la pièce tout entière est brisée par quelqu'un. N'est-ce pas votre sentiment ?

Veuillez croire à mes plus dévouées sympathies.

Pierre Louÿs[5].

# X

## La Fontaine et Molière

La Fontaine chez Fouquet, le 17 août 1661, crut découvrir un homme, et cinq jours plus tard, écrivait à Maucroix sa lettre sur Molière.

La première scène des *Fâcheux* est éblouissante. Ce n'est pas la seule. Mais dès les trois premiers vers, trois mots éclatent : « l'astre » du personnage fait songer à Corneille d'abord, « l'assassiné » lui appartient aussi, et le « sort » patronyme du Ciel, ne permet plus d'écouter le reste sans discuter la signature.

Un imitateur n'aurait pas, trois fois en trois vers, au lever de rideau, pris les mots de son maître.

Est-ce une parodie ou un texte cornélien ? Nous le saurons bientôt. On ne parodie pas trente vers de Corneille.

Eh bien, si vous voulez comprendre la lettre de La Fontaine à Maucroix et la désillusion qui la suivit, rappelez-vous ce que dit tout bas Montesquieu : « Les livres nouveaux sont pour les lecteurs. Les anciens pour les autres. »

Les poètes ne peuvent écrire que s'ils renoncent mystérieusement à se lire les uns les autres. La connaissance de quelques pages est presque toujours suffisante à la question préalable : « Existe-t-il ? »

# XI

## La Trinité

Notre histoire littéraire enseigne que trois noms dominent le théâtre classique.

Pierre Corneille. Molière. Jean Racine.

Et c'est presque un seul dieu.

Peut-être et plus qu'on ne pense, bien que le cas de Racine et celui de Molière ne se ressemblent aucunement.

Le reste est la parturition de ces auteurs mortels qui encombrent la voie critique et dont il faut « élaguer » la littérature française.

Et parmi ces mortels, on ne déterre que les morts, les Hardy, les Mairet, – quand il y a des pièces enterrées vivantes : plusieurs chefs-d'œuvre et une tragédie de premier rang[6], que *Phèdre* n'a pas touchée.

Laquelle ? Mais non ; j'ai promis de ne rien dire des signatures apocryphes. Ce sera l'affaire d'une autre étude[7].

# XII

## Situation des personnages en 1665

CORNEILLE. Est en la soixantième année de son âge. – Poète le plus illustre du monde – habitué au premier rang depuis un quart de siècle et davantage – et sacré de son vivant comme « le Grand Corneille » depuis 1662 (*Sertorius*). – Un soir, en public et à chaque entracte, le Grand Condé, premier prince du sang, se lève et quatre fois toute la salle se lève parce que le Grand Corneille est entré.

MOLIÈRE. Quarante-trois ans. Ancien acteur de province. Interprète obscur de Corneille entre ses deux voyages à Rouen : 1643 et 1658.

MARQUISE ou Mlle DU PARC. Premier rôle de la compagnie Béjart-Poquelin depuis une quinzaine d'années.

RACINE. Vingt-cinq ans. Auteur d'une pièce – l'année précédente, Molière, ne pouvant jouer *Tartuffe*, monte *La Thébaïde*, pièce inoffensive, presque inexistante.

Cette année 1664, le 4 décembre, Molière présente la deuxième tragédie racinienne, qui n'est pas sensiblement pire que la première.

Mais le 18 décembre, un singulier incident survient, qui [inachevé].

## XIII

### L'art de vérifier les dates

L'art de vérifier les dates et l'intelligence du langage français pourraient suffire à démontrer que l'œuvre de Pierre Corneille est la cryptographie des passions qu'il éprouve et le symbole de leur volonté.

| CHRONOLOGIE DES GRANGES | ART DE VÉRIFIER LES DATES |
|---|---|
| 1. L'Étourdi 1655 | 1662. 21 novembre |
| 2. Dépit amoureux 1655 | 1662. 23 novembre |
| 3. Œdipe 1659 | 1659. 26 mars |
| 4. Les Précieuses 1659 | 1660. 29 janvier |
| 5. La Toison d'or 1660 | 1661. 10 mai |
| 6. École des maris 1662 | 1661. 20 août |
| 7. École des femmes | 1662 1663. 17 mars |
| 8. Sertorius 1662 | 1662. 8 juillet |
| 9. Tartuffe 1664 | 1667. 20 août (Citation. Lettre) |
| | 1669. 22 mars. La pièce |
| | 1669. 6 juin. La préface |
| 10. Dom Juan 1665 | 1682. 31 octobre |
| 11. Misanthrope 1666 | 1666. 24 décembre |
| 12. Andromaque 1667 | 1668 (sans date précise) |
| 13. Les Plaideurs 1668 | 1669 (sans date précise) |
| 14. L'Avare 1668 | 1669. 18 février |
| 15. Tite et Bérénice 1670 | 1671. 3 février |
| 16. Bérénice 1670 | 1671. 21 janvier |
| 17. Femmes savantes | 1672. 10 décembre |
| 18. Ariane 1672 | |
| 19. Phèdre 1677 | 1677. 15 mars |
| 20. Le Comte d'Essex 1678. | |

1659. 26 mars Œdipe
1660. 29 janvier Les Précieuses
1661. 10 mai La Toison d'Or
1661. 20 août L'École des maris
1662. 8 juillet Sertorius
1662. 21 novembre L'Étourdi
1662. 23 novembre Le Dépit amoureux
1661. La Magie sans magie
1663. 17 novembre Portrait du peintre
1664. 18 janvier Impromptu Hôtel de Condé
1667. 20 août Lettre sur l'Imposteur
1667. 20 novembre Attila (et préface)
1668. 5 mars Amphitryon
1670. Le Mariage sans mariage
1671. 6 octobre Psyché.

## XIV

### [Lettre à Paul Desjardins]

23 novembre 1919

Cher monsieur

Vous ne voyez pas « nettement » ce que je cherche, me dites-vous.

Je ne cherche plus rien. J'ai trouvé.

Il s'agissait de choisir entre deux thèses, dont la seconde n'avait jamais été soutenue ni devinée :

I. – Ou Alceste est une satire d'un acteur contre M. de Montausier.

II. – Ou Alceste est Alceste, et Alceste est Pierre Corneille. Celui qui parle.

Vous ne voyez rien qui empêche un acteur de crier son amour de la solitude ? et de jouer ? – ni rien qui rapproche Alceste de l'*Imitation de J.C.* ?

Et vous vous étonnez que « certaines gens » hésitent à signer Scapin l'auteur du *Misanthrope* ?

Je prétends qu'un acteur peut avoir sa vie déchirée, qu'il peut pleurer sur la scène comme pleurait Mounet-Sully à genoux en touchant de ses mains d'aveugle – père « orphelin de ses enfants » – les enfants d'Œdipe ; – mais que *jamais Alceste n'eût joué Alceste*, qu'il n'eût pas même *signé* Alceste, pas plus que l'auteur de l'*Imitation* n'a signé son livre.

La thèse de Roy sur Sorel[8] est une des *pires* que je connaisse.

Roy n'a rien lu, que le travail des autres.

Pas une ligne des *Aventures satyriques* de Florinde. Pas quatre pages des *Visions admirables* de 1635. Et rien de *Francion*, que la réimpression de 1858. Il a lu Paul Lacroix, Jules Janin, Arsène

Houssaye, les discoureurs, les copistes de Geruzez qui copiait Nisard, qui copiait La Harpe, qui ne lisait pas même Nicéron ni l'abbé Goujet.

Je puis vous affirmer que la thèse de Roy est un exemple à retenir dans l'histoire du doctorat ès-lettres. Mon exemplaire, à certaines pages, – la bibliographie entre autres – est illisible sous les corrections. Et Kœrting avait tout trouvé de ce que Roy dit sur Molière.

Charles Sorel était parisien.

*Francion* est écrit par un provincial qui se dissimule et laisse constamment transparaître sa province : la Normandie.

*Les Aventures de Florinde* sont écrites par un Italien de la cour, qui a lu le *Satyricon* de Barclay.

Il n'y a aucun rapport entre ces trois éléments, sinon la désinvolture de Paul Lacroix à mêler ce qu'il sait à ce qu'il ne sait pas et la crédulité des jurys de doctorat qui trouvent plus vite fait d'approuver une thèse que de la lire. De leur part, c'est quelquefois de la crédulité volontaire.

L'étude de notre histoire littéraire entre 1545 et 1660 a pris toute ma vie depuis quinze ans. Je n'en avais pas le loisir mais j'en ai pris le temps, et M. Frédéric Lachèvre, qui n'en avait pas le loisir non plus, l'a trouvé. J'avais été heureux de trouver en vous un éditeur de Corneille qui, seul, avait *lu* Corneille. Et vous me répondez en m'apprenant que Molière est né en 1622 !

Je n'insiste pas. Voici mon article du 16 octobre dernier où il n'est question que de chronologie et où vous verrez qu'on ne peut écrire une date de Molière sans y retrouver une date de Corneille.

Veuillez croire, cher monsieur, à mes sentiments très distingués.

Pierre Louÿs[9].

## XV

### L'erreur chronique des Moliéristes

L'erreur chronique des Moliéristes. L'illusion qu'ils enracinent et que pas un document n'arrache de leurs cervelles, c'est l'idée qu'ils se font de Molière vivant.

Parce que l'œuvre de Molière compte plus de cent pages immortelles, ces Messieurs imaginent que Molière fut quelqu'un, pour ses contemporains.

Mais non, mais non. « Ni Lambert ni Molière » ne furent quelque chose. De toutes les erreurs qui le concernent, celle-là sera la plus résistante, parce que nous ne pouvons concevoir l'état de méconnaissance où moururent les vieux poètes et où meurent encore les Rimbaud, les Verlaine, et les Mallarmé d'aujourd'hui.

## XVI

### Le Molière du Moliérisme

Le monument du Moliérisme, le résultat complet de l'école Paul Lacroix, couronne le grand Molière de la collection Hachette[10]. Il emplit quatre volumes : les tomes X, XI, XII et XIII. L'histoire, la bibliographie et le lexique de Molière selon les Moliéristes sont là.

Je voudrais qu'un historien consciencieux – étranger aux problèmes du XVII<sup>e</sup> siècle, mais chartiste et maître-électeur des papiers, documents, références notables, sources de présomptions et bases de certitude – je voudrais qu'un historien des Lagides s'amusât un jour de vacances littéraires [à parcourir] la *Vie de Molière* par Despois et Mesnard (tome X) et sa bibliographie (tome XI).

Je voudrais aussi qu'un philologue prudent et non prévenu, étranger aux questions du XVII<sup>e</sup> siècle, mais savant et maître en grammaire comparée, passât un jour à parcourir le *Lexique* de la même édition : tomes XII et XIII.

# XVII

## Les sentiments du Cid sur le Cardinal

« Je m'étais résolu d'y répondre parce que, d'ordinaire, le silence d'un auteur qu'on attaque est pris pour une marque du *mépris* qu'il fait de ses censeurs[11]... »

« Mais » – car cette superbe phrase aboutit à un « mais » – Corneille ne signera pas de réponse, entre 1637 et 1640, aux *Sentiments* du Cardinal. Donc, s'il ose parler de mépris à l'égard de Richelieu et de l'Académie tout entière, ce n'est pas pour retirer le mot, – c'est pour l'écrire.

Et maintenant, il va recommander la lettre, afin qu'elle ait au moins quarante et un lecteurs : Richelieu le dernier.

Il choisit un académicien d'une indélicatesse éprouvée, un colporteur confidentiel, mais non pas un homme douteux, capable de se taire une fois, par amnésie ou de laisser, par hasard, la lettre chez lui ; non pas ; mais un bon indiscret, un homme de tout repos.

Par surcroît de précaution, Corneille s'attarde un instant à le piquer en personne, puis, sûr de son émissaire, il ajoute que l'Académie s'est résolue de le juger sans savoir *s'il y consentirait*, – quand il se proposait d'offrir l'Épître Dédicatoire à son Éminence *après* lui en avoir demandé la permission.

Celui qui règne dans les cieux n'était pas encore le seul à qui appartînt la gloire, la majesté et l'indépendance, ni le seul qui fît la loi aux rois jusqu'à leur donner des leçons[12].

## XVIII

## [Corneille]

Commentateurs du grand Corneille, annotateurs qui le châtrez de ses vertus herculéennes, – ou qui rêvez encore de tenir un tel homme entre le pouce et l'index comme votre porte-plume, – c'était à vous d'interpréter la dédicace [d'*Horace*] à Richelieu. Pourquoi me laissez-vous l'honneur de faire entendre un tel langage ? Je parle parce que vous ne dites rien, mais la charge d'enseigner Corneille aux écoliers de France, était-ce ma charge ou la vôtre ?

Mentez-vous ? Je ne puis pas le croire.

Alors votre silence ne garde que deux excuses :

Vous ne savez pas lire.

Et vous ne lisez pas ce que vous insultez[13].

## XIX

### La Dédicace impertinente des imprécations de Camille au cardinal de Richelieu[14]

... Nous vous avons deux obligations très signalées : – l'une, d'avoir ennobli le but de l'art ; – l'autre de nous en avoir facilité les connaissances.

(I.) – Vous avez ennobli le but de l'art, puisqu'au lieu de celui de plaire au peuple, – que nous prescrivent nos maîtres, et dont les deux plus honnêtes gens de leur siècle, Scipion et Lelie, ont autrefois protesté de se contenter, – vous nous avez donné celui de vous plaire et de vous divertir ; – et qu'ainsi nous ne rendons pas un petit service à l'État, puisque, contribuant à vos divertissements nous contribuons à l'entretien d'une santé qui lui est si précieuse et si nécessaire.

(II.) – Vous nous en avez facilité les moyens, puisque nous n'avons plus besoin d'autres études pour les acquérir, *que d'attacher nos yeux sur Votre Éminence...*

... Lisant sur son visage ce qui lui plaît et ce qui ne lui plaît pas, nous nous instruisons avec certitude de ce qui est bon et de ce qui est mauvais, et tirons des règles infaillibles de ce qu'il faut suivre et de ce qu'il faut éviter. C'est là que *j'ai souvent appris en deux heures ce que mes livres n'eussent pu m'apprendre en dix ans.*

C'est là qu'avec votre faveur j'espère puiser assez pour *être* un jour une œuvre digne de vos mains.

Ne trouvez donc pas mauvais, Monseigneur, que, pour vous remercier de ce que j'ai de réputation – dont je vous suis entièrement redevable – j'emprunte quatre vers d'un autre Horace que celui que je vous présente et que je vous exprime par eux *les plus véritables sentiments de mon âme.*

Je n'ajouterai qu'une vérité à celle-ci…

(c.à.d. « qu'une contre-vérité »)

… en vous suppliant de croire que je suis… etc.

De Votre Éminence

Le très humble, très obéissant et très fidèle serviteur.

Corneille[15].

# XX

## Le Présent inestimable à Monsieur de Montauron – *Cinna*

J'ai vécu *si éloigné de la flatterie* que je pense être en possession de me faire croire quand je dis du bien de quelqu'un.

Et lorsque je donne des louanges, – ce qui m'arrive assez rarement – c'est avec tant de retenue que je supprime toujours quantité de glorieuses vérités pour ne me rendre pas suspect d'étaler de ces *mensonges obligeants* que beaucoup de nos modernes savent débiter de si bonne grâce. Aussi je ne dirai rien des avantages de votre naissance…

(Évidemment.)

*… ni de votre courage.*

(*Ni de votre courage.* La voilà, cette dédicace que personne en France ne lit, ou qu'on ne sait pas lire.)

Certes, vous avez traité quelques-unes de nos muses avec tant de magnanimité qu'en elles vous avez obligé toutes les autres et qu'il n'en est point qui ne vous en doive un remercîment.

*Trouvez donc bon, Monsieur, que je m'acquitte de celui que je reconnais vous en devoir, par le* PRÉSENT *que je vous fais de ce poëme.*

(Suivent la formule quelconque et la signature :)

Corneille[16].

## XXI

### Dates qui régissent l'œuvre de Corneille

1622. Débuts, prose et vers.
1629. *Mélite*, début au théâtre.
1637. *Le Cid.*
1643. Mort de Richelieu. Hôtel de Rambouillet.
1649. Mazarinade.
1658. Molière.
1673. Mort de Molière.
1682. *Œuvres complètes.*

7 ans – 1622-1629 – Débuts.
14 ans – 1629-1643 – Richelieu.
15 ans – 1643-1658 – Misanthrope.
15 ans – 1658-1673 – Molière.
9 ans – 1673-1682 – Expectative[17].

## XXII

### [Chronologie de Corneille]

1605-1615. Enfance.
1615-1622. Le collège.
1622-1632. Jeunesse et œuvres inconnues.
1633-1636. Premières pièces signées et travaux pour Richelieu.
1637. Triomphe du Cid.
1637-1640. Haine de Richelieu et de Scudéry. Imprécations de *la Suivante* (1637), de *Médée* (1639), de Camille (1640). Premier texte (inconnu) de *Cinna*.
1640. Mariage.
1640-42. Honte d'avoir été marié par Richelieu.
1643. Cinna paraît après la mort du « tyran ». Nouveau sujet de haine : *les Femmes savantes*, après la lecture de *Polyeucte*.
1643-48.
1649-1657. Retraite après l'affaire Morlot.
1658-61. 1^re^ période Molière. Rouen (+ *Œdipe* 1660).
1662-73. 2^e^ période Molière. Paris.
1674-84. Dernières années[18].

# XXIII

## [Chronologie de Corneille]

II
1623-1643 ;

1623-1626. Le procès des Satyriques.
1630. Le succès.
1634. La gloire.
1637. Triomphe sans précédent.
1637-1640. La colère d'Achille. Imprécations de Médée. Imprécations de Camille. *Horace*.
1640. Le sujet de *Cinna.*
1640-1643. *Cinna* reste inédit.

III
1643-1649.

1643. *Cinna* paraît.
– Lecture de *Polyeucte* devant Trissotin, Vadius, Philaminte, Armande et Voiture.
Annonce des comédies qu'il publiera.
– Vingt-sept ans après le mariage de Louis XIII, naissance de Louis XIV.
– Corneille écrit *La Mort de Pompée* où il magnifie le héros qui meurt pour l'idée républicaine et méprise le secours des cieux.

1647. Avertissement du *Cid* (ou plutôt avertissement à Vadius).
1649. Incident grave. Crise de conscience et de réflexion.
1650-1656. *L'Imitation*, interprétée sans foi comme enseignant le bonheur de la misanthropie, la retraite et la pensée[19].

## XXIV

### Enfance de Corneille. 1606-1618

I. *Il est élevé à la campagne.*

L'enfance de Corneille se passe à Petit-Couronne : la peste sévit à Rouen.

Corneille le père est maître des Eaux et Forêts. Le fils prend part aux visites forestières dès qu'il a sept ou huit ans. De là ces vers délicieux :

> Et déjà le Soleil de ses rayons essuie
> Sur ces moites rameaux le reste de la pluie[20].

Il ne faut pas négliger, en outre, que, jusqu'à l'âge de neuf ans, Corneille est roi de ses camarades qui sont fils de paysans. Il s'habitue au premier rang et il ne le cédera plus jamais.

II. *Corneille et les héros de 1592.*

Ils ont quarante ans, les héros du siège.

Quel siège ?

Le siège que Henri IV acharna corps à corps et qui dura dix mois et qui fut le Saint-Jean d'Acre de sa randonnée à travers la France.

Si nos historiens se passaient de se copier les uns les autres, les petits combats d'Ivry et d'Arques seraient peut-être moins illustres et l'on connaîtrait moins vaguement la victoire écrasante de Rouen sur le Roy, la capitulation de Henri IV et l'humiliant honneur qu'il dut rendre à Villars rebelle.

Rouen était ivre de gloire pendant la jeunesse de Corneille.

Le 26 février 1592, une sortie célèbre avait enfoncé l'armée assiégeante au cours d'une escarmouche furieuse où le maréchal de Biron lui-même fut blessé. On avait demandé trois cents arquebusiers. Deux mille volontaires accoururent. Au retour, on chanta.

Cela se dit en vers :

> Nous partîmes cinq cents, mais, par un prompt renfort,
> Nous nous vîmes trois mille en arrivant au port.

Le 13 janvier, une flotte considérable remonte la Seine avec le flux. Les deux grandes puissances navales – la Hollande et l'Angleterre – avaient réuni leurs forces. On compta la nuit vingt-sept voiles.

Cela se dit en vers :

> Cette obscure clarté qui tombe des étoiles
> Enfin avec le flux nous fait voir trente voiles.

Le voilà, le combat du *Cid*.

Corneille l'a entendu conter par un des Rouennais qui massacrèrent les troupes de débarquement et mirent en fuite les vingt-sept voiles.

Le combat du *Cid* et le *Cimetière d'Eylau* sont les plus vivants de notre poésie, et leur secret est le même.

Je n'oublierai pas de nommer l'amiral vaincu le 13 janvier 1592.

C'était le comte d'Essex.

III. *Classes élémentaires aux Jésuites de Rouen. 1615-1618.*

Les années de collège à Rouen sont connues de tous les biographes.

Mais leurs dates, si faciles à copier et que tous les manuels se passent de l'un à l'autre comme les lumières de la foi, – ces dates sont traditionnellement 1615-1622.

Pour devenir docteur ès-Lettres, il suffit de les reproduire : 1615-1622.

Pour désespérer à jamais de porter la robe noire et jaune, pour risquer de déplaire à M. Strowski, à M. Lanson, à M. Paul Desjardins, il nous suffira de découvrir ce que toutes les Histoires de Rouen se répètent depuis deux siècles et ce que les documents d'archives confirment.

Comment Pierre Corneille eût-il fait ses classes « aux Jésuites de Rouen » de 1618 à 1622 ?

Le Collège était licencié.

Comment M. Auguste Dorchain, ancien élève du même établissement et dernier biographe de Corneille, peut-il ignorer les dates de son propre collège ? Et les dates funèbres de la Peste ? N'a-t-il pas même sur sa table ce modèle de l'histoire sans phrase qu'est la chronologie de Périaux[21] ?

C'est dommage. Il y aurait découvert, p. 352-353, le combat du *Cid*, – et plus loin les annales funèbres de la grande épidémie – et p. 414 la réouverture éphémère des Jésuites licenciés, la seconde fermeture du collège, la seconde réouverture (même page), – et plus loin… Mais cela, c'est une autre histoire.

Si Corneille le père avait éloigné ses enfants de la ville en 1608, lors d'une épidémie bénigne – à plus forte raison les met-il en sûreté pendant le fléau sans précédent qui extermine les Rouennais de 1618 à 1621 et qui tue les deux tiers de la population.

La peste fut pire encore dans les vallées environnantes. Par conséquent Pierre Corneille n'était ni à Rouen (1) ni à Petit-Couronne.

Où ?

(1) Je ne fais aucun cas du prix donné en 1620 à l'un des trois ou quatre « Pierre Corneille » qui habitent Rouen sous Louis XIII et ne se confondent pas.

## XXV

### [Psychologie de Corneille]

M. Desjardins croit Corneille *timide* et enclin au *respect* ? Il peut confondre jusque-là sa parole et son écriture ?

Aucun écrivain que je sache ne fut ni plus hardi ni plus irrespectueux que Pierre Corneille. Lui seul ne reconnut aucune autorité : maître ni père ni roi ni dieu.

Avant le trentième vers de *Théodore*, tragédie chrétienne, Corneille écrit :

> Pour aimer, je n'écoute *Empereur, Dieu, ni Père.*
> Et je la trouverais un objet odieux
> Des mains de l'empereur ou *d'un* père ou *des* dieux.

Il y a là un terme de plus qu'à la devise « ni dieu ni maître » ; et M. Desjardins peut croire qu'une pareille âme respecte l'Académie[22] ?

# XXVI

## [Style de Corneille]

L'écriture de Corneille est unique en français.

Elle est artificielle.

Artificielle par instinct et par école, tout d'abord. Puis artificielle par exercice ; et enfin par maîtrise.

Maître de son procédé, Corneille acquit avant *Le Cid* une virtuosité qui parcourut le cercle entier de l'artifice, retrouva le point de départ et sut paraître naturelle comme la parole d'Agnès, – qu'elle écrivit.

### 1

Corneille choisit, dispose, entrelace, répète les consonnes à l'exception d'une qu'il détache.

Il tisse un vers ou il le tresse. De loin en loin il veut un mot de valeur. Il le marque, et si catégoriquement que le mot a sa force en lui-même. Bien ou mal, il est le Mot.

> Dans un si grand revers, que vous reste-t-il ? – Moi.

Trois dentales et quatre R, mais un seul M : – Moi.

Si « moi » n'est pas maître de la phrase, « maître » s'allitère et s'attache à lui. Dès lors le J de *Je* est seul jusqu'à la fin :

> *Je* suis *Maître* de *Moi* comme de l'univers.

Aussi nettement se détache le *Je*, dans ce vers tranquille :

Rome n'est plus dans Rome ; elle est toute où *Je* suis.

Un instinct merveilleux subordonne au contraire le « Je » qu'imagine Jason au « Moi » qui survit, se dévoile et se triple :

Tu te trompes, Jason, je suis encor Moi-Même.

Dans la seconde pièce où Corneille reprendra le personnage, Moi et Médée s'imposeront à sa plume.

– Je suis reine, Madame, et les fronts couronnés...
– Et Moi, je suis Médée.

Trois R pour la Reine, quatre M pour Médée. Corneille écrit ainsi – mais plus il use de sa méthode et plus il la dissimule. C'est ce qui me fait supposer qu'elle avait cessé d'être un instinct pour devenir un artifice.

Par exemple ce vers du *Cid* :

Les Mores et la Mer Montent jusques au port

lui paraîtra un jour livrer son secret et il le corrigera ainsi :

Les Mores et la Mer entrèrent dans le port.

Correction excellente. Le jour où Corneille l'a faite, il savait tout.

2

Comment Pierre Corneille classait-il les consonnes avant de les choisir ?

Il avait une horreur intime pour le T. Aussi l'écrivait-il sans cesse.

Le T était pour lui le dieu Terme, la Tour, le Tronc, la Terre, le Trou, et toutes les Tombes, – la Torture et le Tartare.

Le T était ce qui tue, ce qui tient bon, ce qui trône, ce qui tombe du ciel. Il en marquait le pire blasphème de Camille :

Puissé-je, de mes yeux, y voir Tomber ce foudre,

Comme un lutteur qui résiste et se tend, il criait :

> Fais que je ne sois point Tout à fait Terrassé.

Le T, c'était d'abord Toi, c'est-à-dire l'adversaire de l'M, qui est Moi :

> Rome, à qui vient *Ton* bras d'iMMoler *Mon* aMant
> Rome, qui T'a vu naîTre et que Ton cœur adore
> Rome, enfin, que je hais parce qu'elle *T'honore.* (1)

« T'honore ! » – plus sonore que *sonore* et plus tonnant que *tonnerre* – quelle trouvaille pour un orchestre que la forge d'un tel métal !

(1) L'M de Rome sonnerait à faux dans ce duel entre Toi et Moi. Aussi Corneille, à chaque vers, l'assourdit par une virgule[23].

## XXVII

## [*Polyeucte*]

Pourquoi le personnage de Polyeucte – proche de sa trois centième année – demeure-t-il le plus vivant de la tragédie française ?

Où prend source l'émotion intense qu'il ressent et qu'il nous impose, d'acte en acte, de mot en mot ?

Le christianisme de *Polyeucte* et celui de *Parsifal* sont également symboliques, c'est-à-dire imaginaires. Ce n'est pas ici le lieu de supputer leur valeur théologique. Nous savons qu'en 1643 elle était à peu près nulle, et cela suffit.

L'évêque Godeau – qui entendit la fameuse lecture de la pièce à l'Hôtel de Rambouillet – condamna Polyeucte sur-le-champ, le traira d'iconoclaste et manda quelqu'un chez Corneille dès le lendemain, pour se faire entendre.

Que n'eût-il pas dit davantage s'il eût appris à Rouen, cet évêque de Grasse, quels hérétiques avaient fait profession d'iconoclastie en la propre église paroissiale des Corneille ? Les huguenots, en 1560, avaient profané l'église S[ain]t-Sauveur, les huguenots avaient tout brisé, les images et les crucifix, les vases sacrés, les instruments du culte, les pierres des tombeaux, ils avaient brisé les autels…

Alors quelle était donc la religion de Corneille, si, après une messe entendue en cette paroisse profanée, il pouvait écrire avec allégresse à l'instant sublime de sa tragédie :

> J'ai profané leur temple et brisé leurs autels.
> Je le ferais encor si j'avais à le faire[24].

## XXVIII

### Corneille par M. Lanson

Sur Corneille, M. Lanson écrit un livre à toute vitesse[25].

S'il l'a dicté en vingt-quatre heures, il a réussi un bel exercice d'élocution. – S'il a mis plus de quinze jours à l'écrire, M. Lanson était malade. – Mais que depuis vingt-deux ans il ne l'ait pas relu et mis au pilon : cela passe toute enquête sur les circonstances.

M. Lanson imagine que dans la querelle du *Cid*, il y a plus d'injures que d'idées.

Donc, il ne connaît pas la question. Il en convient.

« Aussi ne m'arrêterai-je pas après tant d'autres à feuilleter tous les écrits que Scudéry, Mairet, Claveret, Corneille... lancèrent dans le public. »

Cela va sans dire. M. Lanson n'a pas même lu Corneille, s'il imprimait de la sorte ces quatre noms, hors de toute chronologie.

Mais il ajoute :

« Je ne m'attarderai pas à scruter les motifs de l'hostilité de Richelieu. »

L'hostilité de Richelieu, c'est tout le sujet. M. Lanson ne « s'y attardera pas ».

Il ne feuillettera pas le dossier. Pourquoi s'en donnerait-il la peine ? Son livre lui sera payé le même prix. (1)

(1) « Payé » est le mot que M. Lanson ose écrire à propos de Corneille.

| TEXTE DE M. LANSON | TRADUCTION FRANÇAISE |
|---|---|
| Les Écrits théoriques de Corneille | Les Théories de Corneille |
| Mondory, qui faisait le Cid (sic), écrivait à Balzac le 18 janvier 1637 dans le premier succès de l'œuvre | L'acteur Mondory, qui jouait le rôle de Rodrigue pendant le premier triomphe du *Cid*, écrivait à Guez de Balzac le 18 janvier 1637 |

Ne riez pas devant ce début de chapitre :

Mondory qui faisait le Cid

Le baragouin n'est pas risible quand il est imposé, comme la parole du Chef à l'École Supérieure de la langue française.

# Lettres de Pierre Louÿs à divers correspondants

## Lettre à X...

Cher Monsieur,

Il n'y a que des tragédies dans tous les chefs-d'œuvre signés Molière.

Je suis le premier à le dire ? Quand cela serait ? Mais vous verrez que l'année prochaine tout le monde l'aura dit avant moi.

Ma thèse aura commencé par l'incroyable et finira par le banal[26].

Lettre à Émile Henriot

8 octobre [1919]

Cher monsieur,

Comment ma lettre au directeur du *Temps* a-t-elle pu vous surprendre ? Vous savez bien que les trois dernières lignes d'un article sont les seules que tout le monde lit dans un bureau de rédaction et elles ne pouvaient mieux desservir ma thèse ni décevoir l'attente que j'avais de votre simple courtoisie.

Pour le reste vous « croyez pouvoir expliquer » mon sentiment par ceci, que les vers « aériens » d'*Amphitryon* ne sont pas assez « *robustes* » pour être de Molière, quand c'est le contraire de ce que je vous ai dit. La versification courante de Molière est une malibrânerie[27] sans nom et jamais poète français n'a su être *robuste* à l'égal de Corneille, avant Hugo. – Puisque vous êtes libre de venir cette semaine je m'en expliquerai avec vous plus longuement dimanche vers 6 h si le jour vous convenait et je vous remettrai un article qui n'excèdera pas deux colonnes malgré les citations indispensables. – Cordialement à vous.

Pierre Louÿs[28].

## Lettre à X...

Cher Monsieur

Plus de trente ans après le dernier jour où nous avons parlé latin, je voudrais avec curiosité savoir votre sentiment sur une question que je me décide enfin à soulever. L'histoire du théâtre français est de votre compétence toute particulière. Vous savez peut-être que depuis une quinzaine d'années l'histoire de la poésie m'occupe uniquement et que je ne publie rien de mes recherches ou presque rien. Le plaisir de trouver passe le plaisir de publier ce qu'on trouve.

Publier, c'est du temps perdu.

Supposez donc que j'aie pu étudier avec assez de temps et de réflexions la thèse que voici. Les vers d'*Amphitryon* sont presque tous de l'écriture de Corneille.

Poétiquement, j'en suis certain. Historiquement, je crois que Corneille y pensait depuis janvier 1637, qu'il a commencé *Amphitryon* en 1650 ou même un peu plus tôt, et l'a terminé en 1667 avec les corrections de Molière : en deux mots, qu'*Amphitryon* va d'*Andromède* à *Attila*, si ce merveilleux couplet de Sosie à son maître n'est pas la suite d'*Héraclius*.

Quant à l'hypothèse que Molière pût écrire

> Ce moi qui le seul moi veut être

ou le Prologue de la Nuit et ce vers au hasard :

> Qui de votre manteau veut la faveur obscure

ou la scène de Mercure et de Sosie, ou la scène finale :

> Et sous tes propres traits vois Jupiter paraître

je comprends que M. Lanson n'y voie rien d'impossible, il ne sait pas ce que c'est qu'un vers, ni surtout qu'une prose.

La qualité du verbe lui échappe.

Mais il est évident que Molière, lui non plus, n'entendait rien à ces merveilles de sonorités verbales. – À plus forte raison ne les eût-il pas écrites.

Mais comment expliquez-vous qu'un seul critique de haut rang – Pierre Bayle – ait pris à part, et dans une élévation singulière, *Amphitryon* ?

Hugo qui n'aimait que Chénier, n'avait de respect que pour Corneille, en France. On le voit assez par ses œuvres posthumes[29].

Lettre à X…

Cher Monsieur

Faites-moi l'honneur de croire que je n'écris pas « certitude » pour « hypothèse » et que je n'aurais pas dit un mot de Corneille si je n'avais fait le tour de la montagne. La seule objection qui subsiste est celle-ci : « On le saurait ».

En 1759 assurément. – Mais en 1659 ?

On ne sait rien sur personne. Le XV<sup>e</sup> siècle est mieux connu littérairement que le XVII<sup>e</sup>. Robinet, qui n'a pas encore nommé « le sieur Molier », Sévigné qui n'écoute rien et parle papotage comme une autre écrirait un conte, La Grange plus tard, qui confondra 1653 et 1655, mais ne confondra pas deux recettes – voilà les annalistes de Molière. Ronsard, L'Hopital, Pasquier, Montaigne sont mieux connus cent fois que Pierre Corneille.

J'ai retrouvé la date précise du jour où Marc-Antoine de Muret fit le « service » de ses poèmes latins qui sacraient « prince des poètes » Ronsard – mais la date originelle du Théâtre Français, la première du *Cid*, je ne la connais pas. Ni celles d'*Horace*, de *Cinna*, de *Polyeucte*… Ni l'itinéraire de Molière. Ni si Molière a jamais rien écrit[30].

## Lettre à Abel Lefranc

Cher Monsieur

Molière n'est qu'un chapitre de ma thèse sur Corneille : c'est la fin. Je n'ai presque rien dit même de ce dernier chapitre et depuis quatre mois je garde un silence complet mais confidentiellement et à vous je voudrais faire lire ceci.

*École des femmes. Acte* V *scène* III.

HORACE

Ne soyez point EN PEINE OÙ je vais vous mener
C'est un logement sûr que je vous fais donner
Vous LOGER avec moi, ce serait tout détruire
ENTREZ DANS CETTE PORTE (sic) et laissez-vous conduire.

Faut-il tant d'ingéniosité pour découvrir que ces quatre vers français classiques ne sont pas écrits en vers ? ni en français ? – et qu'ils tranchent avec ceux-ci, d'une tranche à l'autre :

– Pourquoi me quittez-vous ? – Chère Agnès, il le faut.
– Quand je ne vous vois point, je ne suis point heureuse.
– Hors de votre présence on me voit triste aussi.
– Hélas ! s'il était vrai, vous resteriez ici.

Cela est une merveille et c'est inimitable. C'est Psyché qui parle. Et c'est de là qu'est née Mélisande : arrière-petite-fille. Et chacun de ces quatre vers est signé Corneille par toutes ses consonnes.

Quel que soit le nombre des élèves, personne n'a fait une ballade de Villon, ni certaines odes de Ronsard, ni les jeunes amoureuses de Corneille et la douceur inimitable de leur parole.

Sur huit souffles et cinq liquides, ce vers passe en murmure. La délicatesse d'un T suffit à chaque hémistiche :

Hélas ! S'il était vrai vous resteriez ici.

L'habileté de ce vers est inouïe. C'est le soupir pur.

And so live ever or else swoon to death

est un vers presque lourd après lui.

Je n'ai rien dit de la question pendant plusieurs années. Peu m'importe la simplicité que lui prêtent les journalistes. Elle est énorme, la question de savoir si Alceste est Pierre Corneille.

La structure de la phrase *par les consonnes* d'abord ; et secondement par les sonorités.

– le choix et la place des mots : surtout *la place du vers* et les conséquences métriques de ses variations.

– enfin, toutes les confirmations que donne la chronologie de Corneille comparée à celle de Molière, permettent d'avancer, par exemple :

1° Que, pour moitié, *Les Visionnaires* sont de Pierre Corneille : les scènes 5 et 6 du premier acte, le morceau d'Hespérie à l'acte II, le monologue de Mélisse au début du IV sont de lui mot à mot.

2° Que les scènes principales de Tartuffe, d'Arnolphe, de Philaminte, d'Alceste, datent de 1637 à 1649.

3° Qu'en 1643, chez Philaminte, Corneille a été blessé par Philaminte, Armande et Trissotin. Que la même année, Vadius Balzacius – le type exact du savant qui gaffe parce qu'il n'a pas l'usage du monde – a blessé Corneille pour la seconde fois et que Corneille a daigné fulminer en 1647 :

« jusques chez M. de Balzac, *dans sa province* ou pour me *servir* de ses paroles mêmes, dans son désert ».

Trois lignes suffisaient à Corneille pour anéantir quelqu'un.

Ce quelqu'un signait *Guezius* Balzacius ; mais *Vadius* est de meilleur latin et la leçon est amusante. – En outre elle délivre Ménage si vous estimez qu'elle est juste et le charmant esprit de Ménage mérite au moins cette délivrance.

Ai-je besoin de vous dire combien je suis avec vous à propos de Hamlet. Cette lettre est déjà trop longue ; mais je tenais à vous soumettre quelques détails de ma thèse, cher monsieur, en signe de déférence dévouée.

Pierre Louÿs[31].

## Lettre à X...

Mon cher ami

Pourquoi s'occupe-t-on de ma thèse sur Corneille ?

On ne la connaît pas. Je n'ai publié qu'une partie de sa préface et plusieurs fois j'ai répété que mes premiers articles ne faisaient rien présumer de ceux qui les suivraient, mais l'esprit même de la presse est contradictoire par nature.

Pour avoir écrit nettement : « Je ne demande le conseil de personne » – j'ai reçu le conseil de tout le monde.

Pour avoir prié les Moliéristes de croire que j'avais leurs notes et qu'ils n'avaient pas les miennes, – vérité calme, – j'ai reçu tous leurs documents, jusqu'à une page que je ne connaissais pas et que je retiens.

Enfin, après avoir dit simplement que je ne me hâtais pas de m'expliquer et que je savais qu'Alceste est Corneille peint par Corneille, j'attends qu'on cesse de répondre à ce que je ne dis pas et j'attends un profond silence, dès que la discussion deviendra difficile.

Parmi les opinions absurdes que l'on m'attribue et que je ne prends guère la peine de démentir, la plus belle est une accusation de plagiat contre Molière.

Corneille, en décembre 1662, reprochait à Molière un excès de collaboration. C'est exactement le contraire du plagiat.

Votre cordialement dévoué

Pierre Louÿs[32].

## Lettre à Thierry Sandre

Cher Ami,

Cela commence bien. Je n'espérais pas que l'auteur du pamphlet[33] serait assez naïf pour me l'envoyer lui-même.

Vous pouvez imaginer que j'ai pris plusieurs années de réflexion avant de poser une telle carte – et que cette carte n'est pas tout mon jeu ?

Le fond de ma pensée, c'est que tous les points obscurs de Corneille et de Molière disparaissent dès qu'on écrit sur deux colonnes parallèles la chronologie des trois hommes : Pierre, Thomas et Molière.

En 1656 il y a eu quatre-vingt jours de conversation entre Corneille et Molière – entre Corneille illustre depuis 22 ans et Molière inconnu.

Huit jours après, Molière joue à Paris, et il joue quoi ? *Nicomède*. Après un nouveau séjour à Rouen, près de Corneille, il joue *Héraclius*, *Rodogune*, *Cinna*, *Le Cid* et *Pompée*.

L'année suivante, il signe un lever de rideau pour *Cinna* : *Les Précieuses*, c'est-à-dire les rancunes de Corneille contre les Scudéry[34].

## Lettre à Thierry Sandre

Pierre Corneille qui sut dire « Je suis » a choisi l'année 1682 pour publier ses œuvres sous deux noms simultanément : Corneille – Molière, parce que 1682 était le 60$^{e}$ anniversaire (secret) de son premier triomphe.

Le voilà, le coup de maître qu'il *voulut* pour coup d'essai. *L'Histoire comique de Francion.*

En 1622, Corneille achève sa classe de sciences physiques et philosophiques. Il est fou de joie, il sort de son collège-prison, et il écrit en deux mois plus de cinq cents pages : les 7 premiers livres de *Francion* : « *Trente-deux pages d'impression par jour* », dit-il – « assoupi, endormi, *sans autre mouvement que celui de la main droite.* »

Il y a dans ce livre, parfois littéralement, tout Corneille et tout Molière, plus un troisième élément qu'il a certainement développé aussi par la suite et que je vais retrouver, anonyme ou pseudonyme.

La 1$^{re}$ scène du *Misanthrope* est dans *Francion*, avec *l'Illusion Comique*, Mélite, Mélisse, Marinette, Dorine et Dorante, Clitandre et Cliton, Orgon, Argan et Harpagon textuellement, Alcidon et Alceste, Célimène et Chimène et jusqu'à la source du latin de cuisine qui étrangla Molière sur la scène. – Corneille a inventé la prose française, l'alexandrin tel qu'on le parle, *le roman* moderne, la tragédie, le drame et toutes les formes de la comédie. Corneille-le-Grand. Votre

P. L.

Pourriez-vous pas me trouver une bonne estampe du portrait de Corneille par Michel Lasne 1643 ou d'un autre bon du XVII$^{e}$ siècle. 6 rue Blanche, ou plutôt sur les quais[35].

## Lettre à André Lebey

André, j'ai fini.

Du 31 mars au 16 avril, en seize jours, j'ai passé quinze nuits blanches mais j'ai trouvé.

La clef de tout le problème, c'était *Polyeucte*, et j'avais deviné juste quand je soutenais, il y a dix-huit mois, que, seul, Polyeucte avait pu dessiner Tartuffe.

Mais ce que je viens de trouver est admirable et ce sera la joie de ma vie. Autant que Chateaubriand a vécu *René*, Corneille a vécu *Polyeucte*.

Tout est vrai. Corneille a dit aux siens :

> J'ai profané leur temple et brisé leurs autels.
> Je le ferais encor si j'avais à le faire,
> Même aux yeux de Félix, même aux yeux de Sévère

même aux yeux du Parlement, même aux yeux du pape.

Et il a mis toutes les puissances au défi de le brûler vif. Et il a risqué le bûcher, non seulement avant *Polyeucte* mais pendant plus de dix ans après. – Histoire prodigieuse, imprimée au XVII^e^ s[iècle], réimprimée au XIX^e^ et jamais lue. Le nom de Corneille, en toutes lettres, est à la première page d'une pièce capitale ; mais je n'avais pas besoin de ça. Depuis plusieurs jours j'avais reconnu la voix de cet homme avant d'apprendre qu'on le nommait.

Et maintenant, ce qui m'étonne, c'est de ne pas l'avoir deviné plus tôt.

Qu'on me mène à la mort. Je n'ai plus rien à dire.
Allons, gardes ! C'est fait.

On n'imagine pas ces vers-là. On les dit avant de les écrire.

André, il n'y a rien de plus beau que *Polyeucte*. – L'auteur n'habitait pas Amsterdam ni Ferney. – Il habitait, à quatre pas du bûcher, la rue de la Pie. Il sentait de ses narines les gens qu'on brûlait vifs

Et dont les troncs pourris exhalent dans les vents
De quoi faire la guerre au reste des vivants.

Et Gœthe disait de lui « Corneille est la source d'une force apte à former l'âme des héros » (*Heldenseelen zu bilden*). Je traduis mal : ce n'est pas traduisible.

À toi de cœur.

P.

Merci pour la brochure sur Vigny qui est très intéressante[36].

## Lettre à Fernand Gregh

15 avril [1921]

Cher ami

Je viens de déchiffrer *Polyeucte.*

Nous sommes le 15 avril. Depuis le 31 mars j'ai passé quatorze nuits blanches. Un seul jour, j'ai dormi 7 h mais vous voyez que mon écriture n'est pas encore fatiguée.

Désormais tout s'illumine. Corneille est un velléitaire qui s'est juré de vouloir se vaincre – et qui s'est mis à l'épreuve jusqu'à faire ce qu'il fallait pour être brûlé vif.

*Polyeucte*, c'est une expérience que cet homme extraordinaire fit en réalité, à Rouen, aux yeux de Félix, aux yeux de Sévère, aux yeux du Parlement et de l'Archevêché.

> « Qu'on me mène à la mort ! Je n'ai plus rien à dire.
> Allons, gardes ! C'est fait. »

Avant d'écrire cela, il l'a dit, devant le bûcher, et il n'a cessé de le redire, dès lors, pendant quarante années, depuis 1643, *Polyeucte*, jusqu'à 1682, *Dom Juan* (Il n'y a de dates véritables que les « achevé[s] d'imprimer »).

Après cela, qui m'a fait pleurer, je regarde ma thèse comme une chose dont j'ai fait le tour, après avoir eu des raisons assez fortes d'en faire le plan. *Polyeucte* est la clef.

Avant-hier je me serais amusé à vous raconter comment j'avais retrouvé, à Rouen, Des Fonandrès (tueur d'hommes), Monsieur

Purgon, Thomas Diafoirus, « digne neveu d'un si digne oncle », comme dit Corneille (et la phrase n'est pas dans *le Malade*) ; j'aurais ri de vous montrer, ensemble, l'étymologie d'Eraste et de Pourceaugnac avec le discours du premier médecin, la réponse du second, toute la pièce, même les violons – hors de toute portée moliéresque.

Mais l'histoire de *Polyeucte* m'a trop ému pour me laisser rire de la Comédie-Française. Je vais m'enfermer pendant quinze jours, ne voir personne et, si je le puis, écrire ce que ma lettre achève de vous annoncer.

Polyeucte, Alceste et Jupiter, c'est le même colosse.

– À vous de cœur.

Pierre Louÿs[37].

## Lettre à Fernand Gregh

28 avril [1921]

Mon cher Gregh, votre article cornélien m'a fait plaisir.

Je suis ahuri de ce que je trouve. Les preuves dont je n'avais pas besoin – les preuves historiques surabondent. Je trouve dix fois plus d'arguments qu'il n'en fallait, et cela déborde sur tout Molière.

Corneille a tout écrit des médecins de Molière – même et surtout Sganarelle et Toinette. La leçon clinique devant Lucinde est une page intacte, y compris les quatre répliques de Géronte et de Sganarelle avec le mot imperturbable : « Nous avons changé tout cela. »

Au point où j'en suis, il va falloir que je pose cette question : « Molière, excellent régisseur, a-t-il jamais écrit une ligne ? » Quelqu'un, auprès de moi, suggère que les béquets et les ajouts...

> Et cet homme est Monsieur que je vous détermine (sic)
> À voir comme l'époux que mon choix vous destine (sic)
>
> Henriette : Moi (sic) ma mère ?

... que ces béquets sentent la vieille femme et qu'ils pourraient, – sérieusement, – être de Madeleine Béjart.

En tous cas ils ne sont pas de l'Homère qui écrit

> Cette longue lunette à faire peur aux gens

et à qui *deux* L suffisent pour nous laisser « bleus ».

Mais tout cela n'est rien, ô Roi fortuné ! devant l'histoire de *Polyeucte*, que vous saurez dans une huitaine de jours et que je ne publierai pas sans vous l'avoir contée.

Votre affectionné

P. L[38].

## Lettre à X...

15 Juin 1921

Monsieur

Quelle gracieuse idée vous prend de m'interpeller sur les médecins « de Molière » ? Est-ce une leçon d'histoire littéraire que vous m'offrez ? – d'histoire médicale ? ou de style ?

La prose de M. des Fonandrés vous semble « bâclée » ? Vous êtes bien difficile, Monsieur, ou bien crédule aux miracles des préfaces mystificatrices.

Pour écrire ces quatre mots :

Paris est étrangement grand

il faut un peu plus de cinq jours. Il faut cinquante ans. Tapissiers et Valets de chambre savent tout sans avoir rien appris, mais quand Beaumarchais compose les sons d'un bâillement qui s'enfle, Beaumarchais lui-même ne peut pas. Il est presque ridicule avec son « en en entendant ».

Vous êtes étranger à ces délicatesses verbales et vous n'êtes pas le seul.

Je ne vous le reprochais pas.

Qu'avez-vous à me dire ?

Gœthe à 78 ans devant la prose des tragédies « de Molière », disait « Wir Kleinen Menschen[39] » et c'est lui qui a découvert que tout cela n'est pas comique. Gœthe savait d'abord le grec et le français. Lorsqu'il découvrait, lui le premier, l'anagramme Gazul et Guzla[40]

– il était sûr de son fait, il parlait à bon escient et ce n'était pas un cas de génie mais de compétence et de réflexion. Or je n'ai jamais publié ce que je sais sur les médecins « de Molière ».

Quelle thèse m'attribuez-vous ?

Croyez à mes sentiments distingués.

Pierre Louÿs[41].

Lettre à Thierry Sandre

Cher ami,

J'ai trouvé depuis quinze jours des choses fantastiques.

1. Des Fonandrès, Purgon et le second médecin de *Pourceaugnac*.

2. Tous les discours du premier médecin.

3. Thomas Diafoirus, lequel fut bien le neveu de M. Purgon. Plus les œuvres de Thomas Diafoirus.

4. La clef d'une tragédie qui est *Pourceaugnac* – et la raison même d'un tel nom et d'Eraste et de Sbrigani[42].

## Lettre à Thierry Sandre

Jeudi matin

À la suite de *Clitandre*, Corneille avait imprimé seize pièces de vers qu'il présente ainsi :

Au lecteur

Quelques-unes de ces pièces te déplairont, sache aussi que je ne les justifie pas toutes, et que je ne les donne qu'à l'importunité du Libraire pour grossir son Livre. Je ne crois pas cette tragi-comédie si mauvaise que je me tienne obligé de te récompenser par trois ou quatre bons Sonnets.

Entre ces lignes de la première comédie de Corneille imprimée et la préface de son premier roman imprimé[43], je ne trouve pas une grosse différence de ton.

Il y a plus.

Vers le milieu de la première de ces pièces de vers, *A M.D.L.T.* (page 209 du tome VII de l'édition Hachette que je vous ai apportée), Corneille déclare qu'il a fait des vers parce qu'il était amoureux et il dit simplement :

Par là je m'appris à rimer,
Par là je fis sans autre chose
Un sot en vers d'un sot en prose

Ainsi il avoue qu'il avait été « un sot en prose », et cela à un de ses bons amis qui ne l'ignorait évidemment pas.

D'autre part, s'il n'est pas raisonnable de prendre le vers à la lettre, ne pourrait-on pas, dans un sens différent, y trouver l'origine du mot de M. Jourdain sur la prose et la poésie.

De toute façon, j'y vois ou la signature de *Francion* ou la signature du *Bourgeois Gentilhomme*, par Corneille.

Pour moi, je penche vers la première interprétation.

Relisez toute la pièce, elle est d'une verve « satyrique » qui laisse penser que Corneille, en détruisant ses papiers avant de mourir, a dû détruire bien des pièces que les Recueils collectifs auraient publiées avec joie, s'il ne l'ont pas fait « à l'ombre du nom d'un autre ».

Corneille en était bien capable, puisqu'on lui attribue *L'Occasion perdue et recouvrée* de Cantenac[44].

## Lettre à Thierry Sandre

Cher ami,

Si vous allez quitter vos arbres ce n'est pas sans dire adieu à votre ami qui en est très touché.

La question Corneille a fleuri si merveilleusement que j'ai envie de lui dire le plus beau mot de W[agner] : « Du bist der Lenz[45] ». Le chapitre Molière ne m'intéresse plus, j'en ai trop de preuves. C'est le Corneille signé Corneille qui est le problème et qui me passionne parce qu'on y déchiffre tout – ayant la clef.

Faites-moi dire seulement à quelle heure vous viendrez me voir. – 6 h. 1/2 vous irait-il ?

Affectueusement à vous.

Pierre Louÿs[46].

Lettre à X...

2 Février 1920

Cher Ami

Pourquoi s'occupe-t-on de l'affaire Corneille ? Pas un homme sur cent ne sait que Pierre Corneille a créé la comédie française.

Pas un ne vous dira franchement qu'il a lu Corneille. Pas un ne réciterait les titres des comédies signées Corneille, ni même ne saurait dire leur nombre. Est-ce trois ? ou quinze ? ou neuf ? ou quatre ? – j'ai cité les sept premières. Personne n'a pris la peine d'ouvrir les autres. On ne parlerait plus de rien, s'il fallait penser à tout – parler de poésie et lire ce dont on parle.

Cependant voici trois mois que je ne dis rien et que la critique y répond.

À quoi ?

Si je reçois demain avant demain midi, une lettre qui résolve un problème si rare, j'en suis d'avance émerveillé[47]...

Lettre à X…

Monsieur

L'historique de la question est à peine résumé jusqu'au sommaire du chapitre II. – J'ai beaucoup d'autres choses à dire – le parallélisme des deux théâtres continue après la mort de Molière.

Molière mort, Corneille n'écrit plus même une tragédie. Celle qu'il avait en son tiroir paraît l'année suivante, mais c'est tout.

Pendant neuf ans il hésite à publier ses œuvres complètes.

Et les amis de Molière attendent.

En Février 1682, le dernier tome de Corneille paraît sans aucune addition –

– Alors en Juin, le Molière de 1682 (et *Dom Juan* inédit) commence à paraître à son tour.

Évidemment.

Lisez Corneille. Et vous ne pourrez plus jamais confondre un quatrain de Corneille et quatre vers d'aucun autre poète.

Lisez *L'Illusion Comique*, actes II-III-IV. *La Suite du Menteur*, surtout les deux premières scènes du I et les trois premières scènes du V. *La Veuve*, *La Suivante*, *La Galerie du Palais*, et tout le reste, prose et vers.

Puisque j'écris à un groupe de poètes, j'ai envie de leur poser des questions – prétexte à faire lire ou relire le Corneille inconnu.

Où est-ce ?

I. Vous avez épluché (mes vers) jusques à en accuser un manque de césure. Si vous aviez su les termes du métier dont vous vous mêlez, vous eussiez dit qu'il manquait de repos en l'hémistiche.

II. Les délices du soir font les tristes matins
III. Vous sûtes faire gille et fendîtes le vent
IV. Vos corps semés de nouvelles étoiles
V. Versent du haut du ciel la consolation
VI. Le sang dont il m'épuise et les nerfs qu'il m'arrache
VII. Je vous adore et vous m'aimez
VIII. Et l'eau grosse et rapide et la nuit survenue
IX. Fleuve qui de tes eaux baignes ces tristes sables
X. .... une âme appesantie
Et des désirs flottants dans un cœur dispersé
XI. Amour, qui doit ici vaincre, de vous ou d'elle
XII. Et tiens, en l'attendant, ton âme entre les mains
Comme prête à passer à la fête éternelle[48].

## Lettre à André Lebey

André, depuis dix-huit mois que j'ai posé la question Corneille, *un seul* homme[49] a osé m'écrire qu'il m'en croyait aussitôt, parce que j'avais publié que je le savais.

Et c'est justement *le seul* qui use sa vie depuis trente ans à l'histoire de nos poètes au siècle de Corneille. Labeur qui dépasse aujourd'hui toute espèce de précédent. Plus que personne cet homme-là pouvait me dire : « Vos preuves ? ». Et c'est le seul qui m'ait donné sa signature en blanc.

Toi et Valéry, et d'innombrables autres, vous votez, comme s'il s'agissait d'une expertise. En effet, et je m'en émerveille, c'est par expertise que j'ai commencé. Aucun écrivain, sauf Corneille, n'a pu coiffer d'un verbe cette abstraction au troisième degré :

> Sur la foi de mon droit mon âme se repose.

Architecture inimitable des voyelles, des consonnes, des idées.

Certaines concordances d'audace et de grandeur sont inaccessibles.

> Qu'ils sont *beaux*
> ces bruits qu'on entend autour des *dômes*[50] !

Est-ce Claudel qui a trouvé ça ? C'est au-delà de Claudel, c'est une ligne de 1802 que ni Lacordaire ni Renan, que ni Gautier ni Flaubert, que Hugo même n'a pas édifiée, quelque Hugo qu'il fût.

Lis encore deux lignes de *René* :

> « ... le balancement des arbres de la patrie et les faîtes du monastère qui s'abaissaient à l'horizon. »

(*René* est écrasant. Il me dégoûte de lire et d'écrire. Entre parenthèses.)

Par évidence, les deux phrases sont de Chateaubriand ; mais si elles étaient signées...

André, si l'on gravait ces trois alexandrins sous l'Arc de l'Étoile, sur la plaque sans nom, connais-tu un « père orphelin de son enfant », connais-tu un ami qui lirait ça tout haut, jusqu'à la fin, et sans pleurer ?

> Cette urne que je tiens contient-elle sa cendre ?
> O vous, à ma douleur objet terrible et tendre,
> Éternel entretien de haine et de pitié[51].

Et quand on examine comment c'est écrit, on découvre à chaque syllabe un obstacle arraché doucement par une toute-puissance verbale aussi « terrible et tendre » que ses épithètes. Un tel homme écrit tout ce qu'il veut, comme il lui plaît. « Tiens, contient, entretien », la causerie de la Haine et de la Pitié[52].

## Notes

1. Sauf précision contraire, indiquée en note, tous les textes reproduits dans l'Appendice ont pour référence : copie dactylographiée par Poulaille (collection Jean-Paul Goujon).
2. Collection Alain Cotta.
3. Sic pour 1648 : allusion à l'Avertissement de l'édition 1648 du *Cid* (*Œuvres complètes*, Pléiade, tome I, p. 694-695).
4. Lettre à X., s.d. [1921 ?] (collection particulière).
5. Lettre autographe à Abel Lefranc, 12 mars 1920 (vente Hôtel Drouot, Thierry Bodin expert, 19 juin 1992, n° 88 ; communiqué par Thierry Bodin).
6. *Ariane* de Thomas Corneille (1672).
7. Collection particulière.
8. Émile Roy, *La Vie et les œuvres de Charles Sorel, sieur de Souvigny (1602-1674)*, Hachette, 1891.
9. Lettre autographe ((collection Jean-Paul Goujon).
10. *Œuvres de Molière*, nouvelle édition [...] par M. Eugène Despois, collection Les Grands Écrivains de la France, Hachette, 1873-1900, 13 volumes.
11. Louÿs cite ici la lettre de Corneille à Boisrobert du 23 décembre 1637 (Œuvres de Corneille, Pléiade, tome I, p. 806-807).
12. Collection particulière.
13. Collection particulière.
14. Il s'agit de la dédicace d'*Horace* (1640) à Richelieu.
15. Collection particulière.
16. Collection particulière.
17. Collection particulière.
18. Collection Alain Cotta.
19. Collection Alain Cotta. Seuls les paragraphes II et III de cette note nous sont parvenus.
20. *Clitandre*, v. 1297-1298.
21. Nicétas Périaux, *Histoire sommaire et chronologique de la ville de Rouen, de ses monuments, de ses institutions, de ses personnages célèbres, etc., jusqu'à la fin du XVIII^e^ siècle*, Rouen, Lanctin et Métérie, 1874.
22. Collection Alain Cotta.
23. Ancienne collection Sickles (communiqué par Thierry Bodin).
24. Collection Blanche Buffet.
25. Gustave Lanson, *Corneille*, Hachette, 1898 (plusieurs fois réédité ensuite).
26. Lettre à X., s.d. [1919] (copie dactylographiée, Archives Poulaille, Cachan).
27. Allusion à la versification, que Louÿs trouvait extrêmement faible et relâchée, des célèbres *Stances à la Malibran* (1836) d'Alfred de Musset.
28. Lettre autographe (collection particulière).
29. Lettre à X., s.d. [1919] (copie dactylographiée, Archives Poulaille, Cachan).
30. Lettre à X., s.d. [1919] (copie dactylographiée, Archives Poulaille, Cachan).
31. Lettre autographe du 5 mars 1920 (vente Hôtel Drouot, Thierry Bodin expert, 19 juin 1992, n° 88 ; communiqué par Thierry Bodin).
32. Lettre autographe, s.d. [vers 1920] (collection Olivier Roussel).
33. [Maurice Garçon], *Sous le masque de Molière. Louis XIV est Molière*, Figuière, 1919.
34. S.d. [1919] (copie dactylographiée, Archives Poulaille, Cachan).
35. Lettre autographe du 17 novembre 1919 (collection Jean-Paul Goujon).
36. Lettre autographe du 18 avril 1921 (collection Jean-Paul Goujon).

37. Lettre autographe (Archives Gregh).
38. Lettre autographe (Archives Gregh).
39. « Nous, petits hommes ».
40. Allusion à deux mystifications de Mérimée : *La Guzla* (1827) et le *Théâtre de Clara Gazul* (1825).
41. Copie dactylographiée, Archives Poulaille, Cachan.
42. Brouillon de lettre, s.d. [avril 1921] (copie dactylographiée, Archives Poulaille, Cachan).
43. L'*Histoire comique de Francion* (1623) de Charles Sorel, que Louÿs attribuait à Corneille.
44. Lettre s.d. [vers 1920 ?] (copie dactylographiée, Archives Poulaille, Cachan).
45. « Tu es le printemps ».
46. Lettre s.d. [vers 1920 ?] (copie dactylographiée, Archives Poulaille, Cachan).
47. Lettre à X. (copie dactylographiée, Archives Poulaille, Cachan).
48. Lettre s.d. [1920 ?] (copie dactylographiée, Archives Poulaille, Cachan). Les citations de Louÿs proviennent respectivement de : I, *Lettre apologétique à Scudéry* ; II, *Imitation*, I, XX ; III, *La Suite du Menteur* ; v. 18 ; IV, [?] ; V, *Imitation*, I, XX ; VI, *Imitation*, I, XX ; VII, *Psyché*, v. 1496 ; VIII, *Cinna*, v. 1113 ; IX, *Psyché*, v. 1580 ; X, *Imitation*, I, XX ; XI, *Rodogune*, v. 147 ; XII, *Imitation*, I, XIX.
49. Comme le montre la suite, il s'agit de Frédéric Lachèvre. On a vu dans le chapitre I que, plus tard, celui-ci changera d'avis à propos de la thèse de Louÿs.
50. Chateaubriand, *René*.
51. *La Mort de Pompée*, v. 1457-1459.
52. Lettre autographe, s.d. [février 1921] (collection particulière).

# Remerciements

Nous voudrions dire tout d'abord notre gratitude à Oliver Roussel, à qui ce livre est dédié, et dont l'aide amicale, l'enthousiasme, la science bibliophilique et les pertinentes suggestions ont été pour nous le plus précieux soutien. Nos remerciements s'adressent aussi à ceux dont les noms suivent, dans un ordre qui, pour être alphabétique, ne reflète pas toujours l'importance de l'aide qu'ils nous ont amicalement apportée : Marc Binazzi, Thierry Bodin, Blanche Buffet, Claudine Brécourt-Villars, François Caradec, Philippe Chauvelot, Alain Cotta, Sylvain-Christian David, Jean-Louis Debauve, Jean-François Delaunay, René Fayt, Robert Fleury, Patrick Guilhembet, Bernard-P. Guiremand, Ute Harbusch, Jean-Pierre Lassalle, Marie de Laubier, Odile Lefrère, Jean-Pierre Lion, Alain Nicolas, Jean José Marchand, Sylvain Menant, Jean-Paul Morel (et l'Association des Amis d'Henry Poulaille), Henry Phillips, Philippe Planche, Françoise Roudot-Thoraval, Éric Walbecq, Hippolyte Wouters, et les aimables conservatrices de la Bibliothèque Alfred Canel de Pont-Audemer. À la Bibliothèque-Musée de la Comédie Française, le meilleur accueil nous a toujours été réservé par Mélanie Pétetin, Jean-Pierre Jourdain et Joël Huthwohl. Nous remercions par ailleurs le Harry Ransom Humanities Reserach Center de l'Université d'Austin (Texas), ainsi que Mme Cathy Henderson, Research Librarian. Enfin, nous voudrions rendre hommage à l'aide et à la confiance que nous ont témoignées, aux éditions Fayard, Sophie Grandjean, Josseline Rivière, Jean-François Dauven et Claude Durand.

# Bibliographie


Ackerman (Gerald M.), *La Vie et l'œuvre de Jean-Léon Gérôme*, ACR Édition, 1986.

Adam (Antoine), *Histoire de la littérature française au* XVII^e^ *siècle*, Domat, 1948-1952.

Allègre (Claude), « Les Limites de l'informatique », *L'Express*, 5 décembre 2002.

Allier (Raoul), *La Cabale des dévots 1627-1666*, A. Colin, 1902.

Anonyme [Maurice Garçon], *Sous le masque de Molière. Louis XIV est Molière*, Figuière, 1919.

Anonyme, *L'Innocence persécutée*, édition critique établie par Marie-Françoise Baverel-Croissant, Publications de l'Université de Saint-Étienne, Saint-Étienne, 2002.

Assoucy (Charles Coypeau d'), *Aventures burlesques de d'Assoucy*, Delahays, 1858.

Aubignac (François Hédelin d'), *Dissertation sur la condamnation des théâtres*, Pépingué, 1666.

–, *La Pratique du théâtre*, Antoine de Sommaville, 1657.

Baluffe (Auguste), *Autour de Molière*, Plon, Nourrit et Cie, 1889.

Baluffe (Auguste), *Molière inconnu. Sa vie. 1622-1646*, Plon, 1886.

Baumal (Francis), *La Genèse du Tartuffe. Molière et les dévots*, Édition du livre mensuel, 1919.

Biet (Christian), *Moi, Pierre Corneille*, Découvertes Gallimard, 2006.

Blanc (André), *Racine. Trois siècles de théâtre*, Fayard, 2003.

Boissier (Denis), *L'Affaire Molière,* Jean-Cyrille Godefroy, 2004.

Bordonove (Georges), *Molière*, Pygmalion, 1967.

Bouquet (François), *Points obscurs et nouveaux de la vie de Pierre Corneille. Étude historique et critique avec pièces justificatives*, Hachette, 1888.

–, *Molière et sa troupe à Rouen*, Rouen, Imprimerie Gagniard, 1865 (tiré à part de la *Revue de la Normandie*, mars 1865).

Bourqui (Claude), *Les Sources de Molière. Un répertoire critique*, Sedes, 1999.

Bray (René), *Molière homme de théâtre*, Mercure de France, 1954.

Bruleboeuf-Letournant, *Racine chez Corneille ou la lecture de « Psyché »*, Delaforest et chez l'auteur, 1825.

Cairncross (John), *Molière bourgeois et libertin*, Nizet, 1963.

–, *New light on Molière's Tartuffe and Elomire hypocondre*, Droz, 1956.

–, « Propos sur *Tartuffe ; Élomire hypocondre* », *Mélanges Grimm*, Biblio 17, 1994.

Caldicott (C.E.J.), *La Carrière de Molière entre protecteurs et éditeurs*, Rodopi, 1998.

*Carpenteriana ou Recueil des pensées historiques, critique, morale et de bons mots de M. Charpentier,* Paris, Jean-François Morisset, 1741.

Catalogue « Une bibliothèque littéraire », vente Hôtel Drouot, 7 avril 2006, J.T. Quentin et B. Forgeot, experts.

Chartier (Claire), « Molière trahi par l'ordinateur », *L'Express*, 17 octobre 2002.

Chevalley (Sylvie), *Molière en son temps, 1622-1673*, Minkoff, 1973.

Collectif, « Corneille a-t-il écrit les pièces de Molière ? », Dossier du *Figaro littéraire*, 14 mai 1990.

Collectif, « Les Moliéristes répondent à M. Pierre Louÿs », *Comœdia*, 23 octobre 1919.

Collectif, *Gérôme et Goupil. Art et entreprise*, Réunion des Musées nationaux, 2000.

Conesa (Gabriel), *Le Dialogue moliéresque, étude stylistique et dramaturgique*, P.U.F., 1983.

Conesa (Gabriel), *Pierre Corneille et la naissance du genre comique 1629-1636. Étude dramaturgique*, Sedes, 1989.

Conti (Armand de Bourbon, prince de), *Traité de la comédie et des spectacles selon la tradition de l'église, tirée des conciles et des saints Pères,* Louis Billaine, 1666.

Corneille (Pierre), *Œuvres complètes*, éditées par Charles Marty-Laveaux, Hachette, treize volumes, 1862-1868.

–, *Œuvres complètes*, Gallimard, Bibliothèque de la Pléiade, trois volumes, édition critique de Georges Couton, 1971.

Coulet-Faure : *Livres anciens et modernes. Lettres et manuscrits de Pierre Louÿs*, Librairie Coulet-Faure n° 138, 1974.

Dandrey (Patrick), *L'Éloge paradoxal, de Gorgias à Molière*, PUF., 1997

–, *Molière, ou l'Esthétique du ridicule*, Klincksieck, 1992.

Delaporte (Jacqueline), Marc de Lesquen, Krishnâ Renou, *Un certain Monsieur de Corneille*, Maison des champs de Pierre Corneille. Le Petit-Couronne, 1984.

Donneau de Visé (Jean), *Le Mercure galant 1672-1674*, réimpression Slatkine, 1982.

–, *Nouvelles nouvelles*, trois volumes, Gabriel Quinet, 1663 (réimpression Slatkine, 1979).

–, *Réponse à l'Impromptu de Versailles ou la Vengeance des marquis*, in *Les Diversités galantes*, Jean Ribou, 1664.

–, *Zélinde, comédie, ou la véritable critique de l'École des femmes*, Guillaume de Luyne, 1663.

Dort (Bernard), *Pierre Corneille dramaturge*, L'Arche, 1957.

Doyon (René-Louis), « Molière panacée universitaire », *Les Livrets du Mandarin*, automne 1957 et mars 1958.

Duchêne (Roger), *Les Précieuses ou comment l'esprit vint aux femmes*, Fayard, 2001.

–, *Molière*, Fayard, 1998.

–, « De Sorel à Molière, ou la rhétorique des Précieuses », *Le Langage littéraire au XVIIe siècle*, Narr, 1991.

Dufay (Philippe), « Le Molière imaginaire », *Madame Figaro*, 1er mars 2003.

Dulait (Suzanne), *Inventaire raisonné des autographes de Molière, avec facsimilés de tous les autographes dont on possède encore l'original ou la reproduction figurée (1643-1967)*, Droz, 1967.

Dumontet (Fabienne), « Molière et Corneille confondus », *Le Monde*, 11 juin 2003.

Erlanger (Philippe), *Richelieu*, Perrin, 1970, 3 vol.

Faguet (Émile), *Dix-septième siècle. Études littéraires*, Boivin, s.d. [1890].

Fernandez (Ramon), *Molière ou l'Essence du génie comique*, Grasset, 1979.

Fontaine (P.-Jules), *Découverte d'un autographe de Molière. Réfutation impartiale de quelques points de controverse élevés à ce sujet*, Tresse, 1840.

Fontenelle, *Vie de Corneille*, in *Œuvres*, Paris, Brunet père, 1742, tome III.

Forestier (Georges), « Corneille-Molière et le nouvel alchimiste », *Journal des trois théâtres*, n° 7, juin 2003.

–, « D'un vrai canular à une fausse découverte scientifique », www.crht.org.html/corneille-molière.html.

–, *Molière en toutes lettres*, Bordas, 1990.

Fraser (Elizabeth M.), « *Alidor*, An Unknown Early Work by Pierre Corneille », *Modern Language Review*, vol. 41, n° 2, avril 1946.

–, *La Mort de Solon*. Pièce attribuée par Elizabeth M. Fraser à Pierre Corneille, Chez l'éditeur, 10, rue Sainte-Anne, Paris Ier [1949].

Garçon (Maurice), *Sous le masque de Molière*, Fayard, 1953.

Gide (André)-Louÿs (Pierre)-Valéry (Paul), *Correspondance à trois voix*, Gallimard, 2004.

Goujon (Jean-Paul), *Pierre Louÿs. Une vie secrète 1870-1925*, Fayard, 2002.

Grimarest (Jean Léonor Le Gallois, sieur de), *La Vie de M. de Molière*, Jean Le Febvre, 1705.
Guerdan (René), *Corneille ou la vie méconnue du Shakespeare français*, Pierre-Marcel Favre, 1984.
Guéret (Gabriel), *Promenade de Saint-Cloud. Dialogue sur les auteurs*, publié à la suite des *Mémoires historiques, critiques et littéraires* de François Bruys, Paris, Jean-Thomas Hérissant, 1751, tome II.
Guibert (Albert Jean), *Bibliographie des œuvres de Molière publiées au XVII^e^ siècle*, CNRS, 1962 (2 volumes).
Gutmann (René-Albert), *Introduction à la lecture des poètes français*, Flammarion, 1946.
Gutwirth (Marcel), *Molière ou l'invention comique*, Minard, 1966.
Henusse (Théo), *Une pièce de Molière inconnue*, Bruxelles, Biblis, 1954.
Herland (Louis), *Corneille par lui-même*, Seuil, 1954.
*Intermédiaire des chercheurs et curieux*, septembre-octobre 1919.
Jal (Auguste), *Dictionnaire critique de biographie et d'histoire*, Plon, 1872.
Jurgens (Madeleine), Maxfield-Miller (Élisabeth), *Cent ans de recherches sur Molière*, Imprimerie nationale, Sevpen, 1963 ; complément dans la *Revue historique du Théâtre,* n° 4, 1974.
La Croix(Philippe de), *La Guerre comique ou la défense de L'École des femmes*, Pierre Bienfait, 1664.
La Gorce (Jérôme de), *Jean-Baptiste Lully*, Fayard, 2002.
La Grange, (Charles Varlet dit de), *Le Registre de La Grange. 1659-1685 reproduit* en fac-similé, Droz, 1948, [Slatkine, 1977].
–, *Le Registre de La Grange*, édité par E. Thierry, 1876 ; édité par E. et G. Young, 2 vol., Droz, 1967 ; édité par Sylvie Chevalley, Minkoff, 1972.
Labbé (Dominique), « Inter-textual Distance and Authorship Attribution Corneille and Moliere », *Journal of Quantitative Linguistics*, vol. 8, n° 3, décembre 2001.
–, *Corneille dans l'ombre de Molière. Histoire d'une découverte*, Les Impressions nouvelles, 2003.
Lachèvre (Frédéric), *Nouvelles Glanes bibliographiques et littéraires*, Giraud-Badin, 1933.
Lacroix (Paul), *Iconographie moliéresque,* A. Fontaine, 1876.
Laffont-Couturier (Hélène), *Gérôme*, Herscher, 1998.
Lafon (Michel) et Peeters (Benoît), *Nous est un autre*, Flammarion, 2006.
Larousse (Pierre), *Grand Dictionnaire universel du XIX^e^ siècle*, 1874, tome XI, article « Molière ».
Le Gall (André), *Pierre Corneille en son temps et en son œuvre,* Flammarion, 1997.
Lebois (André), « Henry Poulaille : *Corneille sous le masque de Molière* », *Entretiens sur les Lettres et les Arts*, n° 9, printemps 1957.

Lenotre (Georges), « L'Énigme de Molière », *Le Monde illustré*, 8 novembre 1919.

Lewino (Frédéric), « L'Affaire Corneille-Molière rebondit », *Le Point*, n° 1595, 11 avril 2003, p. 102.

Loiseleur (Jules), *Les Points obscurs de la vie de Molière*, Liseux, 1877.

Loret (Jean), *La Muse historique (1660-1665) ou recueil de lettres en vers contenant les nouvelles du temps*, quatre volumes, Jamet, 1857-1878.

Louÿs (Pierre), « L'auteur d'*Amphitryon* », *Le Temps*, 16 octobre 1919 ; « Corneille le Grand », *id.*, 24 octobre 1919 « "Avant de parler" », *Comœdia*, 24 octobre 1919 ; « *Les Femmes savantes* », *id.*, 25 octobre 1919 ; « Alceste qui fut Alceste », *id.*, 29 octobre 1919 ; « L'*Imposteur* de Corneille et le *Tartuffe* de Molière », *id.*, 7 novembre 1919 ; « les deux textes de *Psyché* », 9 novembre 1919 ; « Lettre », *Mercure de France*, 15 février 1920.

–, *Broutilles*, 40, rue Beaujon, s.d. [1938] ; rééd. Muizon, À l'Écart, 1984.

–, *Lettres à Frédéric Lachèvre (1907-1921)*, s.e., 1926, et *Supplément (1919-1921)*, id., 1929.

–, *Littérature*, Montaigne, 1929.

–, *Suite à Poëtique*, Montaigne, 1931.

Magne (Émile), *Voiture et l'Hôtel de Rambouillet. Les années de gloire 1635-1640*, Émile-Paul frères, 1930.

Mallet (Francine), *Molière,* Grasset, 1986.

Martinenche (Ernest), *Molière et le théâtre espagnol*, Hachette, 1906.

Marty-Laveaux (Charles), édition des *Œuvres complètes de Pierre Corneille*, Les Grands Écrivains de la France, Hachette, 1862-1868, 13 vol.

McKeann (Antony), *Molière, dramaturge libertin*, Champion, 2005.

*Menagiana ou Bons mots, rencontres agréables, pensées judicieuses et observations curieuses de M. Ménage*, Amsterdam, A. Brackmom, 1693.

Mesnard (Jean), « Jean Vivot, ami, éditeur et biographe de Molière, 1613-1690 », *Mélanges en hommage à Robert Garapon*, PUF, 1992.

Molière, *Œuvres complètes*, Gallimard, Bibliothèque de la Pléiade, 2 volumes, édition critique de Georges Couton, 1980.

*Moliériste (Le)*, périodique édité par Georges Monval, dix volumes, avril 1879-mars 1889.

Monchesnay (Jacques de Losme de), *Bolæana, ou Bons mots de M. Boileau*, Amsterdam, Lhonore, 1742.

Mongrédien (Georges), « Mademoiselle du Parc », *Mercure de France*, 15 août 1923, p. 90-112.

–, *Comédies et pamphlets sur Molière,* Nizet, 1986.

–, *La Querelle de L'École des femmes,* M. Didier, 1971.

–, *Recueil des textes et des documents du XVII^e siècle relatifs à Corneille,* Éditions du CNRS, 1972.

–, *Recueil des textes et des documents du* XVII*e siècle relatifs à Molière,* CNRS, 2 volumes, 1965.

Monval (Georges), « Une fausse lettre de Corneille à Molière », *Le Moliériste*, n° CXVIII, décembre 1888.

–, *Premier Registre de La Thorillière 1663-1664*, Slatkine, 1969.

–, *Chronologie moliéresque*, Flammarion, 1897.

Morf (Heinrich), « Molière Hoffestspiel vom Tartuffe (1664) », *Aus Dichtung und Sprache der Romanen*, Reihe 3. Berlin et Leipzig, Ver. wiss. Verleger, 1922, p. 67-107.

Niderst (Alain), *Molière*, Perrin, 2004.

–, *Pierre Corneille*, Fayard, 2006.

Pages (G.), « Corneille grossier ? », *Quadrature*, n° 8, mai-juin 1991.

Pia (Pascal), « Un siècle en cinq volumes », *Carrefour*, 2 mai 1957.

–, *Feuilletons littéraires*, tome I, Fayard, 1999.

Picot (Émile), *Bibliographie cornélienne*, Paris, 1876.

Plan (Pierre-Paul), « Lettre ouverte à M. Pierre Louÿs », *Mercure de France*, 1er mars 1920.

–, « Molière et Corneille », *Mercure de France*, 16 décembre 1919.

Poulaille (Henry), « Corneille "nègre" de Molière », *Accords*, novembre 1951.

–, *Corneille sous le masque de Molière,* Grasset, 1957.

–, *Pierre Corneille, Tartuffe ou la comédie de l'Hypocrite, présenté et préfacé par Henry Poulaille*, Amiot-Dumont, 1951.

Quirot (Odile), « Corneille était-il son "nègre" ? L'affaire Molière », *Le Nouvel Observateur*, n° 2011, 22 mai 2003.

*Recueil de poésies choisies non encore imprimées*, s.d., 1660.

Reynier (Gustave), *Thomas Corneille, sa vie et son théâtre*, Hachette, 1892.

Rivaille (Louis), *Les Débuts de Pierre Corneille*, Boivin, 1936.

Rœderer (comte Pierre-Louis), *Mémoire pour servir à l'histoire de la société polie en France*, F. Didot frères, 1835.

Rohou (Jean), *Jean Racine*, Fayard, 1992.

Rostand (François), « Corneille et l'imitation de soi », *Le Figaro littéraire*, 10 août 1946.

–, *L'Imitation de soi chez Corneille*, Boivin, 1946.

Schwob (Marcel), « Une correction à faire dans *Le Médecin volant* », *Le Moliériste*, n° LXI, avril 1884.

Simon (Alfred), *Molière par lui-même*, Seuil, 1957.

Soccavo (Lorenzo), « Molière et Corneille sont sur un bateau... », *La Boîte à écrire*, 25 avril 2004.

Somaize (A. Baudeau de), *Les Veritables Pretieuses. Comedie*, Jean Ribou, 1660.

Soulié (Eudore), *Recherches sur Molière et sa famille*, Hachette, 1863.

Suarès (André), *Essais*, NRf, 1914.

Tallemant des Réaux (Gédéon), *Historiettes*, troisième édition, entièrement revue sur le manuscrit original [...], Techener, 1854-1860, 9 vol.

Taschereau (Jules), *Histoire de la vie et des ouvrages de Molière*, Brissot-Thivars, 1828.

–, *Histoire de la vie et des ouvrages de Pierre Corneille*, seconde édition revue et augmentée, P. Jannet, 1865.

Thibaudat (Jean-Pierre), « Corneille alias Molière », *Libération*, 21 juin 1990.

Verhoeff (Han), *Les Comédies de Corneille : une psycholecture*, Klincksieck, 1978.

Vidal (Philippe), *Molière. Les mensonges d'une légende,* Michel Lafon, 2001.

Wouters (Hippolyte), et De Ville de Goyet (Christine), *Molière ou l'auteur imaginaire*, Complexe, 1990.

Zanganeh (Lila Azam), « Not Molière ! Ah, Nothing Is Sacred », *The New York Times*, 6 septembre 2003.

Zonza (Christian), *Trois courtes pièces de Molière*, FolioPlus classiques, Gallimard, 2004.

**Sources manuscrites :**

Boscheron, manuscrit sur Corneille, 1725, Bibliothèque Canel, Pont-Audemer, cote C 680.9.

Louÿs (Pierre), copie dactylographiée de lettres inédites à divers, Archives Henry Poulaille, Cachan.

–, *Le Dossier Corneille-Molière*, copie dactylographiée par Henry Poulaille, collection Jean-Paul Goujon.

–, Lettres inédites à Thierry Sandre, Harry Ransom Humanities Research Center, The University of Texas at Austin.

–, *Notes sur Corneille-Molière* et lettres inédites à divers, collection Hippolyte Wouters.

–, *Notes sur Corneille-Molière* et lettres inédites à divers, collection Jean-Paul Goujon.

–, *Notes sur Corneille-Molière* et lettres inédites à divers, diverses collections particulières.

–, *Notes sur Corneille-Molière* et lettres inédites, Bibliothèque de l'Arsenal.

–, *Notes sur Corneille-Molière*, collection Alain Cotta.

–, *Notes sur Corneille-Molière*, collection Olivier Roussel.

–, *Notes sur Corneille-Molière*, Harry Ransom Humanities Research Center, The University of Texas at Austin.

# Index des noms de personnes

Les noms de Molière, Poquelin et de Pierre Corneille ne sont pas repris dans cet index.

# C

# F



# G



# H

# M

## N



## O



## P



## Q



## R

## W



## Y



## Z

# Index des œuvres

# Crédits des illustrations

# Table des matières

*Photocomposition Nord Compo*
*Villeneuve-d'Ascq*

*Aubin Imprimeur*
LIGUGÉ, POITIERS

Achevé d'imprimer en septembre 2006
N° d'édition 77797 / N° d'impression L 70325
Dépôt légal, septembre 2006
ISBN : 2-213-63080-1
35-33-3320-5/01

Imprimé en France